別名S・S・ヴァン・ダイン
ファイロ・ヴァンスを創造した男

Alias S. S. Van Dine:
The Man Who Created Philo Vance

John Loughery

ジョン・ラフリー　清野泉 訳

国書刊行会

ALIAS S. S. VAN DINE:

The Man Who Created Philo Vance

1907年に結婚した頃のウィラード・ハンティントン・ライト。

サンタモニカのアルカディア・ホテル。ライト家のカリフォルニアでの最初の家。

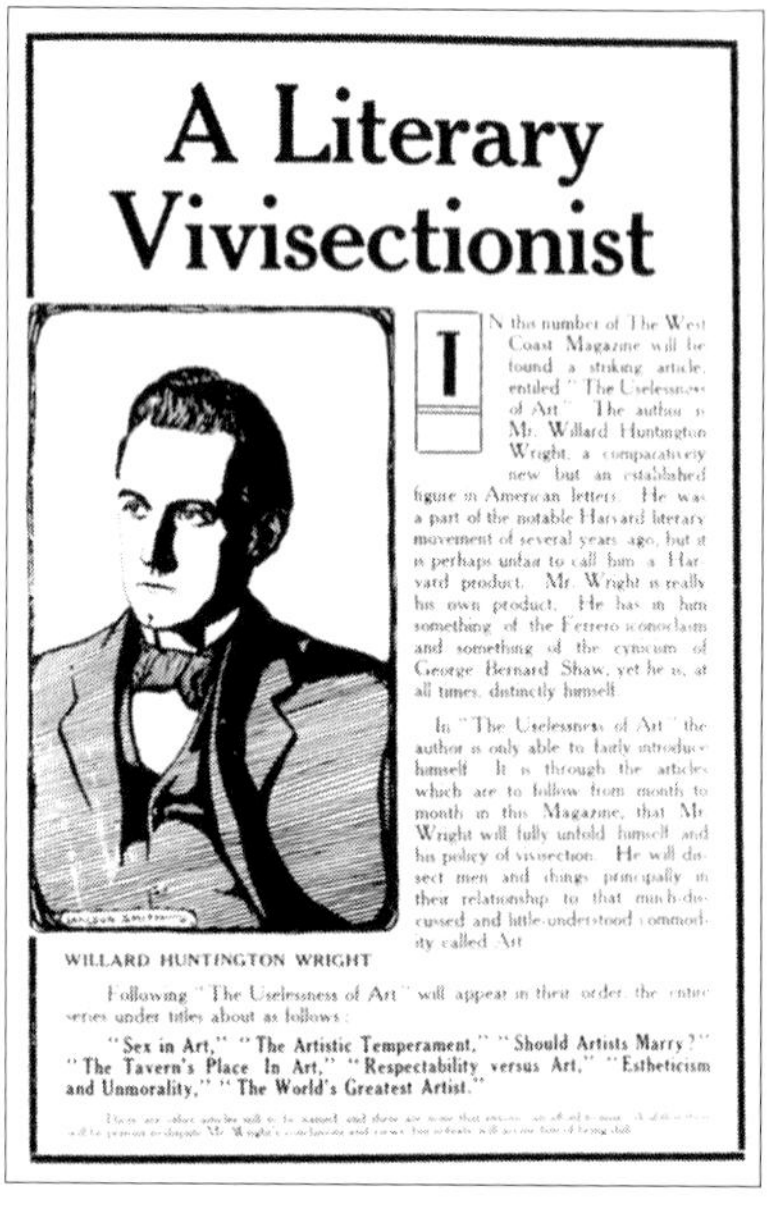

A Literary Vivisectionist

IN this number of The West Coast Magazine will be found a striking article, entitled "The Uselessness of Art." The author is Mr. Willard Huntington Wright, a comparatively new but an established figure in American letters. He was a part of the notable Harvard literary movement of several years ago, but it is perhaps unfair to call him a Harvard product. Mr. Wright is really his own product. He has in him something of the Ferrero iconoclasm and something of the cynicism of George Bernard Shaw, yet he is, at all times, distinctly himself.

In "The Uselessness of Art" the author is only able to fairly introduce himself. It is through the articles which are to follow from month to month in this Magazine, that Mr. Wright will fully unfold himself and his policy of vivisection. He will dissect men and things principally in their relationship to that much-discussed and little-understood commodity called Art.

WILLARD HUNTINGTON WRIGHT

Following "The Uselessness of Art" will appear in their order the entire series under titles about as follows:

"Sex in Art," "The Artistic Temperament," "Should Artists Marry?" "The Tavern's Place In Art," "Respectability versus Art," "Estheticism and Unmorality," "The World's Greatest Artist."

新人批評家の登場を告げる〈ウェストコースト・マガジン〉の頁，1909年。

〈スマート・セット〉読者にウィラードを紹介した写真，1913年2月号。おそらく26歳という年齢より年上に見せるため，修正が施されている。

ウィラードが編集に携わった最後の〈スマート・セット〉。1914年2月号。ジョゼフ・コンラッドの戯曲とD・H・ロレンスの短篇が掲載された。

スタントン・ライトのセザンヌへのオマージュ，『芸術家の兄の肖像』，1914年。（国立肖像画美術館，スミソニアン協会）

ドイツびいきのニーチェ主義者，ウィラード。トマス・ハート・ベントンによるスケッチ，1916年。

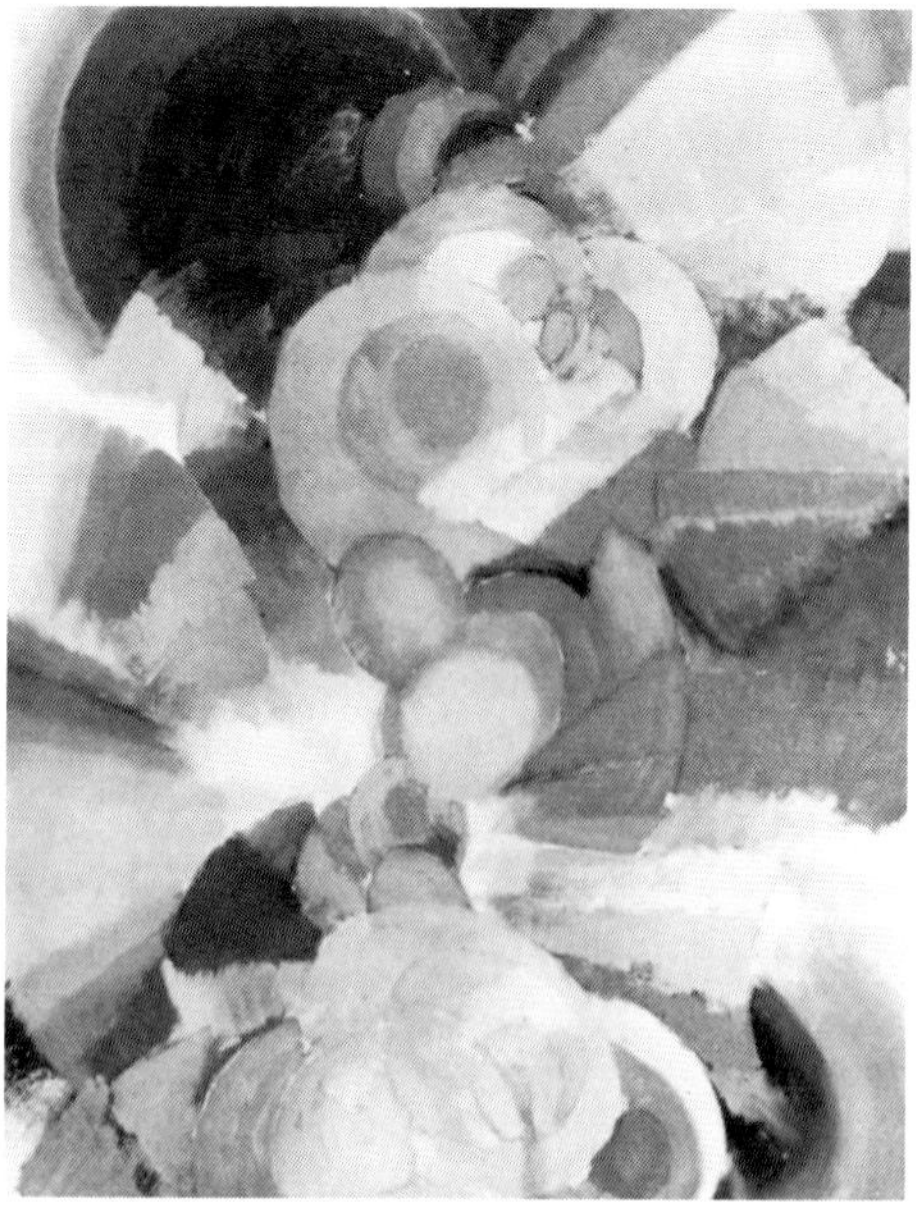

スタントン初期の抽象画「シンクロミー」のひとつ，『スペクトルの抽象（構成5号）』，1914年。（デモイン・アートセンター，コフィン美術信託基金，1962年）

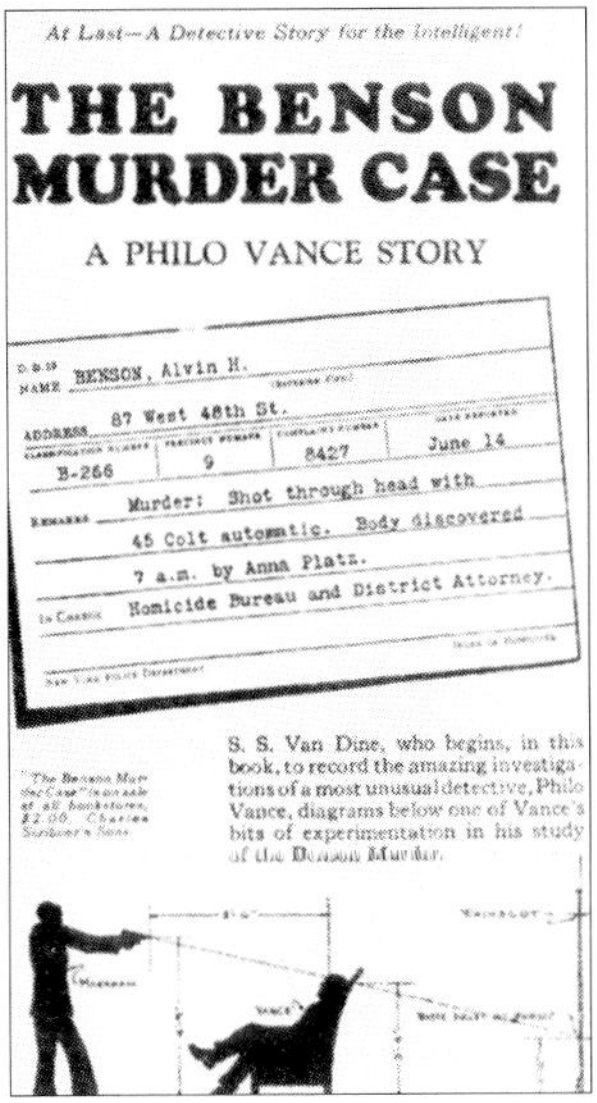

ファイロ・ヴァンス・シリーズ第一作『ベンスン殺人事件』（1926年秋刊）のスクリブナーズ社の広告。

ウィラード・ハンティントン・ライト（左）と，映画でファイロ・ヴァンスを演じたウィリアム・パウエル。パラマウント社のセットで，1928年。

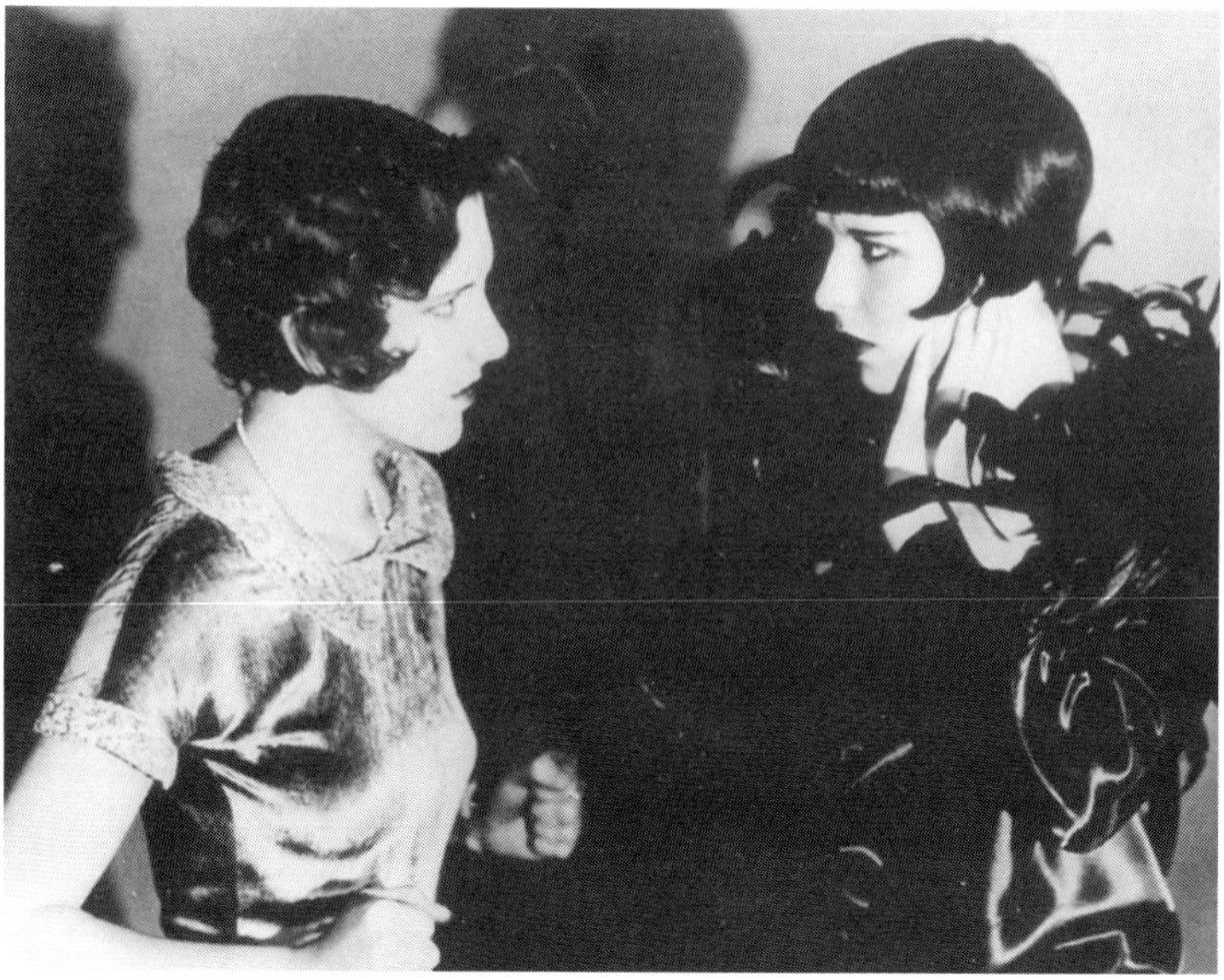
ジーン・アーサー（左）とルイーズ・ブルックス。『カナリヤ殺人事件』の一場面。

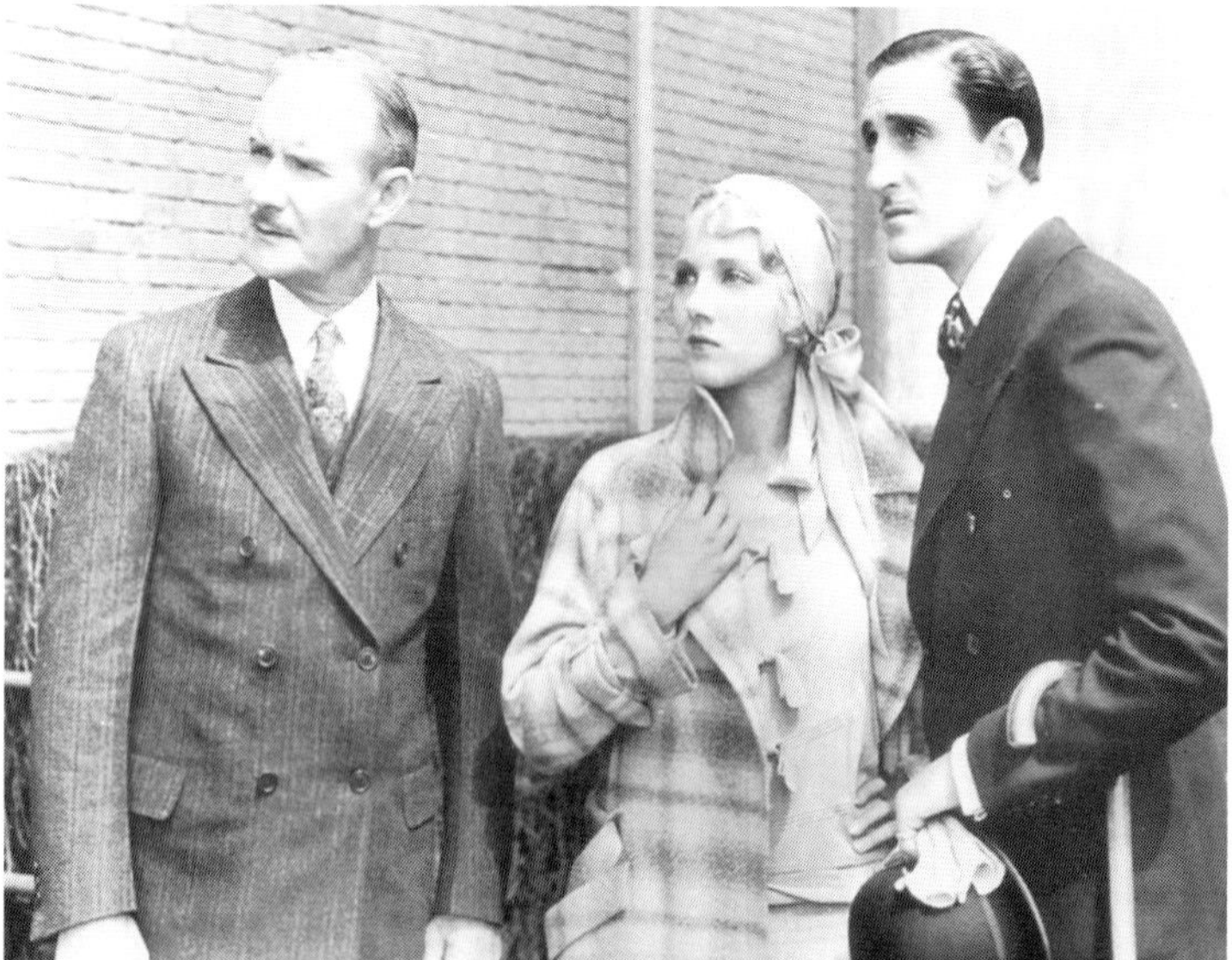
二代目ファイロ・ヴァンス役のバジル・ラスボーン（右）。『僧正殺人事件』，1930年。

自宅のS・S・ヴァン・ダイン。『カナリヤ殺人事件』（1927）の成功の後で。

「S・S・ヴァン・ダインの目に映った自分」。ウィラードの自画像。初出は〈シカゴ・トリビューン〉，1927年。

ウィラードと二番目の妻クララ・デ・ライル。

愛犬家ウィラード。S・S・ヴァン・ダイン・ケンネルで，1932年。

1930年代後半のS・S・ヴァン・ダイン。

ヴァージニアとエドワード・ラフリーに

ウィラード・ハンティントン・ライト（そしてファイロ・ヴァンス）

「……おそらく、キリスト教世界一の大嘘つきで……それでもおもしろい男だ」

——H・L・メンケン

「ライト時代の〈スマート・セット〉は恥知らずな血への渇望を隠しもせず、あまりに衝撃的で心安らぐところがなかったので、わたしの好みではとてもなかったが、それでもなお力強く説得力があった」

——セオドア・ドライサー

「ライトはわたしを少し変人だと思っていて、自分のことは良識があり正常で実務的な男と考えている」

——エズラ・パウンドからジェイムズ・ジョイスへ

「自分の知る限り、もっとも興味をそそる、魅力的で好感のもてない人物だ」

——アーネスト・ボイド

「ハンサム、傲慢、博識、そのうえ堕落している……」

——オーデル・シェパード

「まじめで明敏な評論家……向こうみずで……近代美術に対する彼の考え方は、かつてないほど大胆だった」

——サム・ハンター

「ファイロ・ヴァンスは、その見かけの下に、このような不穏で粗雑な時代にはあまりにも繊細で感受性するどい精神を隠した、気高くも心優しき人間だった」

——マックスウェル・パーキンズ

「ファイロ・ヴァンス／お尻に一蹴り必要ざんす」

——オグデン・ナッシュ

目次

謝辞

伝記を完成させるための調査は、地理的にも知的にも決して予想しなかった方向へと必然的に作者を導いていく。明確な道のないことが伝記作家の動機でさえあり、道を作りだす思いがけない旅、新しい関係、多種多様な読書がそのままその仕事を楽しいものにする。たしかにこの本の主題――友人のH・L・メンケンから「キリスト教世界一の大嘘つき」と呼ばれた人物は、その行程を短縮する手伝いは何もしてくれなかった。ウィラード・ハンティントン・ライトは、この調査をはじめたときにわたしが考えていたよりずっと多くの手紙を破棄しており、彼自身について間違った情報を流していた。その意味で、この特異な人生と経歴の物語を語るために協力いただいた個人や組織に感謝の意を表明できるのはとりわけうれしい。

この本のための記録の主要な情報源は、プリンストン大学図書館のウィラード・ハンティントン・ライト・スクラップブック（六十八冊。ライトの重要記録と、ライト執筆、およびライトに関する新聞記事の大部分を収める）、ヴァージニア大学アドラーマン図書館のウィラード・ハンティントン・ライト・コレクション（千二百通以上の家族の手紙）とエール大学バイネッキ図書館のアルフレッド・スティーグリッツ、H・L・メンケン、ジェイムズ・ギボンズ・ハネカー、その他の者へ宛てたライトの手紙である。これらの図書館の司書の方々は親切で、特にプリンストンのアン・ヴァン・アースデールがそうだった。

ほかに以下のコレクションや大学でライトの資料（主に書簡）を調査した。ペンシルヴェニア大学ヴァン・ペルト図書館のセオドア・ドライサー・コレクションとバートン・ラスコー・コレクション、ヴァージニア大学オルダーマン図書館のウィリアム・スタンリー・ブライスウエイト・コレクション、プリンストン大学図書館のスクリブナー・アーカイヴ、カリフォルニア州サンマリノのハンティントン図書館のジャック・ロンドン・コレクション、ワシントンDCのアメリカ議会図書館のベン・ヒューブッシュ文書、ヴァージニア州リンチバーグのジョーンズ・メモリアル図書館の地方史コレクション。ヴァージニア州シャーロッツヴィルのアルベマール歴史協会、ニューヨーク州オニオンタのハンティントン記念図書館、カリフォルニア州サンタモニカのサンタモニカ公立図書館訪問も調査には不可欠だった。このような施設の職員からいただいた直接かつ親切なご協力に感謝する。ハーヴァード大学、ロヨラ＝メリーマウント大学、ポモーナ大学、シラキュース大学、南カリフォルニア大学の教務係と司書の方々は、学校とライトの大学時代についてのたくさんの質問に根気よくてきぱきと答えてくださった。

ライトの職業人生とその社会的状況についての知識は、アメリカ美術アーカイヴ、アメリカ議会図書館、ロサンゼルス公立図書館、〈ロサンゼルス・タイムズ〉アーカイヴ、ニューヨーク公立図書館、サンフランシスコ公立図書館、ニューブリテン協会の資料と、メトロポリタン美術館、近代美術館、ホイットニー・アメリカ美術館の図書館のおかげだ。各図書館の所蔵本、定期刊行物、新聞、書簡、日記を手にすることがなかったら、この仕事はずっと遅れていただろう。

この仕事のもうひとつの恩恵は、ウィラード・ハンティントン・ライトの弟で、優秀な画家であり注目に値する人物、スタントン・マクドナルド＝ライトについて知る機会を得られたことだ。ビヴァリーヒルズのマクドナルド＝ライト夫人から亡き夫と義兄に関する情報を提供していただき、とても感謝している。ジョン・タスカのスタントン・マクドナルド＝ライトとの書簡や、彼に関する思い出話も、ライト兄弟についてたくさんの興味深い事実や知識を提供して、測り知れないほどわたしの調査を助けてくれた（映画や探偵小説の研究者ならタスカ氏の仕事をご存じだろう）。S・S・ヴァン・ダインに関する示唆に富んだ小冊子の著者および編集者として、ジョン・タスカはこの伝記に強い関心を示してくれ、わたしはオレゴンのタスカを訪ねて、ライトの仕事や弟との奇妙な関係を議論する機会を得た。ウィリアム・アンド・メアリー大学スウェト図書館のカール・ドルメッチとマクドナルド＝ライトの往復書簡も役に立つ情報源であり、〈スマート・セット〉に関するドルメッチ博士の本も言うまでもなく、さまざまな面で作業を助けてくれた。

多くの方々に感謝の気持ちを述べたい。ウィリアム・C・エイギー、ジョゼフ・ベアード博士、マリリン・ベーカー、フレッド・バステン、ウィリアム・T・ビーティ二世、A・スコット・バーグ、カール・ボード、ジェイムズ・ブッチャー、フィリップ・ブッチャー、マリー・ブルーニ、アン・ケイガー、ユージニー・カンドー、アン・チェンバレン、ジョゼフ・チョウニング、ポール・クリストファー、アレン・チャーチル、ウォルター・クロフォード、カルヴィン・フェントン、アンジー・フローリー、フランクリン・ギリアム、故ロイド・グッドリッチ、アン・ハレル、ロバート・ハル、クリストファー・ナイト、ゲイル・レヴィン、リチャード・リンジマン、オナー・リスター、リチャード・ラドウィグ、エリザベス・マーシュ、ティム・メイソン、サンディ・マクアダムズ、ドロシー・モンガム、ナンシー・ムーレ、フランシス・ナウマン、トム・オーエン、バリー・パリス、オットー・ペンズラー、メアリー・プラット、ヘンリー・リード、キャスリーン・リード、ジョン・リウォルド、トマス・リッジョ、タニア・リッツォ、ジョン・ロビンソン、ミラード・シーツ、アーノルド・シュワッブ、ミドリ・スコット、クレイグ・セントクレア、キャロリン・ストリックラー、リチャード・テリー、ジュディス・スロム、リチャード・トラメ師（イエズス会）、ドリ・ボイントン・ワトソン、ジョゼフ・ヤンガーマン博士からいただいた、ありとあらゆる助力、情報、意見に感謝申し上げる。

スクリブナーズ社のネッド・チェイス、ビル・ゴールドスタイン、ハミルトン・ケインは編集を担当し、フレッド・ソーヤー、アンドルー・アタウェイは的確な原稿整理をしてくれた。〈アーツ・マガジン〉の元編集者リチャード・マーティンと〈アームチェア・ディテクティヴ〉の元編集者マイケル・サイドマンにも感謝する。二人は数年前に原稿の抜粋を活字にしてくれた。

三人――友人たち――は特筆に値する。ディズニー・スタジオの文書係デイヴィッド・R・スミスは、S・S・ヴァン・ダイン関連資料の膨大なコレクションを提供してくれて、バーバンクの自宅でわたしのために『カナリヤ殺人事件』の貴重なプリントを上映してくれた。ウィラード・ライトのいとこ、マーガリート・ベアトリス・チャイルドの友人であるロバート・O・デイヴィスからは、ライト家のスクラップブックをいただいた。本書の大部分の図版はデイヴィスの好意とこのスクラップブックのおかげだ。ラファイエット・カレッジのマイケル・ロバートソン博士は知的同盟者にして、文学と書誌に関する豊富な知識の持ち主だった。プリンストン時代、彼はわたしの「学問の世界」の窓口であり、大量の本と目録を案内してくれるかけがえのないガイドだった。

コネティカットの母から励ましを（校正刷も丹念に読んでくれた）、コネティカットとニューヨークの友人たち——タイとアンジー・フローリー夫妻、トム・ギャッチ、シンディー・ケーン、ケヴィン・ラリー、ヘレン・マリノフスキー、スチュワート・ガラノー——からは自信と協力をもらった。

マリア・ソワレスには友情の域を越えた誠意と熱意、そして助言をもらった。わたしに対する彼女の信頼はなくてはならないものだった。

大事なことを言い忘れていた。トマス・オレフィーチェとわたしは経験をともにしてきた。わたしの変わらぬ感謝を彼はわかっている。

一九九一年　ジョン・ラフリー

序

一九三八年初秋、ウィラード・ハンティントン・ライトは担当編集者のマックス・パーキンズと、季節ごとの息抜きの儀式となっていた「お茶」をした。五番街のパーキンズのオフィスから数軒先の店でクルボアジェのグラスを傾けながら、古くからの友人である二人は出版界や世界情勢について語り合った。いつも会話のほとんどを担っているウィラードにはどれも不快な話題だった。

一九二〇年代後半を通して、ウィラード・ハンティントン・ライトは、スクリブナーズ社のベストセラー作家のひとりだった。十一か国語に翻訳された彼の探偵小説は過去十年間で百万部以上を売った。先を細く尖らしたヴァンダイクひげをたくわえ、真珠の握りのステッキを手にしたウィラードは、ニューヨークの社交界で（謎につつまれてはいたが）目立つ存在で、どこからともなく現れて有名な探偵小説作家〝S・S・ヴァン・ダイン〟になった人物と思われていた。ヴァン・ダインとしてウィラードは絶大な成功の報酬を享受した。ジャズエイジの基準からしても彼のペントハウスは宮殿のように豪華で、金遣いの荒さは有名だった。近代絵画と中国の陶磁器、個人所有の犬舎《ケンネル》と特別に交配された犬たち、奇想天外な水槽に外国の珍しい魚（二千匹以上）――これらは繰り返し写真に撮られ、文章で紹介された。湯水のように金を遣っていたころのウィラードは、自分の幸運に目のくらんだ、フィッツジェラルドの短篇小説の登場人物か、魔法の空想世界の住人だったのかもしれない。

　誰ひとり、とりわけウィラード本人が、彼の小説がここまで評判になるとはまったく予想していなかった。マックス・パーキンズに最初のプロットの梗概を見せたとき、ウィラードはいつか借金の山から抜けだしたいと考えただけだった。だが一九二六年に最初の小説が出版された数週間後には、S・S・ヴァン・ダイン現象はひとり歩きしていた。一九三〇年になるとウィラードの探偵ファイロ・ヴァンスの人気はさらに絶大なものになり、株式市場暴落直後の多難な時期をスクリブナーズ社が乗り切れたのは、ヴァン・ダインの探偵小説のおかげだとパーキンズは考えていた。未来を信じられたのはまったくもってウィラードのおかげだと、パーキンズはF・スコット・フィッツジェラルドに語っている。「彼の本は大恐慌の影響を受けないらしい——それどころか、そこから利益を得ているといってもいい」[1]出版社はウィラードのためにあらゆる手を打ち、ハリウッドの映画会社が彼の小説の映画化権をめぐって争い、宣伝係は大衆向けジャーナリズムの興奮をあおった。全盛期には、ウィラードはアメリカでもっとも多くのインタビューを受け、もっとも裕福な作家のひとりになっていた。

　しかし時代は変わり、それとともに探偵小説の読者も変わっていく。事件解決のリアリズムが時代の新しい常識になり、ファイロ・ヴァンスの創造者の収入と自信に大きなダメージを与える嗜好の変化が生じた。ウィラードには自分の上品な文体で〝ハードボイルド〟派の探偵を描く才能はなかった。彼はダシール・ハメットの小説をひどく嫌って——「酒と勃起だけ」[2]と友人に悪口を言っていた——いたが、ライバルの描く世界は大衆がよく知り、求めているものだとわかっていた。三〇年代を通してウィラードは、ニューヨークとハリウッドで自分の影響力が徐々に衰退していくのをじっと眺めていた。ひとつの屈辱的な事実は明らかだった。スクリブナーズ社のお荷物になるときがどんどん近づいていた。しかし、ウィラードが状況に苦悩すればするほど、彼はそれに対処できなくなっていった。レックス・スタウトが登場し、ドロシー・セイヤーズの小説が読者を獲得し、アガサ・クリスティはこれまでにもまして多作になっていた。ウィラードは自分が八方ふさがりの状況にあることに気づいた。ネロ・ウルフ、ピーター・ウィムジイ、エルキュール・ポアロは、ファイロ・ヴァンスの優雅なシニシズムのはいりこむ余地を残してくれなかった。ファイロ・ヴァンスはますます、おてんば娘《フラッパー》やもぐり酒場の時代の遺物のようになった。

ウィラードがいつも自分の落魄ぶりを話題にして怒りや欲求不満をぶつける相手が、パーキンズだった。二人の打ち合わせは神経をすり減らすものだったが、パーキンズは辛抱強くて人当たりがよく、とりわけウィラードを冷静に落ち着かせるのがうまかった。二十年以上スクリブナーズ社の編集者として働き、その間へミングウェイの不安やフィッツジェラルドの挫折、トマス・ウルフの有名なわがままにも対処してきた。マックス・パーキンズは不幸せな作家というものを知っていた。もしウィラードの不快な長話や繰り言（二、三杯飲んだあとは特にひどかったのだが）にひどく悩まされたとしても、それを口に出すには彼は上品すぎた。ウィラードも自分がどんなに扱いにくい人間かちゃんとわかっていて——ここ何年も友人たちからは距離をおいていた——編集者の寛容さに感謝していた。

だが一九三八年末には、ウィラードの深刻な精神状態を和らげることはパーキンズにも、ほかの誰にも、より難しい仕事になっていた。ウィラードはやつれた様子で、まだ五十一歳なのに六十代と誤解されることが多くなった。有名なあごひげはほとんど真っ白になっていた。ヨーロッパの出来事や戦争へと向かう流れ、大衆の心移り、自分自身の失敗がいつも頭から離れなかった。自分の筆が創りだした探偵同様、芸術への熱い思いを抱いた博識の男ウィラードは、どんな場合でも蔵書や所有する絵画に生きるに必要な糧を見いだしてきたのだが、もはやそれもかなわなかった。かつての冒険心溢れる編集者、論争好きな美術評論家としての一面は、ずっと前に死んでいた。ひとつだけ変わらぬ楽しみが残っていた。「ブランデーがあれば幸せだ」その日の午後、別れる前にウィラードはパーキンズに言った。「ブランデーはいいぞ。もっと飲んでおけばよかったよ(3)」

セントラル・パーク・ウェスト八十四丁目の公園を見下ろすアパートに戻れば、ウィラードにはブランデーに溺れる理由がたっぷりあった。パーキンズと別れると彼は自宅に戻り、彼をうんざりさせ苦しめているプロットの梗概にとりかかった。S・S・ヴァン・ダインの十二作目にして最後の作品となる『ウインター殺人事件』は、スクリブナーズ社の書き下ろし作品として執筆されたものではなかった。その作品は二〇世紀フォックスの脚本部の出したプロット案をもとにしていた。大枚二万五千ドルと引き替えに、それをB級映画の土台に仕上げるのがウィラードの仕事だった。映画の仕事がきちんと終わり、小説の読者が見込まれると判断されたら、『ウインター殺人事件』は長篇小説に作り直されて、スクリブナーズ社から出版されることになっていた。

ウィラードが小説を脚本にする普通の工程とは逆の仕事をしたのは、今回が二度目だった。スクリブナーズ社がクリスマスの広告で熱のこもらぬ宣伝をした、前作『グレイシー・アレン殺人事件』も同じやり方でまとめあげた作品だ。遺憾な方式ではあったが、そのわけはウィラードをよく知る人たちには明らかだった。印税をはるかにしのぐ生活費の支払いのために、プライドを捨て注文に応じて執筆してもいいとウィラード自身が言ったのだ。報酬がよければ、誰のためでも無条件で書くと。このような状況では、ウィラードをもはや小説家と呼ぶことはできなかった。

第一稿はゆっくりと書き進められた。以前はきびきびと精力的だったファイロ・ヴァンスはこの退屈な殺人ミステリの全ページで、がたのきた体をきしませながら動いていた。マンハッタンの通りやアパートメントという探偵従来の舞台さえ捨て去られた。映画会社は、美しい冬景色とアイス・スケートの場面を欲しがり、主演女優として新人若手女優ソニヤ・ヘニーを念頭において（いくつか深刻な欠点のある女だと、プロデューサーはウィラードにほのめかした）書くことを望み、ハッピーエンドを要求した。ウィラードは忠実に応じた。つまらない話を書いていることはわかっていたが、彼はプロとして金のために書く決意をかためた――全力で取り組んだ。事実ウィラードがフォックス脚本部とのやりとりでこびへつらったり、会社の希望を熱心に知りたがったりしたため、会社の役員は自分たちの雇った小説家に対して不安を感じたほどだ。そもそもウィラード・ハンティントン・ライトとは、ニューヨーク一気難しい作家ではなかったのか？

その秋友人たちは、これまでになくウィラードと彼の妻クレアに会っていなかった。ウィラードが本の執筆中だったり、原稿の見直しに集中したりしているときには、ライト夫妻がペントハウスに引きこもるのは珍しくなかったが、はたしてウィラードが今回の隠遁生活から出てくる気があるのか、疑問に思う人たちもいた。彼の人間関係はますます緊張をはらみ、厄介な状態に陥っていた。ウィラードの仕事に関する会話、わざとらしい親切や同情あるいは非難は、ほのめかしただけで彼を苛立たせた。しかしウィラードを長年知る人々にとって、万事順調をよそおうのは難しかった。ウィラードは朝から晩まで金の話をし、医者の警告にもかかわらず酒を飲みすぎていた。

十一月中旬、二〇世紀フォックスのプロデューサーから、会社はファイロ・ヴァンスが映画に登場することに異論はなく、その役柄にも興味はあるが、ウィラードが会社のために書いた物語はファイロ・ヴァンス・ミステリとしては宣伝しないと聞かされ、ウィラードはさらに落胆することになった。それまで気づいていなかったとしても、そのときはっきりとわかった。芸術や文芸批評を断念したときから彼が書いてきた主要な作品、ほとんど彼自身だといってもいい登場人物が、ハリウッドにおいてさえ取るに足らぬ商品になっていたのだ。いまやウィラードと会社が自由に値付けできるほかの作家とのあいだに違いはなかった。そして、いつかは収入源も尽きてしまうだろう。二、三年もすれば、映画会社がウィラードに金を払う理由もなくなってしまうかもしれない。誰もヴァン・ダインを読もうとはせず、思い出すこともなくなるのだ。

この企画が最後の仕事になることを考えていたかのように、第一稿完成前にもかかわらず、ウィラードはいつもこだわっていた物語の題辞探しに取りかかった。彼はワーズワースにぴったりの文章を見つけた。「厳しい冬は葬送歌のような響きを愛する」ウィラードの秘書は、原稿の表紙のそばに彼が置いた白紙に引用文をタイプした。

ライト夫妻のペントハウスの雰囲気は次第に張りつめたものになり、ある意味不気味でもあった。ウィラードの主治医はほとんど毎日往診にきて、友人の健康状態を診察した。執事はウィラードの指示に従い、午後になると机の傍らのブランデーのデカンターを満たしつづけた。クレアは何も言わなかった。ウィラードは熱に浮かされたように書いては直しつづけた。

クリスマスの少し前に、ウィラードはもう一度マックス・パーキンズを訪ねた(4)。このときは「お茶」をしに外に出たり、五番街を歩いたりする時間はなかった。即答を必要とするある目的のために、スクリブナーズ社の五階にあるオフィスを訪れたのだ。ウィラードは遺書を準備しており、パーキンズに遺言執行者になってほしいと頼んだ。遺書は簡単なものだったが、ウィラードはすべてがきちんと処理されることを望んでいた。その年パーキンズ自身、自分の老いと死すべき運命が頭を離れずにいたため、そのような責務は考えただけで苦痛だった。トマス・ウルフが二、三か月前に世を去っていて、パーキンズはこれ以上〝彼の〟作家の死と向き合う気分ではなかった。しかしほかに選択肢のないこともわかっていた。この前会ったときよりさらに疲れていらいらしている様子のウィラードにとってそれは大切なことであり、結局パーキンズはしぶしぶながら同意した。問題を解決したことに満足すると、ウィラードはオフィスを出て四十八丁目の角で運転手の待つ車に乗りこみ、ファイロ・ヴァンス最後の事件を解決するために、セントラル・パーク・ウェストへ戻った。

終わりはすぐに、ほぼ予定どおりにやってきた。

パーキンズと面会した数週間後、語り部分の扱いに関して穏やかに批評をくわえたフォックス社の長文の手紙数通を処理し、ウィラードは二万語の物語の最後の場面を完成させた。二日後、彼は自宅で軽い心臓発作を起こした。当初は回復するように思われ、短い入院後、妻の看護のもとで静養するため退院した。その間も順調に良くなっているように見えた。気力を振り絞ってこの数か月で一番おもしろい冗談を言ったり、みなの注目を楽しんだりしていた。少しだけ原稿にも取り組んだ。だが四月十一日火曜日の午後、昼食後まだ妻も部屋にいて、ベッドでくつろいでいたとき、ウィラードは頭を枕に落として目を閉じた。クレア・ライトがマックス・パーキンズに語った話では、驚くほどあっさりとして穏やかな最期だった。

机の上には『ウインター殺人事件』のタイプされた第一稿があった――「最後のコンマまで完成していた」とパーキンズは言っている。[5]
国内の大半の新聞同様、一九三九年四月十二日付〈ニューヨーク・タイムズ〉は、アメリカでもっとも有名な探偵小説家のために長文の死亡記事を掲載した。翌日〈タイムズ〉社説は穏やかで威厳のある追悼文で、ウィラード・ハンティントン・ライトを〝豪奢な暮らしぶり〟で知られた巨匠芸術家として賞賛した。ヴァン・ダインの探偵小説の人気とその著者の有名な生活スタイルを論評して、社説はこう締めくくっている。「かくも多くの人間を悪意なく殺してきた人物は、人生を楽しむ方法を知っていた」[6]晩年のウィラードを支配した不安や緊張を、一般の人々はほとんど知らなかった。〈タイムズ〉は、芸術愛好家で美術品の目利きとして、ウィラードがずっと培ってきたS・S・ヴァン・ダインのイメージを守った。
かつてウィラードと親しかった人々の彼の死に対する反応は、もっと変化に富んで複雑だった。彼らはウィラード・ハンティントン・ライトのさまざまな側面をほのめかし、彼の生きたまったく別個の人生や、彼の作ろうとした異なる人格について示唆した。
ニューヨークのモダニズムの偉大な闘士アルフレッド・スティーグリッツは、かつての文化抗争以来の盟友を失ったことを惜しんだ。スティーグリッツとジョージア・オキーフはウィラードを、現代美術を深く理解し、誠実で独創的な作品への情熱やそのために戦う熱意をもつ人間として知っていた。出版者ベン・ヒューブッシュは第一次世界大戦前、検閲と文化的無知に直面しながらアメリカ文学のために自らの務めを果たした、血気盛んな評論家を覚えていた。文壇のほかの人々は、金離れのよいおもしろい男、人生の悩みの種や途方もない逸話をつねに抱えた男としてウィラードを記憶していた。ハワード・ヘイクラフトのような探偵小説の歴史家たちはウィラードを、この国に探偵小説の大勢の新しい読者を作り、若い作家のために道を開いた人物として称えた。

しかしそれとは異なる、あまり好意的でない見方でウィラードを思い出す人もたくさんいた。ウィラードの最悪なところを見てきた友人たちだ。セオドア・ドライサーがH・L・メンケンにかつての秘蔵っ子の死亡記事を郵送したとき、ボルチモアからの返事は感傷的なものではなかった。ライトは「とんでもない嘘つき」で「それでもおもしろい男だった」[7]とメンケンは返事をよこした。かつてウィラードをかわいがっていたメンケンは、ずいぶん前から彼をどうしようもない問題児で、信頼できない友人と見ていた。ウィラードについて自分でも言い分と不信感をもっていたドライサーは、それも無理はないと考えた。ウィラードは『シスター・キャリー』のもっとも忠実な擁護者のひとりだったかもしれないが、ドライサーは彼に会い、その「やせてひもじげな顔」を見たときからこの男を敬遠していた。ニューヨークの少なからぬ人々が、典型的な裏切り者、金のために知識人から大衆作家になった男、これまで会ったなかで一番不快な人物として、ウィラードをさっさと頭から追い払った。演劇評論家ジョージ・ジーン・ネイサンは、ウィラードの名前が二度と口にされるのをいやがった。

ウィラードのことを文章にする仕事は、いみじくも彼がもっとも感謝していたマックス・パーキンズに委ねられた。原稿が完成した一九三九年の末に出版された『ウインター殺人事件』の序文で、パーキンズはウィラードのことを、誤解をうけやすく、多くの人が思っていた以上に自分自身の感受性や時代の無神経さに苦しんでいた人物として記した。無署名の「編集者の序文」によれば、その本当の姿は世間からは隠されていて、そのような人物を理解するには、個人的・文化的な背景や表面に表れていないものを見る意欲が求められる。

ウィラード・ハンティントン・ライトの物語は、彼が生きた時代と国についての前例のないドラマでもある、とパーキンズは言う。ライトの人生は、ある種の危険、欲望、争いで説明することができたが、それらは万人が取り組むことを選ぶようなものではなかった。個人的欲求、社会的混乱、国家の成熟、貧困、アメリカで成功するための難しい条件——パーキンズは「不穏で粗雑な」時代に「気高くも心優しき男」の上にあったいくつもの困難をほのめかした(8)。

遺言執行者になってほしいと担当編集者に頼んだウィラードは、当然のことながら、自分の名前と評価の管理人たることも求めていた。パーキンズはもちろんそのことをよくわかっていた。しかしウィラードがかねてから懸念していたように、それは果たせない目的であり、マックス・パーキンズの言動は何の影響も及ぼさなかった。全盛期にウィラード・ハンティントン・ライトのような名声と富をなしたアメリカの作家で、ウィラードほどあまりに突然に世間から見捨てられた作家はいない。彼の死から十年たつとその作品のほとんどが絶版になり、一九六〇年代にはアメリカ文学史のなかで忘れられた存在になる——皮肉なことに、近代美術と美術批評の歴史では違っていた。セザンヌや新しい抽象絵画のための記事や、彼が暮らしの糧にすることができなかった著作は、彼を世界中で有名にした作品よりも多くの関心を集めるようになった。

自分の小説よりずっと興味深い人生を送ることが、ウィラード・ハンティントン・ライトの宿命だった。ウィラードはそんな考えを喜ばなかっただろうが、その表現が正しいことは彼の小説と批評からもわかる。ファイロ・ヴァンスのめざましい偉業でさえ、冒険と試練に満ちたウィラード自身の人生の豊富な経験には及ばない。それでもウィラードはこの物語を隠すために最善を尽くして、書簡の大部分を破棄し、間違った情報の膨大な痕跡を残して亡くなった。

パーキンズ、スティーグリッツ、メンケン、その他多くの人々が知っていたように、ウィラードは偉大な才能と大きな欠点をもち、現代社会のなかで役割を果たしたい、状況を理解して自分の居場所を見つけたいと望んでいた、注目に値する男だった。しかし結局彼の人生は大きな失敗の物語であり、アイデンティティとその喪失に関する物語だった。最後まで人生の矛盾を解明できず、ウィラード・ハンティントン・ライト――全盛期にはアメリカの成功の象徴だった男は、苦しみと怒りに満ちた人物としてこの世を去った。

別名S・S・ヴァン・ダイン

ファイロ・ヴァンスを創造した男

〈スマート・セット〉とともに

「質とは反比例する作品を求める大衆の要求、偶然の産物や一連の恥ずべき行為……わが国の上品ぶり……」
——エズラ・パウンドからジェイムズ・ジョイスへの書簡、一九一五年

初めから、ウィラード・ハンティントン・ライトの目指すところはきわめて高かった。アメリカのジャーナリズムと批評の水準を新たな高みに導き、アメリカ文学を解放すること。臆病な編集者、現状に満足している読者、狭量な批評家、ヴィクトリア時代の価値観、芸術における新しい試みや厳しい要求に対するアメリカ人の不安——これらは、カリフォルニアでジャーナリストとして過ごした敵意に満ちた五年間を通じて、ウィラードのテーマだった。「わが国の上品ぶり」についてエズラ・パウンドがジェイムズ・ジョイスにこぼした愚痴は、欲求不満のアメリカ作家たちが三十年にわたって口にしてきた叫びだ。発行部数十万部のニューヨークの雑誌編集人に抜擢されたとき、ウィラード——二十五歳で、とんでもなく自信過剰だった——は、自分なら行動を起こしてすべてを変えられると信じていた。ウィラードは妻に、その過程で金持ちの有名人にもなれるかもしれないと話した。

ウィラード・ハンティントン・ライトの年齢、性格、野望を考えると、彼を〈スマート・セット〉のような雑誌の編集人にすえるというのは奇妙な決定であり、しかも一九一三年一月の時点で、ロサンゼルス以外でウィラードのことをよく知る人間は数えるほどしかいなかった。だが〈スマート・セット〉で書評を担当していたH・L・メンケンの熱心な後押しのおかげで、ウィラードはニューヨークで仕事につくことができ、世間からは発行人ジョン・アダムズ・セアを記録破りの速さで味方につけたのだと思われていた。ウィラードはアメリカのジャーナリズムで、メンケンに次ぐ非常に多作なコラムニストという評判も得ていた。それでもなおニューヨークのかなりの人々は、ドライサーやゾラといった論争好きの写実主義作家の擁護に熱弁をふるい、女性作家への軽蔑を隠さず、たいていのベストセラーへ執拗に嫌悪感をあらわすこの批評家に何を期待すべきか判断できずにいた。

　頭がきれてやる気のある若者にとって、表舞台に登場するよいタイミングだったのかもしれない。ラジオやテレビのない時代には、アメリカの雑誌ジャーナリズムが世論を作り、大衆の価値観を誘導してきた。ミッチェル・ケナリー発行の啓発的で活気あふれる〈フォーラム〉、汚職政治家や貪欲なトラストに関するトップ屋《マックレイカー》たちの暴露記事に誌面を提供した〈マクルアズ〉や〈コリアーズ〉のような雑誌を除いて、多くの月刊誌は、定評ある寄稿者、健全なフィクション、上品なエッセイ、堅実で微温的な人物の政治評といった安定感に長いあいだひたってきた。諷刺、野卑なユーモア、気鋭の新人作家たちが追求していたリアリズム、沸騰するヨーロッパ芸術界の興奮のいささかなりとも入りこむ余地はなかったらしい。〈ダイヤル〉、〈ニュー・リパブリック〉、〈セヴン・アーツ〉、〈アメリカン・マーキュリー〉、〈ヴァニティ・フェア〉、〈ニューヨーカー〉といった大衆的で知的な刺激的雑誌の登場はこれからであり、一方で〈スクリブナーズ〉、〈ハーパーズ〉、〈アトランティック・マンスリー〉など多くの雑誌が無名の書き手や風変わりな企画に冷ややかなのは有名だった。ウィラードとメンケン、そして二人の友人たちの多くにとって、これはアメリカが〝成熟〟するために打破すべき状況であり、〈スマート・セット〉に彼らは変革の手段を見つけたと思っていた。もくろみ通りの結果を出すものはほとんどなかったが、それでも〈スマート・セット〉は（批評家アルフレッド・ケイジンの言葉を借りれば）「活気にあふれた新しい試みの前兆」であり、「おおいなるはじまりの喜びにトランペットを吹き鳴らす」国民的な運動の一部だった。(1)

新年早々マンハッタンに乗りこんだとき、〈スマート・セット〉内の人間関係は険悪で、陰謀めいた空気が漂っていたが、ウィラード・ハンティントン・ライトはそれを当然のこととして受けとめた。西部からメンケンの〝天才少年〟を迎え入れるため、ジョン・アダムズ・セアはスタッフの急な配置転換をおこなわなければならなかった。もっとも大きな異動に、仕事はできるが想像力にとぼしい、現〈スマート・セット〉編集次長ノーマン・ボイヤーが含まれていた。スタッフが驚いたことには、ボイヤーはウィラードの下の〝編集主任〟になった。その後の数か月間ずっと、ボイヤーは無理からぬ恨みをいだき、内心では間違いなく年下の上司が無様にへまをするのを待っていた。編集助手から速記者まで編集部のスタッフ全員が、セアの掘出し物は役立たずの小僧で、簡単に操縦できるだろうからさほど気にする必要もないと考えていたようだ。ウィラードは平然とこの状況を受け入れた。彼は自分の能力を証明する必要があった。娘とともにカリフォルニアに残してきた妻への手紙には、それには一か月はかかるだろうと書いている。まわりの人間にウィラードがいじめられて黙っている人間ではないことがわかれば、事態は落ち着くはずだった。

ウィラードがロサンゼルスを発つ前に思案の末に出した決断は、外見を変えることだった。年上に見せるためこの三年間のばしていた黒いあごひげをそり、かわりに先がピンと上にはねた厳めしい口ひげをのばした。ドイツ皇帝ヴィルヘルム二世そっくりのひげだった。ウィラード自ら写真を撮り、そのぎょっとするような編集人の写真を、セアは〈スマート・セット〉三月号でお披露目すると約束した。望みどおりの効果をあげるため修正をほどこされた写真には、四十歳のプロイセン貴族風、早くも禿げかかっていたが精力的、自信満々で少しばかりうさんくさい人物が写っていた。新しい外見は、ウィラードが主張していた「三十代前半」という年齢よりもさらに老けて見えて、世間に向けて慎重に作り上げたイメージを宣伝した。

ウィラードの望みは、自分の引き受けた雑誌がすみやかに新しいイメージを手に入れることだった。当時〈スマート・セット〉は勢いも発行部数も低迷していて、セア、ボイヤーはじめ編集部全員がそれを知っていた。問題は、ウィラードの計画が具体的には何なのかということだ。誰も知らなかったらしい。そしてその計画はうまくいくのだろうか？　懐疑主義者たちは、セアが二年前に〈スマート・セット〉を買い取ったとき、割引価格とはいえない値段で沈みかけている船を手に入れたと思っていた。

厳密に言うと〈スマート・セット〉一月号がウィラード在職中最初の号になる。その月十五日の雑誌売り場では、従来どおりウィラードの名前は印刷されていなかった。雑誌は店頭に並ぶ六、七週間前に印刷所に回されていて、三月号がウィラードの限定的ながら力を及ぼすことができた最初の号になる。一九一三年最初の号に目をとおすと――メンケンの書評とジョージ・ジーン・ネイサンの劇評欄は別として――古風でお定まりの、あるいはお粗末な原稿ばかりで、ウィラードはこの仕事は自分に打ってつけだと考えた。その号もほかの号と同じく、〈スマート・セット〉伝統のわずかな長所とそれを上回る数多くの欠点が存在して、発行人の趣味の限界を感じさせるものだった。ジョン・アダムズ・セアに対するウィラードの第一印象は、間違っていなかった。「ただのばか者[(2)]」というのがそれだ。ウィラードは妻に、大半の実業家同様、セアも金と良い散文には関係がないことがわかっていない「間抜け」だと語った。

雑誌がまだ自慢できるような物ではないにしても、新編集人はがっかりする理由などないと思った。変革にはこれ以上ないほど肥沃な土壌だった。セアは出版社の貸借対照表を見ながら、状況を好転させる可能性のあることには――ほとんど何でも――びくびくしながらも同意した。メンケンやネイサンと分かちあい、セアにはまったく見当のつかなかったウィラードの夢は、ヨーロッパでもっともアヴァンギャルドな出版物に肩を並べるアメリカの雑誌を作ることだった。その目標に向かって雑誌の舵を取って進めることができる人間がいるとすれば、それは自分だと信じていた。〈スマート・セット〉二月号では、毎月自作の名言を載せるためにセアがとってあった「個人的な話」というタイトルの最終ページに、ウィラードのことが「発表された」。後に雇い主ではなくウィラードが自分で紹介文を書いたのだとほのめかす人もいたが、そのとおりだったかもしれない。ウィラードの性格に遠慮という文字はなかった。ともかく、新しく就任した編集人が最大の歓迎を受けたと考えるのは難しい。「アメリカには、本誌の目標達成を手助けしたいとか、読者にさらに知的な批評を提供したいという意欲ある文芸批評家は存在しない……ウィラード・ハンティントン・ライトは根っから現代的な人間であり、無知な読者の偏見、迷信、感傷に迎合する編集方針を提供するつもりはない」[3]このコラムは、ウィラード・ハンティントン・ライトを「三十代になったばかり」（実際は二十五歳と六か月だった）で、「ハーヴァード大学を卒業して」（過去に二講座を受講しただけ）、二冊の著作があり、一作は一八五〇年から一九一二年までのアメリカ文学における新しい動きに関するもので、もう一作はフリードリヒ・ニーチェに関するもの（両方とも梗概のみ存在し、ニーチェの本だけがその後出版された）と説明している。〈スマート・セット〉の春の号で新しい意欲的な方針について説明すると、セアは読者に約束した。

三月号のコラム「個人的な話」で、秋には声高に毒づきながらそれを後悔することになるのだが、編集権がセアから移譲されたことが正式に発表された。「今月わたしはライト氏にこのコラムを明け渡した」[4]と正確な動詞を用いてセアは書いている。ウィラードのいかめしい風貌の写真は、「〈スマート・セット〉に新編集人が就任」という大見出しの下に掲載され、「個人的な話」のなかで、ウィラードは読者——多くの読者、ちゃんとした読者、非常に教養のある読者に向かって大見得を切った。「読者にとって、本日は文明開化の日である」[5]と彼は切りだした。〈ハーパーズ〉、〈スクリブナーズ〉、〈アトランティック・マンスリー〉といった無難で中道的な雑誌が提供する以上のものを求める、おびただしい数の潜在的な支持者が世界中に存在すると、ウィラードは断言した。問題は、ほとんどの編集者が臆病なため、支持者の反応に賭けることができないでいる点だった。

今日の知的な読者は、自らの見解を書物でたしかめたいとは思っていない……了見の狭い読者の機嫌をそこねるのではないかとびくびくしている平凡な編集者は、才能の邪魔をしたり台無しにしたりするだけでなく、すばらしい現代文学をそれを理解する能力のある読者から遠ざけているのだ。

ウィラードは、〈スマート・セット〉は依然として「ばかげた小説や退屈な小説」と同様「猥褻な小説、粗雑な小説にも反対」であると読者を安心させておいて、「文学における陳腐、平凡、偽物、生気のなさといったものは排斥されねばならない」と結んだ。

ウィラードの胸中にあったものの一例は、その号で一番議論の的になった、というか唯一議論の的になった作品、自分の故郷の町《ホームタウン》に関する彼自身の辛辣なエッセイだった。(6)「ロサンゼルス、化学合成された清浄」は、ニューヨークで職を手に入れようとしていた秋に、ウィラードとセアが議論したテーマで、アメリカの都市に関する〈スマート・セット〉の新シリーズのひとつだった。反響はすぐにあった。

このシリーズは、本当にそれがセアのアイディアでボイヤーのものでないとしたら、〈スマート・セット〉を所有していた期間のセアの数少ない名案のひとつだ。「サンフランシスコ、喜びにあふれた町」は五か月前に好評を博し、身分にこだわる首都への辛辣な批判をこめた「ワシントン、高みを目指す者の故郷」は二月号に掲載された。だが「ロサンゼルス、化学合成された清浄」は紀行文とは違う種類のものだった。その文章は、永遠に失われたロマンティックなリビドー的過去への声高な哀歌であり、せわしないビジネスチャンス、「粗野な知性」、「郊外の世間体」が規範となる精神のあり方に対する抗議だった。そして、ウィラード・ハンティントン・ライト最高の文章でもあった。

ウィラードによると、その人口が国内のほかの都市に先駆けた発展を約束し、環境と気候が寒さにうんざりしている東部の人々をひきつけるロサンゼルスという街は、実際には教会バザーの気質と文化をもっている。その土地で神格化されているのは「カルヴァンとアンソニー・カムストック（有名な書物検閲官）の組み合わせで、しかもカムストックが優位を示している」。住人たちは、行きすぎた信仰心と自己満足に走る傾向があり、官能的で芸術的な快楽に対しては旧弊な恐怖心を抱いている。しかしいまや、かつてこの地を支配していたより世俗的なスペイン人の影響は「善良なアメリカ人」によって抹消されてしまい、ロサンゼルスは「ナイトライフの楽しみに対する処女のごとき潔癖さ」にとりつかれ、いかがわしい連中のたまり場やカフェ、キャバレー、「愉快に浮かれ騒いで」食事ができる美食家向けのレストランにはもはや居場所はなかった。

〝西海岸のメンケン〟と異名をとったウィラードらしく、その諷刺的ルポルタージュの筒先は、ほとんどの雑誌が慰撫と娯楽を提供することに汲々としていた読者そのものに向けられた。南カリフォルニアの「バッジをつけ、隊列をくんでパレードするのが大好きな、まじめで無感動な人々」の中で、お上品なキリスト教徒的生活を送ることを強制されるのは不幸だと（メンケンばりの大げさな物言いで）ウィラードは主張した。通りは夜中には人通りが絶え、劇場作品は清教徒の街ボストンと張り合うような厳しさで取り締まられている。太平洋沿岸の「ボヘミアン的生き方」のかわりに、ブラウニング・クラブが毎月の読書会を、種痘反対運動の団体が頻繁に討論会をおこなっていた。

なぜこのようなばかばかしいことになったのだろう？　「ロサンゼルス、化学合成された清浄」の筆者によれば、問題は単純――発展著しい中西部の影響だった。新しい生活をはじめたり陽光溢れる土地で引退生活を送るために、国中のさまざまな地域から西海岸にやってくる人のほとんどが、ウィラードが賞賛する都会の価値を知らず、さらには敵対心をもっていた。

この善良な人たちは、田舎の信念、信心、迷信、習慣——中西部の就寝時間、コーンビーフ、マンシーズ・マガジン、ユニオンスーツ、伝道協会といった中西部人の大好きなもの——を一切合切もちこんできた。彼らは遅いディナー、麦芽酒、グランドオペラ、あばずれ女といったものに対して、とりすました頑固な嫌悪感をいだき……すらりと伸びた脚には道義的な恐怖を感じ……演奏会では高音部に拍手喝采して、牧師の選んだ候補者へ投票するのだ。

ウィチタ、エミッツバーグ、セデーリア出身の気難しい市民に対して、東部出身者は数の上でも勢力的にもまだ少数派だった。残念ながら「ロサンゼルスにおけるピューリタニズムの頑迷な教義」、そこに付き物のゴシップ好きの連中や町の禁止条例に対する、彼ら東部人の影響力は大きくはなかった。「敬虔な信者、人の楽しみに水を差す連中、芝生用スプリンクラー」がこの町を支配していた。「本物の人間と真当な悪党」を、禁止好きの天使の町、「化学合成された清浄」のなかで見つけるのは難しかった。

ウィラードの意図したとおり、彼の印象批評的な記事はつかの間ではあったが激しい反応を生みだした。〈スマート・セット〉編集部には、投書の主がロサンゼルスやセデーリアのすぐ近くに住んでいたかにもよるが、新編集人の皮肉を賞賛し、あるいは非難する手紙が殺到した。セアの目からみて何より重要だったのは、この号のあと雑誌の売行きが若干上向いたことである。セアの新しい編集人は、狙いどおりの人々を激怒させたのだ。

ジョン・アダムズ・セアはもともと上品ぶった人物だったが、西部の人間を子ども扱いし東部の人間におもねる、この手の論争にはまったく動じなかった。むしろ小規模の騒ぎは健全だと考えたらしい。〈スマート・セット〉が必要としている若い読者はそれを評価しているように思えた。論争は、雑誌にセアが言うところの〝スパイス〟をもたらしたのだ。セアはそのスパイスをずっと求めつづけていたし、メンケンとネイサンから聞かされていたように、それは成功には欠かせないものだった。

雇い主の知らないところで、ウィラードは反響をあおるのに一役買っていた。故郷ロサンゼルスのジャーナリストや商工会議所役員に次々に葉書を送りつけて自分の記事を宣伝し、カリフォルニアの友人たちには、彼らの名前やほかの名前で、セアへウィラードのエッセイを褒める手紙や非難する手紙を書くように頼んだ。どちらでもかまわなかった。それでもまだ、ウィラードは手ぬるいと感じた。彼は妻キャサリンにこうこぼしている。「有名な聖職者がわたしとあの記事について説教をして、わたしを堕落した人間とかなんとか言ってくれれば――最高なのに……そんな噂を聞いたらすぐに教えてくれ」[7]ロサンゼルスの無気力な聖職者たちに働きかけるため、ウィラードは記事に印をつけた雑誌を有名地区の聖職者に送ったが、彼が望んでいた宣伝になる説教は「出てこなかった」。ロサンゼルスの婦人クラブの会員たちはもう少し協力的で、キャサリンから送られてきた新聞記事の切り抜きにウィラードはほくそえんだ。〈ロサンゼルス・クラブリーダーズ・アージ・プロテスト〉は「ライト非難の正式行動、女性らが計画」を一面の見出しに掲げ、〈ロサンゼルス・エグザミナー〉は「良俗は短所か長所か」と問いかけ、カリフォルニアはウィラード・ハンティントン・ライトと縁を切ったほうがいいと述べた。

ウィラードはその冬編集部にもちこまれた原稿の山（その大部分は彼が編集部入りしてからのものだったが）に目をとおして、この仕事で初めて不愉快な驚きを感じた。活字にしたいと思っていたのは、議論を呼ぶような短篇、一幕物の芝居、詩、「ありのままの」現代社会に関するエッセイ、それだけだった。その方針を彼は、三月号の「個人的な話」のコラムで公にしていた。このような原稿不足はウィラードの予想にないことだった。彼はつねづね、多くの雑誌で目にするいかにも作り物じみた作品は、保守的な編集者に責任があると考えていた。いまウィラードは、文学界の写実主義者と革新者の数は、彼の想像ほど多くはないのではという不安にさいなまれた。ウィラードは西海岸の芸術家の町カーメルに住む友人ジャック・ロンドンに、活字にできる原稿がないかと手紙を書いたり、市外の出版社やエージェントに打診したり、メンケンやネイサンに情報を求めたりした。だが、返事はかんばしくなかった。似たようなハッピーエンドの物語、うんざりするほど感傷的な詩がまた届く。その結果〈スマート・セット〉四月号は、前号と同様の高らかな呼びかけで締めくくられることになったが、今回の呼びかけは、読者ではなく作家たちに向けられていた。

作家が編集者から理解ある評価を得られないと始終不平をこぼしている国で、原稿の採用基準がその作品の価値である雑誌に、第一種郵便物がなかなか届かないという事態はあまりに信じがたい……だがそれは〈スマート・セット〉で実際に起きていることだ……十分に出版する価値ありと思われる……短篇、詩、エッセイが手に入らないのである。(8)

「価値あり」とは、風変わりで、困惑させ、荒々しく、感傷的でなく、説教くさくないということだ。現在の〈スマート・セット〉の編集部では、その言葉は〈センチュリー〉、〈スクリブナーズ〉、〈エインズリーズ〉の編集部で示されるものとはまったく反対のことを意味してした。

　われわれは「型にはまらない」短篇小説を求める……アメリカにはそれが存在し、多くの作家は、編集者の指示に従って大衆受けするレベルへ下げて書くよりも、自分自身を誠実に表現する作品を書きたいと思っているはずだ。

〈スマート・セット〉は有名作家と同じくらい新しい書き手を求めていて、ウィラードの「作家への言葉」は、作品が活字になったことのない作家に向けて、「斬新で力強く、実生活に忠実で……腰当《バスル》てや長下穿《パンタレット》きと一緒に廃棄されるべき文学的常套句のちりばめられていない原稿があるなら」それを送るよう励ました。
　数年のうちに〈スマート・セット〉はアメリカ最高の雑誌になるだけでなく、社会的に目覚め新しい動きに敏感な雑誌になる、その試みはかつてこの国には存在しなかった規模のものになるだろうと、編集人は予言した。「男女を問わず口やかましい連中」はもはやお払い箱だ。
　有名な「作家への言葉」以前に、ボイヤーの追放とウィラードの登場の恩恵を早くも受けた作家がフロイド・デルだ。四月号に載った「ジェシカ叫ぶ」は、時代がよりリベラルになる二〇年代以前には陽の目を見ることが難しかった作品だ。作者はこの短篇で二つのテーマに取り組んでいる。どちらも不快なものになりかねないテーマで、思春期の女性の性衝動と反抗、男性のセックスに対する偽善である。

デルの短篇では、魅力的な十代の娘が、彼女の通うインディアナ高校の若き校長代理マレー・スウィフトから賞賛を得る。スウィフトの関心は初めからうさんくさいもののように書かれている。デルはスウィフトを、因習にとらわれない人間、教養がありすぎて一時的に滞在することになった小さな町の道徳観に適応できない人物として描いた。彼がジェシカの誘惑者になる可能性もあった。しかしジェシカは窮屈な故郷を逃げだし、堂々とその性的魅力を利用してシカゴでダンサーになり、スウィフトを愕然とさせる。スウィフトは偶然シカゴでジェシカに出会い、殊勝ぶって警察に頼んで彼女を故郷に連れ戻すと脅かす。未成年だったジェシカは、二人が嫌う町に強制的に連れもどされまいとして、かつて教師だった男と寝ようとする。スウィフトはジェシカの図太さにうんざりする。彼女自ら誘惑者の役割を求めたのだ。少女がその意志に反して両親のもとに連れ戻されたことをスウィフトは知り、物語はもの悲しいが教訓的ではない雰囲気で幕を閉じる。デルの描く男性主人公は若い娘の要求、欲望、策略を、それは彼自身のものでもあったはずだが、受け入れることができなかった。男の狼狽と不誠実に代償を払ったのは娘のほうだった。

「ジェシカ叫ぶ」にセアの雑誌の定期購読者は驚愕し、「化学合成された清浄」事件のときによく似た、喧しい(瞬間的なものではあったが)議論が巻き起こった。この短篇を気に入ったウィラードは少したってからデルに、その年〈スマート・セット〉に掲載された作品でこの作が一番多くの苦情を集めたと語っている――編集人の目からすると最高の褒め言葉だった。定期購読は取り消され、編集人宛の投書が机をおおいつくし、新聞のコラムニストは異端児ジェシカに言及し、発行人のウォール街の友人たちは雑誌でいったい何が起きているのかと尋ねてきた。セアはこの事態をまったく予想しておらず、その一部始終に不快感を示した。しかしウィラードは、これは読者にデルの小説の特質を知らしめる方策だったのだと主張した。デルの物語は読者に緊張を与え、その心を打った。読者は物語に真実があることがわかっていると、ウィラードはセアに説明した。ロサンゼルス時代、ウィラードはエッセイで「アメリカ文学は、セックスのようなものが存在しないことを証明するために書かれているように思える」[9]と述べたことがある。彼は、ドライサー以後の文学に、そうではないことを証明する国内の作例を見つけて胸をなでおろした。ウィラードはデルに、もう一作力強い物語が書けたら、〈スマート・セット〉はいつでも受け入れる用意があると約束した。

フロイド・デルが自作に対するウィラードの寛大さに驚いたとしたら、出版後に受けとった小切手に驚いたのにも理由があった。稿料七十五ドルは、一九一三年の時点で、世間で認められていない作家の書いた短篇小説への支払いとしては相場のはるか上をいくものだった。作家に対する気前のよさ、少なくとも真剣な作家に対する親切な態度をウィラードはもともと備えていた。ウィラードは、あまりにも多くの男女の創作者がその職業特有の問題に苦しめられていると感じていた。生活のための退屈な仕事、名声や安定の欠如、アメリカの一般生活の辺縁にいるという意識である。この点に関してウィラードがセアと結んだ契約には二つの魅力的な特色があった。彼は週給八十ドルという高額の初任給を得た上に、将来的には大幅な昇給が約束されていて、さらに雑誌経費に対する前例のない権限を与えられていた。実際ウィラードは、雑誌が採用したすべての原稿——戯曲、詩、中篇小説、エッセイから、一行の寸鉄詩《エピグラム》にいたるまで、その稿料を決めることができ、発行人には形式的に相談するだけでよかった。こうすることで初めて彼らの望む変化を生むことができるのだと、ウィラードはセアに説明した。

変更後の新しい〝システム〟には、編集人の主観と気まぐれがかなり織り込まれていた。詩一編につき五ドルか十ドルを受けとっていた詩人は、その五倍から十倍の額の小切手がウィラードから特別配達郵便で送られてきた。それまで二十五ドルか三十ドルで買い取られていた短篇は七十ドルか百ドル、あるいはそれ以上になった。リチャード・ルガリヤンのような〝有名な〟作家は二百ドルの範囲内で稿料を支払われていたが、詩一編につき十ドルだと思っていたラドウィグ・ルーイゾンのような新人はその春百ドルを受けとって驚いた。その一方で有名作家たちはいつもより少し少なめの額で我慢するように求められることがあり、あとでウィラードがきちんと処理するときまでそれが続いた。あっちで削った分をこっちへまわしたり、好意に頼るようなこともあった。ニューヨークでは誰も〈スマート・セット〉の新しい支払い方法を理解できなかった。しかしウィラードが何かを気に入ったり、その原稿が芸術的に重要であると考えたときには、雑誌は作者に対して十分に支払うべきだ、少なければ道義にもとるという姿勢をみせた。白社の作家に丁重な態度をとるのは道徳的義務だ。何よりウィラードが打破したかったのは、一語もしくは一行につき何セントという〈スマート・セット〉の硬直した古いやり方だった（実のところウィラードの気前の良さの幾分かは、セオドア・ドライサーのおかげでもある。その夏〈スマート・セット〉に掲載された短篇の小切手を受けとったドライサーは、ウィラードに電話をかけてきて彼をしみったれとののしり、ウィラードは憤慨して二度とそのような恥ずかしい思いをしたくないと宣言したのだ――営業部長は強く非難された）。

その年〈スマート・セット〉から新しい注文を受けて感謝した作家には、さまざまなグループがいた。ドライサーの作品――七月号に登場した小品「リリー・エドワーズ」は売春婦になろうとしているロンドンの浮浪児との出逢いが描かれている――を掲載することを誇りにしたウィラードは、次世代の写実主義作家たち、「お上品な伝統」に挑戦する若者たちへ手を貸そうとしていた。テキサスの作家で、スクリブナーズ社の若き編集者マックス・パーキンズの友人でもあるバリー・ベネフィールドが、原稿を送ったすべての雑誌に拒否された短篇を売り込みにきて、その採用を迫ったとき、ウィラードは大喜びした。ほかの月刊誌が拒否したということが最高の推薦状だと、ウィラードはベネフィールドに言い、「歓喜の娘たち」を五月号に採用した。デルの作品よりも多少不快な度合いは小さかったが、この短篇はある種の堰《せき》を切ったといっていいのかもしれない。驚いたセアが、彼の編集人が決して倦むことのないテーマを扱った小説が絶え間なく流れこんでくるらしいと、初めて気がついた瞬間だった。

ニューヨークのうら若い売春婦の死と葬式、売春地区として悪名高い西二十八丁目界隈の〝売春宿《ハウス》〟での生活を描いたベネフィールドの作品は、予想どおりの反応を呼び起こした。デルのヒロインが自分の体を恥じることなく、必要ならば性的魅力を道具として使おうとしている十代の少女で、そしてその考えが十分不快だったとしても、上流社会向けの娯楽雑誌として出発した雑誌に、今度は売春婦についての陰鬱な小説が掲載されるという事態はいっそう耐え難かったに違いない。憤った投書家たちが再び活動をはじめ、今回は猛烈な勢いだった。定期購読者がわずかに増え、古くからの購読者がいくらか去っていった。ベネフィールドの件ではセアを慎重に取り扱う必要があり、ウィラードとメンケンの二人は、「歓喜の娘たち」の作者は重要な若い才能であり、ポルノ作家ではないと請けあった。ウィラードが採用したほかのベネフィールドの作品も、同じように一風変わったものだった。六月号の「防腐処理をする男」は、少し知恵遅れの男が町で最初の死体の防腐処理者になろうと決心する、南部のブラックコメディで（現在ではユードラ・ウェルティやフラナリー・

オコナーを連想させる）で、八月号の「ジェリー」はいわれなき告発を受けた黒人男性に対する白人の暴徒の残忍性を描き、これは一九三〇年代以前にアメリカで出版されたなかで、もっとも真に迫った描写のひとつである。

アルバート・ペイソン・ターヒューンは、〈スマート・セット〉が迎え入れてすぐに常連になったもうひとりの作家だ(10)。ウィラードはベネフィールドと同じくらいの頻度でターヒューンにも原稿を求めた。ターヒューンの短篇にはすべて同じ語り手が登場する。マンハッタンの快活なキャバレーの主人で、前科者のアロイシアス・レイガンという人物だ。俗語を多用し、皮肉屋で、お調子者のレイガンは、セアお気に入りの二人の作家エセル・ワッツ・マンフォードやジュリエット・ウィルバー・トムキンズの気取った語り手とは大違いだ。レイガンの性格設定にはウィラードも協力したのだが、この男は「自分は自分、人は人」という考えを信奉し、世間や大都市の裏社会で起きることで彼を驚かすものはほとんどなかった。女性に対するレイガンの見解は、報道機関を牛耳っていたアンソニー・カムストックのような悪徳撲滅家とは正反対だった。例によって道徳家たちは取り違えているとレイガンは主張する。女性にとって〝堕落する〟のは難しいことだった。それが悲しい現実であることにレイガンは気づいていた。あらゆることが寄ってたかって、劣悪な労働条件の工場で働く独身の娘や酷使される女子店員たちを、貧しいが堅気の状態にとどめおき、破廉恥だが安楽な生活から遠ざけている。「販売中」や「堕落できなかった娘」といった短篇で、ターヒューンの男性主人公は、魅力的な若い女は男の嫌がらせを受けやすく、しかも彼女たちの選択肢は限られていると語る。「ヴィーナスの商人」の売春宿の主人マッティ・マーサーは、バーナード・ショーのウォレン夫人のアメリカ版であり、不体裁な生業《なりわい》のために悪い結末を迎えることなく、如才なさと現実的な生き方によって安らかな最期をむかえる。ジャズエイジ以前のアメリカの読者にとって、これは受け入れがたいものだった。罪の報いを受けないなんてあるまじきことだ。

ウィラードは個人的には、ターヒューンのことをデルやベネフィールドのような優れた才能というよりも〝良心的な三文作家〟と考えていたが[11]、彼の小説が冒瀆的なものに近づいているという事実を気に入っていた。セアが不満の意をあらわしたときも、ウィラードは自分のしていることはよくわかっていると言って断固としてゆずらず、もっと忍耐強く、自分を信頼してくれるよう雇い主を説得してほしいとメンケンに訴えた。

とにかくウィラード・ハンティントン・ライトをよく知る人間にとって、彼の伝統的な価値観への攻撃、とりわけ通常の性規範より自由に生きている女性に対する興味は、意外なことではなかった。キャサリン・ライトは結婚早々、一夫一婦制を維持することができない夫の性格を受け入れざるをえなかった。ウィラードのはったりと見た目の良さは多くの女性にとって魅力的に映った。ニューヨークの編集者になったいま、ウィラードは良い服を身につけ――メンケンの友人アーネスト・ボイドの言葉を借りれば――「いままさにカフェ・ド・ラ・ペをあとにした……セーヌ右岸のアメリカ人」のようだった[12]。さらにボイドはウィラードについて、「ある種の異性を除くと愛情には訴えない」男だと鋭い分析を下している。ウィラードは、メンケンから紹介されたボルチモアの多くの人たちに、魅力的で品があり、情熱的でときに少し冷淡で、どんなときも自信過剰な男という強い印象を与えた。「自分の知る限り、もっとも興味をそそる、魅力的で好感のもてない人物だ」と後にボイドは述べている。

アメリカの作家、詩人、とりわけ劇作家のすぐれた原稿が不足しているという問題をあれこれ考えるうちに、ウィラードは就任五か月目に、彼を興奮させ、かつセアにも悪くないと思わせる計画を考えだした。ウィラードのアイディアとは、彼自身がヨーロッパに赴いて、短期間に集中してできるだけ多くの作家、出版者、文芸エージェントと会い、もっと多くのより良い作品を獲得するため、その場で交渉するというものだった。明らかに彼がニューヨーク市内へ送り出した調査員たちは期待したほどの収穫をもちかえっておらず、セアが雑誌の質を向上させ販売部数を増やしたいと本気で考えているなら、さらなる金銭的なリスクを覚悟しなければならなかった。編集人の猛烈な熱意におされて、セアは一か月の海外活動の資金を出すことに同意した。

ウィラードがこの計画を企てたのにはいくつか目的があって、すべてをセアに説明したわけではなかった。まず、ヨーロッパのほうが戯曲にずっと良い環境を提供しているとウィラードは考えていた。編集部に届く一幕物の戯曲はひどくなるばかりで、一方でウィラードはイギリス、フランス、ドイツの新しい劇作家たちの早い時期からのファンだった。エズラ・パウンドとの面会も楽しみにしていた。このころロンドンに居をかまえていたW・B・イェイツの秘蔵っ子パウンドこそ、書き下ろし原稿を求める編集者が会うべき人物だと誰もが思っていたらしい。自分が一九一〇年に〈ロサンゼルス・タイムズ〉に書いた、パウンドの詩に対する否定的な批評——彼は詩人の放縦かつ常軌を逸したスタイルを酷評し、「呼び込み口上の吟遊詩人」[13]として片付けていた——を本人が目にしていないという確信がウィラードにはあったし、パウンドは自分に協力すると思っていた。

この思い切った企てのもうひとつの理由に、〈スマート・セット〉の演劇批評家ジョージ・ジーン・ネイサンと合流し、パリで息抜きをしたいというウィラードの希望があった。ネイサンは六月に個人的なヨーロッパ旅行を計画していた。巨額の費用はすべて会社もちで、ロンドンやウィーン、そしてパリでも観光をするのがウィラードの夢だった。最後に、その旅行がもたらすもっと重要な個人的利益は、彼の弟に会う必要が高まっていることに関係があった。十七歳で結婚し、現在二十三歳のスタントン・ライトは、ウィラード同様に才能があり精力的な若者だった。一九〇七年からフランスで画家になる勉強をしていて、ゴーギャン、マティス、セザンヌの精神とスタイルを吸収していた。このときスタントンは新人画家としての転機に立っていて、その年の六月にミュンヘンで初めての展覧会を予定しており、兄に来てほしがっていた。スタントンはウィラードに、それは重要な展覧会で忘れがたい体験になるだろうと断言した。

ヨーロッパでの金に不自由のない一か月は、ウィラードの想像どおりすべてが刺激的だったが、雑誌のためには見込んだほどの成果はなかった。ロンドンではエズラ・パウンドに会い、高圧的で精力的な態度と鼻につく甘言を織りまぜながらこの詩人に接した[14]。ウィラードは二十七歳のホストに対して、彼の理解では、現在英語で書いている詩人には二種類しかいない、ひとつはイェイツとパウンドであり、もうひとつはその他の詩人たちだと話した（「そのような褒め言葉は、見返りなしではすまないものだ」とパウンドはジェイムズ・ジョイスに語った）。前衛派サークルで重要な人物はみなパウンドの顔見知りであることを知っていたウィラードは、パウンドの推薦する短篇や詩ならどんなものでも適正な報酬を支払うと約束し、パウンドと彼の友人たちが高評価を与えていない〈スマート・セット〉については、フォード・マドックス・フォードのハイブロー な〈イングリッシュ・レヴュー〉に近づこうとしている過渡期の雑誌だと説明した。〝既成の雑誌〟への共通の関心と反感を分かちあってはいたが、残念ながら二人のあいだにはしっくりくるものがなかった。ウイラードはパウンドに、〈スマート・セット〉編集部に最高の作品と未知の偉大な作家を直接送りこむ、ロンドンでの専属代理人になってもらいたい、とまで言った。パウンドは仲間がそれにふさわしい読者を見つけることに熱心ではあったが、とりあえず実務家の役目に追いやられて、報酬と引き替えにボヘミアンたちをスカウトする仕事に利用されることに満足しているわけではなかった。そしてさらに悪いことには、ウィラード・ライトの態度にある何か——おそらく彼自身の抜け目なさ、押しの強さ、自尊心——が詩人の神経を逆なでした。後にパウンドはジョイスに、その男に対して彼が最終的に下した信用できないという印象を打ち明けている。「ライトはわたしを少し変人だと思っていて、自分のことは良識があり正常で実務的な男と考えている」[15]

ウィラードが最終的にパウンドから、または彼の援助を通して得たものは、パウンド自身の詩の精選集（全部で十編だった）、イェイツの詩一編、フォード・マドックス・フォードの短篇一編、D・H・ロレンスの詩数編とすばらしい短篇二編だった。ロレンスは当時アメリカではほとんど知られていなかったが、『息子たちと恋人たち』やイーストウッドの炭鉱夫と悩める恋人たちを描いた短篇で、アメリカの読者の度肝を抜くことになる。

豪勢な夜を過ごし、何人かの興味深い女性に出逢ったロンドンを出発する前に、ウィラードはイーデン・フィルポッツ、ジョージ・ムーア、W・L・ジョージ、メイ・シンクレアの短篇、そして何より特筆すべきはジョゼフ・コンラッド唯一の戯曲『あと一日』の獲得に見通しをつけた。それから「千人の娘たちを追って」（結局ウィラードの妻は六千マイル離れた土地で、呼ばれたらニューヨークの彼のもとへ合流するつもりで待っていた）、ビアガーデン、上等な売春宿、皇帝博物館、新進の画家（クリムト、ココシュカ、カンディンスキー）、そしてシュトラウス、コルンゴルト、ベルク、ヴェーベルンといったスタントンから調べるように言われていた新しい音楽を求めて、ベルリンとウィーンに向かった。とりわけウィーンはウィラードを魅了した。その秋〈スマート・セット〉に載せた旅行記で、彼はウィーンを「ロマンスの香りにあふれ、陰謀に満ちた」街と述べている[16]。

この楽しい時間の費用を払ったジョン・アダムズ・セアは、なぜベルリンとウィーンがウィラードの訪問地リストに含まれているか、首をかしげたことだろう。ウィラードがニューヨークを発つ前に、フランク・ヴェーデキントの戯曲とアルトゥール・シュニッツラーの短篇の掲載が決まっていて、彼が過去に読んで好評価を与えたドイツとオーストリアの作家の長いリストがあったにもかかわらず、その両都市で〈スマート・セット〉の編集人が買い入れた詩、短篇、戯曲はひとつもなかったようだ。

数日間ミュンヘンへ寄ったのははっきりとした理由があった。六月一日、デア・ノイエ・クンストサロンで、スタントンにとっては初の大規模な絵の展覧会が開催されて、ウィラードは初めて弟の初期の仕事――まだ試験的ではあったがすばらしく印象的な成果を目にした。ミュンヘンでの展覧会は個展ではなかった。スタントン（このとき弟はスタントン・マクドナルド＝ライトと名乗っていた）はもうひとりの国外脱出組の若いアメリカ人画家モーガン・ラッセルと協働しており、展示作品中の二十九枚の絵は二人の共同制作だった。しかし、そこにはクンストサロンで展覧会をおこなう共通の目的意識と、ぼんやりとではあったがスタイルの統一感があった。ウィラードには、スタントンとモーガン・ラッセルの反アカデミックな美的実験（彼らはそれを〝シンクロミズム〟と呼んでいた）の複雑さを学ぶ十分な時間はなかったが、彼はスタントンとの楽しい再会のあいだ、弟が劇的な色づかいとばらばらでぼやけた形を用いて新境地を確実に切り拓いていることを感じた。ウイラードにとってミュンヘンの展覧会は当惑させられるものだったが、印象的なスペクタクルでもあった。展覧会では作品はひとつも売れなかったが、文化的な闘いの雰囲気があり、彼を魅了した。ミュンヘンのあとはパリだった。そこでウィラードは、劇作家ウージェーヌ・ブリューと、ガブリエーレ・ダンヌンツィオの出版社を訪問し、そのあとジョージ・ジーン・ネイサンの大陸周遊旅行へ合流するつもりだった。ウィラードは、正しい年、正しい季節に光の都へ初めて足を踏み入れた。天候はすばらしく、通りやカフェは混んでいた。ドイツやオーストリアよりも芸術的な雰囲気は刺激的で活気があった。アポリネールがちょうど『キュビストの画家たち』を発表したところで、人々は最近の『春の祭典』の初日について興奮して語り合い、ウィラードが出会った人はみなニューヨークのアーモリー・ショー（一九一三年春に開催された美術展。キュビスム等の西欧モダニズムを初めて本格的にアメリカに紹介した）のことを知りたがり、彼はそれを見たことを自慢できた。ルーヴル美術館、リュクサンブール美術館、ロシア・バレエ団、コメディ・フランセーズを初めて訪問することもできた。

パリでの仕事はすぐに片付いた。ウィラードはブリューを訪ねて、彼の戯曲『傷物』が最近ブロードウェイでおさめた成功（ニューヨークで初めて性病を扱った芝居だと、ウィラードは誇らしげに強調した）や、アメリカの読者のあいだでこのフランス人劇作家の評判を高める可能性について話し合った。ブリューはウィラードに、一幕物の戯曲と短篇を提供した。どちらもまだ英語に訳されたことがないものだった。ウィラードは彼自身が翻訳すると申し出て、その同じ週にダンヌンツィオのすばらしい短篇を買った。

しかしそれは必ずしもウィラードが〈スマート・セット〉のために集めた掘出し物とはいえず、少なくともロンドンでの収穫と比べるとそうだった。ウィラードはフランス文学にきわめて造詣が深かったが、ジッド、プルースト、コクトー、モーリヤックなど、一九一三年当時、真にコスモポリタンな雑誌がアメリカの読者に紹介できたかもしれない有力作家に作品を求めようとはしなかった。パリの提供するさまざまな社交的で官能的なお楽しみの只中で、このとき彼は仕事上の任務を忘れていていたのだろう。

さらにネイサンと過ごした騒々しく楽しい一週間のさなか、セア夫妻が街へ到着してウィラードは驚いた。休暇をとって編集人に会いに行こうと衝動的に決めたのだとセアは話した。セアは健康によいという温泉地カールスバートで数日一緒に過ごしたいと言いだし、ネイサンはすぐに承諾したが、ウィラードは違った。泥風呂、ミネラルウォーター、〝蒸し風呂〟、上品な北オーストリアの町での散歩、黒ネクタイ着用の退屈なディナーの一週間が、パリのことなら何でも知っている独身の友人と過ごせたはずの時間に取ってかわることを考えると、憂鬱な気分になり、ウィラードは雇い主からなんとか身を隠そうとした。セア夫妻が出発すると、彼はほっと胸をなでおろした。セアと別れて数日後にウィラードはロンドンに戻り、六月二十二日、約五週間の滞在を終えた彼は、モーリタニア号の一等船室におさまり、ヨーロッパをあとにした。

海外での首尾に満足したウィラードは、帰国するとメンケンに、彼が持ち帰った契約や小説の話をした。メンケンは期待どおり感銘を受けた。編集部ではみな、秋号はこれまで発行してきたものとはまったく違った雑誌になると考えた。パウンドとロレンスは無名の作家だったが、コンラッド、ムーア、ブリュー、ダンヌンツィオ、メイ・シンクレア、イーデン・フィルポッツは一流作家だった。しかし、メンケンは小説家ハリー・レオン・ウィルソンに対して、ウィラードの旅行は思わぬもうけ物だったが、深刻な問題が待っているという懸念をもらしている。「セアが［ウィラードを］

放っておけば、彼は〈スマート・セット〉を成功へ導くだろう。しかし、セアはこれからもずっと考えを変えないだろうか？　当然の話だが、たくさんの抗議が舞いこんでいるのだからな」[17]

ウィラードのあいにくの不在のあいだも、〝抗議〟は舞いこむどころか、すさまじい勢いで押し寄せていて、現場には落ち着かせてくれる人もいなかったので、セアの苛立ちと怒りはつのるばかりだった。カールスバートへの予定外の旅行は、雑誌でもっと穏やかな方向性をとるように話し合うためのものだったのだろう。セアもようやく、ウィラードの野心が奈辺にあるかを知り、彼の出した結論（ウィラードにはっきりと話す準備はできていなかったが）は、若者にそのような自由裁量を与えたのは過ちだったというものだった。投票結果を見守る政治家のようにセアが注視していた、乱高下する売行きはふたたび下がっていた。投書は敵意に満ちたものになっていた。その結果、一か月のヨーロッパ滞在がもたらしたウィラードの幸福感は長くは続かなかった。ウィラードが帰国して荷物をほどくとすぐに、セア、広告主、そして彼らの世界は万事順調でこれからも安泰だと、雑誌が請けあってくれることを望む何千もの読者との闘いがはじまった。

セアの逆襲

「この三、四年というもの、〈スマート・セット〉は〈レディース・ホーム・ジャーナル〉のような婦人雑誌の読者の心に訴えてきた。この手の読者を振り捨て、もっと知的な読者を見つけなければならない。このような行為では発行人の勇気がためされている」

——H・L・メンケン、一九一三年

ニューヨークへ戻って数日後、有名な批評家ジェイムズ・ギボンズ・ハネカーとの昼食で、ウィラードは同情的な聞き手に胸の内をぶちまけた。ハネカー自身、同じような経験をしていた。H・L・メンケンやウィラード・ライトよりもおよそ二十年早く、新しい芸術家たちの編集者であり、彼らを代弁する批評家だったハネカーは、長い闘いで疲れ切り、自分が重要だと考えた変化を少しでも成し遂げたとは納得できずにいた。数冊の本、何十ものエッセイ、何千もの批評を書いてきたが、それで裕福になるということはなかった。五十六歳になったアメリカ随一の文学者は——同輩を勇気づける例にはならなかったが——金に窮してこれ以上マンハッタンで暮らすことができなくなっていた。ビールを何杯も飲みながら、二人はヨーロッパでの経験について情報を交換し、ウィラードはハネカーの短篇二作をその秋掲載すると約束した。どちらの小説もセアとの関係を好転させるものではなかったが——ひとつはマンハッタンの高級売春婦の人生に関するもの、もうひとつは悪魔崇拝に手を染めたカトリック聖職者を描いたものだった――ウィラードはハネカーに、このような作品と出会えて光栄だと明言した。

ハネカーのような人物からの支持は、その夏のウィラードにとって嬉しい励ましだった。質問、非難、雑誌の未来についての不吉な予想といった集中砲火に対処するため会社に戻らねばならないことに、やりきれない気持ちでいたのである。「今日一日どんな話を聞かされるか、おまえにはわからないだろう」[1]とキャサリンへの手紙に書いている。三月にはセアの〝希望の星〟だったのが、いまや疑惑の目で見られているとウィラードは妻に語った。その夏の掲載作品に目を向けると――ドライサー、シュニッツラー、ヴェーデキントといった国際的な名前が並んでいた――〈スマート・セット〉の陥っていたマンネリズムから雑誌を引っぱりあげるのに好調なスタートを切っているとウィラードは感じた。ジャーナリズムの世界で、同じようなことをやろうとしている人物がほかにいるだろうか？　ヨーロッパへ出発する直前に彼は、人気が保証されているフランク・ハリスの中篇小説（「イギリスの聖人」）と、ストリンドベリの一幕物の戯曲（『シモン』）の買いつけに成功していた。読者の多くはストリンドベリの作品を知らなかったが、それは英訳者とアメリカでの代理人を見つけるのに時間がかかったためで、これは良質な雑誌の核になるものだとウィラードは主張した。読者は、〈スマート・セット〉でこれらの作家を初めて目にすることになるだろう。セアの見方は違っていた。彼は、〝売春婦と悪趣味〟には飽き飽きしていたし、それ以上にかつての立派な雑誌に起こっていることについて質問に答えるのにうんざりしていたのかもしれない。〈スマート・セット〉は「才気あふれる雑誌」というサブタイトルを掲げているのだと、セアはウィラードに釘を刺した。当然、雑誌の定期購読者は「才気」を感じたいと思っていて、人生の悲惨さにのまれたいとは思っていない。セアの怒りをかきたてたのは、特定の作品や特定の著者ではなかった。雑誌の傾向や全体的な印象だった。

六月号はすでに売店に並び、七月号はまもなく印刷にまわされることになっていて、八月号は目下検討と割り付け作業の最中だったが、もはやそのパターンと傾向は見過ごすことができないほどになっていた。まず筆名の論評者〝オーエン・ハッテラス〟がいて、そのよく練られた考えと警句に満ちたコラムは、実はメンケン、ネイサン、ウィラードの合作によるものだった。コラムは月を追うごとに悪意に満ちてきて、女性や結婚への当てこすりはセアの見るところ、大人のユーモアの許容範囲を越えようとしていた。誰の影響で〝ハッテラス〟がそうした方向に向かっているのかは疑う余地もなかった。あとは、メンケンの「アメリカ人」シリーズがあった。これは本にする気持ちはあったが結局出版はされなかった「アメリカ人」に関するエッセイで、毎月、〝ホモ・アメリカヌス〟という雑種の、言語、モラル、習慣、美意識、政治思想を詳細に分析していた。しかしメンケン単独なら、セアも受け入れることができた。セアは、たとえ諷刺であっても洗練された作品には反対ではなかった。それにメンケンは機知に富み、めったにセックスをもちださなかった。ベネフィールド、ターヒューン、ドライサーはしつこくその話題を取りあげつづけた。

夏と秋にも、エドナ・ケントンの「姉妹」(禁断の関係をもったあと自分たちの性的な罪を受け入れる二人の若い独身女の物語)、ジュリアス・ファースマンの「若者の宿屋」(家庭内暴力の描写は、多くの読者にゾラやスティーヴン・クレインの残酷な場面を思い起こさせた)のような短篇が掲載された。劇作家ジョージ・ブロンソン・ハワードは「ブロードウェイの台本からのページ」を寄稿したが、これは雇われ作家、舞台監督、女優、コーラスガール、遊び人、パトロン、アルコール中毒者、取巻き連中らが形づくるブロードウェイの〝裏の世界〟を探索する、どちらかといえば型通りのシリーズだった。センセーショナルな小説『ヘイガー・レヴェリー』を標的にした猥褻裁判を終えたばかりのダニエル・カーソン・グッドマンは、ウィラードがアメリカの根強い純潔崇拝、母性崇拝との戦いの同志として採用した作家だった。グッドマンは「ヘイガー決断する」では彼の長篇のアンチ・ヒロインを登場させ、「ターキー・トロット」では極悪非道の砂金掘りを、「女の廉恥心」では高潔な主人公さえ描いたが、どの作品でも彼のテーマは同じだった。女性の性的な本能は男性と同じくらい強力で問題含みのものであるというものだ。

全体として見ると、四月号から八月号まではひとつの強烈でごたまぜなページェントだった。ベネフィールドの売春婦、レイガンの〝キャバレーの哲学者〟、ケントンの悔いることのない姉妹、ブロンソン・ハワードの冷笑的な搾取者、ヘイガーとジェシカやドライサーのリリー・エドワーズのような彼女の姉妹たち、十か十二の同じようなその他の人たち。モナーク・タイプライター、スタインウェイ、ポスタム、グレープナッツ、ティファニー、ナショナル・カーズ(「保守的なお客さま——最高のものを望み、品質に見合う分だけ代価を払う——にぴったりの、頼もしく安全で贅沢な車」)といった格式ばった広告主をなだめるのに、セアは困り果てていた。

これについては、メンケンはウィラードに思いがけなく手厳しい忠告をした。妥協だ。無理強いしたり急ぎすぎたりしても何も得るものはないとメンケンは戒めた。世界中のセア的なものを、穏やかに扱わなければならない。彼らの力を侮ってはならない。「当面は性的なものの取り扱いに注意するといい(2)」とメンケンは釘を刺し、ならず者オーエン・ハッテラスにまで言及した。ハッテラスがそれほどセアを悩ませているのなら、メンケンとネイサンは彼を葬り去ってもいいと思っていた。お楽しみは終わった。「なぜ無闇に、毎月もめる必要がある?」辛辣な冗談と意見のハッテラスのコラムはまさに「テーブルの上のダイナマイト」であり、発行人よりも作家のほうを傷つける恐れのある爆弾だと、メンケンはウィラードに書き送った。「〈スマート・セット〉が一番必要としているのは調和だ。無用な口論はやめて、しっかり協力しなければならない」

しかし、ウィラードは耳を貸さなかった。ひとつには、ハッテラスのコラムはあまりにおもしろく、彼が理想とする雑誌が提供すべきものに非常に近かったので、あきらめきれなかったのだ。オーエン・ハッテラスの件で柔軟に対応していたら、その後影響力を必要としたときにウィラードはそれを駆使できたかもしれない。けれども筆名という安全地帯から、大観衆に向かって女性、結婚、宗教、政治に関する痛烈な考えを突きつける楽しみが、彼には必要不可欠なものになっていた。彼はただ、ある種の偏狭さ――アメリカの島国根性を別のもの――差別的で紋切り型のシニシズムに置き換えているだけだったが、それは問題ではなかったらしい。ハッテラスは、ののしり、なぶり、侮辱しつづけた。

彼の取り組んでいたヨーロッパ旅行のエッセイがあまりにきわどいので、少し抑え気味に修正したほうがいいというメンケンの意見も、ウィラードを戸惑わせた。全体のタイトルを「ヨーロッパの夜のロマンス」として、まず十月号で自身が見てきたウィーンの夜の歓楽街を取りあげ、翌月はネイサンによるパリ、十二月号にウィラードのロンドンに関するエッセイ、一月号はベルリンを扱ったネイサンのエッセイを考えていた(計画では、メンケンがミュンヘンについて同じようにおもしろおかしく書いたものをひとつ用意して、その後ウィラードがこの五編を一冊の本にまとめられるかやってみることになっていた)。ところがメンケンは、罪深き放蕩と暗がりに集う人々を差し示すものとしては、タイトルが必要以上に煽情的だと考えた。ウィラードが感想を求めてウィーンの記事を送ったとき、メンケンは、このシリーズをセンセーショナルなものではなくて、ステレオタイプのアメリカ人観光客を皮肉るような方向へ変更する編集上の修正案を出した。ネイサンはウィラードが「雑誌をポルノでめちゃくちゃにしている」という結論に至りつつあったが、この件では彼に味方した。ウィーン、ロンドン、パリ、ベルリンのスケッチには、実際には艶っぽい冒険譚や性的な体験は具体的にはひとつも描かれていなかったが、暗示はふんだんにあった。そこでは訪問中の作家をしかるべき場所へ案内するガイド役をつとめる特殊な娘が登場し、目端のきいた男性読者なら気がつくであろう秘密をほのめかしたりした。

翌年、旅のスケッチが本にまとめられて、ジョン・レーン社から『八時十五分過ぎのヨーロッパ』というタイトルで出版されたとき、メンケンは本への関心を示さず、以後もその話題をほとんど口にしなかった。それはメンケンやネイサンのというより、ウィラードの企画だったとメンケンは語っている。

メンケンは誠実に責任を果たした。ウィラードを遠くカリフォルニアからこの仕事に引っぱりこんだことで、その頑固さには苛立ちを感じながらも、名誉にかけて彼を助ける義務があると思っていた。興奮したセアがボルチモアに急ぎやって来た――これが初めてではなかったが――ときも、メンケンは最善を尽くして彼に忍耐を説いた。おそらくヨーロッパからの新しい原稿がどんな変化をうむか見極めるため、もう一か月だけ編集人に対する最終判断を保留するよう説き伏せたのだろう。メンケンは変化があると考えていた。いずれにしてもウィラードの契約は、十月に見直しと再交渉をすることになっていた。メンケンの論法が正確にはどんなものだったにしろ、それはうまくいった。彼には人を従わせる力があった。セアは折れた。

たとえ一ラウンド勝ったとしても、それが僅差ならウィラードの負けだった。ひとりで、彼に忠誠心をもつ理由がない編集部のスタッフを相手にし、保守的なビッグマネーの都市を相手にし、大きな世論を相手にしていた。気持ちは張りつめて、くたくたに疲れていた。いつも実際よりスタミナがある振りをし、論争を楽しんでいる振りをしていた。夏の終わりには目にみえて元気がなくなり、二、三日ベッドで過ごさなければならなかった。

待ち望んでいたD・H・ロレンスの短篇二編がパウンド経由の郵便で届いたとき、ウィラードは自分の置かれた立場の限界を認めざるを得なかった。小説が非凡なものであるのはわかっていたが、それがセアとの恐ろしい局面、おそらくは自分の解雇を呼びこむことになるのは目に見えていた。ロレンスの選んだ短篇は、彼が特に自信をもっていた最近の作品だった。「ある日」は誰とでも寝る若い女が理想の恋人にふさわしい男を必死で探す物語だ。二つ目は、若い兵士の脱走と性的関係を描いた「肉体のいばら」か、軍隊内の権力争いと秘められた同性愛を取りあげ、ロレンスの古典的名作として今日では有名な「プロシア士官」だった。真剣さと技巧の点で、その三編はターヒューン、グッドマン、ブロンソン・ハワードを塵芥に見せるほどの価値があり、ウィラードもそれを認めていたにちがいない。

エズラ・パウンドにその原稿を返却するにあたり、ウィラードは舌先三寸でごまかそうとした。「すばらしい作品です」と彼は手紙に書いた。(3)「何としても掲載したいのですが、それでは雑誌が発禁になってしまうでしょう。ということはつまり、わたしは独房暮らしを余儀なくされることになります」パウンドは激怒した。以後ウィラードは「ニューヨークの人でなし」になる。(4)公平にいって、代わりにウィラードが買い入れたロレンスの二つの短篇、一九一四年の初めに〈スマート・セット〉に掲載された「バラ園の影」と「洗礼式」は、より上品なものとは言えなかった。だが、「分別をみせて」ロレンスの最初の申し出を断り、さらに物議をかもしそうな作品を印刷にまわしたことで、ウィラードは気がつくと最悪の状況に陥っていた。メンケンは彼のことを、まだ半人前で、期待していた分別も常識ももちあわせぬ男と考え、一方パウンドはウィラードを臆病者の俗物とみなした。

九月初めにはウィラードも体調が回復し、ドライサーと一緒にボルチモアのメンケンを訪ねた。直接会って話をする必要があった。ウィラードは、ドライサーが同行してくれたことに感謝したにちがいない。彼は十月号で一幕物の戯曲『棺の中の娘』を発表していた。セオドア・ドライサーを劇作家として評価する者はいなかったが、ウィラードはその戯曲は力強い作品だと考えて——ドライサーだけが、労働者のストライキ、妻帯者と若い娘の情事、妊娠中絶を二十ページの戯曲にまとめ上げることができた——作者にそう伝えた。

九月十二日土曜日、病に倒れてまもなく、ウィラードの父アーチボルド・ライトが六十三歳で亡くなった。母親からの電報を受け取ると、ウィラードはすぐにニューヨークを出発した。ロサンゼルスへ発つ前に、セアは親切にも五百ドルを貸してくれた。どれくらい西海岸に滞在しなければならないのか、当座必要な葬儀費用がどれほどかわからなかったので、数人の友人からも数百ドルを借金した。できることなら、ニューヨークの編集者になるために離れて以来のカリフォルニアで、しょぼくれた恰好を見せたくはなかった。新しい衣裳一式が必要だ。ウィラードはまた、父親の病気について電報を受け取ったのは船でヨーロッパから戻る途中であり、波止場から急いで西部行きの最初の列車に飛び乗る時間しかなかったと、ロサンゼルスの記者たちには話して、西部への旅の細部を粉飾した。

アーチー・ライトの葬儀は、盛大に多くの参列者を集めておこなわれた。南カリフォルニアのホテル・不動産業界の人間はみな、アーチーのことを正直で実直な実業家、思いやりのある家庭的な男として知っていた。近所の人々が首をかしげたのは、アーチーとアニー・ライトの夫婦にどうしてあんなおかしな息子たちが生まれたのかということだった。ひとりは、十代のころからヨーロッパをほっつき歩いている〝頭のおかしな〟画家で、もうひとりも同じようなタイプの、大作家になるという野心で頭がいっぱいで、妻や五歳の子どもを顧みない男だった。ライト家の問題で人々の興味をかきたて、あれこれ噂の種となったのは、アーチーの遺言の内容だった。ウィラードは、自分とスタントンが父の財産の相当部分、少なくとも慣例どおりの四分の一ずつを相続するものと信じていた。思いもかけないことに、それは新聞にも載ったのだが、アーチーの遺産はウィラードとスタントンへはそれぞれ一ドルずつ、残りはすべて妻アニーへ遺すとされていた。この一年、息子たちが成し遂げようと苦労しているもの、またその財政的な逼迫を目にしてきたアーチー・ライトは、ウィラードとスタントンには彼の遺したものを大切にしたり、妻の老後の面倒をみたりすることは期待できないと思ったのだ。遺言の文言を聞かされたとき、スタントンもウィラード同様、耳を疑い落胆した。

ウィラードは葬儀を終えるとすぐニューヨークに戻った。妻や娘には会わなかった。二人はしばらく前からキャサリンの親類とワシントン州で暮らしていて、家族を呼ぶ準備ができていないと説明する気まずさを味わわずにすんだ。

ウィラードがカリフォルニア滞在中に〈スマート・セット〉九月号が出た。ヨーロッパ旅行の最初の成果は――編集人冥利に尽きるが――雑誌売り場や編集部内では上々の評判だった。ブリューの一幕物の戯曲、若いころに手放して養子に出してしまった私生児の息子を探そうと奔走する、貴族階級の初老の女性を描いたダンヌンツィオの叙情的な物語、イギリス人画家と執念深いモデルをめぐるメイ・シンクレアの「絵」といった作品は、同じ号に掲載されたベネフィールドやスーザン・グラスペルのまじめなリアリズムより重苦しいところがなく、また国際的なセレクションでもあり、読者はその変化に良い反応を示した。

信じがたいことに十月号はさらにはっきりと好反応を引きだし、ウィラードの立場を強固なものにしたかに見えた。この結果はセアに、毎月の数字を注視することや、定期購読者からの投書にもとづいて雑誌を舵取りしていくことの無意味さを教えたことだろう――メンケンは、売行きの降下は周期的なものであって、それはニューヨークの定期刊行物全般に言えることで、決定的なものと受け取るべきではないとかねてから主張していた――というのは、十月号はほかの号同様どぎつい内容だったからだ。ドライサーの陰鬱な戯曲、ウィラードのウィーンのスケッチ、メンケンの語る自由についてのアメリカ人の無知、ハワード、ターヒューン、グッドマン、ベネフィールドの小説など、読者の気分を害しそうなものばかりだった。しかしメンケンとネイサン、そしてわずかな販売部数の上昇に支えられて、セアは自信を取りもどし、ウィラードの契約を更新して週百二十五ドルという気前のいい昇給を決めた。さらに理解に苦しむのは、毎月雑誌の表紙に名前を載せるという雑誌究極の名誉を編集人に認めた、セアの決断だった。十二月号から「編集人、ウィラード・ハンティントン・ライト」という文字がタイトルの下に表れ、誰が責任者なのかが明確になった。
少なくともそれはウィラードの伝えたかった、支配と編集権のイメージだった。その秋の情勢でも彼の正しさが証明されたとは言い難く、ウィラードは六月と同じくらい不安な状態にあった。ジョン・アダムズ・セアのために働くことはジェットコースターに乗るような経験であり、ウィラードはそれがいつまでも続かないとわかっていた。毎月セアがどのような反応をするのか、予測ができなかった。キャサリンへの手紙で彼は、困難な状況について説明し、彼女を呼ぶのが遅れている理由を釈明しながら、雇い主への怒りを爆発させた。「もちろん、わたしは［彼と］契約している」とウィラードは書いている。[5]「だが取り決めをさほど重要視するつもりはない……やつは不道徳で不快なタイプの、下劣で、生まれつき不正直な男だ」セアの求める売上部数が初めから非現実的だったのだとウィラードは不平をこぼした。到達不可能な目標に向かってスタート地点からプレッシャーをかけられていた。そのうえ好き勝手に彼の仕事を批判し、頭の悪い連中の意見を取りあげる雇い主の相手をすることにもうんざりしていた。「セアは、［読者の］道徳を求める叫びに非常に重きを置いている。わたしはそうした読者の態度にむかついて、うんざりしている。彼もわたしの憤りに気がつきはじめていると思う」次の夏までには「J・A・Tのようないやなやつ」と付き合わずにすむ、別の仕事についているだろうとウィラードは予想していた。

ウィラードは商業的な問題を離れたところで、自分の成し遂げた仕事に自分なりのやり方で満足を感じたいと思っていた。十月号の表紙に載せた宣言のなかで彼は、本号は「これまで発行された〈スマート・セット〉のなかで最高のものであり……刺激的で、まったく違う種類の号である」という見解を発表した。彼を苛立たせたのは、今回、セアがその宣言を良しと認めたことだ――それは「胸くそ悪いモラリストの連中」の苦情がはっきりした理由もなくしばらく鳴りをひそめていたからで、セアが雑誌の内容の価値を認めたからではない。

雑誌の評判と執筆者リストの雑多さの陰に隠れてはいたが、その価値は注目に値するものだった。その秋の本当の収穫、文学的収穫はおそらく詩だった。初めて、疑いなく真に偉大な詩人たちの名前が〈スマート・セット〉に並んだ。九月号に掲載された、エズラ・パウンドの六編の短い詩、ウィリアム・バトラー・イェイツ、ブリス・カーマン、ルイス・アンターマイアー、ウィッター・ビナーの詩は、セアの定期購読者にショックを与えるようなものではなかったが、方言で書かれた、ロレンスの粗野な愛情のこもった墓畔の対話詩「スミレ」は、雑誌のたいていが生気のない詩を支持していた読者には強烈だったにちがいない。パウンドは、ウィラードがロバート・フロストの「下男の死」の掲載を断ったので――その年彼が犯した最大の文学的誤りだった――怒っていたが、(6)その後の月にはD・H・ロレンスのすばらしい詩が載ったし、九月から十二月までの各号でウィラードはパウンドから渡されたフォルダーから一作品ずつ使用していった。彼はパウンドの詩を難易度の低い順番で掲載していく戦術をとり、九月号のわかりやすい叙情詩「不道徳」(「愛と怠惰のために歌う／所有には何の価値もない」)からはじめて、十二月号の断片的でイマジズム的な「ジーニア」がその最後を飾った。「ジーニア」は、これまで〈スマート・セット〉に登場した詩とは隔絶していて、それを悪ふざけだと思いこんだ人々からたくさんの非難の投書が届いた。ウィラードがペンネームを使って自作の詩を雑誌に発表することは有名で、エズラ・パウンドの名前を知らなかった一部の読者は、それが編集人の別のペンネームだという結論に達した。あまりにばかげていて気にするまでもない、彼のいつもの冗談だ、と。コラムニストたちはセアの雑誌にときどき登場するモダニストの奇行のさらなる見本について論評したが、そのころにはそれは問題ではなかった。ふたたび、セアはウィラードにくってかかり、これが最後となった。

雑誌編集人からのウィラードの解任は避けられず、そうと決まるとそれは彼が想像していたとおりすみやかに進んだ。十一月の末には、セアは増大する経費に悩んでいた。彼とウィラードはしばしばおおっぴらに、各号の内容ばかりか経費をめぐっても言い争いになった。セアは、執筆者に（彼の見るところでは）必要以上に支払うウィラードの習慣を快く思ったことがなく、メンケンに対して、彼の秘蔵っ子が〈スマート・セット〉に財政的破滅への道を歩ませていると不平をこぼしていた。ウィラードは新しい契約書をふりかざして、はったりで乗り切ろうとした。彼がメンケンに帳簿を見るように訴えると、確かにセアはいまでも月三千ドルの利益をあげていた。しかしウィラードは周囲で自分の支配力が低下していることを感じていた。食中毒になって二、三日休んだときには、ノーマン・ボイヤーが彼の代理をつとめた。ボイヤーはその年の中ごろ、しばらく雑誌を離れていたが、セアの強い希望で復職することになった。ウィラードの不在のあいだ、彼は上機嫌でターヒューンの短篇のひとつを断り、そのメッセージはターヒューンやその話を聞いた全員にはっきりと伝わった。新しい職を求めてウィラードは慎重に問い合わせをはじめたが、不首尾に終わった。

危機は十二月に来た。「ジーニア」の騒動が進行中で、売上げが二か月にわたり下落していたなか、セアはウィラードの業務上の違反行為を見つけた。それは雇用契約が与えるわずかな保証さえ危うくするものだった。ウィラードは、〈ブルー・レヴュー〉という仮タイトルをつけた見本小冊子を発注していた。ウィラード、ネイサン、メンケンが夢見て、一年以上議論を重ねてきた、より偶像破壊的な雑誌である。残念なことに、三人を初めとする執筆者がどのようなエッセイをこの試験的な号に寄稿していたか、その記録はない。しかしセアにとって重要だったのは、ウィラードが印刷所の請求を〈スマート・セット〉につけていたという驚くべき発見だった。自分の定期刊行物とはまったくの無関係で、中身も知らない、過激で知的な雑誌の見本誌の請求書をつかまされたセアは絶句した。セアが激怒すると、ウィラードの策謀にはメンケンも驚いて、二人を和解させる方策を見つけることができなかった。いまやセアは怒り狂っていた。メンケンはウィラードに弁護士を見つけるよう助言した。

ウィラードの法的責任を問えるような過ちを見つけてやろうと、セアが待ち構えていたために、ウィラードにはこれまで自分の権限の範囲を試すこれといった機会がなかった。しかし、彼はずっと財政的事実を直視することを拒んできた。何か月ものあいだ彼は、雑誌の財源は無尽蔵であるかのように振る舞い、作家には業界最高額の原稿料を即座に支払うと自慢していた。雑誌で彼に残された時間がわずかしかないのなら、失うものは何もないと思ったのかもしれない。そこにはセアのような文学的嗜好や堅苦しい性格の持ち主に〈ブルー・レヴュー〉のようなものの請求書を押しつけるという、強烈かつ喜劇的な詩的正義もあった。しかし、十一月にまさにお誂えむきといってもいいもうひとつの予想外の展開があり、個人的な事情との絶妙のタイミングはとても偶然とは思えない、という気持ちになっていた。スタントンとその妻アイダが十一月初めにアメリカに帰国していたのだ。彼らの結婚生活は、明らかにウィラードとキャサリンの結婚以上に満足のいくものではなかった。シンクロミズムのパリでの大規模な展覧会のあと、有り金を遣いきり疲れ果てたスタントンは、ニューヨークに到着するとすぐにアイダを親戚のもとへ送ってしまった。進むべき道を見つけるまで、スタントンはウィラードの所へ引越すことにし、兄弟は六月のミュンヘンの日々に立ち戻り、あらためてお互いを知り合う機会を得た。

ハンサムで相手かまわず女と関係をもち、頭が良く尊大なスタントンは、元気づけにはなったが危険な人物だった。この数週間でウィラードは、これまでにないほどスタントンのやり方や態度に強い感化を受けた。弟がウィラードに与えたイメージは、芸術的な挑戦（スタントンはシンクロミズムをアメリカへ紹介しようとしていて、良い結果を期待していた）、激しい、凄みさえ感じさせる知的刺激、まじめなアヴァンギャルドの目標に対する、口先だけではない本物の献身が入り交じったものだった。〈スマート・セット〉の編集人という地位は、ロサンゼルスやニューヨークのウィラードの知人たちにとって魅力的なポストだった。スタントンの目には、それが何か別のもの、もっと大きく根本的なもの（ウィラードは、それがあると主張していたが）につながるのでなくては何の意味もなかった。しかし〈ブルー・レヴュー〉の編集人になることは、エズラ・パウンドやフォード・マドックス・フォードのような存在になることを意味した。何より、ドラクロワやセザンヌのような革命家だと自負していたスタントン・ライトやモーガン・ラッセルに近づくことを意味した。理想の雑誌がどんなものになるのかを見たいというウィラードの決心が、彼を後戻りできなくなるところへ追いやった。スタントンを有名にしたのと同類の蛮勇をふるって、ウィラードはセアとその周辺の人たちに自分が優先するものを事実上宣言した。

非難は四方八方から浴びせられ——セアはけんか腰で、メンケンさえ袂《たもと》を分かつ潮時だと言っていると伝えてきた——そして弁護士が呼ばれた。公正な契約解除がおこなわれ、セアへの五百ドルの負債は免除されて、元日にはウィラードは任を解かれた。退職金のほとんどは、弁護士、下宿屋の女主人、洗濯物サービス、仕立屋、そのほか支払いを根気よく待っていた人々のもとへ消えてしまった。優雅な生活と長期のツケの十二か月のあと、ウィラードはほとんど一文無しになっていた。

こうして、ボイヤーとセアは自分たちで雑誌を運営していくことになった。最初にとった行動のひとつは、いかにも彼らしかったが、パウンドがウィラードの同意を得て送ったジェイムズ・ジョイスの『ダブリン市民』連作の三編を断ることだった。皮肉にも、ウィラードが獲得した最高の原稿のいくつか――ジョゼフ・コンラッドの戯曲、D・H・ロレンスの短篇といった寄稿作品は、彼の退職後の数号に掲載された。それでも読者の不満に気づくとセアはいちはやく定期購読者に葉書を出して、ライトの在任期間が終了したことを発表し、彼らの雑誌は「これからは読者を楽しませ、笑わせ、ぞくぞくさせ、驚かす……が、良識は損なわない」と約束した。(7)「セックスの話……憂鬱や絶望の物語」は締め出された。一九一四年四月号の表紙に赤い文字で華々しく謳われた新しいモットー「爽快、快活、才気」は、過去の表紙にあったウィラードの名前の痕跡を洗い流すかのようだった。

今回もメンケンは友人を助けるためにできるだけのことをした。ウィラードが、フランクリン・P・アダムズが最近担当から降りた「いつも上機嫌で」(アダムズの後任にとっては適切なタイトルではなかった)のページを引き継いで、〈ニューヨーク・メール〉のコラムニストという実入りのいい仕事につくのを手伝った。〈メール〉にいた三か月間、ウィラードは鬱々として楽しまなかった。編集人という地位にともなう責務と特権から、ニュース編集室の喧騒と重圧への移行は、たいへんな難事業であることがわかった。とっておきのゴシップ、五行戯詩《リメリック》、新聞の投書への即妙の返事、最新のニュースをちゃかしたコメント、一般大衆向きの諷刺的格言を大量に書きちらす〝日雇いユーモア作家〟という役割は自尊心を傷つけた。記事の出来映えは、オーエン・ハッテラスの〝爆発〟的おもしろさや旅行エッセイの気品とは比較しようもなかった。さらに悪いことに、経営者の考え方が旧式だとウィラードはメンケンに文句を言い、キャサリンへは次のような捨て鉢な手紙を書いた。「ここは長老派教会の新聞で、わたしの無作法や不敬な言動にたえず目を光らせている。コラムでビールについて書いたときの連中の激昂ぶりといったらなかった。わたしはもう我慢できない。連中はばか話を書くように要求しているが、わたしは拒絶する」(8)三月に彼は仕事を辞め、妻に対しては、東部へ呼び寄せる計画は無期限延期しなければならないとそっけなく知らせた。

スタントンへ接近して、〈スマート・セット〉の曖昧な立場から解放されたことで、ウィラードはより融通のきかない人間になり、妥協せず危険を冒すようになった。自分はもう十分屈従を強いられてきたと彼は感じていた。二月は、〈メール〉の編集部以外の場所では刺激的な時間をもてた。有名なキャロル・ギャラリーで開かれたスタントンの展覧会を手伝ったり（展覧会は、ライト兄弟が期待していたようなめざましい成功はおさめなかった）、ジョン・レーン社が出版を検討していた『八時十五分過ぎのヨーロッパ』の原稿をタイプしたりしていた。稼ぎを得るための〝ブン屋仕事〟（と苦々しい思いで彼はそう呼んでいた）、大切なことから彼を引き離す、その一分一秒が無駄な時間だった。ウィラードが才能を切り売りするのを初めから望んでいなかった母アニーとキャサリンは、ウィラードが〈メール〉を辞めてしまうと、彼の怒りの無意識の標的になった。ひとりの女は金をもっていながら彼にそれを与えようとしない、もうひとりは彼から金をむしり取ろうとしている。怒鳴り散らした十五枚ものタイプされた手紙で彼は、本当の愛情をもった母親なら息子の大望を理解して十分な融資を申し出るだろう、本当に忠実な妻なら夫がさらに高い目標を追求するため、世俗的な重圧や家庭の重圧から解放されるように、職について娘を育てるだろうと指摘した。ニーチェが女について言ったことは本当に正しかったと、ウィラードはメンケンに語った。

〈メール〉での日々が残り少ないのはわかっていたので、三月はできるだけ新聞社のことは忘れていようとした。ニューヨークで何かを成し遂げることの難しさにも気づきはじめていた。この街の生活費は高すぎたし、気を散らすものがいろいろあることも障害になった。ニューヨークを嫌っていたスタントンも引越すことに賛成した。メンケンも、マンハッタンはいまではウィラードが手に入れるもの以上に多くのものを奪いとっていると忠告した。メンケンは、本格的な執筆に理想的な場所としてボルチモアを推薦した。「ここではブロードウェイの臭いはしない」[9]と手紙には書いたが、労働のあとでしけこむ〝売春宿〟もたくさんあると保証することも忘れなかった。ウィラードは孤独を求めてニューヨークの郊外へ引越すことも検討したが、最後にはスタントンが、パリが二人のための場所だと兄を説き伏せた。物価は安く、邪魔物も少なく、環境もいい。渡航の費用はまっとうとはいえない方法で捻出したと、スタントンはモーガン・ラッセルに謎めかして語っていたが、アニー・ライトはついに根負けして、海外生活の最初の一年間、息子たちにそれぞれ毎月五十ドルの小額の仕送りをすることに同意した。ウィラードは気前のいい友人、出版者のベン・ヒューブッシュに金を借り、〈スマート・セット〉で彼が起用した何人かの作家にも借金を申し入れた。彼らは自分に借りがあるはずだと思っていた。

一九一四年三月二十八日、ウィラードの人生のひとつのめざましい時代が幕を閉じ、彼とスタントンはヨーロッパに出航した。例によって政治には関心がなかった二人は、ニューヨークよりも良好な環境で二、三年のあいだ研究や仕事に没頭できると楽しみにしていた。

生い立ち

「息子には、父親が夢中になったものから離れたいという反抗的な願望があるものだ」
——オルダス・ハクスリー

ウィラード・ハンティントン・ライトは、自分が南部出身であることに重きを置いたことはなかった。「わたしは、たまたまヴァージニアで生まれたにすぎない」(1)とインタビュアーに語ったこともある。彼の目からみてもっとふさわしい出生地は、ニューヨークかサンフランシスコ——さらに言えばハプスブルク家統治下のウィーンか、〝ベル・エポック〟のパリだった。ライトの父親は長男が生まれる二年前に、静かで、くすんだような町シャーロッツヴィルに不動産を購入していたが、長男がそう感じていたように、二人の子どもがそのことで責められるいわれはなかった。

ヴァージニアでの幼年時代から〈スマート・セット〉の編集者までのウィラードの道のりは、その波乱に富んだ年に成し遂げた業績や挫折を通してみても、予想できるようなものではなかった。彼の生い立ちはそれ自体、一個の途方もない話であり、利己主義と野心が形づくられていく紆余曲折の物語で、ウィラードは後にその大部分を改竄するためできるだけの手を打った。

シャーロッツヴィルはウィラードにとってたかだか七年間の故郷であって、そこでの幼年時代の記憶はあいまいだ。もともとその引越しは、家族にとって一時的なものと考えられていた。一八八四年、ニューヨーク市で結婚したアーチボルド・ダヴェンポート・ライトとアニー・ヴァン・ヴランケンは、結婚式をあげるとすぐに二人の生まれ育ったアメリカ北東部を離れ、ノースカロライナ州フェイエットヴィルへ向かい、そこで一年間暮らしたあと、いまなおジェファーソンの大学町として知られる〝南部のアテネ〟シャーロッツヴィルへ移った。一八八〇年代のサザン鉄道の積極的な路線拡大とヴァージニアの不動産ブームは、ホテル兼レストランを経営していたアーチー・ライトにとって絶好の機会だった。かくして夫妻のさすらいの旅はニューヨーク州北部からマンハッタンへ、さらにフェイエットヴィルとシャーロッツヴィルへ、そして一八九四年にはリンチバーグへと続いた。一九〇一年、商売の波がついに一家をロサンゼルスへと導く。カリフォルニアで初めてライト夫妻と一風変わった二人の息子は、親類をあとに残してニューヨーク州オニオンタを離れて以来ついぞもつことのなかった、安定感と帰属意識を見いだすことになる。ヴァージニアでは彼らは部外者、一種の日和見主義者であり、北部からの一旗組《カーペットバッガー》（何でも屋の類ではなかったが）の現代版で、いまや南部の敗北ではなくそのめざましい復興から利益を得ていたのだった。

　ライト家がヴァージニアでの永住に異論がなければ、息子のウィラードとスタントンは大人になるまでそこで教育を受けていたはずだ。合併がおこなわれた一八八八年のシャーロッツヴィルは、現在のような上品な煉瓦作りの町にはほど遠かった。文化的施設も文化的長所もほとんどなかった。信仰復興《リバイバル》集会と福音伝道者の宣伝活動が人気の娯楽だった。後に大統領となるウッドロー・ウィルソン（一八八〇年ヴァージニア法科大学卒）がその数年前に文句を言ったぬかるみや道路の穴は、しじゅう道路の舗装工事がおこなわれていたので姿を消していたが、一八九〇年代の初頭でさえ、町の新聞記者は本通りを「日が照れば肥やしと砂ぼこりの山、雨が降れば泥水だらけ……市と呼ぶのもおこがましい場所」[2]と呼ぶことにためらいを感じなかった。

その「肥やしと砂ぼこりの山」こそ、一八八七年十月十五日にウィラード・ハンティントン・ライトが、一八九〇年七月八日にスタントン・マクドナルド゠ライトが生まれた通りである。

ニューヨーク州東部スケネクタディの中流階級出身で、大物実業家ソロンとコリスのハンティントン兄弟と親戚関係にあった二十代のアニー・ライトにとって、それはなじみのない環境ではあったが、必ずしも不安を感じていたわけではなかった。アニーは物静かで勤勉で、機知に富んだ意志の強い女性で、南部で隣人となった人たちと同様にとても信心深かった。皮肉なユーモアのセンスと強い義務感と礼儀正しさで有名だったアニーは、我慢強く愚痴をこぼさない女性でもあり、行く先々で夫が商売をはじめるにあたっては、いつでもその役に立つ心構えができていた。アーチー・ライトは、妻に比べるといくらか伝統から自由で、より寛大だったが、誰に聞いても冷静な人物だったらしい。後にウィラードが評したように「静かな物腰の信心深い男」[3]だったが、やはり思索家で読書家であり、駅前の小さなホテル兼レストランを巧みにやりくりして経営した。多くの点でアーチーとアニーはシャーロッツヴィルの友人や知人にそっくりで、まじめな市民であり、家族思いで、日曜ごとに教会に通う人間だった。

だがひとつだけ大きな違いがあった。ライト夫妻の子どもたちに対する態度、彼らが子どもたちのなかに認めたもの、子どもたちのために望んだものは、その時代や土地の典型的なものとはとても言えなかった。夫妻は、息子たちを普通の型におさまらない少年としてあつかった。特にアニーは彼らを甘やかして溺愛した。ウィラードはスタントンより、母の熱烈な愛情と関心をより多く受けていた。たしかに二人は著しく早熟な子どもだった。話ができて鉛筆をもてるようになるとすぐ、同年代の子どもよりずっと先に読み書きをしたり、音楽への意欲を見せたり、絵を描いたりした。「ウィラードは年の割に大人びていました」[4]五十年後、おばのジュリアは満足げに思い出している。「要するに、とても器用でした」この知能の発達を、アーチーとアニーは誇らしげな驚きの目で見ていた。夫妻は、ウィラードとスタントンには並みの活力や好奇心以上の聡明さと才能があることを知り、特別な気配りが必要だと考えた。後に少年たちがリンチバーグで公立学校に通っていたときも、適当な人が見つかれば、ライト夫妻はたびたび息子たちのために家庭教師を雇って、美術や音楽、外国語の勉強を手助けした。

あるいは思慮が足りなかったのかもしれないが、ライト夫妻は家庭内でのしつけや権威主義的な規則のたぐいを信じていなかった。夫妻がウィラードとスタントンの育て方があまりにもいい加減だったと気がついたときには、それを変えるのには手遅れだった。二人の少年には創造的な衝動と同時に、手に負えないところがあった。心の狭さというよりは茶目っ気から、彼らは家庭内での特権を当たり前に思うようになっていた。彼らは好んで不遜で皮肉な態度をとった。ほかの子どもには許されないようなことをしても自分たちは大丈夫だと知っていたし、反抗を助長されているという実感もあった。ホテルに滞在していた女性客がウィラードの騒々しいおふざけのことで文句を言ったとき、アニーは即座にその客にホテルでは誰の存在が重要かをわからせた。息子たちのことになると、彼女の幼年時代、保守的なプロテスタントの雰囲気が培ったアニーの伝統的な価値感はどこかへ行ってしまった。

親の行きすぎた寛大さ、両親の信頼、ウィラードに対するアニーのえこひいき（スタントンとウィラードが共に認める家庭内の事実だった）に加えて、後には独立心旺盛で才能ある兄弟間では必ず生じる芝居がかったライバル意識などの影響が、「ライトのホテルと乗換駅レストラン」を超える広い範囲で繰りひろげられた。アーチーとアニーの子どもたちは、初めから大きなことを考え、大きな夢を見ていた。十代のウィラードは、自分が偉大な詩人、バイロン的反逆者になるべき人間であることを確信し、思春期にあったスタントンは画聖たらんと志していた。兄弟が育った環境では、自分たちが特別な人間であることは決して疑われることがなかった。彼らの生い立ちは独特なもので、それは途方もない自信を彼らに与えるとともに、成功や幸福への道を阻む厄介な障害も同時にもたらすことになった。

アーチーは一八九四年に家族を連れてリンチバーグへ引越し、シャーロッツヴィルのときよりずっと大きな二つのホテルを買い取った。ホテルの子どもとして、ウィラードとスタントンは特別扱いの日々を過ごした。彼らのまわり、ロビーや食堂では毎日変化と移動のドラマ――想像力あふれる少年には楽しい光景だった――が演じられ、ある程度のぜいたくも当然の権利として味わっていた。ついにアーチーは町に家を借り、普通の家庭に似つかわしい暮らし以上のものを家族に与えたが、注目の的になることに慣れきっていたウィラードとスタントンには、青年期に達するずっと以前から甘やかされたわがままな子どもだったことを示す、あらゆる徴候が見られた。一八九〇年代の末にはアーチー・ライトは町の著名な実業家としての地位を確立しており、息子たちも自分たちの立場をよくわかっていた。

この少年時代はウィラードとスタントンが本当の親密さ、兄弟の絆というものを共有していた時期でもあり、その後訪れた別離、嫉妬、争いの年月もそれを失わせることはなかった。(5) 見かけはウィラードとスタントンはよく似ていた――ハンサムでたくましく、多くの知り合いの娘の心をとらえた。ウィラードが痩せはじめるまで、年を追うごとにそっくりなところは増えていった。二人は情熱を分かちあい、同じ事態に対して同じような反応をした。同じような人たちをおもしろがらせたり怒らせたりして、お互いをそれとなく励ましあったりもした。

小さな町や市の荒っぽい世界で、ウィラードは三歳下の少年にとって手本とするのにぴったりの兄だった。ウィラードは社交的で運動が得意で、いつも友達に囲まれていた。スタントンが覚えていたように、実際のウィラードは、自伝的小説『前途有望な男』のなかで描いた少年時代と青年時代の自分とは正反対の人間だった。ウィラードが三十代のときに出版されたその本の、スタンフォード・ウェストという芸術家の主人公は、内省的で、その真価を理解されていないもうひとりのスティーヴン・ディーダラス（ジョイス『若い芸術家の肖像』の主人公）だった。その後ほかの人々も確認しているスタントンの記憶によれば、ウィラードは社交的でみんなに好かれていて、くよくよするより楽しいことが大好きな少年だった。

しかしウィラードは悪ふざけが大好きで、偉そうな口をきくようなところもあった。おそらくこのやんちゃぶりが関係して、彼の十三歳の誕生日前の夏、ライト家に深刻な諍いが生じることになった。アーチーの決断は、ウィラードを学校に送りこみ、もっと管理された環境の下で生活させねばならない、というものだった。両親がホテルで忙しく、その間にウィラードがあまりに手に負えなくなり、もはや家庭では監督できないと感じたのか、ウィラードとスタントンをしばらく別々にしておく必要があったのか、あるいは何かほかのまったく異なる理由、もしくは別の事件があったのかは今日はっきりしない。しかし、父親の決定がかなりの精神的ショックを与えたことは、後年のウィラードが家族と離れていた時期のことを決して語ろうとしなかったという奇妙な事実からも想像できる。コーンウォール・オン・ハドソンのニューヨーク陸軍士官学校予科の生徒として、彼は自宅にいたときより厳格で計画的な生活を送るが、その十か月後には退学すると言ってきかなかった。

一九〇一年夏の学年末にウィラードは士官学校をやめて、両親と弟の元へ戻った。一家四人が再び揃ったが、その後わずか五年のうちに家族を永久に分かつことになる一連の別離がおとずれる。しかしそれはさておき、その年ウィラードが向かった家はヴァージニアではなく、サンタモニカというはるか遠い町にあった。

アーチー・ライトは、世紀が変わるとすぐに家族を連れて西へと向かった。何万もの東部人と同様、めざましい土地開発と輸送機関の発展から利益を得ようと考えたのだが、その発展は、妻の親族であるサザン・パシフィック鉄道のハンティントン一族がカリフォルニアで成し遂げたものだった。ライト夫妻が居をかまえたのは、最初はあまり将来性のない土地に思えた。サンタモニカは一九〇〇年には人口三千人で、リンチバーグよりかなり小さかった。海岸沿いは息を呑むようなすばらしさだったが、町はカリフォルニア沿岸のほかのリゾート地より交通の便が悪く、旅行者には利用しづらかった。しかしアーチーはサンタモニカの将来性に気がついていた。ライト家の移住後すぐに、ハンティントン一族の路面電車がロサンゼルスの中心部と海辺の小さな町をつなぐと、都市からの所要時間はわずか三十分になり、一九〇三年にはサンフランシスコ・ロサンゼルス間のサザン・パシフィック鉄道の沿岸線が完成、その地域随一の観光中心地としての地位をたしかなものとした。

ウィラードとスタントンがアルカディア・ホテルで——尖塔付きの五階建て木造建築は当時町の名物のひとつだった——十代をむかえたころ、父親の収入と将来への希望的観測は頂点に達していた。ほどなくアーチー・ライトは町で数軒のアパートを所有するようになったが、ついにはアルカディア・ホテルの権利を売却し、ロサンゼルス中心部のアストリア・ホテルの共同所有権を手に入れる。アーチー・ライトは強欲な人間ではなく、もっと裕福でもっと無慈悲な妻の親族のようになりたいという妄想にとらわれてもいなかった。ハンティントン一族は実業界の大物だったが、アーチーはただ機会があれば彼らに会い、その立場をできるだけ利用しただけだった。しかしウィラードとスタントンは幼いころと同じ目で父親を見ていて、決してその見方を変えることはなかった。父は手に触れるものすべてを黄金に変える慈悲深いミダス王であり、そうしたいと思えば二人が必要なもの、欲しいものを何でも与えてくれる人だった。後年アーチーが支払い能力以上の債務を負って借金をしたり、状況が悪化したりしたときも、ウィラードとスタントンは父に対するイメージを塗り替えることはできなかった。

サンタモニカは生活するには静かな場所で、ウィラードはこの土地での生活にヴァージニア以上の郷愁を感じることはなかった。風景や気候に好感情を抱いたスタントンのほうが南カリフォルニアに溶けこんだ（現存するスタントンの最初の絵は、サンタモニカの緑豊かな風景画の小品だ）。アルカディア・ホテルでの生活は快適そのもの——陸軍士官学校の厳しさとは大違い——だったが、町自体は信心深くて保守的だった。飲酒できる年齢に達し、あるいはそう見られるようになると、気晴らしにウィラードとスタントンは町のバーに足しげく通いはじめた。しばしばアーチー・ライトの息子たちの行動は、活動的な地元の酒類製造販売禁止論者に彼らの大義への確信を深めさせることになった。このころの地元の新聞の日付のない切り抜きに、ウィリアム・レキッツ・カフェでの喧嘩が載っている。その喧嘩でウィラードは百二十ドルの損害賠償を請求され、アーチーがそれを支払っていた。

しかし、それはウィラードの青年時代のほんの一面にすぎない。彼は自分の才能を試したり、将来に思いをめぐらしたりもしていた。身を立てるための実際的な準備をしてほしいという両親の切なる願いにもかかわらず、ウィラードは自分は実業家ではなく芸術家になると口先もなめらかに宣言した。問題はどの芸術か、だった。あるときは音楽だった。ウィラードはブラームス、ドビュッシー、マーラーといったお気に入りの作曲家の楽譜を読むのが好きで、自分でもピアノ曲をいくつか作曲した。また絵画やデッサンにも興味があったが（スケッチには非常な才能を見せていた）、その分野では彼の技術に対して何度も疑いの目が向けられ、またスタントンの芸術的達成の目を見張る着実さに張りあわなくてはならなかった。

ウィラードにとって癪だったのは、スタントンが間違いなく前進しているように見えたことだ。スタントンはつねに腹立たしいほどの自信をもっていた。十代になるころには、悪さのほうでも創造的な才能の面でも、兄と対等にわたりあえるようになり、ゆっくりとであるが必然的に、二人の仲はだんだん疎遠になっていった。スタントンは両親に多くの心配と、それと同じくらい多くの金をかけさせた。サンタモニカでの少年時代については、スタントンも兄と同様、自分を神話化するのを好んだ。十四歳のとき家出して、東洋行きの汽船に乗りこんだが、立ち寄り先のハワイで父親に雇われた探偵につかまって連れ戻された、とスタントンは友人たちに語っている(6)。この妙に具体的な反抗の物語はいかにも疑わしいが、その背後にある動機はよくわかる。スタントンは何をしでかすかわからないところのある意志の堅い少年で、度胸と根気ではすぐにウィラードを追い越した。十四歳になるころには、ロサンゼルスのアート・スチューデンツ・リーグの授業をとっていて、スタントンが画家を志していることは家族の誰の目にも明らかだった。自分も日曜画家だったアーチーは心から賛成した。

もっぱら文学と執筆だけに集中するという結論に、ウィラードは次第に到達しつつあった。作曲家や指揮者になるという夢をあきらめるのには数年かかった。だが執筆はもっとやりがいがあり、楽に取り組めて反応も得やすく、自己表現の手段として、より自分に向いているように思われた(それは弟の弱点でもあった。スタントンは語学の才能はあったが、物書きの素質はついぞ見せたことがなかった)。本格的にはじめてみると、詩や戯曲を書いたり、日記をつけたりするのは、夢中になれる楽しい作業だとわかった。詩の韻律を修得したり、生き生きとした会話やおもしろい登場人物を生みだそうと努力する、孤独の時間が過ぎていった。「彼は逃げたかった、自分の思索以外のことは顧みたくなかった、胸にあふれる夢を貫き通したかった、すべての時間を彼の心を満たす唯一のこと――執筆――に捧げたかった」ウィラードは、自分の天職に目覚めた瞬間のスタンフォード・ウェストをそう描いている。

思春期のウィラードの幅広い読書は、彼が文章を書けば書くほどそれ自体が強迫的な欲求になっていき、ときに両親の心配の種となった。地元の書店で買う本にちょっとした大金を遣うだけでなく、その選択に対する監督や助言は一切これを拒否した。ロバート・ルイス・スティーヴンソン、ポー、コナン・ドイルに一時期熱中し、これはみなに歓迎された。けれどもショー、モーパッサン、ボードレール、ランボー、コンラッド、ハーディへの関心は、アニーのような育ちの女性を困惑させた。彼らの作品は不道徳な影響力を秘めていたからだ。ウィラードに意見しても無駄だった。ディケンズやフェニモア・クーパーに夢中になっている息子をアーチーがもっと気楽に見守っていたとしても、ウィラードは『ナナ』や『ベラミ』を読んでいたに違いない。お手本を示して息子を励まそうとアニーが聖書にひらめきを求めると、ウィラードはきまって『悪の華』や『ダーバヴィル家のテス』を見せびらかした。痛ましいと言っていいほどにウィラードは——そしてスタントンも——しばらくのあいだバルザックとオスカー・ワイルドに心を奪われていたらしい。

たしかに思春期の二人の少年のワイルドに対する情熱は、それに気がついた両親周辺の人々に衝撃を与えたに違いない。文書誹毀罪の裁判というスキャンダルはいまなお危険な話題であり、戯曲は上演されず、『ドリアン・グレイの肖像』のような本は感受性の強い者には近づけてはいけない類の文学の最たるものと考えられていた。こうした強烈な悪名、たとえば『ドリアン・グレイの肖像』の登場人物ヘンリー・ウォットンの耽美主義的な超道徳性（「われわれの命を傷つける自己否定……つねに新しい感覚を探し求めろ、何も恐れるな」）のようなものこそ、ウィラードとスタントンが探し求めていたものだった。彼ら自身は男性的で、積極的な異性愛者だったため、同性愛者に好意的ではなかった。しかしワイルドの同性愛は不思議と受け入れることができた。それが粋人《ダンディ》のポーズであり中流階級への侮辱であるということが、二人にとっては大事だった。さらに、出世を果たし、誘惑に出会って田舎風の純潔を失い、手当たり次第に女とつきあい、世界をあるがままに受け入れる若い男たちを描いた、バルザックの途方もない、細部まで念入りに書きこまれた、どっしりとしたプロットの物語は、当時のウィラードの想像力を刺激して、しばらくスティーヴンソンやポー、さらにはショーやモーパッサンさえも退けて、彼をとりこにした。
スタントンの目には、兄にはどこかバルザックの不運な主人公を思わせるところがいつもあって、ウィラードはときどきこのお手本を念頭において行動しているのではないかと疑っていた。「ウィラードの本当の人となりを知りたいなら」とスタントンは一九七〇年代に友人への手紙で書いている。「地方の——そしてパリの——詩人からはじまる『バルザックの』一連の作品、リュシアン・ド・リュバンプレの一代記『幻滅』『浮かれ女盛衰記』』を読むといい[7]」その登場人物の「うぬぼれ、野心、貪欲さ、弱さ、才芸、最終的な自殺——愛人に対する態度から——外見や心理まで」驚くほどウィラードに似ているとスタントンは手紙の相手に語っている。だがスタントンは、兄にはヴォートラン（『幻滅』他に登場する怪人物）的なところが少なからずあったとも言っている。ウィラードは発展途上の青年であり、放蕩者で、口先巧みな良俗壊乱者でもあったのかもしれない。

十六歳のウィラードは、小説的分身であるスタンフォード・ウェストのように、「強健で、洞察力があり、ひときわ優秀[8]」だった。アーチーとアニー・ライトが上の息子を信頼して、思春期にさまざまな厄介事があったにもかかわらず、彼が両親の高い期待が正しかったことを証明してくれるだろうと考えたのも無理はない。しかし驚くようなことではなかったが、一九〇三年秋にはじまったウィラードの大学生活は、正統からも前途有望からもほど遠いものだった。近くのセント・ヴィンセンツ・カレッジ（現在のロヨラ＝メリーマウント大学の前身）に一年、南カリフォルニア大学で一学期、シラキュース大学で数週間、ポモーナに一年いた。セント・ヴィンセンツの学友で、後に〈ロサンゼルス・タイムズ〉の記者になったエドウィン・シャラートが記憶していたように、ウィラードはそのような因習的な環境のなかでは「珍しい見世物」(9)だった。最新流行の先細のズボンで教室にあらわれ、誰も知らないヨーロッパの詩人についてまくしたて、教師に根掘り葉掘り質問し、授業よりもフットボール場や図書館で多くの時間を過ごし、「あっと驚くような意見」をどっさりもっているように見えた。

正式な入学ではなく、英語教育限定の〝特別聴講生〟として入ったハーヴァードでは、ウィラードはうまくいかなかった(一九〇六年夏にウィラードがハーヴァードに出した願書が、世間に対する偽装のはじまりだ。彼は、W・C・モローの名を指導教師および身元保証人として記載した。モローはその当時サンフランシスコで短期間ながら流行った短篇作家で紀行作家だった――ウィラードは会ったこともなかったが、嘘は見破られなかった。入学試験の点数は高かったが、それだけで入学できるとはウィラードは思っていなかった)。彼は異様に高い期待をいだいてハーヴァードに足を踏み入れた。新しい学校は、宗教的に厳格で、道徳的には偏狭だったセント・ヴィンセンツやポモーナとは異なり、創造力に富んだ学生や自由な考え方をする者たちがつどう場所だった。ウィラードは自分が、詩人のなかの詩人であり、偉大な哲学者のもとで学び、両親の価値観に背を向けた青年たちと生活を共にしていると考えた。教師や学生の大部分がこうした高い理想に達していないという事実――そしてハーヴァードの基準に彼のほうも達していないという事実――が、一連の幻滅、ウィラードがさすらいの「教育実験」と言いあらわしたものの最後となった。

一九〇六年のハーヴァードは、正反対のものが共存する場所だった。ウィラードの求めていたものの一部は、その世紀の最初の十年間そこに存在していた。有名な教師のリストはすばらしく(ウィリアム・ジェイムズ、ジョージ・サンタヤナ、ジョサイア・ロイス、ジョージ・ピアス・ベイカー)、優秀な学生もいた――その秋ウィラードの出会った最初のクラスメイトに、野心的な詩人で画家のリー・サイモンソンがいた――〈ハーヴァード・マンスリー〉は有名な討論雑誌で、ウィラードはそこに短篇と詩を発表した。一方ハーヴァードには明らかな欠点もあって、ウィラードだけがそう感じたわけではなかった。サイモンソンの言葉を借りれば、大学には「管理の行き届いた果樹園」[10]の雰囲気、エリート特有の生気のなさ、富と自己満足の産物があった。大学当局は融通がきかず、ウィラードに言わせると、学生はしばしば教師や親と同様の偏見にこりかたまっていて、保守的な伝統に批判的ではなかった。ウィラードは、友愛会や紳士気取りの会食クラブが学生のなかで何より優先されるものになっていて、彼のように真剣に文学に取り組んでいる者がほとんどいないことを知って驚いた。あまりにも多くの若者が社会で役に立つコネを作るためだけにハーヴァードにいるように思えた。「あからさまに官能的なスウィンバーン風の詩」を書きながらケンブリッジの町を「うろうろしていた」ウィラードに、サイモンソンは気づいていた[11]。サイモンソンは回想録に、彼は「ロマン派詩人を絵に描いたよう」で、長い髪を「かきあげて広い額をあらわにし、バイロン風の襟から白くて滑らかな首筋が見えていた」と書いている。ウィラードが周りに溶けこんでいたとは思えない。後にウィラードが「［ハーヴァードの］なまぬるさ、無気力、生への無関心」と呼んだものは彼をひどく失望させたが、彼自身、他人を遠ざける傲慢な存在だったことは間違いない。

　正式に入学していない〝特別な〟学生だったウィラードは、すべての講座をとる必要はなかった。彼の選んだ二つの授業は、バレット・ウェンデル教授が担当した新入生のための一般概論「イギリス文学の歴史と発展」と、毎週講評の時間がある作文の集中講義、チャールズ・タウンゼンド・コープランドの「英作文」だった。ウェンデルは、アメリカ文学もアメリカ文学を賞賛する人間も評価しない、熱狂的なイギリス文化崇拝者——「まさにボストン名門出の知識人」——だった。著作では主題はそっちのけで「明快さ、力強さ、優雅さ」を説いて、ハーヴァードでそれなりの支持者を得ていた。ウィラードはそのグループに入っていなかった。（ウィラードが自国文学で一番好きなポーやトウェインは言うまでもなく）ワイルドやショーを受け入れない芸術的理想をもつ教条的な講師など、ウィラードの尊敬できる人物でなかった。何かにつけ、ウィラードはそれをウェンデルにわからせた。彼はウェンデルの尊大な態度や狭量な文学評価に耐えられず、一年の中ごろには授業を欠席することが多くなった。

コープランドの授業は別だった。まず第一に、それは実際には〝授業〟でなく、コーピー（親しみをこめてそう呼ばれていた）のやり方は、大御所バレット・ウェンデルとはまったく違っていた。コーピーはハーヴァードに来る前は俳優と記者をしていて、物書きの仕事を断念すると、まじめな若い書き手を後押しすることを己の使命とした。学生の作品に対しては厳しく率直な批評者であり、ホリス・ホールで週に一度、課題に同じように頭を悩ませている仲間の前でおこなわれる、朗読と批評の授業〝英語12〟の儀式には浄化作用のある高潔さがあった。当時コープランドから教えを受けたT・S・エリオット、ウォルター・リップマン、ロバート・ベンチリー、ジョン・ドス・パソス、ブルックス・アトキンソン、ロバート・シャーウッド、S・N・ベアマンのように、ウィラードもこの教師から学んでいることには特別な価値があると気づいた。コーピーからは望みどおり〝A〟をもらった。〝英語12〟や異才ヒューゴー・ミュンスターバーグの〝心理学〟——その授業は犯罪心理学がテーマで、犯罪捜査に携わる人間は隠れた動機と心理学的パターンにもっと留意する必要があるというミュンスターバーグの信念と結びついたものだった——を聴講して過ごした時間は、ほかの点ではつらいことが多かった時期の最良の時だった。

予想されたことだが、ボストンでの生活で生じた厄介な問題は、女性との関係が十八歳の青年の頭のなかで差し迫ったものとなっていたことだ。大学の外でウィラードは嵐のような情事を経験し、たちまちそれは不安を感じるほど激しいものになった。勉強も友人も放りだして、この美しい年上の女性——自伝的小説では「アイリーン」とされている[12]——と一緒にいたウィラードは、熱に浮かされたようにセックスに夢中になる。「興奮を求める欲求が成功への望みを打ち負かした[13]」とウィラードは『前途有望な男』で主人公について書き、自分の分身であるこの人物を、時間や日常や義務の感覚を失わせる性的強迫観念の犠牲者として描いている。大学での評判が地に落ちたあと、ゆっくりとぎこちなくではあったが、ウィラードは——スタンフォード・ウェストのように——その関係から抜け出すことができた。これも驚くようなことではなかったが、その年、町そのものが男女いずれにしろ一個の人間のように彼を誘惑してやまないものになっていて、彼を図書館から誘いだすのだった。レストラン、カフェ、コンサートホール、劇場が数多くあり、ロサンゼルスよりもすばらしい娯楽を提供していた。そして、町に「あふれる魅力[14]」に花をそえる夜の女たちは、ウィラードによれば、その年の新しい、彼をとりこにした発見だった。

三月ウィラードは、バレット・ウェンデルの入門講座、英語28から〝締め出された〟。授業への復帰を認めないという勧告の理由は、いろいろ考えられる。ウィラードは課題をやらず、扱いやすい学生ではなかった。後に友人たちに、ウェンデルがだらだらしゃべっているあいだ教室の後ろの席でちびちびアブサンを飲んでいたことがあると話している。この逸話は、十四歳で家出してハワイへ行ったというスタントンの物語と同じような匂いがするが（ウィラード自身が唯一の出処という話のほとんどがそうだった）、その背後にある精神はたしかだろう。ウィラードは反抗的で無礼な人間になっていた。「手に負えない学生たちは、われわれのもっとも誇るべき産物である」[15]とウィリアム・ジェイムズは一九〇三年の有名な卒業式のあいさつで誇らしげに語っている。けれども、独立心旺盛なハーヴァードの学生に対するジェイムズの寛大な定義にも、ウィラード・ライトまでは含まれていなかったし、ハールバート学生部長もそう感じていた。彼はウィラードに個人的な話があるから事務室に来るように告げた。

その面会のあと、一九〇七年三月二十一日付の簡潔な手紙でハールバート学生部長は、ウェンデルが頑として譲らないため彼の除籍は決定的であるという取消不能の裁定と、ウィラードに金を貸してくれと頼まれたが――信じられないことだ――それはできないというノーの返事を伝えている。さらに、ウィラードが執筆を職業にするつもりなら、それに専念すべきだと勧めた。いまこそ「世のなかに出る」[16]ときであり、ケンブリッジでの勝負はあきらめるようにと学生部長はしたためた。

追い出されたというよりむしろ丁重に背中を押されて、ウィラードはその月の末にハーヴァードを去った。先行きの計画は一切なく、所持金も少なかった。この展開に驚き、悲しみ、がっかりしたアーチーは、際限なく小遣いをやるのはこれで終わりにするとウィラードに告げた。彼は息子に就職を考えるようにうながした。学位をとるつもりも、通常のやり方で学業を続けるつもりもないなら、自活をはじめるときだった。

ウィラードはのんびり時間をかけてカリフォルニアへ向かった。オニオンタに立ち寄って、独身のおばたちといとこのマーガリート・ベアトリス・チャイルドを訪ねた。おばたちと同居していたマーガリートは、夏休みに父方の親戚を訪ねたとき以来の仲の良い遊び友達だった。それから太平洋側のワシントン州へ移動して、同じ歳の家族の友人と二、三週間過ごすことにした。二人の青年はオリンピアという刺激の乏しい町で数週間を過ごしたが、友人ジェイ・ディンスモアは「最高に幸せな日々だった」[17]と振りかえっている。ウィラードにとっては不安な自由時間であり、最終期限や機嫌をとらなくてはならない人のことを頭から追いだし、次に何をするかという苛立ちから解放されていた時間だった。シアトルに移動すると、そこには盛大なパーティーを開くことで知られるディンスモアの裕福な知人が何人かいて、ウィラードはあちこちのパーティーに顔を出しては当地を来訪中の詩人の役を楽しんだ。見た目の良い彼は、どこへ行っても文学少女たちをひきつけた。ロサンゼルスに向けて発つ直前の六月末の集まりで、ウィラードは同じ歳の好みのタイプで、どうみても彼に夢中になっている女性に出会う。実際、彼女をもっとよく知るために、しばらくワシントン州に残る価値はあるかもしれないとウィラードは考えた。裕福ではないが教養のある家に生まれたキャサリン・ベル・ボイントンは、まさにウィラードが興味をもちそうな娘で、ぱっと見では、彼の敬意を得るに十分なほど因習に囚われない女性のように見えた。エルマという小さな町の新聞発行人を父に、気性が激しくひどく神経質な音楽家を母にもったキャサリンは、ウィラードよりも早く十七歳のときから自活していた。詩を熱心に読み、自分でも書いていて、北西部じゅうを旅して不安定ながら速記者として自立していた。キャサリン・ボイントンには、内気さと大胆さ、理想家肌と現実的性格が入りまじった風変わりなところがあった。

知り合って二、三日後には、キャサリンはウィラードに、自分の頭でものを考えることができ、(ウィラードがそうした反応を望んだときには)びっくりするほど上品で世間知らずな女性という印象を与えており、求愛してもいいほど美しいと思わせた。頭が良くて好奇心旺盛、それでいて引っ込み思案だった彼女は、ウィラードがいかにもよく知っているという顔をしていた作家や作曲家のことを教わりたがり、ハーヴァードやカリフォルニアの話にも喜んで耳を傾けた。何より彼女は、ウィラードを見た目どおりの人間だと思っていた。ウィラードは、キャサリンが北西部ではじめて出会った、彼女が高く評価する野心というものをもった男だった。普段は衝動的なところなどないキャサリンが、気がつくとこの長く伸ばした巻き毛に運動家らしい体つきの長身の詩人、おどけたところと風変わりなところ、まじめなところ、大げさなくらい真剣なところが交互にあらわれる男に、どうしようもなくひきつけられていた。ウィラードも決して無関心ではなく、シアトル滞在中は毎日彼女に会いにいった。

　キャサリンに対するウィラードの恋心は、ある新展開がなかったら、彼が南へ出発してしまえば二人にとって良い思い出で終わっていたかもしれない。七月初め、ウィラードは両親から、すでにアート・スチューデンツ・リーグのエリート学生になっていたスタントンが近く結婚するという驚くべきニュースを聞かされた。スタントンは夏が終わる前に家を出ることになっていた。スタントンの花嫁になる女性は数か月前に出会ったアイダ・ワイマンで、裕福なワイマン夫人と一緒に、二人は八月にパリに向けて出発した。その地でスタントンはソルボンヌ大学に入学することになっていた。その少しあと、両親や弟には伝えずに、ウィラードはキャサリンにプロポーズし、彼女はすぐに受諾した。

　七月十三日土曜日の夕方、知り合ってわずか二週間で、キャサリン・ボイントンとウィラード・ハンティントン・ライトは、シアトルのユニテリアン派の牧師の手で結婚式をあげた。内々でおこなわれた式を知らせる地元の社交欄は、ウィラードを「知的で売り出し中の若き詩人」と紹介して彼の詩を一編掲載し、キャサリンもまた「並々ならぬ才能の作家」であると褒めたたえた(18)。花嫁のウェディングブックの「招待客の祝辞」のページは空白のままだった。ライト夫妻と同様、キャサリンの両親、姉妹、兄へも結婚式がすむまで連絡がいかなかった。それは重要でないように思えた。ボイントン家には二人に金を与えたり、披露宴の費用を払ったり、新郎新婦に新婚旅行を用意したりする余裕はなかった。

ウィラードの所持金の残りは二、三ドルしかなく、キャサリンの貯金も多くはなかったので、二人の新婚旅行はオレゴンの海辺がやっとだった。けれども彼らはそれで幸せだった。三十年近くたってウィラードは娘に次のように話している。婚礼の夜の一幕が夫妻が共に過ごす最初の数時間を台無しにした。キャサリンは自分の夫が、彼女と同じように未経験なものとロマンティックにも思いこんでいたのだが、そうではないことを知ってしまったのだ。そのような考えはウィラードには滑稽に思えた——十八歳を過ぎた男が童貞だなんてあり得ない——しかし彼とキャサリンはすぐに仲直りした。キャサリンには世の中について彼女なりの無邪気な考え方があって、おそらく彼にもそれが求められていたのだろうとウィラードは考えた。重要なことは、彼の前途に何が待ち構えていようとも、それに一緒に立ち向かってくれる配偶者、友人、支持者を見つけたということだ。スタントンだけが家族のなかで、妻と目標をもつ、興味深い未来を約束された人間ではなかった。

メンケン一派

「控えめな批評家はもういない」
――ジョージ・バーナード・ショー

夏の終わりにはウィラードは花嫁と一緒にロサンゼルスに戻っていたが、学位はなく、金もなく、自慢できる文学的な業績もなく、住む家さえなかった――何より生活の手段をもっていなかった。数週前にスタントンが出発していたため、新しい嫁や将来の見通しを比較して間の悪い思いはせずにすんだ。スタントンの十七歳同士の結婚にはさまざまな事情が絡んではいたが、少なくとも彼にはライト夫妻も納得する計画があり、すでにその才能と芸術への献身ぶりを証明していた。さらに義理の母ワイマン夫人の保護下にもあった。花嫁とは知り合って二週間以上たっていた。ウィラードには何ひとつ計画はなく、それはライト夫妻も気づいていた。彼には常識も、合理性さえもなかった。

これ以上息子を養う余裕はなかったので、アーチーとアニーはウィラードに北西部に残ってそこで仕事を探すようすすめたが、忠告はあっけなく退けられた。戸口の上り段に立ったウィラードとキャサリン――二、三個の鞄と数冊の本をもち、住むところもない十九歳の二人――を目の前にして、ライト夫妻に選択の余地はなかった。若夫婦はライト夫妻と同居することになり、キャサリンは秘書の仕事を見つけて、アーチーが息子に合う仕事を探しはじめた。不動産市場で生計を立てるというウィラードの二度にわたる試みは、一九〇七年のカリフォルニアの野心的な青年ならまず間違いなくうまくいくと思えたのだが、失敗に終わった――ウィラードは、小説を読んだり、キャサリンの働くオフィスで彼女にラブレターを書いたりして一日を過ごすほうがいいと思っていた。商業的な成功をめざした三度目にして最後の努力は、チアイー・ビヴァレッジ社の共同創立者としてのみじめな経験だ。一九〇八年一月、「ノンアルコール飲料チアイーを販売する目的で」会社を設立、三人の共同経営者がそれぞれ二千五百ドル（ウィラードの分は父親からの借金だった）を出資した。南サンペドロ通りに面した小さなオフィスと工場で会社を運営、というより必死にあがきつづけた。四月にウィラードは――この場合は賢明にも――夏までに事業から手を引く決断をし、父の出資金はすべて失ったが、目前に迫った破産によって共同経営者の負債を背負いこむことはまぬがれることができた。

その年の春から夏にかけて、アストリア・ホテルはたいへんな時期が続いていた。結婚九か月目にキャサリンは妊娠に気づいた。これはアーチーからの援助をのぞくと唯一の安定した収入を失うことを意味していたが、ウィラードは毎日詩を書いて過ごして、誰もが期待していた就職活動を避けつづけた。新しい責任に対する彼の態度は、両親にとって意外ではなかったが、キャサリンは夫の思いがけない振舞いにびっくりした。週を追うごとに状況を悪化させたのは、予期せぬ子どものことを考えるとウィラードが動揺をなかなか隠せないことだった。彼は性に関する知識を自慢していたが、それも妻の妊娠を防ぐには不十分だったわけで、将来と自分の落ちこんだ罠のことを考えると息苦しい恐怖をおぼえた。二十一歳で父親になることは、彼の自由を制限し、結婚生活ばかりか彼の人生の目的さえ危険にさらすことは確実であり、ウィラードにとってそれは耐えられないことだった。

自らの窮状を憂う一方で、ウィラードはロサンゼルスである年上の女性と会い、不安を打ち明けていた。二人のあいだはまじめなもので、思いやりに満ちた会話がいくつか交わされただけだった。男女の関係はなかったらしい。それでもウィラードはこの上品で教養のある女性に惹かれて、密会と長くむつまじいおしゃべりを楽しんだ。手紙にMVMというイニシャルでサインしていたその女性は、やがてロサンゼルスを離れてニューヨークに移り住んだが、このときウィラードは、この最初の〝裏切り〟によって、女性の理解と恋愛への逃避を求める気持ちが呼びおこされるのを感じた。もうすぐ娘が生まれるというこの時期に、結婚生活も二年に満たないというのに、彼は妻との結びつきがすでに弱くなっていることを感じていた。

ウィラードがチアイー社から身を引いたことで、アーチーのもっとも恐れていたことが現実になった。やがてアーチーは妻の親族のひとりで頼りになる男に助けを求めた。父親の事業を引き継いでいたヘンリー・ハンティントンは、一瞬のためらいもなく、いとこの息子に仕事を紹介した。ウィラードに与えられた〝いとこのヘンリー〟の仕事は、若い親戚の年齢と経験にふさわしいとヘンリーが考えたものだった。ハンティントン一族が開発した、大ロサンゼルス地域の通勤鉄道の改札係である。後にウィラードの友人になった〈ロサンゼルス・タイムズ〉のハリー・カーが、その事情をこう要約している。「ハンティントンは自分の親戚に才能の光を認めなかった」(1)が、いつでも手助けする用意はあり、「金バンドつきの帽子」とパサディナ線の改札口を彼に与えた。ハーヴァード・スクエアを闊歩し、コーピーから学び、同級生がブース・ターキントンやゼーン・グレイを読んでいるときにバルザックやオスカー・ワイルドを賞味し、弟はパリの芸術家だった作家志望者にとって、パシフィック電鉄の駅で気短な通勤者を相手にする日々は耐えがたいものだった。しかし皮肉にもその仕事が、ウィラードの作家としての最初のチャンスをもたらした。ロサンゼルスの大新聞〈タイムズ〉の記者ジョン・ダジットとの駅での偶然の出会いが、〈タイムズ〉編集長ハリー・アンドルーズとの面接、そして書評家兼記者の試験採用へとつながった。これはすべて十月の出来事で、まさにその週にベヴァリー・ライトが生まれた。

後年のウィラードは、実業家や改札係時代の不遇な日々には決してふれなかった。行き当たりばったりの大学生活からまっすぐ〈ロサンゼルス・タイムズ〉時代へ入り、そのあいだに出だしのつまずきなどなかったという広く流布していた認識を好んだ。

ウィラード・ライトのような考えや野心をもった若者にとって、〈ロサンゼルス・タイムズ〉は文学的キャリアをはじめる理想的な職場だった。一八八一年（当時ロサンゼルスの人口は一万二千人だった）に水力印刷機を有する二階建ての煉瓦造りの建物で出発した新聞は、二十七年のあいだに巨大で有力な、論争好きの公論紙へと成長していた。反動主義者のハリソン・グレイ・オーティスが牛耳っていたため、政治に関しては保守的だったが、（左寄りの姿勢を見せないかぎり）新しい書き手にも柔軟で、まだ新しい会社はもっとたくさんの若いジャーナリストを必要し、その影響力は広く南カリフォルニアに――ほぼ全域に――ゆきわたっていた。日刊紙の発行部数が五万二千部、週末版は七万六千部の〈タイムズ〉で働くことは、州のサンフランシスコ以南の地でもっとも発言力があり、もっとも偏見に満ちた情報源のために働くということだった。新聞には多くの駆け出し作家が手に入れたいと考えている以上の大勢の読者がいることに、ウィラードは気づいた。さらに〈タイムズ〉は断固たる意見や激しい言葉を高く評価していた。間違いなくウィラードは編集長にそれをふんだんに約束することができた。

間もなく、ハリー・アンドルーズの部署で一番新顔の記者は、誰よりも多くの書評本を割り当てられるようになり、期待した以上に多くの刺激的な特集記事をまかされ、ティファナの闘牛からロサンゼルスの賭博場までありとあらゆる取材報告を担当することになった。知性を必要としない仕事から解放されたウィラードは、すさまじい熱心さと、この仕事の新人にしては気味の悪いほどの自信と、たいていの者が感じる見習い期間の気おくれなど薬にしたくもない押しの強さで業務をこなした。オーティスとアンドルーズは感心して、二、三か月のうちにウィラードは求めていた肩書きを手にした。文芸部主任である。

『少年少女の家事入門』、『あの子犬』（「愛らしくて元気のよい、人間のような犬についての短めの小説」）、『スイート・ブライアー峡谷のマスコット』――一九〇八年のクリスマスの贈り物として宣伝されていた本の一部だ――といったタイトルの本の山と向かい合い、ウィラードはもっと気の利いた作品を手に入れるために最善を尽くした。自分はもっと本格的な評論や小説を書評すべき人間だと、彼はハリー・アンドルーズに訴えた。どうみてもくだらない本はほかの誰かにまかせればいい。ほかにそのような学歴を誇れる者がいなかったので、彼の〝ハーヴァード仕込み〟の肩書きは役に立ち、また一年間ヨーロッパで芸術と文学を学んだと嘘もついた。その結果、コンラッド、キプリング、ウェルズ、モーム、ジョージ・ムーア、アナトール・フランス、イーディス・ウォートン、エレン・グラスゴー、マーク・トウェインの最新作と、詩・文学・音楽評論のほぼすべてを、ウィラードが担当することになった。彼はたちまち本領を発揮し、地元の文壇で彼が求めてやまなかった、本物の芸術と偽物を見分けることができる精力的で博識な書評家という評判を手にすることになった。

大学時代から読んできた批評家でウィラードの頭にあったお手本は、錚々《そうそう》たる顔ぶれだった。ジェイムズ・ギボンズ・ハネカー、パーシヴァル・ポラード、ウィリアム・マリオン・リーディは、大学生活とは無縁の新しいタイプの作家でもっとも多作な部類に入り、学術的な評論や専門分野の偏狭さがなく、評価の定まった古典や普通の出版作品よりも現代文学や現代演劇の研究に余念がなかった。ハネカー、ポラード、リーディは、ジャーナリストと呼ばれても恬《てん》として恥じなかった。彼らは現代文学の荒々しく混沌とした世界に安んじて生きていた。

いくらでもあった駄本の分担をのがれることができなかったときは、その機会を利用して怒りをぶちまけ、簡潔で辛辣な批評家スタイルにますます磨きをかけた。毎月どれほどたくさんのばかげたつまらない文学作品が出版されているかを知って、ウィラードは啞然とした。「退屈で紳士的な書評術」と彼は新しい仕事をこう形容していたが、それは、くだけた批評とあけすけな皮肉にとってかわられることになった。

ウィラード・ハンティントン・ライトがどういった文学をよしとしたのかを知るのに〈タイムズ〉読者はしばらく時間がかかったかもしれないが、彼の不満の具体的内容にはすぐに気づくことになった。ウィラードの書いた数百の書評をちょっと眺めただけでも、自分の個人的な演壇として文芸欄を利用した、この我の強い青年のイメージがはっきりと目に浮かぶ。最悪の文学作品としてウィラードのリストの上位を占めたのは、道徳的または政治的にあからさまな教訓をたれようとする本や、読書の歓びを無味乾燥な学問上の訓練に変えようとするものだった。要するに社会主義者、女権論者、大学教師が講堂から書き物机へ移行しても、ろくなことはないということだ。ウィラードは、アプトン・シンクレア、シャーロット・パーキンズ・ギルマンといった作家が自分の主義の宣伝手段として小説を使おうとするのを繰り返し激しく非難し、一方でバレット・ウェンデル教授の学術的著作を書評する機会に乗じて、「使い古されて硬直したスタイル」[2]で書かれた中身のない本と一蹴した。

ウィラードはまた、著者の国際的な評判は自分にとって何も意味しないことを表明した。感傷的なリアリティという重大な罪を犯したハンフリー・ウォード夫人、チャールズ・ディケンズ（「諷刺漫画の登場人物」と「ブルジョワ的ユーモア」の作家）[3]、「薄っぺらな気取り屋」[4]ホレス・ウォルポールにはたいして価値を認めず、ウォード、ディケンズ、ウォルポールがアメリカの読者のあいだで評判かどうかは〈タイムズ〉文芸部主任にとって重要でなかった。国民的人気を博した多作家のアン・ワーナーも、ウィラードの在職中に好意的な評価を得られなかった人物だ。ウィラードの考えでは、「〈レディース・ホーム・ジャーナル〉の最高峰」[5]アン・ワーナーは、「人気女性作家」というぞっとする言葉で表現される、時代遅れでおもしろみのない作家の典型だった。

カリフォルニアの雑誌で好意的にとりあげられることもある地元の作家に対しても、その土地の支持者のためだけに特別扱いをすることはなかった。「ガートルード・アサートンの耳障りで繰り返しの多い英語……文体のぎこちなさと不協和音」[6]は、作者の名声や良き意図によって正当化されるものではなかった。彼女のほとんどの小説はメロドラマか、お涙ちょうだい的な感傷で終わっているとウィラードは述べた（女であるという理由だけで女性作家を敵視していると声高に不満を訴えた大勢の女性に対して、ウィラードは滅多にその考えを打ち消そうとはしなかったが、自分が高く評価しているイーディス・ウォートンやエレン・グラスゴーの名前を出してやり返すこともできたはずだ）。

カリフォルニアの文学界で、アサートンに次いで神聖視されていたもうひとりの作家がアンブローズ・ビアスである。ウィラードはビアスを彼一流の論評のお手本にしているのではないかと考える者さえ一部にはいた。女嫌いから悪文に対するかたくなな苛立ちまで、そこには明らかに共通するところがある。新聞王ハーストの〈サンフランシスコ・エグザミナー〉の「職業的皮肉屋」、辛辣なコラムニストとして、ビアスは読者を憤慨させ、いたぶりつづけていた。彼は、多くの若い作家にとって崇拝の対象だった。けれども一九〇九年にビアスの評論集が出ると、その機会をとらえてウィラードはいかなる比較もこれを拒んだ。ビアスは徹底的に他人をばかにする、人間嫌いな男でもあった。「彼が提供できるものは破壊しかない(7)」とウィラードは述べている。ビアスの問題点は、より良い芸術的環境を作りだす力になろうとする欲求をもたないことだとウィラードは考えた。独りよがりの考えや不相応な名声を鞭打つ仕事に満足しているだけで、それ以上のものではない。それでも、〈タイムズ〉にウィラードが在籍しているあいだ、二人は何度も比べられた。辛辣さを薄めたビアスというのが、数人の同僚の下した評決だった。

だが、ウォード、ウォルポール、アサートン、ビアスといったまじめな作家に対する不満がどうであれ、ウィラードは一番強烈なあざけりを文学界に棲息する別種の生き物にとっておいた。公式どおりの書き方で、急増する大衆読者の低俗な好みに訴えて、金儲けを第一に本を出している男女の商業的小説家である。そのグループには、ロマンス、歴史小説、パルプマガジンの冒険小説の作家も含まれるだろう。ミステリ作家や探偵小説作家は確実に入っていた。「一番嘆かわしいのはミステリ小説だ。その手の本は子ども、神学校生、下層労働者、速記者、そして貧弱な知性の持ち主やずさんな教育を受けた人たちにもっとも強く訴える[8]」とウィラードは言いきっている。書評の仕事が終わりに近づいた一九一一年には、さらにその点を追及する気持ちにかられた。「世の中は探偵小説ばかりだ――そのほとんどがおもしろくない。実際どんなにまじめな探偵小説も不出来なものになるのは避けられない。それはわれわれの中にあるもっとも原始的な欲求に訴えかける[9]」

ウィラードの辛辣なコラムに対する反応は、ほとんどその当初から〈タイムズ〉経営陣がそうあってほしいと期待したとおりのものだった。当時の新聞では珍しかった書評欄が紙面にぴりっとした刺激をもたらして、一九〇〇年代初期、まだ多くの解説や記事が無署名だった時代に、ハリソン・グレイ・オーティスの新しい批評家の名前は広まっていった。ウィラードは友人の記者ハリー・カーの教えをきちんと守った。「議論の対象にならない新聞など誰も読まない」がカーのモットーだった。大勢の読者を怒らせればたしかな支持者を得られると、彼はウィラードに語った。著者をいたぶる偶像破壊者の役割にウィラードが慣れてくると、署名入りの論説を書きたいという気持ちさえおこってきた。

ウィラードが読者に推薦した作家はヨーロッパ人か、少なくともハロルド・ベル・ライトやブース・ターキントンといったベストセラー作家より国際的な作家であることが多かった。ウィラードの崇拝する作家がカリフォルニアの人々が初めて聞く名前だったとしても、問題ではなかった。教養人なら彼らが何者で、何をめざしているのか知っているべきであり、それを知るための時間をとるのは当然であるかのようにウィラードは書いた。ヴェーデキント、シュニッツラー、ズーダーマン、ブリュー、グランヴィル＝バーカー、シング、アンドレーエフといった新進の劇作家、もちろんイプセン、ショー、チェーホフ、ストリンドベリのようなそれほど新しくない劇作家、スウィンバーン、ロセッティ、ボードレールといった「いかがわしい」詩人、ベネット、ゴールズワージー、ムーア、ゴーリキー、ゾラ、ノリス、クレイン、そしてとりわけドライサーのような現代の写実主義作家は、ウィラードの信じるところでは、希望を与え、道徳を説く文学を求めてやまないアメリカ人が十分な注意を向けてこなかった芸術家たちだった。

ウィラードの意見のいくつかは明らかに間違っていた。ヘンリー・ミルナー・リドーをトマス・ハーディに匹敵する作家として繰り返し紹介したり、スティーヴン・フレンチ・ホイットマンを最高のアメリカ人作家と賞賛したりしている。しかし、たいていの評価は的を射ていた。そしてビアスとは違って、ウィラードは自分を二つの役目を担う男として考えるようになった。仕事の不道徳で楽しい部分は、退屈な作家や臆病な作家をあざ笑うことだった。だが同じくらい重要だったのは、多数派よりも正直で独創的で挑戦的な作家の主義主張を後押しする仕事だった。「西部人が出会った、もっとも妥協を知らない、熱心な文芸評論家だった」[10]と、三十年後、ハリー・カーは、こう友人を評している。彼はさらに「[ウィラードは] あらゆる作家を震えあがらせてベッドの下に隠れさせ……才能を商品化した作家について書くときはいつも、その筆鋒をさらに鋭くした」と回想している。一九一〇年には大学中退者でばつの悪い思いをしていた改札係は、うまく自分を作りかえて、前衛派に対しては成長をうながす代弁者になり、最高の基準を満たすことができなかった作家には厳しい監督者になった。

カーよりも直接にウィラードを手助けしてくれた〈タイムズ〉の記者が、地元の詩人・劇作家の気さくなジョン・マグローティで、彼には多少常軌を逸したところもあった。マグローティはウィラードにもうひとつの、もっと制約のない出版への道を提供した。沈滞した環境を脱して文化的資本作りに参加したがっていたマグローティは、〈タイムズ〉の給料で事業資金を調達し、〈タイムズ〉のコネを使ってフリーライターを探して、一九〇六年、自分の小部数雑誌〈ウェストコースト・マガジン〉を発行する。彼は一九〇九年にウィラードと会い、この男こそ自分が求めていた寄稿者——金はあまりかからず、休むことなく書きつづけ、読者を眠らせない書き手だと思った。ウィラードにとってもその取引は好ましいものだった。露出は多ければ多いほどよく、たとえわずかでも余分な収入があるのは大歓迎だった。

〈ウェストコースト・マガジン〉は、カリフォルニアの知的成熟を世に広め、後押しすることを目指すジョン・マグローティの志高い試みで、この非凡な計画で間違いなく一番風変わりなページは、ウィラード・ハンティントン・ライトのエッセイに与えられた。割り当てられた十分なスペースでウィラードは、芸術的苦闘と道徳の締めつけ、現代芸術家の権利、家庭生活の危険、セックスとワインの喜びといったテーマを好きなように論じた。そこには広告主と中流階級の読者を気にする〈タイムズ〉が絶対に許さなかった表現の自由があった。ウィラードのとりとめのない、印象批評的な文章を〈ウェストコースト・マガジン〉読者がどう受けとめたかは想像するしかない。しかし一九一〇年には、マグローティは良いこともやり過ぎれば雑誌を駄目にするとほのめかして、ウィラードの仕事は劇評と書評のみに変更された。

「芸術の無用性」「世間体対芸術」「芸術的気質」「耽美主義と超道徳性」といったエッセイは、オスカー・ワイルドそのものだった。びっしりと葉の茂ったアール・ヌーヴォー風の欄外飾りに縁どられたページで、ウィラードは、〈センチュリー〉や〈アトランティック・マンスリー〉ではお目にかかれない、『ドリアン・グレイ』や『嘘の衰退』から直接引いてきたような教えを説いて、彼とスタントンが崇めていたイギリスの偉大な作家に恩返しをした。〈ウェストコースト〉のエッセイのテーマはおおむね、抹香臭い絵画や小説の皮をかぶったお説教、鈍感な読者にうんざりしている世紀転換期の粋人《ダンディ》もしくは若者の見解だった。「芸術は芸術家でなければ理解できないし、その真価もわからない」と一九〇九年四月号に掲載された最初のエッセイ「芸術の無用性」で彼は主張している。ウィラードが言うように、芸術家とは、その知覚が否応なく彼を仲間から際立たせる存在のことだ。したがって「芸術家が理解を求めるというのは、不可能を求めるということだ」。多数派から無視されるのは予想できる。それによってまじめな創作者を苦しめてはならないとウィラードは主張した。「芸術は芸術家にとって陶酔の手段」でしかなく、信徒にとっての宗教的な恍惚状態、酒飲みにとってのアルコールと少しも異ならないのだ。そのあとはデカダン派の連禱が続く。芸術は倫理的または実際的な目的に役立たない。世界の改善を目標としない。芸術はそれ自体のために存在する。さらに偉大な芸術は、大衆性、一般的関心、共通の接点等に重点を置く民主的な環境下では発展を妨げられるおそれがある。〈ウェストコースト・マガジン〉の批評家にとって、真実とは人々を素面に戻すもので、簡潔かつ好戦的な表現であらわされるものだった。民主主義は「あらゆる芸術とは正反対で……月並みな平均を理想とし、凡庸さを賞賛するもの」であり、アメリカのような民主主義国家はいずれにしても平凡な人間の祖国で、「名もない者の楽園なのだ」。

マグローティのために書いたほかの文章には「芸術における性の衝動」（特にウィリアム・ディーン・ハウエルズの「情熱を欠いた」小説への批判）、「芸術家は結婚すべきか？」（答えは断固「ノー」だった）や「小説中の婦人参政権論者」のような書評コラム（ウィラードの論点は、やかましく主張する神経症の女たちへの注目は少なければ少ないほどいいというものだった）などがあるが、ウィラードは可能なかぎり向こう見ずな姿勢を崩さず、博識だが十分な教育を受けていない二十代前半の物書きとしては精一杯の努力をしつづけた。誇張や繰り返しが多かったが、この時期のウィラードの文章の意外な価値は、他人が言ったかもしれないが当たり前すぎて活字にならなかった意見や、どこかほかで読んだことはあるかもしれないが（彼はワイルド、ペイター、ゴーチエ、ユイスマンスを読んでいる、ロサンゼルスで唯一の住人ではなかった）南カリフォルニアのような孤立した世界ではあえて話題にしないような考えを明確に表現しようとしていたことにある。

ニューヨークへ移って〈スマート・セット〉に参加する以前、一九〇八年から一九一二年までのウィラードは、リベラルな意見や〝良識〟や〝良い趣味〟の範囲を尊重しなければしないほど人目を引くことができると思っていて、しばらくはジョン・マグローティも調子を合わせていた。読者が彼の「性の衝動」のエッセイをやり過ぎだと考えるまで、ウィラードの名は実際、雑誌の呼び物になり、マグローティは〈ウェストコースト・マガジン〉の各号で、彼を「文学の生体解剖者」、当地のバーナード・ショーとして派手に売りだした。

ウィラードがカリフォルニアで発表した文章はやがてもうひとつの目標到達の手段となり、彼が発見したジャーナリズムの新しい声、もうひとりの有力者の影響が顕著になっていく。その傍若無人ぶりも、（弱冠二十二歳にして）厖大な量の文化的発言も痛烈な論評も、彼ひとりのものではないことを、ウィラードは知ったのだった。

一九〇九年に、〈ヘンリー・L・メンケンは〈ボルチモア・サン〉で三年目を迎えていたが、このころからウィラードは彼のコラムと輝かしい文学的活動を追いかけはじめている。メンケンは最近〈スマート・セット〉の中心的書評家になったばかりだった。メンケンについて見聞きしたことすべてが、最初からウィラードの心をとらえた。メンケンは野心家で頭がよく、自分の意見を曲げず、基本的に無礼な男だった。学究肌の堅苦しい批評家からは毛嫌いされていて、新しく登場した写実主義作家に夢中になっていた。彼こそウィラードがつねに探し求めてきたもうひとりの同志であり、〈タイムズ〉の美術評論家アントニー・アンダーソンや演劇評論家ジュリアン・ジョンソンといった一番新しい友人たちより若くて元気があり、より有名で地方色がなかった。彼なら東部への有力な窓口として、しかるべき出版者や編集者と渡りをつけてくれる人間かもしれないとウィラードは考えた。

メンケンも学びとる男だった。ウィラード以上に自分自身を信じているように見え、いろいろな分野の本をよく知っていて、男同士の友情、意見の交換、意見の衝突、論争に対して驚くほどの柔軟さをみせた。彼は文化批評の新しいスタイルの最高のものを代表していて、ウィラードが嬉々として模倣したその文体に磨きをかけていた。最終的にメンケンはウィラードの人生において、カー、アンダーソン、ジョンソンその他のジャーナリストよりもはるかに大きな役割を果たすことになる。さまざまな段階でいかに多くの恩恵をメンケンから受けたかを認めることに後年のウィラードが不愉快を感じたとしても、驚くべきことではないが、メンケンが全国区の人物になったのと同じ時期に、ウィラードの経歴と評判が急上昇しはじめたのは偶然の一致ではない。それは実り多き関係だった。

ウィラードは一九〇九年の春にH・L・メンケンと手紙のやりとりをはじめ、彼の仕事を賞賛し、そのうち彼が自由な立場で意見を論ずることのできる場所を〈タイムズ〉紙上に用意できるかもしれないとも述べた。四月の〈タイムズ〉にショーに関するメンケンの本の書評が載り、五月にはメンケンのニーチェ研究本がはっきりと好意的に紹介された。どちらの本も最近のものではなく（ショーの本は一九〇五年、ニーチェの本は一九〇八年出版だった）、ウィラードの記事の目的――メンケンと近づきになりたいという願望――は明らかだった。そのような幸先のよいスタートのあと、二人のあいだには多くの共通点があることに彼らが気づくのにさして時間はかからなかった。

メンケンとウィラードを知的な面で決定的に結びつけたのは、二人の崇拝する作家たちだった。正しい忠誠が二人の友情の前提条件であり、この点では二人は完璧に一致していた。ヨーロッパの小説家ではコンラッド、アメリカ人作家ではドライサーが二人共通の情熱の対象だった。三つ目の共通の関心――出会う前から友情を約束していたつながり――はフリードリヒ・ニーチェだ。世紀が変わった直後にアメリカではニーチェがブームになっていたが、ヨーロッパで戦争があった一九一四年から一九一八年に知的な評価の流れが突然断ち切られ、そのときからアメリカの「ニーチェ主義者」はきわめてうさんくさい集団になってしまう。メンケンの二冊目の本『フリードリヒ・ニーチェの哲学』は一九〇五年から一九一五年のあいだに数多く出版された解説書のひとつだが、一九〇九年五月九日の〈ロサンゼルス・タイムズ〉にウィラードによる好意的な書評が載り、それによってメンケンは、この同業のジャーナリストにあらためて注目するようになった。実際、ウィラードのニーチェへの関心はおそらく、メンケンの冒険的著作に呼び起こされたものだろう。ウィラードは翌年にかけて新しい翻訳を全巻購入して読破するという目標をたてた。〈タイムズ〉の書評家の熱心さに感動したメンケンは、いつか会いたいと述べた。東部へ行くことがあったら、メンケンを訪ねるとウィラードは約束した。

その機会はウィラードが考えたよりも早くやってきた。キャサリンは娘を連れてワシントン州の実家を訪ね、夏の一時期を過ごすことにした。暑さを逃れ、ロサンゼルスでの経済的不安を和らげようとしたのである。当時彼女は、夫が別の女と会っているのではないかと心配していて（短い期間だが会っていた）、夫が愛情を感じはじめていた娘との別居が自分に有利に働くはずだと考えた。同じころ、新聞社の経営陣が、九月にニューヨークへ赴いて、マンハッタン、フィラデルフィア、ボストンの企業の広告担当者や流通担当者と会ってくる人物を探していると発表した。ウィラードがその仕事に名乗りでた。あつかましさが唯一の必要条件なら、ウィラードがこの仕事に適任であることは誰も異論がなく、彼はキャサリンに手紙を書いて、十月いっぱいまで北西部に逗留してほしいと頼んだ。ウィラードが説明したように、これは就職活動の絶好のチャンスだった。南カリフォルニアが彼のキャリアの最初にして最後というわけではないことに、ウィラードも気づきつつあった。

その後の四年間で〈タイムズ〉のために三度そうした旅をすることになるが、最初となるその秋のウィラードの旅はめっぽう疲れはしたが刺激的なものだった。「わたしはここ東部で、良い意味でも悪い意味でもよく知られているとわかった(11)」とキャサリンに書き送っている。マンハッタンは期待どおりまさに啓示的な経験だった。その競争の激しい雰囲気や魅力的なナイトライフ、図書館やコンサートホールを目のあたりにして、いつかロサンゼルスの平穏さや狭量さから脱出しなければならないという気持ちを強くした。この旅で紹介された人たちから、ウィラードは彼らのグループのなかに自分の居場所がある、少なくともあるはずだと思うようになった。そこには、有名な〈フォーラム〉を買い取り、今後の号のためにウィラードの詩を数編買ってくれた出版者ミッチェル・ケナリー、新しい友人の将来性にすぐに興味を示した出版者ベン・ヒューブッシュ、詩人のブリス・カーマンとジョージ・シルヴェスター・ヴィーレック、批評家のポラードとハネカー、そしてウィラードが見込みのある交際者リストに書き加えた多くの編集者と記者がいた。その人たち全員にウィラードは、〈タイムズ〉を離れてもっと興味深い仕事につきたいという希望をほのめかした。

東部への旅のハイライトは当然、待ち望んでいた十月最後の週末のボルチモア訪問だった。「午後四時ごろボルチモアに到着し、まっすぐH・L・メンケンのもとへ向かった[12]」とウィラードはキャサリンへの手紙に書いている。「わたしたちはすばらしい時間を過ごした。メンケンは彼の書評どおりの人物だった――まるで田舎役者だ」二人の意見が一致した分野は「とても多く」、豪華な牡蠣《かき》のディナーと何本もの酒瓶とともに「仲良く過ごした」。ウィラードの説明の一部は、キャサリンへのショックを狙ったものだった。「髪はぼさぼさにのびていて、お針子みたいにおしゃべりだった」

冒瀆的な言葉を使っていたと思われる会話の話題は、アメリカの編集者と出版社のどうにもならぬ限界、アメリカ小説の情けない状況、ドライサーが耐えねばならなかった酷い扱い、多くの現代雑誌の堅苦しさ、そして教訓的な話、ホレイショー・アルジャーの立身出世物語の二番煎じ、娯楽詩《ライトヴァース》以外のものを提供する雑誌の緊急な必要性にまで及んだ。最後の話題は特に二人にとって重要だった。メンケンは〈スマート・セット〉の書評欄でかなりの裁量を与えられていたが、その雑誌にすっかり満足しているわけではなかった。彼は自分の評論誌をはじめたくてうずうずしていて、また洗練された読者に対して大胆な短篇やパンチの効いたエッセイを提供できる器を作る同志を集めたいと思っていた。この夢想は最終的に〈アメリカン・マーキュリー〉に結実することになるが、メンケンは最初の出会いでウィラードを気に入り、夢の雑誌の寄稿者のひとりになると考えた。彼はその場で「選ばれて採用された」とメンケンは語っている。「そのときが来たら、きみも参加してほしい」[13]とメンケンは口説いた。この申し出を聞くために、ウィラードは東部へやってきたのだった。口説かれるまでもなかった。

すでに目にしていた〈タイムズ〉の記事以外にウィラードが適任者である証拠をメンケンが必要としていたのなら、〈ウェストコースト・マガジン〉で書いたエッセイを差し出すことができた。ウィラードの偶像破壊のさらなる証拠に対しても、メンケンは鷹揚に構えていた。

> 正直な話、きみの二つのエッセイには仰天した——その見解に驚いたのではない、というのはきみの立場はある程度知っていたし、その他のこともおおよそ察しをつけていたが、そうではなく緊張感みなぎる文体に驚いたのだ。きみは、ニーチェがドイツ語に取り入れたもの——力強い鼓動、断定的な響き——を英語にもちこんでいる。そこには、強烈な打撃の重々しい響き、ハンマーが金敷《かなしき》に当たるものすごい音がある。[14]

メンケンは年下の仲間へ次のような注意も与えた。「文体について、もし誰かにアディソンやウォルター・ペイターを読むようにすすめられても——そんな奴はくそ食らえだ！——きみの文体はすでに存在している。絶対にそれが女性的にならないようにするのだ」〈タイムズ〉が渡した必要経費をはるかに上回る請求書をかかえて出張から戻ったとき、ウィラードは幸福感でいっぱいだった。ニューヨークの近くに自分のことを考えてくれる盟友を得られたのだ。メンケンの賞賛した文体は彼自身のものとよく似ていて、なかにはそっくり真似ているものさえあったのだが、彼は一向に意に介さなかった。

だがもっとも親密につきあっていたころのH・L・メンケンとウィラード・ハンティントン・ライトは、知的な同盟以上の関係だった。ウィラードは信奉者であり、なおかつそれ以上の存在だった。気質も似ていて、長所や短所を互いに競ったりすることもあった。文芸批評に対するメンケンの見解（後に彼は「まことしやかな偏見」と表現しているが）はウィラードの気持ちをつかんだ。二人は、学者、自由主義者、改良主義者、絶対禁酒主義者に対する本質的な疑念を共有していた。彼らは民主主義、もしくはそう呼ばれているものを、旧世界の上流階級の怪しげな改革と考えていた。謙遜や虐げられた人々への同情は彼らの得意分野ではなかった。特に女性に対する姿勢は、メンケンの思想のなかでもっとも進んだ部分とはいえず、このメリーランドの独身者（彼もまたウィラードと同じように母親との強い絆を大事にしていた）はまさにウィラードが求めていたお手本だった。メンケンはウィラードが妻帯者であり父親であることを知っていたが、その事実をまじめに考えることはなく、二人が友人だった数年のあいだに少なからぬ数の若い婦人を彼に紹介した。そのころの二人はボルチモアの高級売春宿やニューヨークの「売春婦《ワーキング・ガール》」たちをかなりよく知っていた。

その後の三年間、ウィラードはさらに名前を売るために努力した。〈タイムズ〉では書評を、マグローティのためにエッセイや劇場記事を、寄稿できる定期刊行物では詩と短篇を書き飛ばした。二つの風変わりな専門分野では、引っ張りだこの講師にもなった。それはニーチェの解説と、婦人参政権に反対の論陣を張ることで、どちらのテーマもメンケンの最重要な関心事だった。この参政権反対の講演はしばしば大荒れに荒れた。彼はまたカリフォルニアの生活に関する特集記事の取材で、州の隅々まで旅行することで地盤を広げた（一九一〇年五月二十二日付〈タイムズ〉全面記事の「情熱的な文化をはぐくむ環境」は特に好評を博した。カーメルの芸術家コロニーの自由奔放主義に対する皮肉な記事は、コロニーにいた作家たちの誰ひとりとして容赦しなかった――そこにはウィラードの友人で詩人のジョージ・スターリングと、小説家のメアリー・オースティンとアプトン・シンクレアも含まれていて、二人の小説家に対してはウィラードはその後もなぶるのをやめなかった）。このころのウィラードは、ひとりの人間が成し遂げるには多すぎる計画を温めていて、あるときは、モーム風の客間喜劇（仮題は「セックス」だった）を共同執筆するために〈タイムズ〉のアントニー・アンダーソンと会ったり、歌劇台本《リブレット》を作るため地元の作曲家と打ち合わせしたり、その間もずっと、数年前に亡くなり一九一〇年になって高い評価を集めたアメリカの詩人リチャード・ハヴィーの伝記を執筆するため、人々にインタビューしてメモをとったりしていた。これらの仕事のどれも完成しなかった――が、それにもウィラードはめげることはなかったらしく、その時期の一途な行動力と楽観主義を享受する余裕があった。

〈タイムズ〉での順調な歩みを妨害し、一歩間違えばウィラードに悲惨な結果をもたらしたかもしれない事件が起きたのは、一九一〇年秋のことだ。十月一日の深夜に発生した、無政府主義者による〈ロサンゼルス・タイムズ〉社屋の爆破事件は、南カリフォルニアの歴史のなかでもっとも論議を呼び、多大な精神的ショックを生んだ出来事のひとつだ。マクナマラ兄弟が周到に仕掛けた十六本のダイナマイトが午前一時に爆発したとき、ちょうど夜間勤務の真最中で、二十人の〈タイムズ〉社員が死亡し、そのほとんどが即死だった。一区画全体を占める建物がほぼ全壊になった。もし爆発が四時間早く起きていたか、その夜遅くまでウィラードが働いていたら、彼は重傷者もしくは死者のひとりになっていただろう。

ハリソン・グレイ・オーティスの建物の爆破は、新聞の政治的保守主義と反労働組合キャンペーンに対抗する明らかな象徴的行為として、ジョン・マクナマラとジェイムズ・マクナマラの二人の過激派が最大の効果を狙って計画したものだ。ダイナマイトと時限装置はステロ版製版室と印刷室のあいだの通路、インク・アレーに仕掛けられた。最初の爆発で一階の壁が壊れ、通路に保管してあった何トンものインクが爆発した。数分のうちに三階建ての建物は炎につつまれた。勤務中の百人の記者、タイピスト、印刷工は何とか逃げようとしたが、彼らの多くは地下や上の階に閉じ込められてしまった。朝刊編集長代理チャーチル・ハーヴィー＝エルダーは最上階のオフィスの窓から思い切って飛び降り、数時間後病院で死亡した。カリフォルニアおよびアメリカの労働史における凄惨なひとこまである。

数年のうちに、彼の言うことを否定しかねない人間が周りにいない場所で暮らすようになると、ウィラードは自分が爆破事件に巻き込まれたように話を作りかえてしまい、幼少時の逸話の多くと同様、それは真実とはまったくかけ離れたものになった。結局、事件全体がおあつらえ向きのドラマで、事実そのままにしておくのはあまりにももったいなかった。ウィラードの話では、彼は九月三十日夜遅くまで仕事をしていて、ジュリアン・ジョンソンから担当するように頼まれたひどいコンサートの批評に取り組んでいた。事件の二、三分前、隣の席のハーヴィー＝エルダーに向かって、偏頭痛がひどくてこれ以上は無理なので原稿は終わっていないが帰宅すると告げた。二、三ブロック離れたタクシーのなかで耳をつんざくような爆音を耳にするとすぐさま彼は引き返し、炎につつまれた建物とハーヴィー＝エルダーと共用のオフィスを見た。ヴァン・ダインとして人気の絶頂にあったころ、インタビューできまってその話題をもちだされると、ウィラードはこの逸話を自分の人生を通じて浮かびあがってきたテーマ、病気は姿を変えた幸運、と結びつけるのを好んだ。マクナマラの爆破事件での「九死に一生」――頭痛のおかげで難をのがれたこと――は一連の同様の皮肉な出来事のはじまりだったと彼は語っている。

真実はそんな華々しいものではなかった。ウィラードはその晩十時前に会社を出て自宅に戻ると、不足していた睡眠をたっぷりとった。事件を見聞きするような場所にはいなかった。街の外にいて一足先にそのニュースを耳にした（そして夫について最悪の事態を思い浮かべた）キャサリンのすっかり取り乱した電報で、一日の朝九時に起こされたとき、ウィラードは妻のヒステリーの原因について思い当たることがなかった。自分では朝刊の購読など考えたこともなかったので、隣人から爆発のことを聞いたのは一時間後のことだった。それから一度も欠かしたことのない朝食をとり、着替えると、自分にできることを探しに現場へ向かった。結局彼が得た仕事とは、来るべきクリスマスの「特別文芸欄」に取り組むことだった。

実際、東海岸の出版者たちから高い評価を得た、ウィラードの青年時代の最大の業績は、〈タイムズ〉のために半年ごとに作成した特別文芸付録だった。七月と十二月に発行された、書評、エッセイ、本の広告、「推薦図書」リストを掲載した二十ページ以上もある付録は、完成まで骨の折れる仕事だったが苦労のしがいがあるものだった。付録はすぐれた写実主義作家に大きな比重を置いた高級なもので、アドルフ・オックスの〈タイムズ〉がニューヨークにもたらしたものに匹敵する第一級の記事を、オーティスの〈タイムズ〉はカリフォルニアに提供していると言っていた人々は、ウィラードの創作物たる「特別付録」が出るたびに、口を揃えて褒めそやした。一九〇〇年代初期の西部における文芸ジャーナリズムの状況を考えると、新聞のこうした姿勢は驚くほど国際的なものだったらしい。一九一一年、高名な批評家パーシヴァル・ポラードの死後、ウィラードが〈タウン・トピックス〉でポラードの担当していた欄の後任者に指名されたときも、誰も驚かなかった。風変わりなニューヨークの新聞――ゴシップと文化批評がないまぜになっていた――〈タウン・トピックス〉はウィラードがもくろんだとおり、最初の足がかりになった。毎月ロサンゼルスから、ウィラードは、少ないが誠実な東部の読者へ、ポラードを偲《しの》ばせるような、退屈でもなく狭量でもない芸術についてのコラムを郵送した。

一九一二年を通してジョン・アダムズ・セアはH・L・メンケンに、斬新な発想と経営者の才能をあわせもつ〈スマート・セット〉の新しい編集人が必要だと訴えつづけていた。セアの気持ちとしては、メンケンこそ〈スマート・セット〉で偉業を成し遂げてくれる人物だと思っていた。しかしどんなに好条件だったとしても(実際にはセアは気前のいい人物という評価を得てはいなかったが)、メンケンはボルチモアを離れて大嫌いな街ニューヨークの殺人的ペースにあわせるようなことは一切するつもりがなかった。その年の秋、セアが重ねて懇願したとき、メンケンには強力な代替案があった。知り合いの南カリフォルニアの若い記者で、自分と同じような考え方をする二十五歳の批評家で編集者がいる、その人物ならよい結果を出すだろう。セアはウィラード・ハンティントン・ライトのことはあまりよく知らなかったが、〈タウン・トピックス〉のコラムを愛読していたので、彼に会ってみてもいいと思い、メンケンもそれを強く勧めた。

セアの見る目のなさ、重大な機会を目の前にしたウィラードの気持ちを考えると、口先なめらかな座談の名手ウィラードが最初の面談の場で〈スマート・セット〉の発行人に畏怖の念を抱かせたとしても驚くに当たらない。セアがメンケンの言うことは正しかったとその場で結論を出したところを見ると、ウィラードは相変わらず博識で多弁で、愛嬌があってさらには鼻につく男だったに違いない（明らかにセアは、その前の年に出た彼の回顧録についてウィラードが書いた書評を読んでいなかったらしいが、そのなかで〈タイムズ〉の書評子は、うぬぼれでのぼせあがった途方もなく退屈な人物としてセアを笑いものにしていた）。セアはウィラードに、新年から〈スマート・セット〉の編集者として働かないかともちかけた。喜びと信じられないという気持ちが半ばするなかで、ウィラードはキャサリンと両親に手紙を書いた。いつかめぐってくると信じていたチャンスをついにつかもうとしている、と。一度ロサンゼルスに戻って〈タイムズ〉と話をつけ、父親に頼んで金を貸してもらった彼は、新しい仕事に慣れ、金を貯めて家族のためのちゃんとした住まいを見つけるまでしばらく時間が必要だと言い訳して、キャサリンとベヴァリーを一緒に連れていくことをうまくのがれた。このころにはキャサリンのほうも利口になっていて反対はしなかった。彼女は結婚後の四年間で少なくとも三度の夫の浮気に気がついていた。

ウィラードの西部からの出発を知らせる恰好の合図は、クリスマス前に掲載された彼の書いた短篇小説で、この短篇は国内の冒険的な新聞数紙から再録を求められた。事実というより精神的な自叙伝「二番目の子」は、妻が二度目の妊娠をした青年の物語だ。これは貧困にあえぐ夫婦の絶望的な物語で、二人は最初の子どもを育てるのがやっとで、そのために夫はあちこちの医者に「救済」を訴える。話をした真っ当な医師たちから拒絶された夫は最後に、あるいかがわしい地区で、手術によって望まれない子から彼らを救ってくれる堕胎医を見つける。しかし物語のモーパッサン的どんでん返しは、堕胎医の無能さの犠牲になる妻の死だ。出発の荷物をまとめながら、ウィラードは彼の妊娠中絶話が引きだした賞賛や怒りの投書をいそいそと切り抜いて保存した。

その月の終わりにはウィラードはニューヨークにいて、ボルチモアでメンケンや彼の飲み友達と新年を迎えることができた。その祝いの儀式に続いた数々の出来事までは、さすがのウィラードも見通すことができなかった。〈スマート・セット〉での大きな希望と不快な試練に満ちた一年、不面目な敗北、スタントンとの予期せぬ再会である。ましてや、近代美術の込み入った理論や激しい駆け引きに、自分が深く関わっていくことなど知る由もなかった。

シンクロミズムの誕生

「リアリズムが芸術の目的なら、絵は永遠に実生活の下に立ちつづけることになる――絵はわれわれの日常生活の単なる偽物、不完全なまやかしになる……われわれの心は、実生活の単純な模倣よりもっと力強い感情を求めている。思索のための悩み、ひらめき、刺激が必要なのだ」

――ウィラード・ハンティントン・ライト、一九一五年

ヨーロッパとアメリカの最新の絵画や彫刻をカーニヴァルのように賑々しく陳列して悪名を馳せたアーモリー・ショーは、二十世紀初頭の芸術愛好家、パトロン、批評家に対するリトマス試験紙――何度となくあったがその最初の場だった。多くの観客は、後期印象派、フォーヴ、キュビストの巨大な展示物に反感をいだいた。かなりの人がこの新傾向の背後にある意図をつかむのに苦労して、ある者（少数派だった）は型にはまった写実的スタイルに対する批判を喜んだ。ウィラードも〈スマート・セット〉編集部での仕事を休んで、一九一三年三月にレキシントン街二十六丁目の兵器倉庫《アーモリー》で開かれた展覧会を見にいったが、新しい芸術に対する彼の感想は特に明らかにされていない。

実際、ウィラードがキャサリンに送った四枚の冗談めかした葉書は俗物性まるだしだった。(1) ソウザ＝カルドーソの『パレード』の絵葉書の裏にウィラードは「これは胃袋の内側でなく、未来派の

見た街頭パレードだ。展覧会にはこのような作品が数多くある」と走り書きした。デュシャンの『階段を下りる裸体』には「ニューヨークでみんなが話題にしている絵。わたしには理解しがたい」とコメントしている。ピカビアの『春の踊り』の絵葉書には「きみが理解できるようにわかりやすく説明しよう。キュビストというのは芸術概念で、ピカビアはそのリーダーのひとり。この絵にダンスや春を見てとることができるだろうか？　絵は法外な値段で売れた」。レームブルックの引きのばされたような『ひざまずく女』に関しては「彼女に嫉妬しないか？」と書いている。いかにもウィラード・ハンティントン・ライトらしいが、一九一三年の時点で近代美術の諸原理にまったく無知だったにもかかわらず、その二年後には自分はその支持者にして専門家であると宣言する用意ができていた。この変わりようは、スタントンといくつかの驚くほど有利な環境のおかげだった。

ウィラードに最初の本格的な芸術教育――というほどのものではなかったが――を授けたのは〈ロサンゼルス・タイムズ〉で美術評を担当していた友人のアントニー・アンダーソンだった。ウィラードの〈タイムズ〉時代、二人はよく一緒に展覧会やアトリエの集まりに出かけていき、そこでアンダーソンが自分の知識や意見を、かなり年下だが非常に呑みこみのいい同僚に指南した。ただし、残念ながら南カリフォルニアでは、優秀な新しい画家の絵や巨匠の作品を見る機会がほとんどなかった。イネス、ハッサム、ラ・ファージ、ヘンライ、ホーマー、ホイッスラーの作品は（ごくたまにだが）見ることができたが、彼らは非凡ではあったがそのころにはもう保守的な画家になっていて、一九一〇年の鑑賞者を感動させこそすれ、挑発するような画家ではなかった。さらに画家としてのアンダーソンは肖像画と具象美術しか学んできておらず、ウィラードの弟が海外で追求していた急進的な傾向についてはわずかな知識しかなかった。そのような師と到達できるところには限界があった。早い話が一九一三年以前のウィラードにとって、偉大な芸術家とはエドウィン・オースティン・アビーのような人物であり、セザンヌは名前を聞いたことがあるだけ、キュビスムはおもしろいフランスの冗談でしかなかった。

変化がおとずれたのは、ウィラードがニューヨークへ移ってからで、自分の視覚芸術に対する理解は、これまでおもしろおかしくあざけってきた西部の人間と同じくらい偏狭なものだったことが次第にわかってきた。ウィラードはアーモリー・ショーで目にしたものすべて、もしくはそのほとんどの意味を読みとることはできなかったが、ただならぬ重要な何かが起こっていることはすぐに理解した。新しい画廊が次々オープンし、新聞や雑誌は最新の〝イズム〟について相反する記事をおびただしく掲載し、ミッチェル・ケナリーやジョン・クイン弁護士など、ウィラードの知るかぎりでもっとも知的な人たちのなかにも強い関心をもつ者があらわれた。ウィラードの好奇心は刺激された。その年、しばらくたってからアルフレッド・スティーグリッツと会ったとき、ウィラードはその分野で特に大きな影響力をもつ人物と遭遇したことになる。スティーグリッツはウィラードがもっとも畏敬の念を抱いていた一種の現実的な理想家であり、五番街二九一のスティーグリッツのギャラリーでその後四年間、モダニストの絵画と彫刻の最高の見本を目にし、また画廊が売りだした芸術家に会うことができた。しかしこの二人が予想されたような一種の師弟関係を築くことはなかった。スティーグリッツは二十四歳でウィラードより年上であり、〝291〟で弟子を迎え入れることに非常に興味をもっていたにもかかわらず、今回はそうした関係は成立しなかった。スティーグリッツとウィラードは似すぎていた。並外れた自我の持ち主、熱心な勤勉家、毒のある性格。

ウィラードが〝授業〟を修得してしまうと、二人は距離をおいた盟友になった。
ウィラードの近代美術に対する意識の本当の転機はおそらく、皮肉なことにジョン・アダムズ・セアによるものだ。セアが手のかかる編集人のためにお膳立てした一九一三年六月のヨーロッパ旅行で、ウィラードは初めて、最先端のヨーロッパ美術界が第一次世界大戦前夜に感じていた興奮のなにがしかを体験し、六年ぶりに会った弟の試みを目の当たりにすることができた。また絶妙のタイミングでミュンヘンに滞在していたことで、ノイエ・クンスト・サロンのシンクロミズム展覧会で絵を見たり、モーガン・ラッセルに会ったり、スタントンから直接その理論や希望を聞いたり、論争を楽しんだりもした。

自信満々で揚々たる前途への計画を描いていたスタントンは、画家として何をしたいのか明確な考えもないまま、一九〇七年夏、サンタモニカを出発した。[2] カリフォルニアでは彼が切望する機会、宣伝、影響力を得ることができないことはわかっていた。世間に認められようと苦労している芸術家にとってまさにおあつらえ向きの妻と（しばらくは妻の母親も）ともに彼は故郷を離れた。アイダ・ワイマン・ライトはおとなしく、夫にぞっこんで、それなりに裕福だった。秋にパリに到着し、そこでスタントンはソルボンヌ大学、後に三校の一流美術学校に入学した。兄とは違い、めぐまれた環境でその後六年間の大半を、自らの芸術の発展について悩む以外ほとんど何もせず過ごした（オスカー・ワイルドの伝記を書くことも考えたが、実を結ばなかった）。ワイマンの金やときおりアーチーにせびった小切手のおかげで、夫妻は快適な（だが豪華ではない）生活を営み、街に住居を構えて、しょっちゅうロンドン、アムステルダム、ミュンヘンなど、いくつもの芸術の本場を訪れ、一度は地中海沿岸のカシスという村で数か月を過ごしたりした。十七歳から二十三歳まで本を読んだり、スケッチをしたり、絵を描いたり、他の芸術家の作品を研究して自分の技術的な経験不足に気づいたりして、生活のために絵を売る重圧を免れていた。戦争勃発前にヨーロッパへ渡った相当数のアメリカ人画家のなかでも、スタントンの状況は非常にめぐまれていた。

もちろんそれは若くて好奇心が強く、芸術的才能があり――そしてパリにいる者に許された特権的機会だった。驚くほどのたくましさで、スタントンはそれを存分に楽しんだ。あらゆる機会を利用して、ピカソ、ブラック、グリスの新しいキュビストの静物画、マティス、ブラマンク、ドランのフォーヴィストの風景画、ヴァン・ゴッホ、ゴーギャン、セザンヌのような後期印象派のすでに神聖化されていた絵を鑑賞した。レオ・スタインに会ったが、ガートルードには特に関心をもたなかった（スタントンはかつてガートルードのグループ「スタイニティス」を「パリの病弊」と評したことがある）。いずれにしても、スタントンがフランスで出会った生活のほぼすべてが、南カリフォルニア、アニー・ライトの道徳観、〝本物の〟職人的技芸を説いたロサンゼルスの美術学校の教師、「アッシュカン派」的リアリズムを大胆な新しい芸術と考える文化的風土からは遠くかけ離れているように思えた。

スタントンがより真剣に、感性を研ぎ澄まされ、アトリエの仕事に熱中しはじめるにつれて、アイダから離れていくことになったのはおそらく避けられないことだったのだろう。それは少しずつ進行していった。家族の手紙から推測できるものはわずかだが、そこからはある意味で驚くべきひとつの構図が浮かびあがる。それはアイダは、キャサリン・ボイントンと似たような立場に置かれていたのかもしれないというものだ。ライト兄弟がそれぞれ求めていたのは、夫が徐々に離れていっても、手当たり次第の衝動的な女遊びを繰り返しても、冷静に耐え、最後は自分のもとに帰ってくると信じ、希望するような女性だった。ロダン、シニャック、ドローネーのような人物に会ったことで、スタントンは、アメリカ人芸術家という以上のアイデンティティを育てるために家を出るのは正しく、夫としての義務はそれほど重要なものではないという確信を強めた。そのアイデンティティ形成への第一歩には、名前の変更も含まれていた。フランク・ロイド・ライトと親戚なのかと訊かれることにうんざりした彼は、ミドルネームを使用して、作品には「スタントン・マクドナルド＝ライト」と署名することにした。

スタントンの初期の絵で現存が確認されているものはないが、発見されたシンクロミスト以前の作品の写真が、彼の進もうとしていた方向にぼんやりとではあるがヒントを示してくれる。一九〇九年の自画像が示しているのは、アカデミックな肖像画法ではなく印象派と後期印象派を学び、セザンヌのつぎはぎ状の絵具の用い方、ゴーギャンとマティスの色彩にひとかたならぬ興味をもっていた若い画家である。一九一二年の『自画像とサイモンソン』も同様だが、ずっと完成度が高く大胆さが見られる（スタントンは一九一〇年にウィラードのハーヴァード時代の旧友リー・サイモンソンと出会った。二人はすぐに意気投合して絵の仲間になり、モデルや制作のアイディアを分かち合った）。いつもの流儀で、スタントンは厳しく無計画なやり方で美術の勉強を進めながら、パリのルーヴル美術館、画廊、アトリエ、個人のコレクションを見て歩いた。スタントンは聡明な、倦むことなく何でも受け入れる姿勢をみせた。ミケランジェロ、ルーベンス、コンスタブル、ターナー、ジェリコー、ドラクロワ、ルノワール、ゴーギャン、マティス、セザンヌ。これらはスタントンが鑑賞し、分析し、スケッチをし、何度でも繰り返し、まるで取りつかれたように再訪した画家たちである。

彼らは多種多様で、一見するとまるでばらばらなグループに思われた。もし共通点があるとしたら、自分たちの表現手段の動的特性や律動的な特性への画家たちの関心、伝統的でアカデミックな先例から彼らを目覚めさせた経験の信頼性や展開、強度に対する関心だ。スタントンが芸術の理想像に選んだ人々にとっては、優雅、洗練、均衡は、鮮やかな色、荒々しいフォルム、力強い立体感表現、生き生きとした表現力ほど重要でなかった。こうしたさまざまな影響のもとで、後にシンクロミズムと呼ばれることになる、さらに体系的な展開のための土台が築かれていった。

一九一一年の二つの新展開が、スタントンの探求にある重要かつ思いがけない焦点をもたらす。その年スタントンはアーネスト・パーシヴァル・チューダー＝ハートの授業に出はじめ、またサイモンソンを通じて、モーガン・ラッセルという同じように自立心旺盛な国外脱出組に出会った。チューダー＝ハートはカナダ人画家・教師で、その一風変わった授業では近代絵画において主要な役割を果たしている要素である色の重要性を強調した。色の関係性や視覚的効果に関する前世紀の研究や理論化の知識に通じていたチューダー＝ハートは、学生にシュヴルール、フォン・ヘルムホルツ、オグデン・ルード、シャルル・ブランの本を読むように強くすすめた。彼らの著作はぼんやりとしか理解されていなかった「後退色」や「進出色」、色の対比や混合について書かれていた。チューダー＝ハートはルードの『現代色彩論』やシュヴルールの『色彩の調和と色の対比の原則』に全面的に賛成しているわけではなかったが、学生には表面的で主観的な色の使い方の壁を打破してほしいと思っていた。チューダー＝ハートをどうしようもない変わり者と言う人もいたが、特に二人の生徒にとっては熱心で刺激的な指導者だった。

ニューヨークでは非伝統的な写実主義画家ロバート・ヘンライの教え子で、パリではさらに革新的なアンリ・マティスの教えを受けたモーガン・ラッセルは、色の力を説くチューダー＝ハートの信念に転向する用意ができていた。自分こそがその信念を、師もまだ成功していない具体的な形にする最初の男だとも思っていた。ラッセルは現代芸術の動向を理解していて、それに欠けているものがわかっていた。彼にとってはどれもまだ十分とは言えず、最上の古代彫刻やクラシック音楽のようには満足させてくれなかった。自分に対してと同じくらい大きな野心を自身の芸術形式にも抱いていたラッセルは、絵画で「音楽と同じくらい人を動かすことができるようにしたい(3)」と書き残している。この目的のために、彼が最後にたどりついた結論とは、絵画は説明、迫真性、物語性、さらにはイメージの創造といった先入観から離れなくてはならず、また色の調子のみによって美的感動を伝える手段を考案して、言葉や物語とは袂《たもと》を分かち、音楽がもたらすような満足感を生みだすというものである。早くも一九一二年九月には手帳に、カンバスの油絵具よりも効果的に色の関係性を表現できる動く芸術《キネティックアート》的な照明機のアイディアについて書きとめている。この未来の発明は、人間の目には見えないさまざまな色の光波を出すことができ、見る者を純粋色に浸らせるものだった。文学的もしくは感情的なつながりや、経歴や社会的な問題に縛られずに絵を描きたいと望んでいたのは、一九一〇年以降、ラッセルひとりではなかった。別の学校、さらには競合校にも、同じ目標を掲げた多くの世紀転換期の画家がいた。デッサンの技法や旧来の主題はすべて棄てなければならない(その後彼が変更する決断)と考えた点では、ラッセルは少数派だった。しかし彼がスタントンと出会ったときには、こうした考えはまだ初期段階にあり、この時期のモーガン・ラッセルの作品はいまだマティスやドランを連想させるスタイルの彫刻や具象美術だった。

スタントン・マクドナルド＝ライトとモーガン・ラッセルは心友や親友にはならなかった(隠れ

て女物の服を着ていたラッセルの嗜好を、スタントンが知っていた可能性は低い）。共通の専門的関心と、ヨーロッパ中のほかの連中は間違っているという結論が彼らを結びつけていた。ラッセルが日記にいみじくも記していたように、彼らは絵に「鼓動もしくはうねり」をもたせて、「事実を犠牲に捧げ」たいと考えた[4]。その言葉について言えば、キュビスムとフォーヴィスム——静物画や風景画の伝統にもとづいた形式だが、十分な知識をもたない人には革命的に見えた——は、結局そのような新天地を開拓したわけではなかった。二十代前半の二人のアメリカ人は、はるかに急進的な現代絵画の定義に向かって自分たちが手探りで進んでいることを感じていた。

マクドナルド＝ライトとラッセルの絵が、キュビストや、セザンヌ、クプカ、カンディンスキー、とりわけ〝オルフィスト〟ロバート・ドローネーとソニア・ドローネーの色彩の抽象化の恩恵をどの程度受けているのかという歴史的難問が、二十世紀芸術の研究者たちによっていまだに論じられているが（一九七〇年代になってもソニア・ドローネーは、自分と夫が「シンクロム」「シンクロミック」という語句を初めて使ったと主張していた[5]）が、シンクロミスト側が主張する独創性は今日ではさらに高く評価されている。同様に、ラッセルやライトの作品とドローネーの〝オルフィスム〟——抽象芸術のなかでもひときわ色鮮やかで、平板で、幾何学性をもち、装飾的な形態——との視覚上かつ理論上の違いは、近年一層の注意を払って研究されている。

それでは結局シンクロミズムとは何だったのか？　後期印象派に霊感を得たのかどうか、ドローネーの先例から生まれたのかどうかはさておき、そこにはそれ独自の特徴があるのだろうか？　特徴はあったが、何ともわかりにくいのは、その用語を創りだした二人はスタイルにおいては決して同一ではなく、やや異なる方向に発展したり、ときに異なる芸術的伝統に反応したりした。鑑定家でさえ見分けるのが難しいピカソやブラックのキュビスム作品の多くと違って、スタントン・マクドナルド＝ライトとモーガン・ラッセルの絵は互いに交換できるものではない。誰かが〝シンクロミストの絵〟に言及するとき、彼は何種類もあるもののどれかひとつについて言っているのかもしれない。さらに問題をややこしくしているのは、シンクロミズムが抽象絵画だったり、そうでなかったりする事実だ。

画家たち共通の前提はいずれにせよはっきりしていた。彼らは出発点として、「色がもっとも鮮やかなとき、形は完全な状態になる」というセザンヌの有名な言葉を採用した。したがってシンクロミストの油絵では、物や人物、あるいはそれをぼんやりと示すものが、カンバス上に線で描かれることはなかった。それらは、下書きなしで色を直接配していくことで形を決められ、位置を定められた。大きな斑点や微妙なグラデーションで描かれ、二組か三組の補色を用いたり、暖色や寒色の変化を用いたりした、色の物理的属性は、ボリュームと深みの感覚を伝えるのに用いられる。シンクロミストは、絵に含まれる逸話的、精神的、装飾的意味の切り下げを企て、同時に身をもって、古い時代の手法である精密なデッサン術の終わりを告げようとした。音楽やアブストラクト・ダンスを学ぶ生徒のように、シンクロミーを見る者は、言葉に頼らず非指示的な方法で反応しなければならなかった。意味は形のみに（モーガン・ラッセルは一九一三年初めに発表した、シンクロミーと銘打った最初の作品について「『その』テーマは濃い青だ」と語っている）[6]、またはその超越的可能性に含まれていた。シンクロミストの静物画および抽象的なシンクロミーは、まったく同じ反応を引き起こすと言うことができるだろう。すなわち〝内容〟より色彩の体験に没頭するのだ。この芸術的な目標を達成することの難しさは、シンクロミストたちの作品の出来不出来の激しさからもわかるが、その志はなおわれわれの胸を強く打つ——また先見性ということでは、一九五〇年代から六〇年代のカラーフィールド絵画をシンクロミズムは先取りしていた。

建築家兼彫刻家として出発したモーガン・ラッセルは、このスタイルで制作していた期間を通して、構図と絵のリズミカルな力の源泉として彫刻に目を向けることが何度もあった。一種の現代のエマソン崇拝者だったラッセルは、芸術について超越論哲学の言葉で考える傾向があり、それは彼のもっとも有名な作品のひとつ（『コズミック・シンクロミー』）のタイトルにもあらわれている。ラッセルはまた、スタントンよりも非具象主義的構図の可能性に前向きで（アーサー・ダヴ以後で、モーガン・ラッセルはおそらくアメリカで最初の抽象画家だった）、〝シンクロミズム〟という言葉——「色と共に」という意味——は一九一二年後半にラッセルが選んだものだ。

友人よりも確信的な色彩画家だったスタントンは、純粋な抽象主義を受け入れる準備ができておらず、しばらく二つの原理のあいだをうろうろしていた。ミュンヘンでの展覧会から数年たって初めてスタントンは、外界の現実を暗示するために徹底的に下地塗りをすることで、自分が初期のシンクロミーに押しつけていた限界を悟った。カリフォルニアの光と水、色と開放性の申し子スタントンとしては、自然や人間の体からあまりに遠く離れることは現代的な画家はもちろん、自然主義や印象主義を見捨てた画家にとってさえ好ましいことではなかった。それでも美術史家が指摘しているように、マクドナルド＝ライトとラッセルが興味をもったのは、手足や体の描写ではなく、「さざ波が立つ水面の動き」や、「緊張で曲がった手足」を思わせるパターンといったものだった[7]。シンクロミストはキュビストの断片化された平面を利用したが、歴史家エイブラハム・デヴィッドソンが正しく言いあらわしたように、豊かに彩色され渦を巻く色は「霧の渦や、極度に曲がった人体の各部をつくるために集まった滴」[8]のように見えたりもした。明確な輪郭をもった抽象概念の幾何学的表現は当時のヨーロッパの別の場所で出現し、その後のモダニズムの発展に大きな役割を果たすのだが、その表現様式はシンクロミストの精神とは対極にあった。シンクロミズムの真髄とは、反響、質感、波状もしくは巨大な運動の抽象化だった。

おそらく現在シンクロミズムに関して必ず強調されるのは、絵画に対する姿勢や理論的基盤に裏づけられた包括的かつ極めて理論的な信条ではなく、それが正式な「組織」「学校」「運動」――そうしたレッテル付けはほとんど不可避なものだ――ではなかったということだ。これについては、ウィラード自身、何度か力説している。効果的で容易に咀嚼可能なプログラムと、弟子、模倣者、熱心なコレクター、大物のスポークスマンを欠いたことが、今日それが世間一般に知られていない理由を説明してくれるし、シンクロミストの画家が脚光を浴びた期間の短さについても謎が解ける。スタントン・マクドナルド＝ライトとモーガン・ラッセルは非常に才能豊かではあったが、結局はそれほど幸運でもなく、戦略に長けているわけでもなかった。美術史におけるシンクロミズムの奇妙な地位を説明するパズルのもうひとつのピースは、最初は画家たちによって、そして後にニューヨークのウィラードによっておこなわれたキャンペーン自体の性質だ。

ウィラード・ハンティントン・ライトが一九一三年六月にモーガン・ラッセルに会い、ミュンヘンで弟の仲間のシンクロミスト展覧会を見たとき、三か月前のアーモリー・ショーに匹敵する衝撃を経験した。四枚の絵が展覧会用カタログに複製されている。アトリエ内部に二人の人物と一体の彫像を配したラッセル『緑のシンクロミー』、スタントンによる収集家（で彼を援助してくれた）ジーン・ドラコポリの肖像画、二人がそれぞれ描いたルーヴル所蔵のミケランジェロ『瀕死の奴隷』像の後ろ姿である。四枚とも具象画であり、展覧会のほかの二十五枚の絵もそうだった。シンクロミストの最初の完璧な抽象画は、その年のうちに完成する。といっても彼らの絵は伝統的な風景画や静物画とは別物だった。二人の画家の描線に対する興味の減退、形や奥行きを色で表現したいという意欲の高まりは明らかで、写真やその後出た活字による説明でしかミュンヘンの展覧会の絵を知ることはできないのだが（当時の作品は一切現存しない）、断片化された色の平面の直截さは想像に難くない。これはその十年前に論議の的になったフォーヴの展覧会の一歩先をいったものだった。一九一三年春の時点で、シンクロミズムに明確な表現様式がなかったとしても、それは萌芽期の段階以上のものだった。展覧会の初日は大盛況で、思い切った企ては全体としてかなりの注目を集め、その年秋のパリの大展覧会の約束へとつながった。展覧会の評は励みにはならないものだったが、ウィラードは弟の成功に感心した。

スタントンとラッセルの手によるカタログのエッセイ「シンクロミズムの説明として」は少々大げさなものだった――といってもあとに続くものでこれと比較するような文章はなかったのだが。二人は自分たちの作品を、光と芸術的自由に対する印象派の関心から生まれたものとしながら、その方面の大物たちとさらに結びつきを深めたいとは願っていなかった。シンクロミストの観点からすれば、モネ、ピサロ、シスレーは本質的に美しい景色を描く挿絵画家であり、「真の内的強さ」をもった幻視者や芸術家ではなかった。ルノワールとセザンヌの正統な後継者であるシンクロミストは、光と色の特性を研究し、永続的な価値をもつ芸術を作り上げることで師を凌駕しようとしていた。柔らかな色調を求めて強烈な色を拒絶するキュビストは見下したような態度であしらわれ、運動とテクノロジーに熱狂したイタリアの未来派も同様な扱いを受けた。このカタログがまったく支持者を得ることができなかったのは間違いない——〈スマート・セット〉の論説なら賛同したかもしれない——が、そこには、たとえおぼろげとはいえ、新しい運動の新しい信条と、その高尚な目的とが示されていた。

新奇なものから知的な挑戦を受けると、ウィラードは非常に熱心な生徒になった。ミュンヘンでは〈スマート・セット〉のための原稿探しをしなければならなかったので、スタントンが彼に伝えたかったことすべてを吸収する時間はなかったが、それでも最善を尽くした。それを証明する手紙は残っていないが、ウィラードがニューヨークに戻ったあと、夏から秋にかけて兄弟は連絡をとりあっていたらしい。たしかにその年の終わりにはウィラードは、その年の初めよりも近代美術のさまざまな傾向についての知識を増やし、新しい諸流派に対する偏見をもつようになっていた。

パリのベルネーム＝ジュヌ画廊で十月二十七日から十一月八日までおこなわれた秋の展覧会で、初の抽象画シンクロミーが展示された。モーガン・ラッセルの『ディープブルーヴァイオレットのシンクロミー』は、海外留学中の画家たちに一時期資金援助をしていたガートルード・ヴァンダービルト・ホイットニーに捧げられた。ラッセルはその作品を「［彼の］新局面の真髄」であり、「人間の意識の……中心的スペクトルの爆発」を伝える「リズミカルなアンサンブル」だと考えていた。(9) 絵は人間の形とはかけ離れていたが、後日ウィラードが記したように、それはモーガン・ラッセルとスタントンを魅了した不朽のルネッサンス彫刻『瀕死の奴隷』のねじれと螺旋から、構図のヒントを得ていた。パリの展覧会の残りの絵は、その前のミュンヘンでの展覧会同様、よりはっきりと認識できる形にもとづいていた。ある学者が的確に指摘したように、シンクロミストのヴィジョンは彼らの能力より先を行っていた。

芸術の都パリでこれらの作品を展示することで、ほかのどの外国の都市より熱狂的な反応を引き起こすことが期待されたが、その点でもスタントンは失望しなかった。実際スタントンは反応を煽るためにできることはすべてやった。五千部の新しいカタログは展覧会二日目でなくなってしまったが、これはシンクロミストの意図を説明するのに役立つばかりでなく、前回のものより攻撃的だった。ここでもまた、色の関係性を新しい世紀の重要な美の探究としてみることができなかったキュビストと未来派は、「表面的で二次的なグループ」として一蹴された。ピカソはセザンヌの教えを俗悪化した人物として簡単に片付けられた。そしてドローネー夫妻、その厄介なオルフィスムが今日、暗黙のうちに彼らのライバルと考えられ、批評家や世間をおおいに迷わせている二人は、印象派の現代版として切って捨てられた。シンクロミストとオルフィスムとを間違えるのは、両方とも縞模様だという理由でトラとシマウマを混同するのと同じことだと、スタントンとラッセルは述べている。一方の表現様式は深遠で緻密であり、もう一方は表面的で迎合的だった。あるいは自分たちは「現代のオーケストラがハープシコードの古い独奏曲に優っているように、感情に訴える力では現代絵画よりすぐれている」絵画制作のいまだ知られざる取り組みの先駆者かもしれないと、シンクロミストの画家はより控えめに指摘した。

ベルネーム＝ジュヌ画廊の展覧会後、活潑な戦線が張られたが、ドローネー夫妻側のほうがやり方の拙いシンクロミスト側よりも多くの支持者を集めた。シンクロミストたちは間近にいる他人を誹謗せずには自分たちの主張を推し進めることができないように見えた。批評家アンドレ・サルモンは「気品に欠ける、低俗な芸術で、後世に残るものではない。それ自体が死の原理を身をもって示している」として、そのアメリカ人の作品を退けた。〈レザルツ・エ・レザルチスト〉の批評家はもっと辛辣だった――「願いさえすれば、近所のペンキ屋もこのグループに所属していると主張できる」――が、ギュスターヴ・カーンのような同情的な批評家でさえ、そのすべてを「さほど冒険的ではない」と評した(10)。

その年の冬、モーガン・ラッセルが巨大で色彩に富んだ『オレンジのシンクロミー：形成』をアンデパンダン展に出展すると、対立はピークに達した。意図的なあいまいさや剽窃があるとするオルフィストの告発が新聞に掲載された。展覧会を訪れたポアンカレ大統領は明らかにいやな顔をした。しかしスタントンはその場にはおらず、こういったことをおもしろがることができなかった。彼は十一月にアメリカに帰国していた。パリで展覧会の計画に没頭していた彼は、九月にアーチーが亡くなったときも帰省できなかった。ベルネーム＝ジュヌ画廊の展覧会が終了するとすぐに、ウィラードと会って家族の問題にかたをつけるためにパリを離れた。スタントンはアイダとの離婚も考えていて、それに何といってもニューヨークでシンクロミストの展覧会を開く可能性を探ってみたかった。それは妙案に思えた。ドローネー夫妻の縄張りで彼らを打ち負かして、この問題にけりをつけることができないのなら、ニューヨークにいたほうがいい。ニューヨークではオルフィスムやクプカ、あるいはモンマルトルの芸術論争を耳にしている者はほとんどいなかった。

マクドナルド＝ライトの結婚は、ウィラードとキャサリン夫婦のそれと同様愚かなものだったが、その崩壊とともに、ワイマン家からの資金提供は先細りとなっていた。すかんぴんの状態でようやくマンハッタンに到着したスタントンは、金を稼ぐ当面の見通しももっていなかった。アイダは親戚と暮らすために出ていったが、スタントンが呼び寄せればいつでもまた夫のもとへ帰るつもりでいた。しかしパートタイムで働きながらウィラードと暮らしはじめたスタントンは、ひとりでやっていこうと考えた。それに続く熱狂的で見当違いの行動とその日暮らしの五か月は、二人の人生にある大きな変化をもたらして終わることになる。

アーチーの遺言の内容を聞き、アニーひとりが全財産を相続したことを知ると、スタントンはウィラードと同じように驚き、腹を立てた。スタントンにはウィラードよりも父の死を悼む理由があった。ウィラードがアニーと親密だったように、スタントンはアーチーと仲が良かった。しかし、〈スマート・セット〉での不吉な兆しに気づいて将来を心配していた兄よりも冷静に、スタントンは自立しなければならないという現実を受け入れた。手早く金を稼ぐためにミュージカル・コメディを書くと言いだし、モーガン・ラッセルの後援者ガートルード・ホイットニーに芸術家手当を懇願したがうまくいかず、結局、仏英翻訳の仕事に落ち着いた。その間もずっとスタントンはニューヨークでの展覧会の可能性を考えていた。残りの時間はウィラードのところで食事をしたり、編集者のツケで夜遊びをしたり、女性との交際を熱心に求めたり、アトリエ作業をしてみたり、友人と飲み歩いたりしていた。

その冬スタントンがほとんどの時間を一緒に過ごし、ウィラードに丁重に紹介した二人の男がいる。彼がパリで知り合ったアメリカ人の友人、画家のトマス・ハート・ベントンと詩人のトマス・クレイヴンだ。ベントンは特にスタントンと仲が良く、彼のことを自分が知っているなかで一番多才で天分に恵まれた人物と考えていた。しかもベントンは、画家アンドルー・ダスバーグに続いて、多少混乱したところはあったがもっとも熱心なシンクロミズムの信奉者になった。〝アメリカ的風景〟を庶民的に描く、国民的な地方主義《リージョナリズム》の画家として名声を確立する二十年前に、ベントンはモーガン・ラッセルとスタントン・マクドナルド＝ライトのあとを必死で追いかけていた。パリでベントンが自信を失っていたとき、その面倒をみて彼の才能を信じてくれたスタントンにはつねに感謝の念を抱いていた。スタントンは、自分が気に入った人物、尊敬する人物にはとても献身的だった。スタントンはミズーリ出身の友人に、彼は正しい道を選んでいる、最後には成功すると言って励ました。

トマス・ハート・ベントンはまた、ライト兄弟の別の一面を知っていた。ニューヨークに戻ってきたスタントンのことを「罰当たりを絵にしたような男」とふり返り、「仲間うちで一番の女狂い、セックスをめぐる厄介事に関する飽くことなき哲学者」の栄誉を与えている。(11) その数週間の精力的な女遊びやウィラードと相手を交換してのスワッピングのことを記したいくつかの手紙がある。一九一三年、ベントンはひどく困窮していたので、ウィラードの大盤振舞をありがたく頂戴して、好き勝手に飲み食いさせてもらった。ミッドタウンにあるウィラードのアパートで、にぎやかな楽しい夜を何度か過ごし、クレイヴンやスタントンも同席したときには、ウィラードがその一団の〝元締め〟であることを冷やかすようになっていた。とはいえ、このようなボヘミアン的生活が送れたのも、要するにウィラードにデスク仕事と週一度の給料があったからにすぎない。

スタントンは兄の好意を最大限に利用したが、それに恩返しできるとりあえず唯一の方法は芸術を通じてだった。ちょうどそのころ、スタントンは、現在ワシントンDCの国立肖像画美術館に所蔵されているウィラードの肖像画を描いたか、少なくとも描きはじめていた。本と書類に囲まれた机の前に座り、広い額、濃いが後退している赤茶色の髪、ふさふさとした口ひげとあごひげ、出っ張った耳のウィラードは、本物のニューヨークの知識人に見える。スタントンの目に映ったウィラード、〈スマート・セット〉の編集人は、成功した生産的な男で、真剣な表情で見る者をまっすぐ見つめている。両手はほとんど見えないが、顔はスタントンが一九〇八年から取り組んでいたセザンヌをまねたやり方で描かれてた。この肖像画にスタントンがこめたオマージュと、兄に割りあてた役どころは、ルーヴルにあるセザンヌの作品を知る人間には明らかだ。『芸術家の兄の肖像』、もしくは後に呼ばれるようになった『S・S・ヴァン・ダインの肖像』は、セザンヌが一八九五年に制作したギュスターヴ・ジェフロワの肖像画を、ほぼ細部にいたるまで模写したものだ。スタントンの選択は物語っている。ジェフロワは、かのプロヴァンス出身の巨匠を支持する記事を書いた最初のジャーナリストのひとりで、当時まったく黙殺されていたこの画家がいつかルーヴルに栄誉を授けることになるだろうと予言した。どうやらスタントンにとってウィラードは、セザンヌのジェフロワだったらしい。ウィラードはこの大役を担うべく求められていたのだ。

アメリカで最新の芸術運動のキャンペーンの火ぶたをきる号砲であると同時に、美術批評家ウィラードのキャリアのはじまりを世に知らしめたのは、〈フォーラム〉十二月号に掲載されたエッセイだ。タイトルは「印象派からシンクロミズムへ」。著者はウィラード・ハンティントン・ライトとあった。大家は敬意をもって遇し、遠回しな表現が一般的だった当時の美術批評界にあって、「印象派からシンクロミズムへ」は尋常ではなく論争的だった。ミッチェル・ケナリーの〈フォーラム〉はそのエッセイの掲載を検討した数少ない雑誌のひとつだった。多くの読者はそれをどう受けとっていいのかわからなかった。

〈フォーラム〉に掲載されたエッセイは、茶目っ気たっぷりで博識の貴族めいた調子で、近代絵画の歴史を小気味よく概説し、芸術的規範として君臨するダヴィッドとアングルに対して、コンスタブル、ジェリコー、ドラクロワ、ドーミエ、クールベの新しく、より自由な目標が挑んだところから説きおこした。画期的な様式としての印象派の遺産は公平に扱われたが、色彩の原理の研究に真剣に取り組んでいないことによる科学的基礎の欠如がモネとピサロの致命的な弱点だと指摘した。ドガやロートレックのような才能のある「挿絵画家」、スーラやシニャックのようなどうしようもなく間違った色の実験者、ボナールやヴュイヤールのような繊細な学究派（「技術を示す符丁でぱんぱん」）には、丁重に、あるいはぶっきらぼうに彼らにふさわしい場所を与えた。ミュンヘンとパリの展覧会カタログの文章にはじまるキュビスム、未来派、オルフィスムへの非難がここでも繰り返され、一層力を込めて説かれた。この〈フォーラム〉の評論家に言わせると、これらの一見新しい流派は、そもそもが不必要か時代遅れな目標に力をそそいでいた。ピカソは「野放しの素人形而上学者」で、キュビスムの「静態……不動性、幾何学性への熱狂」にはまってしまった。わずかにルノワール、マティス、セザンヌだけが、形と色の融合という分野における革新者として論者の批判を免れたが、この三人の巨匠の真の価値は、「芸術の内的かつ根本的な変革の予兆」を示し、「きわめて広範な影響力をもつことを運命づけられた」絵画の新段階へと至る道を指し示したことにあった。この進化論的美術史の次なる段階こそ、「S・マクドナルド＝ライトとモーガン・ラッセルによって生みだされた」シンクロミズムなのである。今後数年のうちに純色の意味が究明されたとき、美術愛好家を天国が待っているだろう、とエッセイは記している。簡潔だがあまり専門的すぎないシンクロミストの表現様式の要約があとに続いた。

題名の下に記された名前はさておき、「印象派からシンクロミズムへ」はウィラードの文章であると同時にスタントンの創造物でもあり、少なくともスタントンの研究と意見をウィラードの文章で表現したものと考える十分な理由がある。ヨーロッパの五つの都市を駆け足で動き回った一か月のあとで苦境に立っていた物書きよりも、この記事の筆者はヨーロッパの絵画、美術理論、学校、収集家、さらには画廊についてはるかによく知っていた。たとえば水彩画におけるセザンヌの功績を議論する際、筆者はレオ・スタインのコレクションに触れている。しかしスタインのコレクションを見学したのはスタントンであり、ウィラードではなかった。ベルネーム＝ジュヌ画廊で一九一三年に開かれた最新のルノワールの展覧会が、伝統的な印象派の先へ行こうとする画家の進化のさらなる証拠として提出されている。ところがウィラードがパリに到着する数週間前にその展覧会は終了していた。そして十月にスタントンはウィラードに「美術ノート」の小包を送っている。ウィラードはすすんでエッセイを自分の手柄にして、ほかならぬメンケンその人がこのエッセイに興味を示し、有益なものとして評価してくれた。ウィラードは弟の作品の信奉者であり、弟の作品はニューヨークの誰よりも海外の視覚芸術の進展に目を開かせてくれた。スタントンの目的も達成された。定評のある全国誌で発表された一流雑誌編集者による好意的な批評は、シンクロミズムをアメリカの愛好家に紹介する見事な方法だった。もちろんエッセイのどこにも、賞賛を与えている批評家と賞賛されている画家が兄弟だという事実は触れられていなかった。

〈フォーラム〉のエッセイとウィラードの地位が、一九一四年一月のニューヨークでなにがしかの影響力をもっていたことは間違いない。待ち望まれた展覧会のチャンスが、それから間もなくスタントンに訪れたのだ。五番街東四十四丁目近くの新しい画廊キャロル・ギャラリーから、三月二日から十六日まで、スタントンとモーガン・ラッセルの絵を展示しないかと申し出があった。その申し出がオープニング日の直前だったので、写真入りのカタログは間に合わなかったが、スタントンとウィラードはわくわくしながら、カタログ用エッセイの用意、展覧会の宣伝、絵の選択と展示という作業に没頭した。セアとの関係をついに断ったいま、ウィラードにとっても〈メール〉編集部の雰囲気や、その他の方面では先細りとなっていた将来の見通しを忘れる機会でもあった。

しかし最初から、展覧会のオープン前に早くもトラブルが発生し、失敗はほぼ確実だった。ラッセルの画家仲間アンドルー・ダスバーグとアーサー・リーがその時ニューヨークにいて、彼らはパリにいたラッセルに怒りの手紙を書き、スタントンがシンクロミズムの発展に関する手柄を独り占めして、ラッセルの評判を傷つけようとしていると報告した。この件で二人のあいだに一時的だが深刻な亀裂が生じた。スタントンはラッセルへの返信で外交的手腕を最大限発揮し、ラッセルの絵は一番いい場所に大切に展示して、しかるべき注目をつねに集めるようにしていると保証してやらなければならなかった。そして〈フォーラム〉のエッセイで、モネからヴァン・ゴッホまで、ピカソからデュシャンまで、軒並み愚弄したこととの結果として、シンクロミストが展覧会をすることが伝わると、フランス芸術をある程度知っている多くのニューヨークの芸術家はもっともな冷淡さを示した。ベントンによるとその冬の空気は次のようなものだった。この二人の厚かましい無名のアメリカ人は、パリの先人たちと張り合って彼の地に一派を打ち立てようとでも思っているのだろうか？　キャロル・ギャラリーの展覧会は漠然とした悪意に包囲され、この手の試験的試みには不運な状況のなかでオープンした。

「印象派からシンクロミズムへ」展のやかましい宣伝活動で彼が果たした役割を考えると、少しばかり不誠実に思えるが、スタントンは後年、美術館長ロイド・グッドリッチほかの人々に、結果として生じた混乱の責任はウィラードにあると不満を漏らしている。他の芸術家や芸術運動に対するウィラードの嫌がらせのせいで、一般の支持を得るチャンスを失ったとスタントンは主張した。さらにスタントンは（これは無理からぬ話だが）、芝居がかったことが大好きなウィラードが、ベントンを説き伏せてフランスのならず者《アパッシュ》のような恰好で画廊周辺をこそこそ歩き回らせたり、新聞社の友人にアメリカ人画家に対する邪悪なパリ人の陰謀というばかげた物語を吹きこんだりしたと非難している。

ニューヨークで最初のシンクロミズム展に対する評はあまり励みになるようなものではなかったが、予想していたほど批判的でもなかった。アーモリー・ショーがすべてを変えていた。あらゆる新しい絵画様式をただの冗談として機械的に片付けることができたのは、大都市の新聞のとりわけ鈍感な批評家だけだった。いまや海外からやってくる芸術は、それを非とする人々にとって扱いの難しい問題となっており、多くの人が要点をつかみそこねたり時代遅れに見えたりすることに対する不安の高まりを感じはじめていた。

〈メール〉でのウィラードの同僚J・E・チェンバレンがこの新しい葛藤の典型的な例を提供している。批評のなかでチェンバレンは、ニューヨークで奮闘中の新しい才能の誕生を歓迎し、ウィラードが提供したスタントンの誇張された経歴を活字にして、いくつかの絵の驚くべき色と重厚な形を賞賛し、最後に「絶対的な違和感の只中でもがきまわることになった」ことを認めた。(12)〈タイムズ〉の記事も同様に丁重だった。しかし〈タウン・トピックス〉はウィラードとつきあいがあったにもかかわらず、少し懸念をいだいて、「芸術的なバーナム・サーカスと［彼らの］騙されやすい観衆」、これら外国産の「聖なる幻覚……と不可解な理論」をちゃかした。(13)もっと大事な点で、スタントンとウィラードをがっかりさせたのは、彼らが予想し友人たちに自慢していた商業的成功がなかった点だ。兄弟はこの展覧会で、アーチーが彼らから取りあげた金を稼げると思っていた。しかし二週間の展覧会の売上げはごくわずかで、ほとんどの収集家、美術商、画家はすべてを冗談としてやり過ごしたのだった。

シンクロミズムは、近代美術においてもっとも短命だった〝運動〟のひとつだ。一九二〇年代には、スタントン・マクドナルド＝ライトとモーガン・ラッセルの創造的な作品は方向転換し、一九六〇年代と七〇年代になってようやく、抽象美術の歴史における彼らの初期の絵の重要性が、批評家と美術史家によってまじめに研究されるようになる。一九九〇年にはモーガン・ラッセルの初の回顧展が開催されて、その創作歴の全体像が遅まきながら紹介された。しかしこの最初のつまずきにもかかわらず、ライト兄弟は自分たちが何か独創的で重大なもの、そのための戦いには躊躇なく立ち上がらねばならない文化的発展に参加していることを確信していた。

近代美術のための戦い

「唯一残念なのは画家たちが十分な実質的成果を得られなかったことだが、彼らは自分たちが長く厳しい戦いの最中にあり、敵には力があることを忘れてはならない……」
——フォーラム・エキシビションに関してウィラード・ライトから
アルフレッド・スティーグリッツ宛の手紙、一九一六年

一九一四年三月二十八日、客船オリンピア号が港を出ると、ウィラードは現在の苦況のなかで唯一の慰めを思い出して自分を落ち着かせた。「スタントンが一緒でよかった(1)」とキャサリンへの手紙に書いている。何年もの努力や駆け引きの末ニューヨークにたどり着いたのに、たった十四か月でその大都市を去らなければならなかったことに、ウィラードも啞然としていた。しかしほかに道はなさそうだった。働かなくても生活していけるだけの定収入のない物書きにとって、そのアメリカの都市で暮らすことは問題外だった。スタントンによれば、ヨーロッパなら、学問に没頭して生計を立てる余裕がない男にも、別の暮らし方が可能だとのことだった。

二等船室での旅が最初の不愉快な妥協だった。前年の春、百万長者の雇い主に費用を出してもらった〈スマート・セット〉の外遊は、豪華な経験だった。大西洋を横断する今回の旅とは人、食事、宿泊設備に格段の差があった。「だが貧乏人は文句を言わないほうがいい」とウィラードは自分に

言い聞かせた。

パリに到着するとスタントンとウィラードは、メーヌ地区ヴェルサンジェトリクス通りにあったモーガン・ラッセルの住居に転がりこんだ。ようやくムラン・ド・ブール通り四番地にバルコニーでも眠れる一部屋の小さなアパートを見つけたときには、節約のためにもいい物件を手に入れたと思った。父親のホテルで過ごした子どものころとは大違いだった。ガスも電気もなかった。アルコールを使ってコンロで料理をし、日に一度近所の安食堂で食事をした。天窓からは雨漏りがして、管理人はまじめとは言えなかった。それでも最初のうちウィラードは、淡々と不平もこぼさず新しい生活を受け入れた。これまでの責任から解放されて、じっくり考えたり、読書や執筆をしたり、以前は思いつかなかったやり方で丁寧に絵を見たりする余裕ができた。

しかもニューヨークから離れたことで、ウィラードは〈スマート・セット〉時代をもう一度考える機会をもてた。無駄に終わった時間と受け入れた譲歩を思い出すと口惜しく、二度と似たような状況には陥らないし、決して主導権を放棄したりもしないと心に誓った。ニューヨークを離れる前にくすぶっていた、裏切られたという不信感も呼び起こされた。ウィラードはベン・ヒューブッシュに宛てた手紙で、メンケンを「ボルチモアの太ったオランダ人」[(2)]と呼んでいる。マンハッタンにいた昔の仲間でヒューブッシュだけが、ウィラードが懐かしく思い出し、離れていたあいだも定期的に連絡をとった人物だ。しかし二か月後の五月に、メンケンとジョージ・ジーン・ネイサンがパリにやってくると、ウィラードは二人にいままで以上の好感を抱いた。二人は彼をバレエに招待したり、酒をおごったり、祖国から最新のゴシップをもってきたりした。ウィラードの執筆の進み具合についても尋ねた。『八時十五分過ぎのヨーロッパ』がその夏に出版予定で、それは捨て去ることのできない絆だった。

ヨーロッパにいるあいだにウィラードが取りくむつもりでいた著作は、テーマやジャンルが多岐にわたっていた。ミッチェル・ケナリーから五百ドルの前金を受けとっていたリチャード・ハヴィーの評伝がひとつ候補にあったが、ウィラードはその計画を――前金を返すつもりもなく――ほとんどあきらめていたらしい。彼はむしろヒューブッシュへの手紙に書いたニーチェの著作のアンソロジーに興味があって、秋がくるまえに完成させると約束していた。同時に「印象派からシンクロミズムへ」のテーマをさらに展開した近代美術研究本にも取りかかっていたし、しばらくあれこれ考えていた小説の梗概にも着手していた。

うらやむべき気力と野心をもって、ウィラードはすぐに仕事に取りかかった。しかしこの壮大な計画――同時進行中の三つの大きな試み――は一方でウィラードのちょっとした欠点を明らかにした。どんなに高い代償を支払ったとしても、これらすべてを首尾よく完成までこぎつけられる者はいないだろう。それはあまりにも多すぎた。ウィラードの計画の壮大さから、激しい競争心や闘志がその源にあることがうかがえるが、それは研究中の主題に対する本物の深い関心を妨げるものではなかった。しかし一九一四年、ウィラードは二十七歳になろうとしていた。若き天才と呼ばれる時期はあっという間に終わりに近づいていた。スタントンやメンケン、ドライサーその他、彼の知る多くの才気あふれる人たちとは違って、ウィラードは生きた証を残さぬうちに三十歳になり、年老いてしまう危険に直面していた。スタントンのように、自分が実際に何ができるのかを人々に示し、自分自身にも証明すべきときだった。

パリで暮らしていた五か月のあいだに、スタントンは熱心な生徒である兄を教育して、自分やモーガン・ラッセルと同じように美術を見たり考えたりできるようにすると約束した。ウィラードは二人から学んで、ルーヴル美術館、リュクサンブール美術館、あちこちの画廊に何度も一緒に足を運び、さらには理論や哲学をも経由して結局自分の好みに従うことになった。この時期のウィラードの読書は予想されるように広範囲かつ猛烈なもので、ボードレールの評論、ドラクロワの日記、チューダー＝ハートが授業で推薦したあらゆる色彩理論家の著作、ヒューゴー・ミュンスターバーグ、ウィリアム・ジェイムズ、ヴァーノン・リー、ジュレップ、グロース、ヒルデブラントといった人物の文章と、フランス人美学者イポリット・テーヌを通して見つけたすべての書籍を網羅していた。

ウィラードが自分の美の哲学を徐々に変えていくにあたって、美術の原則についてのテーヌの発言は特に重要な役割を果たした。五年前、〈ウェストコースト・マガジン〉にエッセイを書いたころの彼が関心をもっていたのは感覚の源泉としての美術であり、知的体験というよりは感情的で官能的な体験として美術をとらえていた。ある女性からの投書で、〝知性に訴える〟ミルトンやテニスンよりもキーツ、スウィンバーン、ロセッティ、ワイルドを本気で高い位置に置いているのかと質問されると、もっともすぐれた芸術的達成は必然的に、道徳や社会の改革と同様、「数学的で精神的なプロセス」からもかけ離れたものになる、とウィラードは答えた。二十二歳のひとりの審美家として、彼はこう述べている。「〝尽きせぬ知的欲求〟を満たしたいときに、芸術へ向かうほどわたしは愚かではない。なぜならそれは芸術の領分の彼方にあるからだ。わたしならユークリッドに就く」(3)

しかしキュビスムのようなウィラードがヨーロッパで勉強中の多くの絵画様式や、ウェーベルンやシェーンベルクなどの彼が興味をもった新しい作曲家は、明らかに感覚だけにはとどまらず多くのものに訴えてきた。知的な鑑賞は少なくとも自然に生じる視覚や聴覚の喜びと同じくらい重要だった。弟やモーガン・ラッセルでさえ、自分たちの芸術の基礎を高度な〝思考プロセス〟に置いていた。科学的なものと伝えられているそのプロセスでは、ある種の色は見る者の方へ近づくように見え、構図のある部分に〝生気を与える〟効果があるとされ、その他の色はこの特質を弱めたり落ち着かせたりするために使用されていた。

テーヌはいつの日か批評と芸術鑑賞の理論的根拠が考案されるだろうと予言した。そのシステムは画家や芸術愛好家を個人的な趣味、すなわち主観的な好き嫌いの任意性から解放し、芸術に科学と哲学というよりたしかな基盤を与えるという。この考えは、弟の絵画という刺激的な実物とあわせて、ウィラードに強烈な啓示を与えた。自分は、絵画、音楽、文学の歴史のこの重大な分岐点において、決定的で明確な美学的分析を執筆しうる人間であると彼は考えるようになった。テーヌはまた芸術が形式の上でも進化して、その時代を動かすことまで求めていて、その意見もウィラードに影響を及ぼした。答えを求めて古典的な過去に目を向けるよりも、有能な批評家であれば、ルーベンスとミケランジェロにも、同様にセザンヌやスタントン・マクドナルド＝ライトにも当てはまる原理と根本的真理を確立するはずだ。

画家としてのスタントンの成長も、この数か月で重大な段階に達したらしい。この年、『スペクトルの抽象（構成五号）』と『シンクロミー概念』の第一ヴァージョンという彼のもっとも有名な抽象画二作品が完成していた。ラッセルの実作によって導かれたウィラードとスタントンは、抽象画についての最初の留保、抽象画は美しいが深みのないデザイン以上のものではなくなる危険をはらんでいるという考え（彼らはずっとそう思いこんでいた）を変える気持ちになっていた。スタントンの試みのあるものはまだおずおずとしたところがあったが、いったん二人のシンクロミストが絵画を音楽と同じものとする類推に確信をいだくようになると、何度も比較が繰り返されて、リンゴ、花瓶、頭部、胴体といった伝統的な対象物から彼らの絵を切り離す試みが必要不可欠に思えるようになる。

一九一四年の夏、ウィラードとスタントンがそれを求めてフランスにやってきた、画業、執筆、瞑想を助ける文明的静穏の年月が突然終わりを告げたことが明らかとなった。仲間の多くはかなり前から戦争を覚悟して計画を立てていたが、二人はパリに残ることを選び、やがて本格的な交戦状態に入ると、街はパニックに襲われた。八月半ばにはもう街に整然と別れを告げるのは不可能で、ライト兄弟はたくさんの荷物――一番大切なのは本と絵画だったが――を抱えて、アパートを離れることを余儀なくされた。満員のブーローニュ行き列車に無理矢理乗り込み、ロンドンを目指した。戦争のあいだだけ、と兄弟は思っていた。

「わたしのことは心配するな。ちゃんと切り抜けられる」[4]とウィラードはキャサリンへの手紙に書いている。このときのキャサリンは夫と義理の弟の運命をひどく気にかけていた。「旧世界はわたしにとって過去の遺物だ」ウィラードはそう妻に告げた。「わたしとわたしの信念は場違いだった」ニーチェをさらに読みすすんでいた彼はこう断言している。「わたしは新しい時代に属していて、その異教徒のリーダーのひとりになるために生まれてきた――これもまた［わたしの］予言だ！」ウィラードの言葉によると、戦争の与えた唯一の影響は「われわれの仕事を多少遅らせたことであり、しかもそれを埋め合わせるたくさんの感動的な出来事があった」。

パリから追い立てられたことによる不愉快な気持ちも、その夏彼の身に起きた大きな進展のおかげで軽減された。六月、一流出版社のジョン・レーン社から『八時十五分過ぎのヨーロッパ』が出版されて、ついにウィラードは本の表紙に自分の名前を見つけることになる。アメリカでもっとも有名な文学者のうちの二人と名誉を分かち合えたことで喜びは一層増し、ウィラードは各方面に献本した。それは珍しい黄色い表紙の美しい本だった。「未来派のスタイルで」挿絵を描いてくれるよう弟に頼んでくれとメンケンが軽々しく言ってきたが、ウィラードは線画の才能があった画家ベントンに代わりに仕事をさせた。メンケンはシンクレア・ルイス風の序文を書いて、アメリカ人観光客が海外で自分を守るために用いる心理的な目隠しをあざけった。しかし本の刊行日の皮肉には、著者全員が気がついていた。旅行記の歴史を通して、以前にもこれ以後にも、これほど幸先の悪い、ほとんど滑稽といってもいいタイミングはなかった。サラエヴォでの不幸な事件からわずか二、三週間後に出版された『八時十五分過ぎのヨーロッパ』は、ごく少数の部数を売るとすぐに絶版になった。

ロンドンでウィラードとスタントンは自分たちの仕事を再開することにし、彼らのまわりで形をとりはじめていた変動を無視することに力を注いだ。それは必ずしも簡単でなかった。スコットランド・ヤードの刑事がフィッツロイ・スクエアにある二人のアパートを無愛想に訪れ、書類をかき回して、イギリス人の身元保証人の名前をメモしていった。定職がなく、ドイツの偉大な哲学者のひとりに関する準備中の本のことをべらべらとしゃべりつづける男は、当然のことながら信用できる外国人とはみられなかった。そのことで言えばライト兄弟は二人とも、これみよがしの愛国心を声高にしゃべりすぎた。

ウィラードはイギリス到着後まもなく、ニーチェや戦争について議論するため、学者肌の作家オスカー・リーヴィとA・R・オレイジと夕食をともにしたが、それをのぞくと、七か月の滞在中、あまり多くの友人は作らなかったらしい。ウィラードが出会ったロンドン子はアメリカ人に対して俗物的な気取った態度をとっていたし、ドイツの事物に対する彼らの出し抜けで包括的な糾弾には我慢ができなかった。ヴェーデキント、シュニッツラー、リルケ、マンはロンドンの本屋ではもはや販売されておらず、コヴェントガーデンでワグナーが上演されることもなく、このほかの面では文化的な都市の学校でショーペンハウアーやゲーテが教えられていないとは、ウィラードにはとても信じられなかったようだ。「ベルギー侵攻」とイギリスのプロパガンダ攻勢のあと、すぐにアメリカにも波及することになる反独感情は、ウィラードが将来深刻な問題を抱えることになる文化的現実だった。

美術書執筆のためのウィラードのノートは、イギリス滞在中に最初の下書きが完成し、『前途有望な男』と題がつけられていた自伝的小説の筋の梗概も進んでいた。ニーチェ本はその秋に完成して、ヒューブッシュによって一月に出版予定だった。しかし懐具合も切迫してきて、彼と弟の前進を妨げる脅威になりはじめていた。郵便で届いていた母親からの小切手は遅れ気味になり、配給制もはじまっていた。しばらくのあいだウィラードは週給七ドルで映画館のピアノ伴奏の職につくことを余儀なくされ、スタントンはウェイターの仕事を見つけた。冬までに入れられるものはすべて質に入れており、貸してくれる人間がいれば誰かれかまわず借金した。アパートの家主からたまっていた家賃をしつこく催促されると、ウィラードは愕然とした。「アメリカよりヨーロッパのほうが借金を深刻に受けとめている」[5]とキャサリンへの手紙に書いている。

彼が自ら求め、また過酷な環境が彼に強いた緊張状態からの解放をウィラードは必要としていたが、パリではそれは罪のないやり方で満たされた。スタントンが彼を学生時代からなじみの売春宿のどれかへ連れて行った。また、その春フランスを訪れたあるアメリカ人女性との恋愛も楽しんだ。しかしロンドンでは、不安と過労にさいなまれ、ロマンティックで危険な経験をつねに追い求めていたウィラードは、別の方面に楽しみを見いだした。その前年にスタントンがニューヨークからモーガン・ラッセルに宛てた手紙によると、一九一三年の時点でウィラードが麻薬をやっていたこと、少なくともマリファナとアヘンに手を染めていたことを弟は知っていたらしい。スタントンが兄をドラッグ・カルチャーの世界に引き合わせた可能性はある。だがスタントンは後年、（ありそうな話だったが）ウィラードがぞっとするような貪欲さでこの楽しみにふけっていたと主張し、自分では夢にも思わなかったほど深く、兄弟二人を麻薬の闇の世界に巻きこんだことでウィラードを責めた。

ウィラードにはもともと過度に熱中するところがあった。数週間にわたって毎日数時間を執筆にあて、スタントンと一緒にナショナル・ギャラリーやロンドンのほかの美術館のコレクションを見てまわり、夜は読書にいそしんだ。やがてウィラードははめをはずしたいという気持ちにかられる。度を超した仕事ぶりのあとに度を超した快楽が続いた。後のことだが、ウィラードが特にどの麻薬を使用していたかについては、人によって異なる考えをもっていた。メンケンは二、三年後に「ウィラードはヘロインに首根っこを押さえられている」[6]と嘆かわしげに書いた。〈スマート・セット〉時代からのウィラードの知人であるフリーライターのランドルフ・バートレットは、友人がマリファナとハシシを大量に使用していることを直接聞き知っていたようだ。スタントンはアヘンが問題だとほのめかした（ホイットニー美術館所蔵のスタントン一九一八年の作品『東洋のシンクロミー』の構図は、輪になってアヘンを飲む男たちの集団から生まれたと言われている）。ウィラード本人は自身の人生のこの一面についてめったに触れなかった。一種類か数種類か、あるいは手当たり次第に次々試していたのかもしれないが、一九一五年以降のウィラードの手紙の何通かは、深刻な問題の予兆を示している。当時サンタモニカのアニー・ライトのもとへ移っていたキャサリン宛の手紙には、自我の激しい高揚、突発的な憤り、夢想の瞬間が入り交じっていた。筆跡も変わりはじめた。それでもなおウィラードは何とかして前進しつづけた。まだ中毒者ではなく、書きはじめた二冊の本を仕上げるつもりだった。

一九一五年二月、ウィラードとスタントンはルシタニア号でアメリカに帰国した。これはその船にとって最後の西への航海のひとつになる（同年五月、ドイツ潜水艦に撃沈される）。二人は、自分たちが支持していない戦争のせいで退出を余儀なくされたことに激怒し、苦々しい気持ちでイギリスをあとにした。「わたしは二度と［アメリカを］見たくなかった」(7)ヨーロッパ到着直後にウィラードはそう書いていたが、戦下のヨーロッパのヒステリックな空気のなかで何かをやりとげるのは難しかった。それにライト兄弟が暮らしていたのは自分たちの味方と信じる人々の側ではなかった。「現存する知的な民族はドイツ人であり、彼らと敵対するくずどもはあまりに多く、［ドイツは］この戦争で五十年後退させられるだろう」(8)とウィラードは断言した。

余分な金もなかったのでウィラードはマンハッタンに住むことはできなかった。スタントンと別れて、電気コンロで自炊できるブロンクスの下宿屋に部屋を見つけた。彼は隣人たちを嫌って距離をおいた。一月に出版された選集『ニーチェの教え』はその月のうちに十分な書評が出たが、わずかしか売れず、前年ニューヨークを出発する際にベン・ヒューブッシュから借りた金を差し引くと、印税はほとんど残らなかった。彼にできたことは、顔を合わせることのできた人のなかから、できるだけ昔のコネを回復することだった。

午後、執筆を休んで自由な時間がとれるときはいつも、ウィラードはいそいそとケナリーとスティーグリッツを訪ね、スティーグリッツの画廊〝291〟に立ち寄った。そこではつねに一風変わった新しい油絵、スケッチ、水彩画を見ることができ、外の五番街にひしめく群衆をとりこにしている商業的・政治的熱狂からのちょっとしたオアシスを提供していた。この訪問のあるときウィラードは、ガートルードの貪欲なほどの話し好きの兄レオ・スタインに会い、美学、キュビスム、マティス、セザンヌについて議論を戦わせた。

メンケンが定期的におこなっていたニューヨーク訪問の際には、ウィラードはよくメトロポリタン美術館や、アーモリー・ショーがきっかけになってオープンした最新の進歩的な画廊のどれかで合流しようと声をかけた。メンケンも喜んでそれに応じ、こうした会合がときには本格的な改宗を迫る場面になることもあった。

ライトはよく、偉大な絵画の前に立つ人間は、偉大な交響曲が生みだす強烈な感情的効果と同じものを感じることができるということを、わたしに納得させようとした［とメンケンは振り返っている］。わたしは何度も繰り返しやってみた、しばしばその場で騒ぎたてるライトと一緒に。しかし少しも興奮を感じなかった。(9)

「セザンヌは下手でなく」、スタントンが将来有望な人物であることにメンケンも異論はなかったが、その表現様式の魔力は伝わらなかった。ウィラードにとって絵画の魔力はそれを直接目にすることで大きくなるばかりで、その年と翌年に執筆したきわめて偏屈な記事でも、彼が絵画と彫刻を情熱的に、というより熱狂的と言っていいほど愛している人間であることは明らかだ。

十月の『近代絵画――その傾向と意味』の出版は、ウィラードにとってアメリカ帰還一年目の重要な出来事だ。メンケンはその本の著者を「新しい時代の先駆者のひとり」と宣伝し、ウィラードがその意見に重きを置く人物の多く――ジェイムズ・ギボンズ・ハネカー、アントニー・アンダーソン、ケナリー、スティーグリッツ――がたっぷりと褒めてくれた。ベヴァリーの養育にかかりきりで、成功のために家族を捨てようとしているウィラードにいまなお驚きを感じていたキャサリンとアニーでさえ喜んだ。本のおかげで家族の犠牲にも、ウィラードの犠牲と同じくらいの意味が与えられた。ウィラードは自分に深い満足をおぼえた。

『近代絵画』は不完全で奇矯なものではあるが、美術批評におけるウィラードのもっとも価値ある業績だ。この本に好意的だった批評家や学生よりも、ジョージア・オキーフやマーズデン・ハートリーのような人々、この本を読み、自分なりの言葉で伝統主義者と戦っていた画家にとってさらに重要な意味をもっていた本かもしれない。スタントンとモーガン・ラッセルのための宣伝活動の名の下に、あるいはそれを超えて、この本は新しい美学、芸術を理解する方法を求める叫びであり、それはシンクロミストにも、スティーグリッツの仲間にとっても同じように道を切りひらく助けになるはずだった。

ウィラードはまえがきで単刀直入に主題を述べ、ほとんどすべての章のどこかでそれを繰り返した。文学的な内容と道徳的な価値に配慮しすぎたため、美術はつねに間違った基準で判断されてきた、とウィラードは記している。近代美術は革命というより自然な進化の過程である。偉大な美術作品は何か明確な目的をもつ必要はないし、あるいはもうもつべきではない。結局のところ「色を用いた表現様式の発展」は必然的な趨勢である。『近代絵画』は熱狂的な批評と極端に主観的な反応（判断の指針としての「気分の混沌」）からの脱却を訴えた。「評価の理論的根拠」、良い絵を前にして何が賞賛されているのかをより的確に理解することが必要だが、教養ある人々が美術を単に官能的経験もしくは感情的経験とみなしつづけるのなら、「評価の理論的根拠」など事実上作り出せないとウィラードは述べた。主題に関係なく、構図や色といった要素のその先にある「知的な喜び」は、「偏見、個人的趣味、形而上学、感情的偏愛」を越えて見る者を魅了するのだ。(10)

厳密な分析の楽しみはここで画家の支持者たちに大きな要求をしていて、ウィラードが特に力を入れて説きたかったのはこの点だった。「真の美術鑑賞は、美術を支配している美的原理の完全な理解なくしてはなりたたない」(11)たとえば色彩理論についての知識があれば、その人の喜びや理解はもっとしっかりした足場をもつことになる。かくして真の美術愛好家は、ルード、シュヴルール、ヘルムホルツを研究するように勧められる。残念ながら予想どおり、ウィラードが正しいときでさえ、その言葉は人を苛立たせ警戒させた。近代美術のとびぬけてまじめな学生だけが、彼らの技術的、科学的な無知についての講義に喜んで耳を傾けた。

彼の考えるモダニズム――それは色彩抽象画へ向かう動きを意味しているのだが――の必然性を

証明するために、ウィラードは以前の評論「印象派からシンクロミズムへ」を彷彿させる歴史的系譜を示した。『近代絵画』はドラクロワ、ターナー、ボニントン、クールベ、ドーミエを、古典主義への攻撃を強力に鼓舞した指導者にして、近代美術の重要な先駆者として賛美した（この本では「色彩の劇的な属性」をきわめて重要視していたために、ドラクロワとターナーを実際以上に偉大な人物にしなければならなかったが、これは十分に明らかにされなかった矛盾のひとつにすぎない。知り合ったばかりのレオ・スタインのように、ウィラードも美学理論を調整して自分の好きな画家をそこに含めることができ、パリ時代のあとではクールベとドーミエの作品に熱中していた）。続いて検討されるのは、マネと印象派からキュビストと未来派に至る絵画の新しい考えと探求についての考察だが、これはまさに一九一四年の〈フォーラム〉のエッセイの完成版だった。過去百年でもっとも斬新で洞察に満ちた美術は、美しいスケッチや物語を語ることに背を向け、色彩と光という資源を活用して、その魅力をひたすら美的感情――イギリスの批評家クライヴ・ベルが「重要な表現様式」と呼んだものに対する興味――のみに向けているとウィラードは主張した。

後世の読者にとって『近代絵画』の本当の特異性は、その最終章に見ることができる。カンディンスキー、イタリアの未来派、ブラック、グリス、ボナール、ヴュイヤールの名は、見下したように「二流の近代美術」として片付けられた多くの画家のなかにあった。彼らの表現上の関心は、ウィラードが読者に用意した「美の純粋さ」という線に沿っていなかったからだ。予想どおり、当代の名匠、百年にわたる葛藤と実験の頂点として誉め称えられたのが、スタントン・マクドナルド＝ライトとモーガン・ラッセルだった。「シンクロミズムは、ドラクロワからセザンヌやキュビストまでのあらゆる美的野心を受け入れている[12]」というのが著者の結論だった。さらに、この勝利に刷新はありえなかった。結論はもう出ていた。シンクロミストの運動は美術様式の到達点だった。ウィラードは自分の弟のことを書いているとは決して認めなかった。そして二十世紀の絵画における純色と色の関係の重要性について、彼の正しさがどんなに証明されたとしても、色彩抽象画法にすら変化と未知の方向性の余地があることを、ウィラードは受け入れることができなかった。『近代絵画』は途方もなく退屈な批評の時代に出現した、溢れんばかりの情熱に満ちた本だった。それは同時に狡猾で狭量な見解でいっぱいの驚くほど偏った専門書でもあった。

一部の批評家は、ウィラードの本で明言された考えの弱点をことさらにとりあげる傾向があった。〈ネーション〉のフランク・ジューエット・マザーは、ウィラードを「ねじれた物事をまっすぐにするために……西部からやってきた若きロキンヴァー(13)（ウォルター・スコットの物語詩に登場する騎士）」になぞらえ、「その主張は、絢爛にして頑迷」と評した。しかしマザーの書評は最後に次のように警告している。その本は「妄想が恐ろしい一貫性を身につける洞穴から生まれた。ただユーモアの衝動という一筋の陽光が、完璧な夢の織物を台無しにしている」。多くの新聞の書評子はその理論化を頭でっかちの大風呂敷と見て、アメリカやヨーロッパの文化で抽象芸術が大きな役割を果たしたことがあるだろうかと疑問を口にした。ロンドンの〈タイムズ〉は、『近代絵画』の著者には「最新の流行に対する同国人特有のばか正直な熱心さ(14)」があるとほのめかして、アメリカ人を上から見ている、というウィラードのイギリス人観を裏付けることになった。

純然たる抽象美術には慎重な姿勢のレオ・スタインはもう少し寛大だった――〈ニュー・リパブリック〉の彼の書評はそっけなく「不十分な理論」と題されていた――が、彼はセザンヌを正しい見方で見ようとする者ならどんな書き手でも（特にそれがアメリカ人なら）長所を見いだす人間だった。評論家クリスチャン・ブリントンは、その冬ニューヘヴンでトローブリッジ講義をおこなった際、この本をエール大学の聴衆に推奨し、〈フォーラム〉一月号のアンドレ・トライドンは、ウィラードは「アメリカ最初の美学者」だと宣言した。数か月にわたって少しずつ、ウィラードのファイルには好意的な批評が増えていき、その数は懐疑的な評や否定的な評を上回った。

『近代絵画』の出版でウィラードが金持ちになるということはなかった。友人たちの言うように、それは甘い希望だった。しかし彼はほとんど一晩で、ニューヨーク美術界で一目置かれる新勢力のひとつになった。ウィラードが〈フォーラム〉に定期的に発表していたエッセイと批評は、激しい論争と厄介事のもとになった。

〈フォーラム〉のエッセイでは、〈タイムズ〉時代に見せた情熱で思うことをずばりと語った。といってもいまや話の焦点は明確で、皮肉な調子は影をひそめ、目標は具体的だった。彼がアメリカ人に理解してもらいたかったのはただ、絵画の新勢力について何が重要か、今世紀最高の美術を鑑賞するのなら、どんな画家や見方を切り捨てなくてはならないかということだった。セザンヌに関するエッセイ（実際には『近代絵画』からの抜粋だった）がその皮切りで、〈フォーラム〉一九一五年七月号に掲載された。気取った文体で書かれてはいたが、近代美術の「吃驚仰天、奇々怪々の巨人」という文章は、すでにアメリカにお目見えしていたキュビスムとシンクロミズムに強い影響を与えた画家についてのきわめて有益で、考えが練られた、説得力ある（同時にもっとも長い）分析だった。

それは美術評論家としてスタートを切るには良い時代であり、ウィラードは美術館や画廊巡りにいそしんだ。その後数か月間にわたって彼は、〈フォーラム〉と〈インターナショナル・スタジオ〉に展覧会の記事を執筆し、冒険的な同時代の才能を選び出すことができた。すなわちマン・レイ、ジョン・マリン、エリ・ナーデルマン、チャールズ・デムース、マーズデン・ハートリー、エイブラハム・ウォーコウィッツなど多種多様な面々である。〈フォーラム〉一月号の「美術、将来性と失敗」では、読者にこれらの新人と彼らのヨーロッパの師にあらためて注目を促した。

近代絵画を支離滅裂なものと考える一般の鑑賞者は、それを制作するのは簡単だと思っている。ところが真実はその逆である。ピカソの作品より厳密に描かれた古い絵画はなく、マティスより主題がその背景に調和している巨匠たちの作品はなく、セザンヌの形と線の関係はルーベンスと同じくらい複雑なのだ。(15)

アメリカ美術界とすでに地位の確立した画家、評論家、団体に目を向けたウィラードは、そこに擁護よりも批判の対象を数多く見いだした。ニューヨーク美術界の遅れてきた印象派で人気のあったJ・オールデン・ウィア、チャイルド・ハッサムのような画家が、ウィラードが「時代遅れで抜け殻のような過去にしがみつき、情勢の大きな進展を恬《てん》として顧みない」男女を批判する記事を書いたとき、その念頭にあった人物である。(16)アカデミー派の砦たるナショナル・アカデミー・オブ・デザインの年次展覧会の評(17)は「我ラ死セントストスル者陛下《きみ》に礼ス」(剣闘士がローマ皇帝にした挨拶)とタイトルがつけられ、ウィンズロー・ホーマーまでもがこのエッセイでは攻撃の対象となった。尊敬を集めていたホーマーも、ウィラードの目には「健全だが才能に乏しい」人物で、活気があるが、説明と現実的な主題にあまりに縛られていると映った。「われわれは急速に地方主義を捨て去り、もっと普遍的な芸術的才能を開花させようとしているのだから、彼への素朴な賛辞を打ち切っても差しつかえない」しかしもちろん「目の見えない人間の国で片目の男は王である」とも書いている。

業界の同僚のなかにも多くの「目の見えない人間」がいて、彼らは問題を混同して、きちんとした評価を受けるべき画家の進歩を妨げたとウィラードは感じていた。「アメリカにおける美学の苦闘」は、〈トリビューン〉のロイヤル・コーティソズのような同業の美術評論家や、ウィラードの分類では審美的文盲で度しがたい反動派作家で画家のケニヨン・コックスに対する容赦ない間接的非難だった。[18] かつての盟友たち、プリンストン大学のフランク・ジューエット・マザー、スティーグリッツ一派のチャールズ・キャフィン、ジェイムズ・ハネカーその人でさえ、ウィラードとスタントンの求める基準には達していなかった。マザーの美術に対する取り組みはあまりに学問的で、新しい画家たちへの賞賛は煮えきらないものだった。イギリス人キャフィンは生硬すぎて、必要以上にたくさんの伝記的事実の記録者だった（ウィラードは、スティーグリッツが冷血なキャフィンを運動へ引き入れるために催眠術をかけたにちがいないと憶測をめぐらした）。善意の人ハネカーはおそろしく気まぐれで印象批評に傾いていた。ハネカーの評論が読者を連れていくのは、ウィラードがその確立を切望していた精密で体系的な美術批評からはるか離れた地点だった。この評論で、クリスチャン・ブリントンだけがウィラードの侮辱を免れた。

このようにぶしつけで論争的だった〈フォーラム〉の記事の中でも、ウィラードのメトロポリタン美術館の〝暴露記事〟ほどの反応を引き起こしたものはない。一九一五年十一月号の〈フォーラム〉のエッセイは、もっともウィラードを奮い立たせた考察だ。神聖にして侵すべからざる存在をゆっくり串刺しにするような攻撃的検討で、そこには広範で驚くべき見解、一歩一歩段階をふんだ説明がたっぷり詰めこまれていた。セントルイスの〈リーディズ・ミラー〉や、東部とカリフォルニアのさまざまな新聞が記事を引用したり転載したりしたので、しばらくのあいだウィラードの名前は再び全国を駆けめぐった。

「メトロポリタン美術館の絵」でウィラードは、一九一五年の時点でニューヨーク市唯一の美術館を見て、あらゆる点でそれが壊滅的な状態にあることを発見している。エッセイで彼は、美術館の展示室にぎゅう詰めにされた作品と暗い照明、独善的な理事たち、学芸員と館長の半可通の審美眼、業務を委託された機関の保守主義に異議を申し立てた。二流や時代遅れの作品で美術館をいっぱいにするくらいなら、第一級の絵の複製を購入したほうがよほど筋が通っているとほのめかした。一般大衆による美術館《ギャラリー》――コレクションの欠点を彼はそう呼んで、その行き過ぎをあばいた。その徹底ぶりと正当性は特筆に値し、ウィラードの暴露記事はリーディから「ライト氏はあの由緒ある崇敬すべき機関を調査し、フン族やヴァンダル族が最初のローマ侵攻で与えたような効果をもたらした(19)」というコメントを引き出すことになった。

ニューヨークで仕事を再開できたことはすばらしい、とウィラードはスタントンに語った。実際には弟が兄に新しい仕事と、〈スマート・セット〉での挫折のあとで再び自己を見いだす機会を提供し、そのことにウィラードは感謝していた。収入に関して言えば、まだたいした仕事ではなかった。『近代絵画』の印税を手にしたのは二、三か月後で、しかも多くはなく、『ニーチェの教え』と『前途有望な男』の印税はあまり力にならないとわかった。〈フォーラム〉と〈インターナショナル・スタジオ〉がウィラードの批評に払った額もわずかなものだった。それでもウィラードは、セアともめていたころ彼を置き去りにした未来に希望を感じることができるようになった。次の春までに彼は、当代きっての有名画家ウィリアム・メリット・チェイスやメトロポリタン美術館長エドワード・ロビンソンとともに、アスター・ホテルで講義をしてくれと頼まれるほどの著名人になっていた。

しかしスタントンの状況はまったく違っていた。絵が売れない状態で、あとどれくらいもちこたえられるかわからなかった。金とまともな注目を手に入れようと焦っていたスタントンは「裏通りで芸術を追い求めることに疲れていた[20]」。若い芸術家のために手数料をとらない展覧会を開いていた団体ピープルズ・アート・ギルドの代表者ジョン・ワイクセルに、スタントンは手紙で苛立ちをぶつけた。「呪うべき国アメリカは、ひとりの男が美の傑作に埋もれてくたばる場所ではない。フィレンツェ、パリ、ミュンヘンでは自分の不幸を我慢することもできたが、途方もなく醜悪なものの只中で……果たすべき目的も、判断力もなく、ただ死ぬほど飢えている」アメリカでは画家と売春婦は社会の除け者だ、「しかし［ここでは］売春婦のほうが明らかに優先順位が高い。少なくとも売春婦たちは自動車で旅行するし、掛けで買い物ができるのだ！[21]」とスタントンはぶちまけた。彼はニューヨークに見切りをつけようと考えていた。

初めてウィラードがフォーラム・エキシビションのアイディアを思いついたのは、弟の苦況——とヨーロッパで似たような境遇にあったモーガン・ラッセルのこと——についてあれこれ考えているときだった。アンダーソン画廊（マディソン街のケナリーの建物にあった）で一九一六年三月十三日から二十五日まで開催されたこの十三日間の展覧会は、それ以降アメリカ美術史の中で画期的な出来事になった。それはアーモリー・ショーの〝黒船〟的衝撃に対する効果的で小規模な反応として的確に解釈されている。アメリカのモダニズムを求める国民的悲願に応えるこの展覧会は、ニューヨーク近代美術館開館に十年以上先だち、ニューヨークで開催された近代美術のいくつかの重要な〝教育的〟展覧会のひとつだ。皮肉なことだが、その年スタントンが自活のために絵を二、三枚でも売ることができていれば、フォーラム・エキシビションは開催されなかったかもしれない。

ウィラードには独力で大きな展覧会を開催できる自信があったが、もしそうしたらまともな反応を受けとる可能性はほとんどないことに気づいていた。あまりにも多くの人が、ウィラードが無様に失敗するところを眺めるのを依然心待ちにしていて、大勢の人がキャロル・ギャラリーでの大失敗を覚えていた。そこでウィラードは、ケナリーへ必要な資金の提供を要請し、展覧会にケナリーの雑誌の名をつけることを決めると、共同主催者として五人の仲間をかり集めた。彼の人選は戦略的にすばらしいものだった。アルフレッド・スティーグリッツとジョン・ワイクセルは保守的な画家や批評家からも一目置かれていて、喜んで参加した。アッシュカン派画家の精神的父ロバート・ヘンライは、彼自身の作品がどんなに退屈なものになっていたとしても、新しい表現様式は積極的に受け入れるという評判を長年にわたって培ってきた。『近代絵画』をべた褒めした批評家クリスチャン・ブリントンと〈インターナショナル・スタジオ〉の画家で編集者のW・H・ド・B・ネルソンが最後の席をうめた。この顔ぶれは近代美術支持の各領域の要所をおさえたものだったらしい。実際には一九一五年から一九一六年の冬に六人のうち三人だけが集まって、どの画家のどの作品を展示するか議論した。ヘンライ、ブリントン、ネルソンは願ってもない表看板で、名前と威光を貸してくれた。

最終的にフォーラム・エキシビションで展示された百六十六点の絵画と二十七点の素描は、アメリカ近代美術の統一像を提供するようなものではなかった。画家たち——ベン・ベン、トマス・ハート・ベントン、オスカー・ブルームナー、アンドルー・ダスバーグ、アーサー・ダヴ、マーズデン・ハートリー、ジョン・マリン、アルフレッド・マウラー、ヘンリー・マクフィー、ジョージ・オヴ、マン・レイ、チャールズ・シーラー、エイブラハム・ウォーコウィッツ、ウィリアム・ゾラックとマーガリート・ゾラック、モーガン・ラッセル、スタントン・マクドナルド゠ライト——は展覧会にとってあまりにも多種多様な集団だった（ロックウェル・ケント、モーリス・スターン、マックス・ウェーバーなど、選考者の予備リスト五十人にあった画家まで入れていたら、さらに——ほとんど無意味なほど——変化に富んでいただろう）。しかしまさにこの異種混沌状態こそが展覧会を、ある作家が「初期のアメリカ・モダニズムの分裂した特徴」(22)と呼んだものや、ヨーロッパのモダニズムとの違いを研究する絶好の機会にしていた。

ウィラードはこれら多様な画家たちの仕事を支持してはいたが、もちろんすべてが彼の目的というわけではなく、いざ絵を展示する段階になると、シンクロミストの作品に壁の一番いい場所、目につきやすい場所が与えられるよう気を配った。このことはマン・レイのような一部の画家を苛立たせた。マン・レイは、自分の作品が会場の片隅に掛けられるのを見るためだけに、展覧会に参加するのはおかしいと考えた。ベントンやゾラック夫妻などほかの画家たちは、彼らの機嫌を損なうようなものが何もなくて喜んだ。若手の画家にとって、フォーラム・エキシビションのような大きな展覧会に参加でき、スティーグリッツとヘンライという偉大な名前と関わりをもてることは望外の幸せだった。展覧会の噂が最初に出たとき、あまり有名でないニューヨークの画家たちのあいだで生まれた陰口や妬みはかなりの量だった。

作品そのものにも負けないくらい魅力的で、一部の批評家にとって憤懣の種となったのは、展覧会のカタログだ。その熱意と野心の点で、カタログは〈フォーラム〉の評論と『近代絵画』の無比の精神を受けついでいた。主催者それぞれによる短いエッセイ（ウィラードは二編書いた）とともに、近代美術に関する有益な本や記事の参考文献、十六編の短い「画家の声明」が掲載されていた。画家の自作解説のいくつかは、スタントンの「わたしは、自分の芸術からすべての逸話と挿絵的要素を排除し、見る者の感情がすばらしい音楽を聴いているときと同様の美的境地に達する地点まで、作品を純粋化できるよう努めている[23]」のように、ウィラードのメモから作りだされたように見える。これらの十六編の声明のうちの二つ——ひとつは画家の同意にもとづき（ベントンの声明）、もうひとつは許可なしで（ラッセルの声明）——が抽象絵画に関する綱領に沿うようにウィラードによって実際に〝編集された〟ことが、現在確認されている。しかし彼は、主催者と客観的な批評家という二つの役割をきっちり分けようとせず、カタログに対するウィラードの寄与は、展覧会を訪れた好意的な来場者さえ眉をひそめることになった。

〝購買者〟向けの別の小文では、「アメリカ第一」への共感を利用し、かくも多くの自国の才能が周囲から見過ごされていた時代に、やむを得ずヨーロッパの芸術へ走った後援者たちに対して首を振ってみせた。彼はさらに、展覧会の絵の永続的な価値を保証しようとさえした。これら特別な作品を選んだ人々は非常に優秀な鑑識眼の持ち主で、どの購入品に対しても美的価値および長期投資の価値を保証できるとウィラードは述べた。展覧会カタログがおこなった前代未聞の保証であり、反応は予想できた。

しかしながらもっとも執拗にカタログを非難したひとりは保守派などでなく、ウィラードと同じくらいモダニストの名にふさわしい人物だった。ロバート・J・コーディはワシントン・スクエア・ギャラリーの責任者であり、あまり認められてはいなかったが、近代美術の知的なプロモーターだった。欧米双方の新しい絵画の展覧会出品者として、コーディはフォーラム・エキシビションの盲目的愛国主義やカタログの宣伝文句の性質、特に委員会による美術作品の〝保証〟にいい顔をしなかった。〈ニューヨーク・サン〉への投書で、コーディは展示中の絵に言われているような市場価格があることを法的に保証するよう主催者側に要求した。〈サン〉〈同紙の美術評論家ヘンリー・マクブライドは盟友だった〉はウィラードに投書を見せて、コーディの投書の下に回答欄を提供すると申し出た。両方の投書が展覧会オープン前日に掲載された。(24)

だがウィラードに何が言えただろうか？　回答を求めるというやり方で彼の主張に疑問を呈する者がいるとは思ってもみず、その回答はどうしても説得力に欠けるものとなった。ウィラードは絵画の価値の証人となる委員会メンバーの資格を繰り返し主張し、展覧会の背後にある大義を再び述べて、法的拘束力のある保証の問題については一切これを無視した。ここではまた、出展作品に言及するにあたって、カタログにあったような、新しいアメリカ美術の「最高のもの」ではなく、「最高の見本」という言葉が使われていた。コーディが〈サン〉に送った次の投書はさらに挑発的なもので、彼はそこで最後通牒をつきつけたが、この一件はそこで幕切れとなった。コーディはウィラードにとって厄介な存在で、それは〈トリビューン〉の気むずかし屋ロイヤル・コーティソズやマザー、キャフィン、ケニヨン・コックスといった連中の比ではなかった。ひとつはコーディがモダニズム陣営だったことがあるし、もうひとつは、誰も異論はなかったが、コーディが正しかったからだ。

フォーラム・エキシビションは大盛況で、アメリカに出現したアヴァンギャルドに関心をもつニューヨーカーに話の種を山ほど提供した。展覧会は、その冬もっとも刺激的で文化的な出来事のひとつだった。しかし売上げはびっくりするほど期待外れで、スタントンはまたしても絶望にうちひしがれた。出展された素描の価格は十ドルから百五十ドル、絵画は三十五ドル（マウラーのいくつかの作品）から千五十ドル（ブルームナーの油絵二作）にわたったが、どの画家も大金をつかんだとは言えなかった（スタントンの油絵は三百ドル台で値がつけられた）。それでも、払われた努力にはみな満足したようで、多くの点でこれはウィラードの輝いていた瞬間だった。障害や何やらで、このように物事がうまく行くことは二度となかった。「それはすばらしい展覧会だった。美しく展示されていた……」[25]とスティーグリッツは友人への手紙で書いたが、彼が賞賛したのは、個々の絵より「展覧会全体の土台となる精神と作品の展示方法」だった。その展覧会を支える精神を提供したのがウィラードだった。

アンダーソン画廊の壁にかかった多くの美しい絵――ダヴの『象徴化された自然』シリーズ、シーラーの風景画、マクフィーの静物画、マーガリート・ゾラックの傑作『庭園』――を見たことで、ウィラードの所有欲は刺激された。マリンの作品二点とダヴの作品一点が欲しくなり、何とか金を工面できると思って展覧会の終了後も絵を手元に置いていた。スティーグリッツに仕事上のつきあいを利用した値引きを頼むほどばかではなかったらしく――その手の依頼に対するスティーグリッツの返事はいつも辛辣だった――ウィラードはしぶしぶ絵を〝291〟に返すことになった。モーガン・ラッセルは二点の作品をウィラードに贈呈、もしくは長期で貸し付けた。そのうちの一点

『オレ』は現在失われているが、ウィラードが終生手元に置いていたラッセルの『コズミック・シンクロミー』は、現在ユーティカのマンソン＝プロクター＝ウィリアムズ美術学校に所蔵され、アメリカ抽象美術の傑作として広く認められている。

一九一六年以降、ウィラードのアメリカ絵画の前進や論争への関与は減っていく。ほかの計画や問題に時間をとられていたのである。一九一八年には彼は東部の出版界の除け者になり、身体と財政に深刻な問題を抱えて消耗していた。一九一九年、ウィラードはカリフォルニアで近代美術の講師の仕事を短期間ではあるが満喫したが、有名美術評論家としての仕事の絶頂と終末の兆しは、フォーラム・エキシビションの年にはじまっていたのかもしれない。

絵画についてのウィラードの最後の発言は、一九二三年にベン・ヒューブッシュが小部数で出版した『絵画の未来』という小さな本だ。この本は、ウィラードが美術について書くのを止めたのには、その後の消耗やニューヨークからの転居以上の理由があったことがわかる。油絵という表現様式が将来の芸術体験で果たす役割は減少の一途のように彼には思われた。いつもどおりノスタルジアには批判的で、それに流されなかったウィラードは、この二〇年代の見通しを暗く嘆かわしいものとはみなかった。芸術様式の変化や衰退、あるいは進化を彼は受け入れた。『絵画の未来』でウィラードは、ともすれば彼の散文が陥りがちだった大言壮語とどぎつさを排除して、簡潔に予言するように書いている。色彩芸術、それは必ずしもカンバスの顔料や紙の上のクレヨンに限らず、現在まだ考案されていない方法によるものかもしれないが、いつか色彩芸術が絵画芸術に取って代わるだろう。そのとき絵画芸術を表現や描写と結びつけてとらえ、それに関心をもつ鑑賞者たちも、色彩抽象画の誤解された作品を非難する必要はなくなるだろう。絵画芸術と色彩芸術は別個のものなのだ。

信じられないことだが『絵画の未来』でウィラード・ハンティントン・ライトが見通していたのは、弟やモーガン・ラッセルの試験的な実験のその先、マーク・ロスコとモリス・ルイスの時代さえも越えて、一九六〇年代の光の彫刻、実験的なカラー映画、レーザーショー、五十年後には当然と思われている多くのことだった。だがこの興味をそそる小さな本は一九二三年には完璧に黙殺され、ウィラードは近代美術について書くのをやめてしまう。

文学者として

「有名になりたいという望み——それは思索の時間、熱意の波動、努力の情熱……」

——セオドア・ドライサー『天才』

ウィラードとスタントンは極度の疲労とストレスでほとんど倒れそうになりながら、一九一五年三月にルシタニア号から下船した。二人は静かに絵を描いたり、執筆したりできる環境を求めてヨーロッパに渡った。あとになってみると彼らの旅行の時期が、控えめに言っても考えが甘かったのだろう。兄弟は戦争、絶望、国家主義者のヒステリーで荒廃した大陸から舞い戻ってきた。状況に弄ばれて、自分たちのもっとも大事な仕事をするどころではなかった。

ウィラードはその春奇妙な状態におかれていた。彼のドイツびいきは頂点に達していて、そのため同国人の大部分と反目したようになり、猛烈に論争的な気分にかられた彼は、ウッドロー・ウィルソン（「気障なモラリストで、とんでもないろくでなし」[1]）、イギリス人、フランス人にまで毒舌を浴びせた。仕事を見つけられるか心配していたが、それでもニューヨークの昔からの知人に落ちぶれたところを見せたくないと固く決心していた。さらに厄介だったのは、ウィラードは長らく麻薬を断っていた影響で苦しんでいるように見えた。まだ「さまざまな幻覚と恐怖症があり[2]」意志薄弱で怒りっぽいと自分でも言っていて、誰かに支払ってもらった金で数日間入院して検査をしたりした。「自由な心と少しの休息があれば、わたしは大丈夫だ」とキャサリンには書き送っている。

ブロンクスの下宿は何とか支払える家賃だったが、そこでの暮らしはウィラードを不愉快な気持ちにさせた。パリの屋根裏部屋やロンドンのアパートをロマンティックなものにすることは可能だったが、ブロンクスのケリー通りの一間《ひとま》では無理だった。ウィラードにとってこの部屋の唯一の利点は、もっと健康でやつれていないように見えるようになるまで、知り合いに会わずに済むということだった。それは孤独でもあった。マンハッタンの画家のアトリエをあちこちうろつくことで、必要なものを見つけるチャンスをつかめると考えたスタントンは自分ひとりでやっていた。

カリフォルニアに戻ったキャサリンとアニーは、ウィラードの将来の計画を聞けるのを待っていた。どうにかこうにか自分たちの力で生活してはいたが、ウィラードがヨーロッパに見切りをつけたからには、すぐにでも戻ってきて、二人の結婚生活が普通のものになるかもしれないという希望を、キャサリンはまだもち続けていた。アーチー・ライトの死後、アニーはキャサリンと以前よりずっと親しくなり、どんなときでも息子の妻に好意と敬意を寄せていた。キャサリンは精神的に、ときには経済的にもアニーを頼っていたが、多くの場合十分ではなかった。そして約束と言い逃れもまた十分とは言えなかった。「たいていなら我慢できる物質的耐乏生活が、次の瞬間には我慢できなくなっている[気がする]」(3) ウィラードがニューヨークにとどまるつもりであると知ると、キャサリンは夫に手紙を書いて孤独感を苦々しく訴えた。どんどん激しく悲痛な調子になった手紙で、いつまで待たなければいけないのか知りたがった。未亡人でもなく離婚もしてないのにひとりで子どもを育てているキャサリンには、別の困った問題があった。娘のベヴァリーはその秋七歳になり、彼女が四歳のときにロサンゼルスを出ていった父親については、あいまいで色あせていく記憶しかなかった。

キャサリンの力になれないことを恥じる気持ちと、何でも要求する妻への怒りで板挟みになり、さらには罪の意識という、彼が弱さと考えていたものに屈服する自分にも腹を立てていたので、ウィラードはこれ以上約束をするつもりはなかった。妻、娘、母に自分が何をしているのかはわかっていた。文壇で身を立てれば義務へ目を向けることもできるだろうが、それはいますぐではない――そして誰も彼にそれを要求するべきではないと激しく主張した。彼が文筆業で、特に「文化批評家」として身を立てられる確率は芳しいものではなかった。ニーチェの選集がその年絶版になったとき、著者は不吉な印税通知書を受けとった。結局、前払い金を差し引くと、ウィラードはベン・ヒューブッシュに八ドル五十セントの借りがあったのだ！　しかし、彼にはその夏のあいだに態勢を立て直し、今後の見通しを立てる必要があり、キャサリンやアニーが何を言っても無駄だった。

次に家族がウィラードから連絡をもらったのは六月だった。彼はクリーヴランドという思いもよらぬ場所にいて、（ウィラードによると）そこで数人の映画出資者に脚本の仕事のことで会っていたのだと言う。話が不首尾に終わると、ウィラードはたまっていた宿代が支払えず、列車賃もなくて、足止めされた。彼はプライドを捨てて母親とベン・ヒューブッシュに手紙を書いて、ニューヨークに戻る金を泣きついた。ヒューブッシュにはもっと正直だった。ニューヨークから女と一緒に来ていたがうまくいかなかったのだ。「クリーヴランドにいることを［母に］どうやって説明すればいいのか、わからない(4)」とウィラードは出版者に告白した。「母はわたしをよく知っているので疑うだろう」つまり、脚本と映画の話は口実で、アニー・ライトでさえ受け入れがたい話だった。ある場合にはウィラードの嘘は見事だったが、たいていは陳腐で、ほとんどばかばかしいものだった。

秋にはウィラードの状況は上向いていた。気持ちはより楽観的に、意欲的といってもいいほどになり、まがりなりにも自活していた。〈フォーラム〉の評論と〈インターナショナル・スタジオ〉の美術批評、『近代絵画』とヨーロッパで着手した小説へのジョン・レーン社からの前払い金、二、三の請負仕事――たいした仕事ではなかった――のおかげでキャサリンに最小額の小切手（不規則な間隔で十ドルか十五ドル）を送ることができたが、はじめて一年半のあいだウィラードはそれなりに自活することができた。どうしてもブロンクスから出たくて、マンハッタンのレキシントン街七八七番地の店の上の二間のアパートを借りた。建物は老朽化していたが、家賃は月三十五ドルで手頃だった。

そのころ自分で見つけた売文仕事は、一、二年前だったら決して手を出さなかったたであろう、自尊心を傷つける最底辺のものだった。「アルバート・オーティス・ピアソンズ」（ミドルネームはかつての〈タイムズ〉の雇い主ハリソン・グレイ・オーティスへの挨拶だ）というペンネームを用いて、ウィラードはパルプマガジン向きのロマンス小説と冒険小説を書き、『永遠のマグダレン』という安っぽい芝居を中篇小説に翻案した。

必要に迫られてということもあったが、名前が表に出なければありきたりのスリラーものや安っぽい小説に身に落とすことも辞せずというウィラードの理由のひとつは、『ニーチェの教え』の出版に関係があった。『八時十五分過ぎのヨーロッパ』はいわば文学的珍品で、そこに知的な重みはなかったが、ニーチェ本はウィラードの真価が問われる、初のまじめな本だった。いまや誰も彼の知的資質に疑いを抱いてはいなかった。書評は好意的で、〈スマート・セット〉ではメンケンが、〈セヴン・アーツ〉ではハネカーが本を褒めちぎり、〈ネーション〉のようなニーチェ哲学信奉者の理論に対して慎重な雑誌でも、ウィラードの本が有益で、その物議をかもすテーマに関する最近の出版物の中で出色の出来だと認めた。

メンケン（「アメリカでニーチェ研究にもっとも大きな刺激を与えた批評家」）への献辞をそえて、ヒユーブッシュの出版社から『ニーチェの教え』が上梓されたのは、ウィラードがロンドンにいるあいだだった。その本には時機を得た企画の特徴があった。一八八九年に精神崩壊を起こしたときのニーチェが英語圏ではほとんど無名だったとしても、二十五年後はそうではなかった。一九一〇年代には、悲劇、倫理、キリスト教精神、「超人《ユーバーメンシュ》」についてのドイツ哲学者の考えは、ドライサーやメンケンは言うまでもなく、ジャック・ロンドン、アプトン・シンクレア、マックス・イーストマン、ランドルフ・ボーン、ウォルター・リップマン、ヴァン・ウィック・ブルックス、エマ・ゴールドマン、クラレンス・ダロウ、イザドラ・ダンカン、ユージーン・オニールといったさまざまなアメリカ人芸術家や知識人の人生に決定的な衝撃を与えていた。だがウィラードの本はそのような読者のために書かれたものではなかった。『ニーチェの教え』は、十分な知識のない人たちに新しい翻訳を読ませる一般読者向け入門書として、『ツァラトゥストラかく語りき』の作者の突飛な考えに惑わされた学生に対する解説書として書かれた。序論と略伝に続けて、ウィラードは、『人間的な、あまりにも人間的な』からはじまって『力への意志』で終わるニーチェの著書九冊から抜粋し、それに彼自身の短い解説と要約をつけた。一九一五年に出たこの大衆向きテキストはばかにされるようなことはなく、文学界はそのようなあからさまに教育者然とした努力に拍手喝采した。最初の重要な本でウィラードが選んだテーマに不満を抱いているようだった唯一の人物は、彼の母親だった。アニー・ライトにとって、ニーチェは彼女の言葉で表現すると「悪魔」にほかならず、影響を受けやすい息子を誘惑して、無神論と利己主義への道を進ませた人物なのだ。

ウィラードがそれにとりかかった一九一四年なら、選集は流行の先端をいくものだったかもしれないが、一年後にフリードリヒ・ニーチェに関して正しく寛大で非国家主義的な読書を求めるのは、とてつもなく勇敢で無鉄砲なことだった。一九一四年八月の出来事がこの作家に関係するすべてを変えた。タブロイド紙とまじめな文芸誌がいきなり同じ意見を述べはじめた。ニーチェは戦争に対し、ある程度責任がある、というものだ。彼はすべての良識ある人々の敵、圧政とゲルマン民族の超人の予言者だった。ウィラードの本が出版されたその月、〈ノースアメリカン・レヴュー〉に「哲学者と戦うこと」というタイトルのウィリアム・アーチャーの驚くべきエッセイが掲載された。『力への意志』の背後にある「狂気じみた哲学」は、いま世界を震撼させている軍国主義に対して責任がある、と著名なイギリス人批評家は警告した。「本当の意味でわれわれが戦っているのはニーチェの哲学だ[5]」とアーチャーは述べた。ポール・エルマー・モア、アーヴィング・バビット、スチュアート・シャーマンを旗頭とする多くのアメリカ人学識者は、それぞれに評論や講演を準備して、同様の荒っぽい意見を証明しようと手ぐすねひいていた。こうした動きに対し、『ニーチェの教え』のウィラードの冒頭の文章は静かな反論を加え、ニーチェの本当の関心はドイツという国でもカイゼルの栄光でもなく、「精神力、信頼、幸福感、主張……もっとも高度に発展した生命、美と力と熱意を極限まで満たした生命[6]」であると注意を喚起した。

しかしウィラードが（この場合ほとんど偶然にではあったが）社会的で知的な騒動の一部になったことにスリルを感じていたと信じるのはたやすい。誰もが文脈をはずれることなく、精神的、比喩的にニーチェの考えを解釈していたら、どれほど退屈だったろう！　たしかに当時のニーチェ哲学をめぐる劇的状況は、ウィラードに多くの気取った態度をとらせることになった。ウィラードと同じくらい不遜なタイプだったトマス・ハート・ベントンはこのころの友人を、「我慢づよい守衛やエレベーター係、ホテルの従業員、あらゆる知人へ横柄な態度をとる」熱意にあふれた超人として覚えていた。ベントンによれば、「［ウィラードは］ドイツ人の惣菜店をひいきにしていたが、地主貴族《ユンカー》風の態度で店に足を踏み入れると、ポテトサラダ越しにあごひげをなでつけてみせて、ドイツ人店主を驚かせた。店主はウィラードを秘密任務のために母国からやってきた重要人物ではないかと不安になり、口がきけなかった」らしい。(7)

自分を彼のアイドルが描いた超人のひとりとして想像することに夢中になっていないときには、ウィラードは著作研究を広めるより実際的な仕事に専念することができた。一九一六年にはコネティカットに赴き、ハートフォード講演会でニーチェの教えの真意と含意に関してポール・エルマー・モアと議論を交わし、その年の〈ニューヨーク・トリビューン〉の長いインタビューでは、懐疑的な読者のために事実から作り話を切り離そうと試みた。ニューヨークの画廊のオープニングや文学的なレセプションでも彼のメッセージは同じで、「ニーチェ哲学」は将来の潮流であると述べた。

ウィラードが伝道者と解説者の役割を果たすことには問題もあった。戦争に関する見解からドイツ支持者と思われていたため、ドイツ人著者の批評家兼代弁者としては当然色眼鏡で見られた。

〈フォーラム〉一九一六年五月号に書評「ドイツ人の良心」を発表したが、その書評はアメリカ人にドイツを、イギリス人のでっちあげたカリカチュアではなく、多様で文化的に進歩した現代国家として見るよう勧めるもので、多くのニューヨーカーはウィラード・ハンティントン・ライトを、愛国心と知的忠誠心の面でひいき目に見ても疑わしい人物であると判断した。この拒否反応はその後悪い結果をもたらし、かなりのトラブルを引き起こす。

一九一五年の秋、アニー・ライトは東部へ旅した。二十五歳になったスタントンと会うのは八年ぶりであり、ウィラードとは二年ぶりだった。家族の手紙には、二人の青年と母親の再会場面を描いたものは一通も残っていない。母親は息子たちを管理したり理解したりするのは不可能だと気づいていたが、心の奥底では二人を突き放すこともできないとわかっていた。まごつかせはしたが、たしかに感動的な出来事だった。それでもキャサリンに手紙を書くときには、アニーは無批判な気分ではなかった。美しい絵と学術的な評論はさておき、ニューヨークで息子たちの生活を見、二人の壮大な計画を聞いたことのほとんどに、アニーは不安をおぼえた。というより道徳観のない息子たちと多くの時間を過ごせば過ごすほど彼女はうろたえ、憂鬱になっていった。「こういった『仕事』は大きな損害をもたらしていて、ウィラードもスタントンも世界中の何よりも彼ら自身を愛していて、ここには思いやりのかけらもありません(8)」とアニーはキャサリンへの手紙で書いている。続いてニュージャージーへスタントンの妻を訪ねると、再び同じような調子で書いた。「[アイダも]スタントンの仕事のために自分の幸せ、権利、健康を犠牲にしています」クリスマス前の一週間、アニー、スタントン、ウィラードはレキシントン街のアパートで一緒に最後の夕食をとり、その後ライト夫人は苛立ちと不満を抱えたままカリフォルニアへ出発した。

母親がキャサリンへ送った報告が自分の目的にダメージを与えることを、ウィラードは知っていたにちがいない。というのは、アニーがニューヨークを出発する前にすでに彼は、妻に進捗状況を説明する手紙を書かずにはいられない気持ちになっていたのだ。ウィラードの見通しは、もし「あの偽善者のばか野郎」ウィルソンがその「道徳的な愚かさ」のために一九一六年中に合衆国を戦争に引きずりこむようなことがなければ、次のクリスマスまでには敗北を認めるか、アメリカで重きをなす芸術界や文学界で重要な存在として地位を確立するかのどちらかだった。自分には後者の結果を保証する気力とすばらしい才能があるとも思っていた。この手紙はキャサリンを安心させはしなかっただろう。そこには不穏で度を超した活力があり、戦争に関するウィラードの脱線はまさにヒステリックと言ってよかった。「ドイツはすでに勝ったも同然だ[9]」と彼は述べた。「もうろくした老女たちは死にかけている。だが連中はあまりにばかで、それにさえ気がつかない。アメリカが参戦したら、彼女もまたドイツ人の比類なき力に打ち負かされるだろう。もしかしたら、それは彼女になにがしか益するところがあるかもしれない……」

意識的かどうかはともかく、ウィラードが思い描いていた「死にかけている」もうろくした老女のひとりが、息子たちが夫婦の義務を無視している限り生活資金の提供を断っていたアニーだったとしたら、ウィラードが母親を追い払ったのはまったく間違っていた。アーチーなしで問題に当たらなくてはならなかったことで、自分の気持ちを口に出す強さを身につけたアニーはようやく本領を発揮した。キャサリンが決して十分ではない家計費から二、三ドル工面できると必ずウィラードにお金を送っていることを知ると、アニーは息子の妻にもうやめるように言い聞かせた。彼女は息子たちをあまりにも長く甘やかしてきた。キャサリン、ベヴァリー、そしてアイダがどれほど苦しんでそのツケを払わされているか、アニーはいま、若干の罪の意識とともに気がついたのだ。

しばらくはウィラードの自己イメージが正しいことが証明されるかに見えた。一九一五年秋から一九一六年いっぱい、そして一九一七年まで、彼の仕事のテンポはまさに驚異的だった。ほとんど毎月、長文のエッセイが〈フォーラム〉に掲載された。小説は一九一六年春に出版され、彼とスタントンが取り組んだ美学に関する本は『創造的意志』とタイトルがつけられて、その後同じ年に出版された。冬のフォーラム・エキシビションの準備として、アトリエ訪問、カタログの手配、スティーグリッツやジョン・ワイクセルとの打ち合わせには、何日も要した。そしてそのどれも、ウィラードがドライサーの新しい作品『天才』のために検閲反対運動に全力を傾ける支障にはならなかった。アルフレッド・クノップフ、ジョン・クーパー・ポーイス、ヒューブッシュ、メンケンとともにウィラードは、今日もっとも重要でありながら不当な中傷を受けている作家と考える人物のために、嘆願書を回覧して支持を集めてまわった。アンソニー・カムストック、ジョン・サムナー、悪徳撲滅委員会が代表するあらゆるものへの激しい敵意を広めるときのウィラードは、つねに熱情的で辛辣だった。そして一九一五年から一九一六年冬のある時点で、『現代性心理学』という題の本のために広範囲に及ぶ覚書きをとっていたが、これは最近輸出されて、おおいに議論の的となっていたジークムント・フロイト、ハヴロック・エリス他のヨーロッパ人著者のセックスと心理学に関する理論をまとめたものである。

再び評判を回復してニューヨークに戻ったことでウィラードが満足を感じたもののひとつは、気が合う仲間と感じていた人たちとつき合う機会を得られたことだ。それは一九一三年のやり直しのようなところがあった。いまではメンケンとネイサンが〈スマート・セット〉を経営していたので、メンケンが仕事で街にやって来ると、ウィラードはちょっと一杯、より正確には数杯飲むためにしばしば彼を訪ねた。雑誌編集者時代に知り合った詩人やジャーナリストともまた連絡をとったが、何よりうれしかったのは、ドライサーに自宅の集まりに招待されたことだ。

ヨーロッパ渡航以前の知人との再会のすべてが、ドライサーやメンケンとの関係回復のようにうまくいったわけではなかった。スタントンによると、詩人ウィッター・ビナーとの最後の面会は楽しいどころではなかった。ウィラードはつねづねビナーの詩を高く評価していて、機会があれば〈スマート・セット〉にビナーの詩を喜んで載せた。ビナーは才能のある若者で、博学な話上手であり、ウィラードは彼との交際を楽しんだ。しかしスタントンがウィラードのアパートに滞在していたとき、ある夜、隣の部屋から大きなドシンという音と取っ組みあう音がして起こされた。「ウィッター・ビナーは床に倒れていて、ウィラードがそれにのしかかるようにして立ち、聞くに堪えないような言葉でののしっていた。何の騒ぎかと尋ねると、ウィラードは『このホモ野郎がおれに誘いをかけてきたんだ』と答えた。そのあと彼はビナーを追い出した」(10)とスタントンは回想している。

今日同性愛は大都市や都会的なグループで広い範囲に受け入れられているが、一九一六年には、文学や芸術の世界でさえ、それはおおっぴらに許されるものではなく、ウィラードも時代や意識して男性的たらんとしている友人たちと同様、リベラルでなかった。同性愛者の実践は「胸が悪くなる」とウィラードはスタントンに言い、それがその問題についての彼の最終判断だった。

友人たちが恐れたとおり、自分を駆り立てるような一九一六年の仕事のペースは長くは続かず、フォーラム・エキシビションの数週間後に再びつまずいた。ニューヨークはロンドンと同じくらい、麻薬を売る男や麻薬を使う仲間の男たち（と女たち）を見つけやすい場所だった。中毒予備軍の人間にとって、その厄介事を寄せつけずにいるのに善意や過酷なスケジュールだけでは十分でなかった。五月にはウィラードは再び深刻な状況に陥っていて、ウィッター・ビナーへの神経過敏な暴力行為は、同性愛者のセックスに対する嫌悪と同じくらい、彼の身体的な不安定さが関係していたのかもしれない。

弱さに対するウィラード・ライトの嫌悪感は伝説的だ。ニーチェへの共感、愛と依存という〝弱さ〟をめぐるキャサリンへの怒り、同性愛の〝弱さ〟への軽蔑、その他の何十もの場面でかいま見ることができる。しかしその春のある時点で、自分には助けが必要だとウィラードも気づいたらしく、いつものようにメンケンに意見を求めた。

ニューヨークでウィラードがかかった医者は、そのほとんどが冷淡で助けにならなかった。中毒に対する治療はいまだ初期科学の段階で、当時の多くの医者はその問題は自分たちの専門外だと思っていた。どうみても医者には与えられる忠告などないことにウィラードは気づいた。しかし麻薬への依存は、複雑な生理学的または心理学的問題というより、社会的かつ倫理的問題とみなされていたらしく、ウィラードは彼の〝弱さ〟と〝堕落〟に対する多くの道徳的非難に耐えなくてはならなかった。気持ちをしっかりもちさえすれば問題は克服できると、ウィラードは繰り返し聞かされた。同時に専門家の途方もない無知にも直面した。大部分の医者はアヘンの効能を過大評価する一方で、ヘロインの悲惨な影響を過小評価していると彼は後に記している――ウィラードが両方の麻薬についていて個人的経験をもっていたことが言外に含まれている。大部分の医者には、マリファナともっと危険な麻薬を区別する専門知識がなかった。医者にとってそれはどうでもいいことで、しばらくのあいだウィラードは、自分ひとりで難局に取り組まなければならないという不安を感じていた。

ニューヨークでそのことが人々の口にのぼりはじめていたので、おそらくメンケンはウィラードのアヘンとコカイン乱用をすでに知っていただろう。医学その他多くの問題に関して、メンケンは援助の供給源として自分の本拠地を提供することで、満足をおぼえた。ウィラードにボルチモアへ来るように勧め、五月中旬、ウィラードはジョンズ・ホプキンス病院へ短期入院する。ニューヨークでの気の滅入るような経験のあとでメリーランドに到着したときには、まさに捨て鉢な気分になっていた。世俗的退廃というロマンティックな冒険としてはじまったことが、いまや地獄の日々を生みだしていた。治療の過程はどうあれ、ウィラードは七月には体調がずっとよくなり、ニュージャージーの海辺の保養地で二、三週間休養をとると、都会での精力的な生活に戻る準備ができた。

真夏には、ウィラードはおこないを改めようという決心と慎重な楽観論でいっぱいに見えた。小説がフォーラム・エキシビションの直前に発売されていて、批評家の反応は大絶賛とはいかなかったが、彼はいくつかのすばらしい書評の満悦感に浸っていた。前途への期待がふくらみすぎた彼は、ド・クインシーが「聖なる愉悦の深淵……幸福の秘密」と呼んだもののために健康と正気を危険にさらすことに決めた。成功へのプレッシャーから一時的に解放され、ウィラードは喜びと幸福感を味わったが、異国の雰囲気がはぎ取られた現実と結果はあまりにも悲惨だった。麻薬を求めて夜グリニッジ・ヴィレッジの通りを歩き回ったり、刑務所へ送られかねない買い物をするためにみすぼらしい酒場で待ったりすることは、『ドリアン・グレイの肖像』のアヘン窟メロドラマとは何の共通点もないことがわかった。

麻薬中毒と同じくらい、ウィラードの女性問題——こじれた関係とけんか腰の態度——も彼の人生をますますややこしいものにし、思慮分別のある人たちとのあいだに亀裂が生じることが多くなった。それによって彼自身の幸せの探求は難しいものとなった。

ヨーロッパから戻るとさらにひどくなっていた女性に対する敵意は、臆病で旧式な考えの人間として簡単に片付けることができたアニーとキャサリンという家族の枠を越えて広がっていった。勇気や知性をもつ女性でさえウィラードを苛立たせた。非凡な画家マーガリート・ゾラックはウィラードの偏見を身をもって経験した。マーガリートの夫ウィリアムを含むフォーラム・エキシビションの十七人の画家のうち、十六人はカタログに短い文章を書くよう頼まれた。依頼されなかった唯一の画家がマーガリートだ——たまたまではなく、展覧会でただひとりの女性画家だった。一九一六年にスティーグリッツの画廊で開かれたジョージア・オキーフの木炭画の展覧会の作品を見たときのウィラードの反応も似たような例だ。「どの絵も言いたいことは同じ、『わたしは赤ん坊が欲しい』だ」[11]とウィラードはあきれた様子でスティーグリッツに話した。友人がこの無名の女性の、性的な含みと震える線をもつ暗い抽象画を展示する理由が彼には想像できなかった（スティーグリッツの返事はいかにも彼らしかった。「そうか、それはすばらしい。赤ん坊が欲しいと語る絵を、女が描いたんだ！」）。ウィラードがオキーフの絵の価値を認め、彼女がマリン、ダヴ、ハートリーと肩を並べる画家かもしれないと思うようになるまで数年かかった。きわめつきの女嫌いドガのように、ウィラードは本物の創造力は男の特質だと思いこんでいた。イーディス・ウォートンやメアリー・カサットが登場したときも、その法則を検証する上での不自然な例外と考えた。

探偵小説家になる前に執筆した小説の中に、ウィラード・ライトのこうした側面をはっきりと浮き上がらせる描写がある。一九一六年春に発表された『前途有望な男』によって、ウィラードは、擁護と攻撃と解説を仕事とする著名な美術関係の文筆家という立場から飛躍して、彼自身が芸術家の地位にのぼりつめたいと願っていた。ある部分は自伝的、ある部分はニーチェ哲学のパンフレットであり、自分の人生かくあるべしと願ったファンタジーでもある『前途有望な男』は、文学と思想の両面に壮大な野心をもち、自分の成長や世俗的成功を妨げる多くの障害に直面している青年の物語だ。この障害にはひとつの共通点がある。女だ。母として、性的対象として、妻として――どんな関係であれ、主人公スタンフォード・ウェストの人生に登場する女たちは、みながみな、結局は同じ目的のためにそこにいる。ウェストを引き止めて縛りつけるのだ。この時代になっても小説における女たちの描写は不完全だったり一面的だったりすることが多かったが、『前途有望な男』は女性嫌悪に満ちた本で、アニーとキャサリンは顔を平手打ちされたような衝撃を受けたにちがいない――二人は出版されて本が送られてくるまで、小説については何も聞いていなかった。もちろんメンケンは単純に、ニーチェの『人間的な、あまりにも人間的な』のいかにももっともらしい一節、「女たちはいつも自分の夫の気高い魂に対して秘かに陰謀を企む。苦労のない快適な過去のために未来をごまかそうとする」を脚色したものとしてウィラードの小説をとらえた。

ジョイス、マン、モームの小説の登場人物と同様、ウィラードの主人公の〝若い芸術家の肖像〟

は、好奇心が強く感受性鋭く自己中心的な個人主義者で、さらに少なからぬ著者との共通点を有している。父の一族の故郷であるニューヨーク州北部オニオンタをモデルにした町で過ごした幼年時代から、小説が幕を閉じる四十代前半まで、スタンフォードは自分が芸術家であるという意識、尋常でない経験を積む権利、自由な時間と自由な思考の欲求をもちつづけるためにたゆまぬ努力をつづけている。結局、スタンフォード・ウェストは敗北する。スティーヴン・ディーダラスとは異なり、ウィラードの主人公はあまりにも多くの試練に耐えることを強いられて、ついにはきっちり管理された一夫一婦の生活に落ち着くが、それは彼の最良にしてもっとも創造的な仕事の終わりを意味することになる。スタンフォードは、両親のかねてからの望みどおり、故郷の田舎町の大学で無難な職を得て、人生に何も期待しなくなる。

「母親を皮切りに次々に彼の人生と交差した女たちは、彼の人生から活力に満ちたものを取りあげ、その活力を彼を満たすことのなかった日用品と入れ替えた」[12]とウィラードはスタンフォード・ウェストを描写した。彼を束縛する不幸な結婚、ゴーチエの小説から抜け出してきた魔性の女との妄執じみた情事、ニューヨークの女優との二度目の情事、知的だが支配欲の強い愛人との関係をへて、ウェストは最後の落とし穴、逃れることができない罠に屈する——娘だ。物語の最後の章で、望んではいなかった子どもへの義務に屈して、彼は放浪と不貞に終止符を打ち、攻撃的なエッセイを捨てて、もっと好まれる文章を書くようになり、身を落ち着ける。

文体やプロットに関して言うと、ウィラードの小説は筆先なめらかな世紀末作家に親しんで育った人物が書いたとは思えない本だ。もっともおもしろくないときのドライサーやノリス風の、陰気な事実にもとづく物語『前途有望な男』は、若いころのオスカー・ワイルドの耽美主義への傾倒からウィラードがどれほど遠くへ来てしまったか——後にファイロ・ヴァンスの登場でその結びつきは復活する——を示している。この本は、偉大なアメリカの写実主義作家の仲間入りを狙ったものだった。だが新しい写実主義に寄せた評価にもかかわらず、ウィラードには明らかにそれを創造する才能がなく、都市生活、先行き暗い関係、絶望や悲哀の手触り《テクスチャー》を再現する（一番いいときのドライサーのような）能力もなかった。『前途有望な男』について言えることはせいぜい、主題を扱う直截さがアメリカの写実主義文学の聖典《カノン》のなかでマイナーな地位を占めるというものだ。浮気、婚前交渉、未婚の母、妊娠中絶、不特定多数を相手にした性行為——口にするのが不適当なものを並べたウィラードの物語は一九一五年には珍しいものだった。この小説が『天才』や『ヘイガー・レヴェリー』のように検閲論争に発展して人々の注目を集めることがなかったのも、ウィラードの努力が足りなかったからではない。ともかく悪徳撲滅委員会は目もくれなかった。本は増刷されて、メンケン、ハネカー、〈シカゴ・トリビューン〉のバートン・ラスコーからしかるべき評をもらったが、禁止されるほどの関心を集めなかった。ふくれあがった借金からウィラードが抜け出せるだけの金も生み出さなかった。

この方面でウィラードに救いの手をさしのべたのは、彼の人生に新しく登場した人物、S・S・ヴァン・ダイン時代の前に数か月以上にわたって恋愛関係にあったただひとりの女性で、ウィラードは本物の結びつきを得たように見えた。

残っているわずかな証拠から見る限り、クレア・バークは快活でわがままな美しい女だった。彼女にはキャサリンになかった如才なさがあり、ウィラードの因習打破主義、ニーチェや進歩的な芸術への興味、愛国心や一夫一婦制、宗教に対する軽蔑に賛同していた。ウィラードが結婚していること、そうした状況が許す範囲内で生きていくことを甘んじて受け入れた。ウィラードにとって何より都合がよかったのは、別の女、ときには出会ったばかりの行きずりの女と一夜を過ごしたとしても、クレアには文句を言う理由がなかった――どちらの側もある程度の自由の上に築かれている関係だった。クレア自身結婚していたが離婚はしておらず、夫とは友好的な関係を保っていたがほとんど別居状態だった。別の見方をすれば、彼女は二つの世界からうまい汁をすっていた、ということもできる。有名人になるかもしれない恋人と、たんまり金をくれ、わが道をゆき、ほとんど質問をしない夫（メンケンは「まぬけ」と呼んでいた）(13)。彼女とウィラードはきわめて興味深いカップルだったので、ドライサーは二人の関係を題材にした短篇のアイディアを練るが、残念なことに実際に書かれることはなかった。「ウィラードとクレア」(14)と簡単な表題のついた一枚のメモに――興味をかきたてられる――資料があり、クレアの生い立ちがあらゆる点でウィラードと同じくらい複雑で途方もないものだったことが記されている。

『前途有望な男』のスタンフォード・ウェストの最後の愛人エヴリン・ネイスミスのように、クレアには教養があり、ウィラードと出会う前から数人の作家と知り合いで、「どんな会話にもついていくことができた」(15)。クレアはウィラードが残りの人生を一緒に過ごしたいと考えた初めての女であり、彼がメンケンやドライサーをもてなすときもよく一緒に加わった。クレアは気まぐれなところもあり、彼女に関しては、女の影響についてのいつもの不安をウィラードが抱くことはなかったらしい。実際、後年ベヴァリー・ライトが父親について語ったところによれば、「クレア・バークは恐ろしい淫魔《インクブス》ではなかった唯一の女性だった」(16)。クレアはいざというときには、取り立ての厳しい借金取りから愛人を救うために金を工面したりもした。

最後にウィラードが長期間弟と一緒に過ごしたのは一九一六年末のことだ。ニューヨークにうんざりしたスタントンは、年が明けたらすぐにカリフォルニアに戻り、母との関係を修復して、絵の制作にもっと良い環境を見つけて自活するつもりでいた。別れる前に、スタントンがとりわけ関心をもっていたウィラードの本が出るのを見ることができた。ウィラードが一年以上断続的に取り組んできた『創造的意志』は秋に出版され、〈スマート・セット〉をやめてから出版された本は合計五冊になった。スタントンが言うように、結局のところそれはジョン・アダムズ・セアの精神的なショックが生んだ贈り物のように思えてきた。

『創造的意志』はウィラードがパリでテーヌを読んでからずっと取り組んできた「芸術の説明」という決定的な美術論文でなかったが、それに一番近いものだった。本はスタントンに捧げられており、共同の著作と受けとめられたはずだ。そこで述べられた考えは最初のシンクロミズムの展覧会以来兄弟が長い時間をかけて議論してきたものだった（ウィラードの死後しばらくたった一九五〇年代に、スタントンはこの本は彼ひとりのものだと主張した）。その前年の『近代絵画』の力強さと特殊性に対する評価が分かれていたとすると、今度の本はほとんど驚きをもたらさなかった。多くの書評家が『創造的意志』に行数を費やすことなく、そのほとんどをそっけない要約にあてていた。あれこれ考えるにはすべてが異常すぎると多くの人が感じていたらしく、「画家の本」として読むのが一番と思われていたのかもしれない。実際、ウィラードには、本を読んでいるのはスティーグリッツの仲間の画家や作家、あるいは明らかに美術界の関係者だけだと感じられた。メンケン、ネイサン、ドライサー、ハネカーやいつものグループからも、支持や関心といったものはほとんどなかった。少なくともスタントンは良い仕事だと思い、ジョージア・オキーフは自分の画学生に本を推薦し、ウィリアム・フォークナーは後に彼が人生で決定的な影響を受けた初期の本のひとつとして紹介した[17]。フォークナーは『創造的意志』が美学的問題、分析的態度、新たな目で芸術家たる自分を見直す感覚について明確に述べていると思った。

いくつかのニーチェの著作のように『創造的意志』は、長々と分析が続くのではなく、多くの短く刺激的な文章で章を構成する、アフォリズム風のスタイルで書かれていた（おそらくこれはウィラードの最大の誤りで、その本を支離滅裂で独断的に思わせることになった）。『創造的意志』は芸術――〝芸術〟という言葉は絵画に加え、文学と音楽も意味していた――の多様な面に触れて、さまざまな方法でそのテーマを繰り返し述べた。ウィラードが懸命にくさしたのは、記録媒体としての芸術という考え方や、芸術作品を評価する際に鑑識眼や個人の〝センス〟が果たす役割だった。ウィラードがとりわけ促進したかったのは、芸術制作や芸術評価においては一定不変なものがあるという考えと、人々が正しく芸術を見ることができるようになり、芸術様式が自由かつ自然な進化を許されることである。たとえば絵画においてこの〝一定不変なもの〟とは、色彩を用いて最大の効果を引きだし、空間と立体的な形を実感させる三次元の感覚を作りだす画家の能力だ。文学では主題に言葉を適応させ、「完全な流動性と適応性」を示す偉大な作家の能力だった。

それは同時に、ウィラードが確立しようとしていた生理学と強く結びついた美学であり、経験の純粋な官能性という初期の信念からはかけ離れた芸術の見方だった。バランス、調整、運動といったわれわれの生来の感覚は、芸術におけるシンメトリーやダイナミズムへの愛着に結びついていた。体のリズムは、構図よろしく力強く描かれたカンバスのリズムに反応するとウィラードは述べている。ところが、静的で型にはまった絵は身体的に見る者を感動させることができない。だが『創造的意志』は〈〈ウェストコースト・マガジン〉の評論とは矛盾するが〉次のように主張した。「ただ芸術を感じることは、文明化されていない野蛮人へ成り下がることだ。知的な方法で芸術を理解することが、人間の到達した文化の最高水準を証明するのだ」[18]見る者や批評家の知性は、画家のヴィジョンの背後にある考え、新しいスタイルの創造につながるプロセスに気がつかなくてはならない。芸術作品における知的な要素や感情的な要素のバランスを、ウィラードは〝均衡〟と呼び、すべての偉大な芸術に共通する属性とした。

コンセプチュアル・アートの登場する五十年前、革新的な画廊が当時展示していたキュビストの断片化された静物やダダのアッサンブラージュに、ほとんどの評論家が肩をすくめていたときに、ウィラードは、対象の背後にある考えに、対象が最初に提供する視覚的満足感（またはその欠如）と同等の考慮を払わなければならないと提案する、数少ないアメリカ人著者のひとりだった。かつてアーモリー・ショーで目にしたもののあらかたを笑った男が、画家の理論と意図を吟味する鑑賞者の義務に熱弁をふるう人間になっていた。これは絵や彫刻と同様、写実主義作家の詩や意識の流れ的手法の小説にもあてはまった。

しかし『創造的意志』の多くの読者を苛立たせたのは、それが極端に走って『近代絵画』やウィラードの大部分の評論と批評記事を台無しにしてしまったことだ。ウィラードはその本のなかで数度にわたり、偉大な芸術は必然的に貴族的で進化的に見えなければならないと主張した。そこに暗にほのめかされていたのは、それは大勢の庶民のための経験ではなく――一般的な趣味からどこまで遠く離れているかで判断されるかもしれず――そして当然モダニズム芸術は前の世紀の芸術よりすぐれているというものだった。芸術を時代によって向上したり進歩したりするものとして見てはならないと、T・S・エリオットが後に注意を促しているが、その警告をウィラードは忘れていたのだろう。現代生活が一段と複雑さと激しさを増しているように、芸術も複雑さと激しさを増して抽象概念の純粋さへ近づいており、そこには向上の可能性があるとウィラードは主張した。

すべてを考えあわせて、ウィラードは彼のいわゆる「現代美学の手引き」を発表すると、〝文学者〟という捉えどころのない地位を求めてスタートを切ろうと決めた。「知的で……すばらしい一年だった[19]」とキャサリンには書いたが、そこには事態が好転すると考える理由があった。夫との四年近くの別居生活に耐えてきたキャサリンは、当然それはウィラードと一緒に暮らすため、自分とベヴァリーが近くニューヨークに呼ばれるかもしれないという意味だと考えた。

ウィラードが年の瀬の手紙で触れなかったのは、彼がクレア・バークという華やかな女性と付き合って――いまにも恋に落ちようとして――いて、キャサリンを説得して翌年には離婚したいと思っていることだった。

批評家とスパイ

「思想や本はまったくもってつまらないし、世論、民主主義の希望などいまどきどこにある？　鋤の行く手にある一輪の花のようだ」
――ウォルター・リップマン、戦争直前に

一九一七年四月二日、ウッドロー・ウィルソンはアメリカ合衆国議会にドイツに対する宣戦布告を求めた。避けられないこととずっと考えられていた事態がついに起こり、過酷で予想外のやり方でアメリカ人の生活を変えることになる。

ウィラードの生活への直接の影響はすぐに感じられた。五月には何千人もの二十九歳の男たちと同様に、彼も徴兵局に登録することを求められており、召集される可能性があることを知った。ウィラードの反応は制御不能のパニックの一種だった。初めは彼の健康が、戦闘は言うまでもなく、基礎訓練の重圧にも耐えられないことを保証してくれると思っていた。おそらくそれは本当だったが――彼の信条のことはさておいても、いつもの神経の緊張や最近の麻薬問題のために、ウィラードはちゃんとした兵士にはなれなかっただろう――健康上の理由による徴兵猶予になるかはあやしいとも考えた。ニューヨークでさえ〝兵役忌避者〟をめぐる発言は珍しくもなく、大半の医者はドイツ野郎と戦う務めに尻込みしているように見える若者を疑いの目で見た。

わが身の苦境をじっくり検討できるだけの冷静さを取り戻したとき、ウィラードは完璧な口実は、自分が夫であり父であることだと気づいた。すぐにキャサリンに長く取り乱した手紙を書いた。自分たちが離ればなれになるなんて想像もつかない、と彼は妻に（四年半も会っていなかった妻に）訴えた。キャサリンが徴兵委員会に証明の手紙を書くときには、彼女と娘がカリフォルニアに住んでいるのに夫が東部にいるのは、就職の機会を求めてのことだという事実を強調しなければならなかった。さらに彼女は、ウィラードが家族の事実上たったひとりの扶養者であることを説明しておく必要がある。自分たちがどれほど貧しく必死かを委員会へ訴えるのだとも書いた。もちろん「感動的な物語を語るのに誇張した表現は必要ではなく[1]」、さらに最悪の状況になったら自分が破産状態にあることを宣言するとウィラードは述べた。

実際、カリフォルニアでの事態は深刻なものになっていた。アニーにはアーチーの遺した資産を運用していく能力がないことがわかり、キャサリンは引き受けざるをえなかった事務仕事の重圧のせいで健康を損ない、彼女とベヴァリーは狭くてみすぼらしいアパートへ引越しを繰り返した。その春、ベヴァリーが扁桃腺を切除しなければならなかったとき、手術の金があるのかという問題が生じた。一家の立派な働き手になれなかったことに対するいつにない気まずさから、ウィラードはその月アート・スチューデンツ・リーグで講義の仕事をいくつか引き受けて、直接キャサリンに費用を送った。さしあたりキャサリンが優位に立った。

結局、徴兵委員会の問題は簡単に解決した。ウィラードは登録をすまし、身体的な理由による免除を主張したが、その主張の正当性を証明するような事態にはいたらなかった。ウィラードの安堵の気持ちは大きく、新兵徴募、戦時公債、ドイツの残虐行為についての叫びが再び静まれば、すぐに仕事に戻りたいと思った。だが、戦時体制下の雰囲気と、そのなかで怒りに満ち、守りを固めた一般市民のあいだに生まれたすべてが、舞台からすぐに消え去ることがないとわかるまで時間はかからなかった。疑惑と不寛容の嫌な雰囲気が国じゅうを覆っていた。

ウィラードの新年第一作は、読者が彼に期待していた批評の本だった。その春、『国民に嘘を伝える』という題名で、ヒューブッシュから上梓された小さな本は、ウィラードが〈リーディズ・ミラー〉にこの十二か月のあいだ断続的に発表してきた評論をまとめたものだ。彼のテーマ、というより標的は、第十一版が何十もの雑誌、何千もの新聞で宣伝されていたブリタニカ大百科事典——アメリカの最新製品、広告産業の新しい〝売込み《ハードセル》〟戦術の産物——だった。

一七六〇年代にエジンバラで出版されたブリタニカ大百科事典は、一八九〇年代だけで大量にアメリカ国内にもちこまれた。当時のアメリカ合衆国では本を購入する一般市民が急増していて、エドワード・フーパーという頭の切れるアメリカ人書籍商（その商品の真の支持者）が販売にかかわっていた。戦争前の数年間、アメリカ人がこれまで経験したことのない集中的な販促活動が、主要な雑誌や新聞に定期的に掲載された〝売込み〟広告を使って、ブリタニカ第十一版のためにおこなわれた。戦争で売上げが激減すると、一九一五年にフーパーは頭の切れるところを見せて、写真製版による重版を監督したり、シアーズ・ローバック社を通じて販路を拡大したりした。それは、知的劣等感というアメリカ人の長年の不安につけこんだ広告キャンペーンと、イギリスからきた〝世界の知識〟の編纂物は文化的価値が高く、絶対に必要なものでなければならない、という保証の二本立てによる強引な販売だった。不安と俗物根性が手助けし——教育に一家言ある家庭なら一セット買わずにすますことができるだろうか?――十二か月の売上げが五万セットという記録を達成した。

多くのアメリカ人作家、編集者、教師は、ブリタニカに向けて発せられた生意気な非難を不快に思った。ウィラード・ハンティントン・ライトだけが時間をかけてこの事典をこつこつと読み、詳細な批評を準備した。その成果『国民に嘘を伝える』は新たに発売された版の間違いと偏見への徹底的な非難の本となった。その本のおかげでウィラードは、数人の知識人からの賞賛と圧倒的多数からの軽蔑を手に入れる。

『国民に嘘を伝える』の中心となる非難は、やたらと重んじられているブリタニカは「イギリスによるアメリカの知的植民地化の新しい一章でしかない(2)」というものだった。イギリスの「当然と思われている文化的優位」は神話であって、アメリカ人が自分たちは偉業を達成することができない国だと考えるのをやめさえすれば、わが国は世界の中で芸術的で知的な実力者として当然の評価を受けるのだ、とウィラードは熱心に主張した。ウィラードが見るところ、問題のひとつはアメリカ人の語学力不足だった。大学教育を受けた者でさえ、大部分のアメリカ人は英語以外どんな言葉も流暢に話すことができないが、その英語が二つの国を――対等なものではなかったが――結びつけている。問題のもうひとつの側面は、イギリスの文化的な承認を得たいという金持ちのアメリカ人の願望、シンクレア・ルイスが二〇年代に諷刺的に描いてみせた症候群に関係する。最後にウィラードは、大学と、アメリカの雑誌を編集して「せっせとイギリスの意見の真似をして」きた「小心な有象無象(3)」を非難した。こういったものの影響でアメリカ人は、「見解の普遍性も、偏見からの自由も――要するに、教育的な価値を主張する著作にとって二つの主要な要件がないこと(4)」を露呈している百科事典に財布をはたこうと押し寄せることになった。

いったいブリタニカの第十一版は何がまずいのか？　文学、美術、音楽、哲学、科学、宗教、そして百科事典が説明する日常のあらゆる部分を扱った章について、ウィラードは具体的に読者へ説明する準備ができていた。

ブリタニカが世界を解説する際、ほとんどすべてのイギリス人芸術家や思想家が、同じ分野の多くの外国人より重要な位置を占めていた。したがってウォルター・スコットはバルザック、ユゴー、ツルゲーネフを合わせたより大きなスペースを与えられ、ジョージ・メレディスはフロベール、モーパッサン、ゾラを合わせたより多かった。イギリスの散文の精神を高揚させる特性は、フランスやドイツの道徳上いかがわしい価値感と比較されることが多かったが、作品に「明らかに不快な部分」があったオスカー・ワイルドやジョージ・ムーアのような自国の作家には厳しい態度をとった。グレゴリー夫人やジョン・ミリントン・シングのような世界中で認められている才能ある人たちは完全に無視され、アイルランド文芸復興はアイルランド文学というよりイギリス文学の一局面として扱われた。これらすべてが「世界文化の手引き書」としてのブリタニカが「お粗末な伝道活動」であり、外国人嫌いの無用の長物であることを証明しているとウィラードは記した。

視覚芸術を扱うページではその格差は不快なほどだった。メアリー・カサットは一度も言及されず、ニューヨークで名声を確立していたロバート・ヘンライ、ジョージ・ラックス、ジョージ・ベローズのようなアッシュカン派の画家は全員無視された――だがもちろん彼らはアメリカ人であり、ジョージ・フレデリック・ワッツやホールマン・ハントより重要な画家ではなかった。もっとひどいのは、百科事典一九一五年版では、ヴァン・ゴッホ、ゴーギャン、セザンヌを無視し、ルノワールについては簡潔で冷淡な要約があるだけだった。写真術の歴史に関する記述では、アルフレッド・スティーグリッツ（当時イギリスで有名だった）やエドワード・スタイケンへの言及が省略されて、科学を扱ったページではアメリカの病理学者、生物学者、外科医、化学者にはわずかしか目を向けず、ルーサー・バーバンク、オービルとウィルバーのライト兄弟については何も触れていなかった。同様の偏見が美学と哲学の分野でも見られた。

信仰についてのウィラード自身の感情は必ずしも寛容なものではなかったが、本全体にわたる反カトリック的な発言とイエズス会教義のひどく偏った説明に、彼は腹を立てた。ブリタニカの編者は英国国教会と長老派教会が西洋文明のある種の頂点を象徴していると思っているらしい、とウィラードは書いている。『国民に嘘を伝える』の巻末にウィラードは、その百科事典に伝記が載っていない、さまざまな分野の世界的に有名な人物二百人の四ページにわたるリストを追加している。そのリストだけでウィラードの主張の正当性は証明できたが、一九一七年にブリタニカの売上げが十万セットを越えたとき、彼にできたのはアメリカの俗物根性はアメリカの自尊心より強いのかと疑問を呈するくらいのものだった。

またしても、有益な仕事だと考えたことに対して彼が望んだような反応は得られなかった。ブリタニカの広告を掲載した新聞は、ウィラードの本の広告を拒否して、社説の妨害が『国民に嘘を伝える』の売行きをかなり減らした。雑誌は学問上の不正義を暴露しようとする彼の努力を支持してくれると思っていたが、その役目を果たせなかった。〈ダイヤル〉に書いていた有名な小説家ヘンリー・フラーは、ウィラードの本を、あまりにも批判が多いのに「うんざりして、いらいらさせられる」[5]と述べた。さらにフラーはセザンヌ――またはアンリ・ベルクソン、ジョン・デューイ、イーディス・ウォートン（ブリタニカに登場しないさらに三人の名をあげて）――のような名前の欠落がそのようなこじつけに結びつけられることに疑念を抱いていた。ほかの批評家も賛成した。これは、自分と自分のでっちあげた大義に注意を向けさせるため「『オオカミだ』と叫ぶ少年」ウィラード・ライトの新たな事例にすぎないと批評家たちは考えた。

その一方でウィリアム・マリオン・リーディは、ウィラードが「書籍販売業者のいかさま」に対する大攻勢の先頭に立つことで「真っ当な出版活動に対する貴重な貢献(6)」を成し遂げたと考え、ジョージ・シルヴェスター・ヴィーレックとバートン・ラスコーは書評でウィラードの本を褒めて、ハネカーは陽気な祝辞（「いかさまをやっつけた！(7)」）の手紙を書いた。ウィラードにとってはるかに意味のある発言は、ルイス・アンターマイアーによるものだった。〈リーディズ・ミラー〉で、アンターマイアーはまず「ウィラード・ハンティントン・ライトがあと四冊の本を書いたら、同時代のどの文学者よりも多くの敵を作ることに成功するだろう(8)」と述べた（もちろん、ウィラードにはうれしい言葉だった）。しかし彼は続けて「〔ウィラード・ライトの〕並外れたエネルギーと熱意がいま少しあれば、文化にとって批判的かつ創造的な状況を作るのにおおいに役に立つだろう」という意見を表明した。

アンターマイアーはウィラードの努力の根底にある動機を簡潔に言いあらわしていて、自分の目的をきちんと評価している人間がいることを知った彼は安堵した。ウィラードがそのとき理解できていなかったのは、彼とアンターマイアーが信じていたものより強大な力が作用していたことだ。戦時に連合国の知的業績を攻撃すること、特にグスタフ・マーラーやマックス・レーガーがきちんと扱われていないと文句を言うことは、敵の思う壺だと多くのアメリカ人が考えた。反逆罪も同然だと言う者もいた。愛国心に対するウィラードの不信はつのった。

一九一七年の春から夏にかけてウィラードは、〈ノースアメリカン・レヴュー〉にフロベール論、〈セヴン・アーツ〉にツルゲーネフ論、『善悪の彼岸』モダン・ライブラリー版の序文、〈メディカル・レヴュー・オヴ・レヴューズ〉に麻薬と麻薬治療についてのエッセイを書いた。最後の仕事は、ウィラードが自分の問題について触れている唯一の公式な文章だ。医師向けの発行部数の少ない専門誌ではあったが、そのエッセイには高潔さ（そして彼らしくない無欲さ）と言ってもいい何かがあった。これは自分自身の苦しみに満ちた経験にもとづいて医療従事者を教育せんとする試みである。「文学的迷信と麻薬」と題された記事はあからさまな自伝的視点は避けていたが、それにもかかわらず、麻薬中毒とアメリカにおける治療の嘆かわしい状況についての直接的な知識のせいで、著者が信念をもっていることは明らかだった。つまり、ウィラードが現代の医師たちに訴えたのは、麻薬中毒を社会や道徳の問題としてではなく、医学上の問題として見ることだった。「麻薬中毒は病気なのだ」とウィラードは記している。「自ら陥ったという事実もその状態を変えはしない」(9)

もっと具体的に言うと、医師は薬物に対して間違った区別をすることが多い（アヘンの効果を過大評価したり、ヘロインの影響を過小評価したりする）とウィラードは警告して、麻薬の使用を計画的に減らしていく療法を訴えた。療養所の「薬物を即座に絶つ」治療法に賛成する人々は、罰と不必要な治療の痛みを同じものと考えていて、無慈悲で独断的だと彼は思っていた。医療従事者の目を「道徳的な迷信」からそらさせ、科学的で慈悲深いふるまいをさせることだ。

ニューヨークのウィラードの友人や、カリフォルニアの家族が、この記事を目にしたとは思えない。しかしウィラードにはそれをファイルに収めただけで十分だった。そのような微妙なテーマについて意見を述べるのは、過去のものにしたい苦しみに借りを返すことだったのだろう。

六月、ようやく自分のおかれた状況をじっくり考えたウィラードは、常勤の仕事が見つからなければ、勝負はじきに終わりだと認めざるをえなかった。旅行記、ニーチェの選集、小説、『近代絵画』、『創造的意志』、『国民に噓を伝える』――一切ひっくるめて――から得た印税は、一年分の給料にはならなかった。アメリカは、大学とも日刊紙や月刊誌の世界とも関係のない文化批評家を支援することに関心がなかったらしい。ウィラードはスタントンの商業的成功や、それが彼に意味することにも、もはや望みを抱くことができなかった。アルフレッド・スティーグリッツがその年四月に〝291〟で開いた「シンクロミー」の展覧会も、その前のウィラードの試みほどの影響をスタントンに及ぼさなかった。クレア・バークの厄介になり、ときにはメンケンやネイサンに借金をしたり、友人に食事をたかったり、かろうじて一週間の食費を払えるほどの原稿料でエッセイを書いたりしたが、それも長くは続きそうになかった。ウィラードの就職活動が本格的にはじまった。

またしても、そしてこれが最後になるが、ウィラードは幸運と仕事探しのタイミングに恵まれた。はじまりはその月メンケンの助けを借りて〈ニューヨーク・イヴニング・メール〉で仕事を得たことだ。ボルチモアの〈サン〉やニューヨークの〈スマート・セット〉のように、メンケンは〈メール〉にも近く寄稿することになっていて、発行人と編集者をよく知っていた。〈メール〉というと、一九一七年に暗雲がその名前に影をおとした新聞だ。社主エドワード・ルメリーがドイツ政府から金を受けとっているという噂が流れ、同盟国側を糾弾するためにニューヨークのほかの新聞と共同歩調をとるのを〈メール〉が拒んだことで、その噂は一層あおられた〈実際に一年後、支払いの動かぬ証拠が明るみに出て、ルメリーは逮捕され、ニューヨークのジャーナリズムを揺るがすスキャンダルとなった）。しかしいまやアメリカは戦時下にあった。すべてが一変し、新聞は親米的かつ親英的たらんと努めたが、彼らはそうしなくてはならないことを知っていたのである。

こういったことはウィラードにとってさほど重要でなかった。ルメリーがスパイだとしても、どうでもよかった。文芸担当編集者として雇われて、新聞の紙面に集中できるだけで幸せだった。「本数を減らせば[10]」その給料でも煙草をやめずにすむと、ウィラードは友人でジャーナリスト仲間のスタントン・リーズに話している。しかし実際には、〈スマート・セット〉での栄光の時代よりその額がだいぶ下回っていたとしても、定期的な給与というのは心安まるものであり、そのおかげで毎週カリフォルニアに二、三ドル余計に送金することができた。

〈メール〉での仕事のおかげで〈ロサンゼルス・タイムズ〉での懐かしい日々に戻ったような気分になれた。ウィラードの職務は、以前ハリー・アンドルーズのためにやっていたことによく似ていた。「新しい本と本のニュース」とウィラードが呼んだページは、書評、短い評論、本の告知、ゴシップのごたまぜ教養欄だった（その後の流れを考えると注目すべきは、ウィラードはじめ一九一七年の文芸コラムニストにとって〝ゴシップ〟とは、作家が執筆中の本や旅行を意味していたことだ――家庭内のもめごと、性癖、離婚の危機のあれこれではなかった）。このような仕事でウィラードは本領を発揮することが多かった。批評家という以上に本質的には文人だったウィラードは、案内や情報を欲し、ただもっと国際的な人間になりたいと願う読者のあいだに何かしらの空気をつくりだすのに一役買うことに喜びを覚えた。この種の文章は短命なのが普通だが、その目的ははるか高みにあった。文芸編集者としてウィラードは、またもや自分が重大な変化を生みだしているという自信を深めた。

その変化は最後には、たくさんの人々がロマンス小説よりコンラッドを好み、ドライサーの小説の検閲に抗議し、ブリタニカの実態に気づくようになり、もっと多くの関心、寛容、洗練を目にすることにつながるだろう。

〈メール〉での最初の数週でウィラードは、彼の知人もしくは近づくことのできた〝著名人〟の書評を並べることで、望んでいた印象を作りだした。一九一七年の夏から初秋の土曜日、〈ニューヨーク・イヴニング・メール〉の読者は、メンケン、ハネカー、ルイス・アンターマイアー、ラドウィグ・ルーイゾン、ヴァン＝ウィック・ブルックス、シンクレア・ルイス、ベン・ヘクト、アーネスト・ボイドといった書き手による、コンラッド、ムーア、ロンドン、ゴーリキー、ゴールズワージー、オリック・ジョーンズ、エイミー・ローウェル、コンラッド・エイケンの新刊または再刊本の書評を読むことができた。世間が〈メール〉について何と言おうとも、その時期、この新聞の週一度の文芸欄は、ニューヨークの日刊紙でもっとも異彩を放つページになった。編集長ジョン・カレンは満足の意をウィラードに伝え、キャサリンは、夫が目標の実現に近づいていて、それによって家族がついにひとつになる日が来るのではと望みを抱いた。

その年の初めにボニ・アンド・リヴライト社のホレス・リヴライトが、国際的な短篇集シリーズという社の新企画に力を貸してくれないかとウィラードに打診していた。リヴライトは、ウィリアム・ディーン・ハウエルズが最近編纂したアメリカ篇と、エドワード・オブライエン編のイギリス篇を補完する、フランスの短篇小説アンソロジーの編者を探していた。適任者としてウィラードの名があがり、彼は二つ返事でその仕事を引き受けた。数週間、アパート中をひっかきまわしてフランスの本を探したり、ブレンターノ書店で新しく買った本（この店の書籍代の請求書は危険な域に近づいていた）を読み、ニューヨーク公立図書館ですぐれた翻訳を調べたりした結果、自信のある作品リストができあがった。『現代フランス短篇名作選』は一九一七年秋に刊行され、この三年間のパターンが守られた。ヨーロッパからの帰還以来、ウィラードは毎年二冊ずつ本を出版していた。

いくつかのすぐれた例外——たとえば、バルザックの「Z・マルカス」、メリメの「イールのヴィーナス」、ゾラの「水車小屋襲撃」、モーパッサンの「政変」——はあったが、全部で二十作を収録したウィラードのアンソロジーは少々迫力に欠けた。アメリカやイギリスと違って、十九世紀から二十世紀初めはフランス短篇小説の隆盛期ではなかったという一般的な見解を、この本はむしろ裏づけている。意外にも『現代フランス短篇名作選』の書評はおおむね好意的だった。多くのまじめな読者は、こういう短篇集を久しく待っていたと声をそろえた——が、もちろん、財政的な見返りはごくわずかだった。これで四度目か五度目になるが、出版のタイミングが悪かった。三年目に入ったヨーロッパでの戦争のニュースに心を奪われ、しかも最近その大量殺戮に母国が参戦したことに神経が昂ぶっていたアメリカ人は、敗戦国の文学や死にかけている文化に見えたものを楽しむ気分ではなかった。

本の献辞はウィラードにとってとりわけ重要な意味をもっていた。今度の本は「現代ヨーロッパの最高の文学をアメリカに紹介するために、いかなる批評家よりも多くのことをなしてきた」ハネカーに捧げられた。晩年財政難に見舞われて、一九一〇年代に出会った新しい芸術の大部分に当惑を感じていたハネカーは、その献辞に胸をうたれた。ウィラードにとってその献辞は、彼がハネカーから得たもの、分かち合ったもの——文学的知識とピルゼンビールの酒盛り——すべてに対する感謝の言葉であると同時に、自分がハネカーの後継者であるという確信を言明するものであった。しかし、ヨーロッパの創造的才能に対する洗礼者ヨハネの役をハネカーが引き受けたのは、もっと開放的な戦前の、まったく別の話であり、ハネカーの衣鉢は簡単には伝わらなかった。ウィラードはもはや存在しない職を引き継ごうとしていた。

このころにはウィラードも、自分が興味をもてる仕事で大金を稼げはしないことはわかっていた。皮肉なことだが、これから起こるうとしていたことを考えると、彼はいま苦しみや自責の念を退け、うまく行った仕事や、その意見を彼が重んじていた人々から敬意や慰めを求める修練を積んでいるところだった。アメリカの無教養や狭量さに不平を並べてはいたが、アンソロジスト、エッセイスト、編集者、美の監督者としてのウィラードの仕事には、教育への信頼という根本的な希望があったということができるだろう。戦争があろうとなかろうと、アメリカの文化的時代の到来は必定であり、そしてウィラードは自身をその指導的役割を果たす人物のひとりとして考えていた。

けれども差し迫った時代が途方もない楽観主義をもたらしたというわけではない。一九〇九年に初めて訪れ、〈スマート・セット〉時代にその洗練ぶりを享受したニューヨークと、一九一七年の様子を比較すると、知性の向上と言われるものに対して不安を感ぜずにはいられなかった。愛国心の誇示、募金キャンペーン、スパイ狩り、忠誠の誓い、ドイツへの憎悪に誰もがのぼせあがっているように見えた。月を追うごとに事態は悪化した。やがて疑問が生まれた。アメリカは本当は後退しているのではないだろうか？

客船ルシタニア号が撃沈されてから、ドイツのベルギー侵攻以来高まっていたアメリカにおける反独感情は勢いを増した。イギリスの宣伝機関はその職務をまっとうし、一九一七年の春には連合国の大義を疑ったり、同盟国へ共感を寄せたりすることは多くの危険にさらされることになる。歴史感覚の持ち主は、事態を指揮していた大統領のような人たちでさえ、それが指し示す暗黒に気がついていた。ウィルソンは宣戦布告前夜、記者にこう打ち明けている。「ひとたび、こうした人々を戦争に導いてしまうと、彼らは寛大さといったものがあったことを忘れてしまうだろう(11)」それは的を射た予測だった。

日ごろから政治問題には疎かったウィラードを驚かせたのは、彼が関心を抱いていた文化的世界が高まる狂乱と関係していたことだ。アメリカから平静さと文明的判断が失われたことの山のような実例に、誰よりも腹をたてていた。もっと分別があったはずの集団から恐怖が次々に生まれた。〝ワグナー崇拝者〟と〝カイゼル崇拝者〟は巧妙につながっている、とニューヨークの立派な雑誌が警告を発し、忠実な市民なら〝プロシア精神〟を宣伝するコンサートホールを排斥したいはずだとほのめかした。かくしてメトロポリタン歌劇場は、ワグナーに加えてベートーヴェンまで、そのすべての作品の公演を取りやめた。ボストンでは、市の交響楽団の指揮者カール・ムックが仕事中の警護を要請した。マーラーとシェーンベルクは口にだせない名前になった。ドイツの詩と戯曲が本屋の棚から消えた。アメリカの美術学校から〝ドイツの技法の影響〟を追放する必要を論じた記事が美術雑誌に載り、一方では数人の批評家が、メトロポリタン美術館は所蔵するドイツの絵を地階へ移すべきだと主張した。ハーヴァードで尊敬を集めていたヒューゴー・ミュンスターバーグでさえ、突然いやがらせの標的になった。一九一七年の終わりには、芸術や大学に対する公式の、あるいは広く世間一般からの締め付けに反対する声はほとんど聞かれなくなった。

アメリカが戦争に参加すると、このドイツ嫌いの波の影響には勝てないと著述家たちは感じて、ウィルソンの宣戦布告のあとでは意見を述べても意味がないと多くの文学者たちは考えた。ハネカーはドイツのルーツをやっきになって否定し、メンケンに向かってミドルネームのアイルランド出自を強調した。ボルチモアの哲人自身も郵便物を盗み見され、監視下にあり、動員令後の最初の夏と秋はおとなしくしていなくてはいけないことがわかっていた。服従と不同意はもう笑いごとではなかった。〈メール〉の標語は「油断するな」だった。このパニックと沈黙を背景として、ウィラードの人生でもっとも重大で、滑稽で悲劇的な事件が起きた。

もともと意地っ張りで、マーラー、シュトラウス、ゲーテ、マンの愛好者だったウィラード・ハンティントン・ライトは、自分が嫌悪する雰囲気を受け入れたり、その雰囲気が求める気配りに迎合しようとはまったく思わなかった。もっと悪い、いや危険だったのは、そうした反独ヒステリーが自分の意見や行動に向けられたときも、それを真剣には受けとめなかったことだ。ハネカーやメンケンのような人たちがそのことに神経質になっているのは、ほうっておくことにした。彼は集団行動を強制されるつもりはなかった。深刻なことをまじめに受けとる愚かさについてのオスカー・ワイルドの主張を、かつてのウィラードが好んでいたことが思い浮かぶ。思春期の師のようにウィラードには、「現実世界」が求める報復を気にもとめず、自分自身を中心としたもっと興味深い世界を構築する能力があった。一九一七年の秋まで、じっと耳をそばだてる人々を意に介さず、ウィラードは大きな声で蔑むように、大統領や連合国、ニューヨークでさえ広まっていた密告者心理についで語りつづけた。ここでもウィラードはワイルドのように、ある種の厳しく愚かしい社会的現実を見過ごしたことに大きな代償を払うことになる。

ウィラードの政治的意見に特別な注意を払っていたのが、新聞の仕事が遅れているとき時々雇っていたフリーの速記者ジュネヴィーヴ・マシューズだ。有能な秘書マシューズは警戒怠りない愛国者でもあった。実際、「彼女は戦争の話になると〝少々常軌を逸して〟いて、自分は素人スパイハンターだと言っていた」(12)とウィラードは後にキャサリンへの手紙に書いている。ドイツ人の邪悪さやイギリス人の気高さについての秘書のくそまじめな考え方は、初めのうちウィラードをおもしろがらせた。マシューズが午後の口述のためにウィラードのアパートにやってくると、ピアノの前で休憩をとり、ドイツの歌曲を選んで、禁じられたも同然のカイゼルの言葉で優しく歌ったりした。

ジュネヴィーヴ・マシューズを煽るのは簡単だったようで、しかも彼女はあまり慎重な質《たち》ではなかった。ウィラードが部屋の外にいたり用事で外出したりすると、原稿をタイプする手を休めて、絶対にあるはずのスパイ行為の有罪となる証拠を探して、彼の机やファイルを物色した。〈メール〉でもっとも悪名高き執筆者を刑務所に送るという英雄的行為と喜びを夢見たマシューズは、それに取りつかれてしまった。まじめで想像力に乏しいジュネヴィーヴ・マシューズは、連合国の大義という熱狂に巻きこまれた当時の女性の典型だった。

彼の裏切り行為を証明したいという秘書の熱意に気がついたあとも、ウィラードは彼女を解雇せずに調子を合わせることにした。その状況はウィラードにはおもしろく思えた。彼は机の上に不審な書類を出しっぱなしにしておき、留守中に動かされたかどうか見ようとした。書類はたいてい動かされていた。十月初めのある日、ウィラードはゲームをさらに進めて、未知の人物との秘密の会談をほのめかす、奇怪で謎めいた手紙をマシューズに口述した。参加者は彼自身に新聞の寄稿仲間スタントン・リーズとアンドレ・トライドン。それは、三人がアメリカでドイツの諜報員と接触したことを暗示していた。ここに至って、ウィラードの〝素人スパイハンター〟はこれ以上決定的な証拠は必要ないと考え、雇い主が背中を向けるとすぐに、手紙を手にアパートを出て通りに走り出した。

その後起こったことは、後年ちょっとばかり滑稽な思い出話のネタ――老人になったウィラードが語ったかもしれない、ばかばかしい逸話の材料――になってもいいはずだった。マシューズは書類をつかんだまま、レキシントン街と六十三丁目の角のドラッグストアの電話ボックスに飛びこんで、財務省検察局《シークレットサービス》に電話しようとした。激怒したウィラードは電話ボックスで彼女をつかまえた。いったい何の騒ぎかと人だかりができ、「ドイツのスパイ」という叫び声を聞いた誰かが警察に通報した。ウィラードは二人の検察局の人間に付き添われて部屋に戻った。事の真相を説明できたときには、騒ぎは大きくなっていて、街中の新聞社の知るところとなっていた。翌朝の〈タイムズ〉の見出しは「作家と秘書のドイツスパイ騒動」だった。〈サン〉はもっと手厳しかった。「編集者、スパイとして女性に訴えられる」

ルメリーとカレンは言葉を失った。それは〈メール〉が一番のぞまない宣伝だった。その週ウィラードは、彼が新聞でもはや必要とされていないことをそっけなく伝えられた。無実の訴えもむなしく、建物から出ていくように告げられた。頼りとなる貯金もなく、給料支払小切手でやっと食いつないでいたウィラードは、自分が瀬戸際に立たされていることに気づいた。彼はマシューズとのエピソードを〝例の笑い話〟として十月じゅう話して歩いたが、そのたびに彼の冗談がばかげた誤算だったという新しい証拠を目にすることになった。仕事上や社交上の知人は彼を避け、ほかの新聞の編集者との面会はかなわず、旧友たちの多くも彼と安全な距離を保った。さらに言えば、ドイツとニーチェについての彼の著作を考えると、ウィラードはヴィルヘルム街（ドイツ外務省があったベルリンの官庁街）の手先ではないと、ニューヨークの誰もが確信しているわけではなかった。

メンケンは信じられないという思いで、ウィラードに冷淡な態度をとり、何物もその怒りを解くことはできなかった。出来事全体が「愚行の最高傑作」(13)だと、怒り狂ったメンケンはアーネスト・ボイドへの手紙に書いた。この「耐えがたくばかげた」行為のあと、メンケンは長年の盟友に会うことも、手紙を書くことも拒否した。特にメンケンを激怒させたのは、ウィラードが悪ふざけに他人を巻きこんだという点だった。リーズとトライドンはそのいまわしい手紙の件を報じた新聞記事のいくつかで〝共謀者〟と呼ばれて、その後数週間にわたり、怒った同僚や隣人たちに悩まされることになった（ウィラードが効果を狙ってあげた名前に自分が入っていたかもしれないという思いは、当然メンケンの胸をよぎったことだろう）。いまやアメリカ合衆国は戦時下にあり、ちょっとしたことで刑務所に入れられてしまう。「そういう狂気じみた時代に、罪のない友人にそのような重荷を負わせることは許せない罪だ」とメンケンはボイドに語っている。以後メンケンは二度とウィラードからの連絡を求めることはなく、彼を「公共の脅威」として退けた。ネイサンとドライサーも同じ意見だった。その男は自分勝手で、たぶん狂っていて、まったく信頼することができなかった。

もしかしたら、金をせびられることにもメンケンはうんざりしていたのだろう。数週間後、ウィラードがボルチモアに手紙を送り、おどおどと少額の借金をもちかけたときも、返事はなかった。十一月までにウィラードは、東部での自分の立場が絶望的であることを知る。どこへ向かっても、出版者と編集者から爪弾きにされた。古くからの友人たちが通りで彼を避けた。ウィラードはばつの悪い思いでキャサリンとアニーに、就職の見通しがすぐに立たなければ、これ以上金を送ることができず、カリフォルニアに戻らなければならないかもしれないと連絡しなければならなかった。

いくつもの闘いのあとで、敗北を認めてニューヨークを去るという可能性は考えるのもつらかった。

ダメージを修復するための痛ましい努力として、ウィラードは初秋のほとんどを費やして、『国民に嘘を伝える』の短い姉妹本を準備した。ようやく彼も、この国で神聖なものとなっている親英精神を冒瀆することで、自分が不利益をこうむっていたことに気がつき、自分がもともと愛国者であることを証明しようとした。アメリカの『ニュー・インターナショナル・エンサイクロペディア』を賞賛した〈メール〉の記事を抜粋して手早くまとめあげた書物『国民に伝える』は、ウィラード・ハンティントン・ライトが正しい側に立っていて、永遠の不平家にも連合国について励みになるようなことが言えることを示そうとした。ドッド・ミード社が小部数を廉価なペーパーバック版で新年までに出すことに同意したが、ほとんど問題にされなかった。誰もその本を買わず、大半の書評家が注意を払わなかった。アメリカ産の百科事典に旗を振っても、ウィラードの状況打開にはつながらなかった。『国民に伝える』がお話にならないほど少ない部数で出たときには、ウィラードの名前は無視していいものになっていた。

年末が近づくとウィラードの精神は壊れていった。家賃を払うことができなかった。眠りは不規則になり、神経質になって引きこもった。『国民に伝える』の編集を急いだせいで消耗しきった彼は、その計画の無益さを思い知った。無意味な本に浪費されたエネルギーだった。ろくに食事もとらず、しじゅうふさぎ込むようになり、それから一種の神経衰弱になった。十一月じゅうクレア・バークやほかの人から手に入れた金を膨大な量のマリファナとコカインにつぎこんだので、前年ジョンズ・ホプキンス病院で取りもどした健康はたちまち台無しになった。十二月中旬には熱と震えに苦しめられるようになる。

相変わらず太っ腹なヒューブッシュとケナリーから旅費を借り、ウィラードはついに降参して、クリスマス前にニューヨークを出発した。無一文で、やつれはて、自分の将来について痛々しいほど混乱していた。何が起こるのか知らないまま、キャサリンとアニーはロサンゼルスで彼の到着を待っていた。

後退

「無謀で上品で、従順で不毛であるよう、あらゆる強迫が作家に加えられている」

——ピューリツァー賞辞退に際して、シンクレア・ルイス、一九二六年

六十代になってもベヴァリー・ライトは、一九一七年十二月のその日、学校から帰ると父がいたことを、自分でもいやになるほど鮮やかに思い出すことができた。母と祖母が平屋の小さな家の台所で不安げな顔で話しこんでいるあいだ、見知らぬ興奮しやすい男が母のベッドで寝返りをうちながらひとりごとを言ったり、必ずしも意味をなさない命令を叫んだりしていた。それから数日間、その部屋の扉は閉じたままで、ベヴァリーは父親の姿をちらっと見ただけだった。

ニューヨークから帰郷の途中、ウィラードはシカゴに立ち寄り、バートン・ラスコーに会って旅の次の行程の前にひと息ついた。ラスコーは、ウィラードのまるまった背中ややつれた顔にショックを受けた。新しい外見——見た目をドイツ風ではなくてフランス風にするために、カイゼルひげをやめてあごひげの先を細く整えていた——も彼の状態を偽ることはできなかった。体力を消耗する一週間もの列車での旅を終え、カリフォルニアに到着するころには、ウィラードは歩くのがやっ

とで、話もきちんとできなくなっていた。三年前ロンドンから帰ったときに見せた麻薬の禁断症状――特に震えと恐怖症――があり、会ったとたんアニーとキャサリンにもそれがはっきりわかった。内気な小学四年生ベヴァリーの前にあらわれたのは、恐ろしげで得体の知れない、別世界の存在だった。「生きている姿を見たことがなかったこの男は、空気のようにわたしの生活に入りこんでいた」[1]と後に彼女は書いている。しかしいま、ベヴァリーは父と向かい合ってみると、どう振る舞えばいいのか、どうしたら気に入ってもらえるのか、わからなかった。九歳のベヴァリーにとって、クリスマスのあとの数日間、彼女が長いあいだ夢見てきた父親はどこか〝怪物〟のようだった。彼女は、その冬を人生で一番不愉快な時間だったとその後記している。

回復にあてられた数週のあいだに、ウィラードがライト家の専制君主であることがわかった。彼が一日何箱も煙草を吸ったので、部屋は煙のもやで充満した。ありとあらゆる気まぐれと食欲を満足させなくてはならず、いつもの生活習慣がウィラードの快適さを守るために変えられた。しかし、騒音が父の気持ちを乱すからとベヴァリーの蓄音機の使用が禁止されたことを除いて、家庭生活に大きな混乱はなかった。妻と娘の暮らし向きにショックを受けたとしても、ウィラードはあまりの決まり悪さにに気がひけて二人に声をかけることができなかった。しかし、驚いていたことは間違いない。キャサリンからの事細かな手紙や自己憐憫に満ちた手紙を受けとってはいたが、彼らの生活がこれほどわびしいものだとは思っていなかった。

ライト家の建物は実際の〝通り〟というより路地に面していた。庭は雑草だらけで、手入れもされず庭木も伸びきっていた。室内の、二、三のどっしりとしたマホガニー製家具やガラス製のランプといった、多少見られる調度品はアニーからの借り物だった。キッチンカウンターは、アニーとキャサリンが荷造り用木箱に新聞紙とリノリュームをかぶせて作ったものだ。二つの寝室には敷物もなく、間に合わせのドレッサーも大きめの荷造り用木箱を横に倒したものだった。リトル通りに面した五つの小さな部屋は薄汚れていて、気分を落ち込ませた。そこでは自分の将来を考えることはできず、また考えたくもなかったので、数日間ウィラードは寝室から出てこなかった。それでも彼の精神的な回復は肉体的な復活より速く、実際よりも悪く見えていたのではと思われるほどだった。

ベッドから起きて歩き回れるようになり、ウィラードが新年まっ先におこなったことのひとつは、〝291〟ギャラリーの閉鎖、戦時経済の状況、新しい芸術への関心が弱まっていることについて、アルフレッド・スティーグリッツにおそろしく頭脳明晰な手紙を送ることだった。体と精神の状態は自分でも言うとおり「とてもひどくて不安定」だったけれど、このときの彼はスティーグリッツに対して申しわけなく思っていた。ウィラードはほとんどやけくその楽観的な調子で、芸術的闘いに参加した人々のためにとってあった共感をこめて、友人に手紙を書いた。

291の閉鎖が永久ではなく一時的なものであることを心から願っている。これまできみが成し遂げてきた仕事を考えれば考えるほど、それが途方もなくすばらしいものに思えてくる。芸術のことを何も知らないこの土地へ来て初めて、きみのしてきたことを大局的に見ることができた。最後にきみに会ったとき、世間のきみに対する扱いにがっかりしているように見えた。あるいはわたしが間違っているかもしれないが、いずれにしてもそのような気持ちをもつべきではない。きみはやるべきことをして、それを見事にやりとげたのだ。きみを批判する人たちの中でさえ、それは豊かに実を結んでいる……。そして戦争が終われば事態は変わるだろう。知性は徐々に生まれている。新しい時代には、われわれの支持するものが台頭してくるだろう。わたしはあくまでそう信じているし、その日を待ち望んでいる[2]。

失意の底にあったスティーグリッツはウィラードの同情に感謝したが、自分を奮いたたせて仕事へ戻るのに三年以上かかった（そのころには、スティーグリッツはジョージア・オキーフと結婚して、再び精力的に写真を撮るようになり、新しい画廊に賭けてみる用意ができていた）。

悲しいことにウィラードには、同じように彼が必要としていた励ましや感謝の言葉をかけてくれる者はいなかった。東海岸と西海岸の両方で、ウィラードは多くの人たちが忘れたいと思っている人物だった。ウィラード・ライトは〝豚野郎〟だと、メンケンはアーネスト・ボイドに言い、その後しばらくして、二人の旧友の和解は可能かとジョージ・スターリングから尋ねられると、彼への手紙で仲間うちの一般的な意見を表明した。いわく、「長老教会派の信者と同じように、ウィラードとはつきあえない[3]」。ドライサーのコメントは寛大なものだったが、ロサンゼルスの知人の多くは関わりをもたないようにしていた。

しかもなお悪いことに、スティーグリッツに述べた希望——知性と文化の「台頭」——は、戦後の現実という試練を受けることになる。ジュネヴィーヴ・マシューズ事件を引き起こした無知な態度は、休戦によって魔法のように消え去ったりするはずもなかった。二〇年代初めにウィラードもそれに気づくことになる。ニューヨークでのすみやかな復活と再出発を彼が思い描いていたとしたら、それは大きな誤りだった。

四月になるとウィラードは、気力を振り絞って家からダウンタウンに足を運び、仕事を探せるようになった。〈ロサンゼルス・タイムズ〉では、ウィラードはもはや帰ってきた英雄でも、羨望の的〈スマート・セット〉の有名人でもなく、いずれにしても昔なじみの多くがオフィスを去っていた。経営陣がウィラードをそばに置きたくないと思っていて、要職につかせるつもりもないことは明らかだった。しかし、正規の原稿整理係が数人、休暇をとっていたので、その仕事の一部をまかされた。これはいわばお情けだった。さらに悪いことに、これは全国的な雑誌の元コラムニストで編集人だった人間がするような仕事ではなく、それを〈タイムズ〉の誰もが知っていた。けれども、ウィラードは平然とした態度で多くの屈辱のひとつめを受け入れた。戦争が続いている限り、彼は好ましからざる人物であり、何物もそれを変えることはできなかった。

ウィラードが恐れていたとおり、毎朝満員の路面電車で通勤し、一日八時間か十時間の労働という生活の重圧は、急速に彼の健康をむしばんでいった。新聞社で仕事をはじめてわずか一か月後に、彼はシエラマドレ療養所の患者になる。月二百五十ドルという高額な費用の手当てはアニーに任された。このような状況、この場面で息子を見舞うとき、アニーは自分がいろいろな矛盾する感情にとらわれていることを感じた。庭のバラと自家製のプディングをもって、自活できない息子に会うときに母親が抱く、普通の愛情と哀れみを感じた。しかし同時に、息子の人生に引きずり込まれ、傷つくことになるのではという自己防衛的な疑念、警戒心もつのらせていた。アーチーの遺言が教えていた暗黙の警鐘――息子たちとその要求に用心しろ――がはっきりと聞こえてきた。それで五月にシエラマドレで、ウィラード一家とアニーが同居し、キャサリンとウィラードが仕事に出ているあいだ、アニーが家事とベヴァリーの面倒を見るという、ご立派な計画を息子が切りだしたとき、アニーはすぐに反応して、その〝提案〟を退けた。ウィラードとキャサリンが自分たちだけでやっていくのが一番であり、わたしは自分の面倒をみることにする、できるだけのことはしてあげよう、とアニーは息子に話した。ウィラードはぐさりときた。母親がきっぱりと彼を拒否したのはこれがまだ二度目だったが、今回は彼の健康状態の衰えもあって、以前ニューヨークとパリでの生活費の負担を拒否されたときより、もっとひどいことのように思えた。

療養所からのウィラードの帰還は、故郷でのうわべだけは人並みな家庭生活の終わりを告げる合図だった。一九一二年にウィラードが故郷を離れて以来起きたこと、キャサリンが長年にわたって嘗めてきた辛酸を考えれば、うまくいかないのも無理もなかった。ウィラードはベヴァリーとの関係を築こうとしたが、散歩に出ても、子どもに愛情をもっていない大人と気まぐれで内気な九歳という見知らぬ者同士のあいだには、不自然な関係が生みだす気まずさがあった。彼が娘にポーカーを教えようと思い立ったり、子どもには食べきれない量のチョコレートの箱を買ってきたりしたときには、ベヴァリーもくつろいで、実際家の母やうるさい祖母とは違う男と楽しく時間を過ごすことができた。だがウィラードは心ここにあらずといった態で、アニーは、息子が再び家を出ていくよりここに残ったほうが、ベヴァリーに悪い影響を与えるかもしれないと心配しはじめた。いらいらしたときのウィラードの言葉の問題もあった。父親と一緒に暮らした六か月のあいだにベヴァリーは、彼が戻ってくる前の六年間より――アニーがぞっとしたことに――ずっと多くの不用意な暴言や性的なほのめかしを耳にしていた。

六月下旬にこの微妙なバランスがくずれる。キャサリンはがんばりすぎて、またウィラードを取り戻した以上ずっとひきとめておきたいと焦って、気がつくと夫に罵声を浴びせるようになっていた。ウィラードはウィラードで、妻のあら探しができるくらいにまで元気になっていた。見た目のだらしなさ、安っぽい服の趣味、ウィラードには大事なことだったが読書をしないこと、教養のなさ——そのすべてが彼の気に障った。めったになかったが、アニーが仲裁に入るときは、つねにキャサリンの味方だった。ある日、ウィラードが妻になぜダンスを習わなかったのかと腹立たしげに尋ねたとき、アニーはこう言ってキャサリンをかばった。「その理由はおまえが一番わかっているはずです(4)」

ひときわ激しい口論があったあと、ウィラードは〈タイムズ〉時代からの友人でまだ交流のあったアントニー・アンダーソンの家に転がりこんだ。アンダーソンは独身で、ロサンゼルスでいつでも相手をしてくれる若い女を大勢知っていたので、ウィラードは何人か見つくろってもらっているだろうと、キャサリンは見ぬいていた。キャサリンにとってさらにおもしろくなかったのは、突然なぜかウィラードがアニーからもらう以上の金をもっていたことで、少なくともそれは新しいシャツと背広二、三着を買ったり、アパートにピアノを借りたり、その月数回アンダーソンと外食したりできるほどの額だった。金の出所にキャサリンが気づくまで長くかからなかったが、その発見は、彼女がもっとも恐れていた事態を裏づけることになる。

ウィラードが断腸の思いでニューヨークを去って以来、クレア・バークはその背後に控えていた。彼女は恋人に金を送る用意があり、あるいは彼が望むならカリフォルニアまで行くつもりでいた。六か月がたち、ウィラードのいないニューヨーク市には飽き飽きしていて、必要なら夫と離婚してもいいと思っていた。アンダーソンの仲立ちでウィラードがその夏手にした金は、クレアからのものだった。キャサリンはこの女が夫の人生にあらわれたもうひとりの〝ほかの女〟以上のものだとは見ておらず、いつものパターンをたどるものと思っていたが、それでもこれまでのもっと短い関係や、アンダーソンを通じて知り合った一晩の相手より深刻な脅威であることはすぐに気がついた。

しばらくウィラードと連絡をとっていなかったため、彼がその週家を離れていたことを知らずにいたクレアは、リトル通りの住所宛に手紙を書いた。キャサリンは手紙を開けて、すぐに一部始終を察した。前にも似たようなことが一度あったが、今度ばかりはキャサリンも本気で夫婦関係を終わらせたいと考えた。アニーにベヴァリーを預けて、ひとりで北のカーペンタリアの町に向かった。そこで事務の仕事を探して、ウィラードとの最終的な訣別の計画を立てた。だがその自由は、キャサリンが本当に望んでいたものではなかった。彼女が切に求めていたのは、自分が世話をする姿を心に描ける、ただひとりの男の伴侶になるチャンスだった。夏の中ごろにキャサリンは、結婚生活のための最後の努力、まさに必死の訴えをするためロサンゼルスへ戻った。

キャサリンが戻ったあといくつか不愉快な場面があり、ウィラードが残りの所持品を荷作りしはじめても彼女は抗議しなかった。キャサリンはうちしおれていたというより、静かに怒っていた。金持ちの魅力的なニューヨークのライバルと渡りあう方法がわからず、いらいらもつのった。「ヒステリー……突然の落ち込み、癇癪、乱暴に閉められるドア」(5)――ベヴァリーは緊張した夏と、ウィラードを引き止めておけなかったのは、望まれなかった子どもベヴァリーのせいだとばかりに、母の愛情が次第に薄れていったことを憶えていた。傷つき孤独だったベヴァリーは、遊び友達として親友として、これまで以上に祖母に頼るようになる。キャサリンは結婚生活は終わったと思っていたようだ。

　初秋のある日の午後、ベヴァリーが学校から帰ってくると、この一年で二度目のショックを受けた。母が家を出ていったのだ。〝パパ〟はサンフランシスコで仕事が見つかるかもしれない、いろいろな意味で家族全員が助かることになる、お父さんとお母さんは二人だけでそこでしばらくやっていき、一家の問題を何とか解決するつもりなのだと、アニーが優しく説明してくれた。すべてが解決したら二人はベヴァリーを呼び寄せるだろう。ベヴァリーにとって重要だったのは、もっともなことだが、父と母が彼女に何も言わずに出ていったということだった。

　例によってスタントンは、家族の物語《サーガ》を喜劇的に見ていた。ウィラードが去った直後にロサンゼルスに到着したスタントンは、スティーグリッツへの報告で、兄には会わなかった「が、聞いたところによると、ウィラードは黄金州《ゴールデン・ステイト》の南部に精液の跡を残して」、いまだ未経験の「北方の地」へ進んでいったと書いている[6]。


　一九一九年一月十八日付〈サンフランシスコ・ブリテン〉は「有名諷刺家、〈ブリテン〉に登場」という見出しを掲げた。その告知記事は、翌週月曜日から、「ロサンゼルス、化学合成された清浄」の著者で〈スマート・セット〉の元編集人、悪名高きロサンゼルスの息子が、最近市民となった町のために、すべての芸術的イベント、カリフォルニアの文化、タイムリーで議論の的となる種々雑多な話題を網羅した、週に一度のコラムを執筆すると報じていた。休戦協定が署名されてスパイ熱が終熄すると、ウィラードはまた職につけるようになった。〈ブリテン〉で書くことはウィラードにとって格下げを意味したが、新聞社から見れば〈ニューヨークやロサンゼルスから何と言われていようと）彼の起用はちょっとした手柄であり、新聞の経営陣は新しい執筆者に並々ならぬ好意をしめした。

このむなしい和解の努力をアニーにすすめられたウィラードとキャサリンは、先行きの見えぬままサンフランシスコへ引越した。二人はメーソン通りに小さなアパートを見つけて、町を見てまわりはじめた。わずか二、三週間後にはウィラードはインフルエンザにかかり、さらに虚弱な体質のせいでほぼ二か月家にこもっていたが、一月には出勤できるくらい元気になって、キャサリンともうまくやっていた。ウィラードはその冬サンフランシスコで目にしたものが気に入り、〈メール〉を解雇されて以来初めて、忘れていた自信がまた戻ってきたように感じた。ニューヨークはさほど重要には思えなくなっていた。一年後西部にやってきたメンケンは、「［サンフランシスコがもたらす］アメリカ合衆国から脱出したという、かすかだが紛れもない感覚――ここが全国的な俗物根性と標準化への熱狂に汚染されることを何とか免れたアメリカの都市だという感覚」(7)への驚きを書きつづったが、ウィラードの最初の印象もそれと似ていた。

実際、新しい故郷に感じた心からの喜び以上に、ウィラードは地元の後援者になるつもりで、そうなることを熱望していた。南の隣人より自分たちのほうが一段上にいると思いたがっていたサンフランシスコ市民は、ロンドン、パリ、ニューヨークを誰よりも知っていると豪語する〈ブリテン〉の文化批評家にそれを言明されて喜んだ。サンフランシスコの洗練とロサンゼルスの田舎ぶりが、その後数か月にわたって新聞の「セヴン・アーツ」欄の、ウィラードのコラムの底流だった。結局、南カリフォルニア人とはまるで似ていないサンフランシスコ市民は「ロマンスと若者の快活さという、繊細な心をもっていて……幸せの追求［をよくわかっていた］」(8)。以前なら目もくれなかったような地元芸術家の展覧会の評を書くとき、ウィラードはびっくりするほど褒めちぎることもあった。「地方の展覧会がニューヨークをしのぐ」が、ラルフ・スタックポール、クラーク・ホーバート、レイ・ボイントンに関する記事の見出しだった。

サンフランシスコもしっかり恩に報いて、ウィラードは湾岸地域《ベイエリア》近辺でちょっとした有名人になった。彼は、演奏会と芝居の初日、画廊のオープン、フェアモント・ホテルのレヴュー、新しいキャバレーの常連になり、キャサリンを同伴することもあったが、たいていはそうではなかった。〈ブリテン〉のウィラードのページは、彼の希望ならほとんど何でも通る専用欄であり、もうひとつの新しいイメージを見せつけるウィラードの写真がページのトップを飾った。あごひげをそり、アドルフ・マンジュー風の口ひげをたくわえたその姿は、彼が考える〝新しい〟ウィラード・ライトにふさわしい当世風のスタイルだった（すべての人がそう思ったわけではない。相変わらず辛辣なメンケンは写真を見て、スターリングに「容姿端麗とはもはや言えんな」と語った）(9)。

サンフランシスコ時代には、決してウィラードの得意とするところではない、正直さも明らかに減退していた。〈ブリテン〉がコラムニストの経歴についてのインタビュー記事を掲載したとき、ウィラードはいくつか重要な点で過去を書き直すことにした。それは二〇年代の後半に、彼が徹底的に取り組むことになる作業である。ウィラードが変えた事実のひとつは生まれた年だった。〈ブリテン〉の仕事に応募したとき、何人かに一九一八年秋に三十歳になると話したので、ウィラードは以来その罪のない嘘を押しとおさなくてはならず、生年を一八八七年ではなく一八八八年だと公表した。その嘘には別の、魅力的な側面があった。それは彼をさらに早熟の天才に見せたのだ――二十一歳ではなく二十歳のとき〈ロサンゼルス・タイムズ〉編集者に、二十五歳ではなく二十四歳のとき〈スマート・セット〉の編集人になった、という具合に。

取材を担当した記者にウィラードは、彼のいわゆる「駆け足の教育」について適当に曖昧な言葉で語った。ニューヨーク陸軍士官学校で過ごした一年は、特に名を伏す「ニューヨーク市の私立学校」での教育になり、そして大御所ライマン・キットリッジが、コーピーやバレット・ウェンデルとともにハーヴァードでの担当教官のひとりになった。こうした些細な嘘より重要なのは、〈スマート・セット〉を離れたことに関する説明だ。〈ブリテン〉の記者はウィラードの話をこうまとめている。「そこ［〈スマート・セット〉］で一年過ごしたあと、［ライト氏は］自分の信条を曲げるか、それとも契約を破棄するかのどちらかだという結論に達した。この問題にしっかり向き合うともはや選択の余地はなく、単なる商売上の利益のために知的に不誠実な仕事に甘んじることを断固拒否して、一文無しの状態で雑誌を退職した(10)」物語の別の一面、セアに首にされたことや、ウィラードは簡単に妥協する俗物であるというエズラ・パウンドの下した判定は、まったく表に出なかった。けれども三千マイルも離れた場所から反論する人間がいるだろうか？　ウィラードは自分が適当と思うように経歴を自由に改変した。

四か月のあいだすべてが順調に進んだ。ウィラードは〈ウェストコースト・マガジン〉の古い文章を使い回し、メンケンのような調子でオールドミス、モラリスト、流行かぶれの人をからかい、最近のコンラッドの小説、モーパッサンの新しい翻訳、女性のファッション、ジャズ、映画、無視されている小説家、町へのパブロ・カザルスの到着、「禁酒法という迫りくる災い」について書き、〈タウン・トピックス〉のコラムでやったことを続けた。「化学合成された清浄」の続編も期待された。読者はそれを望み、ウィラードは、ロサンゼルスの厳格な習慣、まずい料理、世間一般の上品気取りを論評した「ロサンゼルス、恐ろしい夜の町」で期待に応えた。

その春、ウィラードにとって執筆――そのほとんどが以前の仕事の繰り返しだった――よりも刺激になったのは、新しくはじめた講師の仕事だ。パレス・オブ・ファインアーツで演奏されたレオ・オーンスタインの音楽についての話を除いて、ウィラードの講義はすべて近代美術を扱っていて、いまでは彼も、弟の絵がその歴史のはじまりであり終わりであると言いはりはしなかったが、東部から到着した月からずっと、彼はこういう講座をやってみたいという気持ちを抱いていた。前の年、スティーグリッツ宛の手紙でウィラードは、「健康が十分回復したら……近代絵画という理念のために……国のこの地域を教育するよう努力するつもりだ[11]」と書いている。これは強がりかもしれないが、カリフォルニアは伝統主義者の芸術的関心があまり定着しなかった地域なので、知的な鑑賞者育成には有望な場所に思えるとさえ述べている。

ポール・エルダーの画廊とパレス・オブ・ファインアーツで三月におこなった二度の芸術講義に続く、サッター通りのアーウィン・ファーマンの有名な画廊での、立体幻灯機のスライドを使用した四回の講義は、「芸術とは何だろう、そして何のためのものだろう?」という総タイトルで宣伝された。講義はそれぞれ「絵画の本質」、「実体、リズム、テクニック」、構図、色を取りあげ、『近代絵画』や『創造的意志』で述べられた意見の多くを繰り返した。全体としてウィラードは、講義の出来に満足し、贈られた賛辞を喜んだ。

内容は控えめではなかった。「このテーマについてアメリカでおこなわれたもっとも重要な講義」と四回の日程を載せたパンフレットは宣言し、その考えに地元の美術通連中は仰天したにちがいない。この機会に「多少なりとも実際的な利益をあげる」ための釣りだった、とウィラードはスティーグリッツに語っているが、その心は、裕福で進取の気性に富んだ聴衆を刺激してマリン、ダヴ、オキーフ、ハートリー、ラッセル、マクドナルド゠ライトをまずは一枚買わせよう、というものだった。会場には聴講者があふれたが、この地域で絵が売れるようになったり、関心が高まったりということはなかった。サンフランシスコ美術協会はウィラードがおそろしく弁の立つ教育的な講演者だと知り、その月パレス・ホテルのきらびやかな舞踏室で、四回の講演を要約したものを話してくれと依頼してきたが、そのほかに誇るべき成果はなかった。またしても、同時代の文化風土に対するウィラードの楽観主義は、いくつかの否定しがたい事実の暗礁に乗り上げた。ウィラードが信奉していたスティーグリッツの仲間の画家よりも、写実主義、印象派、より親しみのある地元の画家たちのほうが、サンフランシスコ市民にとっては重要であり、いずれにせよ芸術は誰にとっても優先度が一番低かった。「ここの金持ち連中は、芸術はくだらないものだという考えを頑として変えない[12]」とウィラードの仲間のジャーナリストのひとりが一九一七年に書いている。「その結果、作品の売行きに関しては、サンフランシスコはアメリカ合衆国で最悪の都市だ……［そこでは］芸術について多くの会話が飛びかう［けれども］、いざ本題に入ると、サンフランシスコは〝沈黙して〟しまうのだ」

一九一九年の中ごろには、ウィラードはこの不愉快な判断に同意したくなっていた。文化的に取り残された地域で、身動きがとれなくなっていることを認めざるをえなかった。美術商ファーマンや市の美術館長J・ニルソン・ラルヴィクのような尊敬する人物の存在も、たいした違いをもたらさなかった。人々は単に車や家に対するようには絵に興味がなく、社会的地位は近代美術のすばらしい作品を購入しても上がらなかった。

ウィラードにとってサンフランシスコは、すばらしい知的達成の場でも、円満な結婚生活の場でもなかった。キャサリンはひとりロサンゼルスに戻った。彼女はメーソン通りでの家庭生活は不可能だと気がついた。ウィラードは付き合いたい若い女と会っていて（しかもそのことにキャサリンの許可を欲しがったらしい）、妻に対して性的な情熱を見せる気になれなかった。度重なる夜更かし、霧の多い海辺の気候や相変わらず思わしくない健康状態の結果、ウィラードの身体的疲労は、彼を一段と気むずかしく、かつてないほどに口うるさくさせた。極度の疲労と気管支の病気の治療のために、六月には二週間療養所に戻り、夏の終わりには〈ブリテン〉を去ることを考えた。新聞が彼に期待しているだけの言葉を毎週生みだすのが拷問になっていた。秋の初めにウィラードは〈ブリテン〉を辞めなければならなかったが、これは彼が給料をもらってフルタイムで働いた最後の職になった。彼は再びロサンゼルスに戻り、身の振り方が決まるまで家族と一緒に暮らしてもいいかとキャサリンに尋ねた。

サンフランシスコでの近代美術擁護の聖戦は非現実的な冒険だったかもしれないが、ウィラードは本拠地では、特にスタントンもそばにいる以上、敗北するとは思っていなかった。一九一七年の不成功に終わった〝291〟の展覧会と、一年後のチャールズ・ダニエルの前衛的な画廊での同じように収穫のなかった展覧会のあと、何か月もぎりぎりの生活をしていたスタントンはニューヨーク（「どこにもたどりつけない都市」[13]）を永久にあきらめて、一九一八年秋、移住のため帰郷した。ロサンゼルスで再会したライト兄弟は――初めは警戒しあっておそるおそるだったが――お互いを励ましあった。数日のうちに、二人はいくつかの野心的な計画を立てる。

ウィラードが第一に考えたのは、当然金集めだった。〈タイムズ〉はウィラードと一切関わりをもとうとしなかったし、彼ももう連載コラムを書く気にはなれなかったが、十一月に競合紙〈ヘラルド〉で、ロサンゼルスのナイトライフに関する記事を執筆することになる。この町のキャバレーやジャズを聴かせる場所のスケッチは、〈スマート・セット〉のエッセイや〈ブリテン〉の連載「ロサンゼルス、恐ろしい夜の町」の事実上の公式撤回だった。高額な原稿料と引き替えに、ウィラードは〈ヘラルド〉の経営陣の希望どおり、この地域のナイトライフが以前よりもはるかに都会的で興奮に満ちたものであることを再発見したと認めた。この方向転換については友人や知人から少しばかりからかわれた。けれども堕落したとか偽善的だとは思わず、この取引は単にアメリカのジャーナリズムの実情、善良な人々を買収して読者が読みたがっているものを活字にしようとする欲望を、明快に語っているという結論に達した。捨て鉢になって買収に身をまかせた〝善良な人々〟よりも、システムそのものの貪欲さのほうが問題だった。

〈ヘラルド〉の原稿料がたっぷりあり、クレア・バークがまたしても恋文と気を利かして多額の小切手を送ってきたので、ウィラードはロサンゼルスのアレクサンドリア・ホテルで十二月を安楽に過ごした。ようやくちゃんとした住居に住む資格を与えられたのだと感じていた。その年のクリスマス、彼とスタントンは猛烈に忙しかった。二人の目標は、これまでロサンゼルスでは開かれたことのない、大展覧会を実現することで、彼らの頭の中では、それはフォーラム・エキシビションの西海岸版として思い描かれていた。

兄とは違い、スタントンは西部に来て現実的になった。ニューヨークでの麻薬や金、女性の問題は、あらゆる点でウィラードと同じくらい混乱した泥沼的状況にあったが、スタントンはそれらを振り落としてきた。根はロマンティストだったにもかかわらず、必要に迫られれば兄よりも現実的で自信過剰になれた。一九一九年秋には、スタントンは創造的というよりは狡猾ないくつかの方法で、南カリフォルニアの美術界に関わった。現代的なすぐれた画家とつきあったり、地元の美術協会で講演をしたり、しかるべき婦人クラブの会員や後援者候補と親交を深めたり、カリフォルニア滞在中のマーズデン・ハートリー（スタントンは彼を嫌っていた）と時間を過ごしたり、町の主要な展覧会場のひとつであるエクスポジション・パークの責任者フランク・ダジット博士と親しくなったりした。商業的な発展と不動産取引に対するひたむきな関心で知られてはいたが、ロサンゼルスはおそらくサンフランシスコよりも、ライト兄弟が取り組んでいた進出にふさわしい場所だった。たしかにスタントンはそう感じていて、ウィラードが仕事をやめてサンフランシスコを離れたころには、エクスポジション・パークで開催する〝アメリカン・モダニスト美術展〟の下準備を終えていた。

西部でフォーラム・エキシビションを再現したいとウィラードは長いあいだ考えていて、アメリカの別の場所で、彼の好きな新しくて色彩に富んだダイナミックな作品がもっと大きな反響を呼ぶことに期待をかけていた。しかし、ロサンゼルスでの展覧会はまさしくスタントンの事業であり――今度だけは――ウィラードは脇役を演じる。

地元の画家たちの反対を押し切り、ダジットと理事会の同意を得たのは、スタントンだった。スティーグリッツと絵の輸送について交渉したのも、スタントンだった。「ここには裕福な人たちが住んでいて、興味をもっている」(14)とスタントンはスティーグリッツに伝えて、予想される世間の反応と収益に対する疑いを和らげることに全力を尽くした（J・ニルソン・ラルヴィクは、カリフォルニアの美術教育と関心の低さを考えると、彼の画家たちの展覧会は気の抜けた反応しか得られないだろう、とスティーグリッツへの手紙に書いている。美術館長だったラルヴィクには、そう予測するだけの理由があった)。参加者のリストは一月中旬に準備されて、奇跡的にすべての絵がその月の最後の週までに到着した。〝フォーラム・エキシビション〟の画家全員(スタントンとしては、マン・レイ、ダスバーグ、ゾラック夫妻は締めだしたかったのだが)に、前回の展覧会には参加しなかった五人、チャールズ・デムース、ジョゼフ・ステラ、プレストン・ディキンソン、コンラッド・クレイマー、ウィリアム・ヤローが加わっていた。ジョージア・オキーフも誘われたが、彼女は断り、またしてもマーガリート・ゾラックだけが参加者の中で唯一の女性になった。

〝アメリカン・モダニスト美術展〟は、エクスポジション・パークにあるロサンゼルスのバロック美術館で、一九二〇年二月一日から二十九日まで開催された。表現主義的なマリンやマウラー、キュビストの影響を受けたディキンソンの作品と、色鮮やかなシンクロミーが調和するような配置を考えだすのは難しかったはずだが、それは最新の美術が、伝統や〝美術の進化〟(ウィラードが繰返し述べていた意見)にある程度合致していて、何人かの評論家が考えたように過去と完全に断絶したものではないことを示唆していたので、この点は画家に都合がよかった。スタントン個人としては、彼とウィラードが展示した絵の多くに驚き、うんざりしていた。提供された作品は画家の最高ではなく最低の見本であると感じ、スティーグリッツはライト兄弟の展覧会へわざと敗北主義的な、見下したような態度をとったのだろうかと疑問に思った。展示作品をじっと見たときスタントンが感じた不安は、「われわれにとってとりかえしのつかない損害」(15)になるということだ。しかし人前では、計画全体についてできるだけ平静を装うしかなかった。報道関係者に対するスタントンの声明は自信と力強さにあふれていた。

わたしたち現代芸術家とは、まさにその名称が意味するものである。わたしたちは今日みなさんと一緒に生きている――生きる屍ではない――わたしたちはみなさんと同じ言葉、物事を動かす活気や興奮の言葉、力強く激しい言葉、二十世紀への願望の言葉を話している……。(16)

スタントンのまめな広報活動の効果やウィラードのコネのおかげで、かなりの注目が展覧会に集まった。いくつかの批評は相変わらずの未開なレベルで――「未来派の絵がLAに衝撃を与える。名作は地下室行き」――今回は〝ボリシェヴィキ〟の影響に言及した。デムースやベントンのようなおとなしめの作品が、言うまでもなく一番好意的な評価を得て、一方でスタントン・マクドナルド＝ライトの絵に対する反応は、否定や憤りと地元の若者への配慮が交互にあらわれた。それでも総じて新聞雑誌の反撥は四年前のニューヨークより少なくて、つねに懐疑的なアントニー・アンダーソンでさえ、二つの記事で、スタントンとウィラードの挑戦を受け入れようと最善を尽くした。〈ロサンゼルス・タイムズ〉の中心的な評論家は、読者に先入観を捨てて絵を見るよう訴えて、不十分な進歩の代表であるゾラック、ウォーコウィッツ、ダヴについてお世辞を並べ立てた。

しかしラルヴィクとスティーグリッツが抱いていた懸念を裏づけた問題は、誰も絵を買いたがっているようには見えなかったことだ。儀礼的な関心や新聞雑誌の辛辣さは、国を横断してかくも多くの絵を輸送した時間や費用を正当化するものではなかった。月末になって、ウィリアム・ゾラックの装飾的な『山の小道』――展示品の中でスタントンとウィラードが一番嫌いだった絵――が百七十五ドルで売れただけなのがわかると、ライト兄弟はぞっとした。アーウィン・ファーマンが翌月サンフランシスコで展覧会を開くことに同意していたが、前年ウィラードがおこなった講義も、ファーマンのギャラリーにとって好結果には結びつかなかった。ファーマンは絵を一点売ることができたが、マスコミの報道はほとんどなかった。スタントンとウィラードにとって一九二〇年の冬は、アメリカの芸術的生活で重要な役割を果たすという彼らの夢がどん底の状態にあることを明らかにした。

ロサンゼルスの芸術鑑賞者を刺激するためのウィラードの試みで一番のヒットは、〈タイムズ〉に書いた論説である。〈タイムズ〉は論説ページの目立つ場所にその記事を掲載した。表向きは弟の展覧会に関する記事「芸術とマリアおばさん」[17]は、現代生活とその創造的なヴィジョンへの接近を阻害するものすべてに関する、遠大かつ寄り道の多い要約だった。新聞コラムで安全第一にいくのはあきあきしていたので、ウィラードはさしあたり以前の不機嫌な自分に戻った。世間に合わせるのが第一という人たちは、クールベ、モネ、ピサロ、ルノワールが同時代には「あざけりと冷笑」を受けていたことを都合よく忘れていると彼は書いた。浅はかな愛国心の誇示に熱心な人たちは、民主主義の精神が必然的にすべての偉大なものを最低の一般レベルへと引き下げ、何物も多数派を社会的かつ文化的に脅かすことがないように徹底したという事実を見落としている。反知性主義がアメリカ社会固有のものになっているとウィラードは嘆いたが、黙って受け入れなくてはならない運命などない。この初めの一斉射撃で読者を十分怒らせたことに満足したウィラードは、展覧会の解説に移り、そして最後におなじみのテーマ、モダニズムの止められない発展、具象芸術の主題の無意味さ、美的鑑定のシステムの必要性、多くの人たちが読書、鑑賞、思考で陥っている沈滞について熱弁をふるった。

「芸術とマリアおばさん」は、カリフォルニアのジャーナリスト数人から皮肉な反論――意外なことではなかったが――を招いたが、エクスポジション・パークで絵を売ったり鑑賞者を転向させる役には立たなかった。ウィラードとスタントンはすべてを大失敗と判断した。兄弟のあいだにも若干の緊張感が生じていた。見通しが有望そうに見えたとき、ウィラードはその活動に対して最大の功があったことを主張するつもりだったが、その後サンフランシスコへ絵を運び、ニューヨークに返送するにあたって手伝いが必要だったとき、彼の姿はどこにもなかった。

ウィラードは〈ブリテン〉に最初に書いたコラムの中で「寛容さに満ち、慣例や伝統から自由な西部は、新しい理念の発展に最適な場所だ[18]」と述べていた。一年後、この問題に関して違う考え方をするようになったウィラードは、以前の職業上の野心とはまったく関連がなく、西部もしくは南カリフォルニアと密接に結びついた仕事を探していた。つまりハリウッドだ。一九二〇年前半のウィラードは映画界の典型的な取巻きになっていて、仕事を探し回ったり、脚本のアイディアをとりとめもなくしゃべったり、大物製作者や監督に紹介してくれる人間に接触しようとしたりしていた。一、二か月、月並みな無声映画の字幕を書く仕事を二、三本した。これは、スタントンが嘆いた雇われ仕事だった。ウィラード――「有名な兄」といまやスタントンは呼んでいた――がエクスポジション・パークの展覧会のあとしばらく寄りつかなかったのは、不思議でも何でもなかった。

ウィラードの旧知のニューヨークやカリフォルニアの人々の何人か、特に作家や編集者は、その程度はさまざまだったが、映画業界に居場所を見つけていた。そうした実例がウィラードを後押しした。〈ロサンゼルス・タイムズ〉の元演劇評論家ジュリアン・ジョンソンは映画雑誌に寄稿していたし、ニューヨーク時代のウィラードの知人、裕福な画家であり詩人でもあるファーディナンド・アールは、映画製作者兼監督としての道を歩きはじめようとしていた。サンフランシスコから戻ってくるとすぐにウィラードはアールとの交際を再開し、しばらくのあいだ二人は友人だった。その年のアールの主な事業は、ラモン・ナヴァロ主演『ルバイヤート』の映画版を企画して、その手助けをしてくれる人間を見つけることだった。やがてアールはウィラードに、美術監督兼脚本家として参加するよう頼んできた。『ルバイヤート』が製作に入れば、業界内でしかるべき地位を得られるかもしれないとウィラードは考えた。

その春ウィラードは、キャサリンとベヴァリーに別れを告げて、ハリウッドのアパートで暮らしていた。新しい部屋に贅沢に家具を備えて、ハリウッド・ヒルズで新車を走らせた。ウィラードは母に自分のところに引越してくるよう頼みさえしたが、正道からはずれた息子とその愛人の家事をすることなど、アニーには思いもよらなかった。ウィラードとキャサリンのあいだを行ったり来たりしたり、ベヴァリーとスタントンに目を配ったり、自分の請求書の支払いもなかなかできずにいたりと、アニー・ライトはすべての状況にうんざりしていた。息子の妻と孫が、パシフィック・グローヴ（キャサリンの姉と義理の兄が自宅の部屋を提供し、義兄の職場で秘書の仕事を約束してくれた）に向かって出発すると、アニーは安堵と悲しみの入り交じった気持ちになった。

ウィラードは映画会社との関係で金を稼ぐことにおおいに興味をもっていたものの、ほかの情熱をまったく捨ててしまったわけではなかった。同時に進めていた二番目の計画として小説に取り組んでいて、美学に関する二冊目の本の覚書きもある程度できていると、スティーグリッツに打ち明けている。『母』というタイトルの小説は、それが何を意味するにしろ、「ニューイングランド気質の心理学的研究」になる予定だった。著者以外の人間の目に触れたことがあるかは疑わしいが、四年のあいだこの原稿は書かれていく。

エクスポジション・パークの失敗からアールとの再会までの期間のウィラードとスタントンの会話は、前よりも具体的で、知的刺激に富んだものになっていた。お互いに相手に対して気詰まりや敵意を感じていても、顔を合わせて飲み食いして、議論する価値がある芸術、本、展覧会、いくつかの新しい理論について話せるのは、ライト兄弟の関係のすばらしい特徴だ。彼らの独学に対する純粋な欲求と、互いに教えあいたいという気持ちは、子どものころから二人を縛ってきた暗黙の対抗意識をときに乗り越えることができた。

一九二〇年に二人がかわした会話から生まれた分厚いノートは、三年後、予告されていた美学に関する二冊目の本、『絵画の未来』として結実することになる。全力で取り組んだ展覧会がお粗末な反応しか得られなかったことに意気消沈し、何よりも軽蔑していた具象主義の画家に対するカリフォルニア住民のゆるぎない熱意にがっくりきていたスタントンは、この芸術様式が――もしそれが存在しているとして――残りの人生を捧げるに足るものなのか疑問に思いはじめていた。二月の展覧会で金を失い、教え子の何人かが気まずそうに去っていったことだけでも十分つらかった。スタントンの代理人をつとめたり、作品を販売してくれる画廊がないことにもいらいらした。もっとわかりにくいのは、彼がスティーグリッツへの手紙に書いた、「絵画にも自分の言い分がある」[19]という感覚で、その芸術様式はできることは全部やりつくし、衰退に向かっているのかもしれないというものだった。

スタントンもウィラードも過去を振りかえるような人間ではなかった。叙事詩やグランドオペラの創造がかつて自然な最期を迎えたように、二十世紀に絵画が衰弱死を遂げようとしているという可能性は、啞然とするような考えではなかった——少なくとも、絵画のあとに同じような長所をもち、スタントンが明確に述べたように、「もっと感情に訴える可能性」のある視覚芸術経験が続くのなら。ライト兄弟はこれまで変化を受け入れるのに苦労したことはなかった。二人にとって、未知のものは調査するためにあった。これがスタントンの研究が次に向かった道であり、ウィラードは好奇心をつのらせながら弟のあとをついていくことになる。兄弟はその後何年間も離れて暮らすことになるが、「素描はもちろん、絵画の域にもとどまらない」視覚芸術についてのスタントンの見解と考察は、ウィラードにその問題をまじめに考えさせることになった。

二〇年代にときにそう呼ばれていた「第八芸術」は、光とフィルムという手段によって完成した純粋色の芸術だ。一九二〇年にはもうこの分野に、独自の歴史と理論的な文献が存在していた。二十年以上にわたって技術畑や美学系の人たちが、そうした感覚を科学的に生みだして、有意義なものに編成する手段を考えていた。この線に沿った初歩的な実験はすでに着手されていて、スタントンは彼の目にとまったかぎりの先駆的業績の研究に精をだした。早くも一九一二年に友人のモーガン・ラッセルは「動的な光装置《キネティック・ライト・マシン》」の制作を考えていて、このアイディアについてスタントンと議論していたにちがいない。

カリフォルニアへ戻ってから二、三年、新たな気持ちで絵を再開する前にスタントンは画家以外の人たちと一緒に、カラー映画と抽象的なライトショーを制作するための技術開発に携わっていた。

その目的は、フィルム上で物語を語ることではなくて、音楽を演奏しながらそれに〝等価〟と思われる色をスクリーンに映しだして、いろいろな色と音の一致を試すことだった。一九二〇年七月上旬にスティーグリッツに伝えた話によれば、スタントンと仲間たちは最初の〝光の絵〟の試運転の準備を整え、その月ロサンゼルスの劇場で試写会をすることになっていた。しかしショーの記録が存在しないので、それは実現しなかったのだろう。

〝色彩の芸術家〟、二〇年代にはその多くが愉快な変人とみなされていた人々の夢を実現する手段を科学技術が提供するまでには、相当な時間がかかるだろうとスタントンは考えていて、ウィラードも同意見だった。非具象主義的な芸術の創造、それは時間、運動、音といった要素を含み、抽象絵画がカンバスの上で達成したものをも超える精妙な美を約束するものだが、それが実現可能なものとなるには、何十年も待たなければならないと兄弟は思っていた。しかし、それはスタントンにとってさほど重要でなかった。彼は、シンクロミストの主張の限界と同時に、その光の原理が彼の新しい計画を古い計画に結びつけていることに気づきはじめていたのである。ウィラードは翌年にかけて熱心に色彩・光理論についての錯綜する文献を読みあさり、それは二〇年代に彼が本名で書いた唯一の本の主題へと発展する。

七月のスタントンの〝ライトショー〟は見たかったが、ウィラードとクレアは五月末にニューヨークに戻ることにした。アールは東海岸と西海岸で映画の出資者を確保しようとしていて、ウィラードに東部で陣頭指揮をとるように求めていた。ウィラードはキャサリンに手紙を書き、クレアがその夏離婚を申し立てること、その後できるだけ早く自分たちの離婚の件でマンハッタンで弁護士に会うつもりでいることを伝えた。重大な過ちに終止符を打つ潮時だった。仕送りはずっと続けるとウィラードはキャサリンに約束した。アパートの家賃を二か月滞納したまま、ウィラードは荷物をまとめ、「東部の仕事」についてあいまいな手紙を母親に残して列車に乗った。女家主には「彼の映画」が公開されたらすぐに家賃を郵送する、そのとき家具と残りの荷物を回収すると言った。

キャサリンは返事を出さず、何があったのかアニーに話しさえしなかった。彼女とベヴァリーはパシフィック・グローヴでしばらく過ごして、その後サンフランシスコへ移り、最後にパロアルトに落ち着いた。深刻な鬱病の症状があったキャサリンは酒を飲みはじめ、ハーヴァードからきた若い詩人と初めて愛しあった北西部での魔法の夏以来、うまくいかなかったことすべてについて、くよくよと考えこむようになった。いつか彼が成功すれば自分のところに戻ってくる、そうしてすべてが収まるべきところに収まるのだと、姉や娘、話を聞いてくれる人なら誰にでもそう言いつづけた。弁護士も離婚もない。彼女はそう確信していた。

影の中で

「神はもうしばらくわたしの邪魔をすることにしたらしい」
——ウィラードからキャサリン宛の日付のない手紙、一九二二年

ニューヨークに戻ったウィラードは、マンハッタン中心部のアルカザー・ホテルに住居を定めて、ほとんどの時間をファーディナンド・アールと過ごした。かろうじて興奮を抑えながらも、ウィラードはオマル・ハイヤームの有名な詩集を、異国の背景と洗練された脚本によってまとまりのある映画に変える可能性が十分にあると見ていた。彼は映画について、まるでそれがすでに大成功を収めたかのように話した。けれどもウィラードの歓喜は早すぎた。ニューヨークの後援者たちの関心をこの企画にひきつけようと数週間動きまわったあと、アールは突然負けを認めて、信じられない思いのパートナーに別れを告げた。何らかの形でハリウッドと関係したときの彼の対応はいつも同じだった。ほかの人間なら明らかに大きな賭けと思うような話も、ウィラードは確実なことと受けとった。夏の終わりには金が底をつき、アルカザーの厖大な未払い請求書が頭から離れなくなったウィラードは、ひっそりとホテルを退去すると、〈スマート・セット〉時代からの古い友人でジャーナリストのランドルフ・バートレットのアッパーウェストサイドにある住居に引越した。バートレット家のソファで眠り（家賃なし）、大食して友人を困らせ、映画の脚本や製作者、野心的な若

者向け映画の可能性についてとめどなくおしゃべりして、数か月を過ごした。

その後二年間の映画界とウィラードの関係は、彼の分裂した忠誠心を示している。新しくて派手な人気メディアの側に〝寝返る〟か、まだ初期段階のすばらしい芸術様式と関係する芸術的な仕事に携わるか、はっきりとは決めることができなかった。一攫千金のうまい話のあとには、すばらしい脚本の企画が続き、さらにはまともな映画人のあいだで〝有名人〟になるためのばかげた計画が次々と浮上した。そのなじみのない環境でとるにたらない存在だったあいだも、ウィラードはハリウッドが彼が望んでやまなかった安定した収入の手段となるという希望にしがみついた。

その夏から秋にかけてウィラードは絶望のあまり自分を見失ってしまい、何らかの麻薬に再び手を染めた。少なくとも一度は、ランドルフ・バートレットが、ウィラードが期待していた以上の良いホストであることを証明した。ある晩ウィラードが戻ってこないと、バートレットはグリニッジ・ヴィレッジの端から端まで歩き回って友人を探した。思いつくかぎりの酒場に立ち寄り、やっとのことで見つけたウィラードは、評判の悪い新しい知人数人と一緒に一日じゅうマリファナをやりまくったあと、青ざめてだらしない恰好で気を失っていた。バートレットは友人を家まで連れて帰り、寝かしつけた。

五月にカリフォルニアを離れたとき約束していたにもかかわらず、その秋のウィラードの状況は経済的に逼迫していて、ベヴァリーの養育費をまったく西部に送金できなかった。「キャサリンを助けたいし、そのことをいつも考えています[1]」と母の怒りを静めるためにウィラードは手紙を書いた。「一ドルでも調達できる方法があれば、送っています。現在の悲劇的状況が四六時中頭から離れず、そのせいで何週間も眠れません」ウィラードは母に必死で助けを求めたが、アニーはアーチーの死以来、家庭生活のこのような〝恐ろしい悪夢〟を通して十分しぼり取られてきたように感じていた。さらに言えば、スタントンとアイダの離婚にとうとう決着がついて、息子からその費用をせびられていたので、アニー自身の財政も不安定な段階に入っていた。キャサリンは何も言わず、何も要求しなかった。アニーはキャサリンをロサンゼルス――思い出したくもない〝悲しい記憶の場所〟であるリトル通りの平屋は言うまでもなく――に連れ戻すことさえできなかった。

離婚についてキャサリンが正しかったことを証明するように、クレア・バークもこのころ同様にしばらく姿を消していた。ウィラードと結婚するという最初の計画を貫こうと思っていたとしても、このときのクレアは、先行きの見通しが急激に暗くなり、麻薬中毒と不安のせいで再び身体をこわし、感情の起伏がますます不安定になっていた男と一緒になる気持ちをなくしていたようだ。

ウィラードの次の転居先はグリニッジ・ヴィレッジで、この場所は一年以上彼に安定をもたらすことになる。そのときウィラードは、ワシントン・スクエアの近くに住むという考えを笑ったことだろう。以前のウィラードはメンケンの忠実な信者で、彼に従ってボヘミアン、社会主義者、好事家、芸術家の寄せ集め連中を小ばかにしていたからだ。いま彼はバロー通り四二番地に数部屋を喜んで借りて、その直後、短命に終わった週刊誌〈グリニッジ・ヴィレッジャー〉の演劇評論家の仕事を手に入れて満足した。〝給料〟は無料鑑賞券と週二、三回の昼食代程度の現金だったが、新しい住居は仕事をしたり他人を招いたりできるくらいの広さはあり、それで十分に思えた。

スタントン・リーズと彼の妻は、ウィラードが交際を再開し、訪ねてくるように招待した友人たちのひとりだった。リーズは親切な男で、三年前にウィラードが彼を巻きこんだドイツのスパイ事件を水に流し、妻キャサリンは作家で、ウィラードをよい話し相手だと思った。リーズ夫妻は、請求書の支払いのためにいつか「娯楽的な小説」を書くというアイディアをウィラードが話題にした最初の人たちだ。[2]そうせざるを得ないと感じたときがきたら、自分の本はありきたりの作品ではなく、想像を絶するほどおもしろく出来のよい物語で世間をあっと言わせることになるだろうと、ウィラードは友人に語った（その後の人生で何度も名前の一致や重複があるが、ウィラードがスタントンとキャサリンという名前の二人にこのアイディアを最初に話したというのは、奇妙な偶然の一致だ）。ベストセラー作家になったウィラードを想像することは、商業的な仕事に対する彼の軽蔑を知っていたスタントン・リーズには滑稽に映ったらしい。そして、電話会社の人間が最初の月の料金滞納のためウィラードの電話を止めに来た日、バロー通り四二番地にいあわせたキャサリン・リーズにはおもしろいほら話に思えた。わずか十八ドルの電話料金の未払いのせいで、ウィラードは電話を使わずに生活することに決めた。ウィラードに連絡をとる必要のあるハリウッドや出版界の人間は、郵便を使わなければならなかった。

ウィラードはスタントンとキャサリン・リーズ夫妻に金を借りることを厭わなかった。これまでランドルフ・バートレット、クレア・バーク、アントニー・アンダーソン——それ以前のメンケン、ネイサン、ヒューブッシュ、ケナリーその他の多くの人たち——から借りてきたのと同じように。ウィラードは、そのような頼みができるような知り合いではない人にも借金を頼む悪習さえ身につけていて、そのせいでグリニッジ・ヴィレッジで悪評を得た。しかし知人のほとんどは、ウィラードにとって（誰の目にもウィラードは決して自立できないように見えはじめていた）借金は無駄な努力であること、そして彼らが貸した金が返ってきそうもないことを知っていた。

ひとりの男はウィラードの借金の頼みを断ろうとしなかった。それどころか彼は借金を歓迎した。B・D・デ・シルヴァはたんまり金をもったブロードウェイの若い作詞家だった。同じカリフォルニア出身で、ロサンゼルスでウィラードのことを耳にしていたであろう〝バディ〟・デ・シルヴァは、そのころジョージ・ガーシュインと組んで、華やかで実入りのいい劇場の仕事をはじめようとしていた。デ・シルヴァはウィラードが最近、新しいミュージカルの〝すごいアイディア〟をもって町を走り回り、シュバート・アレイ（ブロードウェイの一画。演劇人のたまり場がある）の連中につきまとっていることを知っていて、彼が資金を必要としていること——際限なく必要としていること——も心得ていた。ウィラードがグリニッジ・ヴィレッジに住み着いてから間もなく、彼とデ・シルヴァは六千五百ドルの融資のために複雑な取り決めをする。(3) ウィラードの計算では、それだけの額があればおよそ一年半はしのげるはずだった。定職を探す心配をせずに暮らすことができるのだ。一九二一年の終わりか、間違いなく一九二二年中ごろまでには、小説または脚本のアイディアのひとつでしっかりと世に認められるようになると、ウィラードは思っていた。ウィラードはデ・シルヴァの作成した契約書に署名し、デ・シルヴァは小切手を渡した。

ウィラードは借金のことを多くの人に、特に家族には話さなかった。それには理由があった。デ・シルヴァからの融資は正確には融資ではない——それは高利貸しだった。契約によると、金は、二つの小説に取り組んでいる期間、個人の生活費としてウィラードに与えられる。販売された本の収益が六千五百ドルを上回った場合、その全額を著者とデ・シルヴァで平等に分ける。収益が六千五百ドルに達しなかった場合には、将来ウィラードが書くどの小説に対しても返済を要求できる。デ・シルヴァの許可なく、この二つの小説の完成前にほかの著作を発表してはならない。そしてさらに恐ろしいことに、ウィラードは、持ち物すべてと将来の印税全額をＢ・Ｄ・デ・シルヴァに遺すという遺言状を書くことになっていた。遺言状は借金の返済まで有効だった。毎週ウィラードは支出金の会計報告をデ・シルヴァに提出することになっていた。支出が〝六十五週融資〟として算出された基準額百ドルを下回った週は、節約した金を次の分割融資へ当てることになっていた。つまり翌週は融資が少なくなるのだ。ウィラードが一九二〇年十月に署名した文書は、きわめて明瞭かつ無慈悲な契約だった。親友でもない男と進んでこのような関係に身を置いたのは、いくつかのことを示している――ウィラードの絶望的な経済的状況、金銭問題への終始軽率な対処、無責任な優柔さ、おそらくは相当額の麻薬による借金、盲信（あるいは自殺願望）。いずれにせよそれはアニー、キャサリン、ベヴァリーに対する苦悩に満ちた気遣いではなかった。彼女たちは最後まで月二十ドル以上の送金を手にすることはなかった。

厄介なことに、第三者によって押しつけられた最終期限ほど、ウィラードの創造力の働きを止めるものはなかった。たとえば、締切りを守って新聞の印刷原稿を提出したり、待っている印刷工のために書評やエッセイを書きあげたり、といったことだ。二十五歳のブロードウェイ・ミュージカルの天才に緊急投資を回収させるため小説を完成させるというのも、同じことだった。そのうえデ・シルヴァの契約には最終期限が記載されていた。ウィラードは一九二一年六月一日までに、おそらく『母』の完成原稿を、そして一九二二年一月一日までに、「ヴァンダーヴィア」というタイトルになる予定の二作目の小説の三分の二を見せることになっていた。この原稿がどうなったかははっきりしない。二作とも間違いなく完成しなかった。「ヴァンダーヴィア」は大筋はできていたとしても、二、三章以上は書かれていなかっただろう。結局ウィラードは両方の原稿を葬って、借金の返済を怠った。自分でも驚いたことにウィラードは後日〝バディ〟・デ・シルヴァに六千五百ドルを返済できるようになるのだが、一九二〇年と一九二一年の追い詰められた数か月間には、その日は想像もできないほど遠いことのように思われた。

契約書の条項でウィラードにとって最悪だったのは、小説の進行を遅らせかねないほかのすべての文学的な企画について、デ・シルヴァの許可を得るという文言だ。彼のシャイロックが知らなければいい、というのがウィラードの結論だった。ウィラードは、「アッシャー家の崩壊」の映画化のため、スタントンとキャサリンのリーズ夫妻と脚本企画を進めていた。『カリガリ博士』を見たばかりのウィラードと友人たちは、ウィラードの弟か、ライト兄弟が知っている才能ある現代画家の誰かに描かせたモダニズムの背景幕を用いて、ドイツ表現主義映画をしのぐことができると確信した。彼らはその試みを「『カリガリ博士』のアメリカ版」と銘打ち、数週間かけて準備した脚本をあちこちの映画会社に送った。買い手はいなかった。だがウィラードはくじけなかった。金はある日映画を経由してやって来る、必要なのは忍耐強さと断固たる決意だけだと思っているようでもあった。同時にアメリカ人の好みについて、いつもの教訓が胸に刻まれた。オマル・ハイヤームとエドガー・アラン・ポーはバロー通りでは映画に打ってつけに思えたが、ルイス・B・メイヤーやジェシー・ラスキーといった映画製作者にはまったく訴えるところがなかったのだ。

映画脚本の仕事や共同執筆の噂にいつも気を配っていたウィラードは、大物たちの注意をひくもっとも着実な方法として、映画雑誌へ寄稿することに決める。またしてもよくわからない考えだ。評論家やコラムニストで、映画会社の重要な仕事へ移った人間がどれだけいただろうか？　それにもかかわらずウィラードは、やはり映画雑誌数誌でフリーで働いていたランドルフ・バートレットに頼んで〈フォトプレイ〉の編集者へ紹介してもらったり、別の大衆向けゴシップ誌〈ムーヴィー・マガジン〉の編集者に接近したりして、その後二年にわたって、どんなに低俗で屈辱的なものであってもお構いなしに、編集者から回された仕事を引き受けた。

映画雑誌というよりファン雑誌の範疇に入るこの二つの雑誌に掲載されたウィラードの文章のほとんどは、これまで書いたどんなものよりもその場しのぎのやっつけ仕事だった。一九二一年から一九二二年にかけて彼は多くの時間を映画に費やして、さまざまな角度から題材に切りこめるようになる。一九二二年三月の〈ムーヴィー・マガジン〉の記事「映画の中の裏社会の生活」は映画に登場する犯罪者の描写が説得力を欠くことを考察した。〈フォトプレイ〉一九二二年四月号の「あらゆる時代の美女」は絵画と映画における美女の基準の変遷を概説した。ほかの記事では、『カリガリ博士』のローベルト・ヴィーネの革命的な技術、当時の新人主演俳優、ヴァレンチノ人気、映画字幕、背景音楽、チャーリー・チャップリンのカリスマ性について書いている。

いくつかの記事でウィラードは母の旧姓を使用して、〝フレデリック・ヴァン・ヴランケン〟の筆名で文章を発表した。ヴァン・ヴランケンの記事では、ライト名義のものより深いところを目指すことがあった。たとえば、〈フォトプレイ〉一九二一年十二月号の「不幸な結末」は、伝統的なハッピーエンドを捨て去った良質な映画の登場、ハリウッドの新傾向を分析して、それは戦後の映画ファン（そして映画会社幹部）の趣味の向上を示しているとした。『黙示録の四騎士』から『カルメン』まで、おびただしい数の戦争物や古い小説の翻案物があふれるなかで〝ヴァン・ヴランケン〟はこうした映画が二〇年代アメリカの大人の娯楽になるという希望をみていた。映画はついにその甘い衣を捨てはじめていたのである。こうした記事のいくつかは、今日では映画会社宣伝部のご機嫌取りのように読める。宣伝部は情報と〝スター〟のインタビューの見返りとして、映画雑誌がハリウッドの人気を後押しする役割を果たすことを当然ながら期待していた。このような状況においてウィラードは、善良な市民を演ずる気さえあった。本名で発表した「チャップリンの大秘密」では、おどけた暖かみを映画で体現してみせた〝小さな放浪者〟と、父親のような助言と民主主義の権威の〝賢明で偉大な〟象徴である新大統領ウォレン・ハーディングを比較した。われわれはそうした象徴的な人物を必要としていて、チャップリンとハーディングは明らかにその要求を満たしているとウィラードは書いている。

メンケンやドライサー、あるいはネイサンやケナリーが二〇年代初めの映画雑誌に目を通すことがあったなら、かつての仲間が道を踏みはずし、取りかえしのつかない醜態をさらしているという思いをますます強めただろう。ジョン・アダムズ・セアが〈フォトプレイ〉や〈ムーヴィー・マガジン〉をぱらぱらめくることがあれば、唖然としたはずだ。セアの趣味を侮辱して、彼の雑誌をオーエン・ハッテラスの皮肉とエズラ・パウンドの狂気でいっぱいにした男が、〈スマート・セット〉がかつて見たことのないほど大勢の愚鈍な読者に迎合していた。まさに〝賢明で偉大な〟ウォレン・ハーディングだ。

この砂上の楼閣が崩れるのは時間の問題だった。一九二二年最初の週、ヴィレッジに住んで十四か月目に、ウィラードはダウンタウンのアパートを引き払った。返済できそうもないほどたくさんの人からたくさんの金を借りていたウィラードは、彼がバロー通りを離れたことに誰も気づかないだろうと思った。夜中の引越しで彼は、ブロードウェイと七十七丁目の角のベルクレア・ホテル七階の一部屋に移った。その後四年間、ベルクレア・ホテルは、ウィラードの隠れ家、避難所であり、最後に彼が人生と折り合いをつけようとしたときには〝作戦基地〟になる。

転居後の最初の何か月か、ウィラードはあまり外出しなかった。とにかくよく眠り、一日の大半をベッドで過ごし、気がのらないまま『母』に取り組み、より真剣に『絵画の未来』に打ちこんで、ニューヨークで信用を回復する方法について考えていた。四月に映画雑誌での最後の署名記事が掲載された。それ以降ウィラードは、小説やもっと立派な出版物に載せる記事に備えなければならないと決意する。しかしその春まとめられた一番いい契約は、〈ハースツ・インターナショナル〉に毎月短い芸術コラムを書く仕事で、最初は有望そうにみえたがほとんど金にはならず、わずか五か月で終了した。

八方ふさがりの状況に、新たに身体的な問題が加わった。食生活が不規則でかなり神経質にもなっていたため、消化機能が安定せず悪化の一途をたどった。毎週便秘に苦しみ、十月には大腸炎を発症してますます衰弱した。十二月に延ばし延ばしにしていた痔の手術を受けるため入院したとき、ウィラードは体力的にも財政的にも限界に達したように感じた。デ・シルヴァの金ができるだけ長持ちするように気を配ってはいたが、預金は底をつきかけ、病院と医師への支払いを待ってもらわねばならず、平均すると月十五ドルか二十ドルのキャサリンへの送金も難しかった。

アルフレッド・スティーグリッツやスタントン・リーズなど、マンハッタンの旧友のほとんどは、ウィラードが再びニューヨークを離れたと思っていた。何人かは彼が麻薬に完全に屈したとか、高利貸しのせいで早死にしたとかいう噂を広めて大喜びし、また〈スマート・セット〉を通して彼を知っていた人たちは、ウィラード・ハンティントン・ライトがどこへ行ったかなど気にもしなかった。このときウィラードはもう一度クレアを頼ったらしい。クレアは二〇年代初めに不可解で予測できない間隔をおいて恋人の手紙に再び登場するが、彼女自身の物語ははっきりしていない（もちろん、ウィラードが後にクレアからの手紙を破棄したことで事実は不明瞭になり、二人の関係はさらに謎めいたものになっている）。カリフォルニアから戻るとクレアは夫と離婚して、一九二一年ごろに再婚し、娘さえいたらしい。少したってからウィラードの家族はあれこれ考えあわせて、ウィラードがクレアの再婚をうながしたという印象を抱いたが、それは彼の気質からしていかにもありそうなことだった。シャーマーホーン氏は金持ちで、結果的にクレア・シャーマーホーンは、鷹揚な気分になったときにはこれまでよりも気前よく恋人をもてなすことができた。この奇妙な金銭ずくの関係はウィラードの求めるものにぴったりあっていて、洗練された雰囲気、たまの現金、制約のないセックス、彼が望んでやまなかった義務からの解放をもたらした——どれもキャサリンの差し出せるものではなかった。その代価として女への依存を強めていったが、そのような状況でも、異性との関係でウィラードが気を遣うようにはならなかった。

ジャーナリズムと美術批評で名を挙げるための十五年間の苦闘がまるでなかったかのように、ほとんど無名の状態に落ちぶれるくらいなら、たくさんの敵意に囲まれたほうがウィラードにしたらよっぽどましだった。彼の地位がどれほどぼろぼろになっていたかを見るのに、ベン・ヒューブッシュが出版した『絵画の未来』以上のものはない。多くの読者を引きつけるために元の長さの四分の一以下に原稿を削ってなお読み終えるのが難しい本であり、原稿をベン・ヒューブッシュに手渡したときのウィラードの気持ちは、『近代絵画』で感じた興奮とはずいぶんかけ離れていた。「この本が一種の予言となってほしい」(4)とウィラードはバートン・ラスコーへの手紙で書いている。だが、ウィラードは本が餌食になりがちな罠を知っていた。彼は多くの友人に『絵画の未来』——六年ぶりの重要な仕事——が誤解され、その結論は偏見をもって解釈されるのではという不安を打ち明けていた。

まさにヒューブッシュの予想したとおり、一九二三年三月に出版された『絵画の未来』はほんのわずかな反響しか呼ばなかった。発行部数二千部で、それを売り切ったわけでもなく、書評は見下したようなものや冷淡なものばかりだった。〈ニューヨーク・タイムズ〉は書評さえしなかった。ポール・ストランドはウィラードの考察をまじめに受けとる数少ない見識ある読者のひとりであり、〈ブックマン〉で、ウィラードの考え方のどの面が理にかなっているか、どこが見当はずれに思えたかを理知的に論じた。〈ニュー・リパブリック〉のルイス・マンフォードはもっと嘆かわしい調子だったし、トマス・クレイヴンは〈ダイヤル〉の記事を次のようにはじめている。「周期的におこなわれた美学への出撃で、ライト氏はたくさんの無分別な予言をしてきた(5)」これは最悪の書評のひとつだった。デッサンや形より色彩が未来の画家を支配する関心事になるだろうし、そうならなければならないというウィラードの主張は、写実主義が美術界で重要な位置を占めていた時代には信じがたい仮定のように思えた。同じくらい議論を呼んだのは、保守的な絵画の最上のものでさえ袋小路、すなわち「情緒的不能」という段階に達しているというウィラードの宣言と、新しく、より技術的な「色彩芸術」はカンバスの伝統的絵画ときっぱり袂《たもと》を分かち、二つの芸術様式はそれぞれわが道を行くことになるかもしれないという予測である。後者の論点は多くの人たちにとって特にばかげた主張であり、頭のおかしな「光の理論」のように思われて、注意を払う価値はまったくないと判断された。

スティーグリッツやオキーフのような美術界の人たちはもちろん『絵画の未来』を読んでいたが――反応はほとんどなく――ウィラードは、本を買った人、彼が贈呈した人のほとんどはページを開いてもみなかったのではないかと考えた。後の世代にとって重要な美学の問題を扱った美術書で、当時の『絵画の未来』ほど黙殺された本はめったになかった。

アメリカで芸術について一家言ある人物という過去のイメージをウィラードが保つことは、ますます難しくなった。翌年の〈ダイヤル〉の書評、エイブラハム・ウォーコウィッツの素描カタログに寄稿した短いエッセイ、そしてよりによって〈メノラー・ジャーナル〉に掲載された挿絵的な画家ウィリアム・グロッパーに関するエッセイが、芸術に関するウィラードの最後の活字になった文章であり、本名で書かれたまじめな文章としては事実上最後のものだ。どれもどうでもよいものだった。一九二四年にはウィラードはもはや編集者が書評や重要な批評に起用する著者ではなくなっていた。

状況はその後二、三年にわたって悪化の一途をたどり、エドマンド・ウィルソンがエッセイ「文学的ヴォードヴィルのオールスター」で、一九一四年から一九二六年にかけてのアメリカの有名人を総ざらいしたときには、ウィラード・ハンティントン・ライトについて「かつて重要人物という印象を与えたこともある(6)」が現在は無名の人物であると述べるにとどまった。ウィルソンの記事の読者は、この作家はずっと以前に死んでしまったと考えたかもしれない。

世間は彼女の父親を無視したかもしれないが、二〇年代前半のベヴァリー・ライトはちょうど父親に対する強い関心に目覚めたところだった。リトル通りでのみじめな数か月間に父親の存在がもたらしたショックから立ち直ると、ベヴァリーは不在の父、ニューヨークでの父の生活、父の経歴と業績をもっと知りたいと思った。母親と同じように、ベヴァリーも和解と普通の家庭生活を願っていた。十四歳になるとひとりで父に手紙を書けるようになった。ベヴァリーは、作家が娘にそうなってほしいと望むような読書家で、ウィラードは彼女にたくさんのアドバイスを与えるようにこころがけた。ベヴァリーがチャールズ・ディケンズや「同様な偽善的作家」[7]に興味をもつことをウィラードは危惧した。バルザックとコンラッド、ドライサーとモーパッサン、ショーとワイルド。それが利発な十代の少女にとって正しい出発点だとウィラードは力説した。軽い娯楽小説としては、そのころ自分が読んでいたE・P・オッペンハイムの小説を推薦した。

ウィラードは娘に対する関心をようやく示すことができたが、ベヴァリーが自分自身の考え（または確立した考え）をもつようになると、二人のあいだにはつねに注意深く定められた距離が生まれた。期待を打ち砕かれたベヴァリーがそのことを理解するのに一、二年かかった。彼女がそれとなくニューヨークを訪問したいとほのめかすと、ウィラードは大都会の生活がいかに困難なものかを書いてよこした。芸術に対する彼女自身の関心の高まりをベヴァリーが語ると、ウィラードは話題をはぐらかした。もっとも痛ましかったのは、ベヴァリーが感想と賞賛を求めてはじめての短篇と素描をいくつか送ったときで、ウィラードは一度も返事をよこさなかった。彼自身の芸術界におけるキャリアが無に帰そうとして苦悶している最中に、書くことやスケッチすることへの娘の興奮など、考えている余裕はなかった。

ベヴァリーにとって特につらかった時期は、思春期の初めだ。事務職をやめ、パロアルトの郊外で自分の養鶏場をはじめるため痛ましい努力を続けていたキャサリン・ライトは、異常なほど張りつめた精神状態にあった。義母がウィラードの冷淡さの背後にいるとひとり合点したり、息子がいたらウィラードも家にいたかもしれないとか、自分を愛していない夫の代わりになるかもしれないと考えて、何日かベヴァリーのことを夫婦がもつことのなかった男の子だと想像したりした。ベヴァリーは家で〝ピーター〟と呼ばれたが、それはキャサリンとウィラードが二人の初めての息子につけるつもりだった名前で、母は彼女を息子のように扱った。ベヴァリーは〝若い紳士〟になる教育を受けた――夕食のとき母の椅子をひくこと、散歩に女性を連れて行くとき歩道の縁石側を歩くこと、扉を開けること、公の場では女性に席を譲ること。女らしさをみせると叱責された。重要なのは男らしさだと母は思っているらしかった。そこからは当然性的な混乱が生じたが、彼女は絶えず母を失望させているという気持ちになり、また両親の別居の原因について当惑をおぼえ、一家の貧しさとよるべなき暮らしに恥ずかしさを感じながら、ベヴァリーはつらい思春期を耐えた。

彼女の逃げ道は祖母と休暇を過ごす南の土地にあった。そこでは体調もいくぶんよくなり、特にスタントンが家にいるときは雰囲気も明るくなった。初めのうちアニーは孫娘を泊めることができなかった。ウィラードが出ていくと間もなく、アニーは全財産を独身女性向けの下宿につぎこんだが、財政的にはうまくいかなかった。スタントンが家にいるとき彼は居間のソファで眠った。アニーが〝入居者〟と呼んでいた神経質な女下宿人たちが結局このあぶなっかしい事業をあきらめさせ、アニーが自分の小さな家に戻ると、ベヴァリーは祖母の家を訪れることができた。スタントンが家にいれば最高だった。父と違ってスタントンは、ベヴァリーの絵画や素描への関心を応援し、母とは異なり、十六歳のベヴァリーが髪をボブにしたとき喜んだ。内気な姪のちょっとした反抗心がスタントンを楽しませたが、彼自身の十代のころのわがままはもっと強烈なものだった。

スタントンはロサンゼルスのアート・スチューデンツ・リーグで教えはじめていた。かつて彼はそこで早熟の若者として有名であり、少なくとも長いあいだ聞かされてきたライト家の才能はそれなりのものだった、という感覚をベヴァリーにもたらした。スタントンは裕福ではなかったが自立していて、敬意に満ちた支持者も獲得していた。彼は姪に、彼女やキャサリンが知らなかった生き方と、女性のタイプを教えた。スタントンの現在の恋人の名前――ジーン・レッドマン――はベヴァリーには何の意味もなかったし、最初のうち祖母も叔父も、ジーンがライト家にまったく無縁の人間ではないということを漏らさなかった。ベヴァリーの知っていたのは、スタントンのガールフレンドが楽しく刺激的な女性だということだった。創造的で精力的で、ベヴァリーに親切で、スタントンにお似合いだった。世慣れた女性のジーンに対して、キャサリンはますます神経質で鬱陶しく厳しい母になっていった。

スタントンがジーン・レッドマンと結婚するとすぐ、もうひとつの打撃――今回は大打撃だった――がキャサリンの精神的なバランスを襲った。彼女はヒステリックになった。ベヴァリーが親類を訪ねるのを許さず、新しい叔母への賞賛や愛情を示したりするとしつこく責め立てた。過去からは逃れられないが、積もり積もった侮辱を許す必要などないと、キャサリンは娘に言った。それからベヴァリーは細切れの情報をつなぎ合わせて、叔父の結婚相手がウィラードが新婚時代に関係していた女性のひとりだったことを知る。自分が飢えているというのに、アニーとスタントンはウィラードが捨てた女を愛せるのかとキャサリンは毒づいた。キャサリンにとってこれは、耐えることも思い起こすことも許しがたいもうひとつの不正であり、ライト家の薄情さのもうひとつの例だった。

このような無力感の中で、ウィラードを傷つける力はキャサリンにはほとんど残っていなかった。キャサリンは、ウィラードに自分と同じような苦しみを与えたいとは思っていなかった――なぜならいつかウィラードも妻を必要とする日がきて、家族はまた一緒になれるからだと彼女はベヴァリーに話した。キャサリンにこのときできたのは、ちょっとしたことでウィラードをいらいらさせることであり、彼女はそれを熱心におこなった。彼女は小切手の受領通知も出さず現金化もせずに、郵送中に金がなくなったと書き送って、ウィラードをパニックに陥らせたり怒らせたりした。深く傷つける手紙と女らしい気遣いに満ちた優しい手紙を交互に送り、その後長いあいだ気味の悪い沈黙を守った。ウィラードの言葉をわざと取り違えたり、彼がすでに答えた質問をしたり、娘がきちんとした服を着、教育を受けさせることができないことで非難したり、（彼女のいつもの手で）重病をほのめかしたあいまいなメッセージを送ったりした。こうしたことすべてが、ウィラードが一番弱っているときに彼の神経をすり減らすという期待どおりの効果をもたらした。

ウィラードの手紙による戦略も同様に意地の悪いものといえるかもしれない。一九二四年のクリスマスにキャサリンが作ったローブへのお礼の手紙の中で、妻にクレア・シャーマーホーンとの関係を報告することを厭わなかった。「今年はクレアから何ももらっていない……前にも書いたように、八か月以上彼女と会っていないし、直接的にも間接的にも話もしていない。彼女は夫と幸福に暮らしていると聞いている。まあ、そういうことだ。内外を問わず、ほかに厄介な協定は結んでいない。わたしには間違いなく老いが迫っている……」(8) 普段はウィラードはキャサリンの策略をまじめに受けとっていた。「昔気質の夫や父のように、きみはわたしの欠点を罰しようとしている」とウィラードはある手紙でぶちまけているが、たとえすべての正義が彼女の側にあったとしても、それは何の意味もないことにあらためて注意を促した。「そんなことをしても、きみやわたしにとっても、ベヴァリーにとっても何の役にも立たない。それはわたしを心配させ動揺させ、わたしの働く力を減退させるだけだからだ[9]」

キャサリンにこの警告を発した時点――一九二四年十月――では、たとえ二度と一緒に暮らすことがないとしても、真面目な本の執筆で妻と娘を養えるようになると、ウィラードはまだ真剣に信じていた。しかし、その幻想を打ちくだく瞬間はすぐそこまできていた。

その秋、ベルクレア・ホテルにウィラードを訪ねたランドルフ・バートレットは、友人の部屋がファイル、本、雑誌、紙の箱でいっぱいなのを目にした[10]。ウィラードは熱に浮かされた極度の興奮状態にあり、頭の中は虚勢と複雑な計画でいっぱいだった。『母』にすでに見切りをつけ、いまは近々公開予定のサイレント映画に字幕を書く仕事を狙っていて、それと作家向けの参考書の仕事に没頭していると、彼はバートレットに話した。その『英語用法百科』は文章を書く際によく見られる文法および文体の誤りをまとめた便覧で、完成まで少なくとももう一年かかりそうだったが、ヒューブッシュかどこかの出版社が買ってくれれば、「生活を支える程度の金」は約束されていた。バートレットは自分の考えを口にしなかったが、極度に張りつめた神経と減少した体重で、執筆中の学究的な大仕事を成し遂げる力がウィラードにあるのだろうかと思った。しかしそれだけではなかった。ウィラードは参考書に続けて出版するつもりの『言語学と文学』二巻本の覚書きを見せた。メンケンが書いた『アメリカの言語』は、一九一九年に初版が出版されているが、視野の広さと言語学の知識ではウィラードのほうが勝っているはずだ。バートレットは落胆と驚きのうちにホテルを去った。

状況は、そのころウィラードを訪ねる人間が考えていたよりも悪かった。借金のあてもなくなり、ウィラードは精神的にも経済的にも破綻寸前だった。ウィラードがランドルフ・バートレットに正直に打ち明けられなかったのは、これらの本を完成させる体力や頭脳の明晰さが自分には残っていないのではないか、もしそれがあったとしても、これまでの著作がそうだったように、この仕事で彼が財政的な生殺し状態を脱することはないのではないかという不安が、週を追うごとに高まっていることだった。またしてもおなじみの問題だ。家族の金か、大学や新聞や雑誌の安定した職がなければ見込みはない。文化批評は一九二〇年代のアメリカが支持しなかった贅沢であり、意気消沈したウィラードはそれを認めざるをえなかった。

もうひとつバートレットに言いそこねて、ニューヨークのほとんどすべての知人にも慎重に秘密にしていたことがある。それはまったく異なる方面へ進む準備をしていたことだ。その年の五月にウィラードは、キャサリンに対してはこれが初めてだったが、〝救いの〟道を定めたと言っている。計画については〝大衆小説〟とだけ語り、その後〝大衆小説のシリーズ〟と呼んでいる。この十五年間というもの、金銭的な理由のためだけにペンをとる作家をさんざん非難してきたが、一九二四年、ウィラードは彼らと同じことをし、かつてスタントンとキャサリンのリーズ夫妻の前でした予言が本物であることを証明しようとした――アメリカでは、全力で取り組めば成功するはずだ。

キャサリンとアニーはこの話をどう受けとったらいいのかわからなかった。この〝大衆小説〟がどんなものか、ウィラードはきちんと説明しなかった。二年前のＥ・Ｐ・オッペンハイムのミステリ・スリラーへの思いがけない言及は記憶にあったかもしれないが、ウィラードの考えているのが探偵小説だと知ったら彼女たちは驚いただろう。ウィラード自身が不安を抱えていたのは明らかだった。『英語用法百科』と『言語学と文学』は単に教育的な事業というだけではなく、「〔大衆〕小説がわたしの評判にあたえる悪い影響を打ち消すためにも[11]」きわめて重要になるだろうと家族に話した。またこの計画について誰とも話し合わないようにと厳しく指示した。

もっとも重要な「誰とも」は、スタントンだ。ウィラードは次のように妻への手紙に書いている。「わたしの書いている小説のことを……スタントンに話したり漏らしたりしないよう、ベヴァリーによく言い聞かせてほしい。もしそれが知られたら、わたしはひどく傷つくかもしれない。もうひとつ、わたしは小説で別の名前を使うかもしれない。いずれにしてもスタントンには何も話さないでほしい。説明はできないが、重要なことだ[12]」ウィラードが説明できなかったことを、家族は簡単に察した。アニーとキャサリンにしても、ベストセラーがもたらすかもしれない金は喉から手が出るほど欲しかったが、それでも彼女たちは――S・S・ヴァン・ダインの本が出はじめたその最初から――ウィラードの才能の切り売りについて同じような当惑を感じていた。彼女たちもスタントンの激しいあざけりを避けたかった。そのスタントンも豊かな暮らしに興味がないわけではなかった。それどころか兄と同じくらいそれを切望していて、裕福な家に生まれたジーン・レッドマンとの結婚によって安定した地位を得ていた。しかし、ライト家の人間が芸術や文学を捨て、公然と恥ずかしげもなく〝商売に走る〟とは誰にとっても思いもよらぬことだった。

ウィラードが『ベンスン殺人事件』のプロットに取り組んでいたころ、スタントンはジーンと幸せに暮らしていて、自費出版の『色彩論』を書いたり、サンタモニカ・シアター・ギルドと関わりをもったり、彼自身の絵に影響を与えることになる終生にわたる東洋美術の研究をはじめたりしていた。ウィラードにとってこの差は堪えがたいものだった。

ウィラードは、みすぼらしい文学者から有名な探偵小説家への転身が独力でなった振りをしたことはなかった。彼の人生でもっとも長く関係を保った友人である二人の人物が、ほかの誰にもできなかったやり方で彼を助けた。

ひとりはジェイコブ・ロブセンツ医師だ。ロブセンツは産科医だったが、友人としてと同時に患者としてもウィラードの面倒をみていた。彼はウィラードが借金をしていた大勢のひとりでもあったかもしれない。というのもウィラードは四、五年のあいだ、平均すると少なくとも年に一度は費用のかかる病気――肺炎から便秘の腸にできた膿瘍まで――になっていたのだ。寛容で好奇心旺盛な人間で、たくさんの作家と知り合いだったロブセンツは、ウィラードを聡明でおもしろい男だと思い、いつか友人は身体的、職業的、精神的問題の出口を見つけると信じていた。マリファナその他、ウィラードがいまだ惹きつけられていた麻薬と手を切るのを手伝ったり、適切な医者へ連れて行ったりするのに、ロブセンツが尽力したということもおおいに考えられる。気分が落ちこんでいるときは、芸術と言語学の原稿をひとまず脇において、探偵小説を手にして休憩をとるというのはロブセンツの考えだったと、ウィラードは後に述べている。それはウィラードにはばかげた提案のようにも思えたが、何よりも〝ジェイク先生〟のご機嫌をとるために試しにやってみた。ロブセンツにはそれだけの借りがあった。

もうひとりの親切な友人ノーバート・レデラーは、膨大なコレクションをウィラードに開放することでこの冒険を後押しした。化学者が本職で、趣味として熱心な犯罪学者、チェス・プレイヤー、熱帯魚収集家だったレデラーも、低級な本で〝時間を浪費する〟ことについて、ウィラードの最初の不安を取りのぞいた。レデラーは博士号をもち、三か国語を話し、いくつかの専門分野に通じていて、よくできた娯楽小説に対して紳士気取りの躊躇がまったくなかった。実際に彼はアメリカとヨーロッパのおもしろい探偵小説をびっくりするほど大量に所有していて、ブレンターノ書店の勘定をかなり前から溜めていたウィラードは、すすめられた著者の一部を彼から手に入れた。

すぐにこの〝実験〟は熱中になり、そして最後にライト家に特徴的なスタイル、執着に変わった。ウィラードは気がつくと読んだ小説の多くを楽しんでいた。それは文学の一例というよりも知的なパズルのように思えたが、彼の部屋は、南カリフォルニアの〝文学の生体解剖者〟がわずか十二年前に容赦なく嘲笑を浴びせた類の本でいっぱいになった。一九二二年から一九二四年のどの時点で、ウィラードが単なる読者であることをやめ、自身の創作を念頭においてこの〝パズル〟の研究者になったのかはっきりしないが、おそらく一九二三年の後半（『絵画の未来』の失敗のあと）には、ある探偵小説や著者をほかよりもすぐれたものにしているのは何かを理解するために、メモをとっていたことだろう。

数ある作家の中でもっとも軽いオッペンハイムから、もっと完成されたH・C・ベイリーとイーデン・フィルポッツへ、それからロナルド・ノックスとR・オースティン・フリーマンへ、A・E・フィールディングとJ・S・フレッチャーへ、アーサー・モリスンとA・E・W・メイスンへと彼は読みすすんだ。アンナ・キャサリン・グリーン、メルヴィル・デイヴィスン・ポーストなど、この分野に価値ある貢献をしたと言われている二、三のアメリカ人作家や、ちょうどそのころ誰もが関心をもっていたイギリスの若い女性作家アガサ・クリスティを読んだ。一九二二年にミルンの

『赤い館の秘密』とフィルポッツの『赤毛のレドメイン家』がアメリカで同時に発売され、ウィラードは興味をもってこの二作をむさぼり読んだ。翌年ドロシー・セイヤーズが『誰の死体？』でデビューして、ウィラードはそれも手にとったが、どう見てもクリスティより上には思えなかった。コナン・ドイル、ガボリオ、ルルーの全作品、ヒューム『二輪馬車の秘密』、クロフツ『樽』、ベントリー『トレント最後の事件』、アルセーヌ・ルパンの冒険譚、ブラウン神父シリーズ、ジャック・フットレルの短篇など、すでにこのジャンルで広く認められた古典から、アーサー・リーヴ、ジョン・ロード、アーネスト・ポート、オルツィ男爵夫人、ベネット・コプルストン、バートン・スティーヴンソンのような二流の作家まで——要するに、読んでおもしろく、話題になっていて、レデラーの蔵書や探偵小説に詳しい書店で手に入るすべての本をウィラードは買い求めて、研究した。ランドルフ・バートレットの訪問後間もなく、ウィラードは作家向けの参考書の原稿をひとまずおき、『言語学と文学』の覚書きを棚に載せて、避けがたい運命を受け入れた。

そのうちにウィラードは自分の趣味が明確な方向性をもって発展していることに気がつく。ほかの文学作品や絵画についてと同様、探偵小説についても自分なりの意見をもつのは、ウィラードにとって当然のことだった。彼の考えでは、ベイリー、フィルポッツ、フリーマン、ノックス、メイスンは、大勢いる作家の中でもっともおもしろく洗練されていた。彼の読んだ〝偉大な〟探偵小説作家の多くはひどくいい加減に思われた。このことは特に、ポーストとフットレル以外のアメリカ人作家に当てはまった。だが一〇年代中ごろにはすでに五冊の著書をもち、忠実なアメリカ人読者を開拓していた有名なアガサ・クリスティでさえ、ウィラードをそれほど熱狂させなかった。彼が後に書いているように、エルキュール・ポアロは俗っぽい気取り屋で（これがもっともウィラードを苛立たせたが）「千里眼と言っていいほどの直観に頼っていた」[13]。ベルギー人の探偵は、その「小さな灰色の脳細胞」のことを好んで口にするが、実際にはあまりにもしばしばそれを使わずに犯罪を解決しているように思えた。『スタイルズ荘の怪事件』と『ゴルフ場殺人事件』はそれなりの魅力があるが、『アクロイド殺し』の有名なトリックは嫌悪すべき仕掛けだとウィラードは思った。もしいま練っている企画が実現したら、そのようなこざかしいことは自分の探偵小説ではやるまいと決めた。この分野を研究していくと、クリスティが必ずしもこだわらなかった〝フェアプレイ〟の概念がさらに重要なものになった。早い時期から、それは第一原則になる。

プロットの展開と手掛かりの提示もさることながら、このたくさんの小説の主人公について考察していくと、ウィラードは二つの陣営があるという印象を受けた。物語や容疑者に対してある意味二次的な存在として探偵を考えている作家と、生気に満ちた不滅の存在、現実にはありえないほど圧倒的な探偵――犯罪や推理そのものと同じくらい印象的な個性や気質をもつ探偵の創造を信じている作家だ。ポアロはまだそれほどではなかったが、クリスティは第二のグループに属するだろうし、彼女と同郷のドロシー・セイヤーズはいまだ完成されてはいないが印象的なピーター・ウィムジイという人物を、明らかに同じ方向へもっていこうとしていた。シャーロック・ホームズのコナン・ドイル、フォーチュン医師のベイリー、ブラウン神父のチェスタトン、パリ警視庁のアノーのメイスン、アンクル・アブナーのポーストは、その陣営の英語作家の真のリーダーで、彼らの探偵たちのことは二〇年代のアメリカで探偵小説を読む者なら誰もが知っていた。実際、読者の記憶に残るのは彼らの名前であり、彼らの本を読んだ人々が長い間に小説のほかの部分を忘れてしまったとしても、探偵その人のことは忘れることができないだろう。たとえ、作者が彼らに授けた能力や欠点が何であったとしても。その取り組み方には十分な説得力があるとウィラードは思った。実際面でも美的な面でも満足のゆく論理性があった。最初から、これはウィラードがもっとも同族意識を抱いたグループだ。

生き生きとした主人公よりプロットの巧妙さや記述の技巧に多くの注意を払う作家が陥る危険の好例が、R・オースティン・フリーマンだ。ウィラードはフリーマンの小説に、グリーン、クリスティ、フィールディング、フレッチャーその他の著者の苦心の作に対する以上の敬意を払い、楽しむことさえできたが、その中心には何か間違ったところもあった。というのは、フリーマンのソーンダイク博士物に探偵小説の最高の見本を見いだしたとしても――そしてフリーマンが、おもしろい筋、フェアで独創的な推理、流れるような文章の達人であったとしても――ウィラードは有名なジョン・ソーンダイクの複製を作ることにはまったく興味を感じなかったのだ。彼は後にフリーマンの探偵をこう評している。「年配の、地道な努力家で、ユーモアに欠け、驚くほど情味に乏しい(14)」この探偵はいくつかのすぐれた作品で、ほとんど表に出てこなかったりする。フリーマンの古典的名作『オシリスの眼』で、ソーンダイクがドラマの中心に入ってくるのは物語の最後の三分の一だけだが、そうした著者の判断をウィラードはばかげていると思った。彼の頭の中にあった探偵は、もっと生彩のある、威厳に満ち、最初から最後まで物語を支配する破格の人物だった。

そのような登場人物を作るには、自分自身に目を向けるだけでよかった。一九二四年から一九二五年にかけてメモをとりながらこの問題について考えを重ねていたので、ファイロ・ヴァンスの存在は少しずつウィラードの想像力のなかで自己主張をしはじめた。いったんできあがってしまうと、この〝存在〟のおかげで、ウィラードはこれまでよりもずっと早く、しかも楽に作業を進めることができた。その仕事で元気を回復するとは彼自身思ってもみなかったが、それは喜ばしく予想外の効用だった。

さきに探偵の構想があったのか、それともプロットの組み立てに専念したのか、ウィラードの探偵小説作家としての歩みのもうひとつのはっきりしない部分だ。ほとんど最初からウィラードが、犯罪小説の作者になることを、まとまった金を稼ぐための一度限りの単発的な試みとは考えていなかったのは事実だ。毎年何万もの本が出版される中で、一冊の小説が読者を獲得するのはきわめて難しいことだった——ウィラードはその手の本をいくつも書評してきたのでよく知っていた。新しい作家やペンネームを使うつもりの人間には、一層高度な策略が必要だった。彼の出した結論は、出版社には〝一括契約《パッケージ》〟でもちこみ、その作品は話を聞いただけで成功間違いなしと思えるものでなくてはならないというものだった。そこから導きだされたのが、特色のある主人公と共通のスタイルをもつシリーズのアイディアである。探偵小説読者の多くに受け入れられれば、続けて出版される第二作と第三作はそれを利用することができるだろう。

最初の二冊の本の設定として、ウィラードは最近現実に起きた二件の未解決事件を取り入れた。『ベンスン殺人事件』と名づけられた最初の物語のプロットは、一九二〇年にかなり話題になったジョゼフ・エルウェル殺しと酷似しているように見えたことだろう。裕福な株式仲買人で、有名なブリッジ・プレイヤーだったエルウェルは、褐色砂岩造りのアパートの不法侵入の形跡のない鍵のかかった居間で、椅子に座ったまま射殺されているところを発見された。徹底的な警察の捜査にもかかわらず、凶器も犯人も見つからなかった。ウィラードは人物の名前を変え、独自に容疑者、目撃者、捜査官を創作したが、下敷きにした犯罪——おもに豊かさと狡猾さの雰囲気——も十分に利用して、二〇年代の読者の興味に訴えた。

第二作『カナリヤ殺人事件』では、ウィラードはもっと煽情的でもっと時宜を得た事件、一九二三年の〝ドット〟・キング殺しを使った。ドロシー・キングは、「ブロードウェイの蝶」の異名をとった尻軽美女で、お約束どおり金のかかる好みをもち、危険な男や友達に囲まれていた。ウェストサイドの狭いアパートで仲間のひとりによって絞殺されたキングの事件は、どの男がそのきわめて計画的な殺人の犯人なのか、警察が突きとめるのをあきらめたあとも、依然として一般大衆を魅了していた。ウィラードは、「蝶」を「カナリヤ」に変え、フラッパー、もぐり酒場、恐喝、スキャンダルのからんだ複雑な物語を作りだした。第三作『グリーン家殺人事件』の設定は純粋な創作で、この作品のためにウィラードは、十九世紀に建てられたイーストサイドの大邸宅で展開される、兄弟姉妹の対立と痛ましい秘密の暗い家族ドラマを構想した。

二重生活を送る株式仲買人、ブロードウェイのパーティーガール、没落したニューヨークの旧家。一九二五年末までにウィラードが第一稿を仕上げたいと思っていた、三つのファイロ・ヴァンスの小説は、この慎重な計画によれば、あらゆる人々の興味を得られるはずだった。

ウィラードにとって、印象的な名前は印象的な個性と同じくらい重要で、探偵の命名には慎重な注意が払われた。ウィラードはその過程について記録やメモをほとんど残していないが、結果から推測できることは多い。語源的にみると、〝ファイロ〟はもちろん、彼が作り上げた主人公の言葉への〝愛〟を示しているが（philo-は「愛する」の意がある）、それに対して〝ヴァンス〟は適度に平易で、そのままでは奇妙な感じのするファーストネームとの組み合わせが耳に快い。それでも、この分野では二流の探偵小説作家――ルイス・ジョゼフ・ヴァンス――と、エリス・パーカー・バトラーの主人公ファイロ・ガッブという名前があり、それを組み合わせた名前は、意識するかどうかはともかく、本の買い手に彼らの知っているほかの小説家を思い出させるのに一役買うかもしれなかった（バトラー本人がこの〝偶然の一致〟に気がついた最初の人物で、人の良いことに、ウィラード・ライト自身の意識あるいは無意識がそこに働いたのだろうかと考えた）。名前選択のその解釈は納得がいくものである。ウィラードはメンケンの弟子時代から〝借用者〟であり、商業的な文学市場で何とか生計を立てていた二人の男から名前をとったことは、ウィラードをよく知る人にとっては、自分がしようとしていることに対する彼の心理的葛藤を示すものにほかならなかった。

〝ファイロ・ヴァンス〟という名前が、ウィラードが足を踏み入れようとした未来と新しい世界に耳を傾けるものならば、著者兼語り手の名前は過去に目を向けていた。〝S・S〟についてウィラードは、汽船（steamship）の省略形は読者（と書店）にとって覚えやすいからと言い、〝ヴァン・ダイン〟については母方の古い姓だと説明した。最初の点は事実だが、二番目はそうではない。家系図にはっきりそれとわかるヴァン・ダイン姓はいない。別のところでウィラードは、〝ダイン〟という言葉を選んだのには、思うように食べられなかった時代への少々皮肉な思いがこめられていると語っていて（dineは「食事をとる」の意）、そこにはおそらくちょっとしたユーモアという以上の真剣さがある。〝S・S〟が〈スマート・セット〉の広く知られた省略形――ウィラードが最高に幸せだった日々のこだま――であることもまた事実であり、ヴァン・ダインが、絵画や貴族的な生活、その偉大な名前を鳴り響かせた業績との結びつきも含め、ルーベンスに比肩すべき画家ヴァン・ダイクによく似ていることも事実だ。

いずれにしてもウィラードは、この語り手とこの探偵が小説で演ずることになっていた役割に関して、効果的で独特な選択をした。ヴァン・ダインは特徴がなく、事件の無言の観察者兼記録者で、作中の会話で彼自身の声で話すことは——一度も——許されていない。ワトソン、ヘイスティングズ、ポルトン、アーチー・グッドウィンなど、彼以前または以後に登場する同程度の重要性をもつどの語り手とも違って、ヴァン・ダイン——弁護士で平凡な男——はわずかな個性も与えられなかった。ヴァン・ダインは徹底的に沈黙を強いられた。すべてが、反面すべてがファイロ・ヴァンスに惜しみなく与えられた。だがここにもちょっとしたトリック、名前を使った遊びがある。ヴァン・ダインが『ベンスン殺人事件』の導入部で読者に語っているように、〝ファイロ・ヴァンス〟は実は偽名であり、その正体は、ニューヨークの警察もさじをなげた数々の犯罪を解決した本物の天才で探偵で唯美主義者で、ヴァン・ダインにはその名を勝手に明かすことは許されていないのだという。このようにして作者ウィラード・ライトは、架空の人物S・S・ヴァン・ダインの仮面の陰に隠れ、そのヴァン・ダインがファイロ・ヴァンスという名前の陰に隠れた異能の奇人について書くという構図ができあがる。

名前の操作は、彼の意を強くする効果があった。このなじみのない分野にのりだしたとき、ウィラードには具体的なことやはっきりとしたことは何もなかった。一方で彼は、あまりにも多くの不安に直面していた——新たなスタートを切る賭けに失敗するかもしれない、成功の報酬は危険に見合わないかもしれない、たとえ成功しても、ベストセラー作家を笑う作家や画家たちの前では屈辱的で引き合わない勝利かもしれない。考えれば考えるほど、ひそかな匿名性を身にまとい、象徴的な防護壁を何重にも築くことがもっとも安全に思えた。レオ・スタインやイポリット・テーヌになりたかった男が、アーサー・コナン・ドイルやアガサ・クリスティをめざしていると思われるなんてあってはならない。

それでも、〝まじめな〟仕事を一時放棄していることに、表向き不安やきまり悪さを示していたにもかかわらず、彼が喜びと解放感さえ感じていたと思われるふしがある。技巧を凝らした殺人と鮮やかな推理の執筆に、彼は精力的に細心の注意をもって取り組み、その仕事の本当の楽しみを知ることになった。実際、一九二五年に三十八歳だったウィラードがその仕事を立派にやってのけたいと思ったのは、人生の多くのことがその計画の成功にかかっていたというだけでなく、それが嫌な仕事などではなく、ぞくぞくするような、もっと長く続けたい仕事になっていたからだ。彼自身、もしくは彼の自己イメージにそっくりの素人探偵にして美術通について書くことが、喜びと自己満足を与える経験でないはずがあろうか。ベンスン、〝カナリヤ〟、グリーン家の殺人事件を解決する男は、ウィラードの記述によれば、容姿端麗、知的で、きざで、鋭い感受性をもち、「形式張らず、快活で、礼儀正しく、ときに冷笑的になった[15]」。「一風変わった文化や才能の」愛好家で、「生まれからいっても天性からしても貴族的で、俗世間からかけ離れたところへ身を置いていた」。『前途有望な男』のスタンフォード・ウェストは、作者のまじめで陰鬱な投影だった。ファイロ・ヴァンスは違う種類の、もっと集中力を要し、もっと影響力のある、空想的な投影になろうとしていた。

一九二五年にウィラードがキャサリンやアニーに送った手紙が著しく少なくなったのは、彼が探偵小説にますます多くの時間を割き、手掛かりや舞台、登場人物の細かな部分に手を入れていたからだ。あらゆる瞬間が執筆という「途方もなくすばらしい骨折り仕事」に当てられているため、いまは社交に出歩くことはないと彼は妻に断言した。その年ウィラードがとった唯一の休みは、名を明かされていない友人の好意で、四月にアトランティックシティの海辺で過ごした一週間だけだった。夏の中ごろにキャサリンが、彼女の給料とウィラードが送っていた月二十五ドルの金では、これ以上生活できないと手紙に書いてきたとき、彼は彼の苦境のことを考え、我慢するように訴えた。「わたしはまったくの文無しだ。一年以上体調が悪く――ほとんどの時間をベッドで過ごしている。いくつかの雇われ仕事のほか何も書いていない。わたしの請求書の――もしくはその一部の――支払いをしてくれる何人かの友人がいなかったら、どうなることか見当もつかない(16)」

年の瀬が近づくと、ウィラードはひそかにファイロ・ヴァンス物語を用いた第一手の用意を整えた。新しい服を何着か買い、少量の名刺を注文した。「出版社と編集者にわたしが裕福であるという印象を与えるためだ(17)」とその出費を正当化しようと、ウィラードはキャサリンに説明した。「連中は相手が成功しているとみれば、すぐれた作家だと思うのだ！」新しい生活には新しい家が必要だとも考え、十一月に彼にとって苦悩と希望の場所だったベルクレア・ホテルを出て、同じブロックの少し先の西七十五丁目三一二の大きなアパートへ引越した。十二月、ついに準備が整った。

三つのプロットの梗概を手に、ウィラードが話をもちかけた最初の出版者は、ホレス・リヴライトだ。ボニ・アンド・リヴライト社はウィラードのフランス短篇アンソロジーを出したことがあったので、一番見込みがありそうに思えた。しかし、この小出版社は不安定な時期に入っていた。将来に不安を感じていたリヴライトは、いつもの大胆さに似合わず、もちかけられた賭けを受けるのを渋った。アメリカ人作家による探偵小説はたしかな実績のない商品だった。アメリカの読者は、犯罪小説をイギリスの作家に求める傾向があった。さらに言えばこの分野では、ウィラード自身が実績のない商品だった。

おかしなことに、リヴライトに拒絶されてもウィラードはがっくりしなかった。これまで彼を受け入れることができたのは小出版社だった。もっと財政的な見返りの可能性のある、別のすばらしい計画がその月突然思い浮かんだ。損をしたのはリヴライトの方だ、とウィラードは思った。

S・S・ヴァン・ダイン

「作家が大衆小説を書くような不運に見舞われたとき、世間の評判のことを忘れるのは難しい。個人的にはわたしはそうした人物に何の同情もおぼえない。というのは、大衆作家に厳しすぎる罰が与えられることはほとんどないからである」

——ウィラード・ハンティントン・ライト、一九〇九年

マックス・パーキンズはハーヴァード時代にも、後年、二人がニューヨークで働きはじめたころにも、ウィラードの親しい友人とはいえなかった。しかし彼は〈スマート・セット〉時代からの級友のローラーコースター式のキャリアを、八冊の著書の出版を通して関心をもって見守っていたし、ウィラードの評判もたしかに耳にしていた。その評判のぞっとする部分——神経質で融通のきかない男で、自分の仲間さえ傷つけかねない——もパーキンズは気にしなかった。F・スコット・フィッツジェラルド、アーネスト・ヘミングウェイ、リング・ラードナーを育てて、出版にこぎつけてきたスクリブナーズ社の担当編集者は、文学者気質の極端さを熟知していた。パーキンズにとってもっと重要なことは、それでもなお、気難しい著者、強迫的といってもいいほど几帳面な勤勉家という評判をウィラードが得ていたことだ。ウィラードが企画の件で電話をしてきたとき、パーキンズは興味をもった。

一月にセンチュリー・クラブでランチを共にしたあと、ウィラードは三冊分のプロットの梗概を編集者に託していった。彼は自分が平静で楽観的な人間であり、乗り出そうとしているジャンルに精通しているという印象を与えようと努め、匿名を望んでいることを強調した。パーキンズはウィラードの熱心さに期待したとおりの感銘を受け、自分の名前を使うことへの懸念に理解を示した。彼はできるだけ早く連絡すると約束した。

三週間、落ち着かない状態で過ごしたあと、返事がきた。スクリブナーズ社は関心を示した。実際には、会社ではたいした議論はなされなかった。チャールズ・スクリブナーをはじめとする全員が、それらの本が手堅い、市場性の高い企画であることに同意し、三年間に全三作の出版を求める契約書がウィラードのもとに送られた。前払い金の三千ドルは二月の初めには用意された。それがこの五年間に自分が稼いだ金を上回る額であることを知り、ウィラードは有頂天になった。潮目が変わりはじめていた。

パーキンズもご多分にもれず若いころアーサー・コナン・ドイルを読んではいたが、現代の探偵小説を追いかけてはいなかった。それでもウィラードの計画はいけるという彼の直感は強く、ファイロ・ヴァンスの物語はその直感が正しいと告げているように思われた。ウィラードは自分の探偵をきわめて精密かつ鮮やかに想像しているようだったし、プロットは魅力的なディテールに富んでいた。パーキンズはまた自分が組もうとしているのが信頼できる作家であることをよく知っていた。実際、彼はほとんど仕事中毒といってもいいくらいで、生まれつき几帳面で、締切りを守る男だった。

ウィラードの側からすると、パーキンズのこれまでの実績や編集者としての眼力を考えれば、もう何年も感じることのなかった将来への展望を得ることができた。この数か月、キャサリンへの手紙では慎重な姿勢を守っていたが、ニューヨークの友人たちにはもっとリラックスして、楽観的なところをみせた。

ポケットには三千ドル、さらにそれ以上の金が入ってくる見通しが立ち、ウィラードが世間に復帰する態勢はととのった。最初に会いたかったひとりが、芸術闘争以来の古い盟友、アルフレッド・スティーグリッツだった。二月、彼はインティメイト・ギャラリーに立ち寄った。スティーグリッツはミッチェル・ケナリーのマディソン街の建物にあった新しい空間をそう呼んでいた。数枚のクリスマス・カードを除くと、もう四、五年、ウィラードとは連絡がなく、消息も聞いていなかったが、スティーグリッツは再会を喜んだ。いろいろなことがあったあとで、ウィラードはこの場面では厭世的な冷笑家を演じるしかないような気がした。スクリブナーズ社との契約に彼が感じていた興奮を、このグループと分かちあう気はなかった。彼は、自分の唯一の野心は永遠にアメリカを離れることだ、この国は唯美主義者の作家にはとても住めない国だ、とスティーグリッツに語った。しかし国外移住については、スティーグリッツは仲間の芸術家たちから多くの話を聞いていた。「逃げることはできんさ」彼は穏やかに言い聞かせた。「きみは世界じゅうでアメリカを見つけるだろう」(1)

その月、インティメイト・ギャラリーに展示されたアーサー・ダヴの作品を見に来た美術評論家はわずか数人だったが、その絵はウィラードを惹きつけた。この展覧会には、ダヴの旧作でほとんど抽象画に近い油絵が数点と、彼が〝アッサンブラージュ〟と呼んでいた新しい手法、肖像のコラージュが出品されていたが、ひとつも売れず、ほとんどの観覧者に無視されていた。ダヴの輝かしい、しかし時を得ない創造性は、ウィラード・ハンティントン・ライトがもはやその中心にはいない世界、そして彼の新しい契約が救いだしてくれるであろう窮乏生活を思い出させるものだった。ダヴをめぐる状況は古典的、かつ苛酷なものだった。彼が絵を描くのはそうしなければならず、そうしたかったからだが、生きていくのがやっとの状態だった。オキーフ、マリン、デムースその他のスティーグリッツが後援してきた画家たちとは違って、アーサー・ダヴは二〇年代の繁栄や新しい芸術に対する国際的な関心の高まりの恩恵を受けなかった。ウィラードは、画家の驚くべき才能と同時にその根気強さを褒めたたえた。優しく、そして悲しげにと言っていいほど、ウィラードは以前の日々を思いおこさせる絵に見とれた。ダヴの『釣りをする黒人』は「すばらしい絵」であり、抽象画の『牛』は記憶していたより「もっとすばらしかった」と会場をあとにする前にスティーグリッツに話した。ダヴはもっと評価されていい、わが道を行くべきだとウィラードは断言した。

春じゅうずっとウィラードは『ベンスン殺人事件』に取り組んだ。二、三度トマス・ハート・ベントンに会い、もっと定期的にクレアにも会っていたが、執筆のペースをつかめるまでは人づきあいを制限した。シリーズのほかの作品と同様この本でも、ウィラードは三つの段階を経て作業を進めた。最初に一万語の下書き、そして三万語の草稿、さらに五万語の最終稿が続いた。発行日が十月初旬に設定されていたので、〝S・S・ヴァン・ダイン〟はファイロ・ヴァンスの犯罪捜査への初進出を、夏の中ごろまでに完成させる必要があった。その本が著者の高い要求と編集者の高い期待に応えるものでなければならないことも、痛いほど意識していた。その目標は達成されたとウィラードは思った。パーキンズに約束したとおり、ジョゼフ・エルウェル殺しを小説化した物語は六月下旬に完成して、それからウィラードは町を離れて、ニュージャージーの行楽地で二、三週間の休暇をとった。

ウィラードの感じていた緊張は、春にはなかった形で、その夏、劇的にあらわれた。未来はいろいろな報酬を約束していたが、現在は財政的にも感情的にも混乱が続いていて、そのことにウィラードは疲れはてていた。ニュージャージーのホパトコング湖に、ウィラードはクレアと彼女の娘と滞在した(2)。一週間、夜は一緒にテーブルを囲んで食事をし、午後は彼女たちと浜辺でくつろいだ。シャーマーホーン氏が家族に加わるため金曜日の夜か土曜日の朝に到着すると、ウィラードは目立たないところに退散して、ホテルの食堂の別の場所でひとりで食事をし、月曜日の朝食まで姿を消した。ウィラードの短気と人種差別的な言葉は周囲の人々に不快感を与え、ホテルの黒人ウェイターは誰も彼に給仕したがらなかった。ウィラードがひとりでも、クレアと娘が一緒でも、給仕長《メートル・ドテル》は毎晩ウィラードを食堂の違う席に案内しなくてはならなかった。同じウェイターが二晩続けて彼を担当することもなかった。

ある晩、些細な困惑どころではない事件が起きた。クレアの娘がテーブルに犬を連れてきた。ウェイターは、犬がホテルの食堂に入ることはできないので外に出してほしいと礼儀正しく説明した。ぱっと立ち上がったウィラードは猛烈に怒り出し、給仕長と話をさせろと言い出した。「黒人から指図は受けない」とひどく興奮して部屋じゅうに聞こえるほどの大声をあげた。給仕長からも満足のゆく対応を得られないと、ライトとシャーマーホーン一行は支配人の事務室へ向かって飛び出していったが、その前にウィラードは食器とカップを盆ごとひっくり返して、呆然としたウェイターとショックを受けた客たちに二言三言、悪口を投げつけた。ウィラードが支配人に謝罪を要求すると、支配人のほうからすぐに荷物をまとめてホテルから出て行くように告げられた。

これはウィラードの醜い一面——すさまじい勢いで怒り、辛辣で、分別がなく、年をとるにつれてあからさまに人種差別主義者になった——で、それをパーキンズ、スティーグリッツ、ニューヨークで知り合った文学界や美術界の人々のほとんどには慎重に隠していた。しかしそれはたしかに存在していて、妨害されたとか、もっと悪いのは恩着せがましくされたと彼が感じたときはいつでも、突然爆発した。

十月が近づくと、ウィラードは気持ちが落ち着いてきた。スクリブナーズ社では『ベンスン殺人事件』の宣伝に総力をあげることになっていた。プレス・リリースは「ファイロ・ヴァンスは、ルコック探偵、オーギュスト・デュパン、シャーロック・ホームズという不滅の探偵の三頭政治に対して、必ずや独自の文学的地位を確立するだろう(3)」と宣言した。広告部は、被害者の氏名と住所(アルヴィン・ベンスン、ニューヨーク市西四十八丁目)、死亡した日付と死因(六月十四日、射殺)、担当捜査官(アーネスト・ヒース部長刑事)を記載したニューヨーク市警本部の犯罪報告書の複製カード千三百枚を配布するという計画を思いついた。そしてこのアイディアはデザイン部によって本のカバーにも採用された。初版のカバーにたくさんの〝推薦文《ブラーブ》〟を載せることができるように、書評用の本がいつもより多く送付され、十月八日に本が出版されると新聞広告が惜しみなく打たれた。

その月、三十九回目の誕生日を迎えて間もなくすると、ウィラードは差し迫ったいくつかの借金を返済して、以前のようにツケで買い物ができる見通しがたった。『ベンスン殺人事件』は順調に売れ(一九二七年初めには五万部に達した)、新聞や月刊誌からしかるべき評価を得て、探偵小説にわずかでも興味をもつ人は〝S・S・ヴァン・ダイン〟が誰なのか首をかしげることになった。エール大学のウィリアム・ライアン・フェルプスでさえ、その本についておもねるような賛辞を並べたてた。フェルプスは評論家としてのウィラード・ライトを高く買ってはいなかったので、彼の評価にウィラードは高笑いした。その冬二、三つだけかなり不快な評が出て、一月のものが最悪だったが、小説の売行きに影響を及ぼすには時機を逸しており、特にどうということはなかった。〈サタデー・レヴュー・オヴ・リテラチャー〉の新人書評家、ダシール・ハメットという名の若いフリーランサーは、『ベンスン殺人事件』の犯人の正体は鋭敏な読者には最初から明らかである、という点を主張した数少ない評者のひとりだ(4)。この創意の欠如よりもハメットを苛立たせたのは、「辞書を片手に外国語を学んでいる女子高生のような話し方をする」人物、本の中心にいる風変わりな粋人《ダンディ》ヴァンスその人だった。

ハメットという名前は、一九二七年のウィラードにとって何も意味していなかったし、その偏屈な意見も重要でなかった。新年には、ウィラード・ハンティントン・ライトはさらに数千ドル金持ちになり、S・S・ヴァン・ダインは有名人になっていた。

ウィラードがこの分野に参入したのは絶好のタイミングだった。アメリカの探偵小説は二〇年代中ごろにはどん底にあった。より正確には、初期の期待に応えたことは一度もなかったと言ってもいいかもしれない。そのジャンルはポーによってアメリカではじまったかもしれないが、謎、犯罪、推理のすぐれた物語を考えだすことにかけては、アメリカ人作家はイギリスの作家におくれをとった。「モルグ街の殺人」「盗まれた手紙」という一八四〇年代の広く認められた出発点のあと、一八八〇年代から九〇年代にアンナ・キャサリン・グリーンが次々に小説を発表する時代がくるまで、賞賛に値する探偵小説はアメリカではほとんど発表されなかった。世紀が改まったあとも、グリーン、メアリー・ロバーツ・ラインハート、メルヴィル・デイヴィスン・ポーストのような、大衆性とわずかばかりの技巧をあわせもつ作家は数少ない例外だった。アメリカ人作家と聞いて思い浮かぶのは金目当てのやっつけ仕事だ。この分野を支えていたのはイギリス人作家だった。まず最初にウィルキー・コリンズ、そしてアーサー・コナン・ドイル、後のフィルポッツ、フリーマン、ベントリー、ベイリー、チェスタトン、クリスティ、セイヤーズは熱心なアメリカ人読者の興味をひいて、大西洋のこちら側でわずかではあるが探偵小説の社会的受容をもたらした。

とはいえイギリス人作家の初期の愛読者でさえ、必ずしもとびぬけて鋭い鑑識眼をもっているわけではなかった。〝文学〟と探偵小説の溝は、決して埋められないものと思われていた。探偵小説の読者はいかがわしい集団だった。もちろんうわべだけの教養という症状は今日でもある種の俗物的なグループにみられるが、一九二〇年代以前には学者や信頼できるプロの評論家が〝犯罪小説〟に注意を向けることなどありえないと思われていた。十八年前にウィラードが〈タイムズ〉に書いたように、探偵小説はパルプ小説の煽情主義と平凡な技巧――必然的に「われわれの中にあるもっとも原始的な欲望に訴えかける」――と結びついた文学形式だった。タイミングよく登場したファイロ・ヴァンスの小説は、それらすべてを永久に変えてしまった。誰も予想しなかったことだが、S・S・ヴァン・ダインのシリーズは巨大で多様性に満ちた市場をつくりだした。当てにならない読者の質と、その文学的基準を上げて、イギリス人作家の独占を終わらせた。アメリカに探偵小説を認めさせ、それに活力を与えたのはウィラードの功績であり、意図せずしてほかの作家のために道を切り開き、彼らはたちまちウィラードを乗り越えていくことになる。

パーキンズに感銘を与えたプロットの複雑さは、ウィラードの偉業の一面にしかすぎない。彼の探偵の推理法は、ヴァンスが第一作で説明し、後の小説の多くでも顕著だが、シリーズ独特のおもしろい特徴だ。普通の警察の捜査法である、〝事実にもとづく〟推理を導く手掛かりの積み重ねと分析では、事件は〝解決〟しない。ヴァンスの方法は、彼が好んで心理学的かつ芸術的方法と呼ぶものだ。彼は細部に徹底した注意を払いつつ、殺人をとりまく状況を吟味し、まさしく現におこなわれたようなやり方で暴力行為を起こしそうな人間の理論的特徴をまとめる。容疑者はそこで初めて殺人者の具体的な細部と照合される。犯人の手掛かりを〝論理的に〟追求していく普通のやり方とは対照的である。結局、『ベンスン殺人事件』でヴァンスがマーカム地方検事（ウィラードのハーヴァード時代の老教授ヒューゴー・ミュンスターバーグを少しだけ思わせる）に話す「唯一本物の手掛かり」とは、「物質的なものではなく、心理学的なものだ」。絵画の作者を特定する美術専門家のように、ヴァンスは、顔料や下塗りだけではなく、画家の「創造的人格」、独特の情熱をも分析する。ヴァンスが友人マーカムに話したように、ひとりの男だけが『夜警』を描くことができ、真の審美家なら筆づかいと明暗法でそれがレンブラントに違いないことがわかる。ひとりの男だけが特定のやり方でアルヴィン・ベンスンを殺害することができたのであり、犯罪現場の鋭敏な分析家ならそれが誰なのかわかるはずだ。

しかし『ベンスン殺人事件』とそれに続く『カナリヤ』『グリーン家』で見せた、精妙な推理法と犯罪への取り組み方以上に、ウィラード苦心の作の人気を確実にしたのは、ファイロ・ヴァンスという人物だった。同時代には最終的にシャーロック・ホームズやエルキュール・ポアロと同じくらい有名になっていたヴァンスは、独創的な人物だ。『ベンスン』と『カナリヤ』の第一稿を読んだスクリブナーズ社の何人かは、主人公の人を寄せつけない気取りとかぞえきれないほどの奇矯な点を抑えるように提案した。パーキンズはこの提案をそのままウィラードに伝えたが、返事はにべもなかった。ヴァンスは好ましい人物である必要はないとウィラードは説明した。それはまったく重要ではなかった。忘れられない存在であれば十分だった。

作者の興味、奇癖、欲求不満をたっぷり体現していたファイロ・ヴァンスは、まさにウィラード・ハンティントン・ライトにしかできない創造物だ。ウィラードの挫折の日々の長く暗い夜にとってかわったのは、ブラウン神父やピーター・ウィムジイ卿のように、慈悲深い探偵や安逸な正義の使徒ではなく、風変わりで冷笑的な唯美主義者だった。美術研究家であり目利きでもあるヴァンスは、巧妙に仕組まれた犯罪を見事に解決し、警察よりも法の役に立つ知的能力をもつ男だが、自分のやり方でしかそれを行使しない。そこには、尋問を完全に支配下におくこと、被害者の惨状に超然としていること、法律の条文を頻繁に曲げること、状況証拠と単なる事実への健全な懐疑が含まれている。言うまでもなく、ウィラードの主人公の強引でぶしつけな態度にもかかわらず、殺人者が発覚を免れることは決してないし、警察は事件解決の役にはまったく立たない。

ファイロ・ヴァンスは知識人究極の非現実的生活を送っている。女に煩わされない独身者であるヴァンスは、平穏で贅沢な生活を送っていて、厖大な語彙でみなを圧倒し、そのときどきで興味をもった学究的な研究に一日を費やしている。それでも世間が彼を必要としている。現実の問題を抱えた男が彼の扉をノックする。もっとも手強い事件で彼が警察に提供する専門的手助けは主に、彼自身の好奇心を満足させるためと、複雑でやりがいのある仕事に取り組む喜びのためであり、マーカムへの好意からなされている。そして特に頭のいい犯人と相対したときには、ヴァンスは探偵や警察の通常の目的から離れてしまい、最後にしぶしぶ犯人の正体を暴くと、惜しみつつ好勝負を終わらせることになる。彼の敬意はしばしば敵に向けられる。不承不承ではあるがヴァンスも、「社会の利益」といった抽象的で不快なもののため働く必要性を認める。警察当局が事件に関与してこなければ、ヴァンスは難しいパズルを解くように、犯罪を解決することができる——そして犯人がこれ以上殺人の誘惑に屈することがないと信ずべき理由があれば、有罪の人間を見逃しもする。裁判や投獄より自殺を選ぶ殺人者にヴァンスは高い敬意を払っていて、その行為にそれとなく手を貸しさえする。

事件と事件のあいだ、そしてその最中にも、ヴァンスは展覧会の内覧でセザンヌの水彩画を購入したり、フロイトとシュペングラーを読んだり、カーネギー・ホールの午後のコンサートに行ったり、思い出したようにドラクロワの日記や失われたメナンドロスの芝居の翻訳（われわれの知る限り決して完成しない）に取り組んだりする。友人であり助手であり、すべての本の語り手でもあるS・S・ヴァン・ダインと、執事カーリーの世話を受けながら、マンハッタンの三十八丁目、パーク街とマディソン街のあいだのタウンハウスに住んでいる——その住所は一九二〇年代の終わりには、ホームズのベーカー街の下宿先と同じくらいおなじみのものになった。部屋には、ルノワールの浴女たち、ピカソの静物画、中国の陶磁器、厖大かつ深遠な蔵書があった。〝叔母のアガサ〟（ウィラード・ライトのために道を開いたアガサ・クリスティだろうか？）の遺産がこの夢のような暮らしを可能にしていたが、ファイロ・ヴァンスは特権的な生活スタイルについて弁解したりしない。ウィラードが正しく結論したように、ジャズエイジには何も必要なかった。自分の金の遣い方を知っていて、物知り顔の当世風の男はそれだけで魅力的だった。

探偵小説を書きはじめたとき、フランス写実主義作家の研究者であり、ムーアとドライサーの熱烈な支持者だったウィラード・ライトはどうなったのだろう？　この娯楽第一で、決してありそうもない、ほとんど反現実的な物語の中に、その居場所はなかった。むしろウィラードは、もっと以前、彼の知的生活により深い影響を与えたものに戻っていた。最愛のオスカー・ワイルドと、寓話、優雅、貴族的な尊大さを混ぜ合わせた世界である。間違いなくワイルドはファイロ・ヴァンスに相通じるものを認めただろうし、一九二六年には、多くの読者がヴァン・ダインの文学的ゲームの言葉づかいを歓迎していた。

『ベンスン殺人事件』が良い（はなばなしくはなかったけれども）スタートを切ったおかげで、『カナリヤ殺人事件』のさらに大きな収益を確信したスクリブナーズ社宣伝部は、すかさず大衆に向けてS・S・ヴァン・ダインを売りこんだ。その正体は誰にも知られていなかったので、もちろんウィラード本人が引っぱりだされることはなかったが、ヴァン・ダインの名前はその冬から一九二七年春にかけて、広告、書評の再掲、新聞、ゴシップ欄に何度も登場した。スクリブナーズ社は、公開していた、わざとそっけなくてあいまいな経歴を利用して、謎にさらに拍車をかけた。それは次のようなものだった。「ヴァン・ダイン氏は三十代の男性で、多少法律関係の知識があり、ハーヴァードで学んだことがある(5)」ウィラード自身、本名で書いた〈スクリブナーズ・マガジン〉十一月号の探偵小説の歴史に関するエッセイで、ささやかながらその騒ぎに貢献した。

その時代の小説市場を刺激する戦略のひとつに、作家の名前を当時の大事件に結びつけるというものがあった。ニュージャージー州サマヴィルで起きた、その年世間を沸かせた新聞ダネのひとつ、ぞっとするようなホール＝ミルズ事件の裁判がはじまると、ヴァン・ダインは出版社を通じてコメントするように記者から頼まれた。不義を犯した牧師と既婚の女性教区民の、おそろしい二重殺害事件の犯人の正体について話せることはウィラードには何もなかったが、この機会を利用して、サマヴィルの裁判に興味をもっている人たち（大都市圏のすべての成人）にファイロ・ヴァンスの〝犯罪の美学〟を思い出させることにした。「あらゆる殺人はほかのすべての殺人と異なっている――特性と同じようにそれぞれ固有の条件、状況を有しており、それらは殺人を犯した人間の特徴や気質を提示している」(6)とヴァン・ダインは強調した。感性鋭い美術愛好家なら絵に題名、日付、署名がなくてもそれがコローの風景画だとわかるだろうと、彼は読者に説いた。その画家の、その画家だけの刻印があり、訓練された目によって見つけられるのを待っている。同様に、ホール＝ミルズ事件の殺人者の印もそこにあって、状況証拠のその先、心理学的な痕跡を見つけることができる人々ならそれを読みとれるはずだ。

ファイロ・ヴァンスが風変わりでしゃくにさわる空想的人物、自意識過剰でコスモポリタンな一九二〇年代に多くの読者を得たにすぎない人物であったとしても、作者〝S・S・ヴァン・ダイン〟はやはり途方もない存在だった。彼はアメリカという場に登場した新商品、万能の有名知識人であり、ジャーナリズムは迅速かつ的確に、彼を信頼できる新聞ダネと判断した。コローの風景画とニュージャージーの殺人犯についての一般論は通信社の取りあげるところとなり、文字通り何百もの新聞に再掲載された。あたかも賢明な助言が広く遠くへ伝わっていくかのように。

ウィラードの二作目の小説と、自分たちが作り上げた博学無比な人物の成功を確信していたスクリブナーズ社は、自社の雑誌に『カナリヤ殺人事件』を連載する決定を下した。約五十年にわたり、時事エッセイ、旅行や歴史の記事、さまざまな〝文学的〟短篇を掲載してきた格式高い雑誌、由緒ある〈スクリブナーズ・マガジン〉に探偵小説が登場するのはこれが初めてだった。一九二七年五月号から四か月間、雑誌は特大号を発行してこの小説を四分載した。それは〈スクリブナーズ・マガジン〉にとっても新たな第一歩となった。ふだんは短めの長篇を八回か九回で連載するのだが、販売担当者はウィラードの小説が当たるのはわかっていたので、その小説へ関心を集中させ、七月には本屋に並べようとした。雑誌の連載で読んでいた人たちでさえ潜在的購買者であることは間違いなかった。彼らは殺人者の正体が暴かれるのを八月まで待てるはずがない。そしてこの理想的な〝休暇用の読物〟は、少なくとも夏の後半はずっと店の棚に並ぶことになる。

広告の視点からすると予想外の余録がウィラードの偽名へのこだわりから生まれて、宣伝担当者はそれを十分に利用した。S・S・ヴァン・ダインの正体についての好奇心の一部は本物だった。〈スクリブナーズ・マガジン〉の最近号や各新聞の投書欄は、新人作家についての推測と歓迎の意をあらわす意見で埋まった。しかしそのいくつかは捏造されたもの——興奮は現実よりもプレス・リリースのページ上により多く存在した——で、大部分の探偵小説読者はそもそもウィラードの名前を知らなかったし、彼が何者かにも興味がなかったからだ。〈ニューヨーク・ワールド〉の文芸欄編集者ハリー・ハンセンは、独自の調査で真相を探りあてたが（ニューヨークで活動している人間にはそれほど難しいことではなかった）、お楽しみを台無しにしないでくれと説得を受けた。スクリブナーズ社が、ハンセンの選んだ名誉ある人物は有名な犯罪学者エドマンド・レスター・ピアソン（悪くない推理だった）だと発表したときも、ハンセンはその作り話を否定しなかった。ヴァン・ダインが本当は誰なのかも、彼が実際に博学な男であることも知っている、とだけハンセンはコメントした。ピアソンの名は多くの人々の胸に刻まれたが、そのほかにもカール・ヴァン・ドーレン、アーサー・トレイン、ジョージ・ジーン・ネイサンの三人がたびたび憶測の対象となった。

またその春、気味の悪い偶然の一致がさらなる宣伝を生んだ。『ベンスン殺人事件』の広告用葉書として、スクリブナーズ社が国じゅうにばらまいた警察報告書の複製カードが、新しい犯罪についても繰り返されることになった。西七十一丁目一八四在住、〝フォリーズ〟の踊り子マーガレット・オーデルの絞殺死（担当捜査官、ヒース部長刑事）を記載したカードが、オハイオ州トレドの通りで見つかり、地元の警察へ届け出られた。そこでわかったことだが、マーガレット・オーデルという名前の女性がしばらく前からトレドで行方不明になっていた。オハイオ警察はマンハッタンの警察へ連絡をとったが、連絡された側は当惑することになった。彼らはその犯罪のことは知らなかったが、ニューヨークのヒースという名前の部長刑事は知っていた。だが彼は一九〇三年に引退していて、記載されているヒースの担当管区は一九二〇年代初めまで存在していなかった。西七十一丁目という住所もなかった。ぴんときた記者が警察署で混乱を収拾して、その取り違えについておもしろい話を新聞社に送った。スクリブナーズ社がこの仕掛け《ギミック》を用いた、またその必要があったのはこれが最後だった。

『カナリヤ殺人事件』をめぐる騒ぎは、第一次大戦後の抜け目のないマディソン街戦略の産物だったかもしれないが、この小説は明らかにそれ自身の力で読者を手に入れた。販売の専門家がいくら手を尽くしても、連載第二回以降が載った〈スクリブナーズ・マガジン〉を求めて読者が雑誌売り場へ殺到するという事態はうむことはできなかっただろう。後の世代からみると、古典というよりむしろ一時的な流行でしかない文学作品が、同時代に獲得した行きすぎた人気を説明するのは難しい。ジェイムズ・ハートがベストセラーとアメリカ人の文学趣味を研究した『ポピュラーブック』で述べているように、出版時に圧倒的な成功をおさめるには、小説はしばしばすでに流布している考えや、その時代特有の圧力によって形成される大衆の感性や感情を扱わなければならない。そのような本はしばしば過去との訣別を描くが、それは徹底的な訣別でなく、現在新しく発展中の感情的欲求に訴える。

ハートの解説は、たしかにドット・キング殺しのウィラード版に当てはまる。そこには、イギリスのカントリーハウスやスコットランドの荒野の古めかしい雰囲気はなく、外国の陰謀やヴィクトリア朝風の登場人物も出てこなかった。古い形式とおもしろ味のない現実は、まさにウィラードが意識的に避けようとしたものだ。その代わりに、彼は現代都市特有の人種、特に二〇年代の読者が熱心に知りたがり、すでに神話化していたマンハッタンの生活の一面をもちこんだ。ナイトクラブ、情婦、ブロードウェイ・ミュージカル、密造酒、金持ちの粋人《ダンディ》、利己的な価値観をもち高級なスーツを着た男（彼らは実業家か犯罪者か、あるいはその両方だった）の世界だ。ウィラードは物語や脚注に実在の名前――オーデルにはかつてバディ・デ・シルヴァに特別に作曲してもらった歌があり、ファイロ・ヴァンスはスティーグリッツのギャラリーに立ち寄り、いろいろな舞台の有名人やカード・ゲームの名人が言及される――をちりばめることで、巧みな効果をあげた。

その十年前ドライサーは『天才』で、〝ありきたりな〟乱交と型にはまらない芸術家の欲求の物語を書いたことで迫害を受けた。いまやウィラードも気づいていたように、その小説が若い世代に受け入れられなかったのは、それがあまりに現実的で不快だからではなく、あまりに陳腐だったからだ。読者が求めていたのは、（現実とはかけ離れたものとしての）罪、妖しい魅力、超然とした態度、うわべだけの教育、感情の痕跡さえないことだった。これこそ、ウィラードの探偵小説が提供したものだ。道徳的というより美的な人生観をもつ探偵を含め、『カナリヤ殺人事件』のすべての主要な登場人物の道徳意識のなさは、時代もしくはある種の人々に訴えた。彼らは自分が少々罰当たりできわめて抜け目のない人間だと思いたがっていて、当然のことながら先行する世代の敬虔さとは遠くかけ離れていた。

物語の最後でファイロ・ヴァンスは、犯人が銃で自殺するつもりであることを察しつつ、逮捕前に私室に入るのを許すが、このときウィラードは彼の主人公に、新しい読者が受け入れる準備ができていた、きわめて現代的で、ほとんどニーチェ哲学的な雰囲気を与えた。まじめな地方検事マーカムは、ヴァンスが自殺を防ごうとしなかったことを知ってひどく困惑するが、それに対して友人は、死んだ男は「どこかすばらしい」、賞賛すべきものがあったと答える。「因習的な道徳的憤りはやめてほしい(7)」とヴァンスはマーカムに言う。それは第一次世界大戦前のアメリカでは公にできなかった考えであり、新しい道徳観だった。

ウィラードは彼の人生に起きた心躍る変化にあっという間に慣れた。初めて自活して妻と娘を養える見通しがたち——さらに驚いたことには——ある程度安楽な暮らしを送る見通しさえ目の前にしていた。探偵小説家という夫の仕事について、キャサリンが上品ぶった当惑を感じていたとしても、金のことを考えるとそれも和らいだ。義理の兄の職場を離れてから仕事が二、三か月以上続いたことがなく、そのうちに新しく罹った病気のせいで倒れてしまい、一方、ベヴァリーはパロアルト高校でみじめな数年間を過ごし、卒業するとすぐに仕事を見つけなければならなかった。関係者全員にとって、将来は明るく見えた。

金について用心深くなるくらいの知恵や防衛意識はウィラードにもあった。彼がS・S・ヴァン・ダインであることを知る人たちに成功を自慢したりせず、新しい前払い金と近く手にする予定の印税については完全に口を閉ざした。ウィラードへの貸し付けを損失金として帳消しにした人たちを含め、いつでも権利を主張できる人間がかぞえきれないほどいて、何人かは十年前にまでさかのぼった。周囲が思っているほどの預金はないという態度をウィラードはとり、それはその後もなかなかやめられなかった。バディ・デ・シルヴァには返済することができたが、メンケン、ヒューブッシュ、ケナリー、リーズ、ロブセンツ、クレア・シャーマーホーンやその他数人から別々に借りていた数百ドルをあわてて用意する気はなかった。これまで借金してきた全員に返済したら、儲けをすべて吐きだしてしまうのではという不安がいつも頭から離れなかった。貸し手のリストはおそろしく長かった。

ところが一九二七年七月二十二日に『カナリヤ殺人事件』のハードカバーが出版されると、すべてがウィラードの予想を上回る速さで一変した。今回の彼の成功は、隠しておくのが難しいレベルのものだった。シリーズ二作目の本が、出版社にとって無上の喜び、作者の夢でもある、発売即ベストセラーになったのだ。販売促進部の計算はずばり当たり、『カナリヤ殺人事件』は発売一週で二万部、一か月で六万部を越えて、年末までにそのジャンルのあらゆる売上記録を破り、まだ版を重ねていて、再び動きの出ていた『ベンスン殺人事件』の売上げをはるかに凌駕した。

書評家たちもファイロ・ヴァンスの初手柄のときよりもはるかに熱心で、新聞や雑誌は『カナリヤ殺人事件』の書評に前作のおよそ六倍の紙面を割いた。十二月にはウィリアム・ライアン・フェルプスが『カナリヤ殺人事件』をその年の小説ベスト一〇リストに加え、人気編集者でコラムニストのウィリアム・アレン・ホワイトは、彼のにこやかな写真を広告に使うことに同意した。「[『カナリヤ殺人事件』は]古いタブーをこっぱみじんに粉砕した」とハワード・ヘイクラフトがその探偵小説史で述べている。事実それは「一種の国民的運動」になった。殺到する再注文はさばききれなかった。一九二七年の夏といえば、麻雀、クロスワードパズル、ツタンカーメン、マーガレット・オーデルの恥知らずな人生と彼女の五人の恋人たちだった。今回だけはイギリスの新聞でさえ、アメリカの探偵小説を好意的に扱った。[8]

驚くべきことではないが、かくも注目を集めていたウィラードの作品のあら探しをする書評も劇的に増加した。有名新聞のいくつかの書評は、ヴァンスの耐えがたいほどの気取りや、おしゃべりで見下したような態度を繰り返し取りあげ、その解決はほとんど偶然によるものだと批判した(『カナリヤ殺人事件』の終わりで、ヴァンスは容疑者のうち誰が犯人かわかっているという確信を抱くが、それを証明する方法がなく、推理というより運のおかげで、カナリヤのアパートに残された決定的な証拠を偶然発見する)。それでも有名な本にはよくあることだが、一般の人たちは書評家のコメントなど意に介さず、あくまで読むつもりでいて、好意的でない批評記事も小説に対する関心を高めて売上げを伸ばしただけだった。アメリカ最新の探偵小説作家に対する十分に議論を尽くした末の評価留保でさえ、熱狂をさますことはできなかった。シンクレア・ルイスの『エルマー・ガントリー』、ソーントン・ワイルダーの『サン・ルイス・レイ橋』、チャールズ・リンドバーグの大西洋横断飛行後初の体験記と並んで、ウィラードの本もその夏と秋、出版界を席捲する最新のヒット作におくれをとりたくない多数の読者にとって必読の書になった。

小説がベストセラー・リストにその地位をたしかなものとすると、ウィラードは、七年前スタントンとキャサリンのリーズ夫妻にした根拠のない予言がいままさに実現したことを知った。自分の、そして弟やスティーグリッツ、ドライサー、メンケン、パウンドその他の人々の考える条件のもとでは、ウィラードは〝成功〟することができなかった。彼が二十年にわたって戦ってきた状況、アメリカという条件のもとで、彼は初めて頂点に立つことができた。その皮肉がいまのウィラードにはたまらなくおかしなものに思えた。

「アメリカ人の人生には、第二幕はない」とは、自身の経験から有名になったフィッツジェラルドの言葉だ。しかしウィラードの人生がそうではないことを証明している。彼の〝第二幕〟は三十九歳にはじまり、憎悪に満ちた美術評論家で文学者としての〝第一幕〟の人生には到底考えられなかった贅沢を約束していた。

新しい生活

「それはまったく狂気じみて、すばらしかった」
——シャーウッド・アンダーソン、一九二〇年代に

S・S・ヴァン・ダインの成功は、大胆、過剰、あっという間の達成、よい宣伝、すばらしい興行手腕《ショーマンシップ》といった、まさしく二〇年代の物語だ。その経験全体が、ウィラードがこれまで想像しなかったような贅沢をもたらした。それでも『カナリヤ殺人事件』の大ヒットの直後には、開かれた扉に呆然としながらも、ウィラードにはかろうじてその状況の恩恵を楽しむ時間があった。

一月の〈スクリブナーズ・マガジン〉連載開始、三月の単行本発売に間に合わせるために、ウィラードは、これまでの二作品より少し長い『グリーン家殺人事件』を一九二七年秋の大半を費やして大至急完成させた。クリスマス前後には地元のラジオ局でインタビューを受けた。年末には、スクリブナーズ社から本名のライト名義で編集したアンソロジーも出版されて、その準備に数週間多忙な日々を過ごした。ロブセンツ医師に捧げられた『探偵小説傑作集』は、長大な序論と、エドガー・アラン・ポー、アーサー・コナン・ドイルからアーサー・モリスン、R・オースティン・フリーマン、メルヴィル・デイヴィスン・ポースト、さらにはチェスタトン、フィルポッツ、ベイリーまで、十七編の代表的な短篇を収録していた。〈パブリッシャーズ・ウィークリー〉は現代探偵小

説に関するS・S・ヴァン・ダインの記事を欲しがり、有名な医療事件の刑事裁判についての近刊書の著者からはまえがきを依頼された。小切手を同封した急ぎの手紙でキャサリンに説明したように、ウィラードはかつてないほどたくさんの仕事に忙殺されていて、手紙のやりとりをする時間がなく、まともな休みさえとれなかった。クリスマス期間、アトランティックシティで過ごした一週間は、『ベンスン殺人事件』以降唯一の休暇だったとウィラードはこぼした。

一九二八年元日、ウィラードはアメリカにおける小説家の成功の新しい側面、ハリウッドとの関係について考えながらニューヨークに戻った。彼は時間をかけて吟味したが、それはとても魅力的な考えだった。映画関係の執筆で金を稼ごうと策をめぐらし、はねつけられ無視されたあげく、落ち目の男の最後の希望も断ち切られたときから数年後、ウィラード・ライト――以前の〈フォトプレイ〉の雑文屋――はいつの間にか映画会社から機嫌を取られる立場になっていた。パラマウントがもっとも気前のいい条件をもって来て、一月二十四日、マックス・パーキンズが立会人になって、ウィラードは契約書にサインした。その契約は、パラマウントに『ベンスン殺人事件』の映画化権を与える、同社は条項に従って映画の製作に入らなければならない、パラマウントは『カナリヤ殺人事件』と『グリーン家殺人事件』の映画化権も購入できるというものだった。新人小説家には望外の好条件だった。『ベンスン殺人事件』の映画化権だけで一万七千五百ドル――これは、彼が芸術と文芸関係の執筆でこれまで稼いだ金額をすべてあわせたものより多かった。

二月、ウィラードはメンケンに手紙を書き、自分はいま活力に満ちあふれ、昔の借金を清算する気分になっていると説明した。それは十年と少しぶりのボルチモアへの手紙であり、メンケンが貸していると言っていた四百ドルの小切手を彼は喜んで書くことができた。「ニューヨークの新聞は、きみが大成功をおさめたという記事でいっぱいだ。おめでとう」とメンケンは丁重に返事をよこした。[1]

ウィラードが当初思い描いていた計画は、三冊の小説、十分な銀行預金、そして学究生活へのすみやかな復帰だった。作家向けのハンドブック、言語学の研究、『母』、そのほかの仕事が彼を待っていた。一九二六年初めにはその順番はウィラード、出版社、編集者にとって妥当なものに思えたが、二年後には誰が見ても望ましいものではなかった。『グリーン家殺人事件』への期待は、『カナリヤ殺人事件』がまぐれ当たりではなく、予想以上に多くの読者が存在し、少なくともあと三冊は本を出せることを示していた。いくつかの非英語圏国の出版社が翻訳者を用意し、フランス、イタリア、東ヨーロッパ、南アメリカ、そして日本で、ウィラードの本を出す準備をすすめていた。早く書き上げれば、ベストセラー・リストに同時に二冊の小説を載せられるかもしれなかった。長年赤貧に甘んじてきたウィラードが、それから逃げだすはずはなかった。

〈スクリブナーズ・マガジン〉に『グリーン家殺人事件』の連載第一回が掲載されると、すぐにウィラードは四冊目の本の梗概作りにとりかかった。『グリーン家殺人事件』が『ベンスン』や『カナリヤ』とはまったく違うものだったように、四作目も前作とは趣を異にする作品にするつもりで、五月までに完成させることを目標にした。パーキンズは『グリーン家殺人事件』にすっかり満足しており――実際に彼は新年の週末、朝三時半まで眠らずに原稿を読み終えた――、探偵小説のプロットと登場人物に関するウィラードの才能は尽きることがないと確信していた。[2] それどころか業界の一部では、S・S・ヴァン・ダインはいよいよ本領を発揮したと見ているようだった。

『グリーン家殺人事件』はこれまでのファイロ・ヴァンス物語とは異なり、いくつかの点でもっとも伝統的で、非現実的だった。ノーバート・レデラーに捧げられたこの小説は、トビアス・グリーン夫人と成人した五人の子ども、家族のほとんど全員を殺害する込み入った計画についての物語だ。イースト・リヴァーに面した五十三丁目の城のような大邸宅、しだれ柳とあじさいに囲まれた不気味な屋敷を舞台にした話は、ひどく古めかしい感じがした。二〇年代になってもたくさんのゴシック様式まがいの建物がマンハッタンに存在したが、グリーン屋敷は単なる別の時代の遺物のようにはみえない。グリーン家の子どもたちは前二作の登場人物とは違って今日的ではなく、動機と殺害方法は少々古くありふれていて、一八九〇年代のアンナ・キャサリン・グリーンの探偵小説を手本にして書いているようだった。

この作品は、ウィラードが現実の殺人事件をプロットの下敷きにしなかった最初のものであり、複数の殺人が登場する最初のものでもあった。一件か多くても二件の巧妙な犯罪を分析して解決する古典的な探偵小説から離れ、ウィラードの小説はより冒険的になり、捜査の最中にさえさらに多くの犠牲者が出ることになった。「大虐殺」(3)とは、〈ヘラルド・トリビューン〉のリチャード・ワッツがプロットを要約した言葉だ。

雑誌連載後ハードカバーで出版された『グリーン家殺人事件』の成功は、効率的な宣伝機構の力のもうひとつの実例だ。広告と大量市場操作が有効な手段と見られはじめた時代に、ウィラードはこの企業活動の最初の恩恵を受けたひとりだ。彼やパーキンズ、あるいは出版社の人間が愚かにも三作の小説の順番を逆にしていたら、ヴァン・ダイン・ブームは起きなかったかもしれない。『ベンスン殺人事件』は地ならしをして、出版社に宣伝戦《キャンペーン》の準備をする時間を与えるために必要であり、そして『カナリヤ殺人事件』は画期的なベストセラーになるのに絶好のタイミングで登場した。おそらく三冊中もっとも平凡な（単独で発表されていたら、三週間で六万部は決して売れなかったと思われる）『グリーン家殺人事件』は波頭に乗って岸辺に打ち寄せただけだ。前年にも増して夥しいS・S・ヴァン・ダイン広告が地方や大都市の新聞に掲載され、その後の宣伝は〝知名度〟が引き受けた。

ウィラード自身は出版社の期待に少々ためらいを感じていた。初版六万部という計画は彼を不安にさせた。その高い目標に達しなかったら、スクリブナーズ社は『コック・ロビン殺人事件』と彼が仮に呼んでいた四冊目の本の販売に興味をもたないかもしれない。しかし、いつものように宣伝担当者が一番よくわかっていた。発売の週、『グリーン家殺人事件』は〈シカゴ・トリビューン〉と〈ニューヨーク・ヘラルド・トリビューン〉のベストセラー・リストで首位に立った。アトランタ、デトロイト、ピッツバーグ、ミルウォーキー、サンフランシスコ、セントルイスの新聞は、その本が首位を争っていると伝えた。ほとんどの場合前年からの人気作、ソーントン・ワイルダーの『サン・ルイス・レイ橋』と張り合っていた。四月には、スクリブナーズ社の販売担当者からアトランティックシティで休暇中のウィラードに、六万部は一か月しないうちに売り切れて、もう六万部もそれと同じか、もっと早く売り切る自信があると手紙が来た。『ベンスン殺人事件』は七刷、『カナリヤ殺人事件』は八刷に達していて、この勢いが年内に止まるとは思えなかった。そして担当者は正しかった。クリスマスの広告は『グリーン家殺人事件』がいまなおベストセラーの座を維持していることを謳っていた。これまでのプロセスは無限に継続しうるものだった。

『グリーン家殺人事件』を現実感のない物語だと思った評論家でさえ、ファイロ・ヴァンスの存在が控えめだったせいで、その本を歓迎する論調が目立った。主人公の背景や性格を念入りにつくりあげてきたウィラードは、三冊目の本では、脱線や演説、芸術への言及を減らす必要性を感じた。ヘイウッド・ブルーンはヴァンスを「現代の小説中でもっともうんざりする人物」(4)と断言したが、ギルバート・セルデス、ハリー・ハンセン、アレグザンダー・ウルコットは『グリーン家殺人事件』はS・S・ヴァン・ダインの最高傑作だと宣言する側にまわり、その推薦が売行きに拍車をかけた。さらにクーリッジ大統領とフーヴァー商務長官が自分たちはヴァン・ダインのファンだと公言した。

スクリブナーズ社の販売外交員は、書店からの注文が最初の二倍にも三倍にもなり、休む間もないと報告した。物語を書きつづけてくれれば、われわれが売りますと、スクリブナーズ社のスタッフはウィラードに請けあった。

この時点でまだウィラードは自分に起きたことが信じられずにいた。いつ何時すべてが崩れ落ちて、スタート地点へ逆戻りさせられるかわからない、という感じがつねにあった。しかしそのときが来るまでは、パーキンズの信頼に応えるためにも、締切りを守り、引き受けた役をまっとうして、最善を尽くそうと心に決めていた。

〝役〟は肉体的変化にも及んだ。一九一〇年代初めのドイツ皇帝ヴィルヘルム風の口ひげから、一九二〇年のアドルフ・マンジュー風の外観へ――それから？――二〇年代後半のヴァンダイクひげと短く刈りこんだ口ひげへ。『グリーン家殺人事件』の印税が入ると、彼は片眼鏡と高価なステッキを購入し、以後、まるで芝居の登場人物のようなウィラードの気取った姿が、ときおり街で見かけられるようになった。ウィラード・ライトとS・S・ヴァン・ダインが同一人物であることを知るニューヨーカーは次第に増えてきていたが、彼らの目には作者と登場人物が混同されはじめたように映ったかもしれない。

少なくともこの時期ウィラードがおこなった人生の再整理で重要なものに、クレア・シャーマーホーンとの関係に終止符を打ったことがある。一九二六年以降二人が会っていたとしても、以前より用心深くなっていたのか、情事の記録は残っていない。前々からそうする理由はあったのだが、それ以上に用心深くなっていたのだろう。二人の関係はおきまりのコースをたどったように見える。クレアはウィラードを忘れるつもりで、ウィラードのほうも誰の恩義も受けず、とりわけ愛人の世話にはならずに、自分ひとりでやっていくつもりだったのかもしれない。ウィラードは生まれてはじめて経済的な自立を果たし、ニューヨークで手に入る女を好きなように選ぶことができた。

しかし当然のことながら、次のファイロ・ヴァンスの小説を待っている編集者がいたので、ウィラードはめまぐるしい社交生活にわれを失ったりしなかった。その年の前半、より多額の前払い金と連載稿料の交渉のため、ウィラードは文芸エージェントのハロルド・オーバーを雇い、『コック・ロビン殺人事件』の企画が具体化した。動機が財政的なものであれ創造的なものであれ、あるいはその二つが組み合わさったものであれ、ウィラードはこの小説に書く喜びさえ見いだし、それは最終的な結果に違いとなってあらわれた。この作品は、グリーン家の悲劇の物語よりずっと巧妙かつ精彩に富み、その空想的な性格にもかかわらず、より変化に富んだ興味深い容疑者を登場させている。数学者、物理学者、技師、チェスの名手、無垢な娘が、七十五丁目とリヴァーサイド・ドライヴ沿いで実行にうつされた殺人の容疑者と思われる人たちであり、この登場人物たちはそれぞれ独特の特徴を与えられていた。

結局『僧正殺人事件』という題名に落ち着いたこの作品は、ウィラードがもっていた不気味な側面を伝えている。犯人がマザー・グースの童謡にもとづいて殺人を犯し、おぞましいことに童謡の一節を記したメモを残していく。子ども時代の無邪気さと、知性と邪悪の悪夢めいた大人の世界が小説の中で重なった。ウィラードが最初に考えていた題名はそれを強調するもので、ロビンという名前の最初の被害者が弓矢で殺害されていた（その後、被害者はハンプティ・ダンプティを暗示するように塀の上から突き落とされたり、といったことが続く）。ただレデラーらが指摘したように、その題名はイーデン・フィルポッツの四年前の人気作『誰が駒鳥《コック・ロビン》を殺したか？』（ハリントン・ヘクスト名義）と混同されるおそれがあった。

ウィラードの二番目に選んだ題名『マザー・グース殺人事件』は、スクリブナーズ社の販売担当者をあまり感心させなかった。書店がその本をまちがって児童書の棚に並べるかもしれないと思ったのだ。六文字・四語の形式（原題では Benson など六文字の単語を用い、The *** Murder Case の四語で統一されている）を守ったほうがいいと、数人から指摘され、『ベンスン《Benson》殺人事件』『カナリヤ《Canary》殺人事件』『グリーン《Greene》家殺人事件』のあとに『僧正《Bishop》殺人事件』が続くことになった。巧妙な手掛かりにつながる「僧正」という言葉は、物語の終幕近くに置かれた。

最終的な題名には満足したものの、ウィラードはこの問題についてこれほど協議が重ねられたことの意味をすぐに了解した。彼の探偵小説が多くの金を生めば生むほど、それは独立した創作行為とはみなされなくなっていた。これはその最初の徴候だった。パーキンズが担当するほかの作家たちは、明らかにウィラードのような規格化の重圧を受けてはいなかったが、彼らのほとんどはウィラードほど稼いでいなかった。ファイロ・ヴァンスの小説は一目でそれとわかる製品に形づくられていて、題名のパターンや表紙のデザインを変えることなど考えられなかった。ウィラードは自分の功績に対する敬意が不足していると感じていたが、周囲の人々もある程度それに気づいていた。もっともこれまで出版社がしてくれたことすべてに同意してきた以上、S・S・ヴァン・ダインは不平を言う立場にはなかった。

ウィラードが記録破りの速さで『僧正殺人事件』を完成させるとすぐに、彼のエージェントは連載の条件をまとめにかかった。二作目と三作目のS・S・ヴァン・ダイン本は〈スクリブナーズ・マガジン〉に掲載されたので、次の作品は別の同じくらい人気のある雑誌に掲載することに全員一致で決まり、〈アメリカン・マガジン〉と好条件の契約が結ばれた。スクリブナーズ社が一九二九年二月に発売日を設定することができるように、〈アメリカン・マガジン〉編集部は十月の連載開始に同意した。〈アメリカン・マガジン〉では、ウィラードが書きたがっていた自身についての記事を買う用意もあった。自分の過去、有名な探偵の起源、ファイロ・ヴァンスの小説の今後の計画について、いま話しておく必要があると思うとウィラードは述べた。〈アメリカン・マガジン〉は、それは連載にとって良い宣伝になると考えた。何がこの記事に求められているかは、誰もはっきりとはわからなかった――ライトも新しく発明された〝ヴァン・ダイン〟も、自己を語るような自伝的作家とは思われていなかったが、ウィラードはおもしろい原稿を約束した。

ウィラードが探偵作家であるという半ば公然の秘密は、その年少しずつ漏れはじめており、四人の別々のコラムニストがその発見を自分の手柄にしようとしていた。ウィラードは、以前ベルクレア・ホテルで気にしていた自分の評判と品位について不安を感じはじめていた。

この問題についてウィラードがまず試みたのは、彼が関係している分野に関するあらゆる議論に、彼自身の条件を課そうとしたことだった。探偵小説に関する公式発言、何十ものインタビューや記事のなかでウィラードは、文学的な堕落という問題を一切排除する方向でこの独自の分野を定義する道を選んだ。簡単に言えば、探偵小説やミステリ小説が〝文学〟であること、あるいは文学たらんとしていることを否定した。われわれはギルバートとサリヴァンの喜歌劇をワグナーと同じ基準では判断しないが、それと同じように探偵小説の執筆は一般に言われる小説の執筆とは違う、とウィラードは述べている。知的なパズルの形式をもつ探偵小説は、創造的な文学よりはむしろなぞなぞと多くの共通点があり、そうした考えのもとで読まれている。彼の本が小説としては心理学的に、また文体的に弱いところがあるという批判をかわしたかったウィラードは、自分はドイルやフリーマンやフィルポッツと同様、いくつかの基本的ルールと原理に従って、単純な文学的娯楽を作成しているのだと主張した。それがヴァン・ダインの本に風景や描写が欠けている理由であり、見取図や図表が登場し、犯罪や〝謎〟を紹介する実務的な第一章が存在する理由なのだ。

評論家からエンターテナーへの転身という自身の立場に感じていた不安に対処する、ウィラードの二番目の、より包括的なやり方は、過去を書きかえるというおなじみの行為だった。神話作りは、アーチーとアニーのライト夫妻の息子には、いつでもたやすいことだった。魅惑的な文学的イメージへの情熱によって高められ、世界を実際よりも劇的でロマンティックなものにした青春期の空想が、大人の嘘、記憶の補正、より魅力的な自己イメージの作成という形をとってあらわれた。これはウィラードとスタントンが何度も苦もなくおこなってきたことだ。

一九二八年夏に書かれ、〈アメリカン・マガジン〉九月号に発表された短い自伝は、ウィラードのそうした探求の主要な伝達手段になった。これは自分の人生を説明する絶好の機会だと考えたウィラードは、それによって世俗的計算——賢い方法で金を稼ぎたいという貧乏人の願望——を華麗にして逃れがたき宿命、彼の力ではいかんともしがたい状況がもたらした転身へ変えようとした。ウィラードのエッセイが描いた、真面目な著述家、二〇年代前半の挫折、S・S・ヴァン・ダインとしての復活という道筋は、その後半生で（そして五十年後になっても）彼の経歴に関する標準的な説明となったが、それはこれまで彼が試みてきたものよりずっと大規模であからさまな嘘を寄せ集めたものだった。まったくの〝でっちあげ〟だが、それがうまく行くことを祈っていると、ウィラードはキャサリンへの手紙に書いた。

「むかしは知識人、いまはこんな有様」は、祖国の文学的、文化的な勢力たらんとする若者の苦闘、商業的または編集上の圧力に妥協も屈服もせず、堕落することのなかった十五年に及ぶ戦いを手短にまとめている。自分の名前のついた著書もあったが、その結果得たものは貧困と欲求不満だった。それは我慢の限界を越え、一九二三年に過労と神経の緊張から完全な虚脱状態に陥ってしまったとウィラードは述べた。青年時代の汚点は物語から省かれ、彼を衰弱させた麻薬問題についてはその気配すらなく、一方でゆっくりと散発的に進行した状況の悪化が、最後の名誉ある挫折へと劇的に短縮された。この話によれば、彼はパリから帰国すると療養所で二か月を過ごし、その後ニューヨークで二年間ベッドに監禁状態にあった。三年にわたる回復期のあいだ、医者から読書を軽めの小説だけに制限されたため、探偵小説をむさぼるように読んだとウィラードは語った。彼が探偵小説に着手することを決めたとき、この匿名の医者は一九二六年一月一日まで書きはじめることを許可しなかった。かくして三作の小説は、ほとんど奇跡的に生まれたものとしてマックス・パーキンズの机に載ることになる。二年間の試行錯誤、三作のシリーズに当然必要な立案期間も記録から消し去られた。ウィラードはこのエッセイで、あたかもバルザック作品の狂熱的な芸術家のように、自分の限界を超えたところへ彼を連れていく情熱に取りつかれながら、皮肉にも最後の瞬間になって敗北——一九二三年の思いがけない挫折——から救われ、現在では皮肉な幸運に恵まれている男として自分自身を描いた。「病気によって救われた」というウィラードの主張は、S・S・ヴァン・ダインをいっそう運命の子に見せる狙いがあった。ペンネームに頼ったことを語るときだけ、一瞬、おそらくうっかりして、ウィラードは正直になった。「文化的な係船所から自分の名前をもぎ取り、大衆小説の海に浮かべることに何の得があるのかわからず、ある程度の損害さえ心配していた」と彼は述べている。

記事は、『僧正殺人事件』のあともう二作の小説を確約し、その後は筆名、探偵、興奮、名声、その他すべてを捨て去り、自分にとって本当に重要な仕事へ戻るというウィラードの宣言で終わっていた。この文章のために彼が選んだタイトルと同様、「むかしは知識人、いまはこんな有様」は、誰に対しても何かをもたらす完璧な大衆雑誌の記事だった。知識人たち（すなわちメンケン、スティーグリッツ、スタントン・ライト）は、現在の仕事が人生の本当の目標ではないことをウィラードはわかっていると確信することができたが、一方で『グリーン家殺人事件』の忠実なファンは、S・S・ヴァン・ダインは、ほとんどのアメリカ人に真似のできないやり方で、高級な文化と大衆文化の垣根を越すことができた、幸せで幸運な男だと考えた。

誰よりもウィラードを知る人たちだけは、その快活さにもかかわらず、このエッセイが反映しているのが、確信や幸福、明らかな幸運とは程遠いものであることに気づいていた。またエッセイに添えられたイラストは、そう思われていたほど奇抜なものではなかった。前年、ヴァン・ダインの正体に激しい好奇心を燃やしていたシカゴの評論家ファニー・ブッチャーが、匿名の作家に向かって、彼女の新聞コラム用に自分の写真を送ることができるかと挑発してきたとき、ウィラードは自筆のカリカチュア風のスケッチで応えたことがあった。〈アメリカン・マガジン〉の二百二十万人の読者に有名な小説家をちらりと見せるために、彼は再びそれを使った。片眼鏡と先のとがった黒いあごひげ、くわえ煙草、誇張された冷笑と、特徴をめいっぱい強調されたウィラードは、一九一七年にアメリカ全土で貼られていた「ドイツ野郎をやっつけろ」というぞっとするポスターの滑稽版のように見えた。かつてカイゼルのスパイと呼ばれた国民的流行作家は、〈メール〉を解雇されてからちょうど十年後、最終的な勝利を手にすることができた。

一九二八年の時点で、かつてウィラードがドイツのスパイという烙印を押されたことを気にしている者が、彼以外にいただろうか？　ジェシー・ラスキーとB・P・シュルバーグはたしかに一顧だにしなかった。パラマウントの経営陣はその春、無理からぬ自画自賛とともに『カナリヤ殺人事件』の映画化を発表した。ファイロ・ヴァンス役は、社交界の放蕩者としてすでに映画ファンのお気に入りで、社交界の貴族への転身の用意ができていたウィリアム・パウエルが演じることになった。ルイーズ・ブルックスがブロードウェイの〝カナリヤ〟役で、ジーン・アーサーが彼女の女友達役で契約した。太鼓腹でしゃがれ声の偉大な性格俳優ユージーン・パレットが、ヴァン・ダインの全殺人現場に登場する警官ヒース部長刑事に起用され、撮影所のベテラン、マルコム・セントクレアが監督を務めることになった。すべてが映画の成功にとって幸先よく思われたので、自信を得たウィラードは（二部屋のアパートのために）パートタイムの執事を雇い、高価な服を新調し、宣伝のためハリウッドに行くことにも同意した。

ところが脚本を見たとたん、ウィラードは怒りで気も狂わんばかりになる。小説を商業的成功に導き、探偵小説界における里程標的作品にした特性が、パラマウントが送ってきた陳腐な脚本にはかけらもなかったのだ。ラスキーとシュルバーグは「典型的なハリウッドのまぬけ」(5)だとウィラードは不平をもらした。映画界のお仲間と同様、彼らは普通でないもの、興味深いものを平凡なものに変えようとしていたが、彼は映画採石場の「ありふれた斑岩」で頭がいっぱいのばかどもと協働するような人間ではなかった。映画会社はもっとましなことを考えたほうがいい、さもなければまずいことになるとウィラードは伝えた。

ウィラードからの長距離電話と長たらしい手紙で、夏じゅうずっと攻めたてられたシュルバーグは、会社随一の文学通で外交手腕にも長けた脚本家のひとり、フローレンス・ライアソンをニューヨークへ派遣して、憤懣やるかたない著者とともに斬新な脚本作りに取り組ませた。ライアソンはよくいる映画会社の雇われ作家ではなく（そもそも彼女は実際に原作を読んでいた）、ウィラードも彼女には満足した。パラマウントが物語に付け加えることを求めた感傷的なラブシーン、必要のないカーチェイス、紋切り型の悪党――それらはすべて葬り去る必要があることに、ライアソンは同意した。彼女は新しい友人のために会社の上司と喜んで戦い、夏の終わりまでに使える脚本を用意すると請けあった。九月には誰の目にも魅力的な脚本が完成して、映画は製作に入った。セントクレア監督は印象的なオープニング、肌も露わな挑発的な姿のブルックスが、いやらしい目つきの観客の男たち（そのなかには彼女が脅迫している男も数人まじっている）の頭上をぶらんこに乗って前後に揺れている、夢のような劇場のシーンを思いついた。

ニューヨークを出発する前、ウィラードは自分が飛びこもうとしている世界に少し不安を感じていた。契約書にサインして、その後映画の宣伝に一役買うことに同意したとき、頭にあったのは提示された小切手の額だった。いまや彼は大衆文化の世界にさらにどっぷりはまっていた。カリフォルニアでどのような扱いを受けるのか、東部の友人たちが新しい関係をどう思うか、はっきりしなかった。もちろん西部への旅は、母、弟、昔からの知人、キャサリン、ベヴァリーとの再会を意味した。すべてがうまくいったら、それはちょっとした奇跡だとウィラードは思った。

もちろんパラマウントには、新顔の著者に敬意が不足していると感じさせるつもりはなかった。S・S・ヴァン・ダインにとって、その秋はすべてが最高だった。アンバサダー・ホテルのスイートルーム、自由に使えるパッカードと運転手、モンマルトルでたっぷり時間をかけた贅沢な夕食。四十一回目の誕生日の二、三日前、十月初めにカリフォルニアに到着したウィラードはたちまち強い感銘を受け、おだてられ丸めこまれた。ニューヨークを出発する前に感じていた不安は、ハリウッド最大の映画会社の提供する配慮と快適さに一掃された。

ウィラードが映画のセットに到着するころには、撮影はほとんど終了していた。ルイーズ・ブルックスはウェストサイドのアパートのソファで絞め殺される映画前半のきわどい場面を撮り終えて、ゲオルク・パプストが彼女をさらに危険なセックスシンボル〝ルル〟に変身させるため待っていたドイツに出発していた。ウィリアム・パウエルが数人の男の容疑者と対峙し、犯人の仮面をはぐところに間に合うようにウィラードは着いて、物語の有名なポーカーの場面でパノラマショットを撮るために使用された新しいカメラ装置を見学しているところを写真に撮られた。その場面でファイロ・ヴァンスは、緊迫したいちかばちかのカード・ゲームの最中に、カナリヤ事件の容疑者を観察する。

ウィラードはまた、彼を待っていた社交・宣伝関係の殺人的なスケジュールをこなしていった。パウエルや、共演者のジーン・アーサーと腕を組んで写真のポーズをとり、コラムニスト、記者、会社の宣伝係の何十ものインタビューを受け、しかるべき晩餐会や歓迎会には必ず出席した。ビヴァリーヒルズ、サンタモニカ、ラグーナビーチではさまざまなパーティーの主賓になり、その中にはライアソン主催とアントニー・アンダーソン主催の祝賀パーティーも含まれていた。マルコム・セントクレアは映画に著者をカメオ出演させて（あとで編集室の犠牲になる）、それもニュースになった。

十週間の滞在中にウィラードの受けた待遇は、単なる歓迎以上のものだった。彼の過去を知る人間にとって、すべての出来事はある種の甘美な復讐の様相を呈しはじめていた。一九二八年秋、ウィラードの痛々しいほどやせこけた顔と背が高く骨張った体は、彼が近年乗りこえてきたものを示していた。ヴァンダイクひげ、真珠の握りのステッキと高価な背広は古いトラウマと零落を忘れようとする努力の一部であり、故郷で彼に向けられた注目は旧敵たちをしりごみさせるような種類のものだった。

それでもウィラードが自分の作品が受けていた穏やかならざる扱いへの不安をもう一度現場で感じるのに、さほど時間はかからなかった。有名人を訪問するという役割に最初に感じた興奮は、怒りとぴりぴりした疑念に変わった。パラマウントには彼の疑問に答えられる人間はいないようだった。ロサンゼルスのウィンターズ・クラブのディナーで、ウィラードはドロシー・パーカー、シドニー・ハワード、ロバート・ベンチリーと同席した。その誰からか――ニューヨークの作家たちはみな脚本家に転身していた――映画会社の仕組みについて不安になるような話を聞いたのかもしれないが、彼と彼の探偵小説が渦中に置かれた混乱を身をもって知るには、二、三週間待たなければならなかった。

ムーヴィートーン〝トーキー〟がその問題だった。セントクレアがルイーズ・ブルックスの場面を撮り終え、クライマックスの最後の場面の編集に忙殺されていたころ、映画会社は重大な変更を決定した。トーキーの時代が来たことをパラマウントがついに認めて、『カナリヤ殺人事件』は初の音声入り探偵映画になった。それはつまり全場面を撮影しなおすということだった。再撮影のためにヨーロッパでの仕事を切りあげてドイツから帰国することをブルックスが拒否すると、彼女の出演場面はそのままで行くことが決まった。ブルックスの出来はすばらしく、取り替えることはできなかったが、別の女優はブルックスの声を吹き替えるのに慣れていた（ひどい方法だった）。映画評論家は全員、官能的な女優の姿と明らかに彼女のものでない低いガラガラ声の違いに気がついた）。新しい期限に間に合わせるため、あわててリハーサルがおこなわれた。さらにまずいことに、サイレントの喜劇映画の監督で少しばかり酒飲みのセントクレアは、トーキーへの移行を処理する自分の能力にいくらか不安を抱えていたに違いない。というのは最後の月になってフランク・タトル監督にその座を奪われてしまったのだ。ウィラードには最終的な完成品がどうなるか、まったくわからなかった。腹立たしいビジネスだと彼は思った。しかし人前では満足している振りをし、輝かしい成功を予言しなければならないことはよくわかっていた。「映画は原作よりもすばらしいと著者が断言している」と〈ハリウッド・ニュース〉は伝えた。(6)

信用していた人たちには、ウィラードはもっと辛辣な説明をした。ハリウッドでは誰ひとり何が起きているのかわかっていないのが実情だと彼は言った。ウィラードの予想したとおりだった。映画会社の経営陣が知っているのは、小切手に署名して約束することだけだ。ウィリアム・パウエルは、「シチリアの漁師の」気品と繊細さでファイロ・ヴァンスを演じた「まぬけ」だった。(7) この映画がうまく行かなければ、パラマウントがオプションを獲得済みのほかの二作の映画化も危うくなり、『僧正殺人事件』の売行きにも差し障りがあるのではとウィラードは心配した。

セントクレアの監督交替で不安が頂点に達したころ、ウィラードが家族と会う日がやってきた。誰もが予測したように、その月のキャサリン、ベヴァリー、アニーとの再会は、撮影所の現場で起きていたことと同じくらい混乱したものとなった。(8) ウィラードは家族に会いたくなかった。ベヴァリーも特に父に会いたいとは思っていなかった。息子に会いたかったが雰囲気が悪くなることをおそれたアニーは、懸念とためらいを感じていた。かつてないほど和解に期待していたキャサリンだけは、まだウィラードと、彼をニューヨークへと導いた驚くべき人生に畏敬の念を抱いていて、夫との再会を切に望んでいた。ウィラードがキャサリンとベヴァリーに、パロアルトからロサンゼルスまでの列車の切符を送ってきたとき、妻は家族三人がずっと一緒に暮らす準備ができたという合図だと受けとった。しかし会ってみるとすぐに、夫の意図をまたしても読み誤っていたことに気がついた。罪悪感と無関心、義務感と、金持ちになったのは家族のおかげではないという気持ちが交錯し、ライト家がロサンゼルスに集合した晩、ウィラードはとびきりおしゃべりでわざとらしかった。

五十年たってなおベヴァリーの記憶は、その集まりのぎこちなさと悔しさとともにいまだに鮮明だった。彼女が覚えていたように、〝勝利者〟然とした様子で到着したウィラードは、完璧に身なりを整え、腹立たしいくらい魅力的だった。「父には威圧感があって、わたしの知らない世界から来たように思えた」と後にベヴァリーは述べている。彼女はウィラードの複雑な思いにも気がついた。ロサンゼルスの暗い通りを車で走っているあいだ、ウィラードはずっと、出会った有名人や出席したパーティーの話をしていた。ばかな連中だがつきあわなければならないと家族には言った。彼が足を踏みいれるのを許された享楽的でエレガントな世界は、低俗で無教養な世界でもあった――ベヴァリーには、父がそれを本当はどう思っていたのかわからなかった。しかし、母と祖母が洞穴のような車の後部座席でも、その後の夕食のあいだも一言もしゃべらず、父が一刻も早く彼らから自由になりたがっていることは、彼女にも痛いほどよくわかった。ホテルのウィラードの部屋で食事をするという父の提案は、暖かいもてなしというより、普段着の三人の女性、特に友人のほとんどが存在を知らなかった妻と娘と一緒のところを町中で見られることを避ける策略のように思えた。その晩はあらゆる面で冷ややかな慇懃さのうちに終わった。キャサリンとベヴァリーは二度とウィラードに会うことなくパロアルトに帰った。

数日後に会ったスタントンには、ウィラードが気詰まりを感じる理由がさらにあった。弟が自分の昔の恋人ジーン・レッドマンと結婚したことを気にしていたとしても、決して口には出さなかったが、疎遠になるほかの理由があった。表面的にはすべてうまくいった。仲間意識と共通の思い出の陰で、ウィラードは弟の生き方とよそよそしさに重圧を感じた。まなざしひとつひとつにＳ・

S・ヴァン・ダインへの批判がこめられているように思えて、そのせいでウィラードは意図した以上に身構えて、攻撃的にならずにはいられなかった。兄弟二人とも講演を依頼されていた十一月のカリフォルニア・アート・クラブの会合で、ウィラードは近代美術に関する自分の著作について巧みな講演をし、そのあと地元の記者が「弟に対するぶしつけな悪口」[9]と表現した言葉でスタントンを紹介した。その秋一緒に過ごしたあいだ、ウィラードが内心もっと近しい人間と感じていた男は、その信念と意見でもっとも彼を圧迫した人物でもあった。

その幾分かはウィラードの自意識過剰、実際以上にスタントンの言動を深読みしただけかもしれない。それでもウィラードの苛立ちの一部は、鋭い直観にもとづいていた。スタントンがずっと以前に到達していた結論は、ウィラードが動くのは自分のためだけで、アメリカのシンクロミズムがだめになったのは、ウィラードの攻撃性のせいだ、兄は協力者などではなく、むしろ仇をなす者だというものだった。エクスポジション・パークでの展覧会のために働き、色彩と光の理論を語り合った八年前、二人が一緒に過ごした最後のとき以来、兄について語るときスタントンは嫌みたっぷりになったが、その幾分かはウィラードへの仕返しだったに違いない。「兄はわたしの広報係などではなかった」[10]とスタントンはスティーグリッツに語り、ウィラードの仕事はすべて基本的に自己宣伝だったとほのめかしている。スタントンの不機嫌の一部は、距離に帰すことができるかもしれない。二人の関係は、定期的な接触を必要とするものだった。さらに不機嫌のある部分は単に、鏡の中の自分の自己中心癖にうんざりしている、ひとりの自己中心主義者の問題でもあった。とはいうものの、年をとるにつれて弟のライトは、自分の芸術に対してより秘儀的かつ真摯になり、画家および教師としての自分の仕事を誇りに思う理由を見つけていて、他方、兄にはそのようなことがなかった。

より強烈な反応と挑発的な脅威が別の場所から出てきた。〈ロサンゼルス・タイムズ〉だ。〈タイムズ〉での最後の年以来のウィラードの友人ハリー・カーは、コラム「槍騎兵《ランサー》」で旧友を攻撃することを楽しんでいるように見えた。ウィラードがその才能をパッケージ式のベストセラーを生み出すのに使っているのを見て、誰よりも愕然としたのがカーだった。二十年前、カーはウィラードの才能を信じて、それを伸ばすために手を貸した。ファイロ・ヴァンス物の最新作が出版されたときの論評では、「ウィラード・ハンティントン・ライトというすばらしい才能が、『グリーン家殺人事件』のようなくだらない話をしぼり出すために使われなければならないのは、とても残念だ[11]」と書くくらいの寛大さはあった。ウィラードがカリフォルニアに来ることを知ると、カーは「『ライトという』よく切れる若い評論家だったら、S・S・ヴァン・ダインをどう扱っただろうかと考えると笑ってしまう」と述べて、攻撃を強めた。

おそらくカーの皮肉に応えるために、ウィラードは西部に滞在した三か月のあいだに、〈アメリカン・マガジン〉ですでにおこなった宣言を何度か繰り返さざるを得ないと感じたのだろう。「すべてがすばらしい冒険で、わたしはそれを楽しんだが、ファイロ・ヴァンスの本を六冊書き終えたときには、過去に戻って、わたしが深い関心をもっている未完成の仕事をまとめにかかるつもりだ[12]」とウィラードはあるインタビュアーに答えた。六年のあいだ一年に一冊スクリブナーズ社に小説を渡し、六番目の小説が完成したら、彼の探偵を葬り去り、彼が名声を得た分野からは永久に引退するとウィラードは断言した。一般読者やハリウッドがいくら求めても、その決意を変えることはできない。彼の前にはあまりにもたくさんの考慮すべき別個の企画があるし、それに才能ある探偵小説作家に六冊以上の傑作が書けるか疑問に思うとも述べた。

この同じ機会にウィラードは、自己を正当化するおなじみの作り話を繰り返した――「〔ヴァン・ダインの本を〕わたしにはじめさせたのは神経衰弱だ。医者から堅い本を読んだり書いたりするのを止められたので、この分野に目を向けた」――そして過去の粉飾に、二、三のやけくそ気味の一筆を加えた。パリではピカソとマティスと知り合いだったとある記者に話し、別の記者には、〈スマート・セット〉の評論家としてH・L・メンケンを採用できたことを幸せに思うと話した。

映画会社では誰ひとりとして、彼らが契約したいま〝話題の〟著者が暗に自分の仕事をおとしめるような、これらの奇妙な発言を気にかけていないようだった。おそらくシュルバーグは同じ作家の小説が六冊あればパラマウント作品の素材として十分だと判断したのだろう。飼い主の手を噛みたいという東部の作家が感じた衝動は、製作者たちをさして悩ませることはなかった。ウィラードが自身の執筆人生における探偵小説家としての側面を軽く見せるためにどんな手を打ったとしても、ハリウッドの映画会社の巨大な宣伝ネットワークから見ればたいした意味はなかった。パラマウントはウィラードのハリウッド訪問の機会を利用して、ウィリアム・パウエルとジーン・アーサー主演で『グリーン家殺人事件』を撮影する計画を発表した。

ウィラードはクリスマスの数日後にカリフォルニアを出発した。フランク・タトルは映画を完成させていた。『僧正殺人事件』のゲラは校正の準備ができていて、いろいろな社交上の義務が彼を待っていた。しかしウィラードがニューヨークに戻りたがったのにはほかに理由があった。ハリウッドには「興味を失った」とウィラードはフローレンス・ライアソンに話した。贅沢と一番広い部屋での慇懃な待遇にもかかわらず、予想以上にその経験は落ち着かなかった。ロサンゼルスには彼が取り組むにはあまりにたくさんの役割があり、直面するにはあまりにたくさんの矛盾する欲求があった。ニューヨークならずっと状況をコントロールできたし、彼が必要としたそれなりの匿名性も与えてくれた。

過去との訣別

「成功に対する盲目的な崇拝……は、われわれの国民病だ」
——ウィリアム・ジェイムズからH・G・ウェルズへの手紙、一九〇六年

ウィリアム・パウエルとバジル・ラスボーンはまったく違うやり方でファイロ・ヴァンスを演じた。最初のS・S・ヴァン・ダイン映画、数か月後の『グリーン家殺人事件』のパラマウント版、続いて製作された『ベンスン殺人事件』で、パウエルは自信に満ち、有能で颯爽としていた。見かけも声も申し分なかった。一方、シャーロック・ホームズ役で成功する前の、まだトーキーに不慣れだったラスボーンはより堅苦しい感じだったが、MGM映画『僧正殺人事件』で主演が予定されていた。それでも二人の俳優のウィラードの探偵に対する取り組み方には、ひとつの共通点があった。どちらも、ヴァンスのことさら鼻もちならない態度、尊大で衒学的な性格を表現せず、あるいは表現しようとはしなかった。主人公の有名な皮肉と高慢さも、文化的な言及と教師を思わせる講義とともに、スクリーンからは締めだされた。アメリカの映画ファンはそれに我慢できないだろうとハリウッドは考えたのだ。パウエルとラスボーンを使って、パラマウントとMGMはファイロ・ヴァンスを著名人に仕立てあげたが、それはS・S・ヴァン・ダインが作りあげたおそろしいほど

に博識な皮肉屋ではなかった。ウィラードは彼の探偵が骨抜きにされたことに気づいていた。しかし報酬が増えたので、ある程度それを受け入れざるを得なかった。

粗雑な出来ながら実入りの良かった映画『グリーン家殺人事件』への無関心、『ベンスン殺人事件』で映画会社の思い切った修正を容認したこと(物語の多くの変更の背後にある目的は、そのミステリをアクションでいっぱいの、知的でないものにすることだと、脚本家バートレット・コーマックは見下したように説明した)は、周囲の人間には奇妙に映った。ハリウッドの脚色仕事全体への突然の無関心は、友人の一部からは尊大な自信と受けとられ、ほかの人たちからは彼が縛られている営利的プロセスに嫌気がさしたからだと思われた。出版を待つ五作目の小説『スカラベ殺人事件』の準備に忙しく、S・S・ヴァン・ダインは無干渉主義的な態度を作品のパロディにまで広げた。アボットとコステロが映画の出し物のひとつにファイロ・ヴァンスのパロディを入れたとき、ウィラードは彼らのユーモアを軽く受け流し、オグデン・ナッシュが「ファイロ・ヴァンス/お尻に一蹴り必要ざんす」という戯詩を世間に披露したときも文句を言わなかった。スクリブナーズ社がコーリー・フォードの『ジョン・リデル殺人事件』という本でおふざけに参加した(あるいは一儲けしようとした)ときは、ウィラードは喜んでいるようにさえ見えた。各章がヴァン・ダイン方式の模倣であるフォードの諷刺小説は、ウィラードの手の込んだ脚注や見取図、ヴァンスのいよいよもって気取った台詞をまねてからかった。この本の宣伝活動の初期には、ウィラードは若き模倣者と共にいくつかの書店のサイン会に顔を出している。

たしかに一九二九年から一九三〇年のスクリブナーズ社宣伝部は、奇抜なニュースのために自社のベストセラー作家を引っぱりだして恥じるところがなかった。ニューヨークの新聞数紙に掲載された写真には、ミッドタウンのホテルの喫茶店の小さなテーブルで、魅力的な上流社交界の娘と午後のお茶を飲んでいるS・S・ヴァン・ダインが写っている。記事によると、小説家はマンハッタンの社交生活とパーティー・シーンの機微について若い女性と意見を交換しているところだという。〈スクリブナーズ・マガジン〉が犯罪小説や現代の裁判に大衆の関心が高まっていることについての記事が必要だと判断したときも、ウィラードは同じように協力的な姿勢を見せ、依頼を受けるとすぐに原稿を書き上げた。三月号に乗った「閉ざされた闘技場」は要求を完璧に満たすもので、一九〇九年の手厳しい青年評論家を怒らせるような調子で、探偵小説読者がつねに賢く好奇心旺盛であることを言い、読者を喜ばせた。

ウィラードはひそかにこれを〝ばかげた仕事〟と呼んでいたが、それに柔順に従った見返りに、一九三〇年の前半に出版社とある取り決めを交わすことができた。そうした影響力は一、二年前にはなかったものだった。『カナリヤ殺人事件』が成功を収めたころから彼は、十年以上絶版だった『前途有望な男』の再刊を夢見ていた。ウィラード・ライトとS・S・ヴァン・ダインが同一人物であることが公になったいま、自分の最初の小説を再び世に送り、ドライサー、ノリス、クレイン、ムーアなどがいまや高く評価されている写実主義文学の中に地位を確立して――ことによると――ファイロ・ヴァンスを葬り、昔の生活や当時重要だったことを再開するのに必要な勇気を得たい、というのがウィラードの望みだった。スクリブナーズ社では一九一六年にほとんど売れなかったさえない小説を再刊したいと思う人間はいなかっただろうが、パーキンズは、ウィラードがこの気の滅入る思いつきにこだわっているのを知っていたので、無下には断れなかった。

とはいうものの、『前途有望な男』と結びついた昔の生活の痕跡は、すっかり消え去っていた。

悪戦苦闘を続ける画家、困窮したジャーナリスト、美術界や演劇界の周縁に生きる種々多様な人々など、過去二十年間に知り合ったかつての友人や知人は少しずつ関係を絶たれていった。彼らに取って代わったのは、まったく種類の違う、もっと裕福で、冒険好きではない人々だった。絵を見たくなるとウィラードは、親しい美術商、評論家、友人の画家にばったり会いやすい画廊や新しくできたニューヨーク近代美術館を避けて、たいていメトロポリタン美術館のエジプト、ギリシア、ルネッサンスの展示室へ足を運んだ。そこなら平日の午後、自分が高く評価する彫像や絵のあいだを、メンケンやベントンとこの場所を訪ねたことを思い出しながら、ひとりで誰にも気づかれずに歩くことができた。彼がシンクロミストの宣伝係やフォーラム・エキシビションの主催者だったことを知る人間に会う心配はなかった。ウィラードはいまでは、S・S・ヴァン・ダインの登場前には知らなかった人たちと一緒のほうがずっと気分が落ち着くのだった。

大勢の探偵小説ファンの夏休みの買い物に間に合うように『スカラベ殺人事件』が出版された。書店のショーウィンドウに登場する前にいつもの宣伝活動がおこなわれ、今回は新聞にあっと驚く全面広告も打たれた。バジル・ラスボーン主演のMGM映画『僧正殺人事件』と同じ月の発売は、映画のぱっとしない評判にもかかわらず、宣伝面では予想以上の恩恵をもたらした。必然的にウィラードの五冊目の小説はよく売れて、期待どおりヴァン・ダイン・シリーズの総部数は百万部を突破した。それはウィラードの作品の大きな変化の前兆でもあり、S・S・ヴァン・ダインは型にはまりつつあり、まもなくその創作は行き詰まりを見せるだろうという批判的な見方を裏づけることになった。

ひとつには、『スカラベ殺人事件』は、ウィラードの本で、おざなりなやり方で批評された最初の作品だった。もはや主要な新聞の〝有名〟書評家たちは、ファイロ・ヴァンスの推理の偉業について論評することを求められてはいなかった。同様に、文芸雑誌や、『カナリヤ殺人事件』や『僭正殺人事件』が評判になったとき、ヴァン・ダインに少なくとも目を向けた有名コラムニストたちも、たいして注意を払わなかった。大衆は気にしなかった。彼らはいずれにしろ本を買った——夏の終わりまでに八万部以上が売れた。新聞や雑誌の編集者は自分たちが扱っているのがすでに大当たりをとった商品であることを知っていて、『僭正殺人事件』以後の小説を誰が書評しようがどうでもいいという気配だった。業界用語で言うとヴァン・ダインは「耐書評家仕様《レヴュアー・プルーフ》」であり、その地位は著者の財政状態には好ましいものだったが、自分はまじめに論じられるべき作家だと思っていた彼にとっては呆然とするような話だった。皮肉にももっとも好意的な書評のひとつは、熱烈なヴァン・ダイン嫌いのダシール・ハメットのもので、〈ニューヨーク・ポスト〉で彼は、その本には「いくつかおもしろいひねり[1]」があると述べた。

しかし少なくとも気がかりという点では、『スカラベ殺人事件』はシリーズの最初の四冊とは一線を画していた。それは、仕事に対するウィラードの倦怠感の兆候を示した、最初のヴァン・ダイン小説だった。突拍子もない切り返し（「おやまあ！《オー・マイ・アント》」）から最後の考えぬかれた説明まで、ヴァンスの反応はどれもうんざりするほど予想がつくものだ。手掛かりはとくに巧妙というわけでもないのにわかりにくく、プロットと主要な登場人物には、読者がこれまでの作品に見いだしてきた才能のかけらもなかった。美術後援家ベンジャミン・カイルが古代エジプトの小像で殴打されるグラマシー・パーク殺人事件は、最高のヴァン・ダイン小説のひとつになるはずだった。その主題は、一九二二年にツタンカーメンの王墓発見によって生じた社会現象、二〇年代後半のエジプト・ブームを効果的に利用している。容疑者は全員、カイルが資金を出していた考古学的発掘事業に関与していて、小説中で二件の殺害現場となる東二十丁目の褐色砂岩の建物は民営のエジプト学博物館兼研究所だ。中東出身の召使いハニの存在、スカラべと石棺とオベリスクだらけの家は、異国風のタッチを加える狙いがあった。それでも、ほかの作品に比べてニューヨークという背景を十分に使っていないこの小説は、平凡な出来というしかなかった。創意もなく、サスペンスに欠け、エジプト人登場人物のステレオタイプな描き方は西洋人の人種的偏見をほのめかしてさえいる。その点で、『スカラべ殺人事件』にはほかの本にはない無神経なところがある。

『僧正殺人事件』では知識人の登場人物がファイロ・ヴァンスに向かって数学と物理学に関する持論を述べる機会を与え、『ベンソン殺人事件』ではヴァンスが美術と美術史の知識をひけらかしたが、『スカラべ殺人事件』では、エジプトの歴史についての脚注と、ファラオや象形文字の字訳についてのヴァンスの言説に、ある種ばかばかしい衒学的土台があった。そのころにはヴァン・ダインの読者は学識的な脱線を期待するようになっていた。それはゲームの一部だった。しかしウィラードは、この小説で学問的な装飾をやり過ぎたようだ。手掛かりをたどって推理することを望む読者なら、ヴァンスの深遠な講義に対する、あわれなヒース部長刑事の絶望的な苛立ちに賛同するに違いない。実際『スカラべ殺人事件』の献辞は、ウィラードのエジプト全般に関する新たな情熱の広がりを示している。これはS・S・ヴァン・ダインの小説で献辞のページがある二作目だが、捧げられているのは友人や家族ではなく、ウィラードが少し前に親しくなったメトロポリタン美術館のエジプト部門の三人の学芸員だった。

『スカラベ殺人事件』の最後の数章でウィラードは、ヴァンスの暗黙の了解のもと、エジプト人の召使いハニを静かに部屋から出し、殺人者を二階で殺害させて物語の幕をおろす。警察はヴァンスの推理のおかげで殺人犯の正体を知っているが、起訴するだけの証拠がない。〝制度〟の無力さは何度も繰り返されるヴァン・ダインの主題だが、ここでは個人の報復行為によって克服される。ファイロ・ヴァンスのなかには俗物と耽美主義者だけではなく、私的制裁者と反動主義者もいて、この点も読者の心をとらえていた。

作品にふさわしい不自然さで、『前途有望な男』は四週後、ウィラードの本名で出版された。金儲けのための作品が一財産作っていたのに対して、ウィラードの写実主義小説は十五年前と同様、完全な失敗に終わったが、それはより決定的な失敗でもあった。がっかりするのと同じくらい腹をたてたウィラードは状況を受け入れ、マックス・パーキンズは今回のことで、現在埋もれているライトの本を発掘する夢に終止符が打てればいいと思った。

スクリブナーズ社がこの無益な試みでウィラードに誠意を示したのはたしかだったし、彼には出版社を責める理由はなかった。『前途有望な男』の再刊本は、パーキンズのすばらしい序文を付した立派な装丁の本だった。メンケン、ハネカー、バートン・ラスコーらの好意的な書評がながながと引用されていた。唯一の問題は、この評論家たちの讃辞が一九三〇年の読者には何も意味していなかったことだ。一九一五年の前衛的な発言は、新しい世代には切実さも影響力もなかった。時代遅れとみなされたことに困惑したウィラードは、二度と『前途有望な男』について話したり、評判を聞こうとはしなかった。

世間の基準に対するウィラードの軽蔑は、いまやファイロ・ヴァンスのシニシズムさえ凌いでいた。ドライサーがようやく受け入れられて一九二五年に『アメリカの悲劇』で大成功を収め、シンクレア・ルイス（〈スマート・セット〉時代、ウィラードはルイスの辛辣な作品を載せるのにひと苦労した）のような諷刺家が全国的な有名人になり、D・H・ロレンスとエズラ・パウンドは多くの若い読者から大家とみなされ、近代絵画はアメリカの文化的生活の中に居場所を得ていた――どれもウィラードには進歩とは思えなかった。自分がそこに含まれてはいなかったからだ。十年早過ぎたやりたい放題の編集者としてデビューし、外国嫌いの戦時中の狂気じみた経験に傷つけられたウィラードは、この国が彼にしたことという観点からしかアメリカを見ることができなかった。アメリカの度しがたい俗物性は、彼のような才能ある人間が請求書の支払いのために、ウィラードのいわゆる「滑稽でばかげた話」を書きつづけなければならないという事実が証明している、と彼はキャサリンに語った。ベヴァリーの分析によれば、これ以降、彼女の父にとってそれは「ろくでなしどもに彼らが望むものを与えている[2]」にすぎなかった。

このころウィラードの心の支えとなっていたのは、クレア・シャーマーホーンとの破局以来初めての真剣な恋愛だった。

一九二九年春、ウィラードはニューヨーク港に停泊中の大洋航路船上のパーティーで、地方紙のイラストレーターとして働いていて、芸術についても多少知識があるらしい、美しく身なりのいい若い女性に出会った。彼女はウィラードより数歳年下で、クレア・デ・ライルという魅力的な名前だった。ウィラードが後に語った話では――間違いなく作り話だが――彼女がもうひとりの女性とS・S・ヴァン・ダインのくだらない小説をけなしている会話を小耳にはさんだ。熱心に彼女に賛同したウィラードは自己紹介してデートを申しこんだ。

初めから似合いの二人で、クレアはウィラードの人生で貴重な存在になった――彼女はウィラードが数回以上会いたいと思った女、性的な魅力と同時に、自分と同じ種類の人間だと感じた女だった。そもそもクレアはウィラードの関心をひくような、如才なさ、美貌、経験への欲求をもっていたが、そうした性質はそれ以上の優しさと慎み深さで和らげられていた。これはウィラードにとって間違いなく支配的な立場――〝ヒモ〟同然のボーイフレンドではなく、金持ちの年上の男――になる絶好の機会であり、しかもその相手はキャサリンとは違い、すでに世に認められ、しっかりと自信に満ちた女性だった。

自らが創造した探偵小説家S・S・ヴァン・ダインにとっても、自分の力でニューヨークで名声と地位を得ようとしてきたクレアのささやかな努力には興味をそそられるものがあった。彼女はフィラデルフィアでエリナ・ルーラパーとして生まれて、同じように冒険好きな女友達と一緒に美術を学ぶために、高校卒業後ヨーロッパに渡った。二〇年代初めのパリでは、キュビストの画家アンドレ・ロートの弟子であり、楽しいときを過ごすことに熱心な、典型的な若いアメリカ人国外脱出者だった。ニューヨークに戻ると新聞の仕事を手に入れて、絵のことは忘れ、充実した社交生活にいそしみ、仕事上の名前を考えだした。これはウィラードにおもしろい皮肉に映ったに違いない。クレアという名前の女と長くつき合って、ベルクレアという名前のホテルに長く住んでいた男が、気がつくと自称〝クレア・デ・ライル〟に恋をしていたのだ。

クレアと一緒にいると、ウィラードはくつろいで、自分の立場についてのわけのわからない欲求不満を忘れることができた。新しい愛人、一九二九年から一九三〇年の彼の人生で唯一の女は、野心的な評論家で編集者としてのウィラードを知らず、現在の恋人に満足していた――そしてそれ以上に、彼のもとに入ってくる金を遣うことに喜んで協力した。クレアはおしゃれで、外食が好きで、話上手（「飲み込みの速い人」(3)が友人の意見だった）で、ウィラードが原稿の締切りに追われて辛辣な気分になっていないときには、神経質で、機知に富み、少しばかり疲弊した男の完璧な話し相手になる方法を知っていた。

ウィラードは家族の感情を傷つけないために、クレアとの関係をゴシップ欄にかぎつけられないよう最善を尽くした。一九二九年の終わりにベヴァリーが友人と一緒にニューヨークに出てきて、父親の玄関前にあらわれたとき、彼女は自分を迎えた手厳しい非難と、街を追いだされて南アメリカ経由カリフォルニア行きの船に乗せられたその速さに、唖然とした。ベヴァリーが友人に話したように、それは「マキアヴェリと乳しぼり女」(4)の対決だった。わけのわからぬうちに策にはまり、身勝手だとさんざん非難されたベヴァリーは、帰りの航海中、酒を飲んでは眠りを繰り返して過ごし、ロサンゼルスにとどまってスタントンと美術を勉強する約束と引き替えに多額の手当を出す、という父の申し出を受け入れたことに呆然としていた。

ウィラードができるだけ東部でベヴァリーと一緒にすごしたくないと思ったのは、娘をクレアに近づけたくないという理由だけではなかった。娘の二十一回目の誕生日前夜、ベヴァリーの予期せぬ訪問に向けられたウィラードの怒りは、カリフォルニアから戻って以来、彼が受けてきた悪意に満ちた論評に対する狼狽と関係があった。三千マイル離れたところで重要人物の役を演じるのは、ずっと簡単だった。ベヴァリーが引越してきて父と一緒に住みたいとほのめかしたとき、ウィラードは、もともとは彼の探偵小説のファンで現在は短気な批判者アレグザンダー・ウルコットが〈ニューヨーカー〉に書いた「ヴァン・ダイン氏に対する攻撃」という記事にいまだに傷ついていた。さらに容赦なく、ギルバート・セルデスが〈ニュー・リパブリック〉の痛烈な記事で、ウルコットが触れなかったところまでとりあげ、ファイロ・ヴァンスの尊大さからウィラードの貧弱な性格描写まで、陳腐な文体から型にはまったプロットまで、これまでS・S・ヴァン・ダインの小説にぶつけられたありとあらゆる不満のカタログを作成した。攻撃を受けていると感じたウィラードは、貧乏な若い娘とは関わりたくなかった。彼が望んでいたのは愛人との二人だけの時間だった。

クレア・デ・ライルはまた恋人と同じ趣味を共有していて、二人はそれに熱中し、まもなく強迫観念にまでなった。幼いころからウィラードは犬に愛着をもっていたが、短期滞在型の都市生活は犬を飼うには向かないと思っていた。金では解決できない多くの問題とは異なり、いまではウィラードも好きなだけペットを飼うことができた。しかしウィラードが望んだのは単なるペットではなかった。彼のような資力をもつ人間だけが手に入れ、交配させることができる、最高の犬を求めていた。

一九三〇年の春から夏にかけて、ウィラードは品種と血統を一心不乱に研究した。飼うのはスコティッシュ・テリアに決めていて——自分の経験から、もっとも忠実で頑固で好奇心旺盛で行動的な犬だと感じていた——そして完璧な犬を探しにかかる前に、犬について知っておくべきことを全部調べておこうと決心していた。夏の終わりまでに、犬の世話、飼育の条件、血統、本格的な展示会に関する二百冊以上の本を蔵書に加え、育種家《ブリーダー》、トレーナー、飼主、この道の権威など、会えるかぎりの人間と話をし、現存する問題に関するあらゆる定期刊行物を購読した。〈アメリカン・ケンネル・ガゼット〉十二月号に載ったS・S・ヴァン・ダイン名義の「犬の育種の世界へ潜入」は、競争が激しく、費用がかかり、妄執に満ちた入賞犬の世界に参加した経験——父犬探しという終わりのない探求——を描いている。あまりに偏執的な研究で、興味のない人にはおもしろいとか息抜きになるとは思えなかったことが、ウィラードにとって人生最高の喜びのひとつになった。家族に対しても、友人や同僚に対しても、ウィラードが、犬の飼主になった最初の数か月間に数匹の子犬に惜しみなく与えた優しさや愛情を示したことはなかった。

翌年の初め、ウィラードは市外に専任のトレーナーを置いた自分の犬舎《ケンネル》をもちたいと思い、しばらくしてハドソン川の向こう岸、ニュージャージー州ハーワースにそれを見つけた。彼はクレアと一緒に、地方の有名なドッグショーに自分のスコティッシュ・テリアを参加させるため、ニューイングランドからワシントンDCまで北東部の海岸地帯を旅してまわりはじめた。偉大なチャンピオン犬ヘザー・レヴァラーのために、彼は二千ドル支払ったと報じられた——この記事はアニー、キャサリン、ベヴァリーに衝撃を与えた。テリアの品評会とブリーディングから引退する前に、ウィラードは自分の犬がアメリカ国内の品評会で最高の賞を総なめにするのを目にして、その栄誉は彼の所有する近代絵画と中国の陶磁器と同じくらい価値あるものと考えるに到った。

ウィラードがテリアに示した気配りの皮肉、ニューヨークの新聞同様、カリフォルニアの三面記事的なコラムも取りあげたS・S・ヴァン・ダインについての事実を、ベヴァリー・ライトは見逃さなかった。そのころ彼女の父親は、パロアルトの妻と娘に一年に四千ドルから五千ドルを送金していた。一匹の犬、名犬ヘザー・レヴァラーにはその半分の金がかかっていて、ウィラードは家族よりも犬の健康を気にしていた。キャサリンはもうどうにでもなれという気持ちになっていた。彼女は長期の仕事につくことができなかったし、昔からやってきた事務仕事よりやりがいのある（または負担の少ない）仕事の訓練を受けてはこなかった。ベッドで多くの午後を過ごし、酒を飲みすぎた。けれども、ロサンゼルスで大半を過ごし、美術学校に通いながらアニーと暮らしていたベヴァリーはこれに関心をもち、傷つき、怒りをおぼえた。母親のもとに定期的に帰ったときも、父親の話題を避けようとした。とりわけ母親が陰鬱な回想的気分になり、ハーヴァードから帰郷途中のウィラードと出会った夏を思い起こしているときなどは胸が痛んだ。

一九三〇年六月、パロアルトでベヴァリーに会いたいというウィラードからの電報を受けとって、彼女はぎくりとした。ライト家の三人が一九二八年の秋にハリウッドで最後に会って以来、ウィラードは、二人と一緒の生活には耐えられないし、北部の自宅を訪れるのは問題外だという態度を明らかにしてきた。しかし今回やってきたウィラードは、父親らしい徳の鑑《かがみ》のようだった——気遣いと優しさにあふれ、親しげで、娘のために小遣いをたっぷり用意していた。ベヴァリーは、彼女に期待されていることをすぐに察知した。

キャサリンに対しては、ウィラードは礼儀正しかったが率直だった。二人の結婚はひどい間違いだったが、その責任をとるつもりだと彼は言った。茶番を引きのばしてもしようがない。ウィラードは、キャサリンに自分と離婚してほしい、彼女と娘の面倒はいつまでも見るつもりだと話した。キャサリンは無表情に同意した。ベヴァリーの役目は、夏のあいだ母と一緒にネヴァダへ行き、離婚に必要な九十日間の住居に落ち着くのを見届け、ときが来たらすべての書類にきちんと署名するのを確認することだった。引き換えにウィラードは、美術でも何でも娘が望むものをヨーロッパで最高の学校で勉強することができるように、キャサリンとベヴァリーに一、二年の海外生活の資金を出すと約束した。

離婚のトラウマを乗り越えるまで母親の面倒を見ることに気軽に応じたベヴァリーは、すぐに後悔することになる。ウィラードは二人に新しい服を買うようにとそれぞれ二、三百ドルを渡して、彼らのためにネヴァダ州ミンデンという小さな町行きの切符を買い、モーテルの予約をした。そのあとウィラードはロサンゼルスに向かい、妻と娘がきちんと手はずをととのえて、彼が手配した弁護士と連絡をとったという知らせを待った。彼は自分の役を終え——そしてベヴァリーの地獄がはじまった。ベヴァリーは母のために町で密造酒を探し求める羽目になり、ライトは不機嫌になり、落ち込むようになった。うだるようなネヴァダの暑さで、キャサリン・二人に砂漠でこの〝刑罰〟に服すことを強いている夫に対するくどくどと際限のない愚痴や、彼がある日戻ってきて献身的なキャサリン・ボイントンに再婚を求めるという途方もない空想に、毎日耳を傾けなくてはならなかった。

お手上げ状態になったベヴァリーが一週間の休みをとってカリフォルニアに戻ると、ウィラードは激怒して、契約上の役目を果たさなかったと責めたてた。ベヴァリーがパロアルトとミンデンのあいだを何度も行ったり来たりしているあいだに、キャサリンが精神的に壊れてしまうかもしれない、離婚法廷の出頭日に酔いつぶれていたり、気が変わってすぐにネヴァダを出ていったりするのではないかという不安な気持ちで、ウィラードは三か月を過ごした。

一九三〇年十月二十四日、離婚判決が確定した。二十三年三か月の悲惨な結婚生活のあいだ、ウィラードがキャサリンと同居していたのはたった六年だったが、それも終わりを告げた。ウィラードにとってそれは新たなスタートを意味し、キャサリンにとってはすべての終わりを意味した。離婚の三日後に、不安で疲れ果ててはいたがその結果にほっとしたウィラードとクレア・デ・ライルは、ニュージャージー州ホーボーケンで人目を避けて結婚するためにマンハッタンを出発した。ロブセンツ医師と彼の妻が立会人になった。翌年四月に新聞に結婚発表が載るころには、キャサリンとベヴァリーはすでにヨーロッパにいた。

花婿は恋愛と同じくらい金のことを気にしていて、ライト夫妻が新婚旅行を楽しむ時間はほとんどなかった。その夏ロサンゼルスへの旅で、ウィラードはキャサリンとベヴァリーがネヴァダへ無事出発するのを見届けただけでなかった。彼は、ワーナー・ブラザーズとの二本の映画の契約に時間を費やしていたが、その契約は相当額の現金と、『ケンネル殺人事件』の完成が先へ延びることを意味していた。『ケンネル殺人事件』の進展は、ウィラードにとって映画会社の金と同じくらいの関心事だった。彼はこの三年のあいだ何度も、六冊目の本がファイロ・ヴァンスの死を意味する、シリーズ最後の本になると発表してきた。最後の審判の日を避けるためのもっともらしい口実の準備はできていた。ウィラードの希望は、原稿をパーキンズに渡すのを一年かそれ以上待てば、もっと多くのS・S・ヴァン・ダインの物語を熱望する大衆は、彼の約束を忘れるかもしれないというものだった。

その冬署名されたワーナー・ブラザーズとウィラードの契約の内容は、バーバンクにあるワーナーの子会社ファースト・ナショナルのために、ウィラードが原作と脚色台本を書くというものだった。この六週間の拘束のためにS・S・ヴァン・ダインは三万七千ドルの高額な報酬を得て、ウィラードの脚色が映画会社の脚本担当者の手直しが必要な場合は、その分脚色料を差し引かれる。ワーナー・ブラザーズとの二つめの合意事項は、同社の「ヴァイタホーン（初期トーキーの録音方式）短篇映画」シリーズのために、一九三〇年から一九三一年にかけて定期的に十二編のストーリーを執筆、一編につき二千七百五十ドルを受けとるというものだった。ウィラードは数か月にわたって断続的に関わる仕事で、総額およそ六万ドル（大恐慌後では一財産）を稼ぐことになり、それはスクリブナーズ社から支払われる印税の小切手をはるかに越える額だった。映画会社の経営陣によい印象を与えようとして、ウィラードは結婚式後の数週間も仕事を続けることに決め、一九三一年の大半をカリフォルニアで過ごすことにした。

映画解説者レナード・マルティンが述べているように、ワーナー・ブラザーズのヴァイタホーン時代はあまり長くはなかった[5]、その間に製作された映画の大半は少しも良いところがなかったが、S・S・ヴァン・ダインのミステリ・シリーズは「特筆すべき例外」で、ドナルド・ミークとジョン・ハミルトンを主演に迎え、「上質とまではいかないが、少なくとも同時期に製作されていたファイロ・ヴァンス物と同程度の目新しさをもつ、まずまずの出来の探偵シリーズだった」。ウィラード自身が関わった『クライドの謎』、『ウォール街の謎』、『週末の謎』、『交響曲殺人事件』、『映画撮影所殺人事件』、『プルマン車の殺人』ほか六本の短篇映画は、一九三一年一月から一九三二年夏のあいだに公開され、たいして出来はよくなかったが、彼は金のためにした仕事だと陽気に認めた――そう言うのは文学界より映画界のほうが簡単だった。同様に、ファースト・ナショナルのためにウォルター・ヒューストンを主役に想定して書いた長篇映画の脚本『ブルームーン殺人事件』の行く末も、ウィラードはまったく気にかけなかった。映画会社が企画を中止にして、その後、一九三三年になってB級映画『少女は行方不明』の土台にウィラードのストーリーを復活させたときも同じだった。三万七千ドルはすでにきれいさっぱり遣われていた。

S・S・ヴァン・ダインとして神格化されて以来三度目の滞在になる、一九三一年の南カリフォルニアでの日々は、彼の人生で最高のときだった。再婚が正式に発表された四月までに先妻と娘をヨーロッパへ何とか送り出し、アニーとスタントンとは可能なかぎり一緒にいることを避けた。その代わりにウィラードとクレアは、晴れやかで写真映えする、人気者の有名人として楽しい日々を過ごした。着こなしが下手で、自分の意見を伝える言葉をもたなかったキャサリンや、その体重や男っぽさがときに真面目さや親しさを求める気持ちと同じくらいウィラードを悩ませたベヴァリーのような女たちのせいで、人前でまごつく心配はもはやなかった。落ち着いて魅力的なクレア・デ・ライル、いまはクレア・ライトを得たウィラードは、自分の望みどおりの印象を作ることができると感じていて、あらゆる機会にクレアを見せびらかした。

フローレンス・ライアソンはヴァン・ダイン夫妻を祝って晩餐会を開き、パームスプリングスでの贅沢な週末を二人にプレゼントした。ワーナー・ブラザーズの経営陣がライト夫妻のために豪華な園遊会を開いたときには、フランク・タトル、ジョゼフ・マンキーウィッツなどの映画関係者が大挙して訪れて、晴れやかな顔の夫の意図したとおり、有名作家の若妻に誰もが魅了されたようだった。有名な犬の育種家《ブリーダー》としてウィラードは、市のスコティッシュ・テリア・クラブに働きかけて講演し、ドッグショーで審査員をつとめ（情け容赦ないハリー・カーに〈ロサンゼルス・タイムズ〉で皮肉を言う機会を二、三度提供した）、セント・ヴィンセンツ・カレッジ、現在のロヨラ＝メリーマウント大学の元学生として校友晩餐会に出席を求められたりした。カクテルパーティー、晩餐会、公式行事への出席、スタジオ巡り、豪華なビーチハウスでの週末、クレアへの面会依頼。予定はいつも同じだった。

有名人になった知識人という立場について質問を繰り返した記者たちの目には、ウィラードがあまりにちやほやされすぎてすべてに無頓着になっているように映った。「お金をもっているというだけで、愛してもない女の子と結婚した人間みたいな気がする」(6)とウィラードは〈タイムズ〉の記者に冗談を言って肩をすくめた。自分は黄金の踏み車につかまったリスだと、何人かのほかのジャーナリストには話した。

一九三一年初夏までに、ウィラードはハリウッドで処理しなければならなかったすべての仕事を終え、社交上の目的も果たしていた。それでも九月までニューヨークに戻るのを延ばしたのには特別な理由があった。西七十五丁目のアパートはお気に入りの場所だったが、夫婦には狭すぎて、彼のような知名度と収入の男にはもはやふさわしくなかった。建物の所有者が地階をもぐり酒場に変えたがっていると聞いたとき、ウィラードは引越しの機会に飛びつき、新任の秘書Y・B・ガーデンという忠実な女性にしかるべき物件を探させた。しかるべき住所としかるべき眺望のペントハウスが手に入ると、ガーデン嬢が本、芸術作品、家具、衣類の移動を手配しているあいだ、カリフォルニアで待つことにした。

その後彼とクレアはマンハッタンに戻り、自分ではほとんど何もせずに新しい住居に足を踏み入れると、すばらしい場所で好きなように振るまいはじめた。つらい困窮時代に何度か経験したニューヨークへの帰還を思い起こしたウィラードは、わずかな人間だけが成し遂げる術《すべ》や想像力をもっている夢をここで実現しようとしていた。ハリウッドで受けた王様のような扱いに目がくらみ、ウィラードは今回は初めから自分のものであるべき地位を主張するために、マンハッタンに凱旋してきたように感じていた。

　九月中旬にニューヨークに戻ると、ウィラードとクレアは新しい家だけでなく、わずか二、三年前には決して想像もしなかった生活スタイルにも足を踏み入れた。八十四丁目角のセントラル・パーク・ウェスト二四一の二階建てのペントハウスからは、はるかに伸びるセントラル・パークを見渡せた。そこはかとなくアールデコを思わせるこの二〇年代後半の建物のバルコニーからは、五番街のメトロポリタン美術館、南にはミッドタウンの摩天楼をのぞめた。部屋は広々としていて、ライト夫妻が当時雇っていた使用人、主に料理人と執事だったが、そのための部屋もあった。書斎には六十八の水槽（千匹以上の外国の魚を飼うために設えられた）を収容することになるスペース、居間にはウィラードが注文したグランドピアノを置くスペース、食堂にはある程度大がかりな晩餐会を予想して購入された大きな食堂用家具一式を置くスペースがあった。ウィラードは床から天井まで届く本棚を据えつけ、高価な中国の陶磁器を収集し、最後にはギャンブル好きの客のためにブラックジャック・テーブルとルーレット盤を購入した。市内の移動と、十エーカーのＳ・Ｓ・ヴァン・ダイン・ケンネルのあるニュージャージーに行くために、夫妻は自家用車とお抱え運転手も所有していた。すべてが、ウィラードが近づきになろうと決めていた成功した実業家かウォール街の大物の生活だった。

　もっともそこには決定的な違いがあった。実業家が当てにできる金や、会社社長には当分活況が続くことがわかっている事業からの収入は、ウィラードはじめ大恐慌時代の小説家には望むべくもないものだった。しかし一九三一年の終わりには、ウィラードはこれまでの本や脚本で稼いだ金を遣い果たそうとしていて、さらに危険なことにスクリブナーズ社が次のヴァン・ダインの小説のために用意した前払い金にまで手をつけていた。レストランと衣類の請求書だけでも天文学的な額で、彼の家は、毎年の収入がはっきりしない流行作家というより、大物資本家向けの邸宅といったほうがよかったかもしれないが、ウィラードは慎重さと節約というアニー・ライト的美徳には屈しないと固く決心していた。金は汚れていて、汚れた金は入ってくるそばから遣ってしまわなくはならないという風だった、とベヴァリーが後に述べている。(7)

ライトのペントハウスは、記者たちにとって恰好の話題だった。S・S・ヴァン・ダインのインタビューでは、家具の優雅さ、ウィラードのコレクションへのこだわり(犬、書物、後には魚)、人生で彼が得た地位に対する赤裸々な喜びが必ず触れられていた——それはアメリカでは作家が優遇されている、前衛美術の批評家でさえアメリカン・ドリームを実現できる、というのは真っ赤な嘘であることを暗にほのめかしていた。

ヴァイタホーンの短篇映画は期日どおりに脚本が書かれ、撮影されて、一九三一年から一九三二年にかけて公開された。ウィラードは脚本家の仕事を続けるか、ファイロ・ヴァンスの小説を書く仕事に戻るか、自分がどうしたいのか決めなければならなかった。その問題に決着をつけたのは、彼が苦労した脚本にもとづく映画が、どれひとつとして商業的にも批評的にも成功を得られなかったことかもしれない。いずれにせよ一九三二年の春には、ウィラードは『ケンネル殺人事件』というタイトルの六作目のファイロ・ヴァンス物語に着手していた。ハリウッドの金がなくなったことを、ベヴァリーへの言い訳に使うこともできた。パリ、ベルリン、ウィーンと、キャサリンとベヴァリー母子がその月どこで過ごしていても、さらに多くの手当をねだる手紙と葉書が届いた。しかし返事はいつも同じだった。スタントンと自分は戦争前のヨーロッパで雀の涙ほどの金で暮らしていた、今度はおまえが世界を見る番になったわけだが無駄遣いは必要ないと、ウィラードは娘に説教した。

数か月のうちに、自分の求める快適さのレベルが尋常ではなく、さすがのウィラードにも維持できないことがわかった。その年の前半、狂ったように金を遣っていた彼も、六月には、腹立たしくまた不本意ではあったが、支出の削減に目を向けることになった。『ケンネル殺人事件』連載権に関する〈コスモポリタン〉との有利な取り決め、六作目に続いてすぐに七作目のヴァン・ダイン小説があると知ったパーキンズの喜び（と、さらに前払い金を出そうというスクリブナーズ社の意志）——どれも次々舞いこむ請求書を減らす役には立ちそうになかった。こうしてライト夫妻は、当面の娯楽費を削減し、ニュージャージーの犬舎を売りに出さなくてはならなくなった。国内最高のテリアを育種して金を儲けようという当初の計画は、経済崩壊から三年目という悲惨な時代でなくとも、期待していたような買い手を引きつけることはできず、不動産と常勤の管理人を手放して、最高の犬二、三匹を残すのが一番賢明な策に思えた。それにウィラードはすでに興行師としての夢を実現していたので、別の趣味、新たな熱中の対象にのりかえる用意ができていた。一九三二年二月、ヘザー・レヴァラーはマディソン・スクエア・ガーデン・ドッグショーで一位を獲得し、S・S・ヴァン・ダインは誇りと満足を胸にその場にあらわれた。

新しい趣味——外国の魚——は、最初はウィラードというよりクレアの趣味だった。最初は犬の育種より費用がかからなかったが、ライト夫妻の気晴らしがつねにそうなるように、結局は数千ドルもつぎこむことになった。ウィラードには正当な理由（それが必要だったとして）もあって、犬の趣味がヴァン・ダインの小説『ケンネル殺人事件』を思いついた背景にあったように、魚に対する情熱は次の作品『ドラゴン殺人事件』を生むことになった。

ほかの点ではまずまずだった年の不幸な結末は、スタントンの訪問によってさらに厄介なものになった。数年ぶりの東部への旅で、これがウィラードの生前最後の訪問にもなるのだが、スタントンはペントハウスに泊まりたいと頼んできた(8)。もちろんウィラードは承諾したが、スタントンの存在が自分にとっては一種の甘美な拷問、過去を思い出したり見栄を張ったり、自分が堕落したと感じたりする機会を与えることになることもよくわかっていた。スタントンがニューヨークへやって来たのは、スティーグリッツの新しい画廊アメリカン・プレイスで秋に開かれる絵の個展のためだった。兄弟の一方はいまや才能ある画家であると同時に、サンタモニカのカリスマ美術教師にして舞台美術家であり、自分の思うように果敢な闘いを続けていた。一方、兄弟のもうひとりは、まもなくパルプマガジン〈ピクトリアル・レヴュー〉で連載される『ドラゴン殺人事件』に取り組んでいた——その圧倒的な不均衡がウィラードを苛立たせるのは間違いなかった。

ウィラードはスタントンが予想したとおり神経質でけんか腰で冷笑的だったが、ときおりそれに優しくなる瞬間がまじった。一方でウィラードは、自分が手に入れた富を弟に見せつけることに喜びをおぼえた。大恐慌時代の最中に、ウィラードはニューヨーク最高のアパートのひとつに住み、スタントンにたっぷりの豪華な料理やワインをふるまい、快適な宿泊施設を提供した。ロマンティックな貧乏生活には我慢がならなかったスタントンは、当然のように感銘を受けた。他方セントラル・パーク・ウェスト二四一にはそこはかとなく不満が渦巻いており、それは突然圧倒的なものになる。

　ウィラードとスタントンの会話は、とりわけ晩餐後に何杯かやったあとは、それがどんな話題であっても辛辣なものとなった。それは毎回同じ集中攻撃だった。世の中金がすべてだとスタントンは思わないのか？　金だけがアメリカ人の関心事で、そのことをいつも考え、尊重していることにまだ気づかないのか？　そんな苦労にいったい何の意味があるのか？　若いころは二人ともばかでなかったか？　あれほどの理想主義、あれほどの気高き野心。彼らは何を成し遂げようと思っていたのか？　等々。スタントンが話題を変えると、ウィラードはとたんに恐ろしい剣幕になった。義姉の気まぐれな気性をもち出して、なぜクレアと結婚したのかとスタントンが尋ねてみた。「彼女の脚が好きだったのさ」とウィラードは答えて会話を打ち切った。

　一週間にわたる滞在中、午後はいつも、低木と鉢植えのヤシに囲まれた、セントラル・パークを見おろす広々としたバルコニーで、スタントンはウィラードと並んで腰をおろした。呼ばれもしないのに一定の間隔で下男がやってきて、現在のウィラードの大好物であるクルボアジェをグラスに満たして、屋内に姿を消した。スタントンは、これが今のウィラードの日課なのだと思った——一日のほとんどの時間、ウィラードのそばには必ず酒があった。使用人たちは、いちいち指示を受けずとも何をすべきかわかっていた。クレアは見て見ぬ振りをしていた。スタントンがカリフォルニアに帰ると、ウィラードは生きる意志を失ったような物悲しい気持ちになった。スタントンはアニーやキャサリン、ベヴァリーには自分の懸念を隠していたが、その活力と豊かさにもかかわらず、兄はいつか自殺するだろうという確信を抱いていた。

ケンネル、ドラゴン、カジノ

「もし［映画会社が］ファイロ・ヴァンスをハンガリー人やスウェーデン人やフィリピン人にしたいとしても――構うものか」
――ウィラードからフローレンス・ライアソン宛の手紙、一九三五年

アメリカにとって暗い年だった一九三三年は、探偵小説にはすばらしい年だった。クノップフ社から出たダシール・ハメット『影なき男』が喝采を浴び、アガサ・クリスティとメアリー・ロバーツ・ラインハートはすでに相当量の古典的作品を発表していたがさらに傑作をつけ加え、ピーター・ウィムジイ卿シリーズの八作目『殺人は広告する』が英米両国で出版された――このときウィラードもついに、ドロシー・セイヤーズの才能と読者は減少どころか増大しているらしいと認めた。スクリブナーズ社関係者からすると、S・S・ヴァン・ダインのハードカバーの一刻も早い再登場が待たれるところだった。八月に『ケンネル殺人事件』、同じ年の十月に『ドラゴン殺人事件』という刊行は、冷めかけていた興奮を呼び覚ますためのものだった。

政治では保守派の衰退と、ルーズヴェルトのニューディール政策のはじまりに立ち会った年――深い傷跡を残した大恐慌の四年目――は、ウィラードの私生活にも重大な変化があった。ハリウッドの脚本で得た金と、『ケンネル殺人事件』と『ドラゴン殺人事件』の前払い金、それぞれの連載

権と映画化権（『ケンネル』に一万四千ドル、『ドラゴン』に二万ドル）で、ウィラードとクレアは経済的にすばらしい毎日を過ごしていた。お抱え運転手もボックス席のオペラもなし、気まぐれに身をまかせられる経済的余裕もなしでやっていくこと、要するに贅沢をしない生活に適応することが、そのとき二人が直面していた問題ではないことは明らかだった。ウィラードがファイロ・ヴァンスを〝葬る〟という約束を守ると、あまりにたくさんのことが失われてしまう。クレアはウィラードがどちらを選んでもそれに従うと言ったが、彼女は夫に負けない活力で新しい人生に順応していた。

しかもなお悪いことに、新しいアメリカを見るのには、セントラル・パーク・ウェスト二四一のバルコニーから外を眺めるか、リヴァーサイド・パークに向かって通りを歩いてみればよかった。失業者収容住宅が街の空き地に点在していた。食料の施しを受ける人々の列や物乞いがいたるところにいた。ジャーナリズム、文化批評、堅い内容の小説への復帰は問題外だと、ウィラードは認めなければならなかった。国の経済状態が落ちこめば落ちこむほど、ウィラードは贅沢と平穏を望み、欲するようになった。いまやウィラードが求めていたのは若いころに経験した闘いや貧困から自分を守ってくれる物で、その防御は自分の探偵をいかなる代償を払ってもできるだけ長く生かしておくことによってのみ成し遂げられた。一九三三年、ウィラードは、ヴァン・ダイン小説の最新作、七作目を完成させた。その作品では執筆にわずかではあるが喜びさえ見いだすことができた――本書以降、それは金のための退屈で自暴自棄の、屈辱的な作業になる。

三年前の『スカラベ殺人事件』は、エジプトの芸術と歴史に対するウィラードの関心に結びついていた。次の三冊は、ウィラードの最新の趣味により深く関係していた。実際それらの話は趣味への情熱から生まれたもので、芸術にも学問にも関係がなかった。『ケンネル殺人事件』は、犬舎を所有して育種と手入れに関する何百もの本を熟読した愛犬家S・S・ヴァン・ダインのための探偵小説だ。『ドラゴン殺人事件』は、アパートにきた客を六十八の水槽いっぱいの魚のコレクションでびっくりさせた熱狂的な魚類学者のための話だ。最後の『カジノ殺人事件』(一九三四年秋に発表された)は、ウィラードの中のギャンブル狂のための作品だ。あらゆる点でどの本も、前作より落ちる作品だった。

アメリカ・スコティッシュ・テリア・クラブに捧げられた『ケンネル殺人事件』は、中国の陶磁器の高慢な収集家で、親類や同業者の悩みの種だったアーチャー・コー殺しのそれなりにおもしろい物語だ。コーは、西七十一丁目にある褐色砂岩の邸宅の、中から施錠された寝室で死体で発見される。玄関ホールのカーテンの後ろに隠れていた、この屋敷のペットではない、けがをしたテリアが発見されたことを手掛かりに、ヴァンスが容疑者――コーの弟、姪、友人、秘書、中国人料理人、コーの陶器を購入する交渉のため屋敷に滞在していたイタリア人博物館員が含まれる――を吟味して、最後に謎を解き明かす。これまでの多くの作品と同様、ヴァンスのいつもの問題がこの小説の最後に持ちあがる。すなわちその知性にもかかわらずウィラードの探偵は、最終章できちんと正体を暴かれるものの、確固たる証拠を欠くため逮捕されず裁判にもかけられない犯罪者ほど頭が切れるようには見えない、という問題である。それでもこのジャンルのルールに従い、殺人者は逃げおおせることはできず、『ケンネル殺人事件』の最後から二番目の場面で、ヴァンスが犯人だと知っている男は、セントラル・パークでドーベルマンに殺される。不思議なことに、もし猛犬や(『スカラベ殺人事件』の)天罰を下すエジプト人使用人といった、正義の代行者がいなかったら、マーカム地方検事はヴァンスに事件解決——ただし犯人は罪の報いを受けていない——の礼を言えただろうかという点を、書評家は誰も重要視しなかった。

『ケンネル殺人事件』の書評は一様に寛大で、ブックオブザマンス・クラブはその小説を喜んで冬季のリストに入れた。クリストファー・モーリーは、三〇年代のファイロ・ヴァンスは性格が「円熟味を増して人間らしく」なり、『ベンスン』『カナリヤ』『グリーン家』事件の探偵より、不自然さや癇に障るところが少なくなったと述べて、多くのファンの気持ちを代弁した。(1) それでもこの本でウィラードが成し遂げた成功を振り返ってみると、当時の読者や評論家が、作者の貧弱な人物描写、空虚な会話、生き生きとした描写の欠如に対して寛容さをもち続けていたことが不思議に思える。ウィラードの六番目の小説は、これまでの五作よりも成長のあとが見えず、彼の優雅な探偵の斬新さはずっと以前になくなっていた。しかも、セイヤーズやクリスティはさらに良い作品を発表し、市場がハメットのサム・スペードやニックとノラ・チャールズ夫妻のような新しい、より現代的なスタイルに慣れはじめていたので、ウィラードの無味乾燥な物語——謎解きではあるが小説ではない——は、ますます皮相的で古くさく見えたに違いないし、そう思われて当然だった。それでも何十万もの読者は、まるで作家やそのジャンルにこれ以上良いものを期待していないかのように、S・S・ヴァン・ダインの新作ミステリを無批判に購入して満足していた。

もっと奇妙なのは、ウィラード・ライトが自身の信条に背《そむ》き、古い探偵小説のトリックを使用したことに、誰ひとり評で触れなかったことだ。ガストン・ルルーやコナン・ドイルその他多くの作家のあとでは、内部から施錠された部屋で発見される死体は独創的でも刺激的でもなかった。すぐに秘密の扉や鍵穴の巧妙な仕掛けが見つかるか、耳に入るのは読者にはわかっている。犯人に罠をかけるための犬（この事件では、テリアとドーベルマンの二匹）の問題のある使い方は、ウィラード自身が探偵小説に関するエッセイで指摘したものだ。「吠えなかったことで侵入者が親しい人間であることを明らかにする犬」は、現代の探偵小説では安上がりで陳腐な手法だと彼は一度ならず述べている——それでも彼の新作では犬（かつて殺人犯に飼われて、虐待されていた）が物語の最後で、警察が逮捕できるだけの証拠のない犯人を殺害するのだが、あらゆる点でばかばかしい。

一九三〇年代初めの読者大衆が、後年の読者ほど探偵小説に対して目が肥えていなかったとしても、ハリウッドの大手製作者にいたっては見識のある振りさえしなかった。『ケンネル殺人事件』はワーナーの経営陣には確実に興行収益が見込めるように見えた——『スカラベ殺人事件』（出版後すぐに映画化されなかった二作のヴァン・ダイン小説のうちのひとつ）とは異なり、アーチャー・コー殺しの物語には、アクションと屋外の場面があった——ので、映画化権の契約は出版のずっと前に結ばれていた。三〇年代初めにワーナー・ブラザーズがパラマウントの俳優を〝引き抜き〟、ウィリアム・パウエルが同社へ移籍していたことで、『ケンネル殺人事件』の迅速な映画化がいっそう望まれた。映画が十月、『ドラゴン殺人事件』が本屋へ入荷したまさにその週に公開されると、冒頭の字幕は「ウィリアム・パウエルがファイロ・ヴァンス役で帰ってきた」とうたい、関係者は全員くつろいで金の勘定をはじめた。脚本家はプロットのある要素をいじったが、それははなはだまずい変更だった——殺人犯の住居を隣家からコーの屋敷内に変えてしまったので、犯罪の最終的な説明がまったく意味をなさなくなってしまった（評論家がコメントしそこねた、もうひとつのあからさまな問題点）——が、新聞の切り抜きから判断すると、実際に問題にされることはなかった。マイケル・カーティス監督の映画は観客を夢中にさせるものではなく、パウエルのファイロ・ヴァンスのおもしろ味もすりへっていた。『ケンネル殺人事件』の収益は、ジャック・ワーナーの予想をはるかに下回り、パウエルはすぐに同社を離れてコロンビアに新天地を求め、その後MGMに移った。一年もたたないうちに、MGMの『影なき男』のニック・チャールズ役で、パウエルは華々しい復活を遂げる。

一九三三年十月は、ウィラード・ハンティントン・ライトにとって肩身の狭い月だったはずだ。一九二八年から一九三二年にかけて、ウィラードは二十回以上にわたり、ファイロ・ヴァンスは六番目の冒険の最後で引退するか殺されるかし、著者は「念願の本の執筆へ戻る」[2]ことになると宣言していた。六番目の知力の冒険が終わり、七作目が出版されると、スクリブナーズ社はS・S・ヴァン・ダインが八冊目の本、『カジノ殺人事件』の最終章に取り組んでいると発表した。大衆文化の鑑《かがみ》ともいうべき、成功した探偵小説家の役をおりる様子は微塵もなかった。

ウィラードは三つの方法でくやしさに対処した。まず、この癪にさわる問題で彼に気まずい思いをさせかねない美術界や文学界の人々を避けつづけた。つき合うのは、自分と同じように裕福な生活を享受している友人だけ――ライト夫妻のパーティーに出席し、デザートのあと遊戯室でルーレットやブラックジャックをしたり、水槽と目にも鮮やかな魚たちに囲まれた書斎でカクテルを飲んだりする人々――そしてウィラードの金がどこから来るのか気にしない人々だ。ベルモントやジャマイカ競馬場で、市内のナイトクラブで、ひいきのレストランで、ウィラードはたくさんの気の合う、批判とは無縁な仲間を見つけた。二番目に、金持ちの貯えさえむしばむ不況という当時共通の問題を言い訳にした。実際には一九二九年から三〇年代初めに多少の金を失ってから、ウィラードは株式市場にあまり投資していなかった。しかし彼は投資している振りを続け、その年ニューヨークの新聞に掲載された、予想外の重大な財政的失敗のためファイロ・ヴァンス・シリーズを続けているという話を否定しなかった。最後にウィラードは、過去をロマンティックに表現し、ドラマティックに歪曲することにますますのめりこんでいったが、それは現実を快適だが平凡なものとし、より耐えやすいものにするためだった。

カリフォルニア、ニューヨーク、パリ、ロンドンでの青年時代について話すとき、ウィラードは自分をジェイムズ・ギボンズ・ハネカー、アルフレッド・スティーグリッツ、レオ・スタイン、トマス・ハート・ベントンの単なる友人としては描かなかった。かわりに、メンケンとパウンドがその天分を知る手助けをし、キュビスムの欠点についてピカソに助言し、ストラヴィンスキーと懇談して、ガートルード・スタインとディナーを共にし、アンブローズ・ビアスと西部についての考えを共有したと述べた。ウィラードの過去の人生はオーラに包まれ、当時の彼を知らない人には、どの話が本物でどれが作りものなのかわからなかったが、やがてウィラード自身、実際にピカソやストラヴィンスキー、スタイン、ビアスらに会ったと思いこんでいるようにも見えた。限られた事実を主張したり些細なことに執着したりする狭量な人間は退屈なばかであり、ウィラードがますます辛辣さを増していったこの時期に嘲笑を浴びせた「いまいましいまぬけ」だった。一九三三年には金儲けに熱中し、ウィラードはかつてないほど自分の人生をコントロールできなくなっていた――過去と前途に迫るものとの溝を何とかするため、自己イメージを再定義しなおす必要があった。ウィラードが年をとるに従い、嘘はさらに大きくなり、事実は異なるとほのめかす人に浴びせる罵声もひどくなった。

おそらくは幸せだったはずの過去を思い出させるものが、このときバートン・ラスコーという人物の手を借りて思いがけずあらわれた。ラスコーはシカゴとニューヨークで活躍するジャーナリストで、新聞業界でウィラードのもっとも信頼できる味方であり、一九一六年に『前途有望な男』を読んで以来、その才能の信奉者だった。つねに活力と善意に満ちたラスコーは、〈スマート・セット〉がパルプ雑誌のレベルにまで落ちぶれていたのを見て、一九一〇年から二〇年代前半の同誌の全盛期を知らない若い世代のために、雑誌の歴史を書き、アンソロジーを作成することにした。彼はまた、〈スマート・セット〉が到達した文学的な高みを説明するなかで、アメリカの偉大な編集者のひとりとして、ウィラードに適正な評価を与えたいと考えていた。それがよく知られていないのは（彼の考えでは）メンケンとネイサンの個人的な悪意のせいだった。ウィラードとの打ち合わせでラスコーがペントハウスに立ち寄ったとき、それはS・S・ヴァン・ダインにとって、元気を与えると同時にどこか気まずくもある微妙な時間となった。メンケンは企画の噂をかぎつけると、それに関わることを一切拒否し、アンソロジー部分に彼の文章を収録する許可さえ与えなかった。これはメンケンの邪魔がはいらないところで、一九一三年の出来事についての「ほら話」をラスコーに吹きこむ絶好の機会だと思う気持ちも、ウィラードにはあったに違いない。しかし過去の火種が再燃し、ボルチモアから痛烈な一撃が飛んでくる可能性もあったので、彼は複雑な気持ちで回想の濁った川を渡った。彼はバートン・ラスコーに彼の目から見た〈スマート・セット〉誌の歴史と、「掘出し物」を活字にした自分の役割を知らせて、ラスコーがそれをどうするか見ることにした。

マックス・パーキンズは『ドラゴン殺人事件』に満足し、というか満足していると言い、いつもどおり大きな修正は必要ないと判断した。スクリブナーズ社は一九三三年秋、ヘミングウェイの

『勝者に報酬はない』とジョン・ゴールズワージーの新作と一緒に、これまでのヴァン・ダイン本と同じくらい力を入れて『ドラゴン殺人事件』を売りだした。広告をあちこちに出し、ウィリアム・パウエル主演の映画『ケンネル殺人事件』のポスターもちょうど同時期にあったので、会社は大きな売上げを期待した。その望みはかなえられ、小説は国内のベストセラー・リストの上位に入った。それでもすべてが前向きの兆候というわけではなかった。

初めて著名な新聞書評家たちが少しだけ悪意に満ちた目を向けはじめていた。書評の反応は本の売行きにはほとんど影響がなく、宣伝部と販売促進部の担当者はあまり心配していなかったが、いつもは彼に好意的な〈ボストン・トランスクリプト〉の、ファイロ・ヴァンスは例によって「鼻持ちならない自惚れ屋[3]」だ、という一節を読んだウィラードは癇癪をおこした。ブルース・キャトンは『ドラゴン殺人事件』をみじめな失敗作と見ていて、ギルバート・セルデスは二流の娯楽小説としてあざけり、G・K・チェスタトンはそのどっちつかずの書評の中でこの作品の長所に触れるのを避けていた。S・S・ヴァン・ダインが、停滞していた文学的ジャンルを甦らせた第一人者にして、知識人でさえ注目せざるをえない人気作家と目されていた時代は過ぎ去っていた。

『ドラゴン殺人事件』で新鮮さを吹きこもうと自分を奮い立たせたウィラードは、こうした反応にとりわけがっくりした。クレアに捧げられたこの小説は、熱帯魚への二人の情熱に想を得ているが、マンハッタン中心部という従来の舞台から移動した、最初のファイロ・ヴァンス物語でもある。一九三〇年代にはまだ未開発だったマンハッタン北部地区のひとつ、インウッドのスタム屋敷が、バーニス・スタムの婚約者サンフォード・モンタギュー殺しの舞台だ。タイトルの「ドラゴン」は、バーニスの兄で有名な水中生物学者ルドルフ・スタムの所有する奇妙な魚のコレクションと、犠牲者の死に方を暗示している。スタム屋敷の敷地内の岩石層のプールで泳いでいたモンタギューが姿を消し、翌日マンハッタンの同じ地域にある甌穴《おうけつ》で無惨な死体となって発見される。水中の〝怪物〟への恐怖が、物語を最初から支配している。残念ながら、新しい舞台と（いささかインチキ臭くはあるが）魅力的な設定でウィラードがおさめた成功は、この作品がもつ力のはじまりであり終わりでもあった。事件関係者のなかでひとりだけがモンタギューが水中で姿を消した瞬間にプールにいなかったので、殺人者の正体は小説のほとんど初めから明らかである。さらに重大な欠点は、容疑者および脇役をつとめるスタム家の友人たちが、ウィラードがこれまで書いてきた人物に負けず劣らず陳腐な集団だという点だ。完成された人物を創造することへのウィラードの熱意の欠如、ヴァンスに、ひたすらヴァンスだけに執着してきたことの副産物は、その当然の結果をもたらす。彼が創造した物語は、外の世界や、現実の人間の欲求や衝動とはあまりにもかけ離れたものになっていた。

明らかに、マックス・パーキンズは奇妙な立場にあった。最高傑作のいくつかを書いていたヘミングウェイと、『夜はやさし』を執筆中のF・スコット・フィッツジェラルドと同時に仕事をしていた編集者が、『ドラゴン殺人事件』を成熟した読者向けのすばらしい小説だと考えていたと想像することは難しい。とはいっても、パーキンズがウィラードに何を言えただろう？

ジャック・ワーナーの立場も同じようなものだった。『ケンネル殺人事件』のあと、ウィリアム・パウエルが同社から去ったこともあり、ワーナー・ブラザーズの重役たちで、ウィラードの最新作の映画化権をつかまされたことを大喜びする者はいなかった。彼らにはファイロ・ヴァンス役がいなかったし、しばらくのあいだ、監督もいないようだった。『ケンネル殺人事件』の映画化で

S・S・ヴァン・ダインはもうたくさんだと感じていたカーティスは申し出を断り、ワーナーの製作部門の責任者ハル・ウォリスが次に話をもちかけた三人の監督も同様だった。会社が求める撮影可能な監督――アーチー・メイヨ、マーヴィン・ルロイ、アルフレッド・グリーン――の誰ひとりとして、原作や脚本が良いものとは思わず、仕事に十分報いるような興行成績は期待できないと考えた。『ドラゴン殺人事件』の監督という引き受け手のない仕事は、最終的にH・ブルース・ハンバーストンにもちこまれたが、彼は原作を毛嫌いしており、ジャック・ワーナーに強引に押しつけられて、自分の立場を考え直したに違いない(4)。

きみがこの映画を監督するのだ［とワーナーはハンバーストンに言った］。ひどい代物だというのがそんなに重要なことか？　その映画はうちの系列の映画館で、おもしろい話であろうとなかろうと五万ドルを稼ぐだろう。というわけで、きみはわたしのためにそれを作るのだ。さもなければ……二度とこの町で映画を監督することはないだろう。

ハンバーストンは監督を引きうけることに同意した。

皮肉にも、ワーナーやウォリスがこれまで検討してきた監督よりも、ハンバーストンの原作の扱いはまじめで創意に富んでいたので、映画は予想されたように彼のキャリアを傷つけることなく、役に立った（ハンバーストンはその後チャーリー・チャンの人気シリーズを監督している）。犯人の正体は映画版ではそれほどあからさまではなく、ウォーレン・ウィリアムは新しい（三代目の）ファイロ・ヴァンスを見事に演じ、スタムの水槽の熱帯魚をとらえた巧みなショットは、物語の不気味な雰囲気に効果的なタッチを付け加えた。実際に映画の公開後、国中で小規模な〝魚ブーム〟が起き、東海岸と西海岸の両方で外国の魚類を扱う専門店が出現した。ウィラードにとってもっとも重要なことは、『ドラゴン殺人事件』に大衆が示した反応に強い感銘を受けたＭＧＭが、ウィラードの次の二作の小説に対して、Ｓ・Ｓ・ヴァン・ダインがプロットに肉付けする準備が出来次第、すぐに買う用意があると表明したことだ。

この時点でウィラードは事実上、マックス・パーキンズのために書くのをやめ、映画化のことを第一に置いて物語を組み立てはじめる。スクリブナーズ社のハードカバーとして刊行されるＳ・Ｓ・ヴァン・ダインの小説は、これ以降、南カリフォルニアの脚本室で作り直す前の、単なる中継点になる。ウィラードにとって幸運にも、『ドラゴン殺人事件』は、ヴァン・ダイン本の映画化作品で、一般にも批評家のあいだでも成功をおさめた最後の映画であった。

『ケンネル殺人事件』と『ドラゴン殺人事件』の小説と映画の行く末を最後まで見届け、『カジノ殺人事件』の執筆を終えて、次の本にとりかかるまでのあいだ、ウィラードはキャサリンやベヴァリーのことをつとめて考えないようにしていた。彼からすれば二人への手切れ金はかなり高くつき、クレアと新しい安定した生活を築こうとしていたときに、彼らのことはできるだけ耳にしたくなかった。しかしヨーロッパからはキャサリンの執拗な手紙が定期的にウィラードのもとに届いた。手紙のなかで彼女は、元夫にベヴァリーの行動を知らせたり、海外生活について意見を言ったり、かつての最愛の人がサディストで不人情な父親で守銭奴であることがいまではわかったとほのめかしたりした。

ネヴァダでの苦悶に満ちた数か月のあと、パロアルトから脱出したキャサリン・ボイントン・ライトは若返ったような思いでいた。結婚してから一度も西海岸を離れたことがなかったので、若いころ目にできなかった大きな世界に喜びや反撥を感じたりした。キャサリンとベヴァリーは、パリで一年、ベルリンとストックホルムで数か月、そしてウィーンとザルツブルクにもっと長く滞在した。どの都市でも母娘は手頃な値段のアパートか二人用の下宿を見つけて、観光をしたり語学を勉強したり、ベヴァリーのために仕事や美術教室を探したりして過ごした。イタリア、スイス、チェコスロヴァキアへも立ち寄って、最終的にはヨーロッパでウィラードより多くのものを見た。実り多き数か月のあいだ、ベヴァリーはドイツのマックス・ラインハルトの学校で舞台美術を学び、この展開にキャサリンは、娘がついに専門分野で天職を見つけたと思った。ベヴァリーのためにニューヨークでこの方面の仕事を探してほしいとキャサリンはほのめかしてみたが、セントラル・パーク・ウェスト二四一から返ってきたのは、ニューヨークの劇場は壊滅状態だという厳しい忠告と、「幸せな放浪者たち」もウィラードの金を遣った大陸での「ばか騒ぎ」をいったん切りあげ、カリフォルニアに戻ってもっと堅実な仕事を探したほうがいいという助言だけだった。

キャサリンのこのところ見せている生き生きと血気盛んな様子（それは全然国際的ではなかった――キャサリンの手紙の多くは、シンクレア・ルイスの観光旅行パロディのようだった）に苛立ちをおぼえていたとしても、芸術の世界で真価を発揮しようとしているベヴァリーのことを考えると、ウィラードは目に見えてうろたえた。有名なラインハルトの学校でベヴァリーが身につけた知識に、父親らしい誇り、もしくは好奇心を感じたというよりも、ウィラードは怒ったような調子で、そのようなニュースは一顧の価値もないという態度をとった。『ヘッダ・ガブラー』（イプセンの戯曲）のデザイン画で娘の収めた成功は、ウィラードが耳にしたり意見を述べたりしたいものではなかった。一九三四年末にアメリカに帰国したころには、母娘もよくわかっていたので、ニューヨークに到着すると、おそろしく多忙で、気難しく、お高くとまったS・S・ヴァン・ダインを訪問することなく、まっすぐ西部に向かった。

その秋、キャサリンとベヴァリーに会うのを断る言い訳に、ウィラードはクレアの健康に対する不安をあげていたかもしれない。ふだんは溌溂として頼りになる女性であるクレアが体重を落とし、しばらく前から疲労の徴候をみせていた。ウィラードはこれまで女に世話をやかれるばかりだったので、配偶者を心配しなければならないのは初めてのことでもあり、きわめて不愉快な気分だった。不正出血をみたクレアはニューヨークの医師の診察をあちこち受けてまわったが、最終的に親友の勧めにしたがって、ボルチモアのジョンズ・ホプキンス病院の医師に決める。この問題についてウィラードの手紙はおそろしく口が堅いが、クレアの病気は子宮嚢胞か子宮腫瘍だったらしく、できるだけ早くそのメリーランドの病院で手術を受けるように勧められた。それでも数週間、クレアは手術の可能性について話し合おうとしなかった。

クレアの病気に続くようにして状況が悪化する。九月に出版された『カジノ殺人事件』は、ウィラードが二〇年代に自ら設定した基準に照らすとそこそこしか売れず、ベストセラー・リストにもほとんど載らなかった。〈コスモポリタン〉の夏の連載が収入の落ちこみを十分穴埋めしてくれたので、このことでウィラードは気をもむ必要はなく、その夏はシカゴで地方局のためにミステリ・ラジオドラマの脚本を書いて、有意義な二、三週間をすごした。ウィラードを悩ませていたのは、異なる二つの関連した問題だった。ひとつは売行きの悪いパターンが定着して勢いを増していること、もうひとつは小説と著者に対するＭＧＭの扱いが不当なものになっているということだ。一九三四年の最後の数か月間、ウィラードはときおり映画会社にばかにされているような気がした。それは耐えがたい感覚だった。

『カジノ殺人事件』が本屋に並ぶ前に、ＭＧＭはヴァンス役にウィリアム・パウエルを復帰させ、助手にはマーナ・ロイを起用すると発表した。最近の映画『影なき男』にあやかろうとしているのは明らかできまりが悪かった。ウィラードはダシール・ハメットの本とその〝平民的な〟探偵が大嫌いで、ハメットとのいかなる比較も彼をつねに激怒させた。まもなくパウエル起用のアイディアは放棄され、ゴシップ・コラムニストのルーエラ・パーソンズが、パウエルはもったいぶったイギリス風のアクセントで軽薄で退屈な人物を演じなくてすむことをおおいに喜んでいると伝え、映画会社は探偵役として女優を検討していると発表した（その役は結局ポール・ルーカスに決まったが、ハンガリー訛りでかなり奇妙なファイロ・ヴァンスになった）。さらに追い打ちをかけるように、ＭＧＭはプレス・リリースで、大衆が求めているらしい最近の犯罪映画のきびきびしたテンポを加えるために、ウィラードの小説を明るくすることを考えていると述べた。そのために、ユージーン・パレットに代わって喜劇役者テッド・ヒーリーがヒース部長刑事役に起用され、脚本家フローレンス・ライアソンは、マーナ・ロイの都会的なノラ・チャールズの線に沿って役を書くように指示された。

しばらくのあいだウィラードは、映画会社の製作担当者とライアソンに、彼らが推し進めようとしていることは――芸術的な判断ミスというだけでなく商業的にも――間違っていると説得しようとしたが、結局、業を煮やしてあきらめた。トーキーの登場以来、どちらかと言えばハリウッドは悪くなる一方で、ますます分別を失っているようにウィラードは思った。そこで彼は、ファイロ・ヴァンスのことは好きにしろとライアソンに言ってやった——彼をハンガリー人（ルーカスのアクセントを指す）でも、スウェーデン人でも、フィリピン人でも何にでもして、おどけた助手でも、ガールフレンドでも、ガールフレンドのハーレムでもあてがってやるといい。金さえもらえるならば。クレアにこぼしたように、高級売春婦という役を投げ捨てるのは簡単ではなかった。

いろいろな意味で『カジノ殺人事件』は、ウィラードの探偵小説で、無意味な喜劇的効果のために映画会社が手を入れるのに一番向いていない作品である。緊張感のある気のきいた物語で、小説として特に劇的でも感動的でもなかったが、初めから映画的なタッチを備えていた。オープニング・シーンの舞台となる、リヴァーサイド・ドライヴと七十三丁目にあるキンケードのカジノは、一八九〇年代から一九三〇年代初めのマンハッタンで隆盛を誇った華やかな会員制の賭博場で、ウィラードにとっておなじみの場所だった。ヴァンスがその賭博場にいたのは、裕福な若い知人リン・ルウェリンがその夜重大な危険にさらされるという匿名の警告を受けとったからだ。ルウェリンがカジノの大勢のギャンブラーの目の前で毒を盛られる（死にはいたらなかったが）ところからミステリははじまり、最終的にもう二件の毒殺事件が起きる。ウィラードの第三作に登場するグリーン家と同じく、ルウェリン家はマンハッタンの〝世襲資産家〟で、物語のほとんどはルウェリン家のパーク街の邸宅で起きるが、これまた三〇年代の映画のお気に入りの場所である。パーク街の生活、ニュージャージーの暗い狩猟小屋でのサスペンスに満ちた場面、ヴァンス、ヴァン・ダイン、マーカム地方検事を銃殺しようとする企て、夜、閉鎖されたカジノでの間一髪の救出劇。これらの要素は、物語の大筋を作成したとき、ウィラードの頭の中を映画が占めていたことを示している。

ギャンブルという芸術をめぐるヴァンスの蘊蓄《うんちく》でさえ、毒殺、間違った手掛かり、最終的な解明の勢いに圧倒されて陰が薄い。

そのどれもＭＧＭには十分ではなかった。映画会社が求めていたのは、ほんの少しのサスペンスとほんの少しのセックスアピールがある愉快な映画であり、たとえどんなに魅力的な設定でも、きまじめな探偵物ではなかったのだ。売り出し中の女優ロザリンド・ラッセルが、軽口を叩いてまわる恋愛相手の女性を演じるために呼ばれたが、いやいやながらの出演だった。(5)この世界では誰もがそうだったが、真っ当な出演キャリアを積みたいと思っていたラッセルは、Ｂ級映画を見てそれがどんなものかわかっていたので、『カジノ殺人事件』に関わりたくなかった。それでも専属女優の彼女に選択の余地はなかった。不本意ながら、エドウィン・マリン監督のもと、不器用なポール・ルーカスの相手役として、小説の語り手ヴァン・ダインの役どころを演じた。

ＭＧＭが彼の八作目の小説を喜劇仕立てにしようとしたことにウィラードがとくに腹を立てた、読者には知られていないもうひとつの理由があって、それは意識的かどうかはともなく、彼がこの小説で自身の家族状況を利用していた点だ。リン・ルウェリンは、独占欲の強い母親の上の子どもで、この未亡人の母親は二人の甘やかされた子どものために財布のひもをがっちり握っている。社会的に非の打ちどころのない女性であるルウェリン夫人は義務や大義に身を捧げており、その一方で、子どものひとりは遊び、特にギャンブルに熱中し、もうひとりは美術に打ちこんでいる。小説の中では、美術学生の妹アミーリア・ルウェリンはスタントンよりずっと若いが、兄妹の反目はときにウィラードとスタントンの場合と同じくらいリアルなものだ。この心理歴史学にはキャサリンにも場所が与えられている。リンは階級的にも知性の面でも自分より下の女性と結婚していて、成年してからは若気の過ちから目をそむけて暮らしていかねばならなかった。きわめて自己中心的な人間であるリンは、母親への強烈なエディプス的愛情にもかかわらず、自らの満足のためだけに生きている。この話にはどうしてもちょっとした笑いがほしい、とMGM製作部門の責任者はウィラードに言った(6)。

バートン・ラスコーの『スマート・セット・アンソロジー』は一九三四年十一月に出版され、多くの書評が出た。メンケンの文章を欠いていたので、本の正統性という点ではかなり弱く、ほとんどの評者がこの欠点について論評した(ラスコーが何度頼んでも、メンケンは頑固に、セア社時代の古い作品の使用許可を与えなかった)。この本が新聞や月刊誌で集めた注目にもかかわらず、過去の栄誉を遅まきながら回復するという厄介な問題は、ラスコー(やウィラード)が望んだほど読者の興味をひかなかったらしい。ラスコーは序文で、ウィラードを文学の冒険家、アメリカ文学の導き手として賞賛し、メンケンを退けたが、これには一面の真実があったかもしれないし、完全に偏った意見だったかもしれない——どっちにしろ、二十年も昔の文学史の瑣末な点を議論することに関心をもつ者はいなかった。重要なのは、いまやメンケンは大御所であり、ウィラードはそうではない、そしてそれは一生変わらないということだった。さらに言えば、政治信条がより保守的に、雰囲気も堅苦しくなっていたメンケンのアメリカ文学の改革運動家としての名声さえ、三〇年代にはおのずと低落していた。二〇年代以前の世代の評論家たちは、若い作家や読者にとっては、どうやら数年のうちに時代遅れの集団になりそうだった。

にもかかわらずウィラードにとってそれは、名誉回復とはいえなくとも、楽しいひとときになりえたかもしれない。しかし間違いなくそうではなかった。ウィラードのことを快く思っていないとメンケンが知らせてきて、若干ながら古傷が開くことになった。医者がクレアにつよく勧めていた手術が避けられないことがはっきりすると、ラスコーの本の出版直後に、ボルチモアのジョンズ・ホプキンス病院に妻を連れていくしか、ウィラードには選択の余地はなかった。そしてメンケンのもとへ、礼儀正しくはあったが気詰まりな社交的訪問をした（独身主義者H・L・メンケンは、誰もが驚いたことに一九三〇年に結婚していた）。意気消沈していたウィラードは、メリーランドには必要以上に滞在せず、医者から完治のお墨付きをもらうとすぐにクレアを家に連れ帰った。

クレアがまだ寝たきりだったので、一九三四年のクリスマスと一九三五年の新年はペントハウスで祝わなかった。クレアは看護師の世話が必要で、すっかり体力を取りもどすには長い時間がかかった。欲求不満と過労、妻と自分の仕事への不安から、ウィラードはその冬流感にかかり、自己憐憫にふけりながら部屋をぼんやり歩き回り、二、三週間後に映画『カジノ殺人事件』が公開されたときも、見に行こうとさえしなかった。

しかしそれは彼だけではなかった。映画評は最悪で、観衆は退屈した。ある評論家は、映画は「アーヴィング・サルバーグ（MGMの大物プロデューサー）が釣りに行っているあいだに作られたにちがいない」[7]という意見を述べた。その春遅くなってウィラードはようやく映画を見て、「ひどくがっくりし、言葉も出てこない」[8]と語った。自分の明快な物語からMGMは茶番まがいの怪物をつくった、と彼は感じた。ロザリンド・ラッセルもその映画に恥ずかしい思いをした。ラッセル自身が後にした話では、その後何年ものあいだ、彼女のメイドは冗談めかしてこう脅してきたという。「いい子にしなさい。さもないと、あなたが『カジノ殺人事件』に出ていたことをみんなに話しちゃいますよ」[9]

ウィラードが気づいていたように、事態は悪くなる一方だった。

晩年

「誰でも仮面をかぶっていて、ばかじゃなければそれに気づいている」
――アルトゥール・シュニッツラー『パラケルスス』

ウィラードが一九二六年にS・S・ヴァン・ダインという発明品と一緒に創造した作中人物《ペルソナ》は、当時は成功間違いなしに思えた。大衆小説への進出は、作者を知る人たちからは冗談と受けとられ、教養のある文学者の側では気の利いた金になる息抜きと見ていた。ファイロ・ヴァンス現象は短期間の活動（四作目か、五作目か、六作目で終わる）であることが宣伝されたが、同時にその出来栄えは、お高くとまった知識人でさえ物語の文体や技巧を賞賛しうるような堂々たるものだった。そしてしばらくのあいだウィラードの錯綜した試みは続き、彼は――不安定ではあったが――自尊心にしがみつきつづけた。

一九三五年には状況は一変していた。最近の訪問に対して、三月にメンケンに短い礼状をしたためたウィラードは、そのなかで自身の生活について「近ごろは平穏すぎて、気が滅入ります(1)」と書いた。ほかの人たちには、重い鬱病になりかけているとほのめかした。クレアが手術からなかなか回復しないことに悩み、『カジノ殺人事件』のような映画と関わりをもったことに当惑と腹立ちを感じ、書き終えたばかりの小説『ガーデン殺人事件』に興奮を感じないことが漠然とした不安のもとになった。さらに不吉な徴候は、ウィラードが仕事の方向性と、目の前の避けがたい衰退のしるしに思いをめぐらせていたことだ。自分の人生が内側から崩壊しそうだと感じながら、彼は数週間を過ごした。この厄介な現実は、一般大衆や、いまだにヴァン・ダインの親睦会のことを呑気に書いていたウォルター・ウィンチェルやO・O・マッキンタイアのようなコラムニストたち、さらにはライト夫妻の友人たちにさえ、見えていなかったかもしれない。多くの人々にとって、ウィラードは依然としてすべてを手に入れた男だった。それでも彼は、知的な小説から良質な探偵小説へ一時的な寄り道をした、という古い広報戦略をもう誰も信じていないことを受け入れる用意はできていた。当初の計画はどうあれ、彼は自分が金のために次第に型にはまった作品を生むようになり、まだ彼に関心をもっていた鑑識眼のない読者さえ失いかけている作家であることが、いまにも暴かれようとしていると感じていた。それは奇妙で屈辱的な感覚で、その年が終わる前に、旧友たちがまさにそういう話をしていた具体的な証拠を手にすることになる。

ちょうどそのころ、カリフォルニアのベヴァリーから希望と興奮に満ちた手紙が届いた。彼女とキャサリンはヨーロッパから戻ると、別々の道を歩んでいた。ベヴァリーは南に向かってアニーの厄介になり、一方キャサリンはパロアルトの小さな家へ戻った。マックス・ラインハルトの学校でしっかり勉強してきたベヴァリーは、南カリフォルニアのさまざまな地方劇場の催しに身を投じ、一時的なものとはいえ、舞台美術家として身を立てる方向に進んでいるようだった。

娘が演劇界ではじめた真剣な冒険に対するウィラードの反応は、彼が抱いていた不満の深さのもうひとつのしるしだ。一方で、ウィラードは娘との関係を修復したがっているふうでもあった。ベヴァリーの手紙によって、二十五年以上娘を顧みることがなかった罪の意識がかきたてられたかにみえたが、その衝動は何にも結びつかなかった。娘が劇場で取り組んでいる仕事への関心や支援の言葉は、たいてい葉書か短い手紙に綴られ、いつも変わらず礼儀正しかったが、それ以上のものではなかった。もう少しで表に出そうだった優しさを何かが邪魔した。ウィラードが見過ごせなかったのは、早熟な評論家で野心家のウィラード・ハンティントン・ライトが成功への道を切り開いているあいだ、ベヴァリーがおとなしく母親と家にいる従順な子どもではなかった点だ。それどころか駆けだしの芸術家として、彼女にはそれなりに明るい未来があった。ベヴァリーの仕事がそれほど真剣なものでなかったら、状況もそこまで憂慮すべきものではなかったかもしれない。しかし彼女が最初に定職を得たパサデナ劇場はその仕事を真面目に考えていた。ベヴァリーが手がけた作品には、オニール、ハウプトマン、ピランデルロ、ストリンドベリの芝居も含まれていた。『アンナ・クリスティ』や『令嬢ジュリー』の舞台美術に取り組んでいる娘の話は、ずっと見劣りするもののために自分が捨て去った文学的伝統を、ウィラードに思い出させるだけだった。

不幸にもベヴァリーは、自分が間違いを犯していることに気づかなかった。娘の仕事についてウィラードは口をとざしつづけ、それは彼女を困惑させたが、その胸のうちでは父親の励ましを求める気持ちと、最後は親の助けを借りず自分自身の力でやっていくしかないという決意とがせめぎあっていた。当面のあいだは後者の気持ちが勝って、彼女を支えた。「強情な父に負けるつもりはありません[2]」とその年固く決心していた時期に、キャサリンへの手紙に書いている。

七月、ウィラードは最愛のテリア、偉大な入賞犬へザー・レヴァラー（二千ドルの費用がかかった犬）を、ニュージャージーの彼の犬舎で調教師をしていたウィリアム・プレンティスに譲った。ウィラードらしからぬ気前のいい行為だったが、かつて犬舎に何十匹もいたテリアをきちんと世話してきたプレンティスにはずっと信頼を寄せていた。ほかに数匹の犬を大切なペットとしてペントハウスで飼ってはいたが、あまりにも費用がかかりすぎるとわかったドッグショーや育種の世界とは縁を切った。ヘザー・レヴァラーに別れを告げたとき、ウィラードの人生の幸せな時代は終わった。それでもいまや新しい趣味がウィラードの自由な時間を奪っていた。その気晴らしは、手っ取り早く金を稼ぐことへの彼の関心と、彼の人生の予測不可能性を象徴し、また裏付けるものでもあった。

大金をつぎ込むことはなかったが、数年にわたりウィラードはマンハッタンの会員制クラブで賭け事を楽しんできた。『カジノ殺人事件』はその関心を反映している。一九三四年ころになるとウィラードとクレアは別の、多少似たような方面から楽しみをみつけてきて、競馬場の常連になった。クレアが外出できるくらいまで回復すると、自宅から車で行ける距離の競馬場へ夫と一緒に遠出をした。プリークネス・ステークスを見るため、二度南部にも旅行した。馬券屋を決め、競馬新聞と競馬雑誌を片端から購読し、ひいきの調教師や騎手数人と知りあいになった。二人の最新の趣味は新しい友人のグループを考えに入れても、総じて犬舎の所有や珍しい魚の入手よりも費用はかからなかった。

競馬はウィラードの小説に楽しい背景を提供し、この新作は六月から〈コスモポリタン〉に連載され、十月にはスクリブナーズ社から単行本が出版、そしてその秋、脚色のためにＭＧＭの手に渡った。ファイロ・ヴァンスが物語の中で使う折り込みの出馬表まで完備した賭け事の要素によって、探偵の生活に華やかな雰囲気を添えるのがウィラードの狙いだった。五年前や十年前にはおもしろかったヴァンスの学問的関心は、ヴァン・ダインの最近の読者を明らかに退屈させていた。セザンヌの水彩画やエジプトのスカラベの研究はもう流行らず、新しい何か——三〇年代の小説中の探偵の、自意識過剰な男性的雰囲気にもう少し添ったもの——が求められていた。主人公を馬の熱烈な（そしてもちろん頭脳明晰な）ファンのように描写することは、ウィラードが望んだ効果をもたらした。

さらにウィラードはこれまでのパターンにもうひとつの重大な変更を決めて、それにはヴァンスの束の間の恋愛も含まれていた。探偵の恋愛への目ざめは、ウィラードが公表した探偵小説創作の規則のひとつ（「恋愛を付け加えることは、純粋で知的な経験を無関係な感情で混乱させることである」[3]）に対する由々しき違反だが、もっと安穏とした時期に作られて発表されたこれらの厳しい指針は、現在の悩める作者には何の意味もなかった。また、『影なき男』のニック・チャールズにはノラがいたし、ドロシー・セイヤーズの近作ではピーター・ウィムジイは明らかにハリエット・ヴェインに恋をしていた。一八九〇年代のシャーロック・ホームズなら、男性の友人と独身生活を送ることも許されたかもしれないが、そろそろファイロ・ヴァンスの性的嗜好についての疑惑を晴らしてもいいころだ、とウィラードは冗談を言った。

この九冊目の本の表題はウィラードの秘書からきている。Y・B・ガーデンは五年間というもの、私的なものと仕事上のもの両面にわたって、快活にてきぱきとウィラードの事務をこなしていた。雇い主のユーモアのセンス（ガーデンはエドナ・ファーバー（『ジャイアンツ』などで知られる女性作家）のところで働いていたので、文学者によくある意地の悪い話し方にも慣れていた）を理解し、気分の変化を受け入れ、長時間で不規則な労働もいとわなかった。『スカラベ殺人事件』以後のある時点から、ウィラードは本の一部または全体を秘書に口述筆記することにしていた——おそらく『ケンネル殺人事件』以降の文体の平明さを説明するための作者の言い逃れである。ガーデンによると、第一稿の口述筆記のあとノートをタイプするときに、彼女が考えたプロットや会話のアイディアを挿入することも許されていた。[4]「わたしはいつでも自由にそうすることができて、もちろん彼は提案を受け入れても拒絶してもよかった」と彼女は語っている。この固い絆で結ばれた仕事上の関係に敬意を表して、ウィラードは執筆中の物語に『ガーデン殺人事件』というタイトルをつけた。

アニー・ライトに捧げられた『ガーデン殺人事件』は競馬の話であると同時に、家庭内の人間関係のもつれと断絶の物語でもある。ヴァンスがイーフリイム・ガーデン教授と妻と息子の暮らすアパートで、競馬狂の人たちと一緒にレース結果を聞いているあいだに、ガーデンの甥が殺される。裕福なガーデン家に対する陰謀を明らかにしていく過程で、ヴァンスは客のひとりザリア・グレイムに惹きつけられ、家庭内の人間関係や友人関係の不愉快な裏面をあばいていく。いつものように見事な手腕で、物語の終わりにヴァンスは殺人犯をひっかけ、彼をアパートのバルコニーから突き落として殺害するよう企てさせて、その殺人未遂の様子を警察がひそかに撮影する。周到な準備を整えた上での命知らずの軽業で、ヴァンスは一階下に安全に落ち、正体をあらわした犯人は警察に追われてバルコニーから飛び降りる。

『ガーデン殺人事件』の多くの読者の胸を打ったのは、この職人的な手際の小説の中を動きまわる新生ファイロ・ヴァンスで、彼はこれまでの作品より活気に満ち、冷淡で高飛車なところが少ない人間になろうと最善をつくしている。美しいザリア・グレイムが若いフロイド・ガーデンと結婚して、華やかな世界で人生を切り開いていこうとしたとき、読者はヴァンスの報われない情熱に胸に迫るものを感じ、『ベンスン殺人事件』の近寄りがたい知識人よりずっと身近な人間に見えたはずだ。探偵の個性は薄められたが、これはS・S・ヴァン・ダインが読者をつなぎとめるために支払った代償だった。

しかし、この本にはおなじみの要素もたくさん入っていた。子どもたち、特に息子たちにつらく当たる気難しい母親（この事件では残酷な婦人はベッドで毒殺される）、最初の殺人から解決までの全過程が四十八時間という形式、第二の死、司法が役に立たないこと、殺人者のおきまりの自殺。〈ニューヨーク・タイムズ〉はヴァン・ダインの近年の傑作のひとつとし、〈ニューヨーク・ポスト〉の書評子は競馬の歴史や複雑さに関するヴァンスの「魅力的な内部情報」は「入場料分の価値はある」と述べた(5)。

ＭＧＭでは『ガーデン殺人事件』を単に手ごろなプロットの土台として見ていて、ウィラードの物語の大部分を削除し、可能なかぎりロマンティックな要素を押しだして、ヴァンスの推理法も犯人の正体も変更された。映画会社は新しいファイロ・ヴァンスにハンサムなエドマンド・ロウを、ザリア・グレイムにヴァージニア・ブルースを予定していて、そのような魅力的な主演カップルを迎えて、脚本ではウィラードが物語に盛り込んだ以上に恋愛の比重が大きくなるのは避けられなかった。大恐慌時代のＭＧＭの観客に、報われぬ恋などありえなかった。映画が（翌年二月に）公開されると、ウィラードが驚いたことに、脚本家は原作のスリリングな結末も切り捨てていた。ヴァンスのバルコニーからのみせかけの落下――実際似たような高層アパートに住んでいる作家にとって心理的にきわどい描写である――は、作者には物語の中でもっとも映画的な場面に思われた。映画会社はそれをばかげたものとして完全に切り捨て、殺人者がヴァンスに催眠術をかけ、トランス状態で飛び降り自殺させようとする場面に代えた。

『ガーデン殺人事件』の映画はそこそこの成功をおさめ、これまでの映画化作品のどれよりも良い評価を得た。しかしウィラードは、運が一瞬上向きになっても将来を過信してはいけないことを知っていて、それは正しかった。『ガーデン殺人事件』は、まず雑誌で連載され、その後単行本で出版され、ハリウッドに買われた最後のS・S・ヴァン・ダイン小説である。ウィラードのあやまたぬ直観は、不労所得は終わり、その仕事からきっぱり手を引くか、新しい戦略を考えだすときがきたと語っていた。

〈サタデー・レヴュー・オヴ・リテラチャー〉一九三五年十一月二日号に、「前途有望な男」というタイトルのS・S・ヴァン・ダインに関する記事が掲載された。〈デイリー・ニュース〉に最近載った競馬場でのウィラードの写真（髪とあごひげに白いものが混じっている）が添えられた記事は、ウィラードが貧乏生活時代に世話になったランドルフ・バートレットによるものだ。バートレットのエッセイは、彼のほかの仕事と同様、有能なジャーナリストが自分の熟知する問題についての意見を巧みにまとめたものだった。「S・S・ヴァン・ダイン」が登場し、突然関係を断たれる前の数年間、バートレットはウィラードが特に信頼を寄せていた友人であり同僚で、彼が後世に残るような真面目な業績を成し遂げることを信じていた。『ベンスン殺人事件』以降の状況の変化は、バートレットを失望させ怒らせた。ウィラードの傲慢な態度や〝輝かしい〟過去についての偽りの逸話も耳にしたくはなかった。というわけで、この記事を書くにあたってバートレットの狙いは二つあった。彼は自分が手にしているのが報道価値のある大ネタであり、いまが絶好のタイミングであることも知っていて、（後にメンケンに話したように）少しばかり「甘美な復讐」(6)をするつもりだった。そしてバートレットは実行した。その記事を読んだウィラードは、これまで経験したことのないほどの怒りをおぼえた。

「前途有望な男」は〈ロサンゼルス・タイムズ〉時代からうかがえたウィラードのすばらしい可能性をふり返り、ベルクレア・ホテルでの痛ましい落魄《らくはく》の日々を描き、多くの人々が当然のように多くのことを期待した人物に、いったい何が起きたのかと疑問を投げかけた。(7) バーレットは『ガーデン殺人事件』をあれこれと批判し、ウィラードの九作目のヴァン・ダイン本を、作者の「文学的屍衣に施された九針目」と呼び、決して完成することのない準備中の本を発表する昔からの習慣をからかい、最後にウィラードを「自分が作ったミイラの棺」に閉じ込められた男と形容した。ウィラード・ライトは「アメリカ文学界でもっとも興味深い謎のひとつ」かもしれないとバートレットは言うが、〈サタデー・レヴュー〉の記事がほのめかしていたのは、意志が弱く知的に怠惰な男に社会が仕掛けるおなじみの罠――芸術性や自尊心より金と安楽な人生を優先させる男を待ちかまえている罠にウィラードははまった、ということだ。ヴァン・ダインの次の本は『ライト殺人事件――創造的意志に何が起きたか?』という表題にしたらどうかと、バートレットは提案した。

このような言い回しで公に議論されることは、ウィラードにとって初めての経験ではなかった。特にアレグザンダー・ウルコットとギルバート・セルデスには、これまでにも一度ならず同じようなことを言われていた。しかし今回の攻撃は別だった。今回、批判的な目を向けてきたのはプロの書評家ではなく古い親友で、その矢は正確に的を射抜いた。バートレットの評言に中傷は一切なく、麻薬や乱交といった彼が個人的によく知っていたウィラードの人生のいかがわしい側面については、ほのめかしてさえいなかった。それでも、もしバートレットが彼の評判を傷つけようと全力をつくしたとしても、これ以上の効果はあげることはできなかっただろう。きわめて理性的な論調のおかげで、見下され笑われているような感じが強くなった。「［記事を読んだあと］一週間ほどは手がつけられない状態だったと聞いている」(8)とバートレットは得意げにメンケンに語った。

ウィラードが金のために才能を売った人間のひとりであるというバートレットの指摘を裏付けるには、これ以上ない絶好のタイミングだった。前月ウィラードは、商品の推薦広告を初めて引き受けたが、これはそれまで彼が自身の、そしてどんな作家にとっても品位にかかわるものとして避けてきた金銭的売春行為であった。〈サタデー・レヴュー〉の問題の号が雑誌売り場に並んでいたその週、〈コリアーズ〉は、自宅でくつろぐS・S・ヴァン・ダインがゼネラル・エレクトリック社の新しい四脚式コンソール型ラジオを推薦する全面広告を初めて掲載し、この広告キャンペーンは一九三六年一月には、当の〈サタデー・レヴュー〉をはじめとする数誌に載ることになっていた（結局ウィラードは、グッドリッチ・タイヤ、パーカー・ブラザーズのボードゲーム、いくつかの酒の銘柄を、彼の写真と名前をつかって宣伝することになる）。この罠から逃れる道はなかった。ウィラードは、書斎のラジオのそばでポーズをとるだけで大金が入ってくる簡単な仕事を断ることができなかった。どうしても金が必要だった。それでも彼は、バートレット、メンケン、ネイサン、ハリー・カーやその仲間たちの意見に無関心でいることはできなかった。彼らは、金目当てのミステリ小説や、商品を推薦するような下品な作家をはっきりと軽蔑していた。アメリカ国民にドライサーやコンラッド、ニーチェ、セザンヌを評価するように迫ることと、GE社のラジオの長所を褒めちぎることには大きな隔たりがあり、ウィラード・ハンティントン・ライトにさえ、それに筋の通った説明を与えることはできなかった。

〈サタデー・レヴュー〉がもたらした恥辱にまだ感情的な動揺がおさまっていないうちに、ウィラードは『ガーデン殺人事件』の印税が当初の予想より少なくなるという、マックス・パーキンズからの知らせに直面しなければならなかった。翌週、アニー・ライトが腹膜炎を発症してあやうく死にかけ、彼女の長男はパニックに陥った。アニーの回復は遅く、ウィラードに送られた病院の請求書は莫大な額に達した。

その年をなんとか良いかたちで締めくくりたいという、ウィラードの最後のかすかな希望は、ルーズヴェルト大統領と〈リバティ〉誌の元編集長という奇妙な取り合わせの二人が関係する風変わりな企画へと結びついた。ルーズヴェルト大統領はその就任初期に、当時の〈リバティ〉編集長フルトン・アウズラーと対談をおこない、それがいくつもの媒体に掲載されたことがあるが、そのなかで大統領は、金持ちの男が一生暮らしていけるだけの金をもち、しかも自分の所在や新しい身分を示す手がかりを残さずに姿を消すことができるか、その可能性について考えをめぐらした。アウズラーは大統領に、その空想的な状況をもとに短い探偵小説を書いてみたらと勧めたが、ルーズヴェルトは、自力ではこの設定に満足のゆく結末を考えだすことができないことを認めた。そこでアウズラーは、物語を何人かの有名なミステリ作家に渡して、それぞれが自分の結末を〈リバティ〉に発表することを提案した。ウィラードは、ジョン・アースキンなど数人の作家とともに物語の解決を提供したが、ルーズヴェルトの出した謎にはどれも満足な答えとはいかなかった。連載は十一月に〈リバティ〉ではじまり、『大統領のミステリ』として、十二月二十七日にファーラー・アンド・ラインハート社から出版された。S・S・ヴァン・ダインの章には、彼の作中人物からヒースとマーカムが登場したが、ファイロ・ヴァンスの出番はなかった。書評は短いものがぽつぽつと出ただけで、ミステリ・ファンの評判は冬の低迷状態からウィラードを引っ張り出してくれるようなものではなかった。

新年にウィラードが取りかかった次の本は、事実上彼の最後の〝小説〟だった。当初は『むらさき殺人事件』というやや弱い題名をつけられていた物語は、結局もっと読者受けのよさそうな『誘拐殺人事件』というタイトルになった。この本を書くのは骨が折れ、これまでの小説より明らかに難しい仕事になったが、その結果は失敗ではなく、少なくとも『カジノ』と『ガーデン』と同じ種類の失敗でなかった。

『誘拐殺人事件』の冒頭、ファイロ・ヴァンスは、ガーデン殺人事件を見事解決に導いたあとに出かけたエジプト旅行から、憂鬱な気分で、元気も回復しないまま帰ってくる。ヴァン・ダインの描写によれば、ヴァンスは「間隔の開いた大きな灰色の目に疲労の色を浮かべ」、疲れ切った声で心ここにあらずといった風に話していた。マーカム地方検事から、「むらさき屋敷」として知られるウェストサイドの邸宅から道楽者カスパー・ケンティングが誘拐された事件の捜査を手伝ってほしいと頼まれると、ようやくヴァンスは生気を取り戻す。生気を取り戻しはするが――甦ったのは冷静で思索的な本来のヴァンスではない。というのもこの物語でウィラードが自分の探偵に試みたのは、三〇年代後半のより現代的な探偵のタイプ、タフな言葉づかいと男性的な行動への露骨な改造だったからだ。それはウィラード自身（唯美主義者にしてギャンブラー、批評家にして競馬場の常連）と同じように、彼の主人公を二つの世界にまたがらせようとする取り組みだった。殺人者が目的を果たす前にある人物が死に、もうひとりが誘拐されてしまい、ヴァンスは誘拐の容疑者が身代金を取りに来るのを待ちぶせして、セントラル・パークの木の上で一晩を過ごし、ブロンクスの安アパートで手荒な襲撃を受け、身を守るために三人の男を撃ち殺す。この物語は三〇年代のウィラードの作品ではおもしろく読めるほうだが、こうした展開は、ミス・マープルがカーチェイスの銃撃戦をしたり、ブラウン神父が酔っぱらって殴り合いをしたりするようなもので、探偵小説ファンには考えられないことだったし、芸術的にも心理学的にも間違っていた。

それでもウィラードは、大衆小説の新傾向に迎合すると同時に、自分が思っていた以上に説得力のある話を書くことができた。『誘拐殺人事件』は本物のマンハッタンの雰囲気には乏しいが、ヴァンスの取りとめのない〝学問的〟脱線も少ない。この本は初期作品を特徴づけていた手触りを欠いているが、読者はそれらの小説を型にはまったものにしていたものから解放されてもいた。そして、いかにも怪しげな容疑者がいつもの限定された数以上に多い——この作品の最大の欠点——一方で、最初の誘拐の設定（最初は家族から金を引き出すために被害者が立案した策略のように見える誘拐）は独創的でおもしろい。チャンドラーやハメットのような本物の〝タフガイ〟作家の手になっていたら、物語はずっと強力なものになっていたかもしれない。

本の出版が近づくと、ウィラードは不安になり、それまで以上に酒を飲むようになった。〈コスモポリタン〉八月号から十一月号の連載は、どちらにしても大きな反応を引き起こさなかった。それは書評が励みになるようなものではないことを暗示していた。景気は好転せず、多くの読者がブッククラブの割引を待っていたので、ハードカバーの売行きの悪さを心配したウィラードは、小説への関心をかきたてるために、スクリブナーズ社の販売促進担当者に協力することにした。探偵小説家になったいきさつを語った「如何にしてわたしは殺人の罪を逃れたか」というタイトルの記事を〈リーダーズ・ダイジェスト〉に書いたり、『カジノ殺人事件』より前の三作を収めた豪華オムニバス本の製作を監修したりした。

『誘拐殺人事件』出版前にウィラードが感じていた不安の大きさは、いつものようにベヴァリーへの反応に見て取ることができる。ベヴァリーが二十八歳という自立する年齢になったので、彼女への仕送りをやめるとウィラードは冷たく伝えた。父親の金なしでやっていくことを考えると、ベヴァリーは取りみだした。劇場の仕事では家賃や食費を支払うのがやっとだったし、たまにありつく臨時の秘書の仕事も、決して赤字を埋めてくれるようなものではなかった。しかし、ウィラードのコネを使って、ハリウッドの映画会社で脚本読みかシノプシス・ライターの職を探すのを手伝ってほしいと、父親への手紙に書いたとき、彼女はすべてをきちんと解決できると思っていた。ベヴァリーを驚かせ、また激怒させたのは、そのような手助けは絶対にしないというウィラードの返事だった。ベヴァリーが接触した映画会社の人間の多くは、彼女がウィラード・ハンティントン・ライトの娘だと信じてくれなかった。どうしてウィラードは娘のために映画会社に電話してくれなかったのだろう？　彼のような立場の人間が一言いえば、その年齢と経験の女性には通り抜けることができない扉が、ベヴァリーのために開いてくれたはずだ。

ベヴァリーはついに父親のコネなしで、二〇世紀フォックスのシノプシス・ライターという低賃金の仕事を手に入れ、ウィラードからまた金をもらうくらいなら床磨きでもしたほうがいいと、キャサリンには伝えた。「娘の大切さって、熱帯魚や五十四のスコティッシュ・テリアと同じくらいのものなのね(9)」と手紙に書いている。ベヴァリーがアニーのところに引越して、ずっと祖母の面倒を見るのなら、財政的な援助を再開してもいいとウィラードがほのめかしたとき、彼女は「完璧な技術であらゆる拷問器具を操作できる」人間として、父親を激しく非難した。ベヴァリーによると、スタントンは財産の分与を求めて父親を訴えるよう勧めたという。

ウィラードはこうした敵意をすべて無視した。家族と三千マイルも離れていれば、それは簡単だった。彼らはウィラードのことを決して理解せず、その夢に共感もしてくれなかったと彼は感じていて、援助を引き出されることにうんざりしていた。いまやクレアに対してさえ怒りっぽくなっていた彼は、スクリブナーズ社のオムニバス本と『誘拐殺人事件』の出版への反応を不安な気持ちで待っていた。いまが自分にとって正念場だと感じていた。

『ファイロ・ヴァンス殺人事件集』はすばらしいS・S・ヴァン・ダイン作品集で、大ヒット間違いなしのはずだったが、そうはならなかった。これはウィラードの三作の小説――『スカラベ』『ケンネル』『ドラゴン』――を再録した特大巻で、付録頁と銀幕のファイロ・ヴァンス全員（パウエル、ラスボーン、ウィリアム、ルーカス、ロウ）の写真、数人のすぐれた画家による探偵の肖像を併録していた。本が売れなかったことは著者を驚かせ、自分の名前がつねに人々の目に触れるようにするための最近の試みが、その月の『誘拐殺人事件』の売行きを後押しするどころか、むしろ減じる方向に働いていたかもしれないことに――恐ろしいことに――遅ればせながら気がついた。彼の考えたとおりだったが、その秋、書店でヴァン・ダイン本が供給過剰になっていたことは、どのみち本の全体的な売行きには影響なかっただろう。〈ニューヨーカー〉の寛大な言葉を借りれば、ファイロ・ヴァンス・シリーズは「不振」に陥っていて、(10)十作目のわずかばかりの劇的な要素も、S・S・ヴァン・ダインはだめになったという読者の印象を裏付けただけだった。年末の『誘拐殺人事件』の売上げは、スクリブナーズ社が展開した通常の広告キャンペーン（ファイロ・ヴァンス本は毎年恰好のクリスマス・プレゼントだった）が無駄ではなかったことを証明したが、ウィラードの懐に入る見込みの印税は、ペントハウス、使用人、車、運転手その他、贅沢な生活を象徴するものの一年間の支払いには足りなかった。何より重要なのは、驚いたことに、ハリウッドや外国の映画会社がこの本の映画化権にまったく関心を示さなかったことだ。

その冬、ライト夫妻は初めて娯楽費と夜の外出を減らし、ウィラードはエージェントにもっと商品宣伝を――数千ドルと引き換えに、どんな商品、どんなスポンサーでも――引き受けてもいいと伝えた。

彼自身受け入れる用意ができていた明らかな徴候を無視するかのように、ウィラードはしばらくのあいだプロ意識で対処しようとし、何も変わってはいない、マックス・パーキンズやアーヴィング・サルバーグはS・S・ヴァン・ダインのペンから生まれる次の本に深い関心をいだいている、という振りをしつづけた。仕事に打ち込むことがこれまでは自信喪失への対処法だったが、今回もウィラードは同じ勤勉さを示した。一九三七年のある時点で、彼はY・B・ガーデンに小説の口述を開始した。『パウワウ殺人事件』というタイトルが予定されていたその犯罪物語は（冒頭の章で語り手が述べる大げさな言葉によれば）「『僧正殺人事件』として知られるようになった奇怪な犯罪をおそらく唯一の例外として、ほかのいかなる事件よりもニューヨークに」衝撃を与えるものだった。最初のほうの頁でカバラが言及されているので、物語は神秘主義や祭儀が関係するものになっていたはずで、ウィラードには登場人物や捜査の口火を切らせる殺人者についてのアイディアがあった。しかし彼はその小説を決して完成することはなく、明らかに最初の二、三章以上原稿を進めることができなかった。彼はパーキンズに、自分がぶちあたった壁、永遠に続くのではないかと恐れていた停滞状態について、すぐに話す気にはなれなかったようだ。

ここで、しかるべきときが来るずっと前に出版を発表してしまうウィラードの癖が再び顔を出した。次の夏までに小説を完成させるという著者の明言にもとづいてスクリブナーズ社も動き、『パウワウ殺人事件』の表紙見本と目次を印刷して、社の販売外交員が書店を回って初期注文をとるのにつかう販売促進資料とした。表紙、カバージャケット、目次の用意はできたが、ウィラードが疲労で倒れてしまい、企画全体が頓挫する。今日存在している『パウワウ殺人事件』は表紙と本文四ページだけで、一九八一年に二千五百ドルの値がついた奇妙なコレクターズ・アイテムである。

最終的に『パウワウ殺人事件』を断念させることになったのは、マックス・パーキンズその人かもしれない。一九三七年春にパーキンズはウィラードに手紙を送り、スクリブナーズ社におけるS・S・ヴァン・ダインの先行きは明るくはないとほのめかした。そのような手紙を書くことはパーキンズにとってつらかったに違いなく、メッセージは穏やかで遠回しな言葉で綴られていた。しかしその意味するところは明らかだった。時代は不景気で、スクリブナーズ社がこれ以上の危険をおかして単行本の形で出版する前に、ウィラードのエージェントがきちんとした連載契約を結ぶことができるなら、シリーズを続けることにも意味があるとパーキンズは述べた(11)。二人とも承知していたように、それこそが問題だった。三作品を連載してきた〈コスモポリタン〉は、おそらくファイロ・ヴァンスとの関係に終止符を打つことを考えていた。ほかの雑誌は、ウィラードの過去の価値に金を払うことにも、ほかの多くの作家と一緒に彼の作品を載せることにも興味を示さなかった。一九二七年のアメリカで、ウィラード以外の誰が人々の求める独創的な探偵小説を書いていただろうか？　十年後、自信満々のレックス・スタウトを筆頭に、その分野は有力な新人であふれていた。

『パウワウ殺人事件』をあきらめるという決定がなされたのは、ハロルド・オーバーのエージェント会社と相談し、六か月の労働、物語の肉付けと原稿の口述、書き直しに費やされる時間に、金銭的に見合う結果を得ることはできそうもないと認識したあとのことかもしれない。

四月、ウィラードは〈ライフ〉〈サタデー・レヴュー・オヴ・リテラチャー〉〈コリアーズ〉の誌面に登場し、グッドリッチ・タイヤのすばらしい品質を証言した。彼は将来については考えないことにした。欲しいものに金をつぎ込む生活に戻り、運命の望むところに物事はおさまると考えるのが一番のようだった。主治医から厳しく注意されていたにもかかわらず、ウィラードは五十回目の誕生日の前夜、驚くほど大量のブランデーを飲み、大好物になっていた脂っこい食事とたっぷりのデザートを食べた。顔はむくみ、目の下のたるみが大きくなった。スタントンの友人ジョン・タスカが後に語ったように、晩年のウィラードは、信奉するニーチェの勧める危険な生き方をしていたわけではなかったが、捨て鉢ではあった(12)。拒絶、怒り、不安は、ペントハウスの豪華さと、穏やかな世間的イメージの両方に影を投げかけていた。

スタントンが固く信じていたように、胸の内でそれを望んでいたかどうかはともかく、ウィラードがある程度自分の死を予期していたことは間違いない。クレアの将来に対するあまりにも計画的な行動をみれば、そうとしか思えない。一九三七年の初め、ライト夫妻の金は、ウィラードの銀行口座からクレアのために開設された口座へと次々に移された。それは実際的に考えることに無関心と思われていた男が下した論理的な決定だった。夫が死んだ場合、クレアは相続税による財産の目減りを免れるはずで、この計画に従って、以後ウィラードは自分の口座には二万ドル以上置かないようにした。また書簡と昔の未完成原稿をおさめたファイルを破棄して、将来、彼の人生の物語に対するいかなる関心をも妨げる、徹底的で計画的な作業にとりかかる。

この厳しい年の残りは、『誘拐殺人事件』の印税に加えて、グロセット・アンド・ダンラップ社が出したオムニバス本で得た数百ドルをつかうことに費やされた。『ファイロ・ヴァンスの週末』は『カナリヤ』『グリーン家』『僧正』の事件を一冊にしたものだが、新しい資料は入っていなかった。クレアから競馬に金を賭けすぎていると言われると、ウィラードは残った水槽を処分し、一度に三百から四百冊の本を手放した。この周期的大掃除プロジェクトのひとつで得た二、三千ドルを手に、ウィラードは心おきなく競馬場に戻ることができたが、一方で彼はキャサリンに――信じがたいことだが――扶養手当の取り決めがあろうとなかろうと、彼女が自分ひとりでやっていかなくてはならない日が近づいていると伝えていた。ベヴァリーには、彼とクレアは一九三八年じゅうにペントハウスを手放し、同じ建物のもっと狭くて家賃の安い部屋に引越すことを話し合っているとほのめかしさえした。ベヴァリーはこの計画は完全なはったりだと見定めていた。カリフォルニアの下宿屋にいて、安楽に暮らしているように見える父を気の毒に思うのは難しかった。

その年最後の数か月のあいだにウィラードがやる気になった唯一の仕事は、彼が本名で発表した最後の文章でもある。一九一〇年代にアルバート・ボニとホレス・リヴライトがはじめたモダン・ライブラリー・シリーズは、二〇年代と三〇年代を通して読者の関心を集めつづけていたが、一九三七年にニーチェの『善悪の彼岸』を再刊することになった。ウィラードはその本に、短い伝記と評論的な序論を書くよう頼まれた。その仕事は過去の幸せな記憶を呼び覚ますと同時に、知的刺激にあふれた滅多にない作業でもあり、彼は元気を取り戻した。

ウィラードのニーチェは、昔からある意味で彼が創りあげた人物だった。ニーチェほどさまざまに解釈され、異なった、互いに矛盾さえする目的に利用される哲学者はいなかった。というわけで、ウィラードの序論の調子が、家族との交戦状態や世間への軽蔑という彼自身の気持ちに沿うものになっていたのも驚くことではない。人生の苦しみと闘いの現実的な肯定や、激しい歓喜を受け入れよという要求ではなく、ニーチェの自尊心と高潔さをウィラードは強調した。「利己主義、冷酷さ、傲慢、復讐、専有といった人間のより強固な習性は、同情、思いやり、寛大さ、誠実、謙虚という穏やかな徳より「ニーチェの中で」優位を占めていて、天性の貴族の道徳律では必要な構成要素だと宣言されている(13)」と、ウィラードは肯定的に述べている。〈リーダーズ・ダイジェスト〉や〈コスモポリタン〉に寄稿する男が、ニーチェに触発された天性の貴族という立場に自身を置くことは、いまや滑稽に見えたに違いない。しかし、同情、思いやり、寛大さ、誠実、謙虚といった嫌悪すべき「穏やかな徳」が自分に欠けていることを文学的に正当化することを望んだ個人主義者にとって、ニーチェはつねに引用と隠喩の手ごろな源泉だったことだろう。

モダン・ライブラリーの仕事を終えると、ウィラードは事実上の傍観者となり、好奇心や期待ではなくあきらめの気持ちで、将来どうなるのかを見守っていた。運命を切り拓く力が、収入や評判を管理する力と同様、これからの自分にはほとんど残っていないことを彼は知っていた。将来への計画も期待もなかった。ブランデーだけが心の支えという日もある、とマックス・パーキンズには話した。

少なくともあと二、三年のあいだ収入を維持したければ、採らざるをえない新しいやり方、さしあたっての解決法が一九三七年のクリスマス直前に提案された。このときウィラードはパラマウントの幹部から連絡を受け、映画会社とS・S・ヴァン・ダインが大金を稼ぐすばらしいアイディアがあるともちかけられる。ウィラードは計画を聞きたがった。小説の執筆をあきらめたいまとなっては、金になる話ならなんでも検討する価値があった。いつも気だるげで、殺人の痕跡を目の前にしたときだけ元気になるヴァンスのように、ウィラードは金銭的な企てを考えるときだけ憂鬱から抜けだすことができた。パラマウントが厚かましくも提案してきた企画は――完全なパロディだった。喜劇女優グレイシー・アレンをあてこんだ諷刺作品である。

人気ラジオ番組バーンズ・アンド・アレン・ショーの出演者とファイロ・ヴァンスを組ませたり、これまで大切にしてきた創造物がスクリューボール・コメディの精神で仕立て直されるのを見たりすることに、何か思うところがあったとしても、ウィラードは公には表に出さなかった。S・S・ヴァン・ダインは自分の探偵が茶化されることにまったく無縁というわけではなかったが――一九三〇年にはコーリー・フォードのパロディ『ジョン・リデル殺人事件』に手を貸したし、これまでに発表されたパロディのいくつかは彼を感心させ、おもしろがらせた――今回提案されたアイディアは完全に異なる次元のものだった。彼が同意しようとしていたのは、一九二八年にハリウッドを訪れ、映画会社はあまりに物知らずでまともに相手はできないと発言したとき、あるいは一九三一年にヴァイタフォーン用の探偵映画の脚本を書きはじめ、自分が実権を握っていると感じたときに、もっとも恐れていたことをはるかに超えるレベルの、自分を貶める行為だった。しかし契約書がすみやかに作成されたところをみると、ウィラードはグレイシー・アレンとファイロ・ヴァンスの物語に関する映画会社の提案を受け入れるのを躊躇しなかったらしく、ハロルド・オーバーは依頼人に少なくとも二万五千ドルを確保したと報告することができた。

その金と引き換えにウィラードが求められたのは、二、三か月後に「より詳細な準備稿を作成する下敷きに使う」三千語のプロットの梗概を準備することだった。「詳細な準備稿」、完全に練り上げた物語もしくは小説は、映画会社にはどうでもよかった。彼らの関心は、S・S・ヴァン・ダインという名前付きのプロットだった。しかし契約書は、ウィラードが完成した小説（実際には小説化された映画脚本）――かなり短く、最終的に約二万語になった――をスクリブナーズ社に渡して出版することを認めていた。スクリブナーズ社では、売行きがグレイシー・アレンのようなスターが出る映画に直結するとわかっている本を喜んで引き受けた。ウィラードとしては、『グレイシー・アレン殺人事件』のシノプシスもしくは小説を最終的に脚本化するにあたって、パラマウントはどんな変更も望みどおりにおこなうことができる、という条件に同意するしかなかった。

一九三八年初めニューヨークでの昼食で、ウィラードはジョージ・バーンズとグレイシー・アレンに会ったが、それが二人の俳優と顔を合わせた唯一の機会だった(14)。全体のアイディアは彼らにもすばらしいものに思えたので、二人のために役が書かれることになった。「わたしたちに関するかぎり、それで全部だった。彼はすべての権利を保有し、わたしたちは宣伝効果《パブリシティ》を利用した」とバーンズが後に振り返っている。

ウィラードはプロットの概要や、そこから最終的に生まれた小説の執筆に、後にパラマウントが脚本に費やしたほどの注意も払わなかった。ウィラード本人が『グレイシー・アレン殺人事件』は「大失敗」、第一級の屈辱だったと語っている。ジョージ・バーンズについて言えば、彼は小説には登場するが、結局映画には出ないことになり、映画版の大失敗は、グレイシーがバーンズ抜きでは二度と映画に出ない十分な理由になった。

『グレイシー・アレン殺人事件』は、それまでの十作のファイロ・ヴァンス本のようにオリジナルの小説としてではなく、パラマウント関係者と相談しながら書かれた。ウィラードへの最初の指示はタイトルに関するもので、四語のタイトルで二語目が六文字の単語というこれまでの決まりごとは、グレイシーのフルネームを使用するために捨てなければならなかった。その他あらゆる点で、この本はその場しのぎのからくり細工のように読める。こういう言い方が許されるなら、『グレイシー・アレン殺人事件』の美点は、三〇年代後半に多くの観客を楽しませたグレイシー・アレンのばかげた話し方をウィラードが記録したその正確さにある。一方で欠点はあまりに多すぎて、〝純粋な〟探偵小説としては完全な失敗作だった。物語にはギャングが登場し、マーカムが生命を脅かされる。裏社会の人物が所有するマンハッタンのカフェで起きた入り組んだ青年殺し。魅力的だが愚かな工場労働者グレイシー・アレンに対する同僚ジョージ・バーンズの求愛。彼は事件の容疑者でもある。ボーイフレンドの潔白を証明するために、ファイロ・ヴァンスの捜査を手助けしたいというアレンの願い。この本を手にするとパラマウントの脚本部でさえ、物語はとりとめがなくドラマ性に欠けると考え、プロットはかなり変更された。

　小説の中で興味深い登場人物は、陰気で知的なギャングの首領だ。彼は殺人に関係する男たちのひとりで、ほとんどヴァンスの分身《ドッペルゲンガー》であり、作者によく似た人物でもある。「何ものにも、いささかの重要性もない[15]」とこの人物ドミニク・〝ふくろう〟・オーエンはヴァンスと邪魔の入らない時間をすごしたときに哲学者ぶって言う。自分の気性は自分を一度にあまりにも多くの方向に駆りたて、人生の活力を浪費させてきた、と彼は不平をもらし、遅まきながら、いまようやく「すべてがくだらなくむなしい――何かすることと、考えることさえも無益だ」と気づいたと言う。「成し遂げたいという本能」はオーエンが犯罪界の「大物」へのぼりつめる原動力となり、この世界で有名にさせたが、それこそが人生の真の問題、もしくは悲劇なのだ。「その本能にむさぼり食われて初めて、われわれはそれが無価値であることを知る」とオーエンはヴァンスに語る。

今度ばかりはファイロ・ヴァンスも自分と対等の人物に出会ったようだ。オーエンの宿命観、冷静に口にされる苦しみ、多くの人間の生き方に対する軽蔑にヴァンスは魅了される。心臓を患い、自分がもう長くないことを知るオーエンは死を恐れてはいない。厭世的な二人の男、ひとりは法のために働き、もうひとりは私欲のために働く、この二人のあいだの親近感が、そのときが来たらきれいさっぱり人生に別れを告げる機会を〝ふくろう〟オーエンに与えることを、ヴァンスに同意させる。ヴァンスがこれまでほかの事件では絶対に作らなかった精神的な結びつきだ。物語の終わりにヴァンスはオーエンに、警察の到着前にすみやかに自殺できる手段を提案しさえする。

酷評を浴びたウィラードの小説が一九三八年春に出版されたとき、哲学的なギャング、オーエンを残す価値があるとはパラマウントは考えなかった（おもしろいことに、『グレイシー・アレン殺人事件』の扉には『パウワウ殺人事件』がまだ〝近刊〟として掲載されていた——ウィラードの楽観主義の奇怪なあらわれだ）。ハリウッドの脚本家たちはすぐに彼らの目的に沿って物語を徹底的に作り変える作業にとりかかった。捜査に際してヴァンスよりもグレイシーに大きい役割を与えたり、映画出演をしぶったジョージ・バーンズの役を消したり、陳腐な喜劇的要素を追加したりした。ウィラードとしては品位を落として書いた物語だったが、それでもまだパラマウントの目的にはヴァン・ダインは〝高尚〟すぎた。ありがたいことに、一九三九年に映画が公開されたとき、ウィラードはこの世にいなかった。忘れっぽいグレイシーが〝ファイドー・ヴァンス〟と呼んだファイロ・ヴァンスが酷い辱めを受けたり、ウォーレン・ウィリアムとウィリアム・デマレストがヴァンスとヒースの役を演じたりするのを、ウィラードは目にせずにすんだ。

ウィラードが完成させた最後の仕事であるこの〝小説〟に彼が選んだ題辞は、クロムウェルの言葉――「人は自分がどこに行くのかわからないときほど、高くのぼれる」――で、事件解決へのグレイシーのそそっかしい手助けをほのめかしているように見える。また、センチュリー・クラブでマックス・パーキンズと昼食をともにし、おそるおそる探偵小説のシリーズ三作分のプロット梗概を手渡したときからの、ウィラードの人生の道のりをあらわした言葉というのが本当なようにも思える。どこに向かっているのかわからぬまま、ウィラードは自分が考えていた以上に高く、そして低く歩んできた。

一九三八年四月にさまざまな雑誌にお目見えしたハイラム・ウォーカー・ジンの広告キャンペーンで、宣伝部が使ったS・S・ヴァン・ダインの写真は、人生の最後の二年間のウィラードの外観の驚くべき変化を示している。明るい色のスーツ、黒いネクタイと帽子、ほぼ真っ白できれいに整えられたあごひげという姿は、六十五歳から七十歳の太った、年の割に若く見える男のようだった。その広告の有名な作家をよく知らない人間なら、写真（本当にハイラム・ウォーカー・ジンを満喫しているように見えた）の年老いた洒落男が五十一回目の誕生日まであと半年だとは思わなかっただろう。ウィラードは急いで、自ら望むようにして、年をとった男だ。一分の隙もない服装は、長年のあいだにますますきっちりしたものになっていたが、顔のしわと疲れ切った目にはっきりとあらわれた、迫りくる死と彼がそれを受け入れていることを覆い隠すことはできなかった。

兄の状態と運命について一九三二年にスタントンが感じた虫の知らせは的はずれだったとしても、

六年後、明らかにそれは正しかった。自身の奇妙な作中人物〝ふくろう〟オーエンと同様、冷笑的で、気難しく、運命を受け入れたウィラードはただ終わりを待っていた。

整然とした最期

「石を投げてはならない。この影をきれいに切り裂かねばならない……勘定、片づけ、つかのまの整頓。いつもわたしを追いかけてくるさざ波もない。清浄――その向こうには……おわかりですね？」

――正しい死に方について、〝ふくろう〟オーエン
（『グレイシー・アレン殺人事件』、一九三八年）

一九三九年三月十三日、〈ニューヨーク・タイムズ〉を開いたウィラードは、アントニー・アンダーソンの死を知った。ロサンゼルスの元美術評論家は、一九〇八年にハリー・アンドルーズのニュース編集室で彼に出会った尊大な二十一歳の若者にとっては、兄のような存在で、この仕事に入ったばかりの輝かしい時代に、彼を劇場へ連れて行ったり、カリフォルニアの画家や作家（そして口説きやすい女たち）を紹介してくれたりした。S・S・ヴァン・ダインとして二〇年代後半にカリフォルニアに凱旋したときには、ホスト役をつとめて歓迎もしてくれた。そしていま彼は逝き、またひとつ過去の断片が葬り去られた。

アンダーソンの死を知ったのは、彼自身、最初は軽い心臓発作だと思われたものから回復中のことだった。その二週間前の二月末にウィラードは自宅で発作に襲われた。一週間もしないうちに病院から退院できるまでになり、表面上は正常な状態にすぐにも戻るように見えた。実際の健康状態

はまったく違っていた。クレアは懸命に夫の回復具合を喜んでいる振りを装い、すぐにすべて元通りになると話したが、医師からはウィラードが年を越せる可能性はわずかだと内々に警告されていた。生きのびたとしても寝たきりの病人になり、血液凝固の再発とさらなる心臓病の発症を繰り返すだろうとのことだった。冠状動脈血栓症が、心臓専門医がそのとき口にした不吉な病名で、回復の見込みはなかった。ありうることだが、ウィラードはうすうす真実に気づいていたかもしれないが、夫婦がより耐えやすい作り話を押しとおすことに暗黙のうちに同意したようだ。ウィラードはペントハウスに戻り、世話係で専従の看護師でもあるクレアがあれこれと彼の世話をやいた。

発作をおこす前の半年間は、数か月の凪《なぎ》のあとの不思議なほど多忙な期間だった。『グレイシー・アレン殺人事件』の単行本が出版され、パラマウントのリライト担当者の手に渡ってかなりたったころ、夏の終わりにウィラードはもうひとりのカリフォルニアの旧友ジュリアン・ジョンソンから連絡をうけた。ジョンソンは〈ロサンゼルス・タイムズ〉の批評欄を牛耳っていた三人組の第三のメンバーで、アンダーソンが美術を、ライトが文学を、ジョンソンは演劇を担当していた。ジョンソンとウィラードの人生はその後何度も交差した――ウィラードが〈スマート・セット〉にジョンソンの短篇を掲載したり、〈フォトプレイ〉編集者だったジョンソンがウィラードの映画雑誌向けの文章を載せたりした。三〇年代初めからジョンソンは二〇世紀フォックスのストーリー部門の責任者をつとめていたが、一九三八年にライバル会社がS・S・ヴァン・ダインに特定のスターに合わせた映画原作のアイディアを求めたことを聞きつけて、同じ種類の契約を結ぶことにした。(1)

ウィラードは、フォックスの新人女優で、プロのアイス・スケーターのソニヤ・ヘニーを売りだすための探偵小説を求めるジョンソンの申し出を受け入れたが、映画会社はウィラードが提示した〝前金〟二万五千ドルの支払いに難色を示した。製作部門の責任者ダリル・F・ザナックは契約に前向きだったが、現物を見ずに前払い金を出すことには厳然たるルールがあった。全員を満足させるために、複雑な時差式支払い方法が考え出された。それによってウィラードには、わずか二、三ページの基本的な物語のアイディアに二千五百ドル、六千語の粗筋にさらに二千五百ドル、中篇小説（『グレイシー・アレン殺人事件』程度の長さ）に一万五千ドル、映画会社が求める修正に対して五千ドルが支払われることになった。映画会社が彼ら向きの物語だと判断すれば、スクリブナーズ社は作品を獲得することができた。毎年の恒例行事で、九月にアトランティックシティに二、三週間滞在したあと、契約は十月に署名されて、S・S・ヴァン・ダインは仕事にとりかかった。

十一月初旬、フォックス社のニューヨーク事務所で、ヘニーの前の二本の映画がウィラードのために上映され、この若い娘には印象的な長所（取るに足らないものだとあとでわかる）とかなりの短所があることがわかった。それでも彼は、演技の才能に恵まれない者のために役を書くことに思い悩んだりしなかった。ルイーズ・ブルックスからロザリンド・ラッセル、さらにはグレイシー・アレンと、下降線を描いているのははっきりしていた。しかし、ヴァン・ダインと二〇世紀フォックスが、この企画に関して互いに勘違いしていたことがすぐに明らかになる。

『グレイシー・アレン殺人事件』に関する彼の努力は、会社の求めるものとは掛け違っていた（ファイロ・ヴァンスの出番が多すぎ、グレイシー・アレンのは足らなかった）というパラマウントのあてこすりに苦い思いをしたウィラードは、今回は自分が正しく理解できているか確認したがった。フォックス社の副プロデューサー、ジュリアン・ジョンソンとハリー・ジョー・ブラウンを、ストーリーに関する質問で攻めたて、会社は何を望んでいるのか説明を求めてやまなかった。ウィラードのへつらいと自信なげな態度に二人は困惑し、かつての同僚ジョンソンはなんとも気まずい思いをしたに違いない。「われわれが欲しいのは、物語はこうしたほうがいいとか、登場人物はどう、撮影地はこう、というきみのアイディアなのだ」ヘニーへの要望と、映画の狙いをもっとよく理解するために、会社に質問表を郵送するとウィラードが言いだすと、ジョンソンはこう手紙に書いた。ファイロ・ヴァンスが物語にまったく登場しなくても、フォックス社では気にもしないと知ったとき（彼らの唯一の関心は〝S・S・ヴァン・ダイン〟という名前を脚本につけることだった）、ウィラードは我慢の限界だと感じたに違いない。

そのとき彼を取り巻いていたのは、名声のオーラ――目の前にぶら下げられた大恐慌時代の基準ではべらぼうな額の報酬、上辺だけの敬意、彼のために条件交渉するエージェント、彼に関する記事ならいつでも準備ができているゴシップ・コラムニストたち――だった。それでもひとりになって状況を吟味してみると、名声など残っていないことにウィラードは気づく。「S・S・ヴァン・ダイン」で値打ちがあるのは名前だけで、ずっと前に姿を消していた商品だった。ウィラード自身がついに、青年時代の彼が嘲ったジョン・アダムズ・セアの同類、かつて彼がその向上をもくろみ、新しい芸術の影響に対して開かれたものにしようとした文化の障害になっていたのだ。

この調子で働いて酒を飲みつづけていたら一、二年のうちに死ぬと心臓専門医から警告されていたので、これが自分の最後の作品になるという、はっきりした、ストイックといっていいほどの覚悟で、ウィラードは『ウインター殺人事件』と呼ぶことに決めた（『ソニヤ・ヘニー殺人事件』にしてはどうかというジョンソンの考えには一線を引いた）物語を書きすすめた。これはそのタイトルに相応しい中篇小説だ。一月のニューヨーク州北部の邸宅という背景と、陰鬱な雰囲気の両面で、いかにも冬らしい物語だった。ヴァンスもいまや年をとり、友人のキャリントン・レクソンの地所で起きた殺人と、レクソンの宝石コレクションが盗まれた事件の捜査はおざなりで単純だ。長年の盟友である地方検事と部長刑事は、ほとんどのあいだ活動の舞台から退いている。マーカムは本の冒頭でちょっと顔を見せるだけだ。物語の中心は、ヘニーのために書かれた単純な登場人物（彼女にはアイス・スケートの場面がふんだんに与えられた）、地所の管理人の娘だ。ウィラードの作品では珍しい罪のない人間のひとりで、彼女のレクソンの息子への愛情が、この作品に若さと未来という雰囲気をかもしだす。彼女は物語のシンデレラ役であり、都会的で浅薄な友人たちの中にあって彼女の美質を正しく評価できる男、金持ちでハンサムな若い救世主の目にとまり、低い身分から富裕階級へとのぼりつめる。

二月の三週目に、『ウインター殺人事件』はともかく二万語の段階まで完成した。Y・B・ガーデンは、タイプされた原稿が、雇い主の机の上に確認のために置いてあるのを見た。ウィラードが生前それを再読することはなかった。

クリスマス前にウィラードは、クレアにすべてを遺すという内容の遺言書を作成していた。秋と冬のあいだずっと、執筆の息抜きがしたくなったときはいつも、値打物の本や陶磁器の売却を手配していた。彼はその金をクレアのために蓄えた。〝ふくろう〟オーエンが語った「勘定、片づけ、つかのまの整頓」の準備を、この時期のウィラードは細心の注意と不気味なほどの決意で進めていった。まるで残された時間は周囲の人間が考えているより短いことがわかっていたかのように。そして最初の発作が起き、一週間の入院、セントラル・パーク・ウェスト二四一への帰還と寝たきりの生活がつづいた。

四月十一日、寒く曇った日にウィラードは亡くなった。二、三週間後、クレアはマックス・パーキンズに、その午後のことをこう手紙に書いている。「火曜日、わたしたちは幸せな一時《ひととき》をすごしました。彼の調子も良さそうで、早く起きられるようになりたいと言いました。わたしが看護師を手伝って夕食をとらせているあいだも、あれこれとジョークをとばし、わたしが話すニュースに感想をはさんだりしていました。そして突然、枕にもたれたかと思うと、逝ってしまいました——静かに、苦痛もなく(2)」


二日後、ウィラードは火葬に付されたが、遺言の指示どおり、葬儀のたぐいはおこなわれなかった(「この影をきれいに切り裂かねばならない」)。国内のあらゆる主要な新聞に掲載された死亡記事は、そのほとんどが長文で、ウィラードが長年にわたり手間暇かけて植え付けてきた逸話や誤った情報(一八八八年の間違った出生年も含まれる)で埋めつくされ、クレアはおびただしい数のお悔やみの葉書や手紙を受けとった。〈ニューヨーク・タイムズ〉は死亡記事と社説でウィラードを讃えて、「彼の人生は興味深く、変化に富み、豊かだったが、実際には比較的短いものだった(3)」と述べ、「その形式の大家」として賞賛した。

六月に『グレイシー・アレン殺人事件』の惨憺たる出来の映画が公開されてすぐに劇場から姿を消し、その二、三か月後、S・S・ヴァン・ダインの十二作目で、もっとも短い小説『ウインター殺人事件』が、マックス・パーキンズの簡潔な序文を添えて、スクリブナーズ社から出版された。パーキンズはいつものように礼儀正しく寛大だったが、ウィラードを本質的に心優しく悩める人物として描いた彼の文章は、その実像、失敗した芸術家に光を投げかけるようなものではなかった。この編集者の賛辞は単に、ウィラードが自らこしらえあげた虚像を別のものに置き替えただけだった。予想どおり『ウインター殺人事件』の売行きはかんばしくなく、映画版はウィラードが考えていたようなかたちでは実現しなかった。レクソン家の殺人の物語は、B級映画『銀嶺セレナーデ』として作り直されて、ヘニーのスケートを売り物にしたくだらない作品となり、ファイロ・ヴァンスは完全に削除されて、純真さが報いを受け、貧乏人が玉の輿に乗るというシンデレラのモチーフだけが残された。

クレアが分厚いスクラップ帳二冊に保存したおびただしい死亡記事にもかかわらず、ウィラードの名前は彼の死の直後から忘れられはじめた。名探偵シリーズの八冊か九冊の出来の悪い小説を記憶している人のほうが多く、初期のもっと価値ある仕事を覚えている人はほとんどいなかった。四〇年代と五〇年代には、ウィラードのヴァン・ダイン以前の経歴が注目に値すると考える者はほぼ皆無だったらしい（メンケンもネイサンもこの数十年のあいだに無数のインタビューを受けたが、たとえわずかでも、あるいは率直な発言のかたちでも、ウィラードについて話すのを断った）。アルフレッド・ケイジンの一九四二年刊の名著『祖国の大地で』では、一九一〇年代アメリカの新時代の到来にウィラードが果たした役割が言及され、一九五九年に出たヘンリー・メイの『無垢の終わり』にも同様の記述がある。同じ年、『現代アメリカの絵画と彫刻』を著したサム・ハンターは、アメリカに近代美術を紹介した重要な功労者としてウィラードを評価した、美術館および美術史界の数少ない権威のひとりだった。だがそれを除くと、ファイロ・ヴァンスがまだ大衆の想像力に根を下ろしていたのに対して、ウィラード・ハンティントン・ライトはあたかもまったく存在していないかのようだった。

しかし一九六〇年代には、ウィラードとS・S・ヴァン・ダイン（そして彼の探偵）はともにアメリカ文化の歴史からほとんど忘れ去られてしまい、クレアとスタントンはその状況に対して何も手を打とうとしなかった。夫の麻薬中毒が発覚するのをおそれたクレアは、一九四〇年代から五〇年代のあいだずっと、ウィラードの人生に関する本格的な調査を阻み、結局、多くの手紙を破棄するにいたった。スタントンも本格的な伝記の執筆を促すようなことは何もしなかった。そのころには気難しい兄に優しい気持ちを抱くようになっていたが、ウィラードより長生きして、UCLAの立派な教授、裕福な画家となり、かつてのモダニストとして多くの取材を受けていることに満足していたに違いない。

クレア・ライトはウィラードより十七年長く生きた。彼の死後一年もたたないうちにペントハウスを明け渡し、豪華な家具のほとんどと、ウィラードの数千冊の蔵書のほぼ全部を競売にかけて、一九五六年に亡くなるまで、もっと狭いイーストサイドの部屋で安楽に暮らした。アニー・ライトはクレアから少額の仕送りをもらいながら、一九四九年、八十代後半で亡くなった。死後、アニーの口座にはわずか数百ドルしか残っていなかった。

カリフォルニア美術界の名士スタントンは、ワシントンDCのスミソニアン・アメリカ美術館で開かれた大規模な作品回顧展のあとまもなく、一九七三年にこの世を去った。シンクロミズム自体は、一九七八年、ニューヨークのホイットニー美術館で開催された色彩と抽象絵画の大展覧会まで、本格的な復活を待たねばならなかった。今日、抽象絵画が近代美術の本流として認められてすでに久しく、有名なシンクロミストの絵は数十万ドルの値がついている（ライト兄弟なら喜んだだろう）。

シンクロミズムについての研究は続き、ウィラードの美術批評は一九八〇年代には広く取りあげられ、モーガン・ラッセル作品の初の回顧展が一九九〇年に開催された。

ベヴァリー・ライトは父より四十年長く生きたが、彼女の望んだ幸せや職業上の成功、それは父親に認められることと結びついていたのだが、そうしたものとはずっと無縁だった。結婚もせず、年をとるにつれて気難しくわがままな女性になった——結局、父の子だった。次々と仕事を変えたベヴァリーは、最後まで自分の生き方を見つけられなかった。カリフォルニア州オークランドでの晩年は、経済的にも困窮して不幸な日々だった。老人ホームに入る前に、所有していた叔父の数枚のスケッチも手放さねばならなかった。ウィラードの欲求の献身的な後援者であり、最初の犠牲者でもあったキャサリンは、ほとんど完全にベヴァリーに頼ったまま一九五〇年代後半に亡くなった。ウィラードの死後、酒に溺れて働くこともできず、生活は貧しく、ウィラードの金が全部クレアに渡り、自分と娘には何も遺されなかったことに失望して、キャサリンは徐々に周囲の世界と関わらなくなった。アルコール中毒による衰弱のあと、キャサリンは「子どものころのおとぎ話と夢の世界に戻り、そこから二度と帰ってこなかった」(4)とベヴァリーは書いている。

最後に、スタントンとウィラードが高く評価した皮肉なタッチで描かれた、初期の『芸術家の兄の肖像画』——自分をもっともよく知る批評家に対するスタントンのオマージュで、現在は『S・S・ヴァン・ダインの肖像』と呼ばれている——は一九一四年から家族が所有していたが、おそらく何十年もずっと売れなかったのだろう。一九八七年にこの肖像画はスミソニアン協会に購入された。絵は国立肖像画美術館のF通廊、スミソニアン協会所有のヘミングウェイ、フィッツジェラルド、トマス・ウルフ、リング・ラードナー、ダシール・ハメット（そしてスタントン）など、多くの同世代の肖像画と並んで展示されている。スタントンの芸術的才能と、弟のドン・キホーテ的理念に対する彼自身の献身のおかげで、ウィラード・ハンティントン・ライトは最後にアメリカの本《オ》物《リジナルズ》たちの肖像画コレクションの間に相応しい場所を手に入れた。たしかにウィラードの人生は、とどまるところを知らぬ才能や非の打ち所のない大志の物語ではなかったが、それでもなお、野心、苦闘、大々的な〝成功〟という、まさにアメリカの物語であり、そこにはウィリアム・ジェイムズのいう貪欲な「世俗的な成功《ビッチ・ゴッデス》」の追求にともなう厄介な問題と犠牲が含まれている。相応しいことに、セザンヌの色彩とスタイルを忠実に模倣したスタントンのすばらしい絵は、戦いに敗れた兄の人生後年の姿ではなく、自分とアメリカの未来を信じていた若かりしころの輝かしい瞬間を描いている。

文献注

略号

Va.　ヴァージニア大学ウィラード・ハンティントン・ライト・コレクション（家族の手紙、そのうちの多くは日付がない）

Pr.　プリンストン大学図書館ウィラード・ハンティントン・ライト書簡、主にウィラード・ハンティントン・ライト・スクラップブック（日付はあるが、ページのない新聞や雑誌の切り抜き）

ＷＨＷ　ウィラード・ハンティントン・ライト

各出典については「参考文献」を参照のこと。

序

（1）Kuehl, 167.

（2）ＷＨＷからフローレンス・ライアソン宛書簡、一九三五年一月十六日。Pr.

（3）Berg, 364.［Ａ・スコット・バーグ『名編集者パーキンズ――作家の才能を引きだす』、鈴木主税訳、草思社、全二巻、一九八七］

（4）クリスマス前のライトの最後のパーキンズ訪問。同書。

（5）パーキンズによる『ウインター殺人事件』のまえがき、ix頁。

（6）〈ニューヨーク・タイムズ〉一九三九年四月十三日、二二頁。

（7）Forgue, 434.

（8）パーキンズ 前掲書、xiii.

〈スマート・セット〉とともに

（1）Kazin, 166.

（2）ＷＨＷからキャサリン宛書簡、日付なし（一九一三年）。Va.

（3）〈スマート・セット〉一九一三年二月号、一六〇頁。

（4）〈スマート・セット〉一九一三年三月号、一六〇頁。

（5）同書。

（6）ロサンゼルスについてのライトの記事。〈スマート・セット〉一九一三年三月号、一〇七―一一四頁。

（7）ＷＨＷからキャサリン宛書簡、日付なし（一九一三年春）。Va.

（8）〈スマート・セット〉一九一三年四月号、一五九―一六〇頁。

（9）〈ロサンゼルス・タイムズ〉一九〇九年五月十九日。

Pr.
(10) WHWとターヒューンの短篇。Terhune, 196-198.
(11)〈ロサンゼルス・タイムズ〉一九一〇年の切り抜き。Pr.
(12) Boyd, 8.
(13)〈ロサンゼルス・タイムズ〉一九一一年一月八日。
(14) ウィラードとパウンドの面会。Paige, 59.
(15) Read, 24.
(16)〈スマート・セット〉一九一三年十月号、一〇三―一一〇頁。
(17) H・L・メンケンからハリー・レオン・ウィルソン宛、一九一六年七月四日。メンケン書簡、エール大学バイネッキ図書館。

セアの逆襲

(1) WHWからキャサリン宛メモ、一九一三年十一月。Va.
(2) Manchester, 68, および Bode, 66.
(3) Read, 19.
(4) 同書 24.
(5) WHWからキャサリン宛書簡、日付なし(一九一三年秋)。Va.
(6)「下男の死」を断ったWHWとパウンドの反応。

Weintraub, 315-316.
(7)〈スマート・セット〉一九一四年三月号、一六〇頁。
(8) WHWからキャサリン宛、一九一四年二月五日。Va.
(9) H・L・メンケンからWHW宛、一九一四年三月二日。メンケン書簡、エール大学。

生い立ち

(1) 日付のない切り抜き、新聞のインタビュー。Pr.
(2) Kean, 12.
(3)『前途有望な男』、四頁。.
(4) Crawford, 4.
(5) 少年時代のスタントンとウィラードの関係。ジョン・タスカ(スタントンの友人)のインタビュー、オレゴン州ポートランド。
(6) このほら話は、スタントン・ライトに関するすべての文章と、彼が一九五〇年代と六〇年代に受けたインタビューの多くに登場する。
(7) マクドナルド＝ライトとジョン・タスカの書簡(一九七〇年代からのタスカ宛の日付のない書簡)、オレゴン州ポートランド。
(8)『前途有望な男』、一九頁。
(9) Schallert, "Men Whom Made the 'Times,' "〈ロサンゼルス・タイムズ〉一九四八年四月二十九日。〈ロサンゼルス・タイムズ〉アーカイヴ、従業員ファイル。

（10）Simonson, 6.

（11）同書 10.

（12）アイリーン・ブレンナーとの情事は、『前途有望な男』八八―一二六頁。

（13）同書、七八頁。

（14）同書、九三頁。

（15）Kahn, 118.

（16）B・S・ハールバートからWHW宛、一九〇七年三月二十一日。ハーヴァード大学図書館。

（17）ジェイ・ディンスモアからWHW宛、一九二二年からの手紙。Va.

（18）新聞の切り抜き、一九〇七年七月、家族文書。Va.

メンケン一派

（1）Carr, *Los Angeles, City of Dreams*, 347.

（2）〈ロサンゼルス・タイムズ〉一九〇八年十一月二十九日。Pr.

（3）〈ロサンゼルス・タイムズ〉一九〇九年四月十一日。Pr.

（4）〈ロサンゼルス・タイムズ〉一九〇八年十一月二十九日。Pr.

（5）〈ロサンゼルス・タイムズ〉一九〇九年五月三十日。Pr.

（6）〈ロサンゼルス・タイムズ〉一九一〇年三月六日。Pr.

（7）〈ロサンゼルス・タイムズ〉一九〇九年八月八日。Pr.

（8）〈ロサンゼルス・タイムズ〉一九一〇年八月二十八日。Pr.

（9）〈ロサンゼルス・タイムズ〉一九一二年二月三日。Pr.

（10）Carr.〈ロサンゼルス・タイムズ〉一九三一年三月八日。Pr.

（11）WHWからキャサリン宛、一九〇九年十月二十四日。Va.

（12）WHWからキャサリン宛、一九〇九年十月二十五日。Va.

（13）Forgue, 7.

（14）同書。

シンクロミズムの誕生

（1）アーモリー・ショーの四枚の絵葉書。Va.

（2）大部分はマクドナルド＝ライトのヨーロッパの日記より。Va.

（3）Levin, 16.

（4）同書 18.
（5）同書 19.
（6）同書 23.
（7）Abramson, 122.
（8）同書 124.
（9）Levin, 22-23.
（10）Baker からの引用。85-86.
（11）Benton, *An Artist in America*, 39.
（12）〈ニューヨーク・イヴニング・メール〉一九一四年三月七日。
（13）〈タウン・トピックス〉一九一四年三月。

近代美術のための戦い

（1）WHWからキャサリン宛、一九一四年三月二十五日。Va.
（2）WHWからヒューブッシュ宛、一九一四年五月四日。ベン・ヒューブッシュ文書、アメリカ議会図書館。
（3）"The Sex Impulse"〈ウェストコースト・マガジン〉一九〇九年十月号、二八七頁。
（4）WHWからキャサリン宛、一九一四年三月二十五日。Va.
（5）WHWからキャサリン宛、一九一四年夏。Va.
（6）Forgue, 152.
（7）WHWからキャサリン宛、一九一五年四月十日。Va.
（8）同書簡。
（9）Bode, *The New Mencken Letters*, 116.
（10）『近代絵画』、三二頁。
（11）同書 七—八頁。
（12）同書、二二七頁。
（13）WHWの『近代絵画』スクラップブック。Pr.
（14）同書。
（15）〈フォーラム〉一九一六年一月号、三四頁。
（16）〈フォーラム〉一九一六年一月号、四一—四二頁と、一九一六年三月号、三三三頁。
（17）〈フォーラム〉一九一五年十二月号、六六一—六七二頁。
（18）〈フォーラム〉一九一六年二月号、二〇一—二二〇頁。
（19）〈リーディズ・ミラー〉一九一五年十一月五日、三一二—三一三頁。
（20）Benton, *An Artist in America*, 47.
（21）スタントン＝マクドナルドからジョン・ワイクセル宛。日付なし（一九一六年冬？）。アメリカ美術アーカイヴ。
（22）Knight, "On Native Ground," 167.
（23）フォーラム・エキシビションのカタログ。
（24）Harrell, 10-11 および Baker, 229-239.
（25）アルフレッド・スティーグリッツからポール・ハヴ

イランド宛、一九一六年四月十九日。スティーグリッツ・コレクション、エール大学バイネッキ図書館。

文学者として

（1）ＷＨＷからキャサリン宛、一九一五年三月十五日。Va.
（2）同書簡。
（3）キャサリンからＷＨＷ宛、一九一五年春。Va.
（4）ＷＨＷからヒューブッシュ宛、一九一五年六月十八日。ベン・ヒューブッシュ文書、アメリカ議会図書館。
（5）Melvin Drimmer, "Nietzsche in American Thought, 1895-1925," Part II, 535（Ph.D. thesis, University of Rochester, 1965）に引用。
（6）『ニーチェの教え』、一二頁。
（7）Benton, *An Artist in America*, 46-47.
（8）アニーからキャサリン宛、一九一五年十月一日。Va.
（9）ＷＨＷからキャサリン宛、一九一五年十二月十一日。Va.
（10）スタントン・マクドナルド＝ライトとジョン・タスカの書簡（一九七〇年代からのタスカ宛の日付のない書簡）、オレゴン州ポートランド。
（11）Lisle, 75.
（12）『前途有望な男』、二七六頁。
（13）Forgue, 152.（Forgue はメンケンの「C」という頭文字を誤解して、クレアではなくキャサリンへの言及としている）。
（14）二人についてのドライサーの短篇用メモ。セオドア・ドライサー・コレクション、ペンシルヴェニア大学ヴァン・ペルト図書館。
（15）『前途有望な男』、二七二頁。
（16）晩年ベヴァリー・ライトが執筆していた、未発表かつ未完成の自叙伝的草稿、一六頁。Va.
（17）『創造的意志』へのウィリアム・フォークナーの関心は、Martin Kreisworth の *Arizona Quarterly* 発表のエッセイ他に記されている。
（18）『創造的意志』、二八八頁。
（19）ＷＨＷからキャサリン宛、一九一六年六月八日。Va.

批評家とスパイ

（1）ＷＨＷからキャサリン宛、一九一七年五月十日。Va.
（2）『国民に嘘を伝える』、一頁。
（3）同書、三頁。
（4）同書、九頁。
（5）切り抜き、ＷＨＷの『国民に嘘を伝える』スクラップブック。Pr.
（6）〈リーディズ・ミラー〉、一九一七年一月二十六日、四八頁。
（7）ハネカーからＷＨＷ宛、一九一七年八月十二日。ハネカー書簡、エール大学バイネッキ図書館。
（8）〈リーディズ・ミラー〉一九一七年五月二十五日、三四二頁。
（9）〈メディカル・レヴュー・オヴ・レヴューズ〉一九一七年六月号。Pr.
（10）ＷＨＷからスタントン・リーズ宛、一九一七年六月二十二日。ライト書簡、エール大学バイネッキ図書館。
（11）Vacha, 172.
（12）ＷＨＷからキャサリン宛、一九一七年十一月三十日。Va.
（13）Forgue, 100-110, 112-113.

後退

（1）ベヴァリー・ライトの自叙伝的草稿、二頁。Va.
（2）ＷＨＷからスティーグリッツ宛書簡、一九一八年一月四日。スティーグリッツ・コレクション、エール大学バイネッキ図書館。
（3）Ｈ・Ｌ・メンケンからスタントン・リーズ宛書簡、一九一八年六月十七日。メンケン書簡、エール大学バイネッキ図書館。
（4）ベヴァリーの自叙伝的草稿、六頁。
（5）同原稿、一一頁。
（6）スタントン＝マクドナルドからアルフレッド・スティーグリッツ宛、一九一八年末。スティーグリッツ・コレクション、エール大学バイネッキ図書館。
（7）〈ニューヨーク・タイムズ〉からの引用、一九八四年七月十五日、E3。
（8）〈ロサンゼルス・タイムズ〉一九一九年二月九日。Pr.
（9）Ｈ・Ｌ・メンケンからジョージ・スターリング宛、一九一九年六月十日。メンケン書簡、エール大学バイネッキ図書館。
（10）〈サンフランシスコ・ブリテン〉、一九一九年六月二日。Pr.
（11）ＷＨＷからスティーグリッツ宛、一九一八年一月四日。スティーグリッツ・コレクション、エール大学バイネッキ図書館。
（12）Baker, 261. からの引用。
（13）スタントン＝マクドナルドからアルフレッド・スティーグリッツ宛、一九一八年十月十二日。スティーグリッツ・コレクション、エール大学バイネッキ図書館。
（14）同書簡。
（15）同書簡、一九二〇年二月三日。
（16）展覧会カタログのスタントンのまえがきから。Baker, 277-278. からの引用。

(17)〈ロサンゼルス・タイムズ〉一九二〇年二月二十七日。
(18)〈サンフランシスコ・ブリテン〉、一九一九年二月二十二日。
(19) Baker, 85-86. からの引用。

影の中で

(1) WHWからアニー宛、一九二〇年。Va.
(2) WHWとスタントンとキャサリン・リーズ夫妻の会話は、キャサリン・リーズ、〈グリニッジ・タイムズ〉一九三九年四月十五日のS・S・ヴァン・ダイン死亡記事。
(3) デ・シルヴァとの契約書は、カリフォルニア州パサディナのデイヴィッド・R・スミス〈S・S・ヴァン・ダイン・コレクション〉から。
(4) WHWからバートン・ラスコー宛、一九二三年。ラスコー文書、ペンシルヴェニア大学ヴァン・ペルト図書館。
(5)〈ダイヤル〉の切り抜き。WHWの『絵画の未来』スクラップブック。Pr.
(6) Wilson, 318.
(7) WHWからキャサリン宛書簡、一九二二年十月。Va.
(8) WHWからキャサリン宛、一九二四年十二月三十日。Va.
(9) WHWからキャサリン宛、一九二四年十月十二日。Va.
(10) Bartlett, 10.
(11) WHWからキャサリン宛、一九二四年八月二十七日。Va.
(12) 同書簡。
(13) WHWの『探偵小説傑作集』の序論。二〇頁。
(14) 同書、七頁。
(15)『ベンスン殺人事件』、一九頁。
(16) WHWからキャサリン宛、一九二五年七月二十五日。Va.
(17) WHWからキャサリン宛、一九二五年十二月十九日。Va.

S・S・ヴァン・ダイン

(1) Seligmann, 42.
(2) ホパトコング湖での出来事は、ワシントンDCのジェイムズ・ブッチャー元教授の話から。ブッチャー氏は当時ホテルでウェイター助手をしていた。
(3) 一九二六年、スクリブナーズ社のプレス・リリース、ライトの「S・S・ヴァン・ダイン」スクラップブック。Pr.
(4) ダシール・ハメットの書評。〈サタデー・レヴュー・オヴ・リテラチャー〉一九二七年一月十五日、五一〇頁。[ダシール・ハメット「『ベンスン殺人事件』について」、

村上和久訳。『名探偵の世紀』、原書房、一九九九、所収]
（5）一九二七年、スクリブナーズ社のプレス・リリース、ライトの「S・S・ヴァン・ダイン」スクラップブック。Pr.
（6）切り抜き（一九二七年秋）、WHWの「S・S・ヴァン・ダイン」スクラップブック。Pr.
（7）『カナリヤ殺人事件』、三四三頁。
（8）Haycraft, 1965.

新しい生活

（1）H・L・メンケンからWHW宛、一九二七年秋。メンケン書簡、エール大学バイネッキ図書館。
（2）Berg, 122.［バーグ前掲書］
（3）日付のない切り抜き、WHWの「S・S・ヴァン・ダイン」スクラップブック。Pr.
（4）切り抜き、WHWの「S・S・ヴァン・ダイン」スクラップブック。Pr.
（5）WHWからフローレンス・ライアソン宛、一九二八年六月十九日。Pr.
（6）〈ハリウッド・ニュース〉一九二八年十月十二日。
（7）ベヴァリーの自叙伝的草稿、二四頁。
（8）同原稿、二〇―二五頁。
（9）日付のない切り抜き、一九二八年十二月。Pr.
（10）スタントン＝マクドナルドからアルフレッド・スティーグリッツ宛、一九二三年春。スティーグリッツ・コレクション、エール大学バイネッキ図書館。
（11）〈ロサンゼルス・タイムズ〉一九二八年七月八日。Pr.
（12）〈ロサンゼルス・ヘラルド〉一九二八年十月十五日。Pr.

過去との訣別

（1）〈ニューヨーク・ポスト〉の切り抜き、WHWの『スカラベ殺人事件』スクラップブック。Pr.
（2）ベヴァリーの自叙伝的草稿、二三頁。Va.
（3）ウィリアム・ビーティ三世（William T. Beatty III）の話。ニューヨーク市。
（4）ベヴァリーの自叙伝的草稿、二七頁。
（5）Maltin, *The Great Movie Shorts*, 23.
（6）〈ロサンゼルス・タイムズ〉一九三一年三月八日。Pr.
（7）これはベヴァリーによる指摘だが、この見解は彼女の草稿で何度となく登場する。Va.
（8）ジョン・タスカの話、および Tuska, *The Detective in Hollywood*, 27.

ケンネル、ドラゴン、カジノ

（1）切り抜き、ＷＨＷの『ケンネル殺人事件』スクラップブック。Pr.
（2）同書。
（3）切り抜き、ＷＨＷの『ドラゴン殺人事件』スクラップブック。Pr.
（4）Tuska, *The Detective in Hollywood*, 39-41.
（5）Russell, 65.
（6）ＷＨＷからフローレンス・ライアソン宛、一九三五年一月十六日および一九三五年二月十五日。Pr.
（7）切り抜き、ＷＨＷの『カジノ殺人事件』スクラップブック。Pr.
（8）ＷＨＷからフローレンス・ライアソン宛、前掲書簡。
（9）Russell, 65.

晩年

（1）ＷＨＷからメンケン宛、一九三五年三月十日。メンケン書簡、エール大学バイネッキ図書館。
（2）ベヴァリーからキャサリン宛、一九三六年九月十八日。Va.
（3）ＷＨＷのリストは『ファイロ・ヴァンス殺人事件集』、七四頁に再録された。
（4）Tuska, *The Detective in Hollywood*, 45.
（5）切り抜き、ＷＨＷの『ガーデン殺人事件』スクラップブック。Pr.
（6）ランドルフ・バートレットからＨ・Ｌ・メンケン宛、一九四一年十一月十七日。メンケン文書、ニューヨーク公立図書館。
（7）〈サタデー・レヴュー・オヴ・リテラチャー〉一九三五年十一月二日、一〇頁。
（8）バートレットからメンケン宛、一九四一年十一月十七日。メンケン文書、ニューヨーク公立図書館。
（9）ベヴァリーからキャサリン宛、日付のない手紙（一九三〇年代半ば）。Va.
（10）〈ニューヨーカー〉一九三六年十月二十四日。
（11）パーキンズからＷＨＷ宛、一九三八年、パーキンズ書簡、スクリブナー・アーカイヴ。Pr.
（12）Tuska, *The Detective in Hollywood*, 46.
（13）Introduction, *Beyond Good and Evil*, Modern Library, 1937, xiv.
（14）Tuska, *The Detective in Hollywood*, 46.
（15）『グレイシー・アレン殺人事件』、一六六頁。

整然とした最期

（1）『ウインター殺人事件』の原作執筆については、

Tuska, *Philo Vance: The Life and Times of S. S. Van Dine* 収録の David R. Smith のエッセイで触れられている。

（2）クレア・ライトからマックス・パーキンズ宛、一九三九年四月二十六日。スクリブナー・アーカイヴ。Pr.

（3）〈ニューヨーク・タイムズ〉一九三九年四月十三日、二三頁。

（4）ベヴァリーの自叙伝的草稿、四〇頁。

ヴァン・ダインと日米探偵小説

本書 *Alias S. S. Van Dine: The Man Who Created Philo Vance*（1992）は、一九二〇―三〇年代に名探偵ファイロ・ヴァンス・シリーズで一世を風靡したアメリカ探偵小説の巨匠、S・S・ヴァン・ダインことウィラード・ハンティントン・ライト（一八八七―一九三九）の生涯を、関係者の書簡や資料を丹念に調査して明らかにした伝記で、一九九三年度のMWA（アメリカ探偵作家クラブ）賞・最優秀評論評伝賞を受賞している。

ヴァン・ダインには自らの半生を振り返ったエッセイがいくつかあり[1]、そこではロサンゼルスの新聞記者時代に間一髪で逃れた爆弾テロ事件、仕事のしすぎで神経衰弱にかかり療養中に医師から真面目な読書を禁じられ、探偵小説を手に取ったこと、厖大な探偵小説を読破し、自ら創作を思いついたという「S・S・ヴァン・ダイン」誕生のいきさつ、筆名の由来、華々しい成功とその結果勃発した作者の正体探し騒動などが興味深く綴られている。ヴァン・ダインを語るとき、これまで多くの評者がこれらの文章に依拠して数々のエピソードを紹介してきたが[2]、一方で彼の「自伝」には多くの脚色ないしは捏造が混じっていることも早くから指摘されてきた。

著者ジョン・ラフリーは本書で、こうした作家自身が創りあげたヴァン・ダイン神話の虚実を冷静に検証し、自国の文学とジャーナリズムを高みに導くことを夢見、モダニズム美術の紹介に情熱を燃やした野心的青年が、やがて陥った八方塞がりの状況、麻薬中毒から健康を害していたこと、旧友たちとの確執や訣別、西海岸に残してきた妻子への冷たい仕打ちなど、ヴァン・ダインがその自伝的エッセイから慎重に省き、隠そうとした事実にも光をあてた。同時にアメリカ文化の向上に取り組みながら挫折し、皮肉にもかつて軽蔑していた探偵小説創作で大衆読者の心をつかみ、社会的成功をおさめたアメリカ知識人の栄光と苦悩を見事に描き出している。

原題の alias（別名）は、「S・S・ヴァン・ダイン」があくまでウィラード・ハンティントン・ライトの創造物であったことを示して絶妙だが、従来のヴァン・ダイン＝ライト像は本書によって決定的な修正を迫られたといっていいだろう。

「アメリカ探偵小説の巨匠」と冒頭で述べたが、日米でのヴァン・ダインに対する評価には実は大きな開きがある。本書で述べられているように、母国アメリカでは一時代を築いたヴァン・ダインも生前すでに人気低落し、死後、その名前は急速に忘れられていった。その影響も瞬く間に消え去り、戦後は時折りの復刊をのぞくと作品もろくに読めない状態がつづいていた。(3)

一方、わが国では第二次大戦前の同時代に全十二作がいちはやく翻訳紹介され、戦後は創元推理文庫の井上勇による個人全訳がながく読みつがれてきた。近年はさすがに品切のタイトルが目立つが、(4)すくなくとも一九九〇年代まではファイロ・ヴァンス・シリーズ全作を容易に手に取ることができる状態がつづいていたと思う。それだけでなく、クイーン、カー、クリスティ、クロフツらとともに「本格」探偵小説の巨匠として仰ぎみられる存在であり、その『グリーン家殺人事件』『僧正殺人事件』は名作リストの定番として高い評価を受けつづけてきた。

伝記作者は作家の人生を忠実にたどることに専念し、ヴァン・ダインの探偵小説史における位置についてはあまり踏み込んでいないが、ここでヴァン・ダイン登場以前・以後のアメリカ探偵小説界の状況と、日本での紹介、評価の変遷を簡単にまとめておこう。

アメリカ探偵小説――ヴァン・ダイン以前・以後

エドガー・アラン・ポーの一八四〇年代からヴァン・ダイン登場の一九二六年まで、アメリカは探偵小説不毛の地だった、というのは言い過ぎにしても、コリンズ、ディケンズからシャーロック・ホームズとそのライヴァルたちの時代をへて、ベントリー、メイスン、クリスティ、クロフツらの登場により一足先に本格長篇黄金時代を迎えていたイギリスや、ガボリオのルコック探偵がヨーロッパ読書界を席捲し、ルルーやルブランが人気を博したフランスの後塵を拝していたことは間違いない。

しかし、十九世紀後半のアメリカで爆発的人気を集めた廉価本ダイム・ノヴェルには、一八七〇年代に探偵小説が登場し、八六年にはハウスネームで複数の作家に書きつがれ、ラジオ、映画、コミックなど多くのメディアで活躍することになる不滅の探偵ヒーロー、ニック・カーターが誕生している。さらに十九世紀末にパルプマガジンが出現すると、探偵・犯罪物はその重要な一ジャンルとなっていく。イギリス型の探偵小説とは異なるが、大衆的なレベルではすでにこの国独自の犯罪小説の伝統がうまれていた(5)。

さらに〈ストランド〉誌のシャーロック・ホームズの成功はアメリカでも多くの追随者を生み、二十世紀に入ると多くのホームズのライヴァルたちが登場する。ジャック・フットレルの「思考機械」、メルヴィル・デイヴィスン・ポーストのアブナー伯父はその中でも群を抜いていたが、他にも「アメリカのホームズ」の異名をとり、当時絶大な人気を誇ったアーサー・B・リーヴの科学者探偵クレイグ・ケネディ教授、嘘発見器をはじめて探偵小説に導入したバルマー&マクハーグの心理学者ルーサー・トラント、トマス・ハンシューの「四十面相のクリーク」、フレデリック・アーヴィング・アンダースンの怪盗ゴダールなど、多くの個性的な名探偵や怪盗ヒーローが雑誌を彩った。(6) ロマンティック・サスペンスの嚆矢ともいうべきメアリー・ロバーツ・ラインハートも『螺旋階段』(一九〇八)でその長いキャリアを開始している。

一九二〇年代に入ると、イギリスではクリスティ『スタイルズの怪事件』、クロフツ『樽』を筆頭に長篇探偵小説時代へと移行し、有力な新人が次々登場するが、ヴァン・ダインが本名で編んだアンソロジー『探偵小説傑作集』(二七)の序論で「この国では[イギリスのような]すぐれた探偵小説はほとんどない」と嘆いたように、しばらく目立った動きはなかった。その停滞を打ち破り、「一夜にしてアメリカ探偵小説は成年に達した」(7)と言わしめたのが、ヴァン・ダインの第一作『ベンスン殺人事件』(二六)である。しかし、その華々しいデビューによって霞んでしまったきらいはあるが、アール・デア・ビガーズのチャーリー・チャン・シリーズ第一作『鍵のない家』が、『ベンスン』の前年、一九二五年に発表されていることは注意を促しておきたい。このハワイ警察の温厚な中国系警察官は、ファイロ・ヴァンスと同じくハリウッドで映画化されて幅広い人気を博した。

ヴァン・ダインの登場とその劇的な成功は出版界を活気づかせ、イギリスから少し遅れて二〇年代末からアメリカ探偵小説も「黄金時代」へと突入していく。ヴァン・ダインが亡くなる一九三九年までに登場したおもな作家をあげてみよう。

二九年　ダシール・ハメット『赤い収穫』
エラリー・クイーン『ローマ帽子の謎』
ルーファス・キング *Murder by the Clock*　＊ヴァルコール警部補第一作
三〇年　T・S・ストリブリング『カリブ諸島の手がかり』　＊雑誌初登場は一九二五年
ジョン・ディクスン・カー『夜歩く』
ロジャー・スカーレット『ビーコン街の殺人』
アントニー・アボット *About the Murder of Geraldine Foster*
イサベル・マイヤーズ『殺人者はまだ来ない』
三一年　スチュアート・パーマー『ペンギンは知っていた』
Q・パトリック *Cottage Sinister*
フィービ・アトウッド・テイラー『ケープコッドの惨劇』
三二年　バーナビー・ロス『Xの悲劇』　＊当初ロス＝クイーンであることは伏せられていた
C・デイリー・キング『海のオベリスト』
三三年　E・S・ガードナー『ビロードの爪』
三四年　レックス・スタウト『毒蛇』

三五年　ヒュー・オースティン *It Couldn't Be Murder*
三六年　クライド・B・クレイスン *The Fifth Tumbler*
　　　　パトリック・クエンティン『癲狂院殺人事件』＊Q・パトリックの別名義
三七年　アントニー・バウチャー『ゴルゴタの七』
　　　　クリフォード・ナイト *The Affair of the Scarlet Crab*
　　　　ベイナード・ケンドリック *The Last Express*
三八年　ヘレン・マクロイ『死の舞踏』
　　　　パーシヴァル・ワイルド *Mystery Week-End* ＊短篇集は『悪党どものお楽しみ』（二九）
　　　　マルコ・ペイジ『古書殺人事件』
三九年　クレイトン・ロースン『帽子から飛び出した死』
　　　　クレイグ・ライス『時計は三時に止まる』
　　　　エリオット・ポール『不思議なミッキー・フィン』

シリーズ物第一作を上げたものもあり、またハメットやガードナーのようにすでに雑誌で活躍していたりと、厳密な意味でのデビュー作ではないものもある。このほか、ジェムズ・ケイン、ジョナサン・ラティマー、ミニヨン・G・エバハートなど、ハードボイルド、犯罪小説、サスペンスの分野でも多くの作家が登場している。

なかでもヴァン・ダインの影響が顕著な作家を数人あげておこう。ニューヨーク市警察本部長サッチャー・コルト・シリーズのアントニー・アボットは、F・D・ルーズヴェルト原案の『大統領のミステリ』（三五）を企画したフルトン・アウズラーのペンネーム。*About the Murder of...* で統一された題名、コルトの部下アボットが語り手をつとめ、これを著者名とするなど、ヴァン・ダイン方式を踏襲して流行作家となった[8]。C・デイリー・キングの「オベリスト」シリーズには学者たちが登場して専門的議論をかわし、『グリーン家』の事実の一覧表をさらに推し進めた「手がかり索引」の趣向を打ち出した。また、代表作『チベットから来た男』が紹介されているクライド・B・クレイスンの学者探偵ウェストボロー教授は、ファイロ・ヴァンスとは対照的な温厚な性格ながら、チベットやキノコ、古代ギリシャ等に関する該博なペダントリーを作中で披露し、各章に日付や時間を記す形式もヴァン・ダインを踏襲している。

しかし、この時期、ヴァン・ダインの影響をもっとも強くうけた重要作家は、いうまでもなくエラリー・クイーンである。国名で揃えたタイトル、パズルとしての探偵小説、フェアプレイ精神、博識で気障な名探偵、外国語の多用、刑事や警察医らのレギュラー捜査チームなど、初期のクイーン作品は多くのものをヴァン・ダインから受け取っている。また、バーナビー・ロス名義の名作『Yの悲劇』が、『グリーン家殺人事件』をいわば「換骨奪胎」した作であることも指摘されている[9]。

しかし、三〇年代後半にはヴァン・ダイン人気は急速に下落し、その影響力も薄れていく。探偵作家としての出発はヴァン・ダインより早かったが[10]、パルプマガジン作家の地位に甘んじていたハメットが、ついに名門クノップフ社から出版にこぎつけた『赤い収穫』と『マルタの鷹』（三〇）は絶賛を浴び、大恐慌後の暗い世相の下、時代は「貴族的」なファイロ・ヴァンスから「平民的な」コンティネンタル・オプやサム・スペードの方へ動きはじめていた。一方で、レックス・スタウトの美食家探偵ネロ・ウルフ・シリーズやE・S・ガードナーの弁護士ペリー・メイスン・シリーズのように、よりアメリカ的で行動的な探偵小説も登場している。そしてクイーンをはじめとする新世代の「謎解き」派の作家たちは、ヴァン・ダインの提唱する探偵小説作法を彼以上に忠実かつ巧妙に実践し、たちまち師を乗り越えていった。『ギリシャ棺の謎』『エジプト十字架の謎』『Xの悲劇』『Yの悲劇』のクイーン「驚異の年」(三二)の後では、『ケンネル』(三三)以下のヴァン・ダイン後期作が見劣りするのは否定できないだろう。

ヴァン・ダイン没後の評価の変化を如実に示す例に、アントニー・バウチャーが一九四四年に発表した書評コラムがある。[11] エラリー・クイーンが「もっとも重要な長篇探偵小説」リストにヴァン・ダイン作品を加えたことに真っ向から異議をとなえたもので、そこでバウチャーは「二〇年代のヴァン・ダインの大ブームは、興味深い現象だが、探偵小説の歴史と発展にはまったく無関係の出来事だった」と言い切り、同時代の高評価に疑問を呈している。

バウチャーの指摘するとおり、ヴァン・ダインの影響をうけた「唯一の重要な作家」であるクイーン本人が、三〇年代後半には大きく作風を変化させていた。ニューイングランドの田舎町ライツヴィルを舞台にした『災厄の町』(四二)では、事件を純粋な「推理の問題」として見る初期の「お高くとまってけっして下界に降りては来ない知ったかぶり屋」[12]の探偵エラリーの姿はすでにない。

第二次大戦後のアメリカでは、サスペンスや私立探偵小説、警察小説などが主流を占め、ヴァン・ダイン型の「パズル」「ゲーム」志向の探偵小説は影をひそめた。その影響もほとんど皆無といってよいと思うが、太平洋の彼方、極東の島国では事情は違っていた。

日本の場合——S・S・ヴァン・ダインの影の下に

森下雨村が「探偵新作家現わる」で「アメリカの新作家ヴン・ダイン氏」を〈新青年〉読者に紹介したのは、『ベンスン殺人事件』刊行から三年目の一九二九年一月のこと。この時点で出版されていたのは『ベンスン』『カナリヤ』『グリーン家』の三作で、『僧正』が雑誌連載中だった。雨村はこのうち『カナリヤ』『グリーン家』と『僧正』の一部を読み、「そのいずれも筋の組立て方と云い、犯罪捜索の手順方法と云い、またその形式と云い、すべてが在来の探偵小説に見ることの出来なかった新鮮味に充ちているばかりでなく、それぞれの作を通じて窺われる作者の非凡な学識に対して十分の敬意を払わねばならない立派な作品である」と評し、あわせてアメリカで話題になっていた作者の正体探しと、ヴァン・ダイン＝ライトであることを明かした〈アウトルック〉誌の記事を紹介している。また、この前年、江戸川乱歩は雨村から三作の原書を借りて、『孤島の鬼』構想のため滞在していた三重県鳥羽の漁村で読み、感想の手紙を雨村に送っている。(13)

一九二九年六月からおそらく博文館の編集局長だった雨村の肝煎りで〈新青年〉に『グリイン家の惨劇』（平林初之輔訳）の連載が始まり、連載完結直後の十月に『グリイン家惨殺事件』と改題されて、博文館から刊行中の《世界探偵小説全集》最終巻に収められた。このとき先に乱歩が雨村に送った手紙の一部が跋文として掲載されている。翌三〇年には『カナリヤ殺人事件』（平林訳、平凡社）、『ベンソン殺害事件』（平林訳、春陽堂）、『ベンスン殺人事件』（松本正雄訳、平凡社）、『僧正殺人事件』（武田晃訳、改造社）と紹介が相次いでたちまち本国の出版においつき、以後原書の刊行からほとんど時間をおかずに翻訳が出版されていく。これには単行本出版前の雑誌連載をもとに翻訳を進めていた裏事情もあったようだ。その翻訳ラッシュぶりは巻末の邦訳リストを参照いただきたいが、本格長篇の紹介がまだまだ限られたものだった戦前にあって、この人気とスピードは異例である。

当然、探偵小説界での評価も高く、〈新青年〉一九三七年新春増大号で作家や翻訳者を対象に行なわれた「海外探偵小説十傑」アンケートでは、二十六人中なんと二十二人までがヴァン・ダイン作品をベストテンに選んでいる（全体の集計では『グリーン家』が四位、『僧正』が八位）。

英米の作品を広く原書で読み、戦前随一の探偵小説研究家と目される井上良夫は、『グリーン家』『僧正』を「探偵小説ファンの希望を一〇〇パーセントに取り入れた」傑作と称揚し、その長所として、作全体が傑れた謎であること、濃厚な探偵小説的気分、読者に対する巧妙な陥穽、フェアプレイの強調をあげた(14)。本格物に関してはいまだ短篇が中心だった戦前の日本探偵小説界にあって、ヴァン・ダインの諸作はあるべき長篇探偵小説のモデルとして受けとめられていたふしがある。しかし、無条件で絶賛されていたわけではなく、井上も後期作『ドラゴン殺人事件』にははっきりと不満を漏らしており、その重要性を認める江戸川乱歩や横溝正史にしても、かならずしも完全に心酔していたわけではなかった(15)。

そのなかでもっともヴァン・ダインに傾倒し、実作面で影響をうけた作家が浜尾四郎である。「今やヴァン・ダインの諸作によりて完璧なまでに到達した一脈のコースこそ、真の意味に於ける探偵小説道である(16)」と断言する浜尾の長篇『殺人鬼』（〈名古屋新聞〉連載、三一）は、『グリーン家殺人事件』を下敷きにしながらこれに挑戦した意欲作で、戦前には数少ない本格長篇の収穫となった。

同じく『グリーン家』の影響をうけながら、まったく趣を異にする傑作となったのが小栗虫太郎『黒死館殺人事件』（〈新青年〉連載、三四）である。ニューヨークはイースト・リヴァーの畔に建つ時代錯誤なゴシック様式のグリーン屋敷は、北相模の丘陵に聳えるケルト・ルネサンス式の城館、黒死館へと生まれ変わり、その非現実的な閉鎖空間で奇怪な連続殺人が展開される。驚異的な博識を誇る法水麟太郎はファイロ・ヴァンス型の超人探偵だが、その口から次々に繰り出され読者を圧倒する百科全書的知識の数々はすでにペダントリーの域を超えている。また、乱歩『魔術師』（〈講談倶楽部〉連載、三〇―三一）への『グリーン家』の影響も指摘されている。

小説と併行して紹介された「探偵小説と現実味」（ライト名義。〈新青年〉、二七）、「探偵小説心得二十ヶ條」（〈新青年〉、三〇）、「半円を描く―短い自叙伝―」（〈新青年〉、三一）、「探偵小説論」（〈クルー〉、三五）などのエッセイは、探偵小説は「一種の知的ゲーム」「小説の形をしたパズル」であり、それには厳密な独自のルールが必要で、一般の文学の評価基準をあてはめることはできない、というヴァン・ダインの探偵小説観を伝えた。これは当時、「本格」派の代表と目されていた甲賀三郎の主張と一致するもので、「探偵小説は断じて推理の文学である」とする甲賀は、本格探偵小説とそれ以外の所謂「変格」物を峻別しようと、盛んに論陣を張ったが、その考えは広く受け入れられるものとはならなかった。

一方、アンソロジー『探偵小説傑作集』の序論（戦前訳「探偵小説論」）は、セイヤーズの同種のエッセイとともに、欧米探偵小説の歴史的パースペクティヴを日本の読者にもたらし、同時に翻訳企画の作品選択にもひとつの指針をあたえることになった。柳香書院《世界探偵名作全集》（三五―三六）の監修にあたった江戸川乱歩は、ヴァン・ダインの推奨作を数多く採用し[17]、またアンソロジー『日本探偵小説傑作集』（春秋社、三五）では、ヴァン・ダインにならって日本探偵作家を概観した長序を寄せている。

アメリカでのヴァン・ダインの影響は四〇年代に入るとほぼ姿を消すが、日本では第二次大戦後も本格派の「巨匠」として遇されていた。『刺青殺人事件』（四八）で登場した高木彬光の名探偵神津恭介の天才型の人物造形はファイロ・ヴァンスの影響が色濃く、新聞記者物でヒットを飛ばした島田一男も初期の『古墳殺人事件』（四八）、『錦絵殺人事件』（四九）はペダンティックなヴァン・ダイン風の本格推理だった。また、マザー・グースの歌詞どおりに殺人が行なわれていく『僧正』のアイディアは、日本風にアレンジされて、横溝正史の『獄門島』（四九）、『悪魔の手毬唄』（五九）という「見立て殺人」物の傑作を生んだ。

その後社会派の時代をへて、さすがにその威光も薄れはしたものの、作品自体は海外ミステリ読者に読みつがれていった。すくなくとも七〇年代にはまだ本格ファンの基本図書という共通認識があったと思う。[18] そして笠井潔『バイバイ、エンジェル』（七九）がヴァン・ダイン形式の復活として注目され、八〇年代末に「新本格」ムーヴメントが起きると、ヴァン・ダインを本格ミステリのパターンを確立した作家として再評価する発言も出始める。綾辻行人『十角館の殺人』（八九）をはじめ「新本格」[19] 作品にたびたび登場する奇怪な館群は、グリーン屋敷の遠い子孫ということもできるだろう。[20]『僧正』を本格ではなくサスペンス・スリラーの先駆として評価する新しい読み方も出てくる一方で、現代のアメリカでヴァン・ダインは重要な作家とは考えられていない、という事実も次第に知られるようになった。

また、笠井潔が大戦間探偵小説をめぐって展開した所謂「大量死理論」が、その例証としてヴァン・ダインをとりあげて論議を呼び、島田荘司『本格ミステリー宣言Ⅱ』（九五）が新本格作家のコード型創作の原点として「二十則」を再検討するなど、探偵小説批評・評論の場でヴァン・ダインの名があがることも多くなった。野崎六助の大著『北米探偵小説論』（九一）はその増補改訂版（九八）で、ラフリーの本書にもとづきライト時代の秘められた伝記的事実を紹介し、従来のヴァン・ダイン像の修正を行なっている。

二〇〇五年に〈ジャーロ〉が行なった「海外ミステリー オールタイム・ベスト一〇〇」アンケートでは、『僧正殺人事件』が十二位、『グリーン家殺人事件』が三十七位と、かつてほどではないが依然として高い評価を獲得している。おそらく世界中でもっとも長きにわたりヴァン・ダイン作品を愛読してきたのが、日本のミステリ・ファンということができるだろう。本書が明らかにしたW・H・ライト＝ヴァン・ダインの波瀾に満ちた生涯は、彼の遺した十二作の探偵小説に新たな光を当ててくれるはずだ。

＊

著者ジョン・ラフリーは一九五三年、コネティカット州ニューブリテン生まれ。ニューヨークのフォーダム大学を卒業後、私立中学で国語教師をしながらジャーナリスト・美術評論家として活動を開始、映画評や展覧会評を雑誌などに寄稿した。一九九二年に最初の著作である本書をS・S・ヴァン・ダインゆかりの出版社スクリブナーズ社から上梓し、MWA賞を受賞。二十世紀初頭のアメリカの画家でアッシュカン派の中心人物ジョン・スローンを取りあげた次作*John Sloan: Painter and Rebel*（1995）はピューリツァー賞（伝記部門）の最終候補になった。自身ゲイでもあるラフリ

ーは第三作 *The Other Side of Silence: Men's Lives and Gay Identities*（1998）ではゲイ・カルチャーを論じて、同性愛関係の著作に与えられるランディ・シルツ賞、ラムダ文学賞を受賞している。

なお、本書に先立ちラフリーはエッセイ「ファイロ・ヴァンスの栄光と没落」"The Rise and Fall of Philo Vance"を一九八七年に〈アームチェア・ディテクティヴ〉誌（二十巻一号）に発表している（小林武訳、〈ミステリマガジン〉一九八九年十一月・十二月号）。

＊

本文中のファイロ・ヴァンス・シリーズの題名は基本的に邦訳に準じたが、第五作 *The Scarab Murder Case* については『カブト虫殺人事件』『甲虫殺人事件』とはせず、『スカラベ殺人事件』とした。原題の scarab とは「カブトムシ」ではなく、古代エジプト人が太陽神の象徴として崇めた聖なる虫（タマオシコガネ、いわゆるフンコロガシ）、またそれを象った護符のことである。『カブト虫殺人事件』という邦題は、読者が古代エジプト学にあまり馴染みがなかった時代の苦肉の策だとは思うが、現在では「スカラベ」で通用すると思う。

巻末の邦訳リスト、映画化リストは日本版独自に作成したもので、映画に関しては、本書の参考文献にも挙げられている John Tuska, *Philo Vance; The Life and Times of S. S. Van Dine*（1971）収録の Karl Thiede 作成のフィルモグラフィー等を参照した。

（F）

（1）"I Used to Be a Highbrow, But Look at Me"（1928）（邦訳「半円を描く――短い自叙伝――」）と、*Philo Vance Murder Cases*（1936）序文（邦訳は創元推理文庫版『誘拐殺人事件』「あとがき」）。

（2）たとえばハワード・ヘイクラフト『娯楽としての殺人』（一九四一）、『二十世紀著述家事典』（四二）、江戸川乱歩「海外探偵小説作家と作品」（五七）、中島河太郎の創元推理文庫版解説など。これらの伝記情報はさらに孫引きされて広まっていった。

（3）面白いことに、近年アメリカではヴァン・ダイン、ライト作品の復刊があいつぎ、Kindleでも読めるようになっている。没後七十年以上たち、著作権の保護期間が切れたことが大きいとは思うが興味深い現象である。

（4）創元推理文庫では二〇一〇年から日暮雅通によるシリーズ新訳が始まった。

（5）小鷹信光『ハードボイルド以前――アメリカが愛したヒーローたち』（草思社、一九八〇。改題再刊『アメリカン・ヒーロー伝説』ちくま文庫）は、ヴァン・ダインやハメット登場以前のアメリカ犯罪小説の長い伝統を教えてくれる。ハードボイルド私立探偵の原型は「西部のヒーロー」にあるという指摘は示唆に富むが、アメリカにおけるホームズのライヴァルたちについても詳しい。

（6）のちに『大統領のミステリ』（一九三五）でヴァン・ダインと共作するサミュエル・ホプキンス・アダムズも、一九一一年に広告アドバイザーのアヴェリッジ・ジョーンズという名探偵を創造している。

（7）ヘイクラフト『娯楽としての殺人』第八章。

（8）井上良夫はアボットについて、ヴァン・ダイン式の本格探偵小説の影響を受けている、というよりむしろその流行に迎合したものとし、「その道具立てがヴァン・ダイン式に物々しいのみであって、肝心の内容に至っては極めて貧弱」と厳しい見方をしている（「英米探偵小説のプロフィル」一九三三）。

（9）都筑道夫『黄色い部屋はいかに改装されたか？』（晶文社）、第九―十一章。

（10）『ベンスン殺人事件』を批判した書評子を、ヴァン・ダインは当時歯牙にもかけなかったが、後にそのハメットが人気作家となるとこれを強く意識し、敵視するようになる。しかし、二人にはその前から奇妙な因縁があった。ハメットが一九二三年に初めて署名入りの掌篇「最後の一矢」を発表したのは、ライト（ヴァン・ダイン）が辞めたあとメンケンが運営していた〈スマート・セット〉誌だった。同誌の維持のためメンケンが創刊したパルプマガジン〈ブラック・マスク〉で、ハメットは私立探偵小説家として頭角を現していく。その後も、映画でファイロ・ヴァンスを演じたウィリアム・パウエルが、ハメット原作の〈影なき男〉のニック・チャールズ役で大当たりをとるなど、二人の因縁はつづいていく。

（11）〈サンフランシスコ・クロニクル〉紙、一九四四年六月二十五日の書評コラム「犯罪捜査課」（ヴァン・ダイン批判部分の邦訳が「ヴァン・ダインを評する」村上和久訳。『名探偵の世紀』、原書房、一九九九、所収）。

（12）クイーンの合作者のひとりマンフレッド・リーが晩年に初期のエラリーを評した言葉。フランシス・M・ネヴィンズJr『エラリイ・クイーンの世界』（秋津知子他訳、早川書房、一九八〇）による。

（13）「私が森下さんから本を借りたときには、あれほどの大物作家だと知らず、本国でいくら騒がれているといっても、アメリカのことだから高が知れていると、軽く考えて読んだ」と『探偵小説四十年』（光文社文庫）昭和四年の項にある。このときの感想は「相当昂奮はした」が「絶讃」とまではいかなかった。なお、乱歩によると、雨村は〈新青年〉の前に「朝日だったか読売だったかの文芸欄」にヴァン・ダイン紹介の文章を書いていたという。

（14）井上良夫「英米探偵小説のプロフィル」。

（15）当時博文館の編集者だった横溝正史は、森下雨村からアメリカでのヴァン・ダインの評判を聞いていたが、実際に初期三作を読んだ印象は「いささか期待外れ」だった。トリックが単純で結末の意外性に欠けるところが大きな不満だったという（「片隅の楽園」第二回、〈ヒッチコックマガジン〉一九五九年九月号）。

（16）浜尾四郎「探偵小説を中心として」（〈都新聞〉、一九三二）。

（17）全三十巻の予定だったが五巻で中絶した。この全集の付録冊子でヴァン・ダインの序論が「探偵小説論」として翻訳紹介された。

(18) たとえば一九七一年発行の《創元推理コーナー》六号、「創元推理文庫から選んだミステリ・ベスト・ダズン」という座談会企画では、中島河太郎、権田萬治、石川喬司、稲葉明雄の出席者全員がヴァン・ダイン作品を選んでいる。八〇年代に入っても、一九八五年の〈週刊文春〉海外ミステリベスト一〇〇のアンケートで『僧正』が九位、『グリーン家』が二十二位に入っている。
(19) 千街晶之「終わらない伝言ゲーム」(〈創元推理〉一〇号、一九九五)は、イギリスのゴシック・ロマンスの城館がヴァン・ダインのグリーン家を経て、日本の黒死館へ、さらには現代の「館」ミステリへと受け継がれていく過程で過剰化・畸形化してくことを論じて説得力に富む。
(20) 瀬戸川猛資『夜明けの睡魔』(早川書房、一九八七)。

索　引

ア行

アウズラー　Oursler, Fulton　365
アーサー　Arthur, Jean　301, 304, 310
アサートン　Atherton, Gertrude　99-100
アースキン　Erskine, John　365
アダムズ　Adams, Franklin P.　69
アーチャー　Archer, William　174
『アッシャー家の崩壊』 *The Fall of the House of Usher*　243
アッシュカン派　122, 162, 195
〈アトランティック・マンスリー〉 31, 34, 104
アビー　Abbey, Edwin Austin　120
アボットとコステロ　Abbott and Costello　313
アメリカの芸術家；フォーラム・エキシビションと― 161-166; ライトの記事　158-159
『アメリカの言語』（メンケン） *The American Language*　254
『アメリカの悲劇』（ドライサー） *An American Tragedy*　319
アメリカの文化　194-195, 203
アメリカン・プレイス　333
〈アメリカン・マガジン〉 297, 299, 301, 309
〈アメリカン・マーキュリー〉 30, 110
アーモリー・ショー　51, 118-120, 129, 140, 162, 189
アール　Earle, Ferdinand　232, 237
アレン　Allen, Gracie　375-379
アンダーソン　Anderson, Antony　106, 112, 119, 153, 217, 218, 229, 240, 304, 381
アンターマイアー　Untermeyer, Louis　65, 197
アンドルーズ　Andrews, Harry　96, 97, 200, 381
イェイツ　Yeats, William Butler　47, 49, 65
イギリス　148-151; アメリカ文化への影響　193-195; ―の探偵小説 276
犬　15, 322-323, 328, 330, 332, 337, 357-358
イネス　Inness, George　119
「印象派からシンクロミズムへ」（ライト） "Impressionism to Synchromism" 136-138
〈インターナショナル・スタジオ〉 158, 160, 162
インティメイト・ギャラリー　271

ヴァイタホーン短篇映画　327, 375
ヴァージニア州　73-79
〈ヴァニティ・フェア〉 30
ヴァレンチノ　Valentino, Rudolph　244
ヴァン・ゴッホ　van Gogh, Vincent　122
ヴァンス，ファイロ　Vance, Philo　映画の―301, 306, 312, 339-340, 349-350, 361; 個人的特徴 266, 275, 277-280, 312-313, 317-318, 338, 359-361, 366-367; パロディ 313, 375; 批評 275, 294; 変化 359, 366-367; 命名 263-264; 恋愛への関心 359; ―の創造 261
ヴァンス，ルイス・ジョゼフ　Vance, Louis Joseph　264
ヴァン・ダイク　van Dyck, Anthony　264
ヴァン・ダイン　Van Dine, S. S.　279, 280; 正体探し 282-283, 297, 301; 商品推薦広告 364, 370, 372, 379; 名前の選択 264; 二〇年代の成功物語 289; ライトの自伝的エッセイと― 297-301; ―の反響 281
『ヴァンダーヴィア』（ライト） *Vanderveer*　242
ヴァン・ドーレン　Van Doren, Carl　283
ウィア　Weir, J. Alden　158

ヴィーネ　Wiene, Robert　244
ウィムジイ　Wimsey, Lord Peter　17, 278, 335, 359
ウィリアム　William, Warren　345, 369, 379
ウィルソン，ウッドロー　Wilson, Woodrow　74, 169, 177, 191, 204
ウィルソン，エドマンド　Wilson, Edmund　249
ウィルソン，ハリー・レオン　Wilson, Harry Leon　52
ヴィーレック　Viereck, George Sylvester　109, 197
ウィーン（1913年の旅）　50
『ウインター殺人事件』　*The Winter Murder Case*　18-20, 23, 382-387
ウィンチェル　Winchell, Walter　356
〈ウェストコースト・マガジン〉　103-105, 110, 189
ヴェーデキント　Wedekind, Frank　50, 55, 101
ウェルズ　Wells, H. G.　97
ウェンデル　Wendell, Barrett　86-89, 99, 222
ウォーコウィッツ　Walkowitz, Abraham　158, 163, 229, 249
ウォード　Ward, Mrs. Humphrey　99, 100
ウォートン　Wharton, Edith　97, 100, 183, 197
ウォリス　Wallis, Hal　345
『ウォール街の謎』（映画）　*The Wall Street Mystery*　327
ウォルポール　Walpole, Horace　99, 100
ヴランケン　Van Vranken, Frederick　→ライト，ウィラード・ハンティントン
ウルコット　Woollcott, Alexander　294, 322, 363
ウルフ，トマス　Wolfe, Thomas　17, 21, 389
ウルフ，ネロ　Wolfe, Nero　17

映画　231-232, 243-245, 254; 映画雑誌への寄稿 243-245; MGMとの契約 346, 349-352; トーキー 305; ファイロ・ヴァンス小説と— 18-20, 290, 301-306, 312-313, 339-340, 344-346, 349-354, 361-362, 370, 375-379, 382-387; ワーナー・ブラザーズとの契約 326-327; ライトの態度 302-306, 313; —からの収入 326-327, 383
『映画撮影所殺人事件』（映画）*Studio Murder Mystery*　327
『英語用法百科』（ライト）　*Encyclopedia of English Usage*　254, 256
エジプト・ブーム　317
S・S・ヴァン・ダイン・ケンネル　330, 332
『S・S・ヴァン・ダインの肖像』（スタントン）　*Portrait of S. S. Van Dine*　135-136, 389
MGM　340, 346, 349-353, 361
エリオット　Eliot, T. S.　87, 190
エリス　Ellis, Havelock　178
エルウェル　Elwell, Joseph　262, 272
エルダー　Elder, Paul　223

オヴ　Of, George　163
"オーエン・ハッテラス"　"Owen Hatteras"　56-58
オキーフ　O'Keeffe, Georgia　22, 153, 182, 188, 214, 224, 228, 249, 272
オースティン　Austin, Mary　112
オッペンハイム　Oppenheim, E. P.　250, 255, 258
オーティス　Otis, Harrison Gray　96, 97, 101, 113, 115, 172
オーデル　Odell, Margaret　283
オーバー　Ober, Harold　295, 372, 375
オブライエン　O'Brien, Edward　201
オルツィ男爵夫人　Orczy, Baroness　259
オルフィスム　126, 132, 137
オレイジ　Orage, A. R.　149
オーンスタイン　Ornstein, Leo　223

カ行

カー　Carr, Harry　95, 101, 102, 106, 309, 328
『絵画の未来』（ライト）*The Future of Painting*　167-168, 233, 246-249, 258
『影なき男』（映画）*The Thin Man*　340, 349
『影なき男』（ハメット）*The Thin Man*　335, 359
カサット　Cassatt, Mary　183, 195
カザルス　Casals, Pablo　222
『カジノ殺人事件』 *The Casino Murder Case*　337, 340, 346, 348-349, 358, 366; 映画版 349-354, 355; 作中の家族状況 351-352
ガーシュイン　Gershwin, George　241
語り手（ファイロ・ヴァンス小説の）　265
カーティス　Curtiz, Michael　339, 345
ガーデン　Garden, Y. B.　329, 359-360, 370, 385
『ガーデン殺人事件』 *The Garden Murder Case*　355, 360-363, 366; 映画版 361-362
『カナリヤ殺人事件』 *The "Canary" Murder Case*　263, 280-285, 289, 291, 293, 316, 373; 売行き 286, 289; 映画版 290, 301-306; 書評 286-287
ガボリオ　Gaboriau, Èmile　259
カーマン　Carman, Bliss　65, 109
カムストック　Comstock, Anthony　36, 45, 178
カーメル（カリフォルニア）　112
カラーフィールド絵画　128
『カリガリ博士』 *The Cabinet of Dr. Caligari*　243, 244
カリフォルニア　35-38, 112; 1930年の旅 324-326; ライトの帰還（1917）210-212; 一での青年時代 79-81
カレン　Cullen, John　201, 207
カーン　Kahn, Gustave　133
「歓喜の娘たち」(ベネフィールド) "Daughters of Joy" 44
キットリッジ　Kittredge, Lyman　222
動的な光装置《キネテイック・ライト・マシン》　234
キプリング　Kipling, Rudyard　97
キャトン　Catton, Bruce　343
キャフィン　Caffin, Charles　159, 165
キュビスム　118, 120, 122, 126, 130, 132, 137, 155, 157, 189
ギルマン　Gilman, Charlotte Perkins　99
キング　King, Dorothy　263, 284
『近代絵画』（ライト） *Modern Painting*　153-157, 160, 187, 189, 199, 247
近代美術　117; アーモリー・ショー　118-119; 批評家の葛藤 140; 一の市場 224, 229-230; 一の受容 319
『銀嶺セレナーデ』（映画） *Sun Valley Serenade*　387

クイン　Quinn, John　120
グッドマン　Goodman, Daniel Carson　57, 60, 63
グッドリッチ　Goodrich, Lloyd　139
クノップフ　Knopf, Alfred　178
クーパー　Cooper, Fenimore　83
『クライドの謎』（映画） *The Clyde Mystery*　327
グラスゴー　Glasgow, Ellen　97, 100
グラスペル　Glaspell, Susan　63
グリス　Gris, Juan　122
クリスティ　Christie, Agatha　17, 258-261, 266, 276, 279, 338, 335
クーリッジ　Coolidge, Calvin　294
グリニッジ・ヴィレッジ　181, 239
〈グリニッジ・ヴィレッジャー〉　239
グリーン　Green, Anna Katharine　258, 261, 275-276, 292
『グリーン家殺人事件』 *The Greene Murder Case*　263, 289, 291-294, 373; 売行き 293;

サ行

タ行

Detective Stories　289
ダンヌンツィオ　D'Annunzio, Gabriele　51, 52, 63

チアイー・ビヴァレッジ社　Cheer-ee Beverage Company　94
チェスタトン　Chesterton, G. K.　260, 276, 289, 343
チェンバレン　Chamberlain, J. E.　140
チャイルド　Child, Margaret Beatrice　89
チャップリン　Chaplin, Charlie　244, 245
チャールズ夫妻　Charles, Nick and Nora　338, 340, 349, 359
抽象芸術　127-129
チューダー＝ハート　Tudor-Hart, Ernest Percyval　124-125, 145

ディキンソン　Dickinson, Preston　228
ディケンズ　Dickens, Charles　83, 99, 250
ディンスモア　Dinsmore, Jay　90
デヴィッドソン　Davidson, Abraham　128
デ・シルヴァ　De Sylva, B. G.　241-243, 284, 286
テーヌ　Taine, Hippolyte　145, 146, 265
デマレスト　Demarest, William　379
デムース　Demuth, Charles　158, 228, 229, 272
デュシャン　Ducamp, Marcel　119, 139
デュパン　Dupin, C. Auguste　274
デ・ライル　de Lisle, Claire　319; →ライト，クレア
デル　Dell, Floyd　40-42, 46
『天才』（ドライサー）*The Genius*　178, 284
展覧会　225; エクスポジション・パーク　226-231; スタントン作品 48, 50-51, 70, 138-141, 161-166, 226-231, 388; フォーラム 161-166

ドイツ：大戦中の反独感情 148-149, 169, 174-175, 203-208; ライトの支持 174-177, 197, 203-208
ドイル　Doyle, Arthur Conan　82, 259, 260, 266, 270, 276, 289, 338
トウェイン　Twain, Mark　87, 97
同性愛　83, 179
トーキー　305
ドス・パソス　Dos Passos, John　87
ドビュッシー　Debussy, Claude　81
ドライサー　Dreiser, Theodore　23, 55, 61, 102, 107, 109, 144, 173, 184, 186, 208, 214, 250, 280, 284, 319;〈スマート・セット〉と―43, 56, 57, 63; ライトによる擁護 30, 61, 178-179
トライドン　Tridon, Andre　157, 206, 208
ドラクロワ　Dlacroix, Eugène　145
『ドラゴン殺人事件』*The Dragon Murder Case*　333, 335-337, 339, 342-346, 369; 映画版 344-346; 書評 343
ドラン　Derin, André　122, 125
トレイン　Train, Arthur　283
ドローネー夫妻　Delaunay, Robert and Sonia　123, 126, 132, 133

ナ行

ナショナル・アカデミー・オブ・デザイン　158
ナッシュ　Nash, Ogden　313
ナーデルマン　Nadelman, Elie　158

291 ギャラリー　120, 213-214
二〇年代　317; →ファイロ・ヴァンス小説
二〇世紀フォックス　18-20, 368, 382-383
ニーチェ　Nietzsche, Friedrich　34, 107, 110, 172-175, 183, 207, 285, 372; ―本の企画 144, 149, 152; ―本の序論 373-374
『ニーチェの教え』（ライト）*What Nietzsche Taught*　152, 160, 172-174
「二番目の子」（ライト）"The Second Child"

ハ行

フラー　Fuller, Henry　196
ブラウン，ハリー・ジョー　Brown, Harry Joe　383
ブラウン神父　Brown, Father　259, 278, 367
ブラック　Braque, Georges　122, 127
ブラマンク　Vlaminck, Maurice　122
ブラームス　Brahmus, Johannes　81
ブラン　Blanc, Charles　124
フランス　France, Anatole　97
フランス文学　51-52, 201-202
ブリタニカ大百科事典　193-198, 201
フリーマン　Freeman, R. Austin　258, 259, 261, 276, 289
ブリュー　Brieux, Eugene　51, 52, 63, 101
ブリントン　Brinton, Christian　157, 159, 162
ブルース　Bruce, Virginia　361
ブルックス　Brooks, Louise　301-303, 305, 383
『プルマン車の殺人』（映画）　*Murder in the Pullman*　327
ブルームナー　Bluemner, Oscar　163, 166
『ブルー・ムーン殺人事件』（映画）　*The Blue Moon Murder Case*　327
〈ブルー・レヴュー〉　66-68
ブルーン　Broun, Heywood　294
フレッチャー　Fletcher, J. S.　258, 261
プレンティス　Prentice, William　357-358
フロイト　Freud, Sigmund　178
フロスト　Frost, Robert　65
ブロンソン・ハワード　Bronson Howard, George　56, 57, 60, 63

ヘイクラフト　Haycraft, Howard　23, 287
ベイリー　Bailey, H. C.　258-260, 276, 289
ヘザー・レヴァラー（犬）　Heather Reveller　323, 332, 357
ヘニー　Henie, Sonja　19, 382-385, 387
ベネフィールド　Benefield, Barry　44, 46, 56, 57, 63
ヘミングウェイ　Hemingway, Ernest　17, 269, 342, 389
ベル　Bell, Clive　155
ベルクレア・ホテル　245-246, 363
ヘルムホルツ　Helmholtz, H. L. F. von　124, 154
ベルリン　50
ベン　Benn, Ben　163
『ベンスン殺人事件』　*The Benson Murder Case*　256, 262, 265, 272, 274-275, 277, 280, 293, 317, 360, 362; 売行き 274, 映画版 290, 313; 書評 274-275
ベンチリー　Benchley, Robert　87, 305
ベントリー　Bentley, E. C.　259, 276
ベントン　Benton, Thomas Hart　134-135, 139-140, 148, 163, 164, 175, 229, 272, 315, 341
ヘンライ　Henri, Robert　119, 124, 162, 163, 195

ポー　Poe, Edgar Allan　82, 87, 243, 275, 289
ポアロ　Poirot, Hercule　17, 259-260, 277
ポーイス　Powys, John Cawper　178
ホイッスラー　Whistler, James McNeill　119
ホイットニー　Whitney, Gertrude Vanderbilt　131, 134
ホイットマン　Whitman, Stephen French　102
ボイド　Boyd, Ernest　46, 208, 214
ボイヤー　Boyer, Norman　31, 35, 40, 66, 69
ボイントン　Boynton, Katharine Belle　→ライト，キャサリン
ポースト　Post, Melville Davisson　258-260, 276, 289
ボストン　88
ポート　Poate, Ernest M.　259
ボードレール　Baudelaire, Charles　83, 145
ボニ・アンド・リヴライト社　201, 267-

268, 373
ホーマー　Homer, Winslow　119, 158
ホームズ　Holmes, Sherlock　260, 274, 277, 312, 359
ポラード　Pollard, Percival　98, 109 , 115
〈ボルチモア・サン〉　106
ホール＝ミルズ事件　281
ホワイト　White, William Allen　287

マ行

マウラー　Maurer, Alfred Henry　163, 166, 228
マクドナルド＝ライト　Macdonald-Wright, Stanton　→ライト，スタントン
マクナマラ兄弟　McNamara, James and John　113
マクフィー　McFee, Henry　163
マクブライド　McBride, Henry　165
〈マクルアズ〉　30
マグローティ　McGroarty, John　103-105, 111
マザー　Mather, Frank Jewett　156, 159, 165
マシューズ　Matthews, Genevieve　206-207
マッキンタイア　McIntyre, O. O.　356
マティス　Matisse, Henri　48, 122, 123, 125, 137, 310
マーラー　Mahler, Gustav　81
マリン，エドウィン　Marin, Edwin　351
マリン，ジョン　Marin, John　158, 163, 166, 224, 228, 272
マルティン　Maltin, Leonard　327
マンキーウィッツ　Mankiewicz, Joseph　328
マンフォード　Mumford, Lewis　248

ミーク　Meek, Donald　327
ミケランジェロ　Michelangelo　130
ミュンスターバーグ　Munsterberg, Hugo　87, 145, 204, 277
ミュンヘン（1913年の旅）　50-51
未来派　131, 132, 137, 155
ミルン　Milne, A. A.　258

ムーア，ジョージ　Moore, George　49, 52, 97, 102, 280
〈ムーヴィー・マガジン〉　244-245
ムック　Muck, Karl　204

メイ　May, Henry　387
メイスン　Mason, A. E. W.　258-260
メトロポリタン美術館　204, 315, 317; —の暴露記事 159-160
メリメ　Mérimée, Prosper　202
メンケン　Mencken, H. L.　23, 25, 39, 46, 70-71, 138, 143, 144, 178-179, 220-222, 286, 290-291, 300, 315, 318, 341, 355; 近代美術と—; 152-153; 最初の出会い 106-111; 女性観 183;〈スマート・セット〉と— 30-33, 38, 44, 52, 54, 56-61, 63, 106, 109, 115, 179, 310, 342, 352; 性格 106; 文学的趣味 107; ニーチェと— 173;『八時十五分過ぎのヨーロッパ』58-59, 143, 148; 反独感情と— 205, 208;〈ブルー・レヴュー〉と— 67; ライトとの関係 30-31, 57-61, 69-70, 106-111, 150, 180-181, 199, 208, 214, 240, 353, 387; —の影響 106

モア　More, Paul Elmer　174, 175
モダニズム　129
モーパッサン　Maupassant, Guy de　82, 84, 202, 222, 250
モーム　Maugham, Somerset　97
モーリー　Morley, Christopher　338
モリスン　Morrison, Arthur　258, 289
モロー　Morrow, W. C.　85

ヤ行

ヤロー　Yarrow, William　228

『誘拐殺人事件』 *The Kidnap Murder Case* 366-369, 373

ラ行

ライアソン Ryerson, Florence 302, 304, 310, 328, 349
ライト，アイダ Wright, Ida 91, 121, 122, 133, 176, 239
ライト，アーチボルド Wright, Archibald 61-62, 74-82, 89; 性格 75; 死 133, 134; 父親として 75-76, 80, 82-84; —の財政的援助 93-96
ライト，アニー Wright, Annie 62, 70, 71 77, 151, 153, 182; キャサリンと— 151, 170, 177, 232, 239; 財政的援助 71, 171, 177, 215-216, 238-239; 財政問題 192, 239; 性格 75; ニーチェ観 174; 母親として 75-77, 83, 84; 病気 365; 息子たちを訪問 176-177; —との面会 215-216, 303, 306-307; —への仕送り 388
ライト，ウィラード・ハンティントン Wright, Willard Huntington 飲酒 18, 19, 80-81, 334, 374, 384; 教育 76, 79, 84-89, 119, 144-146; ギャンブル 337, 358, 373; 記録の破棄 372; 近代美術と— 117, 118-121, 129-131, 139-141, 144-146, 223-224, 229-231, 319; 健康状態 215, 246, 372, 381-382; 講師 112, 223; 財政状態 69, 70, 89, 149, 171, 199, 207, 237-242, 255, 270, 285-286, 290, 326-327, 330-332, 335-336, 370; 死 21-22, 385-386; 詩 86; 自己イメージ 32, 33, 38, 61-62, 85, 177-178, 266, 314; 執筆計画（1914）144; 自伝 299-301; 死亡記事 22, 386-387; ジャーナリストとして 30, 69-70, 103-105, 110, 115, 136-138, 157-160, 175-176, 178, 199-201, 205-208, 219-223, 226, 243-246; 小説家として（→探偵小説；ファイロ・ヴァンス小説；各作品名）; 少年時代と青年時代 73-92; 商品推薦広告 364, 370, 372, 379; 人種差別 273-274; 心臓発作 381-382; スタントン作の肖像画 135-136, 389-390; スパイ疑惑 205-208; 性格 29, 42, 46, 84, 120, 144, 150, 176, 180, 269, 270, 274; 性衝動 83, 88; 精神状態 215, 334, 372; 作り話 88-89, 97, 113-114, 221-222, 298-300, 310, 319, 341, 342, 386;「転向」批判 265, 303, 307-309, 328, 333-334, 340, 362-364, 384; 著作（→各作品名）; 美学理論 153-157; 美術コレクション 166-167, 323; 筆名 172, 244, 300（→ヴァン・ダイン）; フォーラム・エキシビションのカタログ 164-165; 文学的趣味 82-84, 145, 258-260; 文芸批評家として 33-34, 97-102, 107, 198, 200-203; 文体 110-111; 麻薬 150-151, 169, 180-182, 198, 209, 212; メトロポリタン美術館の暴露記事 159-160; ヨーロッパ旅行（1913）47-52, 58-59, 63, 121, 129, 131, 142; ライフスタイル 328-331, 336; 旅行記 58-59, 63; 労働観 269-270; —女性 30, 46, 49, 56, 58, 88, 90, 95, 111, 150, 171, 182-183; —とシンクロミズム 136-139, 153, 155-156, 308
ライト，キャサリン Wright, Katharine 38, 114, 116, 319, 320; アニーと— 151, 153, 170-171, 177, 232, 239; ウィラードの浮気 46, 49, 92, 108, 116, 123, 217-218, 252; ウィラードの感情 70-71, 171, 180, 182, 242; ウィラードの帰還と— 216-221, 303, 306-307; 求婚と結婚初期 90-96; 後半生 389; 個人的特徴 90-92; 財政問題 177, 192, 212-213, 242, 267, 285; 精神状態 236, 250-253, 285, 323-325, 389; 徴兵問題と— 192; ヨーロッパ旅行 326, 328, 346-348; 離婚 190, 235-236, 324-325; 和解の試み 220, 225; —の遺棄 31, 62, 64, 116, 153, 201; —への送金 242, 267, 323, 325, 331-332, 373

ライト，クレア　Wright, Claire　326, 328-330, 334, 336; ウィラードの死と— 19-21, 386-388; ウィラードの病気と— 382; 財政と— 372, 385; 病気 348, 353; →デ・ライル
ライト，スタントン　Wright, Stanton　48, 50, 62, 67-68, 70, 117, 170, 351; アニーの訪問 176-177; ウィラードとの関係 77-78, 80-84, 219, 231, 233, 256, 307-308, 333-334; ウィラードのエッセイ 136-138; ウィラードの死と— 388; ウィラードの肖像画 135-136, 389-390; 改名 123; 画家として 80, 121-124, 128-133, 135-136, 146-147, 226-229, 233-234, 388; カリフォルニアへ帰還 225-227; 結婚 91, 93, 121-123, 133-134, 252; 個人的特徴 68, 81-82, 135, 176, 227; 最後のニューヨーク訪問 333-334; 財政問題 161, 166; 少年時代と青年時代 74-84; 展覧会 48, 50, 70, 138-141, 162-166, 227-231; パリ 91, 143-147; 光とフィルム芸術 234-235; ベヴァリーと— 251-252, 321, 369; 離婚 239; —と探偵小説 256
ライト，ベヴァリー　Wright, Beverly　ウィラードについて 319, 321, 323, 331, 357, 373; ウィラードの感情 192, 250, 347, 356-357, 368; ウィラードの帰還と— 211-212, 216-219, 303, 306-307; キャサリンの精神状態と — 218-219, 236; クレア・バークについて 186; 後半生 389; 財政問題 242, 285; 思春期 249-254; 職歴 356-357, 368; スタントンと — 251-252; 美術学校 321, 324, 347; ヨーロッパ旅行 326, 328, 346-348; 両親の訣別と —218-219; 両親の離婚と— 324-325; — の遺棄 62, 116, 153, 170-171, 192; —の関心 249-250, 251
〈ライフ〉 372
ラインハート　Rinehart, Mary Roberts　276, 335
ラインハルト　Reinhardt, Max　347, 356
ラスキー　Lasky, Jesse　301, 302
ラスコー　Rascoe, Burton　185, 197, 211, 318, 341-342, 352
ラスボーン　Rathbone, Basil　312, 315, 369
ラッセル，モーガン　Russell, Morgan　50, 68, 71, 121, 124-135, 137, 143, 145, 155, 234; 回顧展 141, 389; 展覧会 138-141, 161-166; —の目標 125-128; →シンクロミズム
ラッセル，ロザリンド　Russell, Rosalind　351, 353-354, 383
ラードナー　Lardner, Ring　269, 389
ラ・ファージ　La Farge, John　119
ラルヴィク　Laurvik, J. Nilson　224, 227-229
ランボー　Rimbaud, Artur　83

リー，アーサー　Lee, Arthur　139
リー，ヴァーノン　Lee, Vernon　145
リーヴ　Reeve, Arthur　259
リーヴィ　Levy, Oscar　149
リヴライト　Liveright, Horace　201, 267-268, 373
リーズ，キャサリン　Leeds, Katherine　240, 288
リーズ，スタントン　Leeds, Stanton　200, 206, 208, 239-240, 246, 286, 288
〈リーダーズ・ダイジェスト〉 367, 374
リーディ　Reedy, William Marion　98, 197
〈リーディズ・ミラー〉 160, 193, 197
リドー　Rideout, Henry Milner　102
〈リバティ〉 365
リンチバーグ（ヴァージニア） 77-78
リンドバーグ　Lindberg, Charles　287

ルイス　Lewis, Sinclair　194, 287, 319
ルーイゾン　Lewisohn, Ludwig　43
ルーカス　Lukas, Paul　349-351, 369
ルガリヤン　Le Gallienne, Richard　43
ルコック　Lecoq, Monsieur　274
ルーズヴェルト　Roosevelt, Franklin D.

335, 365
ルード　Rood, Ogden　124, 154
ルノワール　Renoir, Pierre-Auguste　137, 138
『ルバイヤート』（映画）*The Rubáiyát* 232, 237
ルパン　Lupin, Arsène　259
ルメリー　Rumely, Edward　199-200, 207
ルルー　Leroux, Gaston　259, 338

レイ　Ray, Man　158, 163, 228
レッドマン　Redman, Jeanne　252, 256, 307
レデラ　Lederer, Norbert　257-259, 292, 296
レームブルック　Lehmbruck, Wilhelm　119

ロイ　Loy, Myrna　349
ロウ　Lowe, Edmund　361, 369
ロサンゼルス（の記事）35-38, 222-223, 226
〈ロサンゼルス・タイムズ〉 95-103, 107-116, 119, 221, 230, 363, 382; 東部への旅 108-111; 特別文芸付録 114-115; 社屋爆破事件 112-114; 書評 97-102, 107; ライトに関する記事 309; —へ復帰 215
〈ロサンゼルス・ヘラルド〉 226
ロダン　Rodin, Auguste　123
ロート　Lhote, André　320
ロード　Rhode, John　259
ロブセンツ　Lobsenz, Jacob　257, 286, 289, 326
ロレンス　Lawrence, D. H.　49, 52, 60-61, 65, 69, 319
ロンドン（1914年の移住） 148-151
ロンドン，ジャック　London, Jack　39

ワ行

ワイクセル　Weichsel, John　161, 162, 178
ワイルダー　Wilder, Thornton　287, 293
ワイルド　Wilde, Oscar　83, 87, 96, 103, 105, 121, 184, 205, 250, 280
ワーズワース　Wordsworth, William　20
ワーナー，アン　Warner, Anne　99
ワーナー，ジャック　Warner, Jack　344, 345
ワーナー・ブラザーズ　Warner Brothers 326-327, 339, 344

参考文献

Adams, Henry. *Thomas Hart Benton*. New York: Knopf, 1989.

Adams, J. Donald. *Copey of Harvard*. Boston: Houghton Mifflin, 1960.

Agee, William C. "Synchromism." Exhibition catalogue, Knoedler Galleries, 1965.

——. "Willard Huntington Wright and the Synchromists," *Archives of American Art Journal*, Autumn 1985.

Angoff, Charles. *H. L. Mencken: A Portrait from Memory*. New York: T. Yoseloff, 1956.

Baigell, Matthew. *Thomas Hart Benton*. New York: Abrams, 1974. ［マシュー・ベイゲル『トーマス・ハート・ベントン』，村木明訳，PARCO 出版局，1976］

Baker, Marilyn. "The Art Theory and Criticism of Willard Huntington Wright," Ph. D. thesis, University of Wisconsin, 1975.

Bartlett, Randolph. "A Man of Promise," *Saturday Review of Literature*, November 2, 1935, p. 10.

Benton, Thomas Hart. *An American in Art*. Lawrence, Kans.: University of Kansas Press, 1969.

——. *An Artist in America*. New York: Robert McBride, 1937.

Berg, A. Scott. *Max Perkins, Editor of Genius*. New York: E. P. Dutton, 1978. ［A・スコット・バーグ『名編集者パーキンズ――作家の才能を引きだす』，鈴木主税訳，草思社，全2巻，1987］

Bode, Carl. *Mencken*. Carbondale, Ill.: Southern Illinois University Press, 1969.

—— (ed.). *The New Mencken Letters*. New York: Dial Press, 1977.

Boyd, Ernest. "Willard Huntington Wright," *Saturday Review of Literature*, April 22, 1939, p. 8.

Brown, Milton. *American Painting from the Armory Show to the Depression*. Princeton, N. J.: Princeton University Press, 1955.

Bruccoli, Matthew J. *The Fortunes of Mitchell Kennerley*, Bookman. New York : Harcourt Brace Jovanovich, 1986.

Butcher, Fanny. *Many Lives, One Love*. New York: Harper & Row, 1973.

Carr, Harry. *Los Angeles: City of Dreams*. New York: Grosset & Dunlap, 1935.

Churchill, Allen. *The Literary Decades*. Englewood Cliffs, NJ.: Prentice Hall, 1971.
Crawford, Walter. "Willard Huntington Wright: Aesthete and Critic," M. A. thesis, Columbia University, 1947.
Davidson, Abraham. *Early American Modernist Painting*. New York: Harper & Row, 1981.
Dolmetsch, Carl. *The Smart Set: A History and an Anthology*. New York: Dial Press, 1966.
Einbinder, Harvey. *The Myth of the Britannica*. New York: Grove Press, 1964.
Forgue, Guy（ed.）. *The Letters of H. L. Mencken*. New York: Knopf, 1961.
Forum Magazine, 1912-1917.
The Forum Exhibition of Modern American Painters. Exhibition catalogue, Anderson Galleries, 1916.
Francisco, Charles. *Gentleman: The William Powell Story*. New York: St. Martin's Press, 1985.
Gelman, Barbara（ed.）. *Photoplay Treasury*. New York: Crown, 1972.
Gilmer, Walker. *Horace Liveright, Publisher of the Twenties*. New York: David Lewis, 1970.
Harrell, Anne. *The Forum Exhibition: Selections and Additions*. Exhibition catalogue, Whitney Museum of American Art at Philip Morris, May 18 June 22, 1983.
Hart, James. *The Popular Book: A History of America's Literary Taste*. New York: Oxford University Press, 1961.
Haycraft, Howard（ed.）. *The Art of the Mystery Story*. New York: Carroll & Graf, 1974.［ハワード・ヘイクラフト編『推理小説の美学』，鈴木幸夫編訳，研究社，1974；『ミステリの美学』，仁賀克雄編訳，成甲書房，2003：※いずれも抄訳］
____. *Murder for Pleasure*. New York: Carroll & Graf, 1984.［ハワード・ヘイクラフト『娯楽としての殺人』，林峻一郎訳，国書刊行会，1992］
Hearst's Weekly Magazine, 1921.
Hertz, Elizabeth. "The Continuing Role of Stanton Macdonald-Wright and Synchromism in Modern Art," Ph. D. thesis, Ohio State University, 1968.
Hoffman, Frederick; Charles Allen; Carolyn Ulrich. *The Little Magazine: A History and a Bibliography*. Princeton, N. J.: Princeton University Press, 1946.

Homer, William Innes. *Avant-Garde Painting and Sculpture in America, 1910-1925*. Exhibition catalogue, Delaware Art Museum (Wilmington), 1975.

____. *Alfred Stieglitz and the American Avant-Garde*. Boston: Graphic Society, 1977.

Hunter, Sam. *Modern American Painting and Sculpture*. New York: Dell, 1959.

International Studio, 1916-1917.

Kahn, E. J. *Harvard*. New York: Norton, 1969.

Kazin, Alfred. *On Native Grounds*. New York: Harcourt Brace Jovanovich, 1942.［アルフレッド・ケイジン『現代アメリカ文学史――現代アメリカ散文文学の一解釈』，刈谷元司訳，南雲堂，1964］

Kean, Randolph. "East Street Railways and the Development of Charlottesville," *The Magazine of Albemarle County History*, Vol. 33, 1975.

Kemler, Edgar. *The Irreverent Mr. Mencken*. Boston: Little, Brown, 1950.

Knight, Christopher. "On Native Ground: U. S. Modern," *Art in America*, October 1983, pp. 166-174.

____. "The 1916 Forum Exhibition and the Concept of an American Modernism," M. A. thesis, State University of New York at Binghamton, 1976.

Kogan, Herman. *The Great EB: The Story of the Encyclopaedia Britannica*. Chicago: University of Chicago Press, 1958.

Kreisworth, Martin. "The Will to Create: Faulkner's Apprenticeship and Willard Huntington Wright," *Arizona Quarterly*, Vol. 37, No. 2, Summer 1981, pp. 149-165.

Kuehl, John, and Jackson Bryer. *Dear Scott / Dear Max: The Fitzgerald-Perkins Correspondence*. New York: Scribners, 1971.

Levin, Gail. *Synchromism and American Color Abstraction, 1910-1925*. Exhibition catalogue, Whitney Museum and George Braziller, 1978.

Lisle, Laurie. *Portrait of an Artist: The Biography of Georgia O'Keeffe*. New York: Seaview Books, 1980.［ローリー・ライル『ジョージア・オキーフ――崇高なるアメリカ精神の肖像』，道下匡子訳，PARCO出版局，1984］

Los Angeles Times, 1908-1913, 1920.

Lounsbery, Myron. "Against the American Game: The 'Strenuous' Life of Willard Huntington Wright," *Prospects*, Vol. 5, 1980, pp. 507-555.

Lowe, Sue Davidson. *Alfred Stieglitz*. New York: Farrar, Straus & Giroux, 1983.

McWilliams, Carey. *The Southern California County*. New York: Duell, Sloane & Pearce, 1946.
Maltin, Leonard. *The Great Movie Shorts*. New York: Crown, 1972.
____. "Philo Vance at the Movies" in Jon Tuska (ed.), *Philo Vance: The Life and Times of S. S. Van Dine*, pp. 35-47.
Man Ray. *Self Portrait*. New York: McGraw-Hill, 1963. [マン・レイ『セルフ・ポートレイト――マン・レイ自伝』, 千葉成夫訳, 文遊社, 2007]
Manchester, William. *Disturber of the Peace*. New York: Harper Brothers, 1950.
Mayfield, Sara. *The Constant Circle*. New York: Delacorte Press, 1968.
Moore, Ed "Oneonta Past and Present" (5/2/61) in the Huntington Memorial Library local-history clipping file.
More, John Hammond. *Albemarle: Mr. Jefferson's County*. Charlottesville: University of Virginia Press, 1976.
Mott, Frank Luther. *A History of American Magazines*. Cambridge, Mass.: Harvard University Press, 1968.
Munson, Gorham. *The Awakening Twenties*. Baton Rouge: Louisiana State University Press, 1986.
New York Evening Mail, January-March 1914; 1917.
Nye, Russell. *The Unembarrassed Muse*. New York: Dial Press, 1970. [ラッセル・ナイ『アメリカ大衆芸術物語』, 亀井俊介訳, 研究社出版, 全3巻, 1979]
Paige, D. D. (ed.). *The Letters of Ezra Pound*. New York: Harcourt, Brace, 1950.
Paris, Barry. *Louise Brooks*. New York: Knopf, 1989.
Penzler, Otto. "Collecting Mystery Fiction: S. S. Van Dine," *The Armchair Detective*, Vol. 15, No. 4, pp. 350-356.
Photoplay, 1921-1922.
Pitts, Michael. *Famous Movie Detectives*. Methuen, N. J.: Scarecrow Press, 1979.
Pomeroy, Earl. *In Search of the Golden West: The Tourist in Western America*. New York: Knopf, 1957.
____. *The Pacific Slope*. New York: Knopf, 1965.
Pratt, George. *Spellbound in Darkness: A History of the Silent Film*. Green-

wich, Conn.: New York Graphic Society, 1973.
Rascoe, Burton. *Before I Forget.* Garden City, N. Y.: Doubleday, Doran, 1937.
—— (ed.). *The Smart Set: An Anthology.* New York: Reynal and Hitchcock, 1934.
Read, Forrest (ed.). *Pound / Joyce: The Letters of Ezra Pound to James Joyce.* New York: New Directions, 1967.
Reid, B. L. *The Man from New York: John Quinn and His Friends.* New York: Oxford University Press, 1969.
Rewald, John. *Cezanne in America.* Princeton, N.J. : Princeton University Press, 1989.
Riggio, Thomas (ed.). *Theodore Dreiser: American Diaries: 1902-1926.* Philadelphia: University of Pennsylvania, 1983.
—— (ed.). *The Dreiser-Mencken Letters.* Philadelphia: University of Pennsylvania Press, 1986.
Rose, Barbara. *American Art Since 1900.* New York: Holt, Rinehart & Winston, 1975.
Russell, Rosalind & Chase, Chris. *Life Is a Banquet.* New York: Random House, 1977.
San Francisco Bulletin, 1919.
Scott, David. "The Art of Stanton Macdonald-Wright" (exhibition catalogue), The National Collection of Fine Arts, 1970.
Seligmann, Herbert. *Alfred Stieglitz Talking.* New Haven: Yale University Press, 1966.
Simonson, Lee. *Part of a Lifetime.* New York: Duell, Sloane & Pearce, 1943.
Sketchbook of Lynchburg, Virginia: Its People and Its Trade. Lynchburg: the Virginian Job Printing House, 1887.
The Smart Set, 1912-1914.
Smith, David R. "S. S. Van Dine at 20th-Century Fox" in Tuska (ed). *Philo Vance: The Life and Times of S. S. Van Dine*, pp. 48-58.
Starr, Kevin. *Americans and the California Dream: 1850-1915.* New York: Oxford University Press, 1973.
——. *Inventing the Dream: California Through the Progressive Era.* New York : Oxford University Press, 1985.
Stenerson, Douglas. *H. L. Mencken: Iconoclast from Baltimore.* Chicago: Univer-

sity of Chicago Press, 1971.
Storrs, Les. *Santa Monica: Portrait of a City Yesterday and Today*. Published by the Santa Monica Bank in commemoration of the Santa Monica Centennial, 1974.
Swanberg, W. A. *Dreiser*. New York: Scribners, 1965.
Terhune, Albert Payson. *To the Best of My Memory*. New York: Harper's, 1930.
Thayer, John Adams. *Astir*. Boston: Small, Maynard, 1910.
Town Topics, 1912-1914.
Tuska, Jon. *In Manors and Alleys: A Casebook on the American Detective Film*. New York: Greenwood Press, 1988.
____(ed.). *Philo Vance: The Life and Times of S. S. Van Dine*. Bowling Green, Ohio: Bowling Green University Press (Popular Writers Series No. 1), 1971.
____. *The Detective in Hollywood*. New York: Doubleday, 1978.
Untermeyer, Louis. *Bygones*. New York: Harcourt, Brace & World, 1965.
Vacha, J. E. "When Wagner Was Verboten," *New York History*, April 1983, pp. 171-188.
Waters, Cecile. *Holsinger's Charlottesville*. Charlottesville, Virginia: Heblich, FT, Bates & Co., 1976.
Watson, Dori Boynton. "Stanton Macdonald-Wright," M. A. thesis, UCLA, 1986.
Webb, William. "Charlottesville and Albemarle County: 1865-1900," Ph. D. thesis, University of Virginia, 1955
Weintraub, Stanley. *London Yankees*. New York: Harcourt Brace Jovanovich, 1979.
Wertheim, Frank Arthur. *The New York Little Renaissance*. New York University Press, 1976.
The West Coast Magazine, 1909-1912.
Wheelock, John (ed.). *Editor to Author: The Letters of Maxwell E. Perkins*. New York: Scribners, 1950.
Wilson, Edmund. "The All-Star Literary Vaudeville" in Loren Baritz (ed.), *The Culture of the Twenties*. New York: Bobbs Merrill, 1970.
Wood, James. *Magazines in the United States*. New York: Ronald Press, 1971.

W・H・ライト著作リスト

※邦訳については「邦訳リスト」を参照のこと。

ウィラード・ハンティントン・ライト（Willard Huntington Wright）名義

Europe After 8:15 (with H. L. Mencken and George Jean Nathan). New York: John Lane, 1914.

What Nietzsche Taught. New York: Huebsch, 1915.

Modern Painting: Its Tendency and Meaning. New York: John Lane, 1915.

The Creative Will: Studies in the Philosophy and the Syntax of Aesthetics. New York: John Lane, 1916.

The Man of Promise. New York: John Lane, 1916.

The Forum Exhibition of Modern American Painters. Exhibition catalogue, Anderson Galleries, New York, March 1916.

The Great Modern French Stories: A Chronological Anthology. New York: Boni & Liveright, 1917.

Misinforming a Nation. New York: Huebsch, 1917.

Informing a Nation. New York: Dodd, Mead, 1917.

The Future of Painting. New York: Huebsch, 1923.

The Great Detective Stories: A Chronological Anthology. New York: Scribners, 1927.

S・S・ヴァン・ダイン（S. S. Van Dine）名義

The Benson Murder Case. New York: Scribners, 1926.

The "Canary" Murder Case. New York: Scribners, 1927.

The Greene Murder Case. New York: Scribners, 1928.

The Bishop Murder Case. New York: Scribners, 1929.

The Scarab Murder Case. New York: Scribners, 1930.

The Kennel Murder Case. New York: Scribners, 1933.

The Dragon Murder Case. New York: Scribners, 1933.

The Casino Murder Case. New York: Scribners, 1934.

The Garden Murder Case. New York: Scribners, 1935.

The President's Mystery Story (with Rupert Hughes, Samuel Hopkins Adams, Anthony Abbot, Rita Weiman, and John Erskine). New York: Farrar &

Rinehart, 1935.

※フランクリン・F・ルーズヴェルト原案にもとづくリレー長篇。

Philo Vance Murder Cases. New York: Scribners, 1936.

※オムニバス本。『スカラベ』『ケンネル』『ドラゴン』の3長篇に，自伝的エッセイ（序文），「探偵小説作法二十則」，映画スチール，ファイロ・ヴァンスの肖像画，Y・B・ガーデンによるヴァンス小伝を収録。

The Kidnap Murder Case. New York: Scribners, 1936.

A Philo Vance Weekend. New York: Grosset & Dunlap, 1937.

※オムニバス本。『カナリヤ』『グリーン家』『僧正』の3長篇を収録。

The Gracie Allen Murder Case. New York: Scribners, 1938. 改題再刊：*The Smell of Murder*. New York: Bantam, 1950.

The Winter Murder Case. New York: Scribners, 1939.

邦訳リスト

【児】＝児童書

戦前の長篇邦訳は大幅な抄訳も含む。作者名の表記は，戦前には「ヴン・ダイン」，児童書では「バン・ダイン」もある。

［美術評論］（ウィラード・ハンティントン・ライト名義）

1. Future of Painting（1923）

『絵画はどうなる』南條滋訳，洋画新報社〈近代美術叢書〉，1934

［長篇］（S・S・ヴァン・ダイン名義）

2. The Benson Murder Case（1926）

『ベンスン殺害事件』平林初之輔訳，春陽堂『探偵小説全集』第13巻，所収，1930　※表紙・本扉は「ベンソン家の惨劇」，目次・本文は「ベンスン殺害事件」。

『ベンスン殺人事件』松本正雄訳，平凡社〈世界探偵小説全集〉第20巻，1930

『ベンスン殺人事件』延原謙訳，新樹社〈ぶらっく叢書〉第13巻，1950

『ベンスン殺人事件』井上勇訳，東京創元社〈世界推理小説全集〉第31巻，1957

『ベンスン殺人事件』井上勇訳，東京創元社〈創元推理文庫〉，1959

『ベンスン殺人事件』井上勇訳，東京創元社『世界名作推理小説大系』第11巻，所収（同時収録『僧正殺人事件』），1960
『ベンスン殺人事件』井内雄四郎訳，旺文社〈旺文社文庫〉，1976

3. The Canary Murder Case（1927）

『カナリヤ殺人事件』平林初之輔訳，平凡社〈世界探偵小説全集〉第19巻，1930
『カナリヤ殺人事件』瀬沼茂樹訳，新樹社〈ぶらっく叢書〉第9巻，1950
『カナリヤ殺人事件』瀬沼茂樹訳，早川書房〈世界探偵小説全集〉，1954
『カナリヤ殺人事件』井上勇訳，東京創元社〈世界推理小説全集〉第32巻，1957
『カナリヤ殺人事件』井上勇訳，東京創元社〈創元推理文庫〉1959
『カナリヤ殺人事件』瀬沼茂樹訳，角川書店〈角川文庫〉，1961

4. The Greene Murder Case（1928）

『グリイン家の惨劇』平林初之輔訳，博文館《新青年》1929-6～9
『グリイン家惨殺事件』平林初之輔訳，博文館『世界探偵小説全集』第24巻，ヴン・ダイン集，所収，1929
『グリーン家殺人事件』延原謙訳，新樹社〈ぶらっく叢書〉第7巻，1950
『グリーン家殺人事件』井上勇訳，東京創元社〈世界推理小説全集〉第16巻，1956
『グリーン家殺人事件』延原謙訳，新潮社〈探偵小説文庫〉，1956
『グリーン家殺人事件』井上勇訳，東京創元社〈創元推理文庫〉，1959
『グリーン家殺人事件』延原謙訳，新潮社〈新潮文庫〉，1959
『グリーン家殺人事件』井上勇訳，東京創元社『世界名作推理小説大系』別巻3，所収（同時収録『ケンネル殺人事件』），1962
『呪われた家の秘密』榎林哲訳，偕成社〈世界科学・探偵小説全集〉第23巻，1966【児】
『姿なき殺人鬼』中尾明訳，集英社〈ジュニア版世界の推理〉第14巻，1972【児】
『グリーン家殺人事件』中島河太郎訳，秋田書店〈世界の名作推理全集〉第8巻，1973【児】
『グリーン家殺人事件』坂下昇訳，講談社〈講談社文庫〉，1975
『グリーン家殺人事件』佐藤佐智子訳，春陽堂〈春陽堂少年少女文庫〉，1979【児】
『グリーン家殺人事件』中島河太郎訳，秋田書店〈ジュニア版世界の名作推

理全集〉第8巻，1983【児】
『グリーン家連続殺人事件』榎林哲文訳，ポプラ社〈ポプラ社文庫〉，1987【児】

5. The Bishop Murder Case（1929）
『僧正殺人事件』武田晃訳，改造社，1930
『僧正殺人事件』武田晃訳，新樹社〈ぶらっく叢書〉第2巻，1950
『僧正殺人事件』武田晃訳，早川書房〈世界探偵小説全集〉，1955
『僧正殺人事件』井上勇訳，東京創元社〈世界推理小説全集〉第17巻，1956
『僧正殺人事件』井上勇訳，東京創元社〈創元推理文庫〉，1959
『僧正殺人事件』中村能三訳，新潮社〈新潮文庫〉，1959
『僧正殺人事件』宇野利泰訳，中央公論社『世界推理名作全集』第7巻，所収，1960
『僧正殺人事件』井上勇訳，東京創元社『世界名作推理小説大系』第11巻，所収（同時収録『ベンスン殺人事件』），1960
『僧正殺人事件』鈴木幸夫訳，角川書店〈角川文庫〉，1961
『僧正殺人事件』宇野利泰訳，中央公論社〈世界推理小説名作選〉，1962
『僧正殺人事件』平井呈一訳，講談社『世界推理小説大系』第7巻，所収，1972
『僧正殺人事件』鈴木幸夫訳，旺文社〈旺文社文庫〉，1976
『僧正殺人事件』平井呈一訳，講談社〈講談社文庫〉，1976
『僧正殺人事件』宇野利泰訳，中央公論社〈中公文庫〉，1977
『殺人は歌ではじまる』浜野サトル訳，ポプラ社〈ポプラ社文庫〉1986【児】
『僧正殺人事件』日暮雅通訳，集英社〈集英社文庫〉，1999
『僧正殺人事件』宇野利泰訳，嶋中書店〈嶋中文庫〉，2004
『僧正殺人事件』日暮雅通訳，東京創元社〈創元推理文庫〉，2010

6. The Scarab Murder Case（1930）
『甲蟲殺人事件』森下雨村・山村不二訳，新潮社，1931
『甲蟲殺人事件』森下雨村訳，早川書房〈世界探偵小説全集〉，1954
『カブト虫殺人事件』井上勇訳，東京創元社〈世界推理小説全集〉第57巻，1959
『カブト虫殺人事件』井上勇訳，東京創元社〈創元推理文庫〉，1960
『甲虫殺人事件』能島武文訳，新潮社〈新潮文庫〉，1960
『エジプト王ののろい』伊藤富造訳，あかね書房〈少年少女世界推理文学全集〉第13巻（同時収録『スコッチ・テリアのなぞ』），1964【児】

『かぶと虫事件の怪』中尾明訳，岩崎書店〈世界の名探偵物語〉第19巻，1976【児】
『かぶと虫事件の怪』中尾明訳，岩崎書店〈名探偵・なぞをとく〉第19巻，1985【児】

7. The Kennel Murder Case（1933）
『ケンネル殺人事件』延原謙訳，博文館《新青年》1933-1～5
『ケンネル殺人事件』延原謙訳，新潮社，1933
『ケンネル殺人事件』延原謙訳，早川書房〈世界探偵小説全集〉，1954
『ケンネル殺人事件』井上勇訳，東京創元社〈世界推理小説全集〉第58巻，1958
『名犬テリヤの秘密』朝島靖之助訳，講談社〈少年少女世界探偵小説全集〉第21巻，1958【児】
『ケンネル殺人事件』井上勇訳，東京創元社〈創元推理文庫〉1960
『ケンネル殺人事件』井上勇訳，東京創元社『世界名作推理小説大系』別巻3，所収（同時収録『グリーン家殺人事件』），1962
『スコッチ・テリアのなぞ』伊藤富造訳，あかね書房〈少年少女世界推理文学全集〉第13巻（同時収録『エジプト王ののろい』），1964【児】

8. The Dragon Murder Case（1933）
『狂龍《ドラゴン》殺人事件』伴大矩訳，日本公論社，1934
『狂龍《ドラゴン》殺人事件』伴大矩訳，荻原星文堂，1936
『巨龍殺人事件』宇野利泰訳，岩谷書店《別冊宝石》1954-10
『ドラゴン殺人事件』杉公平訳，芸術社〈推理選書〉第1巻，1956
『ドラゴン殺人事件』宇野利泰訳，早川書房〈世界探偵小説全集〉，1956
『ドラゴン殺人事件』杉公平訳，審美社，1956
『巨龍プールの怪事件』朝島靖之助訳，講談社〈少年少女世界探偵小説全集〉第6巻，1957【児】
『ドラゴン殺人事件』井上勇訳，東京創元社〈創元推理文庫〉，1960
『恐竜殺人事件』氷川瓏訳，ポプラ社〈世界名探偵シリーズ〉第10巻，1973【児】
『ドラゴンプールの怪事件』白木茂訳，あかね書房〈推理・探偵傑作シリーズ〉第14巻，1974【児】

9. The Casino Murder Case（1934）
『賭博場《カジノ》殺人事件』伴大矩訳，日本公論社，1934
『賭博場《カジノ》殺人事件』伴大矩訳，荻原星文堂，1936

『カジノ殺人事件』杉公平訳，芸術社〈推理選書〉第2巻，1956
『カシノ殺人事件』井上勇訳，東京創元社〈創元推理文庫〉，1960

10. The Garden Murder Case（1935）
『競馬殺人事件』伴大矩訳，日本公論社，1935
『競馬殺人事件』伴大矩訳，荻原星文堂，1936
『競馬殺人事件』杉公平訳，芸術社〈推理選書〉第4巻，1956
『ガーデン殺人事件』井上勇訳，東京創元社〈創元推理文庫〉，1959

11. The Kidnap Murder Case（1936）
『K・K・K殺人事件』延原謙訳，「とっぷ」発行所《とっぷ》1936～37?（掲載号未確認）
『紫館殺人事件』露下弴訳，春秋社《探偵春秋》1936-11～12
『誘拐殺人事件』延原謙訳，岩谷書店《別冊宝石》1954-10
『誘拐殺人事件』杉公平訳，芸術社〈推理選書〉第9巻，1956
『誘拐殺人事件』大橋健三郎訳，早川書房〈世界探偵小説全集〉，1957
『誘拐殺人事件』井上勇訳，東京創元社〈創元推理文庫〉，1961

12. The Gracie Allen Murder Case（1938）
『グレイシイ・アレン殺人事件』植草甚一訳，スタア社《スタア》1939-2上旬～4下旬
『グレイシイ・アレン』植草甚一訳，岩谷書店《別冊宝石》1954-10
『グレイシイ・アレン殺人事件』田中清太郎訳，早川書房〈世界探偵小説全集〉，1957
『グレイシー・アレン殺人事件』井上勇訳，東京創元社〈創元推理文庫〉1961

13. The Winter Murder Case（1939）
『真冬の殺人事件』植草甚一訳，スタア社《スタア》1940-2上旬～4上旬
『ウインター殺人事件』宇野利泰訳，早川書房〈世界探偵小説全集〉，1958
『ウインター殺人事件』井上勇訳，東京創元社〈創元推理文庫〉，1962

［リレー長篇］（S・S・ヴァン・ダイン名義）

14. The President's Mystery Story（1935）
『大統領のミステリ』大杜淑子訳，ハヤカワ・ミステリ文庫，1984
※フランクリン・F・ルーズヴェルト大統領の原案をもとに，ルーパート・ヒューズ，サミュエル・ホプキンズ・アダムズ，アンソニイ・アボット，リタ・ヴァイマン，S・S・ヴァン・ダイン，ジョン・アースキン，E・S・ガードナーが執筆。

ヴァン・ダインは第5章を担当。

［犯罪実話集］（S・S・ヴァン・ダイン名義）

15.『ファイロ・ヴァンスの犯罪事件簿』 小森健太朗訳，論創社（2007）

［収録内容］緋色のネメシス――ジェルメーヌ・ベルトン事件／魔女の大鍋の殺人――フランツィスカ・プルジャ事件／青いオーバーコートの男――ヤロスジンスキー事件／ポイズン――グスタフ・コリンスキー事件／ほとんど完全犯罪――ヴィルヘルム・ベッケルト事件／役立たずの良人――カール・ハニカ事件／嘆かわしい法の誤用――ボンマルティーニ事件／能なし――オットー・アイスラー事件／ドイツの犯罪の女王――グレーテ・バイヤー事件／探偵小説論／推理小説傑作選 序文

※日本オリジナル編集。ファイロ・ヴァンスを語り手とする犯罪実話9編に，エッセイ2編を併録。各編の原題・発表誌等については下記［邦訳短篇］の項を参照。

［邦訳短篇］（S・S・ヴァン・ダイン名義）

The Scarlet Nemesis（*Cosmopolitan*, 1929-1）

「緋色のネメシス――ジェルメーヌ・ベルトン事件」小森健太朗訳　※15所収

A Murder in a Witches' Cauldron（*Cosmopolitan*, 1929-2）

「魔女の大鍋の殺人――フランツィスカ・プルジャ事件」小森健太朗訳　※15所収

The Man in the Blue Overcoat（*Cosmopolitan*,1929-5）

「青い外套の男」訳者記載なし（《新青年》1929-12）

「青いオーバーコートの男――ヤロスジンスキー事件」小森健太朗訳　※15所収

Poison（*Cosmopolitan*,1929-6）

「毒」訳者記載なし（《新青年》1929-12）

「ポイズン――グスタフ・コリンスキー事件」小森健太朗訳　※15所収

The Almost Perfect Crime（*Cosmopolitan*, 1929-7）

「ベッケルト事件」訳者記載なし（《新青年》1929-12／再録：《推理界》1986-5）

「ほとんど完全犯罪――ヴィルヘルム・ベッケルト事件」小森健太朗訳　※15所収

The Inconvenient Husband（*Cosmopolitan*, 1929-8）

「役立たずの良人――カール・ハニカ事件」小森健太朗訳　※15所収
The Bonmartini Murder Case（*Cosmopolitan*, 1929-10）
「ボンマルチニ殺人事件」大江専一訳（《文学時代》1932-7）
「伯爵殺人事件」伴大矩訳（《新青年》1934-11）※上記大江訳の改題再録。
「嘆かわしい法の誤用――ボンマルティーニ事件」小森健太朗訳　※15所収
Fool!（*Cosmopolitan*, 1930-1）
「能なし――オットー・アイスラー事件」小森健太朗訳　※15所収
Germany's Mistress of Crime（*True Magazine*, 1943）
「貴婦人風モデルの死」菊地よしみ訳（《ミステリマガジン》1994-4）
「ドイツの犯罪の女王――グレーテ・バイヤー事件」小森健太朗訳　※15所収
＊原題不明
「クライド殺害事件」西田政治訳（《新青年》1932-12）
「クライド家殺人事件」伴大矩訳（《新青年》1939-6）
※ヴァン・ダイン脚本の短篇映画 The Clyde Mystery（1931）にもとづくものか。但し映画版の探偵役は犯罪学者クラブツリー博士とカー警部だが，この作品にはヴァンス，マーカム，ヒースが登場している。

［評論・エッセイ］
（ウィラード・ハンティントン・ライト名義）
Preface to ***What Nietzsche Taught***
「『ニーチェの教え』序文」小森健太朗訳（《創元推理21》2001冬／再録：15［解説］）
※ *What Nietzsche Taught*（1915）の序文。
The Detective Novel
「探偵小説と現実味」延原謙訳（《新青年》1927新春増刊）※抄訳
「探偵小説論」小森健太朗訳　※15所収
※初出 *Scribner's Magazine*, 1926年11月号。*The Great Detective Stories*（1927）序論の原型となるエッセイ。
Preface to ***The Great Detective Stories***
「推理小説傑作選 序文」小森健太朗訳　※15所収
※ライト編のアンソロジー *The Great Detective Stories*（1927）の序文。
Introduction to ***The Great Detective Stories***
「探偵小説論」田内長太郎訳（《クルー》1～3号。柳香書院〈世界探偵名作全集〉附録冊子，1935）

「推理小説論」井上勇訳（『ウインター殺人事件』創元推理文庫，1962，所収）
「傑作探偵小説」田中純蔵訳（『推理小説の詩学』研究社，1976，所収）
※アンソロジー *The Great Detective Stories*（1927）の序論。

(S・S・ヴァン・ダイン名義)

Twenty Rules for Writing Detective Stories
「探偵小説心得二十ヶ條」小河原幸夫訳（《新青年》1930-6）
「探偵小説作法」訳者記載なし（《探偵小説》1932-7）
「探偵小説作法における二十則」宇野利泰訳（『ウインター殺人事件』早川書房，1958，所収／再録：『殺人芸術——推理小説研究』荒地出版社，1959，所収）
「推理小説作法の二十則」井上勇訳（『ウインター殺人事件』創元推理文庫，1962，所収／再録：『名探偵読本4 エラリイ・クイーンとそのライヴァルたち』パシフィカ，1979）
「探偵小説作法二十則」前田絢子訳（『推理小説の詩学』研究社，1976，所収／再録：『硝子《ガラス》の家』光文社文庫，1997，所収）
「探偵小説作法二〇則」松井百合子訳（『ミステリの詩学』成甲書房，2003，所収）
※初出 *American Magazine*, 1928年9月号。その後 *Philo Vance Murder Cases*（1936）に収録。

I Used to Be a Highbrow, But Look at Me
「半円を描く―短い自叙伝―」小河原幸夫訳（《新青年》1931-6）
※初出 *American Magazine*, 1928年9月号。独立した小冊子にしたものも確認されており，版元の記載はないが，おそらくスクリブナーズ社が販売促進用に作成したものと思われる。

Introduction to *Philo Vance Murder Case*
「あとがき」井上勇訳（『誘拐殺人事件』創元推理文庫，1961，所収）
※オムニバス本 *Philo Vance Murder Cases*（1936）の序文として掲載された自伝的エッセイ。

「懐しき昔よ！」山村不二訳（《新青年》1932-7）※原題不明

［参考］
『ミゼット・ガン殺人事件』古宮照雄訳，語学春秋社，1985

※S・S・ヴァン・ダイン名義で出版されているが，1940-50年代のラジオドラマ・シリーズの一作を英語学習用の対訳本にしたもの。ファイロ・ヴァンスも登場するが，ヴァン・ダイン作品ではない。

映画リスト

配役：(V) ＝ファイロ・ヴァンス／ (M) ＝マーカム地方検事／ (H) ＝ヒース部長刑事

［S・S・ヴァン・ダイン原作作品］

1. The Canary Murder Case（1929年2月16日プレミア上映）
邦題《カナリヤ殺人事件》日本公開1929年4月3日。

原作『カナリヤ殺人事件』／監督 マルカム・セントクレア&フランク・タトル／出演 ウィリアム・パウエル (V)，E・H・カルヴァート (M)，ユージーン・パレット (H)，ルイーズ・ブルックス，ジーン・アーサー，ジェイムズ・ホール／製作 パラマウント／82分

2. The Greene Murder Case（1929年8月31日公開）
邦題《グリーン家の惨劇》日本公開1929年11月15日。

原作『グリーン家殺人事件』／監督 フランク・タトル／出演 ウィリアム・パウエル (V)，E・H・カルヴァート (M)，ユージーン・パレット (H)，ジーン・アーサー，フローレンス・エルドリッジ，ウルリッヒ・ハウプト／製作 パラマウント／69分

3. The Bishop Murder Case（1930年1月3日公開）
原作『僧正殺人事件』／監督 デイヴィッド・バートン&ニック・グラインド／出演 バジル・ラスボーン (V)，クラレンス・ゲルダート (M)，ジェイムズ・ドンラン (H)，レイラ・ハイアムズ，ローランド・ヤング，アレック・B・フランシス ／製作 MGM ／ 88分

4. The Benson Murder Case（1930年4月13日公開）
邦題《ベンスン殺人事件》日本公開1930年8月7日。

原作『ベンスン殺人事件』／監督 フランク・タトル／出演 ウィリアム・パウエル (V)，E・H・カルヴァート (M)，ユージーン・パレット (H)，ウィリアム・ボイド／製作 パラマウント／ 65分

5. El cuerpo del delito（1930年6月公開）
原作『ベンスン殺人事件』／監督 シリル・ガードナー&A・ワシントン・ペ

セト／出演 ラモン・ペレダ（V），カルロス・ビリャリアス（M），ビセンテ・パデゥラ（H）／製作　パラマウント（4と同時製作のスペイン語版）

6. The Kennel Murder Case（1933年10月28日公開）
邦題《ケンネル殺人事件》日本公開1934年5月3日。

原作『ケンネル殺人事件』／監督 マイケル・カーティス／出演 ウィリアム・パウエル（V），ロバート・マクウェイド（M），ユージーン・パレット（H），メアリー・アスター／製作 ワーナー・ブラザーズ／73分

7. The Dragon Murder Case（1934年8月25日公開）
原作『ドラゴン殺人事件』／監督 ブルース・ハンバーストン／出演 ウォーレン・ウィリアム（V），ロバート・マクウェイド（M），ユージーン・パレット（H），マーガレット・リンゼー，ライル・タルボット／製作 ファースト・ナショナル／67分

8. The Casino Murder Case（1935年3月15日公開）
原作『カジノ殺人事件』／監督 エドウィン・L・マリン／出演 ポール・ルーカス（V），パーネル・プラット（M），テッド・ヒーリー（H），ロザリンド・ラッセル，アリソン・スキップワース，ドナルド・クック／製作 MGM／82分

9. The Garden Murder Case（1936年2月21日公開）
原作『ガーデン殺人事件』／監督 エドウィン・L・マリン／出演 エドマンド・ロウ（V），グラント・ミッチェル（M），ナット・ペンドルトン（H），ヴァージニア・ブルース，ベニタ・ヒューム／製作 MGM／61分

10. The President's Mystery（1936年9月28日公開）
原作『大統領のミステリ』／監督 フィル・ローゼン／出演 ヘンリー・ウィルコクソン，ベティ・ファーネス，シドニー・ブラックマー／製作 リパブリック／80分

11. The Scarab Murder Case（1936年11月30日公開：イギリス）
原作『スカラベ殺人事件』／監督 マイケル・ハンキンソン／出演 ウィルフリッド・ハイド＝ホワイト（V），ウォリー・パッチ，キャサリン・ケリー／製作 ブリティッシュ・パラマウント／68分

12. Night of Mystery（1937年5月21日公開）
原作『グリーン家殺人事件』／監督 エワルド・アンドレ・デュポン／出演 グラント・リチャーズ（V），パーネル・プラット（M），ロスコー・カーンズ（H），ヘレン・バージェス／製作 パラマウント／66分

13. The Gracie Allen Murder Case（1939年6月2日公開）

原作『グレイシー・アレン殺人事件』／監督 アルフレッド・E・グリーン／出演 ウォーレン・ウィリアム（V），ドナルド・マクブライド（M），ウィリアム・デマレスト（H），グレイシー・アレン，エレン・ドリュー／製作 パラマウント／78分

14. Calling Philo Vance（1940年2月3日公開）
原作『ケンネル殺人事件』／監督 ウィリアム・クレメンス／出演 ジェイムズ・スティーヴンソン（V），ヘンリー・オニール（M），マーゴット・スティーヴンソン／製作 ワーナー・ブラザーズ／62分

［S・S・ヴァン・ダイン原作TVドラマ］

15. Philo Vance（1974年9月放映，全3話：イタリア）
La strana morte del Signor Benson（1974年9月3日）原作『ベンスン殺人事件』
La canarina assassinata（1974年9月10日）原作『カナリヤ殺人事件』
La fine dei Greene（1974年9月17日）原作『グリーン家殺人事件』
監督 マルコ・レト／出演 ジョルジョ・アルベルタッツィ（V），セルジオ・ロッシ（M），シルヴィオ・アンセルモ（H）

16. Vyvrazdení rodiny Greenu（2002年9月22日放映：チェコ）
原作『グリーン家殺人事件』／監督 イジー・ストラフ／出演 イジー・ドヴォジャーク（V），ヴィクトル・プレイス（M），アロイス・シュヴェフリーク（H）

［ファイロ・ヴァンス映画］
※ヴァンスのキャラクターのみ借りたもの。ヴァン・ダインの原作とは関係なし。

17. Paramount on Parade（1930年4月22日公開）
邦題《パラマウント・オン・パレィド》日本公開1930年9月11日
監督 ドロシー・アーズナー，オットー・ブラワー，フランク・タトル他／出演 ウィリアム・パウエル（V），ユージーン・パレット（H）／製作 パラマウント／102分
※パラマウントのスター俳優がその当り役で総出演するミュージカル・レヴュー映画。ヴァンスとヒースは「Murder Will Out」の場に，ホームズ（クライヴ・ブルック），フー・マンチュー（ワーナー・オーランド）らと共に登場。

18. Philo Vance's Gamble（1947年4月12日公開）
監督 バジル・ランゲル／出演 アラン・カーティス（V）／製作 PRC／62分

19. Philo Vance Returns（1947年4月14日公開）
監督 ウィリアム・ボーダイン／出演 ウィリアム・ライト（V）／製作 PRC／64分

20. Philo Vance's Secret Mission（1947年8月30日公開）
監督 レジナルド・ル・ボーグ／出演 アラン・カーティス（V）／製作 PRC／58分

［S・S・ヴァン・ダイン脚本・原案作品］

21～32は，犯罪学者クラブツリー博士（ドナルド・ミーク）とカー警部（ジョン・ハミルトン）のコンビが活躍する短篇探偵映画シリーズ。ワーナー・ブラザーズが「ヴァイタホーン短篇映画」として製作。

21. The Clyde Mystery（1931年9月公開）
監督 ジョゼフ・ヘナベリー／21分

22. The Wall Street Mystery（1931年10月公開）
監督 アーサー・ハーリー／17分

23. The Week End Mystery（1931年11月公開）
監督 アーサー・ハーリー／17分

24. The Symphony Murder Mystery（1931年12月公開）
監督 ジョゼフ・ヘナベリー／21分

25. The Studio Murder Mystery（1932年1月公開）
監督 ジョゼフ・ヘナベリー／19分

26. The Skull Murder Mystery（1932年2月公開）
監督 ジョゼフ・ヘナベリー／20分

27. The Cole Case（1932年3月公開）
監督 ジョゼフ・ヘナベリー／20分

28. Murder in the Pullman（1932年4月公開）
監督 ジョゼフ・ヘナベリー／20分

29. The Side Show Mystery（1932年5月公開）
監督 ジョゼフ・ヘナベリー／20分

30. The Campus Mystery（1932年6月公開）
監督 ジョゼフ・ヘナベリー／20分

31. The Crane Poison Case（1932年7月公開）
監督 ジョゼフ・ヘナベリー／20分

32. The Trans-Atlantic Mystery（1932年8月公開）

監督 ジョゼフ・ヘナベリー／22分

33. Girl Missing（1933年3月4日公開）

監督 ロバート・フローリー／出演 グレンダ・ファレル，ベン・ライオン，メアリー・ブライアン／製作 ヴァイタホーン，ワーナー・ブラザーズ／69分

※ヴァン・ダインがファースト・ナショナル用に書いたが製作されなかった脚本 The Blue Moon Murder Case にもとづく。

別名《べつめい》S・S・ヴァン・ダイン

ファイロ・ヴァンスを創造した男

二〇一一年九月二〇日初版第一刷発行

著者――ジョン・ラフリー
訳者――清野　泉
発行者――佐藤今朝夫
発行所――株式会社国書刊行会
東京都板橋区志村一―一三―一五　電話〇三―五九七〇―七四二一
http://www.kokusho.co.jp
印刷・製本所――中央精版印刷株式会社
装丁――藤田知子
企画・編集――藤原編集室
ISBN――978-4-336-05416-6
●――落丁・乱丁本はおとりかえします

訳者紹介

清野 泉（せいや いずみ）

筑波大学第一学群社会学類卒業。訳書に、ナイオ・マーシュ『道化の死』（国書刊行会）、グラディス・ミッチェル『ウォンドルズ・パーヴァの謎』（河出書房新社）などがある。

シャーロック・ホームズ
七つの挑戦

イタリア屈指のシャーロキアンが送る
新しいシャーロック・ホームズ譚。待望の初邦訳！

エンリコ・ソリト 著
天野泰明 訳

未発表のワトソン博士の手記がイタリアで発見された⁉
謎のメッセージを残して殺された男と、
消えた少年たちをめぐる「十三番目の扉の冒険」、
フィレンツェを舞台に「あの」大作家が巻き込まれた
「予定されていた犠牲者の事件」ほか全七篇。

2520円（税込）